Dieser Titel ist auch als E-Book erhältlich.

Über die Autorin:

Prisca Burrows Frumble hat ihr Leben der historischen Forschung verschrieben. Sie gilt als die Koryphäe auf dem Gebiet der Bogins, deren Leben eng verflochten ist mit der Geschichte Albalons. »Der Fluch der Halblinge« ist eine teils authentische, epische historische Erzählung, die den Beginn der großen Veränderung beschreibt.

Prisca Burrows

DER
FLUCH DER
HALBLINGE

Roman

BASTEI
LÜBBE
TASCHENBUCH

BASTEI LÜBBE TASCHENBUCH
Band 20 688

1. Auflage: November 2012

Dieser Titel ist auch als E-Book erschienen

Originalausgabe

Copyright © 2012 by Bastei Lübbe GmbH & Co. KG, Köln
Lektorat: Dr. Frank Weinreich, Bochum
Titelillustration: Arndt Drechsler, Rohr
Umschlaggestaltung: Guter Punkt, München
Satz: Urban SatzKonzept, Düsseldorf
Gesetzt aus der Caslon
Druck und Verarbeitung: CPI – Ebner & Spiegel, Ulm
Printed in Germany
ISBN 978-3-404-20688-9

Sie finden uns im Internet unter
www.luebbe.de
Bitte beachten Sie auch:
www.lesejury.de

Der Preis dieses Bandes versteht sich einschließlich
der gesetzlichen Mehrwertsteuer.

INHALT

KAPITEL 1

DER TAG DANACH

Der Plan ist reif, das Ziel ist nahe.
Wohlan denn! Zeit zu handeln.
Ich bin Dubh Sùil, ich bin Schwarzauge,
und ich sehe alles.

*

»Da sind sie! Wir haben sie!«

Er hörte das Jammern und Klagen, er sah, wie sie lachend die Netze über die Fliehenden warfen, und rannte weiter.

Fionns Herz pochte so laut, dass er Angst hatte, es würde den Hufschlag übertönen. Es war sein Glück, dass es nicht gelang. *Ja, ein Glückskind bin ich,* dachte er freudlos, während er barfuß um die Ecke flitzte, *ein echter Pfundskerl fürwahr.*

Ein beliebtes Bogin-Sprichwort, wenngleich zu diesem Zeitpunkt reichlich schief. Die bewunderten Pfundskerle landeten nämlich in der Pfanne und wurden mit zerlassener Butter und gerösteten Mandelblättchen serviert, mit gebotenem Ernst und unter Ehrungen verzehrt und anschließend die Gräten den unter dem Tisch herumstaksenden Hühnern zugeworfen.

Fionn drohte ein weitaus schlimmeres Schicksal, wenn es ihm nicht gelang, zu entkommen. Und das stand noch lange nicht fest. Bis jetzt war er jedes Mal gerade so um Haaresbreite entwischt, doch das Ende der Jagd war keineswegs in Sicht. Nicht einmal die in wenigen Stunden nahende Dunkelheit würde die Häscher aufhalten. Sie würden nicht rasten und ruhen, bis sie alle Bogins gefangen hatten. So lautete der Befehl.

Nun war Fionn am Ende der Gasse angekommen und wollte die größere Straße überqueren, da hörte er sie rufen und von der anderen Seite im Galopp heransprengen. Hastig bremste er, warf sich herum und schlüpfte in eine schmale Häuserverbindung, die mehr Abfallrinne denn Weg war. Fionn hielt sich die Nase zu und unterdrückte den Ekel vor dem glitschigen Schlamm, durch den seine bloßen Füße schlitterten. Nicht hinfallen, aufrecht bleiben, und hindurch! Wenn er schneller rannte, konnte er vielleicht darüber hinweglaufen, wie es die ätherischen Elben vermochten, die kaum einen Fußabdruck im Staub hinterließen.

Beißender Gestank reizte ihn, und er musste husten, aber er brachte es nicht über sich, durch die Nase zu atmen. Mit brennenden Augen hastete er voran, passierte den nächsten Häuserdurchgang und stand plötzlich vor einer Mauer. Links ging es weiter, und er folgte der Rinne in der Hoffnung, nicht im Kreis zu laufen. Beobachteten ihn die Leute? Wer mochten die Bewohner dieser heruntergekommenen, ungepflegten Behausungen sein? Fionn sah und hörte sie nicht, und niemand verstellte ihm den Weg. Vielleicht lebte hier gar niemand mehr, oder diese Wesen waren Nachtgeschöpfe. Das würde den Dreck erklären; denn wer aus dem Fenster kletterte oder flog, um das Haus zu verlassen, den brauchte die Pflege der Straße nicht zu kümmern.

Die Stimmen klangen auf einmal viel näher, und Fionn konnte einzelne Wortfetzen auffangen, die zwischen den Häuserschluchten hindurchschallten. *Hierhin! Da rüber! Sucht dort drüben! Hast du einen Bogin gesehen? Geht aus dem Weg, ihr Idioten! Im Namen des Palastes, macht Platz! Gebt Auskunft und verbergt nichts! Wagt es nicht, uns zu belügen, oder ihr erleidet dasselbe Schicksal!*

Schluchzend vor Angst bog Fionn erneut ab, verharrte kurz, um sich zu orientieren. Ein kleiner Platz, wie er seit Stunden mittlerweile ein Dutzend überquert haben mochte, vielleicht sogar auch genau diesen hier. Kleine, nicht mehr als zwei Stockwerke hohe schmale Häuser schmiegten sich aneinander, manche schon so krumm, dass sie die Stütze der anderen brauchten. Bei den meisten blätterte die Farbe ab, sie waren beherrscht von dahinbleichendem Grün, und Gelb und Rosa, Violett und Blau. Und ein bisschen Weiß dazwischen sowie schwarze Fachwerkbalken mit tief hängenden roten Dächern.

Wenn er sich nur erinnern könnte, in welchem Sektor der unüberschaubar großen Reichshauptstadt es diese Häuser gab! Wie weit war er von zu Hause entfernt? Eine Wegstunde, oder nur ein paar hundert Fuß? Wohin konnte er sich noch wenden?

»Durchkämmt jede einzelne Gasse, jedes Haus!«, erklang es hinter ihm im Befehlston. Dieser Befehl galt sicherlich für die ganze Stadt, doch es würde noch Stunden dauern, bis die Häscher tatsächlich alle Viertel erreicht hatten. Um es schneller zu schaffen, würden mindestens eintausend Mann gebraucht. Und damit stand die Richtung fest: Er musste vorwärts. Fionn war sich darüber im Klaren, dass sich das Netz immer enger um ihn zog. Wahrscheinlich trieben sie ihn längst systematisch vor sich her, und er konnte dem nicht entgegenwirken, weil er hier noch nie gewesen war.

Fionn wischte sich über die nassen Wangen und schämte sich. Er entschied sich für eine Gasse, in der zwischen den Häusern Wäsche gespannt war, und lief dort entlang weiter.

Noch verfügte er über genug Atem, noch stampften seine Füße kräftig dahin. Fionn wunderte sich selbst über seine Ausdauer, da er bisher nie so einen Gewaltlauf unternommen hatte, aber anscheinend lag es seinem Volk im Blut. Noch etwas, das er bisher nicht gewusst hatte.

Habe ich denn überhaupt jemals etwas gewusst, außer den Benimmregeln von Onkelchen Fasin?

Er sah Tiw geradezu vor sich, wie er jetzt den Kopf wiegen und boshaft grinsen würde, und dann würde er mit seinem Pfeifenstiel auf ihn deuten: *Fionn, der Narr, der Zwanzigzweier, die ahnungslose Unschuld.*

Gerade noch im letzten Moment stoppte Fionn, zog sich hastig hinter die Mauer zurück und verharrte unterdrückt keuchend. Schweiß bedeckte seine Stirn, und er mühte sich ab, den rasenden Herzschlag zu beruhigen. Vorsichtig spähte er um die Ecke.

Hier ging es nicht weiter. Das Gassengewirr, durch das er gerade gestürmt war, endete an dieser Stelle und mündete in eine der breiten Hauptstraßen, die sternförmig zum Zentrum führten, wo sich auf dem Hügel über allen Dächern der prächtige Palast erhob.

Rechts das Schloss, links ein weiteres Viertel; den Gerüchen und dem Lärm nach zu urteilen voller Gasthäuser, Schänken und vor allem Märkte. Der pulsierende Herzschlag jeder Stadt.

Das war es! Wenn er überhaupt irgendwo ein Versteck finden konnte, dann in dieser Richtung!

Fionn sicherte nach allen Seiten, lauschte auf das Stimmengewirr und wagte es dann, sich an den Hausmauern entlang nach links zu bewegen. Jeden Moment erwartete er, aufgegriffen zu werden, denn die Straße belebte sich zusehends. Aber er hatte Glück – bis hierher schienen sie noch nicht vorgedrungen zu sein. Alles war wie an einem normalen Tag.

Maultierkarren, Pferdefuhrwerke, Reiter und Fußgänger; die meisten waren Menschen und Elben, aber auch ein paar Zwerge befanden sich darunter und einige wenige Mitglieder der anderen Kleinen Völker, zumeist in Kapuzenmäntel gehüllt, die sich in Gruppen bewegten.

So viele verschiedene Völker gab es nur auf den Märkten, und Fionn hätte beruhigt sein müssen. Aber ein Bogin, noch dazu ohne Mantel und barfüßig, musste trotzdem unweigerlich auffallen.

Doch niemand sah zu ihm herüber, alle waren mit ihren eigenen Angelegenheiten beschäftigt oder in Verhandlungen mit den Handwerkern und Geschäftsleuten auf der gegenüberliegenden Straßenseite verstrickt.

Anscheinend wussten sie noch nichts von dem Haftbefehl, nahmen vielleicht an, er wäre auf Besorgung für seinen Herrn unterwegs.

Fionn wagte allerdings nicht aufzuatmen. Es bestand keine Hoffnung, dass es dabei bleiben würde. Bald würden seine Verfolger auch hier durchkommen und alle befragen.

Nach zwanzig Schritten stellte sich die Erschöpfung ein, die Grenze war erreicht. Seit seiner Flucht hatte er kein einziges Mal durchgeatmet, geschweige denn überlegen können, wie er entkommen könnte. Er brauchte eine Ruhepause und musste nachdenken.

Die Hauptstraße führte auf einen großen Marktplatz, von dem eine Menge Gassen abzweigten. Fionn entdeckte ein an der Mündung einer solchen Gasse abgestelltes, leeres Fuhrwerk mit herabhängenden Planen, das aussah, als würde es nicht so schnell benötigt. Aber wie dorthin gelangen?

Mach dich unsichtbar.

Ja, natürlich! Das war es! Eine besondere Eigenschaft der Bogins war es, *unauffällig* zu sein. Das war vermutlich auch der Grund, weshalb bisher niemand auf Fionn geachtet hatte. Und das war etwas, woran er gleich hätte denken müssen, war es doch das erste, was ein Boginkind lernte.

Man *übersah* ihn und seinesgleichen.

Weil die Bogins allgegenwärtig, unentbehrlich und zugleich völlig unbedeutend waren.

So wie Hühner.

Hühner liefen überall herum, pickten hier und da, beäugten ihre gefangenen Artgenossen, die hoch über ihnen an den Füßen aufgehängt hingen, und staksten weiter.

Fionn schüttelte den Kopf über sich selbst, weil er das in seiner Panik verdrängt hatte. Dennoch durfte er nicht leichtsinnig werden. Noch war er nicht bei dem Fuhrwerk angekommen, und die Situation hatte sich geändert: Heute wurden die Bogins gejagt, man achtete also auf sie.

Der junge Mann senkte Kopf und Blick, zog die Schultern hoch und überquerte den Platz mit gleichmäßigen Schritten, ohne besondere Eile, aber auch nicht zu langsam. Er sah nicht links oder rechts, schlängelte sich zwischen einigen Ständen hindurch, und tatsächlich, es achtete niemand auf ihn. Alle waren beschäftigt mit dem Begutachten der Ware und den Verhandlungen, mit einem Schwätzchen oder einer Auseinandersetzung. Für die Jagd auf die Halblinge interessierten sie sich offenbar nicht.

Fionn verhielt sich in seinen Bewegungen ganz ähnlich wie ein Huhn, nicht zielstrebig und geradeaus, sondern wechselnd, als hätte er nichts weiter sonst zu tun. *Beinahe zumindest. Immerhin! Ein Huhn ist doch noch weniger als ein Bogin, denn wir werden wenigstens nicht gegessen.*

Dann hatte er das Fuhrwerk erreicht und rutschte, ohne sich umzusehen, mit einer fließenden Bewegung darunter, wobei er die Plane kaum berührte. In solchen Dingen war er in seiner Kinderzeit immer gut gewesen: Sich schnell zu verstecken, ohne dass es auffiel. Weil man nur so an die für die Herrschaft gedachten Kekse herankam.

Atemlos kauerte er sich zusammen und musste zulassen, dass sein Körper kurz darauf von einem unkontrollierten Schlottern befallen wurde. Nun, da alles zum Stillstand gekommen war, da er sich verborgen vor der Welt dort draußen fühlte, überfielen ihn Überanstrengung und Angst wie ein Herbststurm nach einem besonders klaren Tag. Er konnte kaum noch atmen.

Das kann alles nicht wahr sein, dachte er.

Irgendwann, als das Zittern nachließ, schob er die Plane ein Stück beiseite und beobachtete das Treiben dort draußen, aus weiter, sehr weiter Entfernung.

Dies also waren die Gassen von Sìthbaile, der großen Emperata, der berühmtesten Stadt der Welt (zumindest sagte man das so), und Fionn, hier geboren, hatte sie nie verlassen. Und doch kannte er die Stadt nicht, nicht einmal aus Erzählungen.

Wie sollte er sich jemals zurechtfinden und seinen Verfolgern entkommen? Ohne Hut und Mantel, ohne Socken und Schuhe war er losgerannt, das Hemd hing ihm halb aus der Hose, ein Hosenträger war verrutscht. *Eine Schande, eine Schande*, würde Onkelchen Fasin sagen, wenn er hier wäre, der zu jeder Zeit und an jedem Ort äußersten Wert auf Tradition legte und vor allem darauf, dass ein Bogin, der etwas auf sich hielt, stets adrett und ordentlich gekleidet zu sein hatte. Was somit auf alle Bogins zutraf.

Aber welche Wahl hatte Fionn denn gehabt? Wie konnte man im Angesicht der Katastrophe noch auf Äußerlichkeiten achten oder sich die Zeit nehmen, einen Reisebeutel zu packen? Gewiss, Onkelchen Fasin war unerbittlich geblieben, doch wohin hatte es ihn gebracht?

Dorthin, wo sie jetzt alle waren. Die meisten waren bestimmt gut und standesgemäß gekleidet ins Verlies geworfen worden. Doch was half ihnen das?

Inzwischen mussten die Wachen nahezu alle gefangen haben, und Fionn waren sie weiterhin auf den Fersen, und nicht etwa, um ihm die Hand zu schütteln und ihm recht freundlich zum Volljahr zu gratulieren, zur Doppelzwei, die man nur einmal im Leben dargeboten bekommt. Denn an diesem Tag öffnete sich die Große Arca mit allen zweiundzwanzig Geheimnissen, die einen den Rest des Lebens begleiteten, bis der Kreis sich dereinst wieder schloss und übrig blieb, was begann: der Narr...

Der bin ich und werde ich bleiben, dachte Fionn bitter, *für den kümmerlichen Rest meiner Zwanzigzwei, die ich gestern so euphorisch gefeiert habe. In törichter Unwissenheit! Seht her – hier stirbt der Narr! Warum nur habe ich die Große Arca geöffnet? Oh, warum habe ich Tiw zugehört...*

Während er sich selbst derart bemitleidete, ging das Leben jenseits der herabhängenden Plane munter weiter. Die Leute dort draußen schienen keine Sorgen und Nöte zu haben, und Fionn beneidete sie darum. Vor zwei Tagen noch war er wie sie gewesen, unbedarft und unschuldig, ohne Verantwortung und Last. Nun war er volljährig und gleichzeitig aus der friedvollen Beschaulichkeit gerissen. Er wusste nicht wohin, begriff nicht, wie das alles geschehen konnte.

Aber er wusste, wer die Schuld daran trug: Tiw!

Es war ratsam, einen Plan zu fassen, um Ordnung in das Chaos zu bringen, und das Ziel dabei war eindeutig Tiw. Wenigstens ein Anhaltspunkt ... doch bevor der junge Mann weitergrübeln konnte, riss ihn ein unmissverständliches Knurren aus der Versunkenheit.

Sein Magen machte ihm deutlich, dass er seit gestern Abend nichts mehr zu sich genommen hatte und nach all der Aufregung und den Anstrengungen Nahrung benötigte, sonst würde der junge Mann sich nicht mehr lange aufrecht halten können.

Aber wo sollte er etwas zu essen bekommen? Er hatte keine Münze bei sich, und er war auf der Flucht. Zu stehlen wie ein Dieb kam nicht in Frage, ganz abgesehen davon, dass Fionn gar nicht gewusst hätte, wie er das anstellen sollte.

Er hatte sich noch nie ums Essen kümmern müssen, es hatte immer pünktlich auf dem Tisch gestanden. Woher all die Zutaten kamen und wie sie zubereitet wurden, hatte ihn nie interessiert. Nur der Genuss, der am Ende dabei herauskam und wohlig satt machte.

Fionns Nase zuckte, konzentrierte sich auf die verschiedenen Gerüche, die in Wellen vorbeischwangen, und wies ihm schließlich den Weg: Er musste zu einem Gasthaus gehen und dort versuchen, an Essbares heranzukommen.

Nach allen Seiten sichernd kroch Fionn aus der schützenden Deckung und ging, stets im Häuserschatten, eine Gasse entlang, die die meisten Düfte verströmte. Es war schon bedeutend ruhiger geworden, da der Nachmittag voranschritt und die meisten sich auf den Weg nach Hause machten. Auch einige Händler bauten ihre Stände ab, weil sie eine weite Heimreise hatten. Ridirean hatte deutlich hörbar Fünf posaunt, der Abend war nicht mehr fern.

An einer Kreuzung entdeckte er ein Gasthaus, die Quelle aller Gerüche, und sah sich zugleich Hoffnung und Verzweiflung gegenüber. Hier gab es Essen zuhauf, und sicher wäre es wohlschmeckend. Eine Menge Pferde waren an der Nordseite angebunden, und einige Kutschen drängten sich in dem angrenzenden Hof. Auf dem Zunftschild waren ein saftiger Braten, ein schäumender Bierkrug und eine lachende Maid abgebildet, und der Name lautete »Zum Schlemmer«.

Fionn lief das Wasser im Mund zusammen, und sein Magen knurrte nur noch lauter. Gab es vielleicht eine Möglichkeit, um ein wenig Essen zu betteln? Sollte er sich eine Geschichte über seinen kranken Herrn ausdenken, für den er etwas holen musste?

Lügen ist auch nicht viel besser als stehlen. Und vor allem kannst du genauso wenig lügen wie stehlen.

Aber er musste etwas essen, das stand fest, lange konnte er nicht mehr durchhalten. Erst recht, da nun die Genüsse schon beinahe greifbar vor ihm ausgebreitet waren. Fionn wäre schon um einen bescheidenen Ranken Brot dankbar gewesen.

Vorsichtig schlich er sich näher heran, drückte sich im Hof herum, stets darauf bedacht, keinem Knecht zu begegnen. Ab und zu verließ jemand das Gasthaus, neue Gäste gingen hinein. Vielleicht konnte Fionn seine Dienste einem Knecht anbieten und dadurch etwas zu essen bekommen. Das erschien ihm noch der beste Plan zu sein, den er auch nicht zu lange aufschieben sollte. Die Sonne ging gnadenlos unter, bald würde das wärmende Licht der Kühle der Nacht weichen.

Da hörte er ein Geräusch aus der Gasse nebenan, das seine Aufmerksamkeit erweckte. Es klang wie ein Zischen und Schnarren und schien näherzukommen. Etwa ein Verfolger? Vorsichtig zog er sich an den Rand zurück und lugte um die Ecke.

Es war kein Verfolger. Zwei Menschen, einer ziemlich groß, eingehüllt in einen Kapuzenmantel, der andere eher gedrungen und in abgerissener Kleidung, hatten offenbar Streit.

Das ging Fionn nichts an, und er wollte sich gerade wieder zurückziehen, da sah er einen Schatten, der sich dem großen Mann von hinten näherte, und verharrte misstrauisch.

»Gib mir, was ich will, und wir scheiden als Freunde«, zischte der Gedrungene.

»Geh mir aus dem Weg, und du scheidest nicht aus dem Leben«, antwortete der größere Mann mit dunkler, leicht rauer Stimme.

Fionns Augen weiteten sich, als er sah, dass der Schatten ein weiterer Mensch war, der ein Messer in der Hand hielt. Er hatte sich fast bis auf Armlänge in den Rücken des größeren Mannes geschlichen. Ohne nachzudenken, bückte Fionn sich und hob einen Stein auf, dann rannte er los. »Achtung, Herr, hinter dir!«, rief er und warf den Stein.

Er hatte nicht zielen können, doch er traf immerhin den Arm des Angreifers, der mit einem überraschten Schmerzlaut zurückwich.

Der Mann, der ausgeraubt werden sollte, fuhr herum, und bevor der Heimtückische reagieren konnte, hatte er ihn mit einem Fausthieb niedergeschlagen.

Der Kumpan stieß einen Wutschrei aus. »Was mischst du dich da ein, *Bucca!*«

Bevor Fionn ausweichen konnte, bekam er einen heftigen Schlag auf den Kopf. Zuerst glaubte er, dass ihm das gar nichts ausmachte, aber dann zog es ihm plötzlich den Boden unter den Füßen weg, und er sackte zusammen. Vor seinen Augen tanzten Sterne, und er erkannte verschwommen, dass nun auch sein Angreifer zu Boden ging. Der große Mann riss zuerst den einen, dann den anderen glücklosen Räuber hoch und herrschte beide an: »Packt euch, bevor ich mich vergesse!«, woraufhin sie wie geprügelte Hunde davonliefen.

Fionn versuchte benommen, sich aufzurichten, als ein Schatten über ihn fiel. Erschrocken verharrte er, als er den Mann erkannte, der sich über ihn beugte.

Eine Strähne grauen Haars fiel unter der Kapuze hervor, und eine von einem dunklen Bart umrahmte Kinnpartie wurde sichtbar, die von einem starken Willen zeugte. In der Dunkelheit darüber glitzerten klare, bernsteinfarbene Augen, die ihn kühl musterten.

»B-bitte tu mir nichts!«, stieß er hervor.

Die Lippen des Mannes zogen sich leicht in die Breite. »Eine erstaunliche Sorge dafür, dass du mich verteidigt hast«, erwiderte er mit ironischem Klang. »Weshalb sollte ich dir wohl etwas antun?«

»Ich-ich weiß nicht«, stammelte Fionn. »Offen gestanden, weiß ich überhaupt nicht viel, und es wird mit jeder Stunde weniger.«

»Du scheinst keine hohe Meinung von Menschen zu haben, wenn du mir zutraust, dass ich deine Hilfe mit Hieben vergelte.«

»Ich hab gar keine Meinung, bitte um Verzeihung, aber ich bin um mindestens einen Kopf kleiner als du und wiege wahrscheinlich nur halb so viel, und ich habe keine Waffe...«

»...aber enorm viel Mut, einem Fremden zu helfen und dabei das eigene Leben zu riskieren.«

»Darüber habe ich überhaupt nicht nachgedacht.« Fionn zitterte jetzt noch mehr, als ihm bewusst wurde, wie sehr der Fremde recht hatte. »Ich konnte es einfach nicht mit ansehen...«

Der Mann schüttelte leicht den Kopf. Er griff plötzlich nach Fionns Hand, der vor lauter Schreckensstarre nicht in der Lage war, sie wegzuziehen, und zog ihn kurzerhand auf die Beine, stellte ihn gerade hin und klopfte ihn behutsam ab.

»Ich danke dir, kleiner Halbling«, sagte er freundlich. »Du solltest jetzt zusehen, nach Hause zu kommen, denn bald wird es dunkel, und du bist für die Nacht nicht ausreichend gekleidet.«

Fionn brachte kein Wort hervor, weil sich sonst seine ganze Trostlosigkeit in Tränen aufgelöst hätte.

»Und außerdem«, fuhr der Mann fort, »ist es zu gefährlich.« Er nickte dem jungen Bogin zu und verschwand um die Hausecke nebenan, ohne sich noch einmal umzusehen.

Einige wenige Worte eines Menschen nur – und Fionn wurde so richtig bewusst, was er getan hatte, und was ihn erwartete.

Er war ein Geächteter, jeden Moment in Gefahr, verhaftet zu werden. Er hatte nichts dabei, um überleben zu können – kein Geld, keine Waffen, nicht einmal richtige Kleidung. Er wusste nicht, wohin er gehen konnte, weil er sein Geburtshaus noch nie in seinem jungen Leben verlassen hatte. Dazu hatte es keine Veranlassung gegeben, das Anwesen war groß, Haus und Garten boten alles, damit ein Bogin darin arbeiten konnte. In der Bibliothek des Hauses gab es einige Kartenrollen, aber dafür hatte Fionn sich nie interessiert. Sie waren nicht nützlich. Ganz abgesehen davon, dass es ihm gar nicht erlaubt gewesen war, die Bibliothek zu betreten.

Sein Magen knurrte, diesmal lauter und eindringlicher. Bevor er nicht etwas zu essen bekam, würden seine Gedanken sich nur immer mehr verwirren. Das war sein vordringlichstes Ziel: Nahrung zu beschaffen, und dann einen Platz für die Nacht suchen. Wenn er bis morgen früh noch frei war, würde er sich überlegen, wie es weitergehen sollte. Ob er es wagen durfte, nach Hause zu gehen (wo immer das sich auch befinden mochte, denn er besaß keinerlei Orientierung mehr), oder ob er fürderhin das heimliche und darbende Leben einer einsamen Ratte fristen musste.

Fionn schlich sich an dem Gasthaus vorbei zum nächsten. Vielleicht gab es dort eine Möglichkeit, Reste von Mahlzeiten aufzutreiben. Schon bei dem Gedanken daran drehte sich ihm der Magen um, aber in seiner Lage durfte er nicht wählerisch sein. Wenn es ihm möglich wäre, sich wie einer von den anderen Kleinen Völkern zu verkleiden, könnte er sogar Erfolg haben. Er könnte seine Dienste zum Tellerwaschen anbieten. Die großen Leute konnten ja oft einen Bogin nicht von den Angehörigen der Kleinen Völker unterscheiden; für die waren sie alle gleich. So klein, dass man einfach über sie hinwegsah und sie gar nicht richtig bemerkte. Niemand wollte sich mit ihnen allzu sehr abgeben, sie blickten alle auf die Kleinen herab. »Halblinge« nannten sie sie durchwegs, als wären sie nichts Ganzes, nichts, das man besonders achten musste. Sie selbst nannten sich aus anderen Gründen Halblinge, aber die beachteten die Großen nicht.

Fionn entdeckte schon in der nächsten Gasse ein weiteres Gasthaus mit einem großen Hof und mehreren Eingängen. Wenn er einen der Knechte abpasste, konnte er vielleicht um etwas zu essen betteln, als Gegenleistung für seine Hilfe. Knechte machten es sich gern bequem, wenn sie jemanden hatten, der ihre Arbeit erledigte, und ein bisschen Essen aus der Küche zu beschaffen, konnte nicht so schwer sein.

Nicht lange nachgedacht, gehandelt – und er marschierte drauflos. Sein Magen knurrte immer ärger. Auch Durst quälte ihn. Seit dem frühen Morgen war er durch die Stadt gerannt, noch vor dem Frühstück hatte er fliehen müssen. Daran konnte er gar nicht oft genug denken und musste es ständig wiederholen, weil es immer noch so unfassbar erschien.

Fionn hörte es plätschern, und da sah er eine Tränke, an der sich einige Kutschpferde gütlich taten. Gespeist wurde sie aus einem ständig laufenden Hahn.

Frisches Wasser! Fionn schien es das köstlichste Geräusch der Welt zu sein, und er spürte schon die prickelnde Kühle auf der Zunge. Es war gerade niemand in der Nähe, also sollte er es wagen.

Die Pferde hielten kurz beim Saufen inne, spitzten die Ohren und hoben die Köpfe, als sich ihnen etwas näherte, das sie nicht gleich erkannten. Doch als sie begriffen, dass dieses Wesen eher klein war und nicht wie ein Raubtier roch, schnaubten sie kurz und hielten die Schnauzen wieder ins Wasser.

Fionn murmelte beschwichtigende Worte; ganz geheuer waren ihm diese großen Tiere nicht, aber immerhin befand sich die Tränke zwischen ihnen. Er war schon ganz nah, konnte die Feuchtigkeit auf seinen Wangen spüren … und dann streckte er die Zunge aus und ließ den Wasserstrahl darauf laufen, trank mit geschlossenen Augen gierig in großen Schlucken. Da wurde er am Kragen gepackt und zurückgerissen.

Fionn verschluckte sich und hustete, spürte keinen Boden mehr unter den Füßen und starrte mit angstgeweiteten Augen in das Gesicht eines Menschenmannes. Es war schmutzig wie seines, die Haut grobporig, die Nase vom Alkohol gerötet, und der Gestank von Schnaps wehte mit dem Atem aus dem Mund. Der Mann trug einen schlabbrigen Filzhut, ein löchriges Hemd und eine ebenso löchrige Hose und zeigte ein Grinsen voller Zahnlücken.

»Nun sieh mal einer an, was haben wir denn da?«

»Wovon sprichst du?«, erklang eine zweite Stimme aus dem Hintergrund, und dem jungen Bogin rutschte das Herz hinab in die Hose.

Für einen Augenblick glaubte Fionn, den Räubern wiederzubegegnen, doch diese beiden waren noch abgerissener und sehr viel älter. Was seine Lage kaum erleichterte.

Der zweite Mann sah demjenigen, der Fionn immer noch festhielt, ähnlich, nur dass er gar keine Zähne mehr besaß und keinen Hut trug.

»Ach, schau an«, sagte er. »Brüderchen, da haben wir heute wohl das große Los gezogen.«

»In der Tat. Wenn wir den nicht zu Geld machen können, dann will ich ab sofort Thumble heißen.«

»Wenn du bitte die Güte hättest, mich herunterzulassen, guter Mann«, bat Fionn.

Die beiden Brüder lachten. »Und eine gewählte Aussprache hat er auch noch!«, rief der eine, der Thumble heißen wollte. Und der andere, der Zahnlose: »Wird dir etwa schwindlig in dieser Höhe?«

»Ich bitte euch.« Fionns Beine zappelten, und seine Finger wanden sich um den erbarmungslosen Griff des Menschen.

»Na gut.« Der Mann mit dem Filzhut setzte ihn unsanft ab. »Bürschlein, was machst du hier so allein? Wo ist dein Herr?«

Fionn war versucht zu antworten »im Gasthaus«, aber er verschluckte diese Worte gerade noch rechtzeitig. Diese Lüge würde sofort aufgedeckt. Ihm fiel nicht ein, was er sonst sagen könnte; das Lügen war er einfach nicht gewohnt. Ab und zu mal eine kleine Schwindelei als Kind, wenn es um die Kekse in der Vorratskammer ging, oder um ein paar Äpfel im Garten. Doch *lügen* ... das lag einem Bogin fern. Es gab keinen Grund dazu.

Thumble, der ihn immer noch im Nacken festhielt, schüttelte ihn. »Los, gibt Antwort!«

»Ach, lass ihn«, sagte sein Bruder. »Sieh ihn dir an. Der ist weggelaufen!«

»So, machst deinem Herrn also auch noch Schwierigkeiten, indem er dich nicht den Palastwachen übergeben kann, was? Wahrscheinlich ist dein Herr deswegen an deiner Stelle verhaftet worden!«

Fionn wollte es nicht hoffen. »Bitte, ich wollte nur ein wenig Wasser schöpfen und dann weiterziehen ...«

»Weiterziehen?« Die beiden johlten. »Ein wandernder Sklave!«

»Aber nein, ich ...«

»Halt den Mund!« Die beiden Brüder überlegten, was sie mit ihm anstellen sollten. In den Palast bringen? Nein, da erwartete sie keine Belohnung; derzeit war kein Preisgeld auf entflohene Sklaven ausgesetzt. Man würde ihnen danken und sie daran erinnern, dass sie ihrer Bürgerpflicht nachgekommen waren, das wäre aber auch schon alles. Schließlich hellten sich ihre Gesichter auf, anscheinend hatten sie beide denselben Gedanken gehabt.

Der Mann, der Fionn festhielt, beugte sich plötzlich zu ihm, kam ihm ganz nahe mit seinem Gesicht, dass die Kälte seiner Augen auf der Haut zu spüren war. »Jetzt hör mal zu, Bucca«, zischte er. »Wir gehen mit dir ins Gasthaus und veranstalten eine Auktion. Du wirst uns ein hübsches Sümmchen bringen. Und ich möchte dir raten mitzumachen, andernfalls wird es dir schlecht ergehen – sehr schlecht.«

Fionn schwieg, er hatte erkannt, dass es keinen Sinn hatte, sie um Gnade zu bitten. So zerlumpt wie sie waren, würden sie jede Gelegenheit nutzen, um zu Geld zu kommen. Wahrscheinlich hatten sie ebenfalls seit einem oder mehreren Tagen nichts mehr gegessen. Still und ergeben ließ er sich mitschleifen.

Schlag Sechs posaunte Ridirean durch die Stadt hinaus, und Fionn kam es wie sein Henkerslied vor, das ihn, und nur ihn, zum Schafott oder zum Galgen begleitete.

Die Männer polterten in die Gaststube, und Fionn verschlug es schier den Atem. Die Luft war schwer und stickig, es stank nach Schweiß, Alkohol und halb Verdautem, dazu Küchengerüche, der Rauch von Fischöllampen und noch andere Dünste, die Fionn nicht mehr erkennen konnte. Ihm wurde schwindlig und übel, und er wünschte sich weit fort – seinetwegen sogar ins Verlies des Palastes, denn nicht einmal dort konnte es schlimmer sein. Es herrschte ein chaotischer Lärm an Unterhaltungen, Bestellungen, Stühlescharren, Klirren von Krügen, Schmatzen und Schlürfen.

Der ältere Bruder stellte sich breitbeinig vor den Ausschank und stemmte die Arme in die Seiten. »Alle mal herhören!«, sagte er laut.

Die Geräusche verstummten, und alle wandten sich den Neuankömmlingen zu. Fionn schluckte, als er sah, wie er von vielen Augenpaaren gemustert wurde. Diesmal wurde er nicht übersehen.

»Wir haben hier einen Bogin anzubieten«, fuhr der Ältere fort. »Wie ihr alle wisst, ist heute der Befehl ausgegeben worden, alle Buccas zu verhaften. Warum, wissen wir nicht, und das spielt auch keine Rolle – fest steht, dass es seither einen gewaltigen Mangel an Sklaven gibt. Deshalb verkaufen wir diesen Bogin dem Meistbietenden. Er ist jung, er ist gesund, und wenn sein neuer Herr acht gibt und nicht überall ausplaudert, dass er einen Sklaven hält, wird er in dieser kargen Zeit und darüber hinaus viel Freude mit ihm haben.«

»Der bringt doch nur Ärger!«, rief jemand. »Wenn ihn jemand sieht . . .«

»Auf dem Feld kann er natürlich nicht eingesetzt werden, und dafür ist er uns auch zu schade. Seht her, seine zarten Hände, sein gepflegtes Äußeres . . .«

»Der starrt doch vor Dreck!«

»Weil er geflohen ist, mein Freund. Aber dieser Schmutz ist nur dünn und ganz oberflächlich, da braucht's nicht einmal Schrubben. Ein vornehmer Sklave für ein gemütliches Heim. Eure Freunde, Eure Familie wird euch beneiden!«

»Ja, und uns hinhängen!«

Allgemeines Gelächter. Die beiden Brüder sahen sich an und zuckten die Achseln. »Wir haben uns schon gedacht, dass ihr kein Geld habt«, sagte der Ältere. »Drüben im ›Weißen Hasen‹ haben sie uns 5 Goldaugen geboten, aber das war uns zu wenig. Na, dann ziehen wir halt weiter zum . . .«

»Fünf Goldaugen?« Ein schwergewichtiger Mann, seiner prächtigen Zunftkleidung nach zu urteilen ein Pillendreher, trat nach vorn. »Ich biete zehn Bronzestücke!«

Das empfanden selbst diejenigen, die sich überhaupt nicht für einen Sklaven interessierten, als Frechheit, und der Pillendreher musste sich jede Menge Beschimpfungen als Geizhals gefallen lassen und wurde sogar mit Brotstücken beworfen.

»Pah!«, machte er, drehte sich hochnäsig um und kehrte auf seinen Platz zurück.

»Ich biete zwei Silberköpfe!«, rief nun ein anderer, und damit ging das Bieten los.

Fionn wollte nicht glauben, was er da hörte. Vor allem konnte er überhaupt nicht verkauft werden, da er nicht über die dafür notwendigen Papiere verfügte. Und ein Sklave durfte von Gesetzes wegen nicht zwei Herren gehören oder auch nur dienen. Trotz seiner Versuche, die beiden Landstreicher darauf aufmerksam zu machen, ging die Versteigerung munter weiter. Niemand hörte auf ihn; warum auch, diese ganze Auktion war ungesetzlich. Aber den Leuten machte es Spaß, sie lärmten fröhlich durch den Raum und boten nicht nur, sondern kündigten auch an, wofür sie den Sklaven verwenden würden. Da kamen eine Menge

Einfälle zusammen, und Fionn gefiel kein einziger. Noch weniger gefiel ihm, wie er vorgeführt wurde, wie ein Stück Schlachtvieh. Als sie von ihm Kunststücke verlangen wollten, weigerte er sich jedoch.

Sie waren bei fünfzig Silberköpfen angekommen, als eine neue Stimme erklang, die sofort alle zum Aufhorchen und Schweigen brachte.

»Ein Goldauge.«

Er sagte es nicht einmal laut, dennoch wurde seine Stimme bis in den hintersten Winkel gehört. Alle starrten zur Tür, wo der Fremde stand, niemand hatte bis dahin sein Hereinkommen bemerkt. Fionn erkannte ihn sofort wieder und wusste nicht, ob er erleichtert sein sollte.

Die beiden Brüder staunten mit offenem Mund und mussten sich zunächst sammeln, bevor der Ältere hervorbrachte: »Ist dies ein ernst gemeintes Gebot?«

»Es gibt kein weiteres, denn der Sklave gehört mir.«

»Äh ... aber wenn jemand mehr bieten will ...«

»Ich handle nicht, Bursche«, sagte der hochgewachsene Mann streng. Er trat weiter in den Raum hinein, schlug Mantel und Kapuze zurück. Er trug die Kleidung eines Wanderkriegers mit metallverstärktem Wams, breitem doppelten Waffengürtel und Schultergürtel. An seiner rechten Seite hing eine doppelseitige Kriegsaxt, und in der Rückenscheide steckte ein Langschwert, dessen Griff knapp über seinen Kopf hinaus ragte. An der linken Seite war überdies ein Schwert befestigt, und vorn im Gürtel steckte ein Dolch.

Dass er die Lebensmitte überschritten hatte, wie man an seinen grauen Haaren und dem wettergegerbten Gesicht erkennen konnte, verringerte die Eindringlichkeit seines Auftritts kein bisschen. Er war eindeutig ein Söldner, ein Wanderkrieger, und mit einem Mann von solcher Erfahrung legte sich niemand gern an. Sollte er, was aufgrund der Geschmeidigkeit seiner Bewegungen aber nicht anzunehmen war, nicht mehr über die einstigen Körperkräfte verfügen, so machte er dies mit vollendeter Kampfkunst wett. Nur die besten Söldner erreichten im Besitz sämtlicher Gliedmaßen ein Alter, in dem sie graue Haare trugen.

Die Leute an den vordersten Tischen wichen unwillkürlich ein wenig zurück; keiner der hier Anwesenden gehörte zu den Kämpfern, sie waren Bauern, Handwerker, Händler, Reisende.

»Es scheint mir, du hast mich nicht richtig verstanden«, fuhr der Wanderkrieger fort. »Dieser Sklave *gehört* mir. Ich bin sein Eigentümer. Und deshalb wirst du ihn mir sofort übergeben.«

»Aber ...« Der Zahnlose ließ sich noch nicht ganz entmutigen. »Du hast für ihn geboten ...«

»Um mir Gehör zu verschaffen.«

»Aber wir haben alle das Gebot gehört!«, protestierte jemand ganz hinten, der sich im Schatten einer Säule versteckte. »Und außerdem, zeig doch erst mal seine Papiere vor! Wäre ja ganz was Neues, ein Söldner mit persönlichem Leibsklaven.«

Der Fremde legte die Hand an den Axtgriff. Augenblicklich scharrten Stühle, viele waren auf dem Sprung. Der Wirt rief seine Schankmaiden hinter den Tresen und bat um Barmherzigkeit.

»Wir haben ihn gefunden«, beharrte nun der Mann mit dem Hut und zerrte Fionn vor sich. »Und nicht ausgeliefert, wie du es hättest tun müssen.«

»Vielleicht wollte ich das ja, und er ist mir davongelaufen«, erwiderte der Wanderkrieger.

»Nun, dann will er sicher nicht zu dir zurück ...«

»Doch, er will!«, schrie Fionn auf. »Lasst mich sofort zu meinem Herrn!« Er zappelte und wehrte sich gegen den Griff, aber vergeblich.

Die beiden Brüder sahen sich an; der Jüngere zog ein Messer und hielt es Fionn an die Kehle.

»Hier stimmt eindeutig etwas nicht«, sagte der Ältere. »Uns geht das nichts an und interessiert uns auch nicht, aber du zahlst für deinen Sklaven. Ein Goldauge, und er darf zurück zu dir.«

Der eine oder andere Mund öffnete sich, doch angesichts der Bewaffnung des Fremden schloss er sich wieder ohne jegliches weitere Wort, das vielleicht Protest hatte ausdrücken wollen. Die Auktion war allein durch die Haltung des Wanderkriegers beendet, und die Leute wandten sich erneut ihrer vorherigen Beschäftigung zu.

Der Wanderkrieger zog einen Beutel von seinem Gürtel, der hinter der Axt befestigt war, und holte eine große schimmernde Münze hervor – pures Gold, geprägt mit dem gütigen Auge der Àrdbéana. Fionn konnte es kaum glauben.

»Möge ihr Segen der eure sein«, sagte er und warf die Münze.

Beide Brüder wollten sie auffangen, fielen dabei halb übereinander und schubsten sich. Fionn war frei; so schnell er konnte rannte er zu dem Fremden, dessen rechte Hand sich schwer auf seine Schulter legte. »Lass uns gehen«, sagte er.

Damit war Fionn nur zu einverstanden, und er ließ es zu, dass der Wanderkrieger ihn beim Hinausgehen vor sich herschob. Kaum waren sie draußen, schlug der Mensch die Kapuze wieder über und den Mantel um den Halbling.

»Komm, wir sollten uns beeilen.« Er zog ihn mit sich um die Ecke in eine kleinere Gasse.

»Ja, denn wenn ihnen das eine Goldauge nicht genügt und sie mehr bei dir vermuten...«, stieß Fionn aufgeregt hervor. Er konnte es nicht fassen, dass ein wildfremder Mensch so viel Geld für ihn ausgab – noch dazu ein Wanderkrieger, der sicherlich nicht mit Reichtümern gesegnet war.

»Das war kein Goldauge«, murmelte der Mann.

»Wie bitte?« Hatte er sich gerade verhört? Er hatte es doch selbst gesehen!

»Das war Elbengold«, gestand sein unbekannter Retter.

Fionn rutschte das Herz ins Knie. »Oh nein...«

»Oh ja. Sobald das Goldauge den Besitzer wechselt, offenbart es seinen wahren Wert. Das wird bald der Fall sein, wenn die beiden Brüder sich Schnaps bestellen, vielleicht sogar in ihrem Überschwang eine ganze Lokalrunde ausgeben. Deshalb werden wir uns tunlichst entfernen, und zwar hurtig und so weit als möglich.«

Fionn verlor bald den Überblick, als sie schnell hintereinander die schmalen, verwinkelten Gassen wechselten; er hätte schon nach kurzer Zeit nicht mehr zu dem Gasthaus zurückgefunden. »Aber da draußen sind bestimmt noch...«

»Die Häscher, ganz gewiss. Doch keine Furcht, hier in diesem Bezirk werden sie kaum suchen. Niemand hier hält Sklaven.«

Fionn fragte nicht nach, weshalb das so war, er nahm es zu seiner Beruhigung einfach hin. Schließlich erreichten sie ein für ein Gasthaus kleines, altes, ganz aus Holz errichtetes Haus, ein wenig windschief und rußgeschwärzt. An der schmiedeeisernen Stange hing ein verblichenes Schild, dessen Lettern längst nicht mehr lesbar waren; nur noch ein schwarzes Ross war halbwegs erkennbar, und ein Teil der Klinge eines Schwertes. Fionns Retter ging die drei knarrenden Stufen hinauf, drückte die Tür auf und polterte, den jungen Mann mit sich ziehend, in die Gaststube.

Fionn, auf das Schlimmste gefasst, war erstaunt. Das Feuer eines großen Kamins verbreitete freundliches Licht und Wärme, und die Luft war sogar einigermaßen atembar. In der Mitte der Stube gab es etwa zehn Tische, dazu ein paar Nischen und einen Seitenraum, der noch einmal Platz für fünf Tische bot. An den Wänden waren große Kerzenhalter befestigt, Schutzgläser waren über die Kerzen gestülpt, sodass sie nicht flackerten und rußten, sondern ruhig brannten.

Fionn sah Menschen und Zwerge und einige Elben, allesamt Reisende, und viele in ähnlicher Kleidung wie der Wanderkrieger. Dies waren also die Orte, an denen diese Leute normalerweise verkehrten – und unter sich blieben.

Der Wirt, leicht zu erkennen an seiner ledernen Schürze, bediente selbst. Mit zwei Händen voll Krügen, bis oben gefüllt mit schäumendem Bier, kam er den Neuankömmlingen entgegen. Er war mittelgroß und massig, die Haare standen wie Igelstacheln von seinem Kopf, und er trug den prächtigsten Schnauzbart, den Fionn je gesehen hatte, mit zwei langen, mehrfach nach innen gerollten Enden. Sein Kinnbart war sehr kurz gehalten.

»Es ist lange her, mein Freund«, sprach er Fionns Retter mit raukehliger Stimme an und wies mit dem Kopf auf eine Nische, ohne den kleinen Begleiter zu beachten. »Dort ist frei. Das Übliche?«

Der Wanderkrieger nickte nur.

Kurz darauf fand Fionn sich an einem Tisch wieder; sein Retter hatte ihm drei Kissen besorgt, auf die er sich setzen konnte, damit die Höhe passte. Die stämmige Wirtin brachte ihnen zwei Bierkrüge, Brot und geräucherten Rohschinken. »Das Essen kommt gleich«, versprach sie und verschwand.

Die anderen Gäste achteten nicht auf sie, sondern widmeten sich still ihrer Mahlzeit, rauchten in sich versunken Pfeife oder unterhielten sich leise.

»Es ist schön hier«, flüsterte Fionn. Seltsam, aber er fühlte sich wohl und sicher. Jeder einzelne Gast mochte sehr gefährlich als Gegner sein, perfekt im Umgang mit der Waffe und im Kampf, aber an diesem Platz war keiner streitbar. Wahrscheinlich waren sie alle froh um einen solchen Ort der Ruhe, an den sie sich zurückziehen konnten, ohne die Herausforderung eines übermütigen Draufgängers befürchten oder ihrem Ruf auf andere Weise gerecht werden zu müssen. Sie waren unter sich, konnten sich austauschen, die Zurückgezogenheit genießen, vielleicht auch einen Auftrag vermitteln.

Vorsichtig nippte er an dem Bier; nach der Feier und dem morgendlichen Schrecken war ihm zunächst nicht danach, doch es schmeckte gut, frisch und würzig, und löschte schon nach wenigen Schlucken seinen brennenden Durst.

»Es ist Speisebier«, erklärte sein Retter. »Du kannst es unbesorgt trinken.«

Fionns Magen krampfte sich angesichts des warm duftenden dunklen Brotes und des kräftigen Schinkens zusammen, doch er wagte es nicht, sich gierig darauf zu stürzen. Dabei lief ihm das Wasser im Mund zusammen, und er stellte sich vor, seine Zähne in saftigen Teig zu graben und alles in sich hineinzuschlingen, was in den Mund passte.

Sein Begleiter zog hinter seiner Taille ein scharfes Messer aus einer bisher verborgen gebliebenen Schlaufe an seinem Gürtel, schnitt ein Stück Brot und Schinken und legte es Fionn auf den Teller. »Nun greif schon zu, Junge, die Augen fallen dir fast aus dem Kopf, und du wirst gleich ohnmächtig.«

»Danke«, stieß Fionn fast unhörbar hervor, seine Finger fühlten den warmen, weichen Teig, seine Nase sog den Duft nach Salz und Gewürzen ein. Er biss ein Stück Brot ab, dann ein Stück Schinken, und fühlte dankbar den Geschmack im Mund und ein erlösendes Rumpeln in seinem Magen, als er schluckte. Er war völlig ausgehungert und erschöpft, das wurde ihm jetzt bewusster als je zuvor, da nun die Anspannung von ihm abfiel.

Bald darauf stand ein tiefer Teller, randvoll gefüllt mit dampfendem Eintopf vor ihm, und ein neuer Krug Speisebier. Fionn hatte das Gefühl, noch nie so glücklich gewesen zu sein. Er hatte natürlich wie jeder seines Volkes Essen und Trinken stets genossen, oft auch zelebriert, doch das hier, diese schlichte Mahlzeit zu irgendeiner Tageszeit, war etwas ganz Besonderes.

»Warum … tust du das für mich?«, fragte er schüchtern, nachdem er die Hälfte seiner Mahlzeit vertilgt hatte und endlich langsamer essen konnte.

»Das bin ich dir schuldig, denn du hast mir das Leben gerettet«, antwortete der Wanderkrieger. »Ich dachte mir schon, dass du in Schwierigkeiten geraten würdest, deswegen habe ich nach dir gesucht. Ich hatte vorher nur noch etwas zu erledigen. Ich bleibe nichts schuldig.«

»Danke. Ja, *ich* habe zu danken. Auch, dass du mich nicht … ausgeliefert hast.«

»Pah, unsere Sorte hat nicht viel übrig für die feinen Soldaten am Hofe. – Stimmt doch, oder?«, rief er plötzlich laut in die Runde und hob den Krug.

»Aye, wahr gesprochen!«, kam es von verschiedenen Tischen zurück, und der Gruß wurde erwidert.

Fionn betrachtete fasziniert die Elben, die selbst einen Ort wie diesen zum Leuchten brachten, selbst wenn sie nicht besser gekleidet waren als die anderen. »Ich wusste gar nicht …«

»Die Spitzohren?«

Fionn schnappte nach Luft ob dieser respektlosen Äußerung über die edlen Unsterblichen.

»Die teilen sich in viele Stände auf, und diese da gehören zu den weniger Angesehenen. Ich glaube, man nennt sie sogar Braunelben.«

»Aus der herrlichen Waldstadt Brandfurt!«, rief einer von ihnen herüber.

»Oh, aus dem prächtigen Mittel des Südreiches, ein wahrhaftig weiter Weg. Slént, Brüder!«

»Slént, Bruder Kurzohr!«

Fionn spürte, wie er errötete. »Die hören wohl alles?«

»Je spitzer die Ohren, desto feiner der Hörsinn. Außerdem entwickelt jeder Angehörige unserer Zunft mit der Zeit ein feines Gehör, das ist überlebenswichtig.« Der Wanderkrieger stieß Fionn leicht an und wies auf einige Plätze. »Übrigens sind nicht nur Männer hier, sondern auch ein paar Frauen. Hier und da, und dort auch.«

Fionns Blick folgte den Fingerzeigen, und erst jetzt fiel es ihm auf. Menschen und Elben … »Und Zwergenfrauen?«, flüsterte er aufgeregt.

»Die kriegst du nicht zu Gesicht, Kleiner, dieses Privileg ist nur wenigen Auserwählten vergönnt.«

»Haben sie wirklich, äh, Bärte?«

»Was fragst du mich?«

»Du gehörst bestimmt zu den Auserwählten.« Fionn musterte seinen Retter kritisch. Dieser Mann war reich an Erfahrungen und Entbehrungen, wahrscheinlich war er schon durch ganz Albalon gereist und kannte selbst die geheimen Städte und die Labyrinthminen. »Darauf möchte ich wetten.«

»Nicht mit mir. Ich bin nur ein einfacher Söldner, heute hier und morgen da.« Der Wanderkrieger leerte seinen Krug und bestellte nun Schwarzbier. Fionn fragte sich besorgt, ob das nicht alles zu teuer würde, doch sein Begleiter schien sich keine Gedanken darum zu machen. Vielleicht hatte er vor Kurzem seinen Sold ausbezahlt bekommen.

»Danke«, wiederholte er.

»Zu deinen Diensten, junger Bogin.«

Auch dafür war er dankbar. Er wurde nicht verächtlich »Bucca«, aufgeblasene Backe, genannt. Den Schimpfnamen verdankten sie dem Umstand, dass die meisten Bogins rosige Wangen hatten, und darüber machten sich zu viele gern lustig: »*Trinkt und isst zu viel und ist faul.*«

Der Wanderkrieger wischte sich den Schaum aus dem dunklen Bart. »Nun, du hast dich jetzt erholt, dann kannst du getrost weiterziehen.«

Schlagartig war die gute Stimmung dahin, und die Wirklichkeit hatte ihn mit einem Faustschlag eingeholt. Es fühlte sich an wie der Winter, wenn man morgens die Tür öffnet und die Kälte einem entgegenschlägt, wo gestern noch ein freundlicher Herbst gewartet hat.

»Aber wie denn?« Fionn schluckte heftig, dann brach er in Tränen aus. Sein Herz raste vor Angst. »Ich … ich war doch noch nie außerhalb meines Heims. Ich weiß nicht, wohin ich mich wenden soll, was ich tun muss, wovon ich leben soll, und außerdem werde ich gesucht, und …«

»Dreh nicht gleich durch.«

»Du hast leicht reden, Herr!«, schluchzte Fionn verzweifelt.

»Nenn mich nicht Herr. Ich bin Tuagh.« Er deutete auf die Axt an seiner Seite.

»Aber ich kann doch nicht einfach …«

»Du kannst sehr wohl. Ich bin weder dein noch sonst jemandes Herr. Und wenn du damit nicht aufhörst, muss meine Axtschneide dich leider ein wenig an der Kehle kitzeln, um dieses dumme Wort aus dir herauszuschneiden.«

Erschrocken hob er die Hände. »Ich . . . ich werde es versuchen, H . . . T-Tuagh. Ich bitte um ein wenig Geduld, denn das bin ich nicht gewohnt.«

»Mit deinesgleichen redest du doch auch formlos, oder?«

»Das ist was anderes. Wir sind schließlich nicht gleich, du und ich.«

»Ach? Und warum nicht?«

Fionn war so verdutzt, dass es ihm für einen Moment die Sprache verschlug. »Na, erstens einmal bin ich ein Sklave und du ein freier Mann.«

»Ich sehe hier einen Bogin und einen Menschen ungezwungen an einem Tisch sitzen und plaudern. Der einzige Unterschied ist die Größe, und, na schön, die Volkszugehörigkeit mag auch etwas ausmachen. Aber ich kann nicht erkennen, was dich zum Sklaven macht und mich zum freien Mann.«

»Also, es sollte nicht an mir sein, dir das erklären zu müssen«, entfuhr es Fionn. »Du solltest eigentlich wissen, dass wir Bogins Sklaven von Geburt an sind, und so ist das seit langer Zeit, so weit wir zurückdenken können.«

Tuagh lehnte sich zurück und trank einen Schluck, bevor er entgegnete: »Und was wart ihr in der Zeit, die außerhalb eures Denkens liegt?«

»Ich verstehe nicht . . .«

»Eure Erinnerung wird ja wohl nicht bis an den Anbeginn aller Zeit zurückreichen. Also gibt es eine Zeit außerhalb eurer Erinnerung. Was wart ihr da?«

»Ich weiß nicht«, gab Fionn verwirrt zu. »Vielleicht gar nicht.« Dann runzelte er die Stirn. »Es ist nichts Schlechtes daran, ein Sklave zu sein.«

»Dem Anschein nach nicht, wenn man ein Bogin ist, der vielleicht auch einen Namen hat?«

»Oh, Verzeihung, H . . . Tuagh, ich bin sehr unhöflich. Ich bin Fionn Hellhaar.«

Der Wanderkrieger schmunzelte, und für einen Moment vertieften sich die Lachfältchen in seinen Augenwinkeln. Es musste eine Zeit gegeben haben, da er viel mehr gelächelt oder sogar gelacht hatte. »Wohlan, Fionn Hellhaar. Wie bist du überhaupt in den ganzen Schlamassel geraten?«

»Ach herrje, diese lange Geschichte ...«

»Das scheint mir genau das Problem zu sein, denn ich glaube, sie macht deinen Kopf so voll, dass er schon ganz angeschwollen ist und bald platzt. Lass sie heraus, ich werde ihr auch nichts antun, sondern sie genau so belassen, wie sie ist. Es ist deine Geschichte.«

»Ich weiß nicht, wo ich anfangen soll ... und da ist Cady ... und meine Eltern ...« Fionn schluckte tapfer die erneut aufsteigenden Tränen hinunter; alles zu seiner Zeit, und er wollte sich nicht restlos lächerlich machen. Zu einer Witzfigur, die die Bezeichnung »Bucca« verdiente. »Willst du sie wirklich hören?«

»Interessiert mich brennend.«

Fionn zögerte. »Du siehst nicht aus wie einer, der gern Geschichten lauscht.«

»Ich habe dir versprochen, sie nicht zu zerhacken.« Tuagh klopfte erneut gegen den Axtstiel an seiner rechten Seite. »Die bleibt schön da, wo sie hingehört. Glaub mir, unter dieser rauen Schale«, er wies auf sich, »steckt kein so übel Kerl, wie man meinem Aussehen nach annehmen möchte. Ich kann durchaus romantisch sein.«

»Um Romantik geht es hier gar nicht, sondern um Mord, Blut, Gewalt und Ungerechtigkeit.«

»Sag ich doch! Meine Rede. Ich bin ganz Ohr!«

KAPITEL 2

UND WIE ES DAZU KAM

Wollt ihr wissen, wer ich bin?
Macht euch keine Gedanken.
Es genügt, dass ich weiß, wer ihr seid.

*

Die Katastrophe begann in genau jenem Moment, da Fionn die Leiche von Magister Brychan fand und alles darauf hinwies, dass es die Tat eines Bogins gewesen war, was sich deswegen als umso schlimmer erwies, dass ausgerechnet er – ein *Bogin*, da gab es nun einmal nichts dran zu rütteln – nur wenige Augenblicke später neben genau dieser Leiche und auch noch blutbesudelt aufgefunden wurde.

Und das geschah am Tag nach der Feier, genauer gesagt am frühen, ja am allerfrühesten Morgen, und Fionn war trotz seines mächtigen Katzenjammers ein zweites Mal entgegen seiner Gewohnheit derart zeitig aus dem Bett gestiegen. Gestern, weil es sein Geburtstag gewesen war, und heute, weil er ein Geräusch gehört hatte.

Ein Geräusch, das ungewöhnlich war und nicht in dieses Haus gehörte, und das selbst durch wein- und bier- und schnapsselige Träume, die um ein zauberhaftes Wesen namens Cady kreisten, hindurchschallte und ihn weckte. Und er wusste, es war etwas geschehen, und nichts Gutes.

Die Vernunft warnte seinen trunkenen Verstand liegenzubleiben und abzuwarten, doch seine furchtsame Neugier zwang ihn auf die Beine und dorthin, von woher das Geräusch gekommen war.

Noch war er der Erste, noch schien alles im tiefen Schlummer zu liegen, noch war Fionn mit dem Entsetzen seiner Entdeckung ganz allein.

Und so nahm das Verhängnis seinen Lauf...

»So ist es recht!«, bemerkte Tuagh lobend und bestellte die nächste Runde Schwarzbier. Er schien sich bestens zu amüsieren. »Das habe ich erwartet. Trotzdem geht es mir etwas zu schnell. Wie kam es dazu?«

»Ich komme ja schon darauf zu sprechen«, seufzte Fionn. »Aber dazu muss ich ein bisschen ausholen.«

»Ich kann es kaum erwarten. Erzähl mir von euch Bogins! Ich weiß so wenig über euch.«

»Niemand weiß das, denn wir fallen ja nicht weiter auf und zeigen uns auch so gut wie nie in der Öffentlichkeit. Und schließlich sind wir nicht sehr groß. Halblinge nennt ihr Menschen uns auch gern. Das ist mir aber immer noch lieber als *Bucca*.«

»Oh, missverstehe das Wort Halbling nicht, das hat nichts mit eurer Größe zu tun! Und wenn ich mich recht erinnere, bezeichnet ihr selbst euch ebenfalls als Halblinge, oder nicht?«

»Nun ja, schon, aber aus eurem Munde klingt es trotzdem nicht freundlich.«

»Ach was, ich meine es in eurem Sinne und viele andere bestimmt auch. Bucca, nun ja, das ist wenig schmeichelhaft, zugegeben. Doch wir wollen uns nicht mit langatmigen Ausführungen über Beleidigungen aufhalten. Also fahre fort!«

Genau einen Tag zuvor war alles in bester Ordnung gewesen, um nicht zu sagen, es sollte der beste aller Tage werden, zählte man eine vielleicht mögliche Hochzeit nicht mit dazu. Zumindest war es der wichtigste Tag im Leben eines Bogins, ja, noch wichtiger als der Bund einer Vermählung.

Der Tag der Doppel-Zwei, des Volljahrs, war gekommen. Fionn Hellhaar war so aufgeregt, dass er ganz gegen seine sonstige Gewohnheit schon vor Sonnenaufgang erwacht war, Ridirean hatte noch nicht einmal den ersten Schlag getan. Noch schneller als üblich war er gewaschen und angekleidet und untersuchte sich im Spiegel daraufhin, ob es vielleicht eine erkennbare Veränderung zu gestern gab.

Denn gestern war er noch ein Kind gewesen, und ab heute galt er als Mann.

Doch alles was er sah, war der Bogin, den er jeden Tag sah. Eher schmal von Gestalt, fast ein wenig zu groß, von mäßiger Behaarung und mit seidig-lockigen blonden Haaren. Und dazu auch noch Augen von dem dunklen Blau eines kalten, klaren Winterhimmels. Seine Haut war hell, und seine schmalen Wangen wiesen nur einen leicht rosigen Schimmer auf.

Er sah so gar nicht nach einem typischen, gestandenen Bogin aus, egal wie sehr er sich jeden Abend aufs Neue wünschte, am Morgen verändert aufzuwachen – nämlich so, »wie es sich gehörte«, wie Onkelchen Fasin zu sagen pflegte.

»So haben Bogins *nicht* auszusehen«, dozierte der alte Benimmmeister der jungen Halblinge und zeigte jedes Mal auf Fionn Hellhaar als Beispiel.

Bogins gehörten zu den Kleinen Völkern, aber sie unterschieden sich von den anderen erheblich. Zum einen waren sie größer als die meisten – sie reichten gut an ein menschliches Kind von zehn bis zwölf Jahren heran – und waren leicht an ihrem Aussehen zu erkennen. Eine ins bräunliche neigende Lederhaut, die braunen bis schwarzen Haare waren dick und wollig gelockt und nie in Ordnung zu bringen, und sie besaßen große dunkle Augen. Sie waren von kräftiger Statur und die Männer wiesen eine kräftige Körperbehaarung auf – Füße und Schienbeine, Unterarme, Brust, Schultern und Handrücken. Und sie besaßen rosige Pausbacken.

Das alles hatte Fionn irgendwie nicht vorzuweisen. Seine Erscheinung gab Anlass genug zu Spott, wenngleich es niemand wagte, auch nur eine Silbe in der Nähe von Alana, Fionns Mutter, verlautbaren zu lassen. Im Gegensatz zu seinem sanften Vater, der am liebsten nach getaner Arbeit im Garten saß und Pfeife rauchte, war Fionns Mutter eine resolute, kräftige und große Boginfrau, die selbstbewusst genug war, dass sie dem Herrn die Stirn bot. Sie saß selten still und fand leider auch immer genug, womit sie ihren einzigen Sohn antreiben konnte, nicht nur seinen Vater Hagán. Und alle anderen natürlich auch. Selbst Onkelchen Fasin spurte vor ihr.

Fionn rückte die sorgfältig gebundene Schleife an seinem frisch gestärkten, gestreiften Hemd zurecht, zupfte an den Hosenträgern, zog die leichte Jacke mit den Seidenapplikationen über, die seine Mutter ihm für heute genäht hatte, und seufzte tief.

»An diesem Tag ein solcher Seufzer?«, erklang eine Stimme hinter ihm, und er fuhr zusammen. In der Tür stand sein Herr.

»Oh, Herr, es tut mir leid«, stammelte Fionn und verbeugte sich artig.

»Nun, nun, beruhige dich, Junge.« Meister Ian Wispermund bückte sich und trat ein. Die herrschaftlichen Räume des Hauses besaßen die gewohnte Deckenhöhe, die Unterkünfte der Bogins jedoch waren ihrer Größe angepasst, und auch ihren Bedürfnissen, der Natur nahe zu sein: Alle Fenster gingen in den Garten hinaus, nicht zur Straße.

Fionns Herr war ein respektierter Gelehrter alter Sprachen und der Rechtskunde, der oftmals als Ratgeber an den Hof gerufen wurde. Die Ardbéana, die Höchstadlige, stellte die Oberste Gerichtsbarkeit aller Völker dar und war die Repräsentantin des Friedens. Ihr Wort war Gesetz, nach dem sich alle Völker richten mussten, von den Elben bis zu den Nachtmahren. Manchmal war es schwierig, ein Urteil zu fällen, und dann wurde nach Meister Ian gerufen.

Er war hochgewachsen und hager, trug zumeist das bis zu den Fußknöcheln reichende Gelehrtengewand und den schwarzen Hut der Weisen, ein etwas unförmiges Ding aus Samt mit einer goldenen Borte und Quaste daran. Haare und Bart waren längst weiß, das Gesicht genauso runzlig wie das von Onkelchen Fasin, der bei ihm am längsten in Dienst stand, und er benötigte zum Lesen Augengläser, die er sich auf den Nasenrücken klemmte. Seine nussbraunen Augen waren die gütigsten, die man sich vorstellen konnte. Stets in tiefschürfenden Gedanken vergraben, war der Meister zumeist sehr zerstreut. Ohne Fionns Mutter würde Meister Ian nicht einmal seinen Kopf finden, wenn er nicht auf dem Hals festgewachsen wäre, pflegte Alana zu sagen. Sobald es allerdings um Sprachen und Rechtskunde ging, war sein scharfer Verstand unerreicht, und dann konnte er sogar energisch werden, wenn man ihm nicht richtig zuhörte.

»Du hast heute Geburtstag«, fuhr Meister Ian fort. »Und ich möchte dir als Erster zu diesem besonderen Tag gratulieren, denn die Doppelzwei ist etwas Wunderbares. Als dein Beschützer bin ich dazu verpflichtet, dir das wichtigste Geschenk zu überreichen.« Der alte Mann lehnte es ab, als »Herr« tituliert zu werden, er sah sich als Schutzpatron seiner Dienerschaft.

Fionns Herz schlug schneller. Andächtig nahm er das Buch entgegen, das sein Herr ihm überreichte; es war in Bullenleder gebunden, mit prachtvoll behauenen Silberbeschlägen und einer großen farbigen Rune auf dem Umschlag. *A* für die *Große Arca*, das »umfassende Geheimnis«, eine uralte Philosophie in zweiundzwanzig Sprüchen. Jeder Bogin, der das Volljahr mit zweiundzwanzig Jahren erreichte, bekam sie überreicht und durfte sie ein Jahr lang behalten. Meister Ian besaß eine besonders wertvolle Ausgabe, für die ihm schon jede Menge Goldaugen geboten worden waren. Aber Gold interessierte ihn nicht weiter; er hatte ein gutes Auskommen und benötigte nicht mehr. Bücher waren ihm viel wichtiger als Juwelen.

»Ich danke Euch, Herr«, sagte Fionn förmlich. Meister Ian mochte es hassen, so viel er wollte – Onkelchen Fasin war noch viel unnachgiebiger in dem, was Anstand betraf, und zog jedem nachlässigen Kind, das nicht genau die Regeln befolgte, ordentlich den Hosenboden stramm. Mit der Zeit war der Benimm so tief verwurzelt, dass die Heranwachsenden gar nicht mehr anders konnten.

Meister Ian winkte ab, sagte aber nichts; er wusste gut genug, warum Fionn dabei blieb. »Also, Fionn, was ist der Grund für deine Trauer an solch einem besonderen Tag, an dem noch dazu die Sonne scheint?«

»Ach, es ist nur wie gewohnt mein Aussehen, Herr«, murmelte Fionn und stellte sich wieder vor den Spiegel, versuchte seine Haare in Unordnung zu bringen und schaffte es nicht; es gelang ihm nie. Ein Schopf, »eines Elbenkindes würdig«, hatte mal ein Besucher seines Herrn gesagt. Leichte Hoffnung zeichnete sich auf seinem Gesicht ab. »Liegt es vielleicht daran, dass ich Elbenblut in mir trage, Herr?«

Meister Ian ließ sich umständlich in einem Sessel nieder, weil ihm das dauernde gebückte Herumstehen zu anstrengend wurde. Er kicherte leise. »Weder dein Vater noch deine Mutter tragen Elbenblut in sich, also würde ich sagen: Nein, daran liegt es nicht. Würde mich auch wundern, die Elben geben sich ja kaum mit Meinesgleichen ab.«

»Aber was ist es dann?« Unglücklich fasste Fionn sich ans bartlose Kinn. Ein paar kümmerliche Haare wuchsen dort, die er regelmäßig mit dem traditionellen Messer, das jeder Bogin, ob weiblich oder männlich, zur Geburt bekam und sein Leben lang trug, wegrasierte, weil es einfach zu lächerlich aussah. Auf seiner Oberlippe zeigte sich nur leichter

Flaum, den zu entfernen nicht einmal lohnte. »Werde ich je normal aussehen?«

»Ich vermute mal, es liegt daran, dass deine Mutter nicht aus Sithbaile stammt«, überlegte Meister Ian. »Ich habe sie ja damals von einem reisenden Gelehrten gekauft. Ihre Papiere schienen in Ordnung zu sein, aber von wo genau sie jetzt herkommt, weiß ich eigentlich gar nicht. Ich könnte nachsehen, bin nur nicht sicher, ob ich den Vertrag noch finde.«

»Aber meine Mutter sieht doch aus wie alle anderen Bogins, und mein Vater auch. Ich bin der Einzige, der völlig aus der Art fällt!«

»Nun, an irgendwas muss es ja liegen. Was machst du dir überhaupt für Gedanken, Junge! Du solltest dich freuen, etwas Besonderes zu sein.«

»Gar nicht, Herr. So werde ich Cady doch nie für mich gewinnen können ...«

»Ah, so ist das also.«

Meister Ian war alt, aber vergessen hatte er nicht. Er war einmal verheiratet gewesen, aber seine Frau war vor langer Zeit im Kindbett gestorben, und er hatte seine Tochter ohne Frau aufgezogen. Nun war sie selbst verheiratet, und der Meister war allein geblieben. Er setzte sich auf. »Hast du denn schon mit Cady darüber gesprochen, dass du sie magst?«

»Bei allen Elbenschwüren, natürlich nicht!«, wehrte Fionn erschrocken ab. »Dann wüsste sie es ja!«

»Ich glaube, genau darum geht es«, meinte sein Meister. »Du bist ja noch kurzsichtiger als ich. Soll ich dir mal meinen Zwicker leihen, damit du klarer siehst?«

»Ach, Herr, das hat doch alles keinen Zweck.« Fionn gab es auf. Das einzige wirklich wirksame Mittel wäre ein Hexengebräu, das ihn in jemand anderen verwandelte. Aber dazu würde es nie kommen, denn dazu müsste er das Haus verlassen und in die Stadt gehen – das durfte er zum einen nicht, und zum anderen besaß er ja überhaupt kein Geld. Hier im Haus brauchte er keines. Das oberste Gesetz der Àrdbéana lautete, dass jeder Sklave bestmöglich versorgt und eingekleidet werden musste. Verstöße wurden schwer geahndet, wie ein Hochverbrechen.

Sein Herr wiegte den Kopf. »Wer weiß. Ich habe nämlich noch eine Überraschung für dich. Anlässlich deines Geburtstages, und weil ich heute Gäste erwarte, darfst du am Abend ein Fest mit deinen Leuten feiern.«

Fionn fuhr herum. »Wirklich?«, schrie er freudig auf. »Oh, Herr, ich danke Euch, das ist ... das ist das schönste aller Geschenke!«

»Mhmja, natürlich unter der Bedingung, dass meine Gäste nicht darunter zu leiden haben«, schränkte der Meister ein und stemmte sich mühsam aus dem niedrigen Sessel. Er vergaß für einen Moment, wo er sich befand und stieß sich den Kopf an – nicht zum ersten Mal, übrigens, das war schon eher ein Ritual. Seine Mütze fiel herunter, und Fionn beeilte sich, sie aufzuheben und dem Herrn zu reichen.

»Einige meiner Gäste werden bestimmt den einen oder anderen Sklaven mitbringen, sodass für genügend Abwechslung gesorgt ist«, fügte Meister Ian hinzu. »Und für dich wäre es die beste Gelegenheit, dich Cady zu nähern. Ich glaube, sie hat nichts dagegen, wenn mich meine alten Augen nicht trügen. Meine Erlaubnis hast du.« Er nickte seinem Sklaven noch einmal zu und ging dann krumm und schief nach draußen, wo er noch einmal innehielt. »Aber vergiss darüber nicht, die Große Arca zu öffnen und zu studieren, das ist deine Aufgabe für heute zur Mannwerdung. Denn morgen schon wirst du dich den Pflichten und der Verantwortung eines Erwachsenen stellen und dein unbeschwertes Leben ablegen müssen.«

Wie sich herausstellte, hatte Meister Ian Wispermund gewaltig untertrieben – es kamen *viele* Gäste und *alle* brachten Sklaven und deren Kinder mit. Fionn wusste sich gar nicht zu erklären, wie es dazu kam, dass so viele Besucher zu seiner Gratulation kamen. Als ob eine große Bogin-Versammlung abgehalten würde.

»Weil es nicht nur eine Zwanzig-Zwei, ein Volljahr ist, sondern auch ein Abschied«, erklärte Onkelchen Fasin gerührt und begrüßte jeden Einzelnen besonders herzlich, denn er kannte sie von einer oder zwei Ausnahmen abgesehen alle, von klein bis groß.

»Ein Abschied?«, fragte Fionn verwundert.

»Mein Kleiner«, sagte der alte Mann liebevoll und tätschelte seine Wange. »Du siehst merkwürdig aus, aber du bist ein guter Junge. Und das letzte Kind, das ich zur Doppelzwei geleitet habe. Es wird Zeit für mich.«

»Aber nein, aber nein!«, klangen Proteste auf. Der Versammlungs-
raum war inzwischen berstend voll, Alt und Jung drängelten sich an
Tischen, in den Ecken und auch auf dem Boden. Es wurde gegessen und
getrunken und geraucht und leise musiziert, und überall brannten Kerzen, und der Duft nach Kräutern und Bratäpfeln lag über allem. Für
Fionn war es eine aufregende Erfahrung, so viele seines Volkes kennenzulernen, und er mochte sie alle, denn sie waren guter Stimmung und
wussten heitere Begebenheiten zum Besten zu geben.

»Aber doch, aber doch«, versicherte der schwergewichtige Alte, der
im bequemsten Sessel ruhte, die Beine ausgestreckt, die lange Pfeife in
der Linken, einen Weinpokal in der Rechten. Die Weste spannte sich
über seinem beachtlichen Bauch, und sein in vier Zöpfe geteilter Bart
reichte bis zu seinem Gürtel. Wenn die Gerüchte stimmten, war er bereits über einhundertachtzig Jahre alt und konnte demnach noch auf
etwa zwei Jahrzehnte hinausblicken. Er hatte bereits dem Vater des
Meisters gedient, und noch dessen Vater davor. Weil er nie eine Frau und
Kinder gehabt hatte, wurde er seit mindestens einhundert Jahren von
allen aus Wertschätzung mit »Onkelchen« tituliert.

»Ich bin schon längst über meine Zeit hinaus, aber der Abschied fiel
mir schwer, denn ich wollte noch Fionn Hellhaars Mannwerdung miter-
leben. Nun gibt es aber keine Verzögerung mehr. Schon morgen erhalte
ich meine Audienz bei der Hohen Frau.«

»Die Àrdbéana«, seufzte so mancher und verdrehte verträumt die
Augen.

Sie galt als die Lieblichste und Edelste aller Elben. Selbst unter den
Allerhöchsten und Allerältesten der Unsterblichen wurde sie verehrt
und über sie nur im leisen Ton geredet. Ihr Titel bedeutete Höchste
Hoheit, noch über den Hochkönig und die Hochkönigin der Elben
hinaus. Sie wurde in einer Vielzahl von Liedern besungen und war eine
Legende bei allen Völkern.

Nur wenige bekamen die Hohe Frau jemals von Nahem zu Gesicht, es
war eine besondere Auszeichnung. Doch jedem Bogin wurde diese Ehre
einmal im Leben zuteil. Teil des Obersten Gesetzes war es nämlich, dass
die alt gewordenen Sklaven in den verdienten Ruhestand geschickt wurden, hinaus aufs Land, umgeben von blühenden Gärten. Die Àrdbéana
verabschiedete persönlich jeden Einzelnen dorthin in einer Audienz

unter vier Augen. So sollten die fleißigen, stillen, bescheidenen Wesen geehrt werden, die ihr ganzes Leben lang im Dienst ihres Herrn oder ihrer Herrin standen, treu und zuverlässig.

Damit war es nur zu verständlich, dass Onkelchen Fasin vergnügt und guter Dinge war, doch Fionn war traurig. »Morgen schon, Onkelchen? Kannst du es nicht noch um ein paar Tage verschieben? Ich habe heute die Große Arca geöffnet und viele Fragen.« Genau gesagt, hatte er bis auf den Narrenspruch gar nichts verstanden.

»Es ist dein Leben und dein Schicksal, das du anhand der Sprüche darin wählst«, erwiderte der alte Mann mit der fleischigen Nase und den breiten Lippen. »Ich kann dir da nicht weiterhelfen, Junge. Und es ist ausschließlich dein Geheimnis, das nur du ergründen kannst.«

»Außerdem lässt man die Hohe Frau nicht warten oder schlägt gar einen anderen Termin vor«, erklang eine fremde, kräftige Stimme und erhielt eine Menge Zustimmung dafür.

Fionn sah einen Bogin, der um die Fünfzig sein mochte, kleiner als er, doch kräftiger, und er war ganz und gar dunkel, ohne Zöpfe oder Schmuck im kräftigen Bart, mit einem misstrauischen Blick in den dunkelgrauen Augen.

Er neigte sich zu dem Bogin neben ihm hinüber. »Wer ist das?«, flüsterte er.

»Das ist Tiw«, lautete die Antwort. »Er und sein Herr, Magister Brychan, sollen aus Mathlatha stammen.«

»Was bedeutet das?«

»Der gütige Tag«, eine schöne Stadt der Künste und Gelehrtheit. Sie liegt ein paar Tagesreisen entfernt, Richtung Westen. Die beiden sind vor wenigen Stunden erst eingetroffen. Magister Brychan ist ein großer Gelehrter in Geschichte und Völkerkunde, und ich habe gehört, dass die Àrdbéana ihn gebeten hat, an einer Konferenz teilzunehmen. Zusammen mit unserem Herrn und einigen anderen.«

Fionn entschied, dass Tiw der einzige Bogin dieses Tages war, der nicht besonders sympathisch wirkte. Er gab sich düster, geradezu schlecht gelaunt, und schien sich und seinen Meister besonders wichtig zu nehmen. So besonders weit her war es demnach mit der Stadt der schönen Künste wohl nicht, wenn solche überheblichen Leute dort lebten. Oder bildete er sich etwa nichts darauf ein, aus der Ferne zu kommen?

Das Volk der Bogins war nicht groß, und die meisten lebten in Sìthbaile, hatte Onkelchen Fasin zu berichten gewusst. Wenn die da draußen alle so waren wie Tiw, sollten sie ruhig dort bleiben.

Ein leichter Stoß in die Seite riss Fionn aus seinen Gedanken hoch.

»Sie sieht dich an.«

»Was? Wie? Wer?«, stammelte er, wenig geistreich und kaum erwachsen. Dann sah er sie.

Sie saß ihm gegenüber, in der Nähe von Onkelchen Fasins Sessel, und lächelte ihm zu. Sie hatte große, schöne Zähne, die sie gern und oft in Verbindung mit einem breiten Lächeln rosenfarbener Lippen zeigte. Ihre hellblauen Augen blitzten wie der erste Tau im Frühling. Und ihre rotbraunen Haare trug sie offen, nur die Stirnhaare auf dem Hinterkopf mit einer Spange zusammengehalten.

Fionn begriff endlich den Sinn seiner Gedanken. *Sie lächelte ihm zu.* Lächelte.

Ihm.

Zu.

Voller Schrecken wusste er nicht, was tun, nun, da es endlich geschehen war, wonach er sich schon sehnte, seit er Sechzehn gewesen war. Cady. Sie lebte im Haus nebenan, wo sich der Bruder der verstorbenen Frau des Meisters niedergelassen hatte, und zwischen beiden Häusern gab es einen Durchgang von Hof zu Hof, innerhalb der Umfriedungsmauern zur Straße. Cady würde in einem halben Jahr ihre Zwanzig-Zwei, das Volljahr, feiern, und von ihrem Meister die Große Arca erhalten. Fionn hatte sich schon überlegt, sie heimlich gegen seine auszutauschen, weil seine Ausgabe wirklich einzigartig schön war und Cady Bücher liebte. Nur leihweise, bis das Jahr um war, aber sie hätte sicher mehr Freude daran.

Sie waren immer Freunde gewesen, schließlich waren sie gemeinsam aufgewachsen, doch Fionn wusste noch genau, wann seine Gefühle anfingen, sich neu und auf einer ganz anderen Ebene zu entwickeln. In den vergangenen zehn Jahren hatten sie sich zwar nicht mehr so häufig gesehen, denn die Zeit der Spiele war vorbei, und sie hatten ihre Aufgaben. Aber wenn sie sich trafen, ging Fionns Herz jedes Mal weit auf, und er hörte den fernen Gesang eines Vogels, der in Töne fasste, was er empfand. Nur, es in Worte zu fassen, das konnte er nicht, und so brachte Fionn nie eine Silbe über das heraus, was ihn bewegte.

Er sprang auf. »Wird es nicht Zeit für den Tanz?«, rief er.

Sein Vorschlag wurde sofort begeistert aufgenommen; darauf hatten sie alle schon sehnsüchtig gewartet. Zwischen Essen und Trinken gehörten Musik, Gesang und Tanz, so war das nun einmal. Ein wenig Bewegung, auch das Gehör etwas sättigen – das war genau das Richtige, bevor es wieder an die Genüsse des Gaumens ging. Die Gelegenheiten waren selten genug und solche großen Versammlungen noch seltener. Fionn empfand erneut tiefe Dankbarkeit und Zuneigung für seinen freundlichen Herrn, der ihm all das ermöglichte und gleichzeitig Onkelchen Fasins Abschied würdigte.

Während die ersten das Tanzbein schwangen, nahm Fionn allen Mut zusammen. Dies war sein Tag, seine Stunde, er hatte die Große Arca geöffnet. Er ging auf Cady zu, die sich sofort erhob, als sie ihn auf sich zukommen sah. Im Vorbeigehen hörte er Tiws ungewöhnlich tiefe, scharfe Stimme, und ihm gefiel es nicht, dass er von unerfreulichen Dingen sprach, weil an einem solchen Tag nur gefeiert werden sollte.

Doch dann war er schon von Cadys Aura eingehüllt, wie von einer frischen Frühlingsbrise, und betrachtete den Himmel in ihren Augen; so klar und ohne Wolken. Sie war eine Fingerspanne kleiner als er, und er kam sich ungeschickt und tölpelhaft wie ein Bär beim Glashändler vor, als er sich leicht verbeugte und ihr den Arm zum Tanz reichte.

Sie nahm ihn an, und dann kreisten sie in der Mitte des fröhlichen Runds in vollendeter traditioneller Haltung und Harmonie.

Es wurde spät, und Onkelchen Fasin fielen die Augen zu. Er hatte dem Wein ordentlich zugesprochen und sich damit in guter Gesellschaft befunden. Viele andere hatten inzwischen schon einen ordentlichen Zungenschlag, auch in Fionns Kopf herrschte ein einziges Durcheinander an tanzenden Gedanken, jubilierenden Sängern und merkwürdigen Kreiseln, die ihm die Koordination seiner Bewegungen erschwerten.

Die Kinder weigerten sich, müde zu werden und scharten sich um Tiw, der auf seinem Sessel über ihnen thronte. Hatte Fionn da etwas versäumt in den letzten Stunden? Wieso mochten sie diesen Griesgram?

»Erzähl uns was, Tiw!«, forderte das erste Kind auf.

»Ja, erzähl uns mehr! Mehr!«, stimmten die anderen zu und schlugen die Hände zusammen.

»Na, also schön«, gab er dem Drängen schließlich nach. »Eine Geschichte noch, dann geht es zu Bett!« Für die Kinder gab es in einem kleineren Raum ein Deckenlager, wo sie schlummern konnten, bis die Feier beendet war und alle nach Hause gingen. »Was wollt ihr hören?«

»Erzähl vom Krieg! – Ja, ja, vom Krieg! Vom Großen Krieg!«

Fionn runzelte die Stirn. »Ist mir da etwas entgangen?«, fragte er seinen Freund Tulpur.

»Ach, das ist ein Spinner«, winkte der ab. »Du hast nichts verpasst. Wie war's mit Cady?«

»Ich tue so, als hätte ich diese unverschämte Frage nicht gehört. Und jetzt beantworte du meine.«

»Nun, als du vorhin weg warst ... *mit* Cady ...«

Fionn musste es sich gefallen lassen, denn schließlich entsprach es der Wahrheit. Cady und er *hatten* sich entfernt, waren Hand in Hand im Garten spazieren gegangen und hatten dem lieblichen Gesang der Nachtigall gelauscht. Und Cady hatte Fionn geküsst, und er hatte sie geküsst, und dann waren sie in glücklichem Schweigen weitergegangen. Und ins Haus zurückgekehrt.

»Es hat einen Streit gegeben«, fuhr Tulpur fort. »Tiw hat behauptet, dass die Bogins nicht immer Sklaven gewesen seien. Vor dem Großen Krieg sei alles anders gewesen, behauptet er.«

»Nicht immer Sklaven? Der Große Krieg? Was soll das sein? Und wann soll das gewesen sein?«

»Genau das fragten die Alten ihn auch, und er ereiferte sich immer mehr. Er behauptete, alles stünde in einem Buch. ›Zeig uns das Buch‹, forderten sie ihn auf, aber er sagte, er wisse nicht, wo es sei – doch es würde existieren. Er wurde ausgelacht und deswegen immer wütender, und dann kamen dein Meister und der Magister und andere Gäste und beschwerten sich über den Lärm und drohten, das Fest zu beenden. Tiw gab nach und entschuldigte sich, wobei ihm anzusehen war, dass er sich dabei am liebsten übergeben hätte. Aber sein Magister war sehr wütend, und er kuschte vor ihm. Doch der Unfrieden währte nicht lange. Die Kinder finden seine Geschichten toll, und wie es aussieht, hat er sich nun durchgesetzt. Siehst du? Sie lassen ihn eine Geschichte erzählen.«

Fionn hatte kaum ein Wort begriffen; Tiw schien aus einer anderen Welt zu kommen. Neugierig geworden setzte er sich an den Rand der Gesellschaft und hörte zu.

Tiw sprach tatsächlich von einem Großen Krieg, der vor vielen Hundert Jahren stattgefunden haben sollte. Er erzählte von stürmischen Schlachten und wahren Helden. Worum es ging? Alle Völker kämpften gegeneinander, erklärte er, nur wie es begonnen habe, wüsste er nicht. Doch in den letzten Tagen des Krieges tat sich ein Held besonders hervor, weil er zur tragischsten Figur wurde.

»Er galt im Kampf als unüberwindlich«, erzählte Tiw mit Pathos in der Stimme, »und so geschah es, dass der Feind ihm etwas besonders Grausames antat.«

Fionn wollte fragen, wer der Feind gewesen sein mochte, doch die Kinder hingen so gebannt an Tiws Lippen, dass er schwieg.

»Was tat er?«, riefen sie. »Sag es, sag es schnell!«

Tiw beugte sich vor. Fionn musste zugeben, dass dieser skurrile Bogin ein guter Erzähler war, und er verstand sich mit den Kindern besser als mit den Erwachsenen. Nun zog er eine gespielt finstere Miene und hob leicht die Hände, krümmte die Finger. Seine Stimme sank zu einem heiseren Flüstern herab, sodass die Kinder noch näher rücken mussten und mit offenem Mund zu ihm hoch sahen.

»In einer dunklen Nacht, als der große Held sich nach einer langen Schlacht erholte, schlich sich der Feind in sein Lager, in sein Zelt, an seine Bettstatt. Der Feind war nicht mehr als ein diffuser Schatten. Doch sehr wirklich und greifbar war die finstere Klaue, die er nun ausstreckte nach der Brust des edlen Kriegers.« Tiw stellte die Haltung und die gekrümmte Klaue nach, und die Kinder stöhnten.

Inzwischen hörten alle, auch die Erwachsenen, gebannt zu. Niemand gab einen Mucks von sich.

»Und dann . . . *schlug er zu!*« Alle fuhren zusammen, als Tiws Stimme zischte und dann laut wurde. Mit der Faust schlug er gegen das hölzerne Bein seines Sessels, das einen dumpfen Klang von sich gab. »Und er entriss dem Helden sein Herz und floh damit, bevor dieser erwachte!«

In die effektvolle Pause hinein stieß ein Kind hervor: »Aber . . . aber dann war er doch tot . . .«

Darauf hatte Tiw nur gewartet, wie seiner Miene anzusehen war.

»Eben *nicht!*«, rief er. »Finstere Magie war hier am Werke! Der Feind wollte den Helden nicht töten, er wollte ihn auf viel grausamere Weise vernichten. Ohne sein Herz war er all seiner Kräfte beraubt, und so war auch der Krieg verloren. Alles änderte sich. Und der Krieger ... nun, auch die Sterblichkeit ging ihm verloren mit seinem Herzen. Seither wandelt er ruhelos durch die Lande, auf der Suche nach seinem Herz, um die Gerechtigkeit wiederherzustellen ...«

Tiw zog eine triumphierende Miene am Ende seiner Geschichte. Fionn hatte begeistert wie die Kinder zugehört, er liebte Heldengeschichten. Es gab leider nicht viele.

»Diese Geschichte – stammt sie aus der sagenumwobenen Ritterzeit?«, fragte er.

Der Bogin mit den misstrauischen dunklen Augen musterte ihn kurz; *abschätzend*, kam es Fionn vor, und beinahe, mutig durch Wein und Bier, wäre er wütend geworden und hätte seinen Gast zurechtgewiesen.

Doch Tiw antwortete bereits: »Ja. Mit Ende des Krieges waren auch die Ritter dahingegangen; die einen hatten ihr Leben verloren, die anderen legten ihre Rüstungen ab und zeigten sich nie mehr wieder.«

Fionn dachte an die Uhr Ridirean vor dem Palast, das letzte Symbol einer Zeit, die es gegeben haben musste. Oder stand sie nur für ein Ideal, das erstrebt werden sollte? Er hatte einmal eine Diskussion seines Herrn mit einem hochadligen Elben mitverfolgt. Der Elb hatte erklärt, dass diese Uhr ein Werk seines Volkes sei, um alle zu ermahnen, welche Ideale erstrebenswert sind.

»Und was stellt dann die Schlange dar, wenn nicht das Symbol des Niedergangs?«, hatte Meister Ian Wispermund angriffslustig gefragt.

Der Elb hatte keine Miene verzogen. »Sie stellt die Weisheit dar, denn sie sammelt all das Wissen, das zur vollen Stunde schlägt, und gibt es damit weiter.«

»Aber wie hieß er denn?«, rief ein gerade zur Frau erwachendes Mädchen in Fionns Erinnerung hinein und kaute aufgeregt an den Fingernägeln. »Was für einen Namen hatte der Held ohne Herz?«

Tiw machte eine theatralische Geste.

»Peredur«, antwortete er feierlich.

Fionn stand der Mund offen. Die Gesichter der meisten zeigten Verblüffung, selbst den Kindern blieb die Luft weg. Für einige Herzschläge war niemand in der Lage zu sprechen.

Dann prusteten die Kleinen los. Kein Wunder! »Peredur« war eine Gespenstermär der Menschen, die sich auch Bogins und Elben gern in verschiedenen Abwandlungen erzählten. Allen gleich aber war die Beschreibung, dass es sich bei »Peredur« um einen Klagegeist handelte, der wie eine Plage Träume heimsuchte, in den Häusern spukte, und wer ihn nicht nur mit den Ketten rasseln hörte, sondern in diesem Moment leibhaftig von Angesicht zu Angesicht erblickte, der war dem Tode geweiht.

Es gab viele Märchen über verzauberte Menschen und Gespenster, die von den Bogins gern aufgenommen und abgewandelt wurden, um sie den Kindern am Nachtlager zu erzählen oder um den Unerzogenen einen Schrecken einzujagen.

»Entschuldige bitte, Söhnchen«, erklang Onkelchen Fasins zurechtweisende Stimme, der gerade erwacht und sofort im Bilde war. »Aber Peredur gibt es genauso wenig wie die Gute Fee, die drei Wünsche erfüllt.«

»Aber die Thahnfee gibt ef!«, rief ein Junge mit zwei Lücken statt Schneidezähnen.

Fionn schwirrte der Kopf; dieses Ende nach einer solchen Geschichte hatte er nicht erwartet, und es verdarb alles. Tiw war also doch nur ein Spinner, Tulpur hatte ganz recht gehabt.

»Es steht alles in dem Buch«, beharrte Tiw, und nun wurden ärgerliche Stimmen laut.

»Schon wieder dieses ominöse Buch! – Hört das denn nie auf? – Gebt ihm doch endlich was zu trinken, wahrscheinlich ist er völlig ausgedörrt, dass er keinen klaren Gedanken mehr fassen kann!«

»Es *gibt* freie Bogins!«, setzte Tiw noch eins oben drauf. »Früher sind wir alle frei gewesen! Fragt die Freien, sie wissen es noch!«

»Wo sollen die denn sein?«, fragte Fionn ratlos.

»Schluss, aus!«, fuhr Onkelchen Fasin donnernd dazwischen. »Zügle dein Mundwerk, Frevler! Du bringst uns mit deinen aufrührerischen Reden alle noch in große Schwierigkeiten, und dann wird uns kein Oberstes Gesetz mehr schützen!«

»Musik!«, befahl Fionns Mutter Alana mit energischer Stimme. »Los, spielt auf!«

»Also, wenn *das* keine Romantik ist!«, rief Tuagh dazwischen und hob seinen Krug. »Du verliebst dich in ein zauberhaftes Mädchen, und jemand gibt die Geschichte von Peredur zum besten!«

Na schön, dachte Fionn bei sich, wenn man's genau nahm, ging es doch irgendwie um Romantik. Er wusste selbst nicht genau, warum er das mit Cady erzählt hatte. Wahrscheinlich, um Tuagh deutlich zu machen, *wie* ernst die Lage war. Er liebte Cady, es gab nichts daran zu rütteln, und es war ungerecht, dass sie ihm weggenommen und ins Verlies geworfen worden war. Dass er auf der Flucht war und nichts für sie tun konnte.

»Das mit dem verlorenen Herzen habe ich aber zum ersten Mal gehört«, erwiderte Fionn. »Tiw zeigte jedenfalls eine blühende Fantasie, und er war schuld an allem, was dann geschah.«

»Oder er hat die Geschichte bei den Elben aufgeschnappt«, überlegte der Wanderkrieger und rieb sich den Bart. »Heda, Elben!«, rief er zu dem Tisch der beiden Unsterblichen aus Brandfurt hinüber. »Was wisst ihr über Peredur?«

Da horchten alle in der Stube auf, und ehe Fionn sich versah, drängten sie sich in die kleine Nische. Jeder, einschließlich der Elben, wusste eine Geschichte über das Schauergespenst, den Klagegeist, das Irrlicht zu berichten. Irgendjemandes Großvater wollte gar gewusst haben, dass er tatsächlich der letzte Ritter gewesen sei. Während der Schlacht habe er seinen Kopf verloren und sei daher unermüdlich auf der Suche danach, um endlich seine ewige Ruhe zu finden. Andere wiederum wussten von einer unglücklichen Liebschaft – »Hat bestimmt eine Frau erfunden!«, rief jemand, was Gelächter auslöste –, und es gab eine Menge Varianten, die zwar interessant oder spannend, aber völlig übertrieben waren. Fionn glaubte nicht daran, dass an diesen Ausführungen mehr dran war als an jeder anderen Gespenstergeschichte, etwa der von der Weißen Frau.

»Und wie ging es weiter?«, wurde aus der Runde gefragt.

»Das Fest war kurz darauf beendet«, antwortete Fionn, »nicht zuletzt wegen Tiws schlechtem Benehmen. Die Gäste nahmen ihre Kinder und machten sich auf den Weg nach Hause, um für die Herrschaft die Bettstatt vorzubereiten. Es war ja auch schon spät, und zu trinken gab es ohnehin nichts mehr.«

»Langweilig«, wurde ihm beschieden, und die Gesellschaft zerstreute sich wieder.

»Ich bleibe«, äußerte Tuagh nicht unerwartet. »Nun kommen wir zum Blutgericht, stimmt's?«

»Ja, beinahe.« Fionn hatte sich überlegt, ob er sich einem Fremden derart anvertrauen durfte, aber es brannte ihm auf der Zunge. Seit dem Mord hatte er mit niemandem darüber reden können, weil alles so schnell gegangen war, und weil er immer noch nicht verstand. Er konnte im Grunde weder sich noch einem anderen damit schaden, denn die Wahrheit bedeutete Unschuld, an die momentan leider niemand außer den Betroffenen glaubte, zumindest im Palast nicht. Es war wichtig, dass wenigstens *einer*, der nicht darin verwickelt war, erfuhr, was wirklich geschehen war. Auch wenn er mit diesem Wissen nichts anfangen konnte und sicher auch nicht wollte.

Aber Tuagh *hörte zu*. Das war mehr, als Fionn in den letzten Stunden erlebt hatte.

Die Gäste waren gegangen, Fionns Eltern und ein paar Helfer machten sich an die Aufräumarbeiten, doch viel war ohnehin nicht mehr zu tun. Bogins waren ordentliche Geschöpfe, sie ließen grundsätzlich nichts herumstehen oder liegen.

Fionn brachte Onkelchen Fasin zu Bett, was nicht ganz einfach war bei dessen Gewicht und der Schlagseite, doch irgendwie schafften sie es. Auf dem Weg zu seinem eigenen Zimmer hörte Fionn zwei Stimmen auf dem anderen Flur Richtung Gästekammern, die ihm bekannt vorkamen. Es war unfein, aber er konnte nicht anders – er schlich näher heran und lauschte heimlich.

Magister Brychan redete Tiw ins Gewissen, und Fionn bildete sich trotz seines alkoholgetrübten Verstandes ein, Angst und Wut zugleich herauszuhören.

»Tiw, was machst du? Du bringst uns allen den Untergang!«

»Herr, es tut mir leid, aber wir müssen sie aufrütteln!«

»Doch nicht jetzt, du Narr, mit dieser Last im Gepäck. Wenn ich die Seiten des Buches vorzeigen kann. Damit können wir etwas erreichen, denn das sind Beweise – aber bis dahin müssen wir uns bedeckt halten!«

»Eben deswegen bin ich besorgt, Meister. Ihr seid in großer Gefahr. Ich kann euch nur auf diese Weise schützen.«

»Tiw, du ahnst ja nicht ... nein, es tut *mir* leid. Ich habe dich nicht genug vorbereitet.«

»Dann gebt mir wenigstens die Seiten zur Verwahrung, bei mir sind sie sicher! Niemand schnüffelt in den Unterkünften der Bogins herum.«

»Das kommt nicht in Frage, Tiw! Und habe keine Sorge um mich, schon morgen früh gehe ich in den Palast. Ian begleitet mich, und dann werden wir die Beweise vorlegen. Niemand kann sie dann mehr leugnen oder verschwinden lassen. Hier in diesem Haus bin ich zudem ebenso sicher wie du; Ian ist ein guter alter Freund. Wir haben es bis hierher geschafft, was sollte jetzt noch geschehen?«

»Ich muss darauf bestehen, Herr ...«

»Nach allem, was du dir heute geleistet hast? Keinesfalls! Und sei versichert, darüber werden wir noch ausführlicher sprechen. Ich muss mir selbst Vorwürfe machen, dass ich nicht besser auf dich aufgepasst habe, vor allem auf dein Temperament. Deine Mutter wird dies ebenso sehen und sich nicht nur dich, sondern auch mich vorknöpfen!«

Fionn hörte Schritte, die sich näherten, und machte sich hastig davon. Er hatte ohnehin genug gehört. Seiten eines Buches? Gab es dieses »Buch« etwa doch, oder hatte der Magister von etwas anderem gesprochen? Was hatte das nur alles zu bedeuten? Es klang irgendwie ... ja ... nach einer Verschwörung. Aber worum handelte es sich dabei, und gegen wen? Und wie hingen Tiws rebellische Äußerungen damit zusammen?

»Fionn.«

Er riss sich zusammen und sah Cady vor sich stehen.

»Oh, Cady, solltest du nicht längst ...«

»Ja, sollte ich. Das gibt bestimmt einen Verweis«, sagte sie lächelnd. »Aber das ist es mir wert.« Sie hielt seine Schleife vorn fest und zog ihn zu sich herunter. »Zur Guten Nacht«, wisperte sie an seinen Lippen und küsste ihn.

Ein letztes Mal.

Er hätte sie gern noch umarmt, wenigstens für einen kurzen Moment gehalten, doch sie entglitt ihm. Ehe Fionn sich versah, war Cady verschwunden, nur noch ein Hauch ihres Maiglöckchenduftes blieb zurück und benebelte seine Sinne. Halb betäubt taumelte er in seine Kammer, fiel gerade so wie er war ins Bett und schlief sofort ein.

»Und dann bist du also durch das Geräusch aufgewacht und hingerannt«, stellte Tuagh fest, den die tragische Romantik dieses letzten Momentes offensichtlich nicht sonderlich interessierte. Fionn schluckte schwer, und für ein paar Momente brachte er kein Wort heraus. Das Grauen erfasste ihn, als er alles noch einmal in der Erinnerung durchlebte.

Magister Brychan hatte ein Gästezimmer nahe des Lebensbereichs der Bogins bezogen, nicht weit von Fionns Raum entfernt. Die Tür zu der Kammer stand offen, und Fionn wusste sofort, dass etwas Schreckliches geschehen war, noch bevor er die Szenerie überblicken konnte. Er konnte es bereits bei der Annäherung *riechen*, ein schrecklicher, stechender Geruch nach ... Tod. Fionn hatte diesen Geruch noch nie wahrnehmen müssen, doch er wusste sofort, was er bedeutete.

Er betrat mit heftig pochendem Herzen die Kammer und fand den Magister auf dem Bauch liegend in einer stetig wachsenden Blutlache.

Fionn wollte schreien, doch seine zugeschnürte Kehle ließ keinen Laut heraus. *Mord ... Mord ...* dachte er unentwegt. Er kannte dieses Wort nur aus den Geschichten, die Onkelchen Fasin erzählt hatte. Nun begriff er, was es bedeutete.

Es musste gerade eben erst geschehen sein, denn noch immer rann das Blut, aber der Magister regte sich nicht. Fionn stürmte zu ihm, versuchte ihn aufzurichten, achtete nicht darauf, dass er sich selbst besudelte. »Herr Brychan«, presste er erstickt hervor. »Bitte, sagt etwas ... So öffnet doch wenigstens die Augen. Wer hat Euch das angetan? Sprecht zu mir, es wird alles gut.«

Aber nichts wurde gut, denn die Gesichtsfarbe des Magisters war fahlbleich, kein Atem bewegte mehr den Brustkorb. Sein Herz würde nie wieder schlagen, seine Lungen sich nie wieder mit Luft füllen.

»Nein ... nein ...«, schluchzte Fionn.

Und so fand ihn sein Herr, mit seinen Eltern und einigen Gästen im

Gefolge. Sie waren sogleich im Bilde, stöhnten und stießen Laute des Entsetzens aus.

»Unseliger, was hast du getan?«, schrie einer der Gäste und wollte sich auf Fionn stürzen, doch Meister Ian hielt ihn auf.

»Langsam, Freund.« Er wandte sich Fionn zu. »Was ist geschehen?«

»Ich-ich weiß es nicht«, stammelte Fionn unter Tränen. »Ich hörte ein Geräusch, es klang wie ein Schrei, und fand Magister Brychan so vor, nur wenige Augenblicke vor Euch ...«

»Was lügt der da zusammen?«, blieb der Gast unerbittlich. »Es ist doch offensichtlich, was hier geschehen ist!«

»Ganz und gar nicht«, sagte Meister Ian streng. »Reiß dich zusammen, Rufus!«

»Er war mein Freund!«

»So wie der meine. Doch wir sind Menschen von Verstand, also lass uns auch so handeln.«

»Fionn, komm her«, befahl Alana ihrem Sohn und winkte ihn zu sich. Er gehorchte nur zu gern, um ihren Schutz zu fühlen.

Meister Ian Wispermund beugte sich über den Leichnam und nahm ihn sorgfältig in Augenschein. »Er wurde erstochen«, stellte er schließlich fest. »Gezielt ins Herz. Nur ein einziger Stoß.«

»Na also! Damit ist der da überführt!« Herr Rufus wies anklagend auf den zitternden Fionn. »Die führen doch alle immer ein scharfes Messer bei sich! Schau ihn an, es steckt in seinem Gürtel!«

»Richtig. Aber nicht in Brychans Herz.« Meister Ian richtete sich auf und hielt Fionn die Hand hin. »Zeig mir dein Messer, Junge.«

»Ich ... ich war so trunken, dass ich angezogen geschlafen habe«, stotterte Fionn und gab seinem Herrn den Dolch, den er zur Feier seiner Geburt an die Wiege gebunden bekommen hatte, und den er wie jeder seines Volkes, Frauen wie Männer, nur zum Schlafen aus der Hand legte.

»Mit dieser Klinge ist niemals Blut vergossen worden, schon gar nicht vor Kurzem«, konstatierte Meister Ian nach einer Weile. »Sieh es dir an, Rufus! Man kann die Klinge abwischen, dennoch bleiben immer Spuren zurück. Vor allem frage ich mich, wie schnell und vor allem kaltblütig Fionn gewesen sein muss, dies alles in den wenigen Augenblicken, bis wir hier waren, zu vollbringen.«

Der Gelehrte musterte das Messer. »Also gut, dann hat er eben ein anderes benutzt«, sagte er störrisch.

»Dann frage ich dich, wo dieses Messer sein mag, wenn wir den Jungen sozusagen auf frischer Tat ertappt haben.« Meister Ian wies um sich. »Hier ist nichts, Rufus. Es hat nicht einmal einen Kampf gegeben. Brychan hat aber nicht im Bett gelegen, als es geschah, und wurde demnach nicht im Schlaf überrascht. Für mich sieht es so aus, als habe er seinen Mörder hereingelassen. Da er sich in meinem Haus befindet, muss er ihn gekannt haben. Selbst wenn es einem Fremden gelungen wäre, unbemerkt hier hereinzukommen, hätte Brychan ihm nicht so leicht die Tür geöffnet. Aber er stand hier, direkt vor dem Eingang.«

»Das alles spricht dafür, dass ein Bogin die Tat begangen hat«, stellte der Gelehrte fest.

»Bogins«, sagte Alana mit stolzer Stimme dazwischen, »begehen *niemals* einen Mord. Das wisst Ihr, Herr Rufus. Das ist jedem bekannt. Wir sind unfähig dazu, anderen ein Leid anzutun.«

»Dann ist dies eben das erste Mal«, schnappte Meister Rufus. »Wer weiß, was in ihm vorging! Und wenn es der da nicht war, dann eben ein anderer. Das bringt mich übrigens darauf: Wo ist eigentlich Brychans Sklave, dieser mürrische Tiw?«

Fionn rutschte das Herz hinunter. »Ich ... ich gehe ihn suchen«, schlug er vor. »Darf ich, Herr?«

»Ja, geh nur, Fionn. Rufus, sind wir uns einig, dass dieser Junge nichts damit zu tun hat?«

»Mhm«, brummte der Gelehrte und wies den jungen Bogin mit einer Kopfbewegung an, sich zu entfernen.

Fionn und seine Eltern suchten überall. Alle Bogins hatten sich im großen Wohnraum des Herrn versammelt und drückten sich verstört aneinander. Niemand konnte begreifen, was geschehen war, alle hatten Angst und waren erschüttert.

Tiw jedoch war verschwunden, zusammen mit seinen Sachen. Das sah nicht gut aus.

»Es tut mir leid, ich muss Meldung im Palast machen«, erklärte Meister Ian und gähnte. Genauso wie alle anderen hatte er sicher nicht mehr als drei oder vier Stunden geschlafen.

»Ich habe noch eine Frage, Herr«, sagte Fionn. »Habt Ihr . . . habt Ihr irgendwelche Papiere bei Herrn Brychan gefunden?«

»Nein«, antwortete Meister Ian. »Es war überhaupt nicht viel in seinem Reisegepäck. Was weißt du von Papieren?«

»Tiw erwähnte sie. Vielleicht hat er sie an sich genommen.«

»Und dafür einen Mord begangen?«

»Niemals, Herr. Bogins begehen keinen Mord, das ist einfach unmöglich.«

Leider sah der Palast das anders. Innerhalb einer Stunde, nachdem Meister Ian einen Boten geschickt hatte, polterten zehn Wachen durchs Haus und stellten alles auf den Kopf. Inzwischen waren auch noch die Verschlafensten im Anwesen auf den Beinen, die Gäste hatten alle ihre Sklaven und deren Kinder um sich geschart, um sie zu schützen und vermutlich gleichzeitig im Auge zu behalten.

Ein Hauptmann brüllte, dass alle Bogins verhaftet seien, was verständlicherweise einen Tumult auslöste.

»Das ist unerhört!«, beschwerten sich die Gäste ebenso wie der Hausherr. »Das kommt überhaupt nicht in Frage! – Wir brauchen sie! – Niemand nimmt mir meinen Sklaven weg! – Das Oberste Gesetz besagt . . .«

»Anordnung des Obersten Haushofmeisters«, schnarrte der Hauptmann. »Die Àrdbéana erlitt einen schweren Schwächeanfall, als sie von der schändlichen Tat an einem ihrer hoch geschätzten Gelehrten erfuhr. Wie es heißt, ist ihr Zustand sehr kritisch! Und deshalb, bis zur Klärung dieses Falles, müssen alle, ich wiederhole: *alle* Bogins in Sithbaile und ganz Albalon verhaftet und ins Verlies des Palastes geworfen werden, wo sie ihren Prozess zu erwarten haben. Der Oberste Haushofmeister befürchtet eine Verschwörung gegen den Palast und will der Sache gründlich nachgehen. Deshalb darf niemand ausgenommen werden!«

Ein ganzes Volk wurde des Hochverrats bezichtigt. Der Oberste Haushofmeister sah nur eine Möglichkeit, die erkrankte Herrscherin zu heilen: Indem er das gesamte Volk der Bogins unter Kontrolle hielt, verhinderte er seiner Überzeugung nach, dass ein weiterer Mord geschah –

denn er sah dies nicht als einmalige ungeplante Tat an –, und schützte so die angeschlagene Gesundheit der Árdbéana.

Ein Komplott also … Das warf viele Fragen auf, denn wer sollte sich gegen den Palast verschwören. Und warum? Und weshalb musste Magister Brychan sein Leben dafür lassen? Und wieso sollte ein ganzes Volk daran beteiligt sein?

Es gab keine weiteren Erklärungen. Alle sollten für die Tat eines Einzelnen büßen, von dem nicht einmal erwiesen war, dass er sie begangen hatte.

Alle Drohungen seitens der Sklavenbesitzer nutzten nichts, alles Betteln und Flehen, jeglicher Widerstand war zwecklos. Unter Geschrei und Wehklagen wurden alle Sklaven, einschließlich der Kinder, ihren Beschützern entrissen und grob, als wären sie die schrecklichsten Schwerverbrecher und als hätte es nie ein Oberstes Gesetz gegeben, fortgeschleppt. Und die gnadenlose Jagd begann.

»Ich war gerade dabei, mich umzukleiden, als es geschah«, schloss Fionn seinen Bericht. »Ich dachte gar nicht darüber nach und bin so, wie ich gerade war, den Gang entlanggerannt und durch ein Fenster gesprungen. Niemand hat es bemerkt, denn Bogins fliehen normalerweise nicht.«

»Genauso wenig, wie sie einen Mord begehen.« Tuagh klopfte seine erkaltete Pfeife aus.

»Das ist etwas anderes, Tuagh«, erwiderte Fionn, dem es inzwischen nicht mehr so schwer fiel, das »Herr« wegzulassen. »Ich war völlig überfordert mit dieser Lage, ich hatte schreckliche Angst und wollte einfach nur fort, weg von allem. Trotzdem wäre ich niemals in der Lage, anderen ein Leid zuzufügen – hier ging es nur um mich.«

»Hm.« Tuagh zog eine nachdenkliche Miene. »Denkst du, Tiw war es?«

»Ich weiß es nicht«, gab Fionn zu. »Allmählich zweifle ich an allem. Meister Ian sagte, der Länge der Stichwunde nach zu urteilen, hätte es ein Boginmesser sein können. Aber wie dumm wäre Tiw, seinen Herrn umzubringen und sich damit seiner eigenen Existenz zu berauben?«

»Andererseits hielt er wirre Reden über freie Bogins. Vielleicht hat er frei sein wollen.«

»Dann kann er auch so weglaufen, ohne zu töten. Wenn es das war, was er gewollt hat, dann hätte er schon auf dem ganzen Weg von Mathlatha hierher genug Gelegenheiten dazu gehabt. Es ergibt für mich einfach keinen Sinn. Tiw hat sich seltsam benommen, aber ich hatte nicht den Eindruck, dass er den Verstand verloren hat.«

»Und was hast du jetzt vor?«

»Ich muss Tiw finden, denn er ist der Einzige, der weiß, was geschehen ist. Andernfalls wäre er nicht verschwunden.«

»Möglich, dass er den Mord beobachtet hat und genau wie du aus Angst abgehauen ist.« Tuagh hob die Hände, als wäre er zum Aufbruch bereit. »Das ist wirklich eine tolle Geschichte, mein junger Freund, und sie erklärt die Aufregungen des heutigen Tages. Das hat mich durchaus interessiert, denn es kommt nicht alle Tage vor, dass ein ganzes Volk in den Kerker geworfen wird, ohne dass die Gründe genannt werden. Wenngleich mich das immer noch nicht sonderlich überzeugt. Mir scheint, da werden uns einige Informationen vonseiten des Palastes vorenthalten.«

»Was wirst du nun unternehmen?«, fragte Fionn schüchtern.

»Gegen dich? Gar nichts, wieso sollte ich? Ich bin dir mein Leben schuldig. Aber nun sind wir quitt, Fionn Hellhaar. Du hast dir eine Menge vorgenommen, und dabei wünsche ich dir viel Glück und Erfolg.«

Fionn schluckte schwer, und ihm wurde schwindlig.

KAPITEL 3

EINE ART BUND

Glaubt nicht, was ihr hört, und erst recht nichts, was ihr nicht hört.
Achtet nicht auf Gerüchte oder Erinnerungen,
dies alles hat nichts zu bedeuten. Das Hier und Jetzt und das,
was kommt, das ist es, was zählt.
Das Alte ist vergangen und kehrt nie wieder.
Es kann euch nicht helfen.

*

Tuagh schien nicht zu bemerken, wie aufgewühlt der junge Bogin war, denn er fing an, seine Sachen zusammenzupacken. Er war nicht der Einzige. Nach und nach brachen auch andere auf. Es war spät geworden, und alle hatten das eine oder andere zu tun, oder sie waren schlicht müde.

»Und was hast *du* vor?«, fragte Fionn scheinbar beiläufig. Er hatte den Satz einige Male im Stillen geübt und hoffte, dass er den Tonfall richtig traf. »Ich meine, nicht dass ich mich erneut deiner annehmen muss«, fügte er scherzhaft hinzu, doch sein Lächeln geriet sehr schief.

»Ich werde morgen schon wieder unterwegs sein«, antwortete der Wanderkrieger. »Sìthbaile ist schön, aber ich habe erledigt, weswegen ich hierher gekommen bin, und werde nun weiterziehen. Im Norden, so habe ich gehört, werden Dienste von Leuten meiner Art gebraucht.«

»Was ich daran nicht verstehe«, sagte Fionn ratlos, »es heißt doch, die Àrdbéana wache über den Frieden ...«

»Ja, den zwischen den Völkern. Aber was *innerhalb* der Völker geschieht, darauf hat sie keinen Einfluss. Zumindest nicht, solange ein Krieg keine größeren Ausmaße annimmt. Und irgendein Baron führt immer gegen irgendeinen Herzog Krieg; so ist das nun einmal. Land, Frauen, Macht, Reichtum ... such dir etwas aus, oder nimm alles zusammen. Und glaube nicht, dass es nur Menschensache ist, oh nein.

Nicht einmal die Elben leben derart in Frieden, wie du annehmen magst. Wie ich bereits sagte, haben sie ein strenges hierarchisches System und teilen sich in viele Stämme auf, da gibt es häufig Zwistigkeiten und Unterdrückungen.«

»Das ... das hätte ich nie gedacht«, bekannte Fionn mit großen Augen. Er hatte die Unsterblichen stets als verehrungswürdig angesehen, als leuchtende Vorbilder für Frieden und Freiheit.

»Mhm, sie wirken kühl auf uns, aber tief im Innern sind sie sehr leidenschaftliche Geschöpfe, die unter Ihresgleichen ihr Temperament kaum zügeln. Vor allem sind sie sehr nachtragend und vergessen nie. Ähnliches gilt für die Zwerge, die oft um die besten Pfründe streiten.«

»Dann ist alles nur Kampf und Krieg?«

»Aber nein, nur hier und da. Im Großen und Ganzen kann man gefahrlos reisen ... abgesehen von Räubern und Ungeheuern.«

Fionn merkte, wie sich sein Magen umdrehte, und fürchtete um das gute Essen. »Du ... du nimmst mich auf den Arm!«, keuchte er.

Der Wanderkrieger grinste, ohne eine Antwort zu geben, und überließ es dem jungen Bogin zu entscheiden, was nun wahr sein mochte. Fionn nahm an, dass es wie immer war: ein bisschen Wahrheit, ein bisschen Aufschneiderei, und der Rest diente der Ausschmückung.

Inzwischen brachen auch die letzten Gäste auf und stiegen die Treppe zu den Gastzimmern hinauf; nur wenige verließen das Haus.

»Gute Nacht, Hauptmann!«, rief einer herüber, und Tuagh nickte ihm zu.

»Hauptmann?«, fragte Fionn erstaunt. »Ich dachte, du bist ein Söldner.«

»Ich bin ein guter Söldner«, brummte der Wanderkrieger und betrachtete stirnrunzelnd seinen geleerten Krug. Auf einmal schien er es nicht mehr eilig zu haben. »Ist nur ein Spitzname, der sich verbreitet wie Schnupfen.«

»Es gibt sogar welche, die ihn General nennen.« Einer der Braunelben trat an ihren Tisch. Fionn betrachtete verstohlen die hohe, schmale Gestalt, das edle Gesicht mit der vornehm blassen Hautfarbe und den waldgrünen Augen. Wenn dieser zu den Rangniedrigen gehörte, dann wollte Fionn sich nicht ausmalen, wie die Hochelben sein mochten. Oder gar die Ardbéana. Gewiss, ab und zu waren Elben zu Gast bei seinem Herrn gewesen, doch diese hatte er immer nur von Ferne bewundern können, und sie waren oft verhüllt gewesen, als wäre es ihnen unangenehm, allzu viel in einem von Menschen bewohnten Haus von sich preiszugeben.

Der Braunelb fuhr fort: »Dein Beschützer ist weit herumgekommen und schon lange im Geschäft. Jeder unserer Zunft kennt ihn, ebenso wie alle Kriegsherren. Es gibt kein Schlachtfeld mehr, das er als einfacher Söldner betreten würde.«

»Hast du nicht woanders zu tun?«, sagte Tuagh schlecht gelaunt.

Der Elb nickte grinsend und empfahl sich. Sein Gefährte wartete schon bei der Treppe, und als sie hinaufstiegen, knarrte nicht eine Stufe, geschweige denn, dass man einen Schritt gehört hätte. Nicht einmal einen Lufthauch gab es.

Die Stube leerte sich. Die Wirtin kam an ihren Tisch, um zu kassieren. »Hast du noch eine Kammer für den Jungen?«, fragte Tuagh.

»Sicher«, sagte sie achselzuckend und nannte den Preis.

Der Wanderkrieger zahlte ihn ohne zu handeln. »Bring mir noch ein Bier zum Abschluss«, bat er und legte etwas drauf. »Du musst nicht auf uns warten, wir gehen dann auch gleich hinauf.«

Fionn wäre am liebsten gleich ins Bett gefallen. Die Stummen Stunden waren angebrochen, und nach diesem langen und tragischen Tag war er völlig übermüdet.

Die Wirtin löschte alle Lichter bis auf eine Öllampe, wünschte den letzten beiden Gästen eine Gute Nacht und verließ sie.

Fionn sah, wie Tuagh nach dem Krug griff – und ihn dann absetzte, sobald die Schritte der Frau im oberen Stockwerk verklungen waren.

»Und jetzt gehen wir, sehr schnell«, sagte er leise zu Fionn und gab ihm ein Zeichen, ihm zu folgen. Dabei führte er ihn nicht Richtung Treppe, sondern zum Ausgang.

»Was ...«, setzte Fionn an, doch Tuagh legte einen Finger an die Lippen und bedeutete ihm, still zu sein. Er zog den jungen Bogin mit sich, schloss die Tür fast lautlos, und dann standen sie auf der Straße.

Es war alles still und verlassen, nur die Katzen streiften noch umher, auf der Suche nach Abfällen und jenem Getier, das diese gern fraß. Fionn fröstelte in der kalten Dunkelheit. »Was hast du vor?«, flüsterte er.

»Was glaubst du wohl, was diese Söldner da drin als Erstes tun werden, sobald sie mich und dich schlafend wähnen?«, antwortete Tuagh, während er ihn mit sich weiterzog. Sie gingen eine schmale Seitengasse entlang, auf die nur Rückfronten der Häuser führten.

»Aber ... sie haben dich doch Hauptmann genannt und schienen dir freundschaftlich zugetan ...«

»Das ist die Höflichkeit unter Gleichgesinnten. Wir wären dumm, uns gegenseitig die Schädel einzuschlagen, Wunden und Schwäche zu riskieren, ohne Verdienst. Jeder muss leben und Geld verdienen, Fionn. Deshalb warten sie auch bis jetzt, wo sie mich schnarchend in meinem Zimmer wähnen, bevor sie zum Palast laufen – um mich nicht mit hineinzuziehen.«

»Und wohin gehen wir jetzt?«, wollte Fionn wissen. Ihm klapperten die Zähne, seine Füße waren halb taub, und er schlug die Arme um sich.

»Nicht weit, das kannst du noch aushalten«, gab Tuagh Auskunft. »Erst recht, wenn wir uns beeilen.«

Fionn lief wie betäubt dahin. Sein Verstand hatte ausgesetzt, und er konnte nur noch Schmerz empfinden – spitze Steine, die sich in seine Fußsohlen bohrten, Kälte, die wie Nadeln auf seine Haut stach, Müdigkeit, die seine Muskeln lähmte und in harte Klumpen verwandelte, und Luft, die seine Lungen nur noch berührte, ohne sie zu sättigen. Immer wieder stolperte er und taumelte dahin, konnte kaum mit den langen Beinen des Menschen mithalten. Tuagh kümmerte sich nicht um ihn, er ging in raumgreifenden Schritten dahin und schien gar vergessen zu haben, dass er einen Begleiter hatte.

Es war unvorstellbar, wie viele Gassen, Wege, Gässchen und Straßen diese Stadt besaß. War Sìthbaile ein Labyrinth, dem niemand mehr entrinnen konnte? Fionn hatte das Gefühl, dass sie die ganze Zeit im Kreis liefen, obwohl ihm kein einziges Haus bekannt vorkam – oder im Grunde alle; es schien im Dunkeln nämlich, als ob es keine Unterschiede mehr gäbe.

Sie begegneten weiterhin niemandem, die ganze Stadt schien schlafen gegangen zu sein, vielleicht bedingt durch die Jagd des heutigen Tages. Es mochte nicht allen gefallen, spätnachts von einer Patrouille aufgegriffen zu werden. Nur weit entfernt waren ein paar Geräusche zu hören – das Grölen eines Betrunkenen, den seine Frau wohl nicht ins Haus ließ, das Heulen eines Hundes, das Geschrei eines Säuglings. Hier, wo sie entlang kamen, waren alle Läden geschlossen und die Lichter erloschen, selbst von den mit Öl gefüllten Straßenlampen brannten nur noch wenige.

Tuagh blieb so abrupt stehen, dass Fionn ungebremst in ihn hineinlief und hingefallen wäre, hätte der große Mann ihn nicht aufgefangen.

»Gleich ist es überstanden«, sagte er leise. Sie stiegen die seitliche Außentreppe eines Fachwerkhauses hinauf, und der Wanderkrieger pochte oben in einem bestimmten Rhythmus an die Tür. Es dauerte eine Weile, dann hörte Fionn innen leise Geräusche – und jemand klopfte zurück. Tuagh gab noch einmal ein Zeichen, und schon wurde die Tür aufgerissen.

Fionn erblickte eine verschlafene Menschenfrau um die Dreißig. Sie hatte lange blonde Haare, die unter einer Haube hervorquollen, trug ein langes, dicht gewebtes Nachthemd und hielt einen Untersatz mit einer brennenden Kerze in der Hand.

»Kommt herein, schnell«, wisperte sie, nach draußen sichernd. Tuagh schob Fionn vor sich her, und sie schlüpften hinein.

»Tuagh«, begrüßte ihn die Frau, »ist alles in Ordnung?« Dann fiel ihr Blick auf den Bogin. »Ach, ich verstehe«, fuhr sie fort. »Ihr braucht ein sicheres Quartier für die Nacht.«

Der Wanderkrieger nickte. »Mir fiel niemand sonst in der Nähe ein, Bethana, und der Junge konnte es gerade noch bis hierher schaffen.«

Die junge Frau blickte auf Fionns Füße, und er sah ebenfalls hinunter. Schmutz und Blut vermischten sich zu einer dicken Kruste, sie waren geschwollen und geschunden. »Du armer Junge, es ist ein Wunder, dass du es so bis hierher geschafft hast. Komm mit mir . . . Wie heißt du?«

»Fionn Hellhaar.«

»Komm mit mir, Fionn Hellhaar. Es ist noch etwas warmes Wasser im Kessel. Aber sei leise, meine Familie schläft, sie muss es nicht erfahren.«

Die Familie musste einen hervorragenden, sehr tiefen Schlaf haben, um nichts mitzubekommen, dachte Fionn bei sich, doch er war dankbar für die Fürsorge, die ihm zuteil wurde. Bethana bereitete ihm ein Bad zu, gab ihm Seife und Trockentücher und eine Heilsalbe für seine Füße. Sie versprach, nach Kleidung zu suchen. »Die Sachen meines Sohnes müssten dir passen, aber Schuhwerk ... da werde ich bei meinem Mann schauen müssen. Du brauchst Stiefel, nicht wahr? Aber ja, sicher.« Für feine Schuhe waren Boginfüße nicht geeignet, das stimmte. »Hast du Hunger? Durst?«

»Nein, Tuagh hat dafür gesorgt ...«

»Gut. Wenn du fertig bist, geh einfach durch diese Tür nach nebenan, da findest du ein Bett. Du kannst unbesorgt schlafen.« Sie wandte sich zum Gehen.

»Eine Frage noch, Herrin ...«

»Bethana. Du kannst mich Bethana nennen. In diesem Haus gibt es keine Sklaven.«

Fionn konnte sich nur immer mehr wundern. Bei einem Wanderkrieger sah er diese Einstellung ja noch ein. Doch bei einer Städterin?

»Aber ich bin ein Bogin, und ...«

»Du bist ein Bogin. Und Ende. Und nun frag.«

»Bitte verzeih, aber ... warum?«

Bethana lächelte kurz. »Tuagh hat meine Familie gerettet«, antwortete sie. »Ich stehe auf ewig in seiner Schuld, und was immer er braucht, wird er von mir erhalten.«

Fionn erwachte, als die Sonne längst aufgegangen war und in Streifen durch die halb geschlossenen Läden hereinfiel. Für einen Moment wusste er nicht, wo er war, doch dann kamen die Erinnerungen mit einem Schlag. Still lag er auf dem Rücken und konzentrierte sich darauf, seinen Atem zu beruhigen und der Panik nicht nachzugeben.

Ich lebe. Und es war kein Traum.

Bevor er weiterdenken konnte, sprang er hastig aus dem Bett. Zumindest in seiner Vorstellung, in Wirklichkeit jedoch schaffte er nur eine kurze Bewegung, nicht viel mehr als ein Zucken, und stöhnte auf. Sein ganzer Körper war ein einziger Schmerz, der ganz bestimmt nie wieder verging. In der Ferne hörte Fionn Ridireans Posaune; vermutlich war es Schlag Neun, wenn nicht Zehn. So lange hatte er noch nie geschlafen, aber er hatte viele Gründe dafür, und kein einziger davon war gut.

Schließlich schaffte er es, sich hochzuquälen. Er wusch sich und zog dann die bereitgelegte Kleidung an, die sogar ein bisschen der eines

Bogins entsprach. Die Stiefel waren so gut getragen, dass sie passten, und die Füße hatten sich soweit erholt, dass sie sich wohl darin fühlten. Je mehr er sich bewegte, desto schneller vergingen die Schmerzen, und er fühlte sich einigermaßen munter, als er das Zimmer verließ.

Scheu ging er den Gang entlang; er konnte sich wegen seiner Müdigkeit in der vergangenen Nacht kaum mehr an das verwinkelte Haus erinnern, oder vielmehr an diesen abgeschlossenen Bereich des Hauses, in dem offenbar mehrere Familien lebten. Etwas, das er gar nicht kannte; das Anwesen seines Herrn war sehr viel größer, doch er lebte allein darin, versorgt von seinen Sklaven.

Fionn fand den Familienraum jedoch problemlos, denn er musste nur dem Duft nach frischem Tee und Brot nachgehen. Der Raum war klein und mit hellem Holz ausgestattet, verfügte über eine Herdstelle, die mit Holzkohle betrieben wurde, eine Anrichte, Tisch und Stühle sowie Küchenutensilien, die zusammen mit getrockneten Kräuterbündeln überall herumhingen. Draußen schien weiterhin schönes Wetter zu herrschen, es leuchtete so hell herein, dass der Raum warm erstrahlte. Das einzige Fenster ging nach hinten zum Innenhof, sodass von der Straße so gut wie keine Geräusche zu hören waren, nur ab und zu Hufklappern auf den Kopfsteinen.

Tuagh war bereits anwesend – natürlich, er würde sicher niemals so lange schlafen. Für ihn war gestern vermutlich ein eher ruhiger, wenn nicht langweiliger Tag gewesen, eine Erholung vom Kampf.

Bethana begrüßte ihn freundlich lächelnd und wies ihm einen Platz am Tisch zu. Sie war allein; bemerkte Fionns Blick und erklärte: »Ich habe sie fortgeschickt. Es ist besser, wenn sie so wenig wie möglich wissen. Die Palastwachen suchen immer noch nach euch. Allerdings nur noch mit normalen Patrouillen, sodass die Straßen wieder einigermaßen sicher sind, wenn ihr aufpasst.« Sie wies auf den voll beladenen Tisch. »Ihr findet euch zurecht, ich lasse euch jetzt allein. Ich habe einige Besorgungen auf dem Markt zu erledigen, und mittags kommt meine Familie zurück.«

»Danke für alles, Bethana«, sagte Tuagh. »Bis du zurück bist, sind wir fort.«

Das verlegene Schweigen zog sich in die Länge. Wobei Fionn den Eindruck hatte, dass die Verlegenheit ganz auf seiner Seite lag. Der Wanderkrieger schien völlig in Gedanken versunken und starrte ins Leere. Als würde er mit offenen Augen schlafen. Vielleicht wollte er auch nicht daran erinnert werden, dass er nicht allein war, und befand sich innerlich bereits auf der Reise ... Fionn betrachtete ihn eine Weile verstohlen und machte sich seine Gedanken.

Dann nahm er all seinen Mut zusammen. »Wir ... wir sollten zusammen reisen.« Er räusperte sich. »Du ... hast die ganze Zeit für mich gesorgt, warum willst du mich jetzt allein losschicken?«

»Weil ich mit deiner Suche nichts zu tun habe«, antwortete der Wanderkrieger. »Denkst du, ich möchte so eine Verantwortung übernehmen? Außerdem habe ich anderes zu tun.«

»Was genau? Gestern hast du dich sehr vage ausgedrückt. Es klang nicht nach einem Auftrag. Und ich glaube, an Geld mangelt es dir momentan nicht.«

»Um Geld geht es nicht!«

»Worum dann?«

Tuagh richtete seine bernsteinfarbenen Augen auf den Bogin. Fionn sah Jugend und Alter zugleich darin, das Alter beherrschte in Einschlüssen die Oberfläche, die Jugend lag versteckt in dem hellen, klaren Kristallblick, doch vergangen war sie nicht. Und dazwischen? Viel Schmerz und Erfahrung, ein Leben voller Entbehrungen und Unruhe. »Woher willst du wissen ...«

Es war nur geraten gewesen. Aber Fionn hatte während des Frühstücks einiges zusammengesetzt. Der Wanderkrieger hatte sich seine Geschichte angehört, er hatte sich um ihn gekümmert. Bethana hatte erzählt, er habe ihre Familie gerettet. Tuagh war zudem kein einfacher Söldner, sondern unter seinesgleichen sehr bekannt und geachtet. Und in diesem Alter, nach so vielen Jahren Kampf im Auftrag anderer, nicht sesshaft zu werden, konnte nur eines bedeuten: Er war ein Getriebener, einer, der versuchte, irgendein Unrecht wieder gutzumachen. Vielleicht aber auch ... etwas zu finden, das er schon lange verloren oder sogar niemals besessen hatte.

Bogins hatten ein sehr feines Gespür, wie alle ihre Sinne empfindlich waren. Fionn mochte nicht viel vom Leben außerhalb des Hauses seines Herrn verstehen, aber er war ein guter Beobachter.

»Du bist genauso auf der Suche wie ich, stimmt's? Niemand sonst würde sich meiner so annehmen, wenn er nicht aus ähnlichem Grund unterwegs wäre. Du verstehst, was in mir vorgeht.«

Tuagh rieb sich den dunklen Bart. »Hm«, brummte er. »Na schön. Ich suche nach meinem Bruder, und das seit Jahren. Aber das hat nichts mit dem zu tun, was ich gestern sagte. Die Suche ist ein Teil meines Lebens, so wie der andere Teil das Söldnertum ist.«

»Dann sollten wir *zusammen* suchen«, schlug Fionn vor. »Ich kann dir helfen, und du mir.«

»Mir kann niemand helfen, junger Bogin, erst recht nicht du unschuldsvoller Sanftmütiger, der du keine Ahnung von der Welt hier draußen hast. Und ich habe dir gestern gesagt, wir sind damit quitt.«

Fionn schüttelte hartnäckig den Kopf. Er wusste jetzt, was er zu sagen hatte. »Du hast mich gekauft.«

Tuagh stieß einen spöttischen Laut aus. »Mit Elbengold!«

»Gekauft ist gekauft, mein Herr, dafür gibt es viele Zeugen. Damit bist du für mich verantwortlich, auch wenn es dir nicht gefällt.«

»Fionn, allmählich werde ich ungehalten. Das Letzte, was ich brauche und will, ist ein Sklave. Betrachte es so, dass du dich freigekauft hast.«

»Das ist einem Bogin untersagt. Er darf kein Geld besitzen, und er ist Sklave durch Geburt. Es ist alles im Obersten Gesetz geregelt.« Fionn merkte, dass Tuagh wirklich wütend wurde, aber er gab jetzt nicht nach. »Und dann ist es so, dass ich dir etwas für meine Versorgung schulde. Du hast eine Menge Geld für mich aufgebracht, das muss ich dir zurückgeben. Das kann ich nur, indem ich . . .«

»Du wirst mir nicht dienen!« Tuagh hob die Hand, seine Augen umwölkten sich. »Keinesfalls werde ich das dulden, Fionn.«

Der junge Mann nickte. Innerlich zitterte er, fühlte verzweifelten Stolz auf sich, weil er sich unerwartet gut in dieser Schlacht schlug. Die erste seines Erwachsenendaseins. Und das begann er mit dem Wagnis, sich derart mit einem Menschen auseinanderzusetzen! »Es tut mir leid, Tuagh. Ich wollte dich nicht beleidigen, aber was soll ich denn sonst tun? Es sei denn, du bringst mich zum Palast, zu allen anderen meines Volkes.«

Der Wanderkrieger schwieg.

»Tuagh«, setzte Fionn leise fort. »Wo soll ich denn hin? Ich besitze nichts, ich habe keine Papiere, und selbst wenn ich sie hätte, dürfte ich nicht allein reisen. Gestern habe ich das Haus meines Herrn zum ersten Mal verlassen. Ich habe in der Tat, wie du bereits mehrfach festgestellt hast, keinerlei Ahnung von der Welt hier draußen. Nicht mal aus dieser Stadt würde ich hinausfinden, geschweige denn jemals wieder nach Hause zurück. Das einzige, was für mich klar erkennbar ist, ist der Palast, weil er auf einem Hügel liegt, und vielleicht finde ich sogar die Hauptallee dorthin. Also ... könnte ich mich selbst stellen, was dich deiner Verantwortung enthebt. Soll ich das tun? Hast du mich deswegen die ganze Zeit über beschützt?«

»Rede keinen Unsinn«, brummte Tuagh. »Vielleicht kenne ich ein oder zwei Leute, die dich aufnehmen können, bis dieser Wahnsinn vorbei ist.«

»Das glaubst du doch selbst nicht«, erwiderte Fionn. »Und welchen Sinn hätte das auch? Ich bin wahrscheinlich der einzige Bogin hier in der Stadt, der noch auf freiem Fuß ist. Die Bogins auf dem Land werden sicher auch bald verhaftet, und Tiw werden sie früher oder später auch finden, wenn ich nicht schneller bin. Ich bitte dich, hilf mir, mein Volk zu retten! Ich muss diese Chance nutzen! Ich habe Angst, dass ... dass sie alle verurteilt werden, wenn ich nicht aufklären kann, wer Herrn Brychans Mörder ist. Und ich muss beweisen, dass es keine Verschwörung gegen den Palast war.«

»Wie kannst du darin sicher sein?«, erwiderte Tuagh. »Was ist mit den ominösen Seiten aus einem Buch, die du erwähnt hast? Dem Gespräch, das du heimlich belauscht hast?«

»Und genau deswegen muss ich das tun!«, wiederholte Fionn verzweifelt. »Ich stecke zu tief drin, ich kann mich nicht einfach verbergen. Und mich zu stellen wäre dumm, nicht wahr? Vielleicht ... vielleicht kann ich dir ja doch bei deiner Suche helfen. Und wenn nicht, dann bring mich wenigstens zur nächsten Stadt, und von dort aus mache ich mich dann allein auf die Suche. Ich werde unterwegs sehr gut aufpassen. Bis dahin habe ich bestimmt gelernt, mich *draußen* zurechtzufinden. Und ich bin aus der größten Gefahrenzone raus. Dann bist du mich los. Wäre das wenigstens ein ... ein annehmbarer Kompromiss?«

Tuagh lehnte sich zurück, fuhr durch seine grauen Haare, legte die Stirn in grüblerische Falten. Ihm war deutlich anzusehen, dass es in ihm arbeitete. Einerseits hatte er ganz offenbar ein zu gutes Herz, um sich nicht einem hilflosen Bogin, der ihm aus Versehen das Leben gerettet hatte, verpflichtet zu fühlen. Andererseits wollte er diese Verantwortung als ewig Umherziehender nicht, ihm lag daran, so viel Abstand wie möglich zu allem zu halten, was ihm zu nahe kommen könnte, was seine Gefühle beanspruchen könnte. Deswegen war er ein Wanderkrieger, heute hier, morgen dort, wie er gesagt hatte.

Fionn konnte das gut nachvollziehen, und er schämte sich auch, diesem Fremden zur Last zu fallen. Doch hier musste die Vernunft über allem stehen. Ohne Hilfe konnte er es nicht schaffen, und mit einem Mann wie Tuagh hätte er es nicht besser treffen können. Irgendwie würde Fionn einen Weg finden, Tuagh dafür zu entschädigen, und ihm nichts schuldig bleiben. Später. Aber zuerst musste der sich überreden lassen!

Schließlich seufzte der Wanderkrieger. »Also gut. Bis zur nächsten Stadt nehme ich dich mit.«

Fionns Herz machte einen Sprung vor Freude, und er fühlte sich unendlich erleichtert, auch wenn er gleichzeitig voller Schrecken begriff, was das bedeutete – endgültig auf die Reise ins Unbekannte zu gehen!

»Du wirst es nicht bereuen, ich bin ein sehr –«

»Mir genügt es, wenn du nicht zu viel redest und mit mir Schritt hältst.«

»Du bist nicht zu Pferde unterwegs?« Fionn war augenblicklich froh darüber; die Begegnung mit diesen Ungetümen an der Tränke hatte ihm schon genügt.

»Derzeit nicht, nein. Du wirst deine Füße bemühen müssen.«

»Sie sind groß genug, mich tragen zu können. Und die Stiefel passen sehr gut.« Fionn tastete an den Gürtel, in dem sein Messer steckte. Er hatte es bereits eingesteckt gehabt, bevor er fliehen musste. Das Einzige, was ihm geblieben war. Nachdenklich zog er es und drehte es in Händen. Der Griff aus Hirschhorn war schon blank poliert und schmiegte sich geradezu in die Hand. Die einseitige Schneide war so scharf, dass sie ein Haar zerschneiden konnte, das Metall war durch seine besondere Herstellung gemasert. Feine Ziselierungen befanden sich darauf, die sich bei keinem Boginmesser wiederholten.

»Ihr nennt es Urram, nicht wahr?«, fragte Tuagh.

Fionn nickte. »Er wird geschmiedet, wenn der Monat der Geburt anbricht. Die Pflicht des Herrn oder der Herrin ist es, den Urram traditionell herstellen zu lassen. Damit gehört das Neugeborene dann der Gemeinschaft an.«

Der Wanderkrieger hob eine Braue. »Ich verstehe allmählich, weshalb du am Sklavendasein nichts auszusetzen hast. Es ist anders als jede Sklavenhaltung, die ich sonst kenne. Ihr Bogins seid Sklaven in dem Sinne, dass ihr rechtlos seid. Ihr dürft das Haus eurer Herrschaft so gut wie nie verlassen und nichts allein entscheiden. Ebenso wenig dürft ihr, abgesehen von dem Urram, eigenen Besitz haben. Aber ihr lebt verwöhnter und gediegener als viele Freie. Als ich, um genau zu sein, und jeder andere, den ich kenne.«

»So will es das Oberste Gesetz.«

»Warum ist die Àrdbéana so sehr auf euren Schutz aus?«

»Weshalb wurde er aufgehoben?«

Tuagh nickte und erhob sich. »Viele Fragen, die wir uns auch unterwegs stellen können. Pack zusammen, wir müssen los.«

»Ich habe nichts, nur den Urram.«

»Und das ist nicht das Schlechteste. Hat Bethana dir denn keine Jacke gegeben?«

Fionn errötete. »Doch, jetzt, wo du es sagst – eine gut gefütterte, und einen Kurzumhang mit Kapuze. Ich bin sehr gut ausgerüstet ... wie kann ich ihr jemals danken?«

»Das geht schon in Ordnung, Fionn. Eines Tages wirst du Gelegenheit dazu haben.«

Und damit brachen sie auf.

*

Sie hatten nicht gewusst, dass es ein Verlies unter dem Palast gab, und dass es so groß wäre. Davon hatte ihnen Onkelchen Fasin, der Älteste der Alten, nie etwas erzählt. Gewiss, die Àrdbéana galt als die höchste Gerichtsbarkeit in ganz Albalon, doch das sollte für den Frieden der Völker gelten, für Urteile unter Hochgeborenen, die niemals in ein solch dunkles Loch geworfen würden.

Was ging hier vor sich? Hatte die Àrdbéana denn hiervon Kenntnis? Konnte dies tatsächlich ein Werk der Elben sein, für die schon geschlossene Tore unvorstellbar waren? Die Bogins wussten, dass die Behausungen der Elben offen und hell waren, zumeist verwendeten sie lebende Materialien, wie Bäume und Buschwerk, um sie mit stabilen Bauten zu verbinden. Selbst in Städten wie Sìthbaile konnte man ein Elbenhaus meistens recht gut erkennen, weil es große Fenster und viele Verzierungen besaß und in der Regel von Rosen, Efeu, Wein oder Orchideenschlingern umwuchert war.

Auch der herrliche Palast auf dem Hügel strahlte weithin weiß und gold und grün, die Fensteröffnungen waren wie Blattwerk geschnitten, die großen Balkone waren Palmblättern nachgeformt, die Türme Blütenkelche nachempfunden – alles so, dass es an etwas Lebendes erinnerte. Keines Menschen Hand konnte dieses Kunstwerk, diesen Ausdruck der Schönheit errichtet haben – und nun sollte es wie bei den menschlichen Schlössern und Burgen tief darunter finstere Verliese geben?

Nicht einmal das unglaubwürdigste Gerücht hatte je davon wissen wollen, aber nun erfuhren die Bogins auf leidvolle Weise, dass so viel Licht auch Schatten werfen musste.

Die Luft war stickig von den rußenden Fackeln, die den Gang entlang an den Wänden hingen. Es gab keinen Lichtschacht nach draußen, kein Geräusch drang herein. Gitter waren vor den drei Schritt breiten und zwei Schritt hohen Öffnungen angebracht, doch allzu weit konnte man nicht in den Gang blicken. Sie waren völlig abgeschnitten von allem. Ihre Unterkünfte waren nicht mehr als in die Felsen gehauene Höhlen, ausgestattet allein mit dem Notwendigsten.

Die Bogins waren so entsetzt und fassungslos, dass sie nur still, wie gelähmt, herumstanden und zu begreifen versuchten. Keinem von ihnen war so etwas jemals zugestoßen, geschweige denn einem Vorfahren. Sie kannten Kerker nur aus den Geschichten der anderen Völker und hätten sich niemals auch nur vorstellen können, wie es sein mochte, selbst darin gefangen zu sein. Kein Albtraum konnte so schrecklich und grausam sein. Gestern noch ein fröhliches Fest, und heute in Ketten.

Cady ging zu Onkelchen Fasin, der leise schluchzend in einer Ecke kauerte. Der alte Mann hatte seine Fassung völlig verloren, und sie machte sich große Sorgen um ihn, dass er erkrankte – am Gemüt ebenso wie am Körper – in dem feuchtkühlen Dunkel hier unten. Bogins wurden so gut wie nie krank, wenn aber doch, traf es sie zumeist heftig. Deshalb könnte das für den Alten schnell lebensbedrohlich werden. Fionns Eltern kümmerten sich liebevoll um ihn, das lenkte sie von ihrem eigenen Kummer ab.

»Die Árdbéana ... ich darf nicht mit ihr sprechen ... ich könnte ihr erklären ... und meine Audienz«, stammelte der beleibte Greis.

»Sie weiß nichts von alldem«, sagte Cady sanft und ordnete seinen Bart. »Wenn sie es wüsste, würde sie uns augenblicklich befreien. Der Oberste Haushofmeister ist es, der ihre Schwäche ausnutzt.«

»Aber warum denn, Kindchen? War er denn jemals gegen uns eingestellt? Das ergibt doch überhaupt keinen Sinn!«

»Das tut es auch nicht, Onkelchen. Alles was ich weiß ist, dass es einen Mord gegeben hat, in deines Meisters Haus, und dass es einer von uns gewesen sein soll. Und bis der Schuldige gefunden ist, müssen wir alle hier unten ausharren.«

»Dann soll sich der Schuldige melden!«, platzte der Alte heraus und wischte sich mit einem Tüchlein über das Gesicht. »Aber nein, ausgeschlossen, er kann es nicht – kein Bogin würde so etwas jemals tun. Wir lügen nicht, wir betrügen nicht, und ganz sicher begehen wir niemals einen Mord!« Er richtete sich auf. »Das wissen doch alle! Weswegen tun sie uns das trotzdem an? Wieso hören die Elben auf den Befehl des Obersten Haushofmeisters, der nur ein Mensch ist?«

»Da steckt eine Intrige dahinter«, äußerte Fionns Vater ernst. Er redete nie sehr viel, aber wenn, hatte es Hand und Fuß. »Und jemand will uns aus dem Weg haben, um die Wahrheit zu verschleiern – und sein böses Werk fortzusetzen.«

»Dann betrifft das auch die Hohe Frau?«, fragte Onkelchen Fasin entsetzt.

»Möglicherweise, vielleicht wurde ihre Schwäche irgendwie ... begünstigt. Es kann einfach nicht anders sein, wenn du mich fragst.«

Der Alte dachte einen Moment nach, dann schüttelte er den Kopf. »Das nützt uns nichts, wir sind ausgeliefert und können nichts tun. Wir können nur darauf hoffen, dass noch ein letzter Rest des Obersten Gesetzes übrig ist und wir wenigstens zu essen und zu trinken erhalten, um am Leben zu bleiben. Oder glaubt ihr, die lassen uns hier verrotten?«

»Das werden unsere Herrinnen und Herren nicht zulassen«, sagte

Alana energisch. »Ich bin sicher, sie stürmen soeben den Palast und verlangen unsere augenblickliche Freilassung! Sie werden uns nicht vergessen, das wird niemand!«

»Sind wir denn alle hier?«, erklang eine Stimme von der anderen Seite. »Wie viele sind wir?«

»Hunderte«, antwortete Alana. »Ich denke, alle von uns. Erspare uns, dass wir uns durchzählen.«

»Aber wir sind so viele, sagst du – da müssten wir doch etwas unternehmen können!«

»Nichts können wir.«

Keiner von ihnen trug mehr den Urram, er war ihnen abgenommen worden, und das allein war schon eine große Schande. Und es machte sie auch hilflos. Mit bloßen Händen einen Weg durch die Felsen nach draußen graben? Ausgeschlossen. Auch die Gitter saßen stabil in der Verankerung. Der Boden war so fest gestampft, dass ihm nur eine Spitzhacke beikommen konnte.

Einige fingen zu weinen an, als ihnen die Hoffnungslosigkeit ihrer Lage bewusst wurde. Die anderen versuchten, sie zu trösten und aufzumuntern; es war nicht Art der Bogins, im Leid zu versinken, sie blickten stets nach vorn. *Nichts kann so schlimm sein, dass es nicht zu bewältigen ist*, lautete eine ihrer Lebensformeln. Bogins glaubten mit jeder Faser ihres Herzens an einen guten Ausgang.

Alana stellte sich in die Mitte des Kerkers, holte tief Luft und fing an zu singen. Nicht lange, dann fiel Hagán mit seinem Bass ein, und so nach und nach auch andere. Sie sangen von den Weiden und Auen, von den Steilküsten und den Wasserfällen Albalons, und sie sangen von Hafren, der Herrin der Flüsse und Seen, die den Frühling mit sich brachte, sobald das Eis des Winters brach und sie aus den Tiefen emporstieg. Hafren, die das Leben brachte, deren Güte jeden segnete, der sie nur von Weitem erblickte, deren Schönheit Glanz und Licht, Liebe und Wärme war. Es gab niemanden, den die Bogins mehr verehrten, denn das Wasser nährte die Felder und Bäume und Sträucher, die Weiden und Gärten, das Vieh und alle Wildtiere. »Bei Hafrens Güte« war ein beliebter Spruch des Volkes. Sie war nun der Trost und das Licht in der Dunkelheit.

»O Hafren, so seh ich dich wieder, mein Herz voller Wonne
Fein und hell auf grauem Fels, unter leuchtender Sonne
Kämmend dein silberleuchtend Haar
Und weiße Lilien um dich, so wie es immer war.
Der Frühling erblüht, und so spür ich weder Rast noch Ruh'.
O Hafren, hörst meinen Gesang du?«

Aber Hafren kann uns nicht hören, dachte Cady, die sich nicht am Gesang
beteiligte. *Sie ist schon lange fort, niemand von uns hat sie je gesehen, und
vielleicht ist sie immer nur eine Legende gewesen.* Dennoch, musste sie einräumen, konnte auch eine Legende Trost und Lebensmut spenden, sie
konnte es spüren, dass die Kräfte der Bogins langsam zurückkehrten,
und auch Onkelchen Fasin seinen Lebenswillen durch den Gesang wie-
derfand. Aber sie selbst würde all ihre Hoffnungen auf etwas anderes
konzentrieren, etwas, das greifbarer war. Sie ging zum Gitter, legte die
Finger darum und sah hinaus auf die flackernde Flamme einer Fackel.
Fionn, dachte sie. *Ich weiß, du bist dort draußen, und du bist frei. Ich weiß,
du wirst alles unternehmen, um uns zu befreien. Viel Glück auf deinem Weg.
In Gedanken werde ich immer bei dir sein und dich stärken. Ich werde nicht
aufgeben, bis du zurückkehrst. Glaub daran und kämpfe für uns.*

*

Meister Ian Wispermund machte seinem Namen heute gar keine Ehre.
Wild fuchtelnd stand er vor dem offenen Eingang zur Thronhalle und
schrie zornig mit schriller Stimme: »Ich *verlange,* sofort die Ardbéana zu
sprechen! Ich lasse mich nicht abweisen! So etwas hat das Reich noch
nicht erlebt. Ich bestehe darauf, dass der Verantwortliche zur Rechen-
schaft gezogen wird!«
Die Wachen weigerten sich, den Weg freizugeben, auch wenn ihnen
nicht ganz wohl dabei war. Mit unsicheren Blicken musterten sie die
Gefolgschaft des Gelehrten – mindestens drei Dutzend Menschen und
Elben tummelten sich in der Vorhalle, und auf der großen Portaltreppe
wogte eine wütende Menge von mehr als hundert Personen, die alle die
Herausgabe ihrer Sklaven verlangten, und zwar auf der Stelle.

»Wisst ihr nicht, wer ich bin?«, fuhr Meister Ian die Wachen an. »Selbstverständlich«, antwortete die Wache zur Linken. »Ihr seid …«

»*Ich* weiß, wer ich bin, das müsst ihr mir nicht erklären!«, brüllte der Gelehrte. »Aber ich muss euch Strohköpfe wohl darüber aufklären, dass ich jederzeit Zugang zum Palast habe!«

»Es ist aber nun einmal so …«, fuhr der Mann fort, doch der zur rechten Seite fiel ihm ins Wort: »Wir haben unsere Befehle.«

»Dann schaff denjenigen her, der die Befehle erteilt hat, oder denkst du, ich setze mich weiter mit einer Hellebarde auseinander, an der ein Hampelmann hängt?«

»Nun, nun, derart aufgebracht? Ihr seid bis in den letzten Winkel des Palastes zu hören, Meister Wispermund.« Der Oberste Haushofmeister war hinzugetreten. Ein Mann, noch größer und hagerer als der Gelehrte, wie stets korrekt im Staatsgewand gekleidet, mit einem gewichtigen rotgoldenen Brokatmantel mit Stehkragen, und einem steifen, hohen schwarzen Hut. Außerdem hielt er einen langen Stab mit einem schweren goldenen Knauf in der linken Hand. Damit schlug er gern und häufig auf den Boden aus grünem Marmor, um seinen Worten Gewicht zu verleihen oder Bedeutendes eindrucksvoller auf den Punkt zu bringen.

»Pirmin, was habt Ihr getan? Ihr könnt doch nicht alle Bogins, ja das gesamte Volk verhaften lassen!«

»Ich kann und ich muss«, erwiderte der hagere Mann. »Und ich bin Euch keinerlei weitere Erklärungen schuldig, Ihr habt alles Wissenswerte erfahren. Wenn Ihr das nicht verstehen könnt, so kann ich Euch nicht helfen, Gelehrter.«

»Und ob wir das nicht verstehen können!«, erklang eine aufgebrachte Stimme aus dem Hintergrund. »Gebt uns sofort unsere Sklaven zurück, oder wir werden das Oberste Gericht anrufen und eine Verhandlung erzwingen!«

»Dazu bin ich außerstande. Es kann unmöglich eine Gerichtsverhandlung geben, solange die Àrdbéana unpässlich ist«, stellte der ehrenwerte Pirmin sich stur. Das war nichts Neues bei ihm, jedem war nur allzu gut bekannt, dass man mit diesem Mann kaum reden konnte. Seine Vormachtstellung bei Hofe war vielen unbegreiflich, doch sie blieb unangefochten. An ihm gab es kein Vorbeikommen, nicht einmal jetzt.

»Wie geht es unseren Sklaven?«, fragte Meister Ian scharf.

»Es mangelt ihnen an nichts.«

»So? Davon will ich mich selbst überzeugen.«

»Das ist unter den gegebenen Umständen nicht möglich. Wir wissen noch nicht einmal, ob wir alle Sklaven haben – denn nicht jede Herrschaft wird korrekte Angaben gemacht haben. Also werden wir zunächst unsere Bücher mit der Zählung vergleichen und feststellen, wer versteckt wird oder gar geflohen ist.«

Meister Ian presste die Lippen zusammen. Er würde dafür sorgen müssen, dass diese Zählung und der Abgleich so viel Zeit wie möglich in Anspruch nahmen.

Der Oberste Haushofmeister verzog die dünnen Lippen zu einem süffisanten Grinsen; er ahnte wohl die Gedanken des Gelehrten. »Wir werden eine Strafe über jeden verhängen, der seine Sklaven der Gerechtigkeit entzieht.«

»Pah!«, rief jemand. »Dazu müsste erst einmal ein Gesetz geschaffen werden ...«

»... und das sollte möglich sein.«

»Na und? Dann berufen wir eine Ratsversammlung ein! Die könnt Ihr nicht verhindern, es sei denn, Ihr legt es auf einen Krieg an!«

Meister Ian musterte Pirmin durchbohrend. »Wollt Ihr das? Ihr provoziert schließlich Menschen und Elben gleichermaßen.«

»Ihr übertreibt«, versetzte Pirmin ärgerlich. »Es geschieht alles im Rahmen des Gesetzes.«

»Wenn Ihr es sagt ... Dann habe ich aber auch ein Besuchsrecht bei den Gefangenen. Wo sind sie?« Ian Wispermund holte mit dem Arm aus. »Ich kenne diesen Palast sehr gut, ich gehe seit Jahrzehnten ein und aus. Es gibt hier kein Gefängnis, selbstverständlich nicht! Also, ich wiederhole: Wo sind sie?«

Der Oberste Haushofmeister gab keine Antwort, doch seine Augen verrieten ihn. Sie richteten sich unwillkürlich, einen winzigen Moment nur, auf den Boden, doch Meister Ian entging dieser Moment nicht.

Fassungslos drehte er sich zu seinen Begleitern um und deutete zu Boden. »Dort unten?«, stieß er ungläubig hervor. Er drehte sich Pirmin wieder zu. »Es gibt hier, unter dem Palast, ein Verlies?« Nun, Platz gab es genug, schließlich erhob sich das Gebäude auf einem Hügel. Da konnte man jede Menge in den Untergrund hineintreiben, vielleicht sogar eine ganze zweite Stadt. Wer weiß, wohin so mancher Gang führen mochte!

Das war nichts Ungewöhnliches bei den Menschen, die sich ständig bekriegten – aber dies ausgerechnet hier, an diesem Vorbild des Friedens vorzufinden, war ein Schock. Noch dazu, da nie darüber gesprochen worden war!

»Meister Ian, ich habe jetzt genug Geduld aufgebracht«, schnarrte Pirmin. »Ich habe mit Euch gesprochen und Euch versichert, dass es den Gefangenen gut geht. Wir werden sie alle nacheinander verhören, und dann werden sie wieder auf freien Fuß gesetzt, dessen bin ich sicher – sobald ihre Unschuld erwiesen ist. Es gibt da eine Menge Ungereimtheiten, die wir klären müssen, und vor allem muss diese schändliche Tat aufgeklärt werden. Stellt Euch vor, wenn kein Herr mehr seinem Sklaven blindlings vertrauen kann! Ich muss herausfinden, wozu diese Sklaven wirklich fähig sind. Und damit habe ich Euch mehr gesagt, als Euch zusteht. Aber vielleicht versteht Ihr es jetzt. Nun ist es genug, geht, geht alle!«

Aber niemand rührte sich. Spannung kam auf, die beiden Wachen zogen sich an die Seiten zurück. Wie würde Pirmin nun reagieren? Würde er tatsächlich mit den Palastwachen gegen die Menschen und Elben vorgehen, um sie aus dem Schloss zu treiben? Das wäre ebenso einmalig wie ein mordender Bogin.

Meister Ian spürte, wie sich die Stimmung aufheizte, vor allem auf Seiten der Menschen. Er musste schnell etwas unternehmen, sonst passierte ein Unglück. So etwas war, solange er zurückdenken konnte, noch nicht passiert. Schwand die Macht der Ardbéana durch ihre Erkrankung dahin? Sie war es, die alles zusammenhielt – aber anscheinend in noch viel größerem Ausmaß als angenommen. Das Gleichgewicht war allein durch ihre sogenannte Unpässlichkeit in Gefahr ...

»Lasst mich mit der Ardbéana sprechen«, forderte er Pirmin auf.

»Das ist völlig ausgeschlossen, sie leidet zu sehr«, lehnte der ab.

Meister Ian schüttelte den Kopf. »Vorher werden wir nicht gehen. Die Lage ist mehr als heikel für Euch, und ich kann nicht einfach so abziehen. Ihr kennt mich. Die Ratsversammlung könnte schneller einberufen werden, als Euch lieb ist. Also entscheidet Euch.«

Die Wangenmuskeln in dem hageren Gesicht des Obersten Haushofmeisters zuckten, und Zorn glühte in seinen Augen. »Also schön«, gab er schließlich nach und hob die Hand abwehrend hoch, als er eine Bewegung in der Menge sah. »Aber nur Ihr, und nur für ein paar Augenblicke. Die Lage ist prekärer, als Ihr ahnt.«

Davon konnte Meister Ian sich überzeugen, als er zum Schlafgemach der erlauchten Herrscherin geführt wurde. Es war ein gutes Stück Weg dorthin, der zumeist durch außen liegende Gänge führte, durchweg erhellt von großzügigen Fensterfronten, deren Rahmen kunstvoll als Blumenranken nachgebildet waren. Für den Winter wurde Glas eingesetzt, um die Kälte abzuweisen, doch im Sommer waren sie offen und luftig. Die Ardbéana hatte ihre privaten Gemächer in einem Flügel zum Innenhof, wo sie direkt von ihren Räumen aus den zauberhaft angelegten Hain und Garten betreten konnte. Alles war genau aufeinander abgestimmt, wie es die Elben liebten. Große, alte Bäume mit mächtigen Kronen, blühende Büsche, kleine Bäche und Teiche. Die Wege waren mit glitzerndem Quarzkies befestigt, über hölzerne Stufen konnten Wandelwege zwischen den Bäumen in unterschiedlicher Höhe erreicht werden.

Das Schlafgemach zu betreten, war normalerweise nur ganz wenigen Angehörigen des engsten Hofstaats gestattet, doch der Oberste Haushofmeister machte jetzt eine Ausnahme. Meister Ian hatte ihm den Ernst der Lage nur zu deutlich gemacht, und da er selbst seit Jahrzehnten ein enger Vertrauter der Herrscherin war, ließ Pirmin es zu, dass der Gelehrte das Allerheiligste betreten durfte.

Meister Ian fühlte sich ganz und gar nicht wohl in seiner Haut, als er die beiden Kammerzofen mit kummervollen Gesichtern am Fenster stehen sah, während er sich auf Pirmins wortlose Anweisung bis auf wenige Schritte dem Bett näherte. Er fühlte sich plötzlich als ungehobelter Eindringling, der jeglichen Respekt vermissen ließ. Doch nun konnte er nicht mehr zurück.

Die Vorhänge des Baldachins waren heruntergelassen, halb durchsichtige Seidenschleier, hinter denen der Gelehrte die Umrisse der Königlichen ausmachen konnte, deren Haupt auf einem hohen Kissen ruhte. Sie war es, er hegte keinen Zweifel, selbst jetzt leuchtete sie noch, und keine andere Frau konnte filigranere Umrisse haben als sie.

Ihm wurde schwer ums Herz, kannte er die Ardbéana doch immer nur als zwar ätherische, jedoch kraftvolle, energiegeladene Frau, deren glockenhelles Lachen selbst die Sonne dazu anregte, stärker zu strahlen. In den Kreis ihres Glanzes zu treten, war jedes Mal ein erhebender Moment, und selbst dem alten stolzen Gelehrten fiel es nicht schwer, das Haupt vor ihrer Majestät zu beugen – obwohl sie gar keinen Wert darauf legte und sich häufig darüber lustig machte. Sie trat lieber als die heitere, ausgeglichene Elbenfrau auf, die sie war, und pflegte am liebsten formlosen Umgang. Sie fühlte sich deswegen manchmal von ihrem steifen, allzu streng auf Regeln beharrenden Obersten Haushofmeister regelrecht »tyrannisiert«; was sie gerne lachend in seinem Beisein äußerte, um ihn ein bisschen aufzuziehen. Dass sie es nicht ernst meinen konnte war schon daraus ersichtlich, dass sie einen Menschen mit dieser bedeutenden Aufgabe betraut hatte.

Jedoch, daran gab es nichts zu rütteln, sie war anbetungswürdig und von einer Hoheit, der man unwillkürlich huldigte. Es war kein Wunder, dass sie seit so langer Zeit den Frieden unter den Völkern hielt. Selbst die zänkischsten Streithähne wurden in ihrer Anwesenheit zu zahmen Tauben und waren zu Verhandlungen mit Worten bereit. Die Ardbéana war der Inbegriff des Friedens, der Reinheit und der Schönheit; sie *war* das Gestalt gewordene Albalon, das Weiße Reich, Insel der Glückseligen.

Sie nun so schwach und dahinsiechend zu erleben, war ein Schock für den alten Mann, der ihn unendlich schmerzte.

Eine zarte, bleiche Hand mit einem schweren Siegelring am mittleren Finger schob sich zwischen zwei Vorhangbahnen hindurch und winkte leicht. Meister Ian blickte zu Pirmin, der verbissen zur Seite schaute; hier war er machtlos, noch war sie die Gebieterin.

Vorsichtig näherte der alte Mann sich dem Bett, ließ sich zwei Schritte davor leise ächzend auf die Knie nieder und wagte es, seine im Vergleich große, breite Menschenhand unter die zarte Hand der Elbenfrau zu legen. Leicht wie ein Vogel ruhte sie darauf, fühlte sich kühl und kraftlos an.

»Meister Ian«, erklang die schwache, dennoch wie Glocken klingende Stimme der Ardbéana. »Ich danke Euch, dass Ihr gekommen seid, um nach mir zu sehen. Ihr seid ein so guter alter Freund, ich fühle mich gleich besser und nicht mehr so allein.«

»Verzeiht, dass ich Euch störe, Mylady«, sagte Meister Ian rau mit einem Seitenblick zu Pirmin, der bei den Worten seiner Herrscherin verbissen die ohnehin dünnen Lippen zusammenpresste. »Ich bin sehr rücksichtslos ...«

»Ihr habt recht daran getan, Euch zu überzeugen«, hauchte sie. »Etwas verdunkelt diese Tage, und ich kann Euch nicht sagen, was es ist, doch es schwächt mich ungemein. Ich mache mir Sorgen, große Sorgen um unsere Insel, und ich bitte Euch, nach der Ursache zu forschen. Unterstützt Pirmin dabei, den Frieden zu bewahren und alles zusammenzuhalten.«

»Es ist doch meine Schuld«, murmelte er. »Was in meinem Haus geschehen ist ...«

»Ich mache Euch keinen Vorwurf«, unterbrach sie sanft. »Niemals könntet Ihr daran beteiligt sein. Und es tut mir unendlich leid, was mit meinen Bogins, jenem kleinen, zerbrechlichen Volk, dem ich meinen uneingeschränkten Schutz versprochen habe, geschieht. Bitte hadert nicht mit Pirmin, denn er hat alles mit mir abgesprochen und besitzt mein Einverständnis.«

Meister Ian war erschüttert. »Oh, Herrin«, sagte er, »warum?«

»Um die Halblinge zu schützen«, antwortete sie. »Ich befürchte schreckliches Unheil, das vor allem dieses Volk bedroht, deshalb muss ich es bei mir versammeln und verhindern, dass jemand zu ihm gelangen kann. Gleichzeitig müssen wir herausfinden, wer diese furchtbare Tat begangen hat. Ich weiß, Ihr empfindet mich als grausam, doch ... ich habe keine Wahl. Der Frieden ist bedroht ...« Ihre Stimme wurde zusehends leiser und versiegte schließlich ganz. Sie zog ihre Hand zurück.

»Ihr müsst jetzt gehen, es wird zu viel für sie«, sagte Pirmin schroff.

»Verzeihung.« Meister Ian stand in gebückter Haltung auf und ging, sich rückwärts bewegend auf Abstand. »Aber ... es wird den Bogins doch gut gehen?«, konnte er sich dennoch einer letzten Frage nicht enthalten, denn es war der Grund, weswegen er hierher gegangen war.

Die Ardbéana sammelte ihre Kräfte für eine letzte Antwort. »Sie sind bestens untergebracht, wie Gäste, und werden gut versorgt. Ihr habt mein Wort ...« Dann sank ihr Kopf zur Seite.

Meister Ian setzte sich nicht zur Wehr, als der Oberste Haushofmeister ihn grob am Arm packte und mit sich zog.

»Da seht Ihr, was Ihr angerichtet habt!«, warf Pirmin ihm draußen auf dem Gang vor, kaum dass die Tür geschlossen war. »Ihr Zustand verschlechtert sich weiter! Wollt Ihr das?«

»Nein, gewiss nicht«, antwortete Ian betroffen. »Aber erklärt mir, wieso sie nichts von dem Verlies weiß ...«

»Ihr wisst auch nichts davon, habt keine Ahnung! Dort unten sind sie geschützt vor allen Nachstellungen, und sie sind gut versorgt. Wollen wir mit dieser Debatte von vorn beginnen?«

»Nein, es hat wohl keinen Sinn.«

»Also dann, geht jetzt, und nehmt alle mit! Überlasst es uns, wie in dieser Angelegenheit verfahren wird. Betet lieber darum, dass unsere Hohe Frau bald wieder gesundet, anstatt Unruhe zu stiften und sie noch mehr zu bekümmern!«

Meister Ian kehrte in die Vorhalle zurück und hielt eine kurze Ansprache an die Leute. Er bat sie, ruhig nach Hause zu gehen, es würde sich bald alles klären. Überraschenderweise gab der Oberste Haushofmeister sich plötzlich entgegenkommend und versprach eine Entschädigung, sobald der Abgleich vorgenommen und abzusehen sei, wie lange die Sklaven in Haft bleiben müssten.

Daraufhin verstreute sich die Menge, und auch die draußen Wartenden machten sich auf den Heimweg. Allerdings, zufrieden waren sie nicht, denn sie waren ein Leben ohne Sklaven überhaupt nicht gewöhnt und würden sich gewaltig umstellen müssen. Viele beratschlagten während des Weges, wie es nun weitergehen sollte. Sie würden sich fortan um Dinge kümmern müssen, von denen sie gar nicht wussten, wie sie zu erledigen waren. Keiner von ihnen sah sich in der Lage, einen Haushalt selbst zu führen. Wie sollte es weitergehen?

Meister Ian, den solche Probleme am wenigsten bekümmerten, ging als einer der Letzten, für sich und in Gedanken versunken. Das alles gefiel ihm ganz und gar nicht, und der Besuch bei der Àrdbéana hatte eher mehr Fragen aufgeworfen, als dass er eine Klärung gebracht hätte. Auch hatte er nach wie vor kein gutes Gefühl dabei, die Bogins in einem unterirdischen Verlies zu wissen. Inwieweit war Pirmin darin verstrickt? Hinterging er seine Herrin?

Ein Elb, dessen Gesicht unter der übergeschlagenen Kapuze verborgen war, trat an die Seite des Gelehrten, während der steif und vorsichtig die Portaltreppe hinabstieg. Die Stufen waren zwar sehr breit und nicht hoch, dennoch tat er sich nicht mehr so leicht wie früher, und vor allem das Knien hatte ihm nicht gut getan. Er hätte seinen Stock mitnehmen und nicht auf seinen dummen Stolz achten sollen.

Er bewegte die Augen nur leicht zur Seite, als der andere näherkam; die Farben seines Umhangs, violett und silber, zeichneten ihn als Lehrmeister aus.

»Und was gedenkst du nun zu tun, mein Freund Ian?«, fragte der Elb mit leiser, wohlklingender Stimme.

»Alskár.« Meister Ian wandte sich ihm nicht zu, sondern tat im Gegenteil so, als hätten sie nichts miteinander zu schaffen. »Es ist noch nicht alle Hoffnung verloren«, murmelte er in seinen Bart. Er fühlte ein Zittern in seinen Beinen. Niemals hätte er gedacht, ausgerechnet *ihn* hier persönlich zu treffen ... es fiel ihm schwer, den Schein zu wahren.

Sie redeten im Folgenden knapp und schnell, denn es gab nicht mehr viele Stufen, und unten mussten sie sich trennen. Man durfte nicht von ihrer Verbindung wissen, unerkannt musste bleiben, dass unter dem Mantel gar kein Lehrmeister steckte ... Immerhin gab es rings um sie her zur Ablenkung etwaiger Beobachter viel Bewegung und geschäftige Menschen und Elben, die sich gestenreich unterhielten und sich dabei langsam in alle Richtungen zerstreuten. Die Allee entlang kam eine Patrouille auf den Palast zu, doch sie hatte keine besondere Eile und schien nicht einmal allzu verwundert über die ungewöhnliche Ansammlung vor dem Palast zu sein. Einige vorübergehende Stadtbewohner jedoch blieben stehen und warfen erstaunte Blicke auf die Menge, gingen dann allerdings weiter, als sie erkannten, dass der Grund der Zusammenkunft, welcher auch immer es gewesen sein mochte, vorbei war.

»Noch nicht alle Hoffnung verloren? Brychan ist tot, und die Seiten sind verschwunden, wie ich gehört habe.«

»Du hast wie immer sehr feine Ohren. Tiw hat sie vielleicht, er ist ebenfalls verschwunden.«

»War er es?«

»Ich weiß es nicht, aber wir haben einen Verräter unter uns, so viel steht fest.«

»Ich werde abreisen müssen, für mich wird es hier zu gefährlich angesichts der Lage.«

»Geh nur, Freund, ich komme schon zurecht. Die werden es nicht wagen, mich auch noch zu verhaften, denn unsere Menschengesetze können sie nicht einfach umgehen.«

»Aber wenn der Mörder …«

»Ich bin alt, Alskár, und ihr könnt getrost ohne mich weitermachen. Ich habe keine Angst vor dem Tod, er kommt zu mir, wenn er es für richtig erachtet.«

»Also gut. Aber ich frage dich noch einmal: Was macht dich so sicher, dass unsere Sache nicht verloren ist?«

»Fionn ist da draußen«, antwortete Meister Ian Wispermund. »Alanas Sohn. Er wird den richtigen Weg finden und Hilfe bringen.«

»Der Hellhaarige?«, murmelte der geheimnisvolle Lehrmeister.

»Ja.«

»Er ist doch noch ein Kind!«

»Er hat gestern das Volljahr erreicht, und er ist gewitzt und klug und besitzt eine schnelle Auffassungsgabe. Ganz der Sohn seiner Mutter, und auch sein Vater hatte einigen Anteil daran. Fionn wird sich durchschlagen und Hilfe bringen, da bin ich sicher.«

»Dann mögen alle guten Mächte ihm und uns beistehen, mein alter Freund. Mein Bedauern für das, was der junge Bogin jetzt durchmachen muss, soll meine Hoffnung nicht trüben, dass ihm gelingen mag, worin wir seit Langem fehlgehen.«

Meister Ian verspürte einen leichten Luftzug, vernahm ein kurzes Rascheln eines Mantels, und der Elb war verschwunden; nirgends mehr zu sehen, als wäre er nie hier gewesen. Aber seine letzten Worte hallten noch lange in dem alten Mann nach.

KAPITEL 4

DIE LEERE DES GEISTES

Es gefällt mir, dass ihr Hoffnung hegt.
Davon nähre auch ich mich. Geht, und ich werde euch folgen.
Eines nicht allzu fernen Tages seid ihr es,
die mir folgen werden.

*

»Halte dich genau an meine Anweisungen«, ermahnte Tuagh den jungen Bogin eindringlich beim Verlassen des Hauses, bevor er die Tür öffnete.

»Du sagtest es bereits«, erinnerte Fionn ihn. »Und ich habe versprochen, es zu tun.«

»Leichter gesagt als getan«, brummte der Wanderkrieger. »Es ist alles neu und aufregend für dich, und du wirst dich wie ein Kind verhalten, das versehentlich in die Vorratskammer des Zuckerbäckers gesperrt wurde.«

»Du magst keine Gesellschaft, was?«

»Nein. Und aus gutem Grund.«

Fionn wusste selbst nicht warum, aber er nahm das knorrige Verhalten seines Reisebegleiters nicht sonderlich ernst und war sogar seltsam vergnügt. Tuagh wirkte sehr entschlossen, und er besaß so viel Erfahrung. Ganz konnte Fionn immer noch nicht begreifen, was geschehen war, aber er empfand die Lage nicht mehr so düster wie noch heute Morgen nach dem Aufwachen. Trübsal zu blasen, war nicht Bogin-Art, und irgendwie hatte er auch das Gefühl, dass Cady an ihn dachte und ihm vertraute. Er durfte sie also nicht enttäuschen.

Tuagh hatte ganz recht und durchschaute ihn sehr gut. Fionn war aufgeregt wie ein Kind, und er hatte einen Herrn . . . na gut, keinen Herrn, aber wenigstens einen Vertrauten, dem er folgen konnte. Der wusste, was zu tun war.

»Nur bis zur nächsten Stadt, Herr Abenteurer«, erklang Tuaghs tiefe Stimme in seinen Gedanken, und er zuckte zusammen. Der schöne Traum zerplatzte mit einem leisen Knall, in den als Zugabe noch Ridireans Posaune hinein schallte; ihn auslachend, so kam es dem jungen Halbling vor.

»Es ist nicht notwendig, dass du meine Gedanken liest«, murmelte er und zog die Schultern hoch.

»Das ist in der Tat nicht notwendig.« Tuagh grinste in mildem Spott. »Blick in den Spiegel: Du bist völlig überdreht, wie trunken. Das liegt daran, dass zu viel auf einmal auf dich eingestürmt ist und du außer dir bist vor Angst. Das ist nun umgeschlagen in etwas, das ...«

»... Optimismus heißt? Du hast keine Ahnung von den Bogins, Herr Tuagh von den Menschen. Wir sehen nicht alles immer dunkelschwarz, sondern gehen vorwärts und versuchen, selbst noch im Schlimmsten etwas zu finden, das uns zum Lächeln bringt. Und es scheint abzufärben, denn irgendwie bist du heute nämlich auch viel besser gelaunt als gestern bei unserer ersten Begegnung.«

»Das könnte daran liegen, dass ich gestern überfallen wurde und heute bisher noch nicht.«

»Siehst du! Und kann es sein, dass du ebenso ein bisschen mehr Hoffnung gewonnen hast und daran glaubst, dass ich dir eventuell doch helfen könnte?«

»Wie willst ausgerechnet *du* mir nach so langer Zeit helfen können, wenn das bisher sonst niemand gelang?«

Fionn hob die Schultern. »Ich weiß nicht, aber es könnte doch sein. Ich habe einen unbefangenen Blick auf die Welt und sehe vielleicht andere Wege, während du in bestimmten Bahnen denkst.«

Abrupt wurde Tuaghs Miene ernst. »Komm jetzt, wir dürfen Bethanas Gastfreundschaft nicht überstrapazieren«, sagte er fast schroff, ohne weiter auf Fionns Worte einzugehen. »Außerdem haben wir noch ein gutes Stück Weg vor uns.« Er legte den Finger an die Lippen, öffnete die Tür, und sie verließen das Haus.

Draußen herrschte städtische Betriebsamkeit, wie Fionn sie gestern zum ersten Mal kennengelernt, doch kaum wahrgenommen hatte.

Tuagh hatte schon recht; alles war neu und aufregend für ihn, und er hatte Angst und Erwartung zugleich. Er musste sich unbedingt zusammenreißen, um nicht aufzufallen.

»Halte dich einen halben Schritt hinter mir«, gab der Wanderkrieger leise Anweisung, während sie die Außentreppe betraten. »Lass die Kapuze unten, aber halte den Kopf und den Blick gesenkt. Da du nicht wie ein typischer Bogin aussiehst und die Kleidung von Menschen trägst, könnten wir damit durchkommen. Man könnte dich auf den ersten Blick für einen menschlichen Jungen halten, solange man hauptsächlich dein Haar sieht und wenig vom Gesicht erkennen kann. Und noch eines: Du redest nicht, außer ich fordere dich dazu auf.«

Fionn gehorchte, so war es ihm ohnehin am liebsten, denn er war es gewohnt, nach Anweisung zu leben. Dennoch blieb er für einen kurzen Moment stehen, als er auf dem Weg nach unten erkannte, dass er von hier oben eine gute Übersicht über die Stadt hatte. Der strahlende Palast, der wie eine sich öffnende Blüte wirkte, überragte Sìthbaile auf seinem Hügel, aber die riesige Uhr auf dem großen Platz vor der Königsallee unten war von hier aus ebenfalls zu sehen und beeindruckend. Fionn hatte Ridirean bisher immer nur gehört, aber noch nie gesehen, und er musste anerkennen, dass der metallisch glänzende Ritter auf seinem Ross und die vielen Beischmückungen seine Vorstellungen übertrafen. Beinahe wirkte es so, als hielte eine lebendige Figur das Horn an die Lippen und ließ seinen Klang weithin erschallen. Und dazu ertönte Vogelgeschrei, blechernes Wiehern, das Bellen des Hundes ... eine bewundernswerte Arbeit.

»Ist es wirklich Elbenwerk?«, flüsterte er. »Es kann eigentlich nicht anders sein.«

»Manche behaupten, Zwerge hätten die Uhr geschmiedet«, erwiderte Tuagh, der auf ihn wartete. »Doch es gibt unter den Elben ausgezeichnete Kunstschmiede. Den Sinn für das Schöne kann man ihnen wahrhaftig nicht absprechen, und sie verstehen sich auf erlesene Fertigkeiten. Leider nicht immer zum Guten.« Er ging weiter, und Fionn beeilte sich, ihm zu folgen. Er wollte den letzten Satz nicht hinterfragen und damit seinen Glauben zertrümmern.

Sein Herz klopfte aufgeregt, als sie sich auf einer Straße unters Volk mischten. Gestern hatte er keine Zeit gehabt sich umzusehen, doch heute schielte Fionn immer wieder aus einer leicht gebückten Haltung um sich her. So viele verschiedene Wesen, die anscheinend alle wussten, wohin sie wollten, ohne sich verborgen halten zu müssen. Zu Fuß, zu Pferde, im Karren, oder davor, wenn die Zugtiere störrisch waren oder es keinen Sitzplatz gab. Das Labyrinth der Straßen und Gassen war nicht weniger verwirrend als gestern, und diese Häuser, so viele Häuser …

Die Sonne schien, die Luft hatte sich erwärmt, doch ab und zu pfiff ein scharfer Ostwind durch die Straßenschluchten, der die Augen tränen ließ. Fionn hatte sich nicht gerade die beste Reisezeit ausgesucht. Der Frühling war noch gut eine Mondphase entfernt, und es konnte jederzeit nach milderen Tagen wieder zu einem Wintereinbruch kommen.

Tuagh wandte sich Richtung Norden, sodass der Palasthügel in ihrem Rücken lag.

»Wo gehen wir denn hin?«, fragte Fionn, nachdem er sich vergewissert hatte, dass gerade niemand nahe genug war, um sie zu belauschen, versehentlich oder absichtlich.

»Nach Uskafeld«, antwortete der Wanderkrieger. »Das ist eine alte Stadt, am Fluss Ukka gelegen, der wiederum ein Urfluss Albalons ist.«

»Urfluss?«, unterbrach Fionn.

»Einer der wenigen Flüsse, die zusammen mit der Insel entstanden und von Anbeginn da waren. Die meisten anderen Flüsse haben sich erst im Lauf der Zeit gebildet. Jedenfalls ist Uskafeld nicht weit entfernt, das kannst du fürs Erste gut zu Fuß schaffen. Mit viel Glück findest du dort eine Spur von diesem Tiw, denn Uskafeld liegt auch auf dem Weg nach Mathlatha.«

Und wenn nicht?, dachte Fionn, dann schob er den Gedanken weit von sich. Das würde sich dann erweisen. Irgendwo musste er schließlich anfangen.

»Uskafeld ist das Tor nach überall hin«, fuhr Tuagh fort. »Südwärts führt eine Straße nach Midhaven, der Hafenstadt am Schwarzmeer. Von dort aus wird die Westküste von Albalon mit Handelsschiffen umfahren. Westwärts führt eine Straße nach Mathlatha, und nordwärts … nun, geht es mitten hinein ins Südreich von Albalon, Richtung Brandfurt, und immer weiter hinauf, bis du zum Nordreich gelangst.«

»Also ist Uskafeld eine große, bedeutende Stadt?«

»Nein. Zwischenstation und Markt. Wer sich niederlassen oder erfolgreich werden will, geht nach Sìthbaile. Das Bedeutendste an Uskafeld ist die große Brandy-Destillerie, und es gibt auch eine bedeutende Bierbrauerei. Der Ukka ist berühmt für sein gutes Wasser. Die Zwerge sind dabei die besten Handelspartner. Deshalb ist die Stadt zwar klein, aber reich.«

»Sìthbaile liegt gar nicht an einem Fluss.«

»Weil die Emperata auf großen unterirdischen Wasseradern sitzt und aus zahllosen Brunnen schöpfen kann. Das macht diese Stadt so unangreifbar.«

Fionn war erstaunt. »Wer sollte die Stadt des Friedens angreifen wollen?«

»Bisher niemand, kleiner Halbling, doch wer weiß. Und dann gibt es da noch Dürren oder neidische Barone, die Wasserrechte für ihre Flüsse verlangen.« Tuagh wies auf das Kopfsteinpflaster zu seinen Füßen. »Außerdem ist die Sauberkeit dieser Stadt keine Selbstverständlichkeit. Das reichhaltig strömende Grundwasser ermöglicht ein ausgeklügeltes Kanalsystem, das allen Häusern ihre eigene Wasserversorgung bietet und zugleich Schmutz und Dreck abführt. Den Rest erledigt die Abfallgilde, die vielleicht anrüchig wirken mag, aber zu den reichsten der Stadt gehört.«

Fionn hörte fasziniert zu und vergaß dabei völlig, wieso sie unterwegs waren. Es war eine neue Welt, die er entdeckte – oder die Welt an sich. Er hatte nie über all die Selbstverständlichkeiten nachgedacht, mit denen er aufgewachsen war. Das alles beruhte auf dem unerschöpflichen Ideenreichtum von Planern und Erfindern und Erbauern ... »Das haben die Elben geschaffen?«

»Elben und Menschen«, erwiderte Tuagh. »Ja, es war die erste gemeinsame Großtat der beiden Völker, und auch die Zwerge hatten ihren Anteil daran. Vor allem beim Kanalsystem, weil sie sich am besten auskennen mit unterirdischen Bauten, die nicht in sich zusammenfallen dürfen.«

»Wie lange ist das her?«

»Wer weiß.«

Fionn runzelte die Stirn. Wieder eine der vielen kryptischen Andeutungen, und immer wenn es um Zeitpunkte ging. Seltsam, genauso war es bei Tiws Erzählungen vorgestern auch gewesen. Sobald es darum ging, wann der Große Krieg gewesen sein sollte, antwortete er ausweichend, so wie Tuagh jetzt. Der Wanderkrieger gab ein Wissen preis, das ungewöhnlich für einen umherziehenden Söldner war, das jedoch, was den zeitlichen Hintergrund betraf, gewisse Grenzen nicht überschritt. Wollte oder konnte er nichts darüber sagen?

»Woher weißt du das alles?«

»Manche Auftraggeber sind redselig.« Tuaghs Miene verfinsterte sich. Er schien sich zu ärgern, so viel erzählt zu haben. »Hör zu, Fionn, nur weil ich ein Krieger bin, muss ich nicht ungebildet sein!«

»Entschuldige«, murmelte Fionn. »Ich frage nur so dumm, weil ich dumm bin. Ich habe keine Bildung, weiß nichts von der Welt, und kann gerade ein bisschen lesen, weil ich für mein Volljahr gelernt habe, um die Große Arca öffnen zu können.« Er schluckte. »Sklaven, die das Haus ihres Herrn nie verlassen, brauchen keine Bildung.« Er sah zu dem Wanderkrieger auf. »Unbedeutend wie ein Huhn«, fügte er bitter hinzu.

»Das ist nun einmal so«, versetzte Tuagh ungerührt. »Hat man das Buch der Weisen erst einmal geöffnet, bleibt letztendlich nur die Erkenntnis, dass man nichts weiß, und man wünscht sich, man hätte es nie erfahren.«

»Dumm und glücklich.« Fionn empfand plötzlich Wut auf seinen Herrn und fing an zu begreifen, was Sklaverei tatsächlich bedeutete.

»Du wirst nie wieder zufrieden sein«, fügte Tuagh gnadenlos hinzu. »Hinter jeder Antwort wartet eine neue Frage, und das wird niemals mehr aufhören.« Er beschleunigte den Schritt. »Erste Lektion zum Betreten der Welt.«

Eine Patrouille kam ihnen entgegen, und Fionn zog den Kopf ein. Er achtete darauf, sich unauffällig zu geben, wie es die Art der Bogins war. Das Herz rutschte ihm augenblicklich bis in die Kniekehlen hinunter, als die Wachleute anhielten. Tuagh und er waren nur noch wenige Schritte entfernt, beinahe hätten sie es geschafft gehabt.

Jetzt haben sie uns, dachte er voller Angst, und alles in ihm schrie danach, auf der Stelle kehrt zu machen und davonzulaufen, so wie gestern.

Er merkte, wie Tuaghs Haltung sich versteifte; der Wanderkrieger hegte vermutlich genau diese Befürchtung, dass sein Schützling sich durch kopflose Flucht verraten würde, und machte sich auf die Folgen gefasst.

Nein, nein, ich tue das nicht, ich bereite dir keine Schande, dachte er hektisch, um sich selbst zu beruhigen und bei der Stange zu halten. Er schuldete Tuagh sein Leben, und er durfte ihn nicht in Schwierigkeiten bringen, egal, was mit ihm geschah.

Er presste fest die Kiefer aufeinander, damit seine Zähne nicht laut klapperten, und er hoffte, dass er wegen seiner weichen Knie nicht etwa stolperte.

»Halt!«, rief der Patrouillenführer und streckte die Hand vor.

Augenblicklich blieben alle stehen, die sich in der unmittelbaren Nähe befanden, einschließlich des Wanderkriegers und des Bogins.

Sie haben uns, sie haben uns, siehabenuns.

Fionn achtete darauf, sich in Tuaghs Schatten zu halten. *Ich bin ein Bogin, ich bin unauffällig wie ein Huhn.* Seine Stiefel scharrten auf dem Kopfsteinpflaster, weil seine Füße nicht stillhalten konnten, sondern fort wollten, nur fort ... *Atmen. Nicht vergessen zu atmen, denn wenn du ohnmächtig wirst, ist erst recht alles verloren.*

So nah war die Gefahr noch nie gewesen, außer in jenem Moment, als die Wachen Meister Ians Haus gestürmt hatten und Fionn gerade so entkommen war.

Er könnte es Tuagh nicht verdenken, wenn der ihn jetzt verriete. Er war schließlich ein freier Mensch, und Fionn nur ein Sklave. Ein vogelfreier Sklave. So einer konnte nicht erwarten, dass sich jemand für ihn opferte, und das ergäbe auch gar keinen Sinn.

Der Arm des Patrouillenführers schoss vor. »Du!«

Er zeigt auf mich, dachte Fionn verzweifelt, während er den Kopf gesenkt hielt und der Versuchung widerstand, aufzuschauen.

»Deine Papiere, los!«

Fionn überlegte hektisch, was er nun noch tun konnte, da erklang eine quäkende Stimme.

»Immer mit der Ruhe, Mann, is' ja gut!«

Fionn wagte ein leichtes Heben des Kopfes, und er sah erstaunt, dass der Patrouillenführer vor einem Angehörigen der Kleinen Völker stand, ein Grün gewandetes Hutzelmännlein mit roter Kappe. Ein Pougie, der zu den Goblins gehörte.

Der Pougie nestelte einen Fetzen fleckiges Papier hervor. »He, nich' anfassen, nur angucken! Ich kenn euch Brüder doch, nehmt 'nem anständ'chen Bürcher einfach das Dokument wech und meint dann, alles mit ei'm mach'n zu könn'n.«

»Verzeihung«, erklang in diesem Moment Tuaghs tiefe, ruhige Stimme, und Fionn zuckte zusammen. Was tat er da? Wieso redete er jetzt, machte auf sie beide aufmerksam? »Können wir passieren? Hier entsteht sonst eine Stockung, die sich den ganzen Tag hinzieht.«

Der Patrouillenführer musterte den Wanderkrieger, der um eine Fingerlänge größer und um einiges breiter in den Schultern war als er. Und er sah vermutlich auch die durch ausführlichen Gebrauch und gute Pflege ausgewiesenen Waffen des Mannes und ließ sich nicht von den grauen Haaren täuschen.

»Was willst du denn mit dem kleinen Bürschlein da?«, fragte er und deutete auf Fionn.

»Das ist der Sohn meiner Schwester«, antwortete Tuagh. »Hat gerade seinen Vater verloren. Ich bringe ihn zur Trauerzeremonie.«

Fionn drückte sich an Tuagh und tastete nach seiner Hand, wie es vermutlich ein kleiner Menschenjunge getan hätte.

Der Patrouillenführer wedelte ungeduldig mit der Hand. »Geht durch. Und ihr anderen auch, was glotzt ihr denn so?«, fuhr er die Umstehenden an. »Packt euch!«

Erleichtert machten sich alle umgehend auf den Weg; die Aufmerksamkeit des Patrouillenführers wurde wieder auf den Pougie gelenkt, der in dem Trubel gleichfalls versuchte, sich davonzumachen. Gut für Tuagh und Fionn, sie konnten ungehindert passieren, denn niemand achtete mehr auf sie.

Der junge Bogin wäre jetzt nur zu gern in Ohnmacht gefallen, so erleichtert war er, aber er durfte sich weiterhin nichts anmerken lassen. Die Gefahr war noch lange nicht vorüber.

»Wird das nun immer so sein?«, fragte er seinen Begleiter leise.

»Natürlich«, antwortete Tuagh. Und fügte nach einer Weile hinzu: »Nur schwieriger.«

Die Stadt nahm und nahm kein Ende. Die Mittagsstunde war längst erreicht, das harte Kopfsteinpflaster ließ die Füße selbst durch die Stiefel schmerzen, und Fionn war müde und hungrig. Entsprechend war seine Laune, und er hatte tatsächlich schon längere Zeit kein Wort mehr gesagt. Tuagh schien das nicht einmal zu bemerken. Er schritt ruhig und gleichmäßig aus, ohne besondere Eile, aber auch nicht zu langsam.

Es waren weiterhin viele Soldaten unterwegs, aber sie befanden sich nicht mehr auf einer Hetzjagd, so wie gestern. Es fanden Hausdurchsuchungen statt, Leute wurden befragt, und inzwischen war das Geschehen auch Stadtgespräch. Aber es war für viele, deren Unterhaltungen Fionn beim Vorübergehen aufschnappte, ersichtlich, dass sich kein Bogin mehr auf freiem Fuß befand.

Ab und zu wurden Tuagh und Fionn gemustert, aber der Wanderkrieger hatte recht gehabt mit seiner Vermutung: Fionns helle, seidige Haare und seine Menschenkleidung ließen die Vermutung, dass es sich bei ihm um einen Bogin handeln könnte, gar nicht erst aufkommen.

Und das bedeutete noch etwas. Sein Herr hatte Fionn bisher nicht verraten, sonst hätten die Soldaten nach jemandem mit seiner Beschreibung gesucht. Sie wussten also nicht, dass sich nicht nur einer, sondern zwei Bogins auf der Flucht befanden. Fionn schämte sich jetzt, dass er vorhin ungerechtfertigt wütend auf seinen Herrn gewesen war; Meister Ian hatte es immer gut mit ihm gemeint. Warum er ihn jetzt noch beschützte, konnte Fionn sich nicht erklären, doch er war seinem Meister unendlich dankbar. Bestimmt kümmerte er sich ebenso um Cady und die anderen. *Hoffentlich schadet ihm das nicht*, dachte er besorgt. Aber Meister Ian Wispermund war ein erfahrener alter Mann, er wusste schon, was er tat.

Sie kamen an verschiedenen Märkten vorbei, die gut besucht waren, und auf den Straßen herrschte lebhafter Verkehr, was für einen Flüchtling nur günstig war. Auf dem hügeligen Gelände links und rechts der Allee, auf der sie sich die ganze Zeit in unverfrorenem Mut voranbewegten, sah Fionn nun mehr und mehr Elbenhäuser, die sich deutlich von denen der Menschen unterschieden.

Jedes Gebäude stand für sich, häufig auf Stelzen, von Bäumen und Büschen umwuchert. Manchmal, wenn es sich augenscheinlich um eine größere Familie handelte, waren sogar einige Gebäude abgestuft übereinander gebaut, die über Außentreppen miteinander verbunden waren, aber das kam eher selten vor. Mehrstöckige Häuser wie bei den Menschen, vor allem in unterschiedliche, abgeschlossene Bereiche aufgeteilte und von verschiedenen, einander fremden Familien bewohnte, waren für Elben anscheinend undenkbar. Vor allem aber zeichnete sich die elbische Architektur dadurch aus, dass es keine quadratischen Bauten oder überhaupt eine Ecke gab, sondern ausschließlich abgerundete Formen und kuppelförmige Dächer.

»Nun verlassen wir das Zentrum der Stadt«, erklärte Tuagh, dem Fionns Unruhe irgendwann auffiel. »Es mag zunächst nicht so wirken, aber Sìthbaile ist hauptsächlich eine Elbenstadt. Sie leben jedoch alle außerhalb des Zentrums, auf diesem weit ausgedehnten Gelände. Das gilt nicht nur hier im Norden, sondern auch nach Süden hinunter, bis fast zum Schwarzmeer. Und so weit reicht auch das Straßennetz.«

»Ich dachte immer, die Unsterblichen leben sehr heimlich und zurückgezogen«, gestand Fionn.

Tuagh nickte. »So war es und ist es zum Teil immer noch. Aber es gibt eben auch andere. Vor allem hier leben sie nicht in Sippen zusammen, sondern höchstens auf Nachbarschaft. Sie sind längst nicht alle gleich, Fionn, sondern von sehr unterschiedlicher Art, wie wir Menschen auch.«

»Bogins sind da anders. Na ja, bis auf mich«, fügte er murmelnd hinzu. »Ob ich je herausfinde, was mit mir nicht stimmt?«

»Mit dir stimmt alles, Junge, rede keinen solchen Unsinn.«

»Das sagst du, weil du ein Mensch bist.«

»Und was sagt Cady dazu?«

Das brachte Fionns Selbstmitleid zum Verstummen. Cady hatte sich nie daran gestört, dass er anders aussah. Es schien ihr im Gegenteil sogar gut zu gefallen. Und wenn er es recht bedachte, waren ihre hellen Augen auch ungewöhnlich, und sie war so groß wie Fionns Mutter, mit besonders schönen Haaren. *Ach, Cady.* Fionn seufzte. Wie mochte es ihr gehen? Und seinen Eltern? Onkelchen Fasin? Unwillkürlich beschleunigte er und wäre beinahe in Tuagh hineingelaufen.

Der Krieger wandte sich ihm zu. »Na, auf einmal neue Kräfte gefunden, dass du so forsch loslegst?«

»Ich habe Durst und Hunger, und meine Füße tun mir weh«, maulte der junge Bogin. »Aber ich habe keine Zeit für solchen Firlefanz, ich muss mein Volk retten.«

Allmählich zweigten immer weniger Seitenstraßen und Gassen ab, sie schienen sich zu guter Letzt doch noch dem Ende der Stadt zu nähern. Es gab keine Märkte, Stände und Geschäfte mehr, und die Elbenhäuser hatten die letzte menschliche Behausung verdrängt. Die Gärten rund um die Stelzenbauten wurden zusehends größer, die Häuser selbst prächtiger. Fionn sah nun auch künstlich angelegte Teiche und kleine Bäche, und mehr und mehr alte Bäume. Hinter ihnen war der Palast auf dem Hügel immer noch erkennbar, doch leicht verschwommen, wie hinter Dunst verborgen. Genauso gut hätte er sich auf einer Bergspitze befinden können, oder auf einer Insel im Meer. Von hier aus schien er unerreichbar, ein mystischer Ort.

»Jetzt haben wir nur noch eine Hürde«, sagte Tuagh, als sie eine Hügelkuppe erreichten, und wies vor sich.

Fionn blieb der Mund offen stehen. Die Stadtgrenze war fast erreicht – am Ende der Straße lag ein gewaltiges Tor, durch das ein beständiger Strom an Reisenden in beiden Richtungen ging. Das Tor war in eine riesige Mauer eingefasst, gut elf Mannslängen hoch und drei Mannslängen dick. Gewaltige Quaderblöcke aus weißem Gestein waren hier aufgeschichtet worden, rund um die Stadt herum. Zu Beginn hatte es zwischen dem Palast und den ersten Häusern sicherlich sehr viel Platz gegeben, doch nun war bis zur Mauer alles bebaut worden, und Fionn vermutete, dass es in alle Richtungen so aussah. Die Erbauer der Stadt hatten den Mauerring zuerst großzügig bemessen; sie waren wohl schon bei der Planung davon ausgegangen, dass der Platz dereinst benötigt würde.

Der steinernen Mauer vorgelagert, lag eine weitere Umfriedung, die noch höher war – und grün, gebildet aus lebendigem Buschwerk, das dicht ineinander verflochten war.

»Zwei Schutzringe«, flüsterte er beeindruckt. »Von Elben und Menschen, nicht wahr?«

»Tja, sie wollten wohl ganz sicher gehen«, sagte Tuagh. »Ich glaube zwar nicht, dass diese Stadt jemals angegriffen wurde, aber trotz des

Friedensgedankens war man sich wohl einig, kein Risiko einzugehen. Ich kenne keine Stadt, die derart befestigt wäre. Sicherlich liegt das nicht nur an den Menschen, sondern auch an den Elben, die ihre Wohnbereiche sehr gern hinter dickem Schutzgeflecht verbergen.«

»Und man kann nicht einfach das Tor passieren?«

»Heute nicht.«

Fionn hatte in den vergangenen Stunden nahezu vergessen, in welcher Gefahr er beständig schwebte. Sie hatten sich überall ungehindert bewegt, waren in keine Kontrolle geraten, und alles schien in bester Ordnung zu sein. Niemand hielt offenbar gern einen Söldner auf, denn bei dichterem Aufkommen wichen die Leute ihnen regelmäßig aus, die meisten sogar mit abgewandtem Blick. Wer achtete da auf einen »kleinen Jungen« als Begleitung?

Fionn hatte überhaupt nicht darüber nachgedacht, dass es eine Stadtmauer und einen Kontrollposten geben könnte.

»Ist das überall so, mit einer Mauer?«

»In allen Städten mit Märkten, die auch eine Burg besitzen. In Dörfern normalerweise nicht, die haben manchmal hölzerne Palisaden, meistens aber keinerlei Befestigungen. Dort gibt es nichts zu holen, und sie verschwenden keine wertvollen Baumaterialien. Hin und wieder kommt es dennoch zu Überfällen, doch dann nützen auch Palisaden aus dünnen Stangen nichts.«

So also sah ein Reich des Friedens aus – verborgen hinter dicken Mauern.

Sie mussten sich einreihen, der Verkehr kam ins Stocken. Nicht wenige zeigten sich darüber erbost. »Was ist denn da vorn los?«, beschwerte sich ein Bauer, der mit seinem Ochsengespann unterwegs war. »Seit wann wird beim Verlassen der Stadt kontrolliert?«

»Das ist doch wegen dieser Bogins«, lautete die Antwort des Angesprochenen, ein Pilger mit Mistelzweig am geschwungenen Stabende. »Die werden alle verhaftet, aber fragt mich nicht, weshalb.«

»Pah, bei den Buccas braucht's doch keinen Grund«, tönte ein fahrender Händler und spuckte aus. »Ich weiß gar nicht, wieso die so verhätschelt werden, taugen doch alle zu nichts.«

Fionn zog den Kopf stärker ein.

»Guter Herr, höre ich da etwa Neid aus Eurer Stimme, weil Ihr keinen Sklaven in Eurem Haushalt habt?«, mahnte der Pilger mild. »Das ist sowieso Unrecht.«

»Ja eben, was hat das also mit mir zu tun? Der Zehnte wird mir schon beim Handel abgenommen, entweder vom Verkäufer, oder, wenn ich verkaufe, von der Marktaufsicht. Es wird alles gleich in der Stadt erledigt, damit es sich nicht den ganzen Tag hier staut! Eine Unverschämtheit ist das, ich werde mich beim Stadtrat beschweren.«

»Recht habt Ihr, denn wie soll ein Bogin die Stadt verlassen – und wohin sollte er schon gehen?«

»Ich weiß überhaupt nicht, was es mit den Bogins auf sich hat«, ließ sich ein Werkzeugmacher vernehmen.

»Sie sind Sklaven«, antwortete eine Frau mit einem Säugling auf dem Arm. »Wie der ehrenwerte Pilger gesagt hat.«

»Sklaven? Kann mir ja noch nicht mal 'nen Lehrling leisten.«

»Ein Bogin ist auch nur was für feine Pinkel, und gehört deshalb selber schon dazu. Mit unsereins geben die sich nicht ab.«

»Gehen ja kaum auf die Straße«, warf eine andere Frau ein. »Ihre Herren hüten sie eifersüchtig wie einen Schatz, und wenn man einen bekommen möchte, ist das so gut wie unmöglich. Die werden von Generation zu Generation im Haus weitergereicht.«

Der Werkzeugmacher kratzte sich am Kopf. »Und weshalb werden sie dann alle verhaftet?«

»Was weiß denn ich!«, schimpfte jemand von weiter vorn. »Mir auch völlig egal, von mir aus werden die alle von der Mauer gestürzt, wenn es nur endlich weitergeht!«

Fionns Adamsapfel bewegte sich auf und ab, er konnte nicht schlucken, weil seine Kehle so trocken war, und zwar nicht nur wegen seines Durstes. Er befürchtete, dass er und Tuagh noch in die Unterhaltung mit hineingezogen würden, doch da ging es einige Schritte weiter, und die Gespräche wurden an anderer Stelle fortgesetzt, mit neuen Themen.

Fionn zuckte zusammen, als sich plötzlich ein dampfendes Pferd neben ihn drängte, das heftig auf dem Gebiss kaute. Schaum tropfte aus seinem Maul auf die großen Steinplatten, die jetzt statt des Kopfsteinpflasters die Straße bildeten.

Das Pferd würdigte ihn keines Blickes, dennoch fürchtete er sich vor dem Ungetüm; wenn er sich bückte, könnte er unter dem Bauch hindurchgehen. Die Hufe waren beschlagen, das Eisen knallte auf den Stein und hinterließ stellenweise Furchen.

»Lasst mich vorbei!«, erklang die Stimme des Reiters. Er war lang und schmal und trug einen braunen Umhang; seine Satteltaschen waren prall gefüllt. »Ich bin Bote und trage wichtige Nachrichten mit mir, die ihre Empfänger so schnell wie möglich erreichen sollen!«

Er versuchte, sich weiterzuschieben, stieß jedoch auf Widerstand. »He, hinten anstellen, wie alle anderen!«

»Wenn du für das Schreiben und den Transport deines Briefes bezahlt hättest, würdest du anders reden«, gab der Bote unwirsch zurück. »Wahrscheinlich würdest du noch eins hintendrauf geben, damit es schneller geht!«

Sein Pferd schien über die langsamere Gangart nicht froh zu sein, denn es schnaubte und prustete, seine Flanken bewegten sich heftig. Plötzlich drängelte es zur Seite und rempelte Fionn. Er wäre gestürzt, wenn Tuagh ihn nicht aufgefangen hätte. Der Bogin war so erschrocken, dass er nicht einmal einen Schreckensschrei von sich geben konnte, ihm blieb regelrecht die Luft weg. Nur ein einziger Tritt von einem solchen Huf, und er läge zerschmettert am Boden. Er hastete auf die andere Seite, um Abstand zwischen sich und das Ungetüm zu bringen.

»Pass auf!«, warnte der Wanderkrieger den Boten. »Ich verstehe, dass du es eilig hast, aber du siehst doch, dass es nicht weitergeht. Es ist besser abzusitzen; zu Fuß mit dem Pferd am Zügel kommst du schneller und sicherer voran.«

»Halt du dich da raus, Landstreicher.«

»Es passiert noch ein Unglück«, versuchte Tuagh es noch einmal im Guten, ungeachtet der Beleidigung. »Da vorne sind Frauen und Kinder, und dein Pferd wird jeden Moment scheuen. Ihm sind die Leute zu viel.«

»Du sagst mir nicht, wie ich zu reiten habe, Fußlahmer!«, schrie der Bote so laut, dass sich immer mehr Leute zu ihnen drehten. Das Pferd spürte die Nervosität seines Herrn und fing an zu tänzeln und mit dem Kopf zu schlagen.

»Steig sofort ab!«, verlangte Tuagh laut und mit so strenger Stimme, dass Fionn gern gehorcht hätte, obwohl er gar nicht gemeint war.

Der Bote riss die Gerte aus der Seitenschlaufe an seinem Sattel und hob den Arm gegen Tuagh. »Ich werde dir …«, setzte er an. In diesem Moment kreuzte ein Huhn panisch gackernd die Straße und rannte mit flatternden Flügeln direkt vor den Hufen des Pferdes vorbei.

Das Pferd erschrak und wich mit einem Satz zurück. Es stieß dabei mit dem dahinter wartenden Ochsengespann zusammen, woraufhin die Ochsen sofort losbrüllten. Einer versuchte, das Pferd mit dem Kopf zu stoßen.

Das Pferd wieherte und sprang jetzt nach vorn, in die Leute hinein. Nicht alle konnten rechtzeitig ausweichen; einige stürzten und rollten sich gerade noch instinktiv zur Seite, während viele andere aufschrien und versuchten, sich in Sicherheit zu bringen.

Der Reiter riss grob an den Zügeln und versuchte, sein scheuendes Tier zu bändigen, doch damit brachte er es nur noch mehr auf. Ein weiterer Galoppsprung nach vorn, und dann stieg es, schlug mit wild rollenden Augen mit den Vorderhufen um sich. Der Bote verlor den Halt und stürzte aus dem Sattel, und damit war das Pferd vollständig unkontrolliert.

Direkt vor seinen wirbelnden Hufen befand sich die junge Frau mit dem Säugling; sie konnte nicht ausweichen, weil sie zwischen zwei Wagen eingeklemmt war. Der erste Schlag verfehlte sie nur um Haaresbreite, und sie schrie auf, versuchte sich zu ducken, aber die Hufe waren einfach überall.

»Verdammt!« Tuagh stürmte nach vorn, sprang in einem gewaltigen Satz über den rechten Wagen hinweg, landete vor der Frau, drehte sich dem steigenden Pferd zu und hob die Arme.

»Holla«, sagte er laut, aber betont ruhig. »Hierher, hör mir zu!«

Er schaffte es tatsächlich, die Aufmerksamkeit des panischen Pferdes auf sich zu lenken, bewegte beschwichtigend die Arme und redete beruhigend auf es ein. Die wild ausschlagenden Vorderbeine schienen ihn nicht zu beeindrucken, obwohl sie seinem Gesicht sehr nahe waren. »Alles in Ordnung, mein Braver, ho-ho, ist ja gut. Komm nur wieder runter.«

Das Pferd hörte zu, wurde tatsächlich ruhiger und ließ sich nach vorn fallen. Es war ihm anzusehen, dass es erleichtert war; froh, dass jemand die Kontrolle übernahm und ihm sagte, was es tun sollte. Froh, dass ihm gesagt wurde, dass es keine wirkliche Gefahr gab. Prustend ließ es den

Kopf sinken und schnaubte leise, als Tuagh es an der Nase berührte und sanft streichelte, während er weitere beruhigende Worte sprach. Seine Ohren gingen vor und zurück, und es stand still. Seine Flanken zitterten und es war schweißnass, doch es beruhigte sich immer mehr. Tuagh ergriff den Zügel und hielt ihn der Frau hin, die wie erstarrt hinter ihm stand. »Hier, halte ihn. Keine Angst, er ist jetzt ganz brav.«

»Ich ... ich ...«, stammelte sie entsetzt, doch er ließ nicht locker. »Nimm ihn, hab einfach Vertrauen, es ist sonst niemand in der Nähe, und ich muss jetzt jemanden verprügeln.«

Ihr Blick wandelte sich augenblicklich, sie begriff. Stumm nickte sie und ergriff die Zügel, während sie mit dem anderen Arm den Säugling leicht wiegte. Der war übrigens völlig unbeeindruckt von alldem, sondern schien die Aufregung im Gegenteil sogar spannend zu finden, denn er streckte ein Ärmchen in Richtung des Pferdes aus und gab glucksende Geräusche von sich. Damit hatte er die volle Aufmerksamkeit des Tieres gewonnen, das alles, was vorher gewesen war, schon vergessen zu haben schien.

Tuagh schwang sich über den Wagen zurück zu dem Boten, der gerade dabei war, sich hochzurappeln. Grob packte er ihn vorn am Umhang und riss ihn kraftvoll hoch. »Und du wirst jetzt dein Pferd nehmen, und mit ihm in der Straßenrinne nach vorn gehen, egal wie staubig, schlammig oder schmutzig es da sein mag. Hast du verstanden?«

Die Antwort erschien ihm zu leise, denn er schüttelte den jungen Burschen tüchtig durch. »Ich fragte: Hast du verstanden?«, schrie der Wanderkrieger.

»Ja! Ist ja schon gut, ich hab's kapiert!«, stieß der Bote hervor.

»Dein Pferd ist sowieso am Ende, noch ein Galopp, und es bricht tot unter dir zusammen, also sei dankbar für meinen Rat.« Tuagh ließ ihn los und schubste ihn auf sein Pferd zu. Unter höhnischen, aber auch wütenden Zurufen der anderen Reisenden schlich er mit seinem erschöpften Tier davon.

Die Umstehenden bedankten sich bei Tuagh, der abwinkte. »Es geht weiter, wir sollten uns nicht aufhalten.«

Das ließen sie sich nicht zweimal sagen, und bald waren die beiden Reisenden wieder für sich unterwegs.

»Solche Aufmerksamkeit können wir uns nicht oft leisten«, brummte der Wanderkrieger. »Aber ich hatte keine Wahl.«

»Mir schlottern jetzt noch die Knie«, bekannte Fionn. Und nicht nur wegen des Pferdes, sondern auch wegen des Auftritts seines Beschützers. Nein, von den grauen Haaren durfte man sich wirklich nicht täuschen lassen!

Je näher sie dem Tor kamen, desto nervöser wurde Fionn. Er sah schon von Weitem, dass Wachen die Papiere kontrollierten. Wer keine hatte – und das galt unter anderem für alle Elben –, musste genaue Auskunft geben.

»D-denkst du, die wissen doch von mir?«, wisperte er Tuagh zu.

»Es ist ein merkwürdiges Verhalten«, stimmte der Wanderkrieger zu. »Mit den Kleinen Völkern beschäftigen sie sich besonders, aber sie befragen auch die Elben, und die finden das nicht gut.«

Das stimmte. Die Unsterblichen erhoben zwar nicht die Stimme oder verloren gar die Fassung, aber sie zeigten sich allein durch ihre Körperhaltung äußerst indigniert.

»Ich hab' Angst.«

»Solltest du auch haben.«

»W-was?«

»Dann bist du aufmerksam und passt auf, anstatt eine Dummheit zu begehen.«

Fionn hätte sich eine Beruhigung gewünscht, wie etwa bei dem Pferd, aber diese Antworten ließen ihn nur noch mehr innerlich zittern.

»Wir ... wir drehen um, und ...«

»Und? Gehen zum Palast und erbitten um Erlaubnis für dich, die Stadt zu verlassen?«

»Wir kommen an denen niemals vorbei.«

»Warte es doch einfach ab, kleiner Halbling.«

»S-so einfach i-ist das nicht ...«

Fionns Magen war nur noch ein einziger harter Klumpen, der sich auch noch ab und zu zusammenballte, wie eine Faust. Gab es eine Steigerung von Angst? Seit gestern erlebte er immer weitere Höhepunkte, und er wusste nicht, wohin das noch führen sollte.

Sie waren nurmehr zwanzig Schritte entfernt, vor ihnen waren drei Wagen und zwei Fußgänger an der Reihe. Der Bote, der es trotz seiner großen Eile nicht viel weiter nach vorn geschafft hatte, passierte soeben mit seinem Pferd.

Wohin, was tun? Die Wagen wurden alle durchsucht, außerdem waren die meisten ohnehin leer nach erfolgreichem Marktverkauf.

»Leere deinen Geist«, befahl Tuagh. »Mach dich überflüssig.«

»Was denkst du, was ich die ganze Zeit mache?«, zischelte Fionn verzweifelt. Er machte einen Satz zur Seite, als plötzlich jemand zu ihnen trat.

Es war die Frau mit ihrem Säugling, sie sah sich eilig um. Derzeit war niemand in unmittelbarer Nähe; hinter ihnen befand sich ein Ochsenkarren, vor ihnen ebenfalls ein Fuhrwerk. »Ich nehme ihn mit«, flüsterte sie und deutete auf Fionn. »Ich gebe ihn als meinen Sohn aus.«

Tuagh nickte nur und ging einfach weiter.

Die Frau packte den Bogin an der Schulter und zog ihn mit sich. »Bleib bloß still«, wies sie ihn leise an. »Lass mich machen. Es kann sein, dass ich dir eine Ohrfeige geben muss, also sei gefasst, den Kopf dann noch weiter sinken zu lassen.«

Sie wechselten auf die Gegenspur, die sich allmählich leerte; in wenigen Stunden würde kaum jemand mehr Richtung Stadt ziehen, weil es dann dunkel wurde. Am äußersten Rand ging die Frau mit Fionn schnell vorwärts, überholte zwei Fuhrwerke auf ihrer Seite und reihte sich mit ihm davor wieder ein.

»Warte nur, wenn ich das deinem Vater erzähle!«, schimpfte sie ihn aus und verpasste ihm eine Kopfnuss. »Und jetzt vorwärts, wir haben schon genug Zeit verpasst!«

Fionn hielt den Kopf gesenkt und stolperte neben ihr her, während sie zielstrebig auf die Wachen am Tor zuging. Noch zwei Fußgänger und ein Karren.

»Erlaube mal!«, beschwerte sich ein Wanderer, als sie an ihm vorbeidrängelte, doch sie winkte ab.

»Sei bloß still, deinetwegen werde ich bestimmt nicht zu spät nach Hause kommen, nachdem der Bengel mich schon drei Stunden aufgehalten hat!« Sie riss grob an Fionns Arm. »Dein Vater wird dich lehren, was es heißt zu trödeln!«

»Ach, geh schon vorwärts!« Der Wanderer wedelte wütend mit der Hand. »Nicht mal die eigenen Kinder in den Griff bekommen, das haben wir gern. Aber schuld sind natürlich die Männer.«

Die Frau winkte und zerrte Fionn mit sich, schnurstracks an dem Pilger vorbei, der ihnen gutmütig eine gute Reise wünschte, und dann überholten sie auch noch den letzten Wagen.

»Schluchze ein bisschen«, zischte sie ihm zu.

Der Bauer wollte sich beschweren, da verpasste sie Fionn die nächste Kopfnuss, und er fing an zu heulen; nicht zu laut, nicht zu übertrieben, sondern eben wie ein Junge, der versucht, sich die Tränen zu verkneifen, aber nicht mehr anders kann.

»Gibst du jetzt Ruhe?«, schrie sie ihn an. »Habe ich nicht genug Scherereien mit dir? Wirst du wohl endlich brav sein?«

Der Bauer winkte ab. »Ach, hat keinen Wert.« Er stieß einen Pfiff aus, der eine Wache dazu brachte, zu ihm herzusehen. »Macht bloß schnell mit der, am Ende fängt das Gör auf dem Arm auch noch zu schreien an! Und ich will endlich nach Hause.«

»Ist schon recht, hab dich nicht so«, gab der Posten zurück, und der andere hielt die Frau und Fionn auf.

»Wohin willst du?«

»Auf meinen Hof, beim Glasbach, ich bin schon viel zu spät dran«, antwortete die Frau. »Papiere habe ich keine, ich komme fast jeden Tag, um einzukaufen oder zu verkaufen.«

»Sind die zwei deine?«

»Ja, bedauerlicherweise, wobei ich erwäge, diesen Bengel da meiner Schwester zu überlassen, die betreibt eine Wassermühle und kann noch jemanden am Rad brauchen.«

Der Posten wollte gerade unter Fionns Kinn greifen und seinen Kopf zu sich anheben, da gab sie dem Bogin eine Ohrfeige, heftig genug, dass sie rote Striemen auf der rosigen Wange hinterließ. Und übrigens auch ordentlich schmerzte, doch Fionn wollte für seine Freiheit tapfer alles ertragen, und er war ohnehin viel zu aufgeregt, um wehleidig zu sein. Doch seine Rolle vergaß er dabei nicht und heulte jetzt laut los.

»Ich will's ja nie wieder tun, Mama!«, plärrte er los und schlug sich die Hände vors Gesicht.

Und wie aufs Stichwort brüllte nun auch der Säugling, aber so laut, dass sich hinten die Ochsen laut muhend beschwerten. Unruhe kam auf, sämtliche Zugtiere ließen sich davon anstecken. Die Warterei in der Reihe hatte alle zermürbt, auch die Tiere.

»Da, was hab ich gesagt? Gleich passiert ein Unglück!«, schimpfte der Bauer hinter ihnen los, sprang vom Wagen und versuchte, seinen schnaubenden Kaltblüter im Zaum zu halten. »Bei allen Zwergenfürzen, lasst das Weib endlich durch, das ist ja unerträglich!«

»Ja, Mann, lass sie gehen«, sagte der zweite Posten. »Wir werden sonst nie fertig.«

»Geht schon«, knurrte der erste Posten und hielt sich demonstrativ ein Ohr zu.

Die Frau packte Fionns Arm und zog ihn durch das Tor. Sie mussten weitere zwanzig Schritte gehen, um auch die Elbenmauer zu passieren; auch hier gab es ein Tor aus Metall, das auf nicht erkennbare Weise im Buschwerk verankert war. An dieser Stelle wurde jedoch nur kontrolliert, wer die Stadt betreten wollte, und sie gelangten ungehindert hinaus.

Hier draußen gab es ein Lager mit Zelten und kleinen Ständen, an denen Erfrischungen feilgeboten wurden. Müde Wanderern lagerten kreuz und quer neben der Straße.

Die Frau lockerte ihren Griff und führte Fionn zu einem freien Platz zwischen all den anderen, die ihnen keinerlei Aufmerksamkeit schenkten. Die Rastenden nahmen eine kleine Mahlzeit zu sich, plauderten oder schliefen. Es gab zwar Wachen, die darauf zu achten hatten, dass hier draußen kein Handel getrieben wurde, um die Stadtsteuer zu hintergehen, doch die gingen ihre Aufgabe recht gemütlich an. Sie hatten sich bei einem Bierstand niedergelassen und ließen es sich schmecken.

Der Säugling hatte längst wieder zu schreien aufgehört und nuckelte zufrieden am Daumen. Fionn fragte sich, wie die Frau es erreicht hatte, dass er genau im richtigen Moment losschrie. Sie setzten sich nebeneinander ins platt gedrückte Gras; die Sonne tat gut, denn hier draußen war es bedeutend kühler als in der Stadt. Die Frau zog den Beutel von ihrem Rücken, breitete ein Tuch aus und legte darauf in Tuch eingewickeltes Brot und Käse, und dazu einen Wasserbeutel.

»Greif zu«, forderte sie Fionn auf.

Zögernd kam er der Aufforderung nach, weil er es nicht richtig fand, ihr zur Last zu fallen; aber vor allem der Durst quälte ihn, und sein eigener Beutel war längst leer. Nach Essen war ihm noch nicht so sehr zumute, was für einen Bogin eher ungewöhnlich war, jedoch bewies, unter welcher Anspannung Fionn stand. Dankbar streckte er die schmerzenden Füße aus. »Warum hast du das getan?«, fragte er leise.

»Dein Freund hat mir das Leben gerettet«, antwortete sie schlicht. Nach einer Weile fügte sie hinzu: »Außerdem gefällt es mir nicht, dass ihr plötzlich in Ungnade gefallen sein sollt.«

»Wann hast du gemerkt, dass ich ein Bogin bin?«

»Sofort. Ich bin Mutter, ich weiß, wie ein zehnjähriger Junge aussieht. Und dass er keinesfalls so große Füße haben kann, die Erwachsenenstiefel benötigen.«

»Glaubst du, ich wurde noch von anderen erkannt?«

»Von einigen bestimmt, und von allen Kleinen Völkern. Aber der Vorteil einer solch riesigen Stadt besteht darin, dass jeder nur seinen eigenen Geschäften nachgeht. Damit überlebt man am besten. Man kann sich jede Menge Ärger einhandeln, wenn man andere denunziert. Das gilt besonders für die Kleinen Völker – heute sind es die Bogins, morgen die Pixies, und wer weiß, wen es übermorgen trifft.«

Sie hob den Kopf. »Da kommt dein Freund ja.«

»Er ist nicht mein ...«, setzte Fionn an und verstummte.

»Du wirst doch nicht behaupten, dass er dein Herr ist?«, erwiderte sie spöttisch.

»Es ist mehr ein Zufall«, murmelte er. Er schaute zur Straße, und tatsächlich, da kam Tuagh. Seine Größe und die breiten Schultern waren in der Menge mühelos auszumachen.

Die Frau stand auf und winkte, er sah sie und steuerte auf sie zu. »Dann gute Reise«, sagte sie zu Fionn, während sie ihre Sachen zusammenpackte.

»Willst du denn nicht ...«

»Es wird Zeit für mich.« Sie schulterte schwungvoll den Beutel, nahm ihr schlafendes Kind auf den Arm und nickte Tuagh im Vorbeigehen zu.

Er grüßte sie kurz und blieb vor Fionn stehen. »Wir müssen weiter.«

»Hast du denn gar keinen Durst? Hunger?«, fragte der junge Bogin, während er sich die schmerzenden Beine rieb. Am liebsten hätte er die

Stiefel ausgezogen, aber das wagte er nicht. Er sollte das Glück besser nicht zu sehr herausfordern.

»Also gut, eine halbe Stunde haben wir wohl.« Tuagh ging zu dem Bierstand, hielt ein kurzes Schwätzchen mit den Wachen, während er sich zwei gefüllte Bierkrüge geben ließ, und dazu Brot und Hartwurst. Derart beladen kehrte er zu Fionn zurück, und sie ließen es sich schmecken, auch wenn das Brot steinhart und das Bier schal war; aber es tat gut und die Wurst schmeckte würzig. Der junge Bogin merkte sehr wohl, dass der Wanderkrieger über die Pause gar nicht so unerfreut war.

»Wie es aussieht, kehrt morgen alles zur Routine zurück«, hatte er zu berichten. »Die Haftbefehle werden nun auch zu den anderen Städten getragen, aber es besteht wohl keine sonderliche Eile mehr. Die Kontrollen in der Stadt sind so gut wie vorüber, und jetzt geht es an die Bestandsaufnahme.«

»Was ist mit Tiw?«

»Nach ihm wird natürlich gesondert gesucht, eine berittene Spezialtruppe ist bereits auf dem Weg. Du musst also davon ausgehen, dass du ihn nicht mehr rechtzeitig einholst – falls es dir überhaupt gelingt, eine Spur zu finden, so unerfahren wie du bist.«

»Danke, dass du mich daran erinnerst. Wann erreichen wir Uskafeld?«

»Zu Fuß und bei deiner Kondition? Zwei Tage werden es schon sein, und zwei Nächte. Vielleicht auch länger.«

Fionn ging nicht auf diese neuerliche Spitze ein; schließlich war es nur die Wahrheit – nur hören wollte er sie nicht so gern. »Und wo … werden wir nächtigen?«

Tuagh wies um sich. »Das ganze Land steht dir zur Verfügung als Bett, und der Himmel als Zudecke. Wasser finden wir unterwegs, und Essen auch. Ein wenig Wegzehrung kann ich noch von hier mitnehmen.«

Unter freiem Himmel schlafen. Irgendwann einmal essen, und trinken nur dann, wenn ein Bach in der Nähe war.

Fionn war so entsetzt, dass er kein Wort mehr herausbrachte.

KAPITEL 5

DIE WEITE DORT DRAUSSEN

Gern gedenke ich der vergangenen Tage.
Sie bilden den Grundstein für das,
was kommen wird.

*

Der Oberste Haushofmeister rauschte durch die Gänge. Er war äußerst aufgebracht und kurz davor, seine vornehme Haltung zu verlieren. Stakkatoartig schlug sein Stock auf den Marmor, während er dahineilte. Hofschranzen, Gesinde; alle, die ihm begegneten, wichen ihm aus, und niemand wagte, das Wort an ihn zu richten. Er war der mächtigste Mann bei Hofe und entschied nicht zuletzt darüber, wer zum Hofstaat gehörte und wer nicht, wer hier Arbeit fand, und wohin die Steuern verteilt wurden. In diesen Tagen, da die Ardbéana erkrankt war, lastete mehr denn je auf seinen Schultern, und er war entschlossen, seine Pflicht voll und ganz zu erfüllen.

Umso unerhörter war es, dass er nicht in alles einbezogen wurde, erst recht bei einer so bedeutenden Angelegenheit.

Die Elbenwachen nahmen sofort Haltung an, als sie ihn näherkommen sahen. Sie bewachten den einzigen Zugang zum Verlies – zumindest offiziell. Pirmin vermutete, dass es noch geheime Zugänge gab, doch er hatte sie bisher nicht gefunden. Es existierten keine Pläne des Palastes, was er verwunderlich fand, schon allein aus historischer Sicht. Aber das konnte an der Elbenart liegen. Menschen archivierten alles, in Büchern, auf Pergament, in Stein geritzt. Elben bewahrten die Erinnerung in Gesängen – oder im Gedächtnis. Sie waren nicht kurzlebig wie die Menschen, und sie vergaßen selten etwas. Vor allem aber machten sie ihr Wissen nur sehr explizit zugänglich. Wer also nicht Bescheid wusste über den Palast, benötigte dieses Wissen auch nicht – so ihre Auffassung.

Das war einer der wenigen Punkte, über die der Haushofmeister sich mit der Herrscherin auseinandersetzte, um ihr die menschliche Seite begreiflich zu machen. Doch sie beharrte auf elbischer Tradition. Da war nichts zu machen.

»Öffnet die Tür zum Verlies«, befahl Pirmin schon bei der Annäherung, doch die beiden Männer regten sich nicht. »Seid ihr taub?«, hakte er unwillig nach.

Überrascht war er darüber nicht, denn das war schließlich der Grund seines Zorns. Er bekam keine Berichte über die Inhaftierten vorgelegt, geschweige denn ausführliche Auskunft. Das sei nicht seine Sache, wurde ihm beschieden, und so etwas kam überhaupt nicht infrage. War er nun der Oberste Haushofmeister oder nicht?

Er streckte die Hand aus, um die Tür selbst zu öffnen, doch er kam nicht einmal in die Nähe.

Die Elbenwachen vertraten ihm den Weg, und das ließ ihn nur noch wütender werden, so sehr er auch darauf gefasst gewesen war. Da musste er wohl tatsächlich seine Autorität herauskehren. Aber nicht gegenüber diesen beiden Tölpeln.

Er wandte sich an den Schreiber, der ihm nie von der Seite wich, da es seine Aufgabe war, alle Vorgänge im Palast zu dokumentieren. Nicht alles davon wurde aufbewahrt, doch für Pirmin bedeutete es in jedem Fall eine wichtige Gedächtnisstütze fürs Tagesgeschäft. Außerdem konnte er sofort Befehle umsetzen, so wie jetzt.

»Hole augenblicklich Hauptmann Tiarnan her!«

Der Schreiber lief los. Es war ein kleines, mageres Männlein, blass und schweigsam. Genau der Richtige für diese Aufgabe. Pirmin hatte ihn irgendwann in der Stadt aufgelesen, als ihn ein Mann, dem er als bezahlten Auftrag einen Brief vorgelesen hatte, verprügeln wollte, weil er mit dem Inhalt des Schreibens nicht einverstanden gewesen war. Pirmin hatte seine Wachen zur Schlichtung vorgeschickt und anschließend den kleinen Mann geprüft, bevor er ihm diese Stellung bei Hofe anbot. Er erntete dafür die erwartete Dankbarkeit und eine bedingungslose Treue.

Pirmin hätte gar nicht damit gerechnet, doch der Befehlshaber der Soldaten des Palastes und der Stadt Sìthbaile kam tatsächlich zusammen mit dem Schreiber zu ihm. Er war ein Elb mit dunkler Hautfarbe und im Nacken gebundenen hüftlangen schwarzen Haaren; aus dem Nordreich stammte er wohl. Der Name seiner Sippe war Pirmin nicht bekannt. Tiarnan gehörte nicht zu den Wald- oder Hochelben, doch es ging das Gerücht um, dass er von den Schieferbergen stammte. Er trug eine schwarze Uniform mit eingewirkten Silberfäden, und am heutigen Tag zudem einen Lederharnisch sowie Armschienen. Gerüstet, als ob er einen Angriff erwartete. In seinem Gürtel prangte ein mächtiges Langschwert, auf dessen Griff er seine rechte Hand ruhen ließ. Wie viele Elben war er Linkshänder.

Der Hauptmann war höchstens um eine Winzigkeit größer als Pirmin, doch er schaffte es tatsächlich, hochmütig auf den Obersten Haushofmeister herabzublicken.

»Was soll das werden, Pirmin, hat mein Adjutant es Euch nicht deutlich genug machen können?«, schnarrte er; seine Stimme hatte den Klang von Birkenholz im Wind.

»Tiarnan, es kann nicht angehen, dass ich nicht das Verlies betreten kann, um nach den Bogins zu sehen«, erwiderte Pirmin nicht minder scharf.

»Es geht ihnen gut.«

»Das behauptet Ihr, aber ich muss mich persönlich davon überzeugen. Ich habe eine Verpflichtung gegenüber ihren Herrschaften. In diesem Palast geschieht nichts ohne mein Wissen oder Einverständnis.«

»Das war einmal.« Tiarnans dunkle Augen zeigten nichts als Kälte, man spiegelte sich nicht einmal in ihnen. Wobei das bei den wenigsten Elben der Fall war. Zumeist zeigten sich in ihren Augen Abbilder von Wäldern, Bäumen, Wiesen und sonstigen Orten in der Natur, unabhängig von dem, was sie gerade anblicken mochten. Lediglich auf der Oberfläche gab es einen leichten Anschein einer Spiegelung. Doch Tiarnans Augen waren einfach nur dunkel, nicht einmal ihre Farbe war erkennbar.

»Meine Versicherung bezüglich der Bogins entspricht der Wahrheit, oder zweifelt Ihr etwa an meinen Worten?« Sein Ton wurde noch abweisender.

»Ich zweifle daran, dass mir der Zutritt verwehrt wird, dafür gibt es keinen Grund!«, ereiferte sich Pirmin. »Und wenn alles in Ordnung ist, weshalb werde ich dann aufgehalten?«

Der Hauptmann gestattete sich ein kurzes Zucken des rechten

Mundwinkels. »In Zeiten wie diesen, wenn die Sicherheit bedroht ist, habe ich das alleinige Kommando darüber, wie mit Gefangenen zu verfahren ist. Es spielt dabei keine Rolle, ob sie Kriegsgefangene sind oder aus anderem Grund verhaftet wurden. Aus Sicherheitsgründen kann ich Euch, einem Zivilisten, keinen Zutritt zu den Verliesen gestatten. Ihr habt Euch früher schließlich auch nie dafür interessiert …«

»Da war ja auch nie jemand unten!«

»Und das wisst Ihr so genau?«

»Ich … ich bin der engste Vertraute der Àrdbéana, selbstverständlich weiß ich das!«, stotterte Pirmin, der seinen Zorn kaum noch unter Kontrolle halten konnte. »Diese Verliese sind ein Relikt aus alter Zeit. Unsere ehrenwerte Herrscherin hat sie nie genutzt – und das war auch nicht notwendig!«

Tiarnan grinste nun deutlich erkennbar – spöttisch und herablassend. »Selbstverständlich nicht, Pirmin, seid nicht so empfindlich! Ich habe Euch nur hochgenommen.«

»Seit wann habt Ihr Euren Humor entdeckt?« Der Oberste Haushofmeister schüttelte den Kopf. »Ihr lasst mich jetzt auf der Stelle passieren, oder …«

»Ja? Was?«, unterbrach der Hauptmann. »Macht Euch nicht lächerlich. Dieses Spiel um die Macht könnt Ihr nicht gewinnen. *Ich* habe jetzt das Sagen. Die gesamte Garde, jeder einzelne Soldat steht hinter mir.«

»Noch«, Pirmin schluckte schwer, »*noch* hat die Àrdbéana das Sagen, sie ist die höchste Instanz, höher noch als der Hochkönig der Elben, der auch Euer König ist. Was maßt Ihr Euch an?«

»Die Àrdbéana ist unpässlich«, sagte Tiarnan gelassen. »Es ist meine Pflicht, sie zu schützen, noch dazu, da sie von *meinem* Volk ist. Ich hege ein äußerst persönliches Interesse daran, dass ihr nichts zustößt, und deshalb treffe auch ich die ausschließliche Entscheidung über alles, was mit dem Schutz des Palastes und Sìthbaìles zusammenhängt. So sind die Regeln!«

Pirmin fühlte sich alt, faltig und hässlich neben diesem Wesen, das selbst in seiner Dunkelheit schön war, von einer leuchtenden Aura umgeben. Tiarnan war Jahrhunderte, wenn nicht Jahrtausende alt, wie sollte er dagegen bestehen? Wie sollte er sich gegen Elbenregeln stemmen, wo seine Herrin doch selbst zu den Unsterblichen gehörte?

Menschen und Elben mochten in Frieden leben, aber wohl kaum in wahrer Eintracht. Die Kluft zwischen beiden Völkern war so tief wie nur je. Nichts hatte sich geändert. Sie sahen sich gewissermaßen ähnlich, doch sie waren zu verschieden.

»Ich werde es der Ardbéana mitteilen«, sagte er leise, mit einer unterschwelligen Drohung.

Darüber konnte der Elb wiederum nur lächeln. »Ich habe nie verstanden, weshalb die Ardbéana fortgesetzt ausgerechnet einen Menschen mit dieser bedeutenden Aufgabe betraut. Doch besitze ich auch nicht ihre tiefgründige Weisheit und Voraussicht, deshalb übe ich hieran keine Kritik. Nun denn, redet mit Ihr, und sie wird Euch über die Gesetze aufklären und Euch mitteilen, dass ich im Recht bin. Und sie wird Euch sagen, dass sie mir in diesen Belangen voll und ganz vertraut, so wie sie Euch in allen anderen Belangen voll und ganz vertraut.«

Pirmin sagte nichts, doch er wich keinen Fußbreit. Allerdings sanken seine Schultern leicht nach unten, ein Ausdruck seiner Erkenntnis, dass er nicht weiterkommen würde. Er konnte den Zutritt nicht erzwingen, zumindest nicht jetzt.

Tiarnan, dem die Änderung von Pirmins Haltung nicht entging, entspannte seine Haltung etwas. »Nehmt doch Vernunft an, Pirmin. Ihr seid kein Kriegsherr, nicht einmal ein Soldat. Ihr könnt hervorragend den Hof verwalten, Ihr habt über alles den Überblick und sogar die Hofschranzen im Griff. Ihr kennt Euch aus mit den Steuern, und Ihr sorgt dafür, dass niemand Not leiden muss. Glaubt nicht, dass ich Euch in Eurer Eigenschaft als Oberster Haushofmeister nicht achte. Und ich bin trotz meines Unverständnisses sicher, dass die Ardbéana weise handelt. Aber Ihr versteht nicht das Geringste von militärischen Angelegenheiten. Ihr habt Befehlsgewalt ausschließlich über *Euren* Arbeitsbereich, und ich ausschließlich über den *meinen*. Beide haben wir unsere Grenzen bisher nicht überschritten und werden das auch jetzt nicht tun. Haben wir uns verstanden?«

Der Oberste Haushofmeister verspürte den Wunsch, das Schwert aus dem Gürtel des Elben zu ziehen und ihm mit der Breitseite der mächtigen Waffe eine Lektion ins Fell zu bläuen. Aber leider hatte Tiarnan recht – er hatte von diesen Dingen nicht die geringste Ahnung. Wahrscheinlich könnte er das Langschwert mangels Körperkraft nicht einmal aus dem Gürtel ziehen, geschweige denn damit zuhauen, und das wusste dieser unsterbliche Mistkerl ganz genau. Pirmin musste es sich gefallen lassen, in die Schranken gewiesen zu werden; der Elb wusste das Recht auf seiner Seite, sonst würde er nicht so handeln. Alles andere wäre Hochverrat gleichgekommen, aber da er offenbar nicht vorhatte, die Àrdbéana zu stürzen, diente er ihr auf die Weise, die er für die Richtige hielt. Und die Befugnis dazu hatte er vermutlich; das würde letztendlich ein Gespräch mit der Àrdbéana zeigen. Falls sie ansprechbar war, sie war inzwischen sehr geschwächt, und der Oberste Haushofmeister durfte höchstens einmal am Tag zu ihr.

»Ich verstehe es trotzdem nicht«, beharrte Pirmin. »Was kann an den Bogins so gefährlich sein, dass ich sie nicht einmal sehen darf?«

»Nicht an den Bogins, werter Oberster Haushofmeister, sondern an dem, was möglicherweise mit Euch dorthinunter schreitet. Versteht mich nicht falsch, ich unterstelle Euch kein Doppelspiel. Aber die Halblinge müssen unter allen Umständen geschützt werden, vor allen äußeren Einflüssen. Die Àrdbéana sieht schreckliche Dinge voraus, eine düstere Gefahr. Wir müssen herausfinden, inwieweit die Bogins darin verwickelt sind; ob sie nur Opfer oder vielleicht auch Täter sind – unwissentlich, natürlich. Jedem von uns ist bekannt, dass diese sanften Geschöpfe niemals in der Lage wären, anderen Böses zuzufügen. Dennoch hat es einen Mord gegeben, und wer weiß, was darauf folgt.«

Tiarnan machte eine endgültig abweisende Geste, und Pirmin gehorchte. Er ging, gefolgt von seinem kleinen Schatten, der wie stets eifrig Notizen gemacht hatte, sie aber niemals kommentieren würde.

Dennoch, das nahm Pirmin sich fest vor, würde er seiner Herrin ausführlich hiervon berichten und sie darum bitten, etwas unternehmen zu dürfen.

*

An diese Weite musste das Boginauge sich erst gewöhnen. Es dauerte eine ganze Weile, bis Fionn die Ferne nicht mehr unscharf sah und ihm nicht mehr schwindlig wurde.

Nachdem sie das Lager hinter sich gelassen hatten, bat er Tuagh, anhalten zu dürfen. Eine Zeitlang konnte er nur dastehen und schauen.

Bis zum Horizont reichte das Land; aufgeteilt in sanfte Hügel, Wäldchen, Bachläufe, vor allem aber ausgedehnte Grasflächen. Zu dieser Jahreszeit waren sie braun und fleckig und schmutziggrün, aber Fionn hatte eine Ahnung davon, wie es im Frühjahr werden mochte, wenn zartes Grün hervorbrach und alles zu blühen anfing. Zu gern würde er das sehen …

Er drehte sich um und erblickte hinter sich die hohe Heckenmauer der Stadt, und darüber hinausragende, auf Hügeln stehende Türme und Dachgiebel, und ganz hinten, im Dunst verhangen eine Ahnung des Palastes in Weiß, Grün und Gold, und von gewaltigen Ausmaßen.

Wieder nach vorn geschaut, wohin die Straße, jetzt nur noch aus einfachen Quadersteinen bestehend, führte, erblickte er: die Unendlichkeit, so schien es ihm zumindest. Die graue Markierung zerschnitt das Grasland mittendurch, schlängelte sich Hügel hinauf, verschwand dahinter, um sich an anderer Stelle fortzusetzen.

Wie weit mochte es bis zum Horizont sein? Eine Stunde? Ein Tag? Eine Woche? Fionn konnte es in seiner Unerfahrenheit nicht abschätzen, und so langsam begriff er, was Tuagh mit seinen Andeutungen auf die Frage, wie lange sie nach Uskafeld brauchten, gemeint hatte.

Schwindel und Kopfschmerz nahmen zu, und er musste sich setzen.

»Das vergeht bald«, versprach Tuagh. »Du wirst dich schneller daran gewöhnen als es dir jetzt vorkommt.«

»Das wird immer unvorstellbarer für mich«, sagte Fionn und rieb sich die Stirn. »Und ich verstehe jetzt, warum.« Ihm war nach Weinen zumute. »Und da nennst du uns fein heraus und verwöhnt?« Er blickte mit feuchten Augen zu Tuagh auf. »Wie klein und eng begrenzt war meine Welt?Im schönen Schein und hinter Mauern war ich gefangen, wie ein gut dressiertes Streicheltier.«

Der Wanderkrieger setzte sich neben ihn. »Ich habe dich gewarnt.«

»Ja, das hast du. Und ich werde erst so nach und nach verstehen, welche Tragweite deine Warnung hat. Aber sag mir: Mein Meister – Ian Wispermund, den ich sehr verehrte, und der immer unendlich gütig war – warum hat er mir das vorenthalten? Und allen anderen?«

»Ich denke, um dich zu schützen«, antwortete Tuagh sanft. »Du solltest ihm keinen Vorwurf machen, Fionn. Auf seine Weise war er genauso gefangen wie du – er kannte es nicht anders. Er hat euch so gehalten wie sein

Vater und dessen Vater vor ihm. Sicher ist ihm gar nicht erst der Gedanke gekommen, dass ihr mehr sehen und erfahren wollen würdet.«
»Weil ihr alle uns für sehr naiv haltet, nicht wahr? Harmlos und für jeden Spaß gut.«
»Seid ihr denn nicht harmlos?«
Fionn verzichtete auf eine Entgegnung. »Aber ist diese Welt nur schlecht und gefährlich?«
»Das kommt darauf an. Wenn man so ist wie die Bogins, sanft und freundlich und gänzlich ohne Arg: Ja.«
»Tiw ist mit seinem Herrn gereist . . .«
»Und hat er nicht ein wenig verrückt auf dich gewirkt? Oder weckten seine Erzählungen etwa in dir den Wunsch, es ihm gleichzutun?«
Fionn starrte beschämt auf die Stiefel, die er von einer Menschenfrau geschenkt bekommen hatte. Bis auf den Urram gehörte ihm nichts; genau genommen gehörte nicht einmal er sich selbst, sondern immer noch seinem Herrn. »Ach, Tuagh, warum bin ich nur weggelaufen?«, stammelte er unglücklich.
»Es wird schon seinen Grund haben«, erwiderte Tuagh, klopfte ihm auf die Schulter und stand auf. »Genug Trübsal geblasen, mein junger Freund, heb dir noch einiges für später auf. Glaub mir, du wirst es brauchen. Denn deine Reise hat noch nicht einmal richtig begonnen.«
Fionn stand auf und klopfte sich den Staub ab. »Wie werde ich das überstehen?«
»Indem du an deinem Ziel festhältst. Lass uns weitergehen.« Tuagh schritt munter aus, und Fionn schlich gesenkten Hauptes hinter ihm her.

Immerhin, bis zum Nachmittag hatte er sich an die veränderte Sicht gewöhnt. Die Weite flößte ihm jetzt nicht mehr ganz so viel Respekt ein, und er kam sich nicht vollkommen allein und verloren vor – aber auch nur, weil Tuagh bei ihm war und genau wusste, wohin sie gehen mussten. Tröstlich war auch, dass Fionn immer ein Stück der Straße sehen konnte, nachdem Sìthbaile hinter den Hügeln verschwunden war. Es ging entweder südwärts dorthin zurück oder nordwärts zum Horizont. Das lernte er auswendig, denn einen Orientierungssinn besaß er nicht; wie denn auch?

Dann erreichten sie die erste Wegkreuzung. Nun konnte man alle vier Himmelsrichtungen wählen, und Tuagh ging weiter geradeaus. Hinter der Wegkreuzung hörten die Pflastersteine auf, und die Straße wandelte sich zu einem gestampften Weg, auf dem gerade ein Karren Platz fand. In der Mitte wuchs eine kleine Grasnarbe, die Räderspuren bildeten tiefe Rillen. Bei schlechtem Wetter mit aufgeweichtem Boden mochte man hier kaum mehr vorankommen.

Die Ost-West-Route wäre weiterhin gut befestigt gewesen. Führte etwa keine Handelsstraße nach Uskafeld, obwohl der Marktflecken doch ein wichtiger Umschlagplatz sein sollte?

»Dieser Weg hier ist kürzer«, erklärte Tuagh, der Fionns Gedanken wieder einmal genau erriet. »Die Handelsroute ist für Fuhrwerke besser, aber sie ist länger, und zu Fuß kommen wir hier besser durch.«

Fionn musste allerdings zugeben, dass der gestampfte Boden angenehmer war als der harte Stein. Wobei seinen geschundenen Füßen bald schon alles egal war – und ihm selbst auch, so erschöpft war er. Ihn schmerzten sämtliche Muskeln, außerdem litt er unter Seitenstechen. Wann wäre er schon je so weit gegangen und hätte solche Ausdauer nötig gehabt?

»Ich halte ganz gut durch, nicht wahr?«, fragte er und wollte sich allzu offensichtlich eine Aufmunterung erbetteln.

»Für eine Schnecke, ja«, antwortete Tuagh. »Bei dem Tempo sind wir bestimmt in drei Tagen da.«

Fionn klappte den Mund zu; es war wohl besser zu schweigen und still zu leiden. Wenn er seinen Reisebegleiter und Führer verärgerte, stand er am Ende ganz allein da und konnte sich am besten gleich neben der Straße selbst begraben. Heftig schluckend folgte er dem Mann. Er blinzelte; wahrscheinlich war ihm ein Staubkorn ins Auge geraten.

Bis zum Einbruch der Dämmerung war Tuagh auf einen kleineren Weg abgebogen und dann auf einen noch schmaleren Trampelpfad, der ganz gewiss nur von solchen Reisenden benutzt wurde, die sich sehr gut auskannten und lediglich leichtes Gepäck mit sich führten. Es ging jetzt durch buschreiches Gelände, durchsetzt mit Bäumen, deren kahle Kronen noch nichts vom nahenden Frühling ahnten.

An einem Bachlauf mit einem von Buschwerk umgebenen Fleckchen Wiese hielt der Wanderkrieger endlich an, um das Lager aufzuschlagen. Fionn war so erschöpft, dass er sich einfach fallenließ und einige Zeit reglos dalag. Dann fuhr er hoch, als er feststellen musste, dass er sich genau auf einen Ameisenhaufen gelegt hatte und diese das als Angriff auf ihren Bau betrachteten und sich mit allen Mitteln verteidigten – Soldaten, die kräftige Kauwerkzeuge hatten, und außerdem heftig brennende Säure verspritzten. Fionn sprang auf und schlug wild um sich, versuchte die kleinen Biester aus seiner Kleidung zu schütteln und wälzte sich schließlich mehrmals hin und her, bis er glaubte, alle zerquetscht zu haben.

Tuagh hatte unterdessen die Decken ausgebreitet, Wasser geholt und war dabei, eine Feuerstelle einzurichten.

»Ich werde nach etwas Essbarem suchen«, sagte er und musterte Fionn kritisch. »Schaffst du es allein?«

»Ja, keine Sorge«, keuchte der junge Bogin, der sich überall kratzte, wo die Ameisen ihn gebissen und ihre Säure verspritzt hatten; selbst im Gesicht blühten die ersten Pusteln auf. »Alles in Ordnung, ganz bestimmt.«

»Achte auf das Feuer! Wir brauchen Glut, um Tee kochen zu können.«

»Mach ich.« Da war schließlich nichts dabei, das würde er ja wohl fertigbringen.

Er war froh, für eine Weile allein zu sein, zog die Stiefel aus und ließ seine geschwollenen, fiebrig heißen Füße in den kleinen Bach gleiten. Das Wasser war eiskalt, aber gerade das tat gut und linderte den Schmerz. Er stillte seinen Durst und wusch sich vorsichtig das Gesicht; er fühlte sich verschwitzt und verdreckt und gedemütigt von dem Ameisenangriff. Als ihm das Feuer einfiel, war es bereits zu spät – es war ausgegangen. Hastig stolperte er barfuß zur Feuerstelle und versuchte, es wieder in Gang zu bringen. Aber er brachte nicht einmal Rauch zustande, geschweige denn auch nur ein Flämmchen. Genauso gut hätte er versuchen können, aus einem Stein Wasser zu pressen.

Inzwischen hatten sich so viele Tränen angesammelt, dass Fionn sicher war, eine Schneeschmelze könne nicht mehr Wasser hervorbringen, wenn er ihnen erst freien Lauf ließe. Verzweifelt rang er sie nieder. Er durfte sich keine Blöße geben, sonst würde er auch noch den letzten

Respekt verlieren, den Tuagh ihm entgegenbringen mochte. Er hatte versprochen, dem Wanderkrieger nicht zur Last zu fallen, das war die Bedingung gewesen.

Das bin ich, dachte er todmüde, niedergeschlagen und am Ende seiner Kräfte: *heulend wie ein Säugling, schwach und zu nichts nutze, ein elender Jammerlappen, der bald lieber im Verlies darben würde, als hier draußen in der Welt zu sein.*

Wie zur Bestätigung kamen nun auch noch handtellergroße Käfer, die Interesse an den halb angebrannten Zweigen zeigten und ihn dann umschwirrten. Es wurde unangenehm kühl, und ein Wind, der Feuchtigkeit als Vorankündigung von Regen mit sich führte, kam auf.

Kurz vor der Dunkelheit kehrte Tuagh zurück und fand einen vor Kälte schlotternden jungen Bogin vor, der seinem Blick auswich und nicht in der Lage war, auch nur ein Wort hervorzubringen, weil sonst der Damm der Tränen gebrochen wäre.

Der Wanderkrieger sagte kein Wort wegen des Feuers, legte den getöteten Hasen und die Schwarzwurzeln ab und entfachte es innerhalb kurzer Zeit von neuem. Dann teilte er die Feuerstelle auf und warf in die größere Grube große trockene Äste, sodass die Flammen hoch aufloderten. Wortlos packte er den jungen Bogin, zog ihn zu der großen Feuerstelle und wickelte eine Decke um ihn. Dann nahm er den Hasen aus, zog ihn ab, steckte ihn auf einen Spieß und befestigte diesen über der kleineren Feuerstelle. Er holte aus seinem Reisebeutel eine kleine Kupferkanne und einen kleinen Kupferkessel, füllte beide mit Wasser, stellte sie in die Glut und warf die Schwarzwurzeln in den Topf, während er in die Kanne Teeblätter aus einem mitgeführten Beutel gab.

Zuletzt stopfte er sich eine Pfeife und zündete sie an, während er den Spieß langsam drehte.

Irgendwann hörten Fionns Zähne auf zu klappern, und er fühlte, wie das Leben in ihn zurückkehrte. Er schielte verstohlen zu Tuagh hinüber, der still vor sich hinrauchte und den knusprig duftenden Hasenbraten beobachtete, wagte aber nicht, mit auch nur einem Muskel zu zucken, weil er sich so sehr schämte. Am liebsten hätte er sich einfach aufgelöst, und das wäre das Beste für alle Beteiligten gewesen.

Mit der rauchenden Pfeife im Mundwinkel füllte Tuagh zwei kleine zerbeulte Becher mit dem Tee und winkte Fionn zu sich.

»Komm schon her und trink das, es wird dir gut tun. Honig habe ich leider keinen gefunden, was kein Wunder ist zu dieser Jahreszeit. Der Tee ist also bitter, weckt aber die Lebensgeister und bringt die Kräfte zurück.«

Fionn kroch schüchtern näher und konnte noch immer nicht den Kopf heben. »Es ... es tut mir leid«, brachte er schließlich hervor.

Tuagh legte die Hand unter sein Kinn und zwang Fionn, ihn anzusehen. »Entschuldige dich nie wieder für etwas, für das du nichts kannst.«

»Ich hab' das Feuer ausgehen lassen ...«

»Na schön. Dafür ist eine Entschuldigung fällig. Für alles andere nicht.« Tuagh ließ ihn los. »Entschuldigung angenommen.«

Fionn presste die Kiefer fest aufeinander. Nein, er würde nicht klagen, er würde nicht weinen, niemals. Er war erwachsen, und was immer auch mit ihm geschah, es war nicht so schlimm wie das Schicksal seines Volkes. Sein Ziel stand fest, und wenn er gleich zu Beginn vor ein paar Ameisen und Käfern kapitulierte, taugte er wirklich nichts und sollte sich besser den Soldaten der Ardbéana stellen.

Tiw fand sich schließlich auch zurecht, und der war ein Bogin wie Fionn. Das nächste Mal würde er also auf das Feuer aufpassen, und er würde ab sofort Tuagh bei allem, was er tat, genau beobachten und sich jeden Handgriff merken. Solch ein Versagen würde nie mehr vorkommen.

Tee, Schwarzwurzeln, ein wenig Brot und der frisch gebratene Hase ließen ihm die Welt bald in besserem Licht erscheinen. Fionn war satt und er fror nicht mehr, der Regen hatte sich doch nicht hier niedergelassen, sondern war in eine andere Richtung mit dem Wind weitergezogen, und all die grässlichen Krabbeltiere waren schlafen gegangen. So betrachtet, war es ein guter Beginn für seine große Reise, in dieser ersten Nacht unter freiem Himmel.

Tuagh legte sich bald schlafen, nachdem er noch einmal Holz nachgelegt hatte, aber Fionn lag trotz seiner Müdigkeit noch eine Weile wach, um den Sternenhimmel über sich zu betrachten. Diese Weite dort oben war ihm vertraut, er hatte sie oftmals im Garten oder von seinem Zimmerfenster aus gesehen, und das war ihm ein Trost. Der Himmel hatte sich nicht verändert und würde ihn auch weiterhin begleiten; er schenkte ihm Beständigkeit und etwas Vertrautes, woran er sich festhalten konnte. Und auch orientieren, so wie am Sonnenstand des Tages. Er würde lernen, mit Hilfe des Firmaments seine Richtung zu finden und seinen mangelnden Orientierungssinn schulen.

Cady, war sein letzter Gedanke, bevor er einschlief.

Tuagh weckte ihn früh, noch vor der Morgendämmerung. Das Feuer brannte bereits, der Tee kochte, und der Wanderkrieger legte die Reste des Brotes von gestern und ein Stück Käse bereit.

Fionn konnte sich kaum rühren, er hätte nicht geglaubt, dass es ihm jemals möglich wäre, auf hartem, unebenem Boden zu schlafen. Er fühlte sich trotz des bleiernen Schlafes kein bisschen ausgeruht, und rappelte sich stöhnend und ächzend hoch, wankte zum Bach, um sich zu waschen, und zwang seine Füße dann in die Stiefel.

»Wie kannst du das nur aushalten?«, fragte er seinen Reisebegleiter, während er sich ächzend neben ihm niederließ und das karge Frühstück zu sich nahm.

»Ich bin daran gewöhnt.«

Fionn nickte und war sicher, dass er sich niemals daran gewöhnen würde und vermutlich bereits morgen früh unweigerlich auseinanderfallen musste. Sämtliche Knochen unter der Haut würden wahrscheinlich einfach den Halt verlieren und zu Boden klappern, sein Kopf oben drauf, und so würde er in alle Ewigkeit liegen bleiben, als formloser Sack und Mahnmal für alle Bogins, sollte sie jemals die Reiselust packen.

Etwas begriff er dennoch nicht. Selbst wenn man daran gewöhnt war – warum nahm jemand, der zudem nicht mehr ganz jung war, ein ewig ruheloses Wanderleben auf sich, anstatt in einer gemütlichen Behausung ein friedliches Dasein zu führen? Kam nicht dereinst die Zeit, sich zur Ruhe zu setzen?

Das lenkte Fionns Gedanken wieder auf Cady und seine Gefühle für sie. Sie hatten sich geküsst, bevor sie einander entrissen worden waren. Bedeutete das, sie empfand dasselbe für ihn? Würden sie jemals ein Leben als Mann und Frau führen dürfen? Und wenn es dazu käme, was hatte Fionn dann überhaupt zu tun? Er hatte nicht die geringste Ahnung, wie er sich einer Frau gegenüber zu verhalten hatte, und er wollte keinen Fehler machen. So wie Tuagh wollte er keinesfalls leben, sein Ziel war es, eine Familie zu gründen und einen festen Platz innezuhaben. Wahrscheinlich war es dumm von ihm, sich gerade jetzt Gedanken darüber zu machen, wo dieses Ziel völlig entgegengesetzt zu seinem derzeitigen Verhalten stand und seine Reise noch nicht mal richtig begonnen hatte – aber er musste es wissen.

»Tuagh ... kennst du dich mit Frauen aus?«

»Sehe ich deiner Ansicht nach so aus?« Der Wanderkrieger wies auf seine Kleidung, die schon bessere Tage gesehen hatte, auf seinen Bart, der gestutzt gehörte, und auf sein Schwert am Rücken und die Axt am Gürtel.

»Naja, wenn man ein paar Jahrzehnte zurückgeht, warst du für einen Menschen wohl mal ein ganz passabler Bursche«, sagte Fionn. Er verstand nicht viel von Attraktivität, abgesehen davon, dass Cady für ihn das schönste Wesen unter der Sonne war, aber seiner Ansicht nach sah Tuagh nicht übel aus. Wenn man sich die wettergegerbte Haut glatter vorstellte, kamen darunter markante Züge zum Vorschein. Und Narben trug er im Gesicht auch nicht, was für einen Söldner keine Selbstverständlichkeit war. »Schwer vorstellbar, dass du nie mit Frauen zu tun hattest.«

Tuaghs Blick verdüsterte sich, und er starrte ins niederbrennende Feuer. »Du hast gute Augen, Junge«, sagte er anerkennend. »Ja, ich hatte einst eine Familie, eine Frau und eine Tochter, doch ich habe sie beide verloren, noch vor meinem Bruder.«

»Entschuldige«, sagte Fionn betroffen. »Ich wollte nicht ...«

Tuagh winkte ab, seine Stimme klang erstaunlich nüchtern.

Das war Fionn schon aufgefallen, dass der Mann kaum Gefühle zeigte; aber nicht etwa, weil er sie bewusst verbarg. Irgendwie schien ihn nichts sonderlich zu berühren, lediglich Erinnerungen, so wie jetzt, schienen ihm Unbehagen bereiten zu können.

»So tief reicht dein Blick denn doch nicht«, begann der Krieger zu erklären,«und es ist verständlich, dass du es wissen willst. Damals war ich noch jung und glaubte an gute Fügungen. Seither ist viel Zeit vergangen, und falls du also aus Eigeninteresse nachfragst, so muss ich dir leider sagen, dass ich zwischenzeitlich kein sonderliches Wissen über die Frauen dazu gewonnen habe.«

War das der Grund für seine Rastlosigkeit, die sich mit der Suche nach seinem Bruder, dem letzten verbliebenen Rest seiner Familie, verband? Jahrzehnte? Also musste er zumindest damals etwas empfunden haben. Was musste das für eine Liebe gewesen sein ...

Andererseits hatte Tuagh nicht gesagt, dass seine Frau und seine Tochter gestorben waren, er hatte von »verloren« gesprochen. War er auch nach ihnen auf der Suche?

Fionn war feinfühlig genug zu erkennen, dass er hier nicht weiter insistieren durfte. Tuagh würde darüber von sich aus sprechen, wenn er es wollte. Deshalb stellte er eine andere Frage, die ihn wieder zu seiner Herzensangelegenheit zurückführte.

»Um sie ... die Frau, die du liebtest ... hast du aber geworben, nicht wahr?«

»Oh, ich gab alles.« Tuaghs Blick wurde lebendiger und, ja wirklich, weicher. Es gefiel ihm augenscheinlich, darüber zu sprechen. »Wie stürmisch war ich damals, voller Tatendrang und Träume. Sie war etwas ganz Besonderes, Einzigartiges, und wenn ich heute zurückschaue, muss ich mich über meinen Mut wundern, dass ich eine Werbung überhaupt in Betracht zog. Das war wohl meiner jugendlichen Unbedarftheit und Unerfahrenheit geschuldet. Sie war so edel ... so wundervoll.«

»Was geschah?«, fragte Fionn nun doch vorsichtig, die Frage war ihm geradezu in den Mund gelegt worden. Vielleicht wollte Tuagh sich weiter offenbaren.

Doch er wich aus. »Ich habe sie verloren, wie ich sagte. Sie sind beide fort, und ich kann nicht einmal mehr nach ihnen suchen.«

»Das tut mir leid.«

»Das muss es nicht. Das ist nun einmal das Leben. Wir nehmen es an und machen weiter.«

Tuagh goss das restliche Wasser über das Feuer und bedeckte die verlöschende Glut mit Erde. »Das ist alles lange her, Fionn, und nicht mehr von Bedeutung.«

Fionn wagte noch eine Frage, die ihn beschäftigte. »Glaubst du, wenn du sie nicht verloren hättest, dass ... dass eure Liebe gehalten hätte?«

»Tja, wer weiß? Ich habe damals daran geglaubt, aber wer kann das schon für ein Leben sagen? Mach dir nicht zu viele Gedanken, Junge. Zuerst einmal musst du dein Mädchen ...«

»Cady.«

»Zuerst musst du Cady befreien, bevor du an eine gemeinsame Zukunft denken kannst. Und das ist momentan die größte Hürde, scheint mir.« Er fing an zusammenzupacken. »Du hast also in Wirklichkeit zwei Ziele. Das ist gut. Sogar sehr gut.«

Das war der Ansporn, nach dem Fionn seit gestern gelechzt hatte. Der seine Schmerzen überwog, und seine Zweifel, ob er, aufgrund hoffnungsloser Selbstüberschätzung, nicht völlig wahnsinnig geworden war bei dem, was er vorhatte.

»Oh, du bist reichlich verrückt«, sprach Tuagh in seine Gedanken hinein und lachte leise. »Ein völlig hoffnungsloses Unterfangen hast du dir da vorgenommen, aber gerade das gefällt mir. Ich habe eine Schwäche für solche wie dich.«

»Ach ja, und warum?«, wollte Fionn beinahe angriffslustig wissen, er wollte sich sein Hochgefühl nicht gleich wieder zertrümmern lassen. »Zur Belustigung?«

»Nein. Es zeigt mir, dass noch nicht alles verloren ist.«

»V…verloren?«

»Mhm. In Resignation und Eintönigkeit versunken und aufgegeben.« Tuagh schulterte seinen Beutel und ging los.

Die Liste der kryptischen Sprüche wurde immer länger. Fionn fragte sich jetzt zum ersten, aber wahrscheinlich nicht zum letzten Mal, wer von ihnen beiden nun tatsächlich der Verrückte war, und wusste nicht so recht, ob er sich deswegen Sorgen machen sollte oder nicht.

Fionn schaute sich ab, wie Tuagh dahinwanderte. Er hatte einen ganz bestimmten Rhythmus, sein Schritt war federnd, und er belastete seine Hüften ganz anders als der Bogin. Es gab also einen Unterschied zwischen einem Spaziergang und ausdauerndem Gehen. Außerdem atmete er anders, angepasst an den Rhythmus seiner Schritte.

Es war nicht ganz einfach für Fionn, es konsequent nachzumachen, und wegen der im Vergleich zu seinem Körper großen Füße musste er das Gewicht ein wenig anders verlagern. Aber es funktionierte, vor allem das Atmen. Er kam nun viel besser und schneller voran, ohne gleich in Atemnot zu geraten, und seine Füße fühlten sich nicht so schwer an. Obwohl er von gestern einen Muskelkater hatte und noch immer erschöpft war, fiel ihm das Gehen leichter, und er war sicher, dass er Tuagh diesmal nicht zur Last fiel.

Einmal machten sie eine kurze Rast, um Wasser aus einem Bach zu schöpfen, und dann ging es weiter. Sie redeten kaum; Fionn war viel zu beschäftigt, darauf zu achten, sich richtig zu bewegen und gleichmäßig zu atmen, und Tuagh war wie stets wortkarg. Kein Wunder, wenn er keine Begleitung gewöhnt war.

Der schmale Pfad schlängelte sich durch unberührtes Land. Ab und zu hoppelten Kaninchen zu ihren Bauten, wenn die beiden Wanderer den Futterplätzen zu nahe kamen. In den Büschen und Bäumen hüpften Singvögel und versteckten sich vor Habicht und Sperber. Über den Wiesen kreisten Bussarde und Weihen auf der Suche nach Mäusen und Kaninchen. So allmählich bereitete sich alles auf den nahenden Frühling vor, mochte sein Eintreffen auch noch eine Mondphase dauern. Die Hirsche waren dabei, ihre Geweihe zu verlieren, und die Hindinnen waren nur noch mäßig an ihnen interessiert und fingen an, eigene Wege zu gehen.

Wilde Schafe und Ponys suchten in feuchten Senken nach Gras, das einigermaßen geschützt noch ein wenig grün geblieben war. Sie hatten wie alle anderen Tiere keinen Blick für die Wanderer übrig, solange diese ihre Geschwindigkeit nicht änderten und die Arme nicht hoben.

Auf der anderen Seite einer Senke entdeckte Fionn eine ungewöhnlich dichte Ansammlung von Bäumen; bedingt durch Nadelholz zwischen den kahlen Laubbäumen war die Sicht geschützt. Fast wie eine Mauer.

»Eine Elbensiedlung«, erklärte Tuagh, ohne innezuhalten. »Der Größe nach zu urteilen, eine einzige Sippe, wahrscheinlich alle miteinander verwandt.«

»Du kennst sie nicht?«

Tuagh ging hier sicherlich nicht zum ersten Mal entlang, so zielsicher, wie er dem Pfad folgte.

»Hatte keinen Grund, dorthin zu gehen. Ein- oder zweimal habe ich sie gesehen, als sie die Schafe einfingen, um sie zu scheren. Aber nur aus der Ferne. Ich denke, es sind Blattelben, die sehr für sich leben. Kein sehr hoher Stand in der Hierarchie, aber das interessiert sie ohnehin nicht.«

»Ist das denn wichtig?«

»Für viele der bedeutenden, hochrangigeren Sippen schon. Das ist ganz ähnlich wie bei unserem Adel. Und auch am Hofe der Àrdbéana ist es wesentlich, welchen Rang man einnimmt, um Interessen durchsetzen zu können. Gerade am Hort des Friedens werden heiße Kämpfe um Ansehen und Einfluss geführt und Intrigen gesponnen, und vor allem die Menschen haben gegen die Elben anzutreten, die den größten Machtanspruch erheben.«

»Oh.« Fionn kratzte sich hinter dem Ohr. »Oh …«

»Fionn, Frieden bedeutet nicht, dass sich alle gern haben und sich jeden Tag in die Arme fallen. Du bist anders als ich, ich bin anders als ein Elb, und da sind noch alle anderen Völker, mögen sie auch in der Unterzahl sein. Niemand gleicht dem anderen. Ansichten, Lebenseinstellungen, Machtansprüche, Begierden … all das prägt einen und treibt jeden voran. Ein jeder versucht mit allen Mitteln, seine Ziele zu erreichen. Da geraten auch weniger streitbare Geister zwangsläufig aneinander, wenn die Meinungen auseinander gehen. Wir denken, handeln und fühlen unterschiedlich, und vor allem unser Umgang, unser Verhalten bietet oft Anlass zu Missverständnissen, zwingt aber auch zum Handeln, das anderen nicht entgegenkommt. Das Zusammenleben ist schwierig.«

Das war eine lange und nicht besonders aufbauende Rede nach dem nahezu schweigend verbrachten Tag gewesen, und Fionn hatte eine Weile daran zu kauen. Allmählich begann er zu verstehen, weshalb Tuagh sich weigerte, sesshaft zu werden. So ging er allen Konflikten und Konfrontationen aus dem Weg, war niemandes Freund, aber auch niemandes Feind und konnte deswegen niemanden beleidigen oder bevorzugen. Er blieb immer außen vor, war nie Teil und führte seinen Auftrag aus, ohne innerlich beteiligt zu sein. Er wollte keine Partei ergreifen und hielt sich aus allem heraus. Einsam wie der Mond trieb er dahin, seiner Welt immer ganz nah, aber sie nie berührend.

Bequem oder feige? Gut oder schlecht? Fionn war sich nicht sicher, ob ihm seine Schlussfolgerung gefiel – wenn sie denn zutraf –, aber was Tuagh ihm erzählt hatte, gefiel ihm auch nicht. Im Augenblick war er seinem Herrn Ian Wispermund gegenüber also wieder etwas versöhnlicher eingestellt, weil der ihn vor diesen Dingen beschützt hatte; diese Stimmung pendelte ständig hin und her.

Aber wer war Tuagh nun wirklich? Er machte sich tiefergehende Gedanken als sie ein normaler Mensch wahrscheinlich hatte. Von seinem Herrn war Fionn das gewöhnt, wie bei einem Gelehrten nicht anders zu erwarten, aber bei einem Söldner? Fionn würde aber unter keinen Umständen nachfragen, denn Tuagh hatte schon mehrmals gereizt reagiert, wenn die Sprache darauf kam, dass er anders war als die anderen. Er empfand es nicht als Gegensatz, ein Söldner zu sein und außerdem über eine gute Bildung und Wissen zu verfügen, und sich Gedanken über die Welt zu machen.

Vielleicht war er deswegen von seinen Gildenbrüdern so respektiert und wurde »Hauptmann« oder gar »General« genannt. Er saß wahrscheinlich mit Baronen und Fürsten an einer Tafel und führte dort Gespräche anderer Art als mit Seinesgleichen.

Deswegen also hat er zugestimmt, dass ich ihn begleite, dachte der junge Bogin. *Wir passen zusammen, weil wir beide nicht dem entsprechen, was die Allgemeinheit erwartet.*

Am Ende eines Waldes führte der Pfad auf ein Dorf zu; ungefähr zwanzig Hütten aus Lehm und Ried, mit einem gestampften Platz in der Mitte, auf dem der Brunnen errichtet war. Fionn erkannte, dass hier Menschen lebten, offenbar Kleinbauern, die ein wenig Gemüse und Kartoffeln anbauten und in abgesteckten Koppeln Schafe und Ziegen hielten. Ein oder zwei Ponys hielten sie auch, die zum Lastentragen eingesetzt wurden. Der Bogin war erstaunt über die ärmliche Kleidung der Leute, und darüber, wie still sie waren. Es gab Kinder, aber die hatten keine Zeit zu spielen, sondern arbeiteten bei den Eltern mit, und man hörte kein Lachen oder gar Unterhaltungen. Nur ein an die Kette gelegter Hund winselte vor sich hin, und ein paar Hühner gackerten.

Fionn hätte angenommen, dass Tuagh sich um das Dorf herumbewegen wollte, aber zunächst suchte er den Weg darauf zu. Am Rand standen einige größere Scheunen, denen sie sich nun näherten. Die Dorfbewohner hatten sie noch nicht bemerkt, weil das Gelände unübersichtlich war; niemand sah zu ihnen herüber, alle verrichteten weiter ihre Arbeit.

Plötzlich packte der Wanderkrieger den Halbling an der Schulter und zog ihn seitlich mit sich, an der Scheunenwand entlang. Hier gab es einen kleinen Verschlag mit allerlei Gerümpel, in dem sie sich beide versteckten.

Fionn öffnete den Mund, doch Tuagh legte den Finger an die Lippen und bedeutete ihm, sich nicht zu rühren.

Da hörte er es.

Ein lang gezogenes, gedehntes Heulen, das den Kettenhund veranlasste, aufjaulend den Schwanz einzuklemmen und zitternd Schutz an der Hauswand zu suchen. Beim zweiten Heulen fing er panisch an, mit den Vorderläufen in den gestampften Boden zu graben, um Deckung zu finden.

Fionn konnte das Geschehnis nur durch die Lücken zwischen den Holzbrettern hindurch erkennen und musste sich das meiste zusammenreimen. Einige der Menschen hielten nun vom Hacken und Schaufeln inne und richteten sich auf, Frauen scheuchten ihre Kinder in die Hütten.

Das dritte Heulen scholl herüber, ein schauerlicher Laut, der Fionns Blut in den Adern gefrieren ließ, und schon sehr nahe jetzt.

»Wölfe?«, wisperte er ängstlich in Tuaghs Ohr, der neben ihm kauerte und angestrengt beobachtete.

Der schüttelte leicht den Kopf. »Viel schlimmer. Wölfe sind keine Gefahr, was da heult aber schon.«

»Was sind sie?«

»Wolfshunde der Elben. Still jetzt, sie sind gleich da, und ihre Sinne sind äußerst fein.«

Fionn hatte es als Kind geliebt, vor dem Einschlafen eine Gruselgeschichte erzählt zu bekommen und anschließend vor lauter Angst das Nachtlicht nicht löschen zu wollen. So grässlich die Alpträume auch waren, er hatte nicht aufhören können, wieder und wieder den Schauermärchen zu lauschen.

Auch als nunmehr Erwachsenem war ihm gestern Abend nicht ganz wohl bei dem Gedanken gewesen, so mitten unter freiem Himmel zu schlafen und wehrlose Beute für alles mögliche zu sein – Räuber ebenso wie Nachtmahre. Nachts, wenn der Blick nicht weit reichte, konnte es unheimlich werden, vor allem, weil es viele Geräusche gab, die man tagsüber nicht vernahm, und sie nicht zuordnen konnte. Bogins waren genauso wie Menschen Sonnengeschöpfe. Die Elben führten durch ihre schimmernde Aura ihr eigenes Licht mit sich und brauchten sich vermutlich vor nichts zu fürchten. Sie waren Geschöpfe des Tages ebenso wie der Nacht.

Sich nun am helllichten Tag bei Sonnenschein wie in einer Geistergeschichte fühlen zu müssen, war etwas ganz Neues für Fionn. Gewiss, auf seiner Flucht war es auch Tag gewesen, aber ... nicht unheimlich. Er mochte sich gar nicht ausmalen, wie dieses Heulen nachts auf ihn wirken würde.

Und da kamen sie auch schon in Sicht – riesige, schlanke, fast weiße Geschöpfe mit kurzem Fell und seidigem Grannenhaar, das für windreiche Gegenden geschaffen war. Zum Laufen geboren, fegten sie auf langen Beinen heran; wenn sie sich aufstellten, wären sie vermutlich so hoch wie Tuagh, wenn sie ihn nicht sogar überragten. In normaler Haltung reichte ihr Kopf bis an Fionns Brust. Mächtige Reißzähne blitzten in den halb geöffneten Mäulern auf, und ihre Augen ... Fionn schaute sofort weg und fing an zu zittern. Solche schrecklichen Augen hatte er noch nie gesehen, gelb und feurig, sehr wild und kalt und ... Tod verheißend. Kein normales Tier hatte solche Augen.

Ein halbes Dutzend, und sie rannten ganz selbstverständlich ins Dorf hinein, fingen an zu schnüren und zu spüren, witterten mit großen schwarzen Nasen, liefen zwischen den Hütten herum und knurrten die völlig erstarrten Menschen an. Der Kettenhund jaulte jämmerlich auf und versuchte verzweifelt zu fliehen, als zwei von ihnen ihre Aufmerksamkeit auf ihn lenkten. Sie wollten sich auf ihn stürzen, als ein Pfiff sie aufhorchen ließ, und sie liefen zurück zu ihren Artgenossen und hielten die Menschen in Schach.

Hufschlag erklang, und dann kamen die Elben, zehn an der Zahl und in lederner Rüstung; alle trugen das Emblem des Palastes auf Brust und Rücken. Fionn sah ihre bleiche Haut, den stolzen, zugleich hochmütigen Gesichtsausdruck, die spitzen Ohren, hinter denen die Haare zusammengebunden waren. Ungefähr die Hälfte trug Pfeilköcher auf dem Rücken und Langbogen, die anderen begnügten sich mit langen Schwertern.

Die Elbenrösser unterschieden sich ebenfalls von den normalen Pferden, die Fionn bisher gesehen hatte. Wie ihre Herren waren auch sie von

Glanz umgeben, und von herrlicher Statur, wie einem Gemälde in Meister Ian Wispermunds Arbeitszimmer entsprungen. Die Nüstern waren rot gebläht, und ihre Augen blickten feurig, aber nicht so schrecklich wie die der Hunde.

Fionn spürte, wie Tuagh sich anspannte; er bereitete sich darauf vor, sie beide zu verteidigen. Es war nur eine Frage der Zeit, bis die Hunde hierher kommen würden, um auch die Scheune zu durchsuchen.

Sich vor Elben zu fürchten – wenn Fionn das noch heute Morgen geweissagt worden wäre, er hätte sich darüber lustig gemacht. Unvorstellbar wäre das für ihn gewesen, und doch saß er jetzt hier als zitterndes Häuflein.

»Sind in der letzten Zeit Reisende durchgekommen?«, erklang die scharfe Stimme des Anführers der Truppe.

»Nein.« Ein Mann, schmal und faltig, mit grauen Haaren, ließ seine Hacke fallen und kam näher. »Es geschieht sehr selten, dass jemand hierher kommt, vielleicht zweimal im Jahr.«

»Auch kein Einzelner, wie etwa ein Bogin?«

Fionn schluckte. Wer war wohl damit gemeint – er oder Tiw?

»Ein Bogin, Herr? Ausgeschlossen. Die verlassen niemals die Häuser und sind, wenn überhaupt, nur in Begleitung ihrer Herrschaft unterwegs.«

»Er ist auf der Flucht«, schnarrte der Elb. »Müssen wir alles durchsuchen?«

»Ihr könnt selbstverständlich gern alles durchsuchen und werdet nichts finden. Wir haben kaum genug zu essen für uns, und ein Bogin wäre uns bei der Feldarbeit kaum nützlich.« Der Mann fuhr herum, als er klagendes Kindergeschrei hörte. Einer der Soldaten war abgesessen und in eine Hütte gegangen. Mit festem Griff zerrte er einen etwa neunjährigen Jungen am Ohr heraus. Die Soldaten lachten.

»Bitte«, sagte der Mann zu dem Anführer. »Es ist nicht notwendig, die Kinder zu erschrecken. Wir halten nichts vor Euch verborgen. Warum macht Ihr Euch über uns lustig?«

»Weil ihr armselige Sterbliche seid«, antwortete der Elb und machte eine beleidigende Geste mit der Hand. »Ihr seid nichts ohne uns, und das solltet ihr nie vergessen.« Er gab dem Soldaten einen Wink, den Jungen freizulassen. »Na schön, wir wollen dir Glauben schenken. Aber die

Himmelswanderer mögen sich eurer erbarmen, wenn ihr uns angelogen habt und wir davon erfahren.«

Er bewegte wortlos leicht den Kopf, und einer der Wolfshunde sprang plötzlich los, fiel wie ein Gewittersturm über den Kettenhund her und tötete ihn mit einem einzigen, schnellen Biss in den Nacken. Das arme Tier kam nicht einmal mehr zu einem Klagelaut und sackte tot im Maul des Riesenhundes zusammen. Er schüttelte es einmal kräftig durch und ließ es dann fallen. Mit blutigem Maul kehrte er zu seinem Herrn zurück und stellte sich, die Lefzen leckend, neben das Pferd.

»Haben wir uns verstanden?«, schloss der Anführer und richtete seinen strengen Blick auf die Dorfbewohner, die ihn mit einer Mischung aus Angst und Wut anstarrten.

»Wir hätten auch so verstanden«, antwortete der Grauhaarige mühsam beherrscht. »Danke, Herr.«

Die Hunde versammelten sich, ließen die Dorfbewohner aber weiterhin nicht aus den Augen. Auf einen Pfiff hin stürmten sie los, weiter auf dem Weg voran, und die Schar folgte ihnen.

Fionn zuckte zusammen, als Tuagh seinen Arm packte. »Komm«, raunte er. »Verschwinden wir, solange sie den Soldaten noch nachschauen.«

Sie schlichen sich aus dem Verschlag, und in gebückter Haltung auf eine Buschgruppe kurz vor dem Wald zu. Von dort gelangten sie ungesehen in den Wald.

Erst im Schutz der Bäume wagte Fionn aufzuatmen, und er musste sich setzen.

KAPITEL 6

DER STROM, DER NIE VERSIEGT

Kämpft nicht dagegen an.
Es geschieht alles nur zu eurem Besten.
Vertraut mir.

*

»Was habe ich da gerade erlebt?«, stieß Fionn am ganzen Leib zitternd hervor. Er kämpfte mit der Übelkeit. »Der arme Hund hatte doch gar keine Chance und niemandem etwas getan. Keiner hat Widerstand geleistet!«

»Das ist die übliche Vorgehensweise«, antwortete Tuagh unbeteiligt. »Einschüchterung funktioniert nur auf drastische Weise. Menschliche Soldaten hätten das Kind getötet, nicht den Hund. Die Elben waren also nachsichtig.«

»Das ist nicht dein Ernst!«

»Allerdings.«

»Hast...«, Fionn schluckte, »... hast du das auch schon getan?«

»Wenn es erforderlich war...« Tuagh zuckte die Achseln. »Ich habe niemals jemanden, auch kein Tier, ohne Grund umgebracht oder überhaupt körperliche Gewalt aus Überlegenheit heraus angewendet, obwohl so mancher Auftraggeber es verlangen wollte. Aber ich habe durchaus die eine oder andere Hütte angezündet oder etwas Bedeutendes zerstört, um meinen Worten Nachdruck zu verleihen. Manchmal habe ich auch Vieh oder Pferde beschlagnahmt.«

»Das ist schrecklich«, flüsterte Fionn. »Warum ist das überhaupt notwendig?«

»Es funktioniert eben anders nicht. Es ist ein ewiger Gezeitenstrom, manchmal schwimmt man obenauf, manchmal wird man untergetaucht. Ein stetiges Auf und Ab im Zusammenspiel des Miteinanderlebens.«

»Und dann sagst du auch noch, die Elben seien nachsichtig gewesen!

Ich ... ich habe sie immer für ... ich weiß nicht. Für Vorbilder gehalten? Verehrungswürdig? Sie sind gerecht und gütig, als die Erstgeborenen haben sie die Verantwortung und den Schutz aller übernommen. Ohne das Oberste Gesetz wäre Albalon bestimmt schon lange im Chaos versunken. Ich hätte das nie geglaubt, aber es kann nicht anders sein, wenn ich so etwas erlebe. Da wird von Frieden geredet, aber es herrschen anscheinend überall Gewalt und Willkür. Dabei könnte diese Welt perfekt sein. Es gibt doch genug Land und Essen für alle, und wir können auch in Frieden miteinander leben, wenn wir einander respektieren.«

»Tja, und dennoch hat das Oberste Gesetz geschaffen werden müssen, weil es diese Idylle nur in den philosophischen Schriften deines Meisters gibt, und in Märchen und Gesängen, aber nicht in der Wirklichkeit. Alle Leute wollen gern von solchen Dingen hören, sie aber nicht anwenden, am wenigsten bei sich selbst.«

»Und das war dann vermutlich deine zweite Lektion an mich«, murmelte Fionn.

»Du hast's erfasst. Und die dritte lautet: Unsterbliche sind, mögen sie auch noch so schön und edel und großmütig sein, gefährlich. Sehr gefährlich. Jeder Einzelne, ob Mann oder Frau oder Kind. Begehe also niemals den Fehler, sie zu unterschätzen. Ihr Handeln ist zumeist unberechenbar und für uns nicht immer verständlich.«

»Also gut, das habe ich jetzt verstanden. Und worauf muss ich sonst achten?«

»Vierte und letzte Lektion: Traue auch niemandem sonst. Jedes Volk ist gefährlich auf seine Weise.«

»Bis auf die Bogins! Niemals die Bogins!«, rief Fionn und schniefte.

Tuagh rüttelte ihn an der Schulter. »Reiß dich zusammen, wir müssen weiter und haben wegen dieser Sache einen Umweg von mindestens einer Stunde vor uns. Wir müssen so schnell wie möglich nach Uskafeld.«

Er ging los, und Fionn folgte ihm rasch; es half nichts, sitzen zu bleiben und Trübsal zu blasen, er konnte nichts an dem Geschehen ändern. Vielmehr sollte er zusehen, nicht von den Palastsoldaten erwischt zu werden, nachdem er diesmal Glück gehabt hatte. Und wer wusste schon, ob inzwischen nicht auch Söldner wie Tuagh damit beauftragt worden waren, nach entlaufenen Bogins zu suchen ...

Tuagh schlug einen Bogen ostwärts um den Wald, und dann mussten sie zuerst ein gutes Stück nach Norden gehen, bevor sie einen weiteren Weg Richtung Osten fanden – und darauf hofften, dass die Elbenschar sich auf direktem Wege nach Uskafeld begeben hatte und sich nicht etwa noch hier herumtrieb.

Erst in der Stadt angekommen, würde Fionn allerdings äußerst vorsichtig sein müssen, um den Verfolgern nicht in die Quere zu geraten. Wenn sie Tiws Spur vor ihm aufnahmen, war Fionn selbst einigermaßen sicher und konnte wiederum ihrer Spur folgen. Andererseits konnte er Tiw dann nicht rechtzeitig vor ihnen abfangen.

Es ist alles ein Mist, dachte er niedergeschlagen und musste Tuagh allmählich recht damit geben, wie wenig Erfolg versprechend sein Plan war. »Was ich nicht verstehe«, sagte er nach über einer Stunde, die sie schweigend gegangen waren, »wieso haben die Hunde uns nicht gewittert?«

»Dass sie *mich* nicht gewittert haben, ist klar«, antwortete Tuagh so prompt, als habe er ebenfalls gerade darüber nachgedacht. »Es ist eine Menschensiedlung, und ich bin ein Mensch, und die Hunde haben ganz offensichtlich nicht den Befehl erhalten, nach Menschen zu suchen. Zumindest scheint noch nicht bekannt geworden zu sein, dass ein Bogin mit einem Menschen unterwegs ist, also suchen sie bisher wohl nur nach Tiw. Aber warum die Hunde *dich* nicht ausgemacht haben, ist mir ein Rätsel, auf dessen Lösung ich noch nicht gekommen bin.«

»Ich trage gebrauchte Menschensachen, vielleicht überlagert euer Geruch den von Bogins«, versuchte Fionn einen schwachen Scherz.

»Daran habe ich längst gedacht«, erwiderte Tuagh ernst. »Aber es sind Elbenhunde, und Wolfshunde noch dazu. Die kann man nicht so leicht täuschen. Selbst wenn sie nicht nach dir, sondern nach Tiw Ausschau gehalten haben, bist du doch ein Bogin. Jeder Angehörige eines Volkes hat einen ganz charakteristischen Geruch, der zu seinem persönlichen hinzukommt. Elben tragen immer ein bisschen was von Blumen mit sich, Zwerge riechen nach feuchter Erde, Menschen nach Metall. Bogins – da weiß ich nicht, was typisch sein könnte, aber die Hunde wüssten es, und sie hätten dich gemeldet.«

»Was bleibt dann für eine Erklärung?«

»Sie können dich oder Bogins allgemein aus irgendeinem Grund nicht wittern. Und die Elben haben das noch nicht herausgefunden. Wahrscheinlich hat das bisher auch Tiw gerettet.«

»Das wäre ...«

»Gut. Ja. Hoffen wir, dass wir uns nicht täuschen.«

Fionn fühlte sich trotzdem besser. Aber nur für ein paar Momente, denn schon zerhackte Tuagh, der ganz bestimmt nicht zu Unrecht diesen Namen trug, den zarten Trieb wieder.

»Das ist ohnehin nicht von Dauer. Sobald die Elben dahinterkommen, werden sie einen anderen Weg finden, Bogins auszumachen. Und das wird nicht allzu lange dauern.«

Fionn fand, dass er nun schon eine ganze Menge gelernt hatte. Zusammenfassend bedeutete es, dass jeder, der sein Haus verließ, ein Idiot war, dass aber wer das nicht tat, Gefahr lief, ermordet zu werden, wie Magister Brychan geschehen.

Der junge Bogin beneidete all seine Artgenossen, die zu früheren Zeiten gelebt und nie erfahren hatten, was er nun wusste. Und er bedauerte seine heutigen Freunde und Gefährten und Verwandten, die nicht minder leidvolle Erfahrungen wie er durchmachen mussten. Was »Gefangenschaft« bedeutete, wollte er sich nicht ausmalen, und er hoffte, dass das Oberste Gesetz noch immer insoweit Gültigkeit besaß, dass sie alle gut versorgt und wenigstens mit einigermaßen Respekt behandelt wurden.

Gerade mal zwei Tage unterwegs, und schon reichte es ihm fürs Leben; die Abenteuerlust, so er jemals eine besessen hatte, war ihm ein für alle mal vergangen. Das Leben außerhalb des geschützten Bogin-Daseins bedeutete nichts als Unannehmlichkeiten, und darauf hätte er lieber verzichtet.

Tiw war schuld! Nein, er durfte nicht ungerecht sein; es wäre zu einfach, alles auf den griesgrämigen Bogin abzuladen. Der Mord hatte nichts mit Tiw zu tun, zumindest nicht unmittelbar. Worauf Fionn am meisten hoffte, war, dass Tiw zumindest einige Antworten wusste, wenn er ihn endlich gefunden hatte.

Fionn hatte zudem gelernt, richtig zu gehen, so kam ihm seine natürliche Ausdauer wieder zugute, und er konnte nunmehr recht gut mit

Tuagh Schritt halten. Hunger und Durst und Muskelschmerzen sah er als Prüfung an und nahm sie hin. Die meiste Umstellung bedeuteten die ausfallenden Mahlzeiten, von denen die Bogins regelmäßig fünf am Tag zu sich nahmen, jeweils eine halbe Stunde lang, und die Hauptmahlzeit am Abend durfte auch gerne länger in Anspruch nehmen. Diese willkommenen Pausen nahmen übrigens auch die Herrschaften gern in Anspruch, denn es ließ sich somit leichter und fröhlicher arbeiten.

Am späten Nachmittag erreichten sie einen Flusslauf. Er besaß eine tiefblaue Farbe und war breiter als zwei Steinwürfe. Sein Wasser war kalt und schnell, und tief genug, dass ein Schiff ihn durchfahren könnte.

»Der Ukka«, erklärte Tuagh. »Er ist so alt wie die Insel, heißt es. Noch niemals ist er versiegt oder hat seinen Verlauf geändert. Dies hier ist ein Seitenarm des Hauptstroms, er mündet nach Süden ins Meer.«

»Dann haben wir Uskafeld bald erreicht?«

»Heute werden wir es leider nicht mehr schaffen wegen unseres Umwegs. Aber morgen Mittag, spätestens Nachmittag sind wir dort. Weißt du schon, was du dann tun wirst?«

»Ich muss mich erst mal umsehen, dann entscheide ich. Und was wirst du tun?«

»Weiter nach Norden gehen, wie geplant.«

Fionn ließ sich seine Enttäuschung nicht anmerken; im Stillen hatte er gehofft, Tuagh würde noch weiter mit ihm reisen. Denn offenbar hatte er momentan keinen Auftrag und wirkte auch ansonsten nicht allzu sehr unter Druck. Also warum nicht einen Bogin auf eine Reise begleiten, die . . .

Na schön, das ist eine blöde Idee, räumte Fionn sich selbst gegenüber ein. *Der Wanderkrieger ist schließlich kein junger Draufgänger mehr. Wenn er überhaupt jemals einer gewesen war, denn wie wäre wohl ein alternder Krieger aus ihm geworden, der sogar noch alle Augen und Ohren und Gliedmaßen hat, wenn er nicht stets besonnen gehandelt hatte? Warum also sollte er sich unbezahlt auf eine Reise ins Ungewisse mit mir begeben? Also trennen sich in Uskafeld unsere Wege, das ist nur vernünftig.*

Davor lag eine weitere schreckliche Nacht unter freiem Himmel und auf hartem Lager. Fionn wusste nicht, wie er sich hinlegen sollte, um es wenigstens einigermaßen bequem zu haben. Gestern war er zu erschöpft gewesen, aber heute spürte er jedes Steinchen, jede Unebenheit.

Mitten in der Nacht schreckte Fionn hoch, als er eine Bewegung spürte. Schreckerstarrt lauschte er in die Dunkelheit, während seine Augen sie zu durchdringen versuchten. Das Feuer war heruntergebrannt, die Glut glomm nur noch schwach. Undeutlich erkannte er einen Schemen, noch dunkler als die Umgegend, und er nahm an, dass es Tuagh war, in kauernder Haltung. Da er nichts sagte, musste die Gefahr schon ganz nahe sein, und Fionn wagte nicht, auch nur einen Muskel anzuspannen. Er hoffte, dass er, wenn es darauf ankam, schnell genug aufspringen und losrennen konnte – nur, wohin? Sie lagerten wenige Schritte vom Fluss entfernt, und ringsum gab es abgesehen von ein paar Büschen keinerlei Deckung.

Um was für eine Gefahr handelte es sich überhaupt? Er konnte nichts hören oder sehen; die Bewegung, die ihn geweckt hatte, war wohl Tuaghs gewesen.

Fionn lag weiterhin still, und auch Tuagh regte sich nicht. Als wären sie eingefroren und auf ein Gemälde gebannt worden, während das Land um sie herum atmete ... und sich etwas näherte. Es war keine feststellbare Tatsache, nur ein Gefühl. Ganz abgesehen davon, dass Tuagh nicht grundlos derart wachsam und starr wäre.

Vielleicht, dachte der junge Bogin bei sich, *sollte ich versuchen, meinen exponierten Platz zu verlassen ...*

Es war eine Situation, die ihn zwang, eine eigene Entscheidung zu treffen, obwohl er einen starken Beschützer dabei hatte. Fionn bemühte sich, ruhig und langsam zu atmen. Er konzentrierte sich auf das Vorhaben, sich unbemerkt von seinem Lager zu entfernen.

Ich bin unauffällig wie ein Huhn, niemand bemerkt mich, niemand beachtet mich. Ich bin gar nicht da.

Seine Schlafstatt befand sich parallel zum Fluss, auf der einen Seite die Feuerstelle, auf der anderen das leise rauschende Wasser. Näher dorthin; eine andere Richtung kam nicht in Frage.

Seine einzige Chance war, unbemerkt außer Reichweite zu kommen; einem Schwert, einem Pfeil oder auch nur einem Messer hatte er nichts entgegenzusetzen. Nicht einmal bloßen Fäusten.

Er lag auf dem Rücken, musste sich also nicht erst drehen. Langsam schlüpfte er aus der Decke, bauschte sie ein wenig zusammen, dass es so aussah, als würde er noch darunterliegen. Mit den Fersen und den

Handflächen rutschte er seitwärts, Fingerbreit um Fingerbreit, jederzeit darauf gefasst, überfallen zu werden. Noch immer hörte er nichts Gefährlicheres als das Wasser und einen fernen Käuzchenruf, auch Tuagh hatte sich bisher nicht bewegt. Es gab also keinen Grund, sich zu entspannen, ansonsten hätte sein Begleiter ihn längst angesprochen. Die Gefahr war da, wahrscheinlich greifbar nahe, und wartete nur auf den richtigen Moment, um zuzuschlagen.

Inzwischen hatte Fionn sich ein Stück von seinem Lager entfernt und dem Fluss genähert; er spürte es daran, dass der Boden unter ihm feuchter und die Steine kälter wurden, außerdem kroch eine unangenehm klamme Kühle herauf, und er roch moderndes Moos und schlammige Algen. Wohin nun?

Da brach die Hölle um ihn herum aus.

Fionn hatte nichts gehört und sich bemüht, seinerseits kein Geräusch von sich zu geben, doch auf einmal waren sie da – dünne, rasend schnelle Schemen, die mit schrillem Kreischen das Lager überfielen. Fionn war so erschrocken, sein Herz raste so sehr, dass er für einen Moment glaubte, sterben zu müssen. Aber er hatte keine Zeit, auf seine Angst zu achten, denn zwei der Irrwische stürzten sich auf sein Lager und schlugen mit langen Krallenfingern darauf ein. Als sie merkten, dass da niemand war, sahen sie sich mit fahl leuchtenden Augen um und stießen hohe wütende Laute aus. Spitze weiße Zähne blitzten im matten Glimmen der letzten Glut auf.

Tuagh, dachte Fionn.

Doch da sah er ihn schon, größer und breiter als die Angreifer, aber nicht minder dunkel und nicht minder schnell. Er hatte sofort reagiert, als der Überfall begann, und Fionn konnte dem chaotischen Durcheinander kaum folgen. Wirbelnde Arme, mit langen Sichelkrallen bestückte Klauen, und ein Schwert, nein, zwei. Körper flogen durch die Luft, Wutschreie vermischten sich mit Schmerzenslauten. Tuagh kämpfte völlig lautlos und wütete fürchterlich unter den Angreifern. Die jedoch waren so zahlreich, ihre Flut schien kein Ende zu nehmen.

Die beiden Wesen, die Fionns Decke zerfetzt hatten, schnüffelten auf dem Boden herum und bewegten sich langsam auf allen Vieren auf ihn zu. Sie konnten ihn offenbar wie die Elbenhunde nicht wittern und auch nicht sehen – aber in wenigen Augenblicken würden sie unweigerlich über ihn stolpern. Fionn wusste weder wohin noch was tun, und er konnte sich nicht verteidigen. Aber einfach liegenbleiben und den Tod über sich kommen lassen, das wollte er auch nicht, und ...

Inzwischen war er so atemlos, dass er beinahe vor dem Angriff der Wesen erstickt wäre, doch es fiel ihm gerade noch rechtzeitig ein, dass er die Lungen mit Luft füllen musste. Er war fast blind vor Angst, Sterne tanzten vor seinen Augen, und das Blut rauschte in seinen Ohren. Dennoch musste er dem Drang widerstehen, jetzt zu heftig ein- und auszuatmen. Er musste weiterhin still sein, ganz leise ...

Langsam schlich er weiter Richtung Fluss über den Grund und versuchte gleichzeitig, den heranschnüffelnden Wesen auszuweichen, doch die waren ihm mittlerweile so nah gekommen, dass er sehr schnell sein müsste, um ihnen zu entgehen. Bewegte er sich aber zu schnell, würden sie das sofort bemerken.

Schlagartig hielten die Angreifer inne. Sie hatten seine vorsichtigen Bewegungen trotzdem gehört, das leise Schaben und Kratzen von Stoff und Leder auf Gestein und über lockerer Erde mussten ihn trotz aller Vorsicht verraten haben. Sie verharrten, ebenso Fionn, und reckten die Köpfe hoch, sogen geräuschvoll die Luft ein. Leise knurrten sie und klickten mit den Zähnen, bevor sie den Weg fortsetzten. Sie waren vorsichtig, rechneten möglicherweise mit bewaffneter Gegenwehr. Von dem Kampf um sie herum ließen sie sich nicht ablenken.

Fionn rutschte weiter, und plötzlich griff seine Hand ins Leere. Hektisch hangelte er nach einem Halt, als er merkte, dass der Boden unter ihm nachgab. Er erwischte irgendetwas, das sich nach Strunk oder Wurzel anfühlte, krampfte die Finger darum, und dann riss es ihn auch schon nach unten, die abrutschenden Beine zuerst. Fionn warf die andere Hand hoch, bekam den Strunk zu fassen und umklammerte ihn mit beiden Händen, darauf hoffend, dass er hielt.

Bis zur Brust versank er im Wasser, das mit eisigen Fingern nach ihm griff, an ihm riss und zerrte. Sein Körper wurde von der Strömung fast in die Waagerechte gezwungen, und er konnte sich kaum noch halten. Ein Schwall Wasser schwappte ihm ins Gesicht, er schüttelte den Kopf und schnappte keuchend nach Luft.

Ich kann nicht schwimmen. Ichkannnichtschwimmenichkannnichtschwimmen ...

Wann hätte er es auch erlernen sollen? Er hatte noch nicht einmal in einem Teich gebadet; die einzige größere Wasserfläche, in der er sich normalerweise regelmäßig niedergelassen hatte, war ein Holzzuber gewesen, gefüllt mit wohl duftendem, warmem Wasser, das seinen Körper umschmeichelte. Dieses Gewässer schlug ihn mit Peitschenwellen, die seine Füße taub werden ließ und ihm die Kraft aus den immer steifer werdenden Fingern saugte. Und nicht nur das Wasser selbst, das immer wieder in Mund und Nase schwappte, auch die Kälte raubte ihm den Atem.

Noch einmal durchfuhr es ihn heiß, als sich zwei kahle Schädel mit großen runden, fahl leuchtenden Augen über die Böschung schoben und ihn anstarrten. Sie bleckten die Zähne, als sie merkten, dass der junge Bogin ihnen hilflos ausgeliefert war, und sahen sich nach einer Möglichkeit um, ihn nach oben zu ziehen, ohne selbst den Halt zu verlieren. Sie waren zwar sehr geschickt und gelenkig, aber nicht allzu kräftig. Schließlich kletterte einer halbwegs zu ihm herab, festgehalten vom anderen, und streckte die Krallenhand nach ihm aus.

Fionn hatte die Wahl – entweder er ergab sich den reißenden Fluten des Flusses und ertrank, oder er ließ sich von den schauerlichen Wesen retten und wurde anschließend gefressen.

Sie konnten ihm die Entscheidung nicht abnehmen, denn der Fahläugige, der nach ihm hangelte, reichte nicht tief genug hinab, um ihn zu fassen zu kriegen. Aber der Fluss könnte die Entscheidung übernehmen, denn Fionn konnte sich nicht mehr lange halten. Im Ukka, im Urfluss, zu ertrinken, das wäre ein dramatischer Tod. Leider war kein Barde hier, um den Moment festzuhalten.

Die Fahläugigen wurden wütend, als Fionn nicht reagierte, zogen sich wieder auf die Böschung zurück und versuchten jetzt etwas anderes – den Strunk aus dem Boden zu lösen. Wenn sie ihn nicht haben konnten, sollte er zumindest nicht überleben. Mit ihren langen Sichelkrallen schlugen und hackten sie den Boden auf und legten den Strunk immer weiter frei.

Fionn hielt sich mit einer Hand fest, mit der anderen tastete er suchend umher, seine Finger krallten sich in Erde, die unter dem Druck nachgab, und darunter fühlte er Wurzeln, ein ganzes Geflecht – aber viel zu dünn und zu schwach, um sein Gewicht halten zu können. Seine

Beine strampelten ebenfalls, doch er hatte schon lange nicht mehr die Kraft, sich gegen den Strom zu stemmen.

O Hafren, edle Herrin des Flusses, ich ergebe mich in deine Güte. Ich habe auf deinen Schutz gehofft, aber wenn es so sein soll, sterbe ich lieber in deinen Armen als durch die Zähne dieser Scheusale.

Da hörte er einen kurzen Schrei und einen Platscher, gefolgt von einem zweiten. Nur undeutlich sah er dünne Arme mit Sichelklauen aufragen, die bald in der Strömung verschwunden waren.

Jemand beugte sich über die Böschung, ein großer dunkler Schatten, dessen Augen nur ein kurzes Glitzern waren.

Fionn schluchzte auf. »Tuagh!«, stieß er wimmernd hervor und war nicht sicher, ob seine zitternde, winzigklein gewordene Stimme überhaupt das Bollwerk des Flusses übertönen konnte. »Hier bin ich, ich kann nicht mehr ...«

Er spürte, wie sein Klammergriff sich löste und die Finger zu rutschen begannen. Ein wenig war er stolz, überhaupt so lange durchgehalten zu haben, doch ob ihm das viel nützte oder die Sache erleichterte, mit Stolz zu ertrinken ...

Der große Schatten bewegte sich über ihm, bückte sich, und dann umfasste eine kräftige Männerhand sein schmales Handgelenk, packte fest zu, und Fionn ließ los. Mit einem Ruck, der ihm das Gefühl gab, der Arm würde ihm aus dem Schultergelenk gekugelt, wurde er dem Ukka entrissen und lag gleich darauf hustend und spuckend auf der feuchten Erde, am ganzen Leib schlotternd, unfähig, auch nur ein Wort hervorzubringen.

Tuagh setzte ihn auf, riss ihm die nasse Kleidung vom Leib, warf seine Decke um ihn und rieb ihn kräftig. »Bleib ja bei Bewusstsein, Junge!«, mahnte er eindringlich. »Nicht einschlafen jetzt, das ist ein sehr gefährlicher Moment ...«

Fionn tat es weh, alles tat ihm weh, es begann überall zu kribbeln und zu brennen, aber Tuagh hörte nicht auf. Der Krieger rubbelte weiter, bis der junge Bogin glaubte, dass seine Haut gleich in Fetzen gehen würde.

»K-k-k-kalt«, stieß er zähneklappernd hervor.

»Du frierst? Das spürst du?«

»J-j-j-ja ...«

»Tut es weh?«

»W-w-w-weh...«

»Das ist gut. Du wirst es schaffen. Wie lange hast du denn da gehangen?«

»W-weiß nicht... ich m-muss ein paar J-jahre gealtert sein...«

»Scheint mir auch so.«

»H-Hafren hat mmmir geholfen...«

»Hafren?«

»D-d-die Herrin der Flüsse und Seen... sie war die Schutzpatronin der Bogins... heißt es... sie... sie ist ja schon so lange fort...«

»Und du hast trotzdem auf sie vertraut?«

»Ja, wenn sonst nichts mehr bleibt...«

Tuagh hörte endlich auf, ihn zu malträtieren und wickelte die Decke fest um ihn. »Dein Wille ist es, der dir bleibt«, sagte er. »Auf ihn musst du vertrauen, auf dich und deine eigene Kraft.«

»War das Lektion Fünf? Ich hab den Überblick verloren...«

»Keine Lektion mehr, nur gesunder Boginverstand, Fionn.«

Tuagh wickelte noch die ramponierte zweite Decke um ihn und machte sich daran, das Feuer neu zu entfachen. Zum Glück gab es hier überall genügend Trockenholz, sodass er den jungen Bogin bald ans kräftig lodernde Feuer setzen konnte. Er hängte die Wäsche zum Trocknen auf und beseitigte anschließend die Überreste des Kampfes – indem er die Leichen kurzerhand in den Fluss warf.

»Niemand wird wissen, woher sie gekommen sind, wenn sie irgendwo angespült werden.« Er setzte sich neben Fionn und zündete sich eine Pfeife an, während er seine Waffen säuberte und gründlich polierte. »Dieser Platz wird nicht unbedingt entdeckt werden, und wenn doch, bietet er kaum Aufschluss über das, was geschehen ist.«

»Hast du sie alle...?«, fragte Fionn bang, ohne das Wort »getötet« aussprechen zu können. Er war froh, dass Tuagh über derartige Kräfte verfügte und sie beide verteidigen konnte. Aber die dunklen Flecken langsam versickernden Blutes erbauten ihn nicht gerade. Diese Wesen hatten ihn umbringen wollen, also war ihnen nur recht geschehen, aber an Gewalt und Blut und Tod musste er sich erst gewöhnen. Auch das Erlebnis mit den Elben in dem Menschendorf steckte ihm noch in den Knochen. Das war das Leben hier draußen, und er würde sich anpassen müssen. Doch das dauerte, und Fionn hoffte, dass er nicht so abstumpfte und gleichgültig wurde wie Tuagh.

»Nein, als ihre Verluste zu groß wurden, sind die anderen geflohen.«

»Was waren das für widerliche Geschöpfe?«

»Irgendwelche Nachtwesen; ich bin mir nicht einmal sicher, ob sie überhaupt einen Namen haben; sie sprechen nur ihre eigene Sprache. Ich kümmere mich nicht darum, denn kennst du erst die Namen solcher Kreaturen, wirst du sie gar nicht mehr los – so meine Erfahrung.« Tuagh sog an seiner Pfeife und grinste. »Wahrscheinlich entfernte Verwandte von dir.«

»Jedenfalls können sie genauso wenig schwimmen wie ich«, murmelte Fionn.

»In diesem reißenden Strom schwimmt niemand mehr, es sei denn, er hat Flossen und Kiemen.« Tuagh klopfte die Pfeife aus. »Ist deine Schulter in Ordnung?«

»Ich weiß noch nicht, mir tut einfach alles weh. Ausgerenkt ist sie nicht.« Fionn streckte zum Beweis den Arm aus und winkelte ihn an.

»Na schön.« Tuagh steckte die Waffen zurück. »Den Rest der Nacht werden wir Ruhe haben. Ein paar Stunden Schlaf werden uns gut tun.«

»Ja. Bist ... äh ... bist du verletzt worden?«

»Wahrscheinlich ein paar Kratzer, die Kleidung werde ich in Uskafeld wegwerfen und mir neue zulegen müssen. Es juckt und brennt, also wird es auch die Haut erwischt haben, aber nicht dramatisch. Ist nicht meine erste Begegnung dieser Art, damit werde ich fertig.«

Fionn nickte. Er konnte die Augen kaum mehr offenhalten und kauerte sich seitlich hin, den Rücken zum Feuer gewandt, den Blick auf seinen Begleiter gerichtet. Allmählich wurde ihm trotz der kühlen Luft, die ihm ins Gesicht wehte, wieder warm. Hoffentlich trocknete die Kleidung bis morgen; glücklicherweise hatte er den Umhang abgelegt gehabt, sodass er sich morgen wenigstens darin einwickeln konnte.

Tuagh wandte den Kopf zu ihm, als er seinen Blick spürte. »Der Sieg ist auch dir zu verdanken«, sagte er. »Du hast dich instinktiv völlig richtig verhalten. Ich konnte dich nicht warnen, doch du wusstest, was zu tun war. Nicht übel für ein derart verwöhntes und überbehütetes Bürschlein.«

»Danke.« Fionn lächelte schwach. »Ein Lob von dir zu hören ist etwas Besonderes, glaube ich.«

»Nun übertreib mal nicht.« Tuagh bereitete sich sein dürftiges Lager dicht am Feuer und ließ sich leise ächzend nieder.

»Was du vorhin gesagt hast … du … vertraust niemandem, oder?«

»Höchstens in der Schlacht dem Mann neben mir. Aber einem Wesen, das vielleicht nicht existiert, nie existiert hat? Gewiss nicht.«

»Ich habe dir vertraut.«

»Und Glück gehabt. Für dieses Mal.«

»Du bist ein verdammt einsamer Mann, und du gefällst dir darin!«

»Darauf kannst du wetten, Bogin.«

Fionn spürte, wie die auflodernde Wut ihn von innen wärmte. »Empfindest du denn überhaupt irgendetwas?«

»Damit habe ich schon lange aufgehört.« Tuagh wickelte sich in seinen Umhang und zog die Kapuze über den Kopf. »Schlaf jetzt, Halbling.«

Das werde ich nie können, nach all dem, was passiert ist, dachte Fionn, dann fielen ihm die Augen zu, und schon war er weg.

*

Die Wachen gaben den Weg frei, als er einmal wortlos mit dem Stab auf den Boden klopfte. Sie fragten nicht nach, sie wussten Bescheid. Der Oberste Haushofmeister würdigte sie keines Blickes, als er hoch erhobenen Hauptes an ihnen vorbei durch die Tür schritt und in das Labyrinth hinabstieg. Hauptmann Tiarnan war nirgends zu sehen; sollte er doch sehen, wo er blieb, und sich seinen eigenen Angelegenheiten widmen. Der Schreiber musste zurückbleiben, aber seinem Gesicht war anzusehen, dass er nicht gekränkt darüber war.

Pirmin stieg die steinigen Stufen hinab; der Weg wurde von Fackeln beleuchtet, die in regelmäßigen Abständen in Haltern an der grob behauenen Felswand steckten. Auf dem ersten Absatz befand sich der Wachtposten; gewöhnlich waren es drei gewöhnliche Soldaten und ein Vorgesetzter. Sie saßen still beisammen am Tisch und spielten ein Brettspiel mit Karten und Würfeln; zwei waren Elben, die anderen beiden Menschen. Darüber war Pirmin überrascht, doch er ließ es sich nicht anmerken.

Sie sahen hoch, als sie seine Annäherung bemerkten, dann sprang der Anführer auf. Er war für einen Elb eher klein gewachsen und von kräftigerer Statur; wahrscheinlich stammte er von irgendwo aus den Bergen im Mittleren Westen. *Zwergelben* wurden sie manchmal von den hochblütigeren Artverwandten wenig schmeichelhaft bezeichnet. Tatsächlich trieben sie häufig Handel mit den Zwergen und tauschten ihre Kenntnisse in der Schmiedekunst und dem Bergbau aus.

Jedenfalls waren diese beiden Bergelben für einen solchen Posten unter Tage am besten geschaffen; sie konnten es lange ohne Sonne oder den Sternenhimmel aushalten, umgeben von engen Felsmassiven. Menschen hatten mit gar nichts Probleme und konnten sich an alles anpassen; sie konnten ohne Bedenken für den Dienst hier unten eingeteilt werden.

»Oberster Haushofmeister!«, sagte der Anführer. »Was verschafft uns die Ehre?«

»Ich will zu den Gefangenen«, antwortete er kurz angebunden. Keiner der Vier verzog eine Miene; wenn er hier war, schien es seine Richtigkeit zu haben. Pirmin hätte mit mehr Widerstand gerechnet, doch der Anführer bat ihn, mit ihm zu kommen, und führte ihn noch einmal eine Etage tiefer. Dort unten verzweigte sich das Verlies in verschiedene Gänge.

»Kennst du alle diese Gänge?«, erkundigte sich Pirmin.

»Bewahre«, antwortete der Elb. »Niemand kennt sie alle. Es heißt, mit den Verliesen endet das Labyrinth nicht, sondern beginnt erst. Viel ältere Gänge soll es da noch geben; geheime Pfade, die unter anderem zu den Wasseradern oder den Kanälen führen sollen. Also bis in die Stadt hinein.«

»Warum hat das noch keiner untersucht?«

»Oh, das ist durchaus ein- oder zweimal geschehen, nur ist keiner mehr zurückgekehrt.« Der Bergelb zuckte die Achseln. »Warum sollte man das erforschen wollen? Vielleicht sind es auch nur Legenden, auf denen das Schloss gegründet wurde.«

»Vielleicht sollte man einmal Zwerge hinein schicken.«

»Ha, nur wenn Ihr ihnen kostbare Erze garantieren könnt. Ansonsten haben sie keinerlei Interesse an solchen Risiken, vor allem, wenn Wasser dabei eine Rolle spielt.«

Der Elb wahrte die Höflichkeitsform, das gefiel Pirmin. Ebenso seine Auskünfte.

Sie bogen in den linken Gang ein; wenn Pirmin sich nicht täuschte, war das die westliche Richtung. Der Eingang des Palastes war nach Norden ausgerichtet. »Um ganz Albalon im Blickfeld zu haben«, wie die Ardbéana zu sagen pflegte. Elben bevorzugten sonst Eingänge, die gen Sonnenaufgang blickten, wohingegen die Menschen ihre Grabstätten nach Osten ausrichteten.

Der Fackelgang führte tief hinein in den Fels; ein unangenehmer Geruch aus Moder, Abgestandenem und dergleichen mehr schlug Pirmin entgegen, und er wusste, dass sie die Verliese mit den Bogins erreicht hatten.

Der Wachanführer nahm eine Fackel und hielt sie in die Eingänge der Verliese. Die Bogins fuhren verstört auf und kamen dann zum Gitter, streckten die Hände hindurch. Sie erkannten Pirmin an seinem Ornat und seinem Stab; in ganz Sithbaile waren seine Amtsinsignien bekannt, auch wenn ihn nur wenige zu Gesicht bekamen.

»O Herr!«, riefen sie. »Habt Gnade, wir sind unschuldig!« – »Lasst wenigstens die Kinder frei und gebt sie zurück in die Obhut unserer Herrschaften!« – »Lasst uns mit unserer Herrschaft sprechen!« – »Gebt uns mehr zu essen, und Decken, wir brauchen Decken!« Und so ging es weiter, während der Oberste Haushofmeister an den Gittern entlangging, ohne innezuhalten oder auch nur ein einziges Wort zu sprechen.

Er blieb erst stehen, als er namentlich angerufen wurde.

»Herr Pirmin! Mein Herr, Meister Ian Wispermund, kennt Euch! Bitte sagt mir, geht es ihm gut?«

Es war eine Boginfrau, die robust und energisch wirkte; allerdings verlor sie bereits ihre gesunde Gesichtsfarbe in der sonnenlosen Düsternis hier unten.

»Du willst wissen, wie es deinem Herrn geht?«, fragte er.

»Er ist ein gebrechlicher alter Mann, und ich mache mir Sorgen um ihn. Wie soll er allein zurechtkommen?«

»Er wird es schon schaffen. Mach dir lieber Sorgen um dich und die Deinen.«

Der Oberste Haushofmeister stellte sich so, dass er aus den meisten Zellen gesehen werden konnte.

»Hört mich an, Bogins!«, sagte er laut und vernehmlich. »Ihr wisst, weshalb ihr hier seid. Ein schändlicher Mord ist geschehen, und einer von euch ist der Mörder. Liefert ihn mir aus, und ihr könnt alle gehen. Seid stur, und wir beginnen morgen mit den Verhören. Ihr habt die Wahl.«

Er schlug einmal mit dem Stab in die gelähmte Stille hinein. Dann wandte er sich zum Gehen.

»Das ... das könnt Ihr nicht machen!«, stammelte die Frau, und ihre Stimme hallte von den Felsen wider. »Ihr wisst, dass ein Bogin niemals zu einer solchen Tat fähig wäre!«

»Und doch ist es geschehen, die Beweise sind erdrückend.«

»Aber wir sind alle unschuldig! Keiner von uns hat es getan!«

»Dann beginnen morgen die Verhöre und wir werden herausfinden, was die Wahrheit ist.« Pirmin schlug ein letztes Mal mit dem Stab auf, dann hatte er die Treppe erreicht und stieg nach oben. Nun diente ihm der Stab als Stütze, denn auch er war nicht mehr der Jüngste.

»Was glaubst du«, fragte er den Bergelb, als sie den Posten wieder erreicht hatten. »Werden sie bis morgen einen der Ihren ausliefern?«

»Das wäre menschlich«, antwortete der Unsterbliche. »Bogins sind absolut friedfertig. Sie können mit einer solchen Situation überhaupt nicht umgehen und würden gar nicht auf den Gedanken kommen, dass sie damit ihre eigene Haut retten könnten. Niemals würden sie Verrat begehen oder einen anderen zum Opfer zwingen.«

»Was werden sie im Verhör aussagen?«

»Die Wahrheit.«

Der Oberste Haushofmeister rieb sich das Kinn und ließ den langen schmalen, weißen Bart durch seine Finger gleiten. »Und wie denkst du darüber? Ist ein Bogin fähig zum Mord oder nicht?«

»Das geht mich nichts an«, antwortete der Elb. Er wies auf die anderen drei. »Keinen von uns.«

»Gut.« Pirmin war zufrieden. »Gebt ihnen, wonach sie verlangen, ich brauche sie bei Kräften und Gesundheit«, ordnete er an und machte sich auf den Weg zurück nach oben.

KAPITEL 7

DAGRIM UND DIE UNSICHTBARE

Ich schenke euch meine Kraft.
Ich gebe mich euch. Lasst euch hineinsinken
in meine schützenden Arme.

*

Fionn war sofort wach, als Tuagh ihn weckte. Er hatte sehr tief und traumlos geschlafen, und nun fühlte er sich zu seiner Überraschung erholt. Die Schulter schmerzte noch leicht, ansonsten hatte er die Schrecken der Nacht gut überstanden. Sogar die Kleidung war ziemlich trocken, und er konnte sie anlegen. Die Stiefel, die er zum Schlafengehen ausgezogen hatte, hatten den Überfall ebenfalls anstandslos überstanden, und seine Füße glitten heute leicht hinein.

Der Wanderkrieger musterte ihn kritisch. »Eines muss man euch Bogins lassen, ihr seid hart im Nehmen. Das lange eisige Bad scheint dir nichts ausgemacht zu haben.«

Fionn schüttelte den Kopf. »Wir sind tatsächlich robust und werden nur sehr selten krank. So etwas wie Fieber und verstopfte Nase kennen wir nicht.« Er grinste schief. »Wenigstens etwas, nicht wahr?«

»Es wird immer mehr, und so allmählich bin ich fasziniert von eurem Volk. Warum weiß man nichts über euch, mit Ausnahme eurer Sklavenhalter?«

»Ich nehme an ...«

»Es war eine rhetorische Frage, Fionn.«

»Oh ... äh ... dann war es also ein Scherz?«

»Nur eine rheto-«

»Schon gut.«

Tuagh reichte ihm einen Becher mit heißem Tee und die letzten Reste der Vorräte. Fionn musste das Brot in den Tee tunken, weil es hart wie Stein war und selbst von kräftigen Boginzähnen nicht mehr ohne Weiteres durchgebissen werden konnte. Aber besser so als verschimmelt. Der Käse schmeckte schon ein wenig ranzig, war aber noch genießbar.

»Gut, dass wir heute in die Stadt kommen«, bemerkte Fionn. »Dort gibt es bestimmt frische Sachen.«

»Ganz bestimmt. Aber wie willst du sie erhalten?«

Fionn spürte, wie seine Wangen heiß wurden; vermutlich nahmen sie endlich einmal den rosigen Glanz an, den Bogins üblicherweise haben sollten. »Ähm, tja, keine Ahnung.«

Tuaghs Miene zeigte keine Regung. Er stand auf und packte zusammen, und kurz darauf brachen sie auf. Fionn warf einen Blick zurück; abgesehen von dem aufgewühlten Boden und ein paar dunklen Flecken war nichts von dem nächtlichen Überfall zu erkennen. Genauso verfuhr er auch mit seinen Erinnerungen: Tief verbergen und Spuren löschen. Es durfte ihn nicht beeinflussen, denn das war erst der Anfang. Dieses Ereignis war nichts Besonderes gewesen, nur ein Überfall irgendwelcher mörderischer Kreaturen, so, wie eben Raubtiere auf die Jagd gehen. Mehr Bedeutung war dem nicht beizumessen.

Sein Magen knurrte, aber auch daran würde er sich gewöhnen. In wenigen Stunden würde er sein erstes großes Ziel erreichen und mit der Suche nach Tiw beginnen. Aufgeregt folgte er dem Wanderkrieger, der mit seinen langen Beinen schon ein gutes Stück voraus war. Fionn war aufgekratzt und zuversichtlich.

Was konnte jetzt noch groß passieren?

... Regen, beispielsweise.

»Das ist gut«, erklärte Tuagh, als sie im strömenden Regen, die Kapuzen so tief wie möglich in die Stirn gezogen, auf die bereits sichtbare Stadt zustapften. Aufgrund des schlechten Wetters hatten sie weitaus mehr Stunden gebraucht als angenommen. Mittags hatten sie Schutz in einem Wäldchen suchen müssen, als ein Hagelsturm aufzog, und erst nach einer Stunde weiterziehen können. »Da wirst du überhaupt nicht auffallen, und niemand wird Lust verspüren, genauer nachzusehen.«

Fionn konnte kaum etwas erkennen, von der Kapuze tropfte es unablässig, und er fühlte sich völlig durchweicht. Der Umhang war gut verarbeitet und hielt noch, aber seine Beinkleider und Stiefel waren durchtränkt, und ebenso die Ärmel. Es war nicht viel anders als das Bad im Ukka gestern Nacht, da hätte er sich das Trocknen sparen können. Der junge Bogin fror jämmerlich, und es hätte ihn nicht gewundert, wenn es auch noch zu schneien begonnen hätte. Was vielleicht sogar angenehmer gewesen wäre ... nicht so nass.

Der Pfad mündete in eine breite, gut befestigte Straße, die zum offenen Stadttor führte. Allzu viel war nicht los, was kein Wunder war bei dem Wetter und zu der vorgerückten Stunde. Auf den Weiden ringsum standen Pferde und Rinder mit hängenden Köpfen, nur den dickwolligen Schafen schien die platschende Nässe gar nichts auszumachen; sie grasten eifrig und führten sogar schon die ersten Lämmchen mit sich.

Als sie den letzten Hügel erreichten, bekam Fionn einen guten Überblick und sah auch den Seitenarm des Ukka wieder, der mitten durch die Stadt floss. Der junge Bogin schätzte, dass er an dieser Stelle nur einen halben Steinwurf breit war, und er zählte vier Brücken, zwei für Fuhrwerke und zwei nur für Fußgänger.

Uskafeld war tatsächlich nicht so groß, von hier aus betrachtet, aber auch nicht so klein, wie Fionn nach Tuaghs Schilderung angenommen hatte.

Ein paar tausend Einwohner mochte die Stadt schon zählen, deren Häuser rings um das große Marktzentrum hüben und drüben des Ukka-Armes angeordnet waren. Am Fluss entlang waren große Warenhäuser gebaut worden, und es gab mehrere Schmieden, Pferdeställe, Viehkoppeln, Fahrzeugbauer und Gemischtwarenläden, die Ausrüstung für Reisende boten. Das Angebot reichte von Wanderstiefeln bis zu Kochgeschirr, wie Tuagh erzählte.

Entlang der Stadtmauer waren die Karawansereien untergebracht. Bereits von hier aus war das chaotische Durcheinander ersichtlich, das trotz des Regens dort herrschte.

Das Tor, das Fionn zunächst am meisten interessierte, war nicht bewacht, und die beiden Reisenden konnten ungehindert passieren.

»Ich sehe keine Burg«, stellte Fionn erstaunt fest.

»Uskafeld hat sich nie einem Herrn unterworfen«, antwortete Tuagh.

»Es hat sich schon immer selbst verwaltet, auch wenn es der Àrdbéana tributpflichtig ist. Wie jeder Landesherr in Albalon.«

»Das muss doch eine Goldgrube für Räuberbanden sein ...«

»Es gibt eine Stadtgarde, aber die ist natürlich nahezu machtlos gegen eine gut organisierte Truppe von hundert oder mehr Kämpfern. Die Bürgermeisterin verfügt allerdings über Brieftauben, und innerhalb eines Tages sind die Truppen der Àrdbéana hier und räumen auf. Und dieser Umstand ist allerorten bekannt. Schutz gegen Tribut – die Herrin fackelt bei so etwas nie lange; und es funktioniert. Bisher haben alle Banden teuer für ihre Dreistigkeit bezahlt. Deshalb kommen organisierte Aggressionen schon lange nicht mehr vor.«

Die Stadt selbst bot allerdings keinen Vergleich zu Sìthbaile, und das lag nicht nur an der bedeutend geringeren Größe.

Nur die Hauptstraßen, die zu den vier nach den Himmelsrichtungen orientierten Stadttoren führten, besaßen ein Pflaster, alle anderen Wege waren bestenfalls gestampft. Was bedeutete, dass momentan durch den Regen alles aufgeweicht war und die Fuhrwerke in den schlammigen und viel zu schmalen Gassen steckenblieben. Die Folge war pures Chaos. Es ging nichts mehr vorwärts, nicht einmal die Fußgänger kamen mehr durch. Noch problematischer war es an den Stellen, wo zwei Fuhrwerke nicht aneinander vorbeikamen.

»Ein Tag Regen, und alles bricht zusammen«, bemerkte Tuagh leichthin.

Sie versanken inzwischen ebenfalls tief im Morast, das Vorwärtskommen war mühsam. Die Kleidung war nun nicht nur nass, auf ihr baute sich zusätzlich eine dicke Schlammschicht auf. Fionn überlegte, die Stiefel auszuziehen, um sie zu schonen, aber seine Füße hätten ihn verraten. Also musste er hoffen, dass sie diese Überbeanspruchung überstanden ...

Abgesehen von ein paar festen, gut überdachten Bauten hatten verständlicherweise keine Stände geöffnet, aber das hätte auch gerade noch gefehlt. Fionn war sicher, dass sich dieses Durcheinander schon so niemals wieder lösen lassen würde. Der Ansicht schienen auch die Menschen, Elben und Zwerge zu sein, die feststeckten und sich lautstark beschwerten oder Streit miteinander anfingen. Das ging bis zu Handgreiflichkeiten, sodass Ordnungshüter eingreifen mussten. Teilweise mussten die beiden Reisenden über Deichseln klettern, um auf die andere Seite zu gelangen, und konnten zweimal gerade noch vermeiden, in einen eskalierenden Streit hineinzugeraten, an dem sich immer mehr aufgebrachte Personen beteiligten.

Fionn sah aber auch noch etwas anderes. Er sah, dass die Häuser keineswegs so solide wie in Sìthbaile gebaut waren; manche in der Nähe der Mauer gelegen waren sogar nur windschiefe Hütten, aus allem Möglichen zusammengezimmert. Er sah, und das war nicht allein dem Regen geschuldet, überall Schmutz und Abfall, und er erblickte an Ecken, halb unter Dächer gedrückt, Wesen in abgerissener Kleidung, die einfach nur dort kauerten, wimmerten oder vor sich hinmurmelten, manchmal auch Vorübergehende händeringend ansprachen.

Er zupfte Tuagh am Ärmel. »Was sind das für Leute?«, fragte er.

»Bettler.«

Fionn hörte das Wort zum ersten Mal, aber er begriff sofort. Das waren Leute ohne Heim, ohne Arbeit, ohne ... alles. Sie besaßen nichts. Sie waren arm. Und sie bettelten um ... Almosen? Das musste das Wort sein, Meister Ian hatte es einmal zornig ausgerufen: »Ich bettle nicht um Almosen! Ich verlange lediglich, was mir zusteht, wir haben einen Vertrag!« Er hatte damals für einen Kaufmann einige Karten angefertigt, die dieser dann nicht bezahlen wollte.

»Aber in Sìthbaile habe ich nirgends Bettler gesehen ...«

»Das ist ja auch eine von Elben regierte Stadt. Die dulden keine Bettler.«

So wie Tuagh das sagte, konnte das nichts Gutes für die Ärmsten bedeuten. Aus der Stadt geworfen zu werden, war vermutlich noch die harmloseste Deutung. Nach dem Erlebnis mit dem Hund traute Fionn den Elben inzwischen alles zu. Wobei die Menschen dadurch keinesfalls besser dastanden, denn der Anblick der Bettler hier – und der ganze Dreck – stellte auch ihnen kein gutes Zeugnis aus.

Und was Fionn am meisten beunruhigte: Er gehörte im Grunde genommen dazu. Selbst die Kleidung, die er trug, war eine milde Gabe gewesen, und er besaß kein Kupferstück, hatte keine Bleibe; ein Habenichts, das war er. Und schlimmer noch, denn die Bettler waren zumindest ihre eigenen Herren, er hingegen war auch noch ein entlaufener Sklave und völlig rechtlos.

Er räusperte sich. »Es gibt also auch Arme in Sìthbaile?«

»Es gibt überall Arme, Fionn, nur sieht man sie nicht unbedingt.«

Weshalb war das so? Bot Albalon etwa nicht genug für alle? Gab es denn nicht ausreichend Platz und Nahrung? Fionn verstand es nicht.

»Je größer eine Gesellschaft wird«, erklärte ihm Tuagh auf Nachfrage, »umso komplizierter wird es. Vor allem, wenn auch noch verschiedene Völker zusammenleben. Irgendwelche gibt es immer, die straucheln. Sie finden keine Arbeit, oder sie können nicht arbeiten, weil sie krank sind, und dergleichen mehr. Sie müssen Schulden machen, um zu überleben, können das Geld irgendwann nicht mehr zurückbezahlen und verlieren ihr gesamtes Hab und Gut. Wo sollen sie hin, was sollen sie tun? Also betteln sie und können nur noch darauf hoffen, dass sie eines Tages nicht mehr darauf angewiesen sind.«

»Und was tut die Àrdbéana dagegen?«

»Sie kann nicht die Verantwortung für jeden einzelnen übernehmen, Fionn, und Tausende wie ein Familienmitglied versorgen. Es genügt, dass sie den Frieden in Albalon wahrt, der Rest liegt an uns, dir und mir und jedem anderen. Freiheit bedeutet auch Verantwortung.«

Fionn verstand es immer noch nicht und gab es auf. Das alles passte so gar nicht zu der heilen Boginwelt, in der er aufgewachsen war, und zu den Geschichten und Lehren von Onkelchen Fasin. *Warum nur sind wir anders?*, fragte er sich. Das dumpfe Gefühl beschlich ihn, dass es tatsächlich einen Zusammenhang zwischen seinem Volk – und nicht etwa nur Tiw – und dem gewaltsamen Tod von Magister Brychan gab. Hatte deshalb der Oberste Haushofmeister die Verhaftung veranlasst, nachdem die Àrdbéana den Schwächeanfall erlitten hatte; sah auch er einen Zusammenhang? Wusste die Àrdbéana, was an ihrem Hofe vorging, besaß sie angesichts ihrer Krankheit noch den Überblick und hatte sie Einfluss auf die Ereignisse? Andererseits – wodurch sollte der Oberste Haushofmeister einen Zusammenhang erkannt haben?

»Was steckt da nur dahinter?«, murmelte Fionn vor sich hin.

Darüber vergaß er sogar den Regen, und dass er inzwischen bis auf die Haut durchnässt war und voller Schlamm und Dreck. Er zitterte ununterbrochen, die stundenlange Kälte ließ ihn aber allmählich abstumpfen. Daran würde er sich ebenso gewöhnen wie an den Hunger; zumindest gegen den Durst war ja derzeit ausreichend gesorgt.

Überrascht tauchte Fionn aus seinen Gedanken auf, als Tuagh, inzwischen nahte bereits die Dunkelheit, plötzlich anhielt und sagte: »Hier kehren wir ein.«

Er hatte »wir« gesagt. Fionn war hin- und hergerissen zwischen

Erleichterung und Beschämung. Er musste sich etwas einfallen lassen, um es Tuagh vergelten zu können. Doch zuerst Trockenheit, Wärme, und etwas zu essen ...

»He, wollt ihr wohl eure nassen Sachen ablegen?«, wurden sie empfangen, kaum dass sie über die Schwelle getreten waren. Von außen sah das Haus gar nicht wie ein Gasthaus aus, und gleich darauf begriff Fionn auch, warum. Sie standen in einem von Vorhängen geschützten Windfang eines Wohnhauses, und Tuagh fing sofort an, den Umhang und die Stiefel auszuziehen.

»Dagrim Kupferfeuer, hier ist dein alter Freund Tuagh, und ich grüße dich. Es tut mir leid, wir müssten uns nackt ausziehen, um ...« Weiter kam er nicht, sondern wurde augenblicklich unterbrochen.

»Dann eben nackt, aber so tropfnass kommt mir keiner ... Moment mal, wieso alter Freund, und was heißt wir?«

Der Vorhang wurde beiseitegerissen, und Fionn sah sich einem Zwerg gegenüber. Er hatte ungefähr seine Größe, war aber bedeutend breiter und massiger, fast quadratisch. Sein roter Bart wurde von einer silbernen Klammer auf der Brust zusammengehalten, seine ebenfalls roten Haare waren in jede Menge Zöpfe geflochten, die ihm bis auf die Schultern fielen. Er besaß eine dicke Knubbelnase und listige, äußerst wachsame blaue Augen.

»Bist du verrückt geworden? Hast du noch alle Spitzhacken in der Mine versammelt? Wofür bringst du einen Bogin mit – und was willst *du* überhaupt hier, Tuagh?«

»Essen, trockene Kleidung, ein Lager für die Nacht.«

»Wa... spinnst du? Am besten noch gratis? Von welchem Webstuhl bist du gefallen?«

»Nur für eine Nacht, Dagrim.«

»Weißt du überhaupt, was hier los ist?«

»Sag du's mir. Bei Tee und ein wenig Zwieback.«

Der Zwerg sah aus, als würde er jeden Moment explodieren, er lief rot an, und sein Kopf schien anzuschwellen. »Das ist doch der Abgrund! Welch eine Unverschämtheit, ich würde nie ...«

»Dagrim«, unterbrach Tuagh sanft. »Wir sind nass und frieren.«

Die buschigen Augenbrauen des Zwerges sträubten sich; sie waren die einzigen Haare, die nicht gezähmt waren. Seine Augen verschossen blaue Blitze. Fluchend und schimpfend verschwand er und kehrte gleich darauf mit zwei dicken Schafwollcapes zurück. »Da, wickelt euch darin ein, wenn ihr die Sachen ausgezogen habt. Und rührt sie ja nicht an! Ziba erledigt das.«

Ziba? Etwa eine Zwergenfrau? Endlich würde sich das Geheimnis lüften! Fionn war sofort munter und beeilte sich, aus den klatschnassen Sachen zu kommen. Das dicke Cape fühlte sich angenehm rau, aber nicht kratzig auf der Haut an und wärmte sie sofort. Leise patschend folgte der Bogin seinem Begleiter in einen großen Wohnraum mit niedriger Decke, sodass Tuagh sich nur mit eingezogenem Kopf bewegen konnte. Das Haus war aus Stein und Holz gebaut, wie bei den Menschen, und sehr gemütlich. Knorriges Mobiliar, ein Sofa und zwei Sessel mit dicker Polsterung, Esstisch und Stühle, und ein großer Kamin, der alles anheimelnd erwärmte. Eine schmale Stiege führte in den ersten Stock, wo vermutlich die Schlafräume lagen. Fionn sah keine Kochstelle, also gab es wie bei seinem Herrn auch eine eigene Küche.

Er drehte sich schnell um, als er ein Geräusch vom Eingang hörte, doch zu spät, seine Kleidung war verschwunden, und die Zwergin auch, ohne dass er einen Zipfel ihrer Schürze erblickt hätte.

Enttäuscht kroch er auf das Sofa, das gerade die richtige Höhe für ihn aufwies, wohingegen Tuagh Schwierigkeiten hatte, seine langen Beine unterzubringen.

Dagrim kam mit einem Tablett voller Sachen: Schmale, hohe Humpen, aus denen der Duft heißen Mets dampfte, und auf Tellern Braten mit eingelegtem Gemüse, frischem dunklem Brot und Butter.

»Tee und Zwieback, so was! Habe noch nie eine derartige Beleidigung erdulden müssen, eine Frechheit ist das«, murmelte er vor sich hin, während er alles auf dem kleinen Tisch absetzte und verteilte.

»Slént«, sagte Tuagh lächelnd und stieß mit ihm an.

Fionn hob seinen Humpen und nippte an dem Honigwein. Oh, bei allen silbernen Haarfäden Hafrens, war der gut. Und tat gut. Verzückt lächelnd nahm er sich einen Teller, dankte dem Gastgeber für seine Großzügigkeit und fing an zu essen. Nein, zu genießen.

Dagrim beobachtete ihn mit gerunzelter Stirn. »Höflich ist er ja«, stellte er fest. »Und wenn ich mir seine Füße so anschaue – er ist ein Bogin. Der, nach dem diese spitzohrigen Magerlinge suchen?«

Fionn konnte nicht antworten, weil er mit Kauen beschäftigt war, er begnügte sich mit einem leichten Kopfschütteln. Die Bemerkung hinsichtlich der Elben überraschte ihn nicht; die beiden Völker waren sich bekanntermaßen nicht gerade grün.

»Erzähl mal, was bei euch los ist«, forderte Tuagh den Zwerg auf. Dagrim verschwand, um gleich darauf mit einem Krug dampfenden Mets zurückzukehren und die Humpen wieder aufzufüllen. »Sie kamen gestern Nachmittag hier durch, eine ganze Truppe aus dem Schloss, mit ihren gemeingefährlichen Mistkötern. Die ganze Stadt haben sie auf den Kopf gestellt und alles durcheinander gebracht – und das alles wegen eines Bogins, man stelle sich vor! Es gibt keinen hier in dieser Stadt, hat es noch nie gegeben, und das haben wir diesen Langnasen auch deutlich gemacht. Die hauen daraufhin auf die Trommel, drohen lautstark, behaupten, der Bogin wäre auf der Flucht und wegen Mordes gesucht, und wir wären alle dran, wenn wir ihn verstecken würden. Da kommt die Bürgermeisterin angerauscht und erzählt dem Anführer was von Verträgen, und sie würde sich bei der Àrdbéana beschweren und Schadenersatz verlangen! – Es ist nämlich einiges zu Bruch gegangen, vor allem Türen.«

Dagrim nahm einen kräftigen Schluck. »Das entlockt den Spitzohren jedoch nur ein schwaches Lächeln. Die Àrdbéana sei schwer erkrankt, erzählt der Anführer, und das Sagen haben jetzt Hauptmann Tiarnan und der Oberste Haushofmeister Pirmin, und deren Befehle seien eindeutig. Dann stießen sie noch jede Menge Drohungen aus, was mit demjenigen geschähe, der einen Bogin heimlich beherberge, und verschwanden. Und einen Tag später kreuzt ihr beide auf!«

»Fionn wird nicht gesucht, Dagrim.«

»Papperlapapp, natürlich wird er gesucht! Alle Bogins wollen sie haben, nicht nur den einen. Das haben sie klar und deutlich erklärt! Und was macht der überhaupt hier?«

»Ich suche nach Tiw«, antwortete Fionn, der seine Mahlzeit beendet hatte. »Er hat den Mord nicht begangen, und das will ich beweisen. Ich will mein Volk befreien.«

»Na, prächtig. Ein herzerfrischendes Bürschlein, dem man bei der Geburt das Gehirn aus dem Schädel entfernt hat. Und wann genau hast du deinen Verstand verloren, Tuagh?«

»Er hat mein Leben gerettet, ich habe ihn bis hierher begleitet, das war's.«

»Ganz genau«, bekräftigte Fionn, obwohl ihm das Herz dabei fast stehenblieb.

»Und blond ist er auch noch!«, stöhnte Dagrim. »Ziba darf ihn nicht sehen, sie liebt blonde Kinder.«

»Ich bin kein Kind mehr ...«

»Für Ziba sind alle Kinder.«

Fionn hätte sie gern kennengelernt, aber er wagte nicht zu fragen. Der Zwerg war gereizt genug. Also trank er lieber noch ein bisschen Met, der ihm außerordentlich gut tat und den schrecklichen Regen draußen vergessen ließ.

»Wo willst du überhaupt schlafen, Baumstamm?«, fuhr Dagrim Kupferfeuer fort und entzündete eine Pfeife. Dem Wanderkrieger bot er keinen Tabak an, so weit ging die Gastfreundschaft dann doch nicht. Allerdings schenkte er noch einmal Met nach.

»Ich kann mir schon auf dem Boden ein Lager bereiten, wenn das Zimmer breit genug ist.«

»Oder lang.« Der Zwerg stieß Rauchringe aus. »Muss mal mit Ziba reden, und zwar vertraulich«, murmelte er und war schon wieder draußen.

»Sind alle Zwerge so nervös?« Fionn hatte noch nie mit ihnen zu tun gehabt.

»Sie lieben die Theatralik«, antwortete Tuagh leichthin. »Ihre Frauen sind die mit der Vernunft und Bodenständigkeit.«

»Und den Bärten?«, flüsterte Fionn neugierig.

Keine Antwort, denn Dagrim kam gerade zurück. »Diese Frau ist noch einmal mein Untergang, so großzügig, neinneinnein«, klagte er vor sich hin. »Sie hat eure Zimmer schon hergerichtet, und für dich neue Kleidung hingelegt.« Er machte eine Kopfbewegung zu Fionn. »Deine Menschensachen sind durch den Regen völlig ausgeleiert und nur noch als Putzlumpen zu verwenden. Die Stiefel halten noch und müssen es auch, denn damit können wir nicht dienen, Großfuß.« Er wies auf die Stiege. »Nach oben und die erste Tür rechts für dich, Tuagh nimmt die erste Tür links. Und wagt es ja nicht zu schnarchen!«

Fionn verstand das als Wink und erhob sich. »Ich danke nochmals für die überaus großzügige Gastfreundschaft, Herr Dagrim Kupferfeuer.«

»Ja, schon recht, und wenn sie mein Dach anzünden, bist du der erste beim Löschen.«

Tuagh lachte. »Nun hab dich nicht so, alter Knurrhahn! Wir sehen uns morgen früh.«

Ja, vielleicht, dachte Fionn. *Oder vielmehr, eher nicht.*

Das Gastzimmer war klein, aber nicht weniger gemütlich als die Wohnstube, und Fionn streckte sich behaglich unter den knisternden Laken in dem weichen Bett aus; nach den zwei Nächten auf hartem Boden eine wahre Wohltat, die sein Körper zu würdigen wusste. Draußen trommelte unermüdlich der Regen gegen das Fenster und durfte dennoch nicht herein; eine tiefe Befriedigung für den jungen Bogin, behaglich, warm und trocken zu liegen, obendrein mit einem wohl gefüllten Bauch.

Ein letztes Mal, sagte er zu seinem trägen Körper, *genieße es.*

Er hatte während des Essens nachgedacht. Tuagh hatte noch einmal bestätigt, dass ihre Wege sich hier trennen würden, und das war auch die einzig richtige Entscheidung. Je weiter Fionn vorankam, umso gefährlicher würde es für ihn werden. Die Truppe des Palastes würde keine Ruhe geben, bis sie Tiw gefunden hatte – oder eben alle anderen Bogins, die sich noch nicht in Gefangenschaft befanden.

Fionn musste sich einen Plan zurechtlegen, was er unternehmen sollte, um Tiw zu finden. Mit größter Wahrscheinlichkeit war er nach Mathlatha unterwegs, von woher er kam. Dort kannte er sicher genug Leute, die ihn zumindest eine Weile verstecken konnten. Und wenn er die Seiten jenes Buches, weswegen Magister Brychan ermordet worden war, mit sich trug, musste er sie jemandem anvertrauen, der wusste, was damit zu tun war. Ein Mensch oder Elb, der im Gegensatz zu einem Bogin handeln konnte. Es *musste* jemanden geben!

Also benötigte Fionn als Erstes einen Einblick in eine Karte. Zum einen, um herauszufinden, wie weit es nach Mathlatha war und wie er dorthin gelangte, und zum anderen, um zu erfahren, ob es in der Nähe nicht einen Hafen gab, von dem aus er per Schiff notfalls weiterfliehen konnte ... wohin auch immer. Ins Nordreich? Im Südreich war Tiw nirgends mehr sicher. In Uskafeld hielt er sich jedenfalls nicht auf, davon war Fionn überzeugt. Wahrscheinlich war er gar nicht erst hierher gelangt, sondern auf irgendeinem Wildpfad direkt weiter nach Westen gewandert, auf dem kürzesten Weg zu seiner Heimatstadt. Im Gegensatz zu Fionn hatte Tiw sehr viel von seinem Magister gelernt und sich auch mit Landkarten beschäftigt.

Gab es auf dem Weg am Ende gar die freien Bogins, von denen er geredet hatte? – Aber nein, er war nur davon überzeugt gewesen, aber niemals welchen begegnet. Ihm blieb also nur Mathlatha, um von dort aus im Sinne seines Magisters zu handeln.

Ich habe meinen Weg gefunden, dachte Fionn begeistert. *War doch gar nicht so schwer.*

Aber was, wenn sich herausstellen sollte, dass Tiw doch der Mörder war ...?

Zuerst einmal muss ich ihn finden, und dann werde ich die Wahrheit auch noch herausbekommen. Wenn er schuldig ist, sei es auch nur der Mittäterschaft, werde ich ihn nach Sithbaile bringen und dem Gericht der Àrdbéana ausliefern. Damit kann ich das Volk retten. Und wenn er unschuldig ist, müssen wir gemeinsam einen Weg finden, die Wahrheit ans Licht zu bringen und alle zu befreien.

Damit schlief Fionn ein.

Noch vor der Morgendämmerung erwachte der junge Bogin, genau wie er es vorgehabt hatte. Tuagh würde sicher auch bald aufstehen, aber noch nicht jetzt, wo es draußen finster war.

Endlich, endlich hatte es aufgehört zu regnen, alles war still. Fionn schlüpfte in die von Ziba bereit gelegten Sachen; es war Zwergenkluft und von der Länge richtig, nicht aber vom Umfang her. Der Bogin hätte mindestens zweimal hineingepasst, sowohl in den Schultern als auch bäuchlings. Er musste den Schnurgürtel fest um sich wickeln, um nicht alles zu verlieren, und wusste, dass er merkwürdig aussah. Für einen Zwerg würde man ihn wohl kaum halten, trotz der Kluft. Vielleicht konnte er aber gerade deswegen für einen Angehörigen der anderen Kleinen Völker durchgehen. Er besaß außerdem noch das Cape, das Ärmelschlitze und zudem eine Kapuze aufwies; es war von vornherein großzügig geschnitten, dass es gar nicht weiter auffallen würde. Der Umhang war aus reiner

Schafwolle, schön warm und ein guter Schutz vor dem nächsten Regen.

Derart gut ausgerüstet schlich Fionn die Stiege hinunter; unten war ebenfalls alles still, das Kaminfeuer längst ausgegangen. Mit wenigen Schritten war Fionn durch den Vorhang des Windfangs geschlüpft und hielt inne, um noch einmal durchzuatmen.

Tuagh war bestimmt wütend auf ihn, weil er ohne Abschied gegangen war. Vielleicht hatte er sich sogar schon überlegt, wo Fionn mit seiner Suche beginnen könnte und hätte ihm noch entsprechend guten Rat geben können. Er kannte schließlich viele Leute. Aber es war besser so zu gehen. Der Wanderkrieger hatte seine Lebensrettung mehr als beglichen. Mehr konnte und wollte der junge Bogin nicht verlangen, und so war es auch ausgemacht gewesen. Er würde seinen Teil der Vereinbarung halten. Und wenn er jetzt verschwand, brachte er auch niemanden mehr in Gefahr. Ihm würde schon etwas einfallen, wie er an Essen und vor allem einen Blick auf eine Karte kommen würde; in den wenigen Tagen hatte er sehr viel gelernt und so manches aus dem wortkargen Söldner hervorgelockt. Er konnte es schaffen, und er hatte schon viel weniger Angst.

Das Einzige, was er bedauerte, war, dass es ihm nicht gelungen war, einen noch so kurzen Blick auf die Zwergenfrau zu erhaschen; dieses Geheimnis sollte sich ihm also nicht offenbaren.

Also dann. Leb wohl, Tuagh, ich danke dir für alles. Ohne dich hätte ich niemals eine Chance gehabt, aber so sehe ich es als Fügung des Schicksals, die ich annehme.

Er atmete noch einmal bewusst ein und aus, dann öffnete er so leise wie möglich die Tür und verließ das Haus.

Draußen herrschte Dunkelheit, doch das erste Dämmern würde nicht mehr lange auf sich warten lassen. Von den Dachbalken tropfte das Wasser, die Wege waren wie am Tag zuvor schlammig, aber der Himmel war sternenklar.

Alles zeigte sich still und friedlich; kaum zu glauben, aber das unentwirrbar scheinende Chaos hatte sich tatsächlich aufgelöst, jeder Beteiligte war schließlich ans Ziel gelangt, und nun schliefen alle friedlich unter ihren Dächern.

Fionn blies seinen Atem in kleinen Wölkchen aus, doch er fror nicht, denn das Cape hielt ihn warm. Die matschigen Straßen machten ihm nichts aus, seine Stiefel waren ohnehin noch nass und kaum gesäubert. Er hatte die Füße mit Lappen umwickelt, die er bei der Waschschüssel gefunden hatte, damit sie sich nicht am feuchten Leder wundrieben.

Obwohl er ins Ungewisse ging, fühlte Fionn sich seltsam befreit. Zum ersten Mal in seinem Leben hatte er eine Entscheidung ganz für sich und ganz allein getroffen, und das fühlte sich gut an. Mit dem heutigen Tag war er kein Sklave mehr, sondern ein wirklicher, freier Bogin, von denen Tiw immer geträumt hatte. Ja, eigentlich vogelfrei, weil er nach wie vor keine Rechte besaß. Aber er würde sie einfach beanspruchen. Bisher hatte niemand etwas gegen Bogins gehabt, abgesehen von den beiden Landstreichern, die ihn verkaufen wollten. Er musste vorsichtig sein, aber sein Vorhaben war keineswegs so aussichtslos, wie er bisher angenommen hatte.

Munter schritt er auf das Westtor zu; unterwegs würde er nach einem Laden für Reisende suchen, der Karten führte, es gab sie sicherlich auf allen Hauptstraßen. Zunächst aber wollte er die Hauptstraße meiden und sich durch die kleinen Gassen fortbewegen, um nicht doch noch aufzufallen. Vielleicht war ja ein Nachtwächter unterwegs, der die Stunde ausrief. Den Weg nach Westen kannte er, da hatte er gestern genau aufgepasst, sich von Tuagh immer wieder Auskunft geben lassen, und außerdem waren da auch Sternbilder am Himmel, die Tuagh ihm ebenfalls zur Orientierung gezeigt hatte.

Ich bin nicht dumm, nur ungebildet, dachte er. *Das werde ich ändern.*

Er stellte sich selbst gleich auf die Probe; sollte er sich schon in einer verhältnismäßig kleinen Stadt wie Uskafeld nicht zurechtfinden, wie wollte er jemals einen Wald durchqueren?

Er bog um eine Ecke und noch eine. Es stank; überall verrottete Abfall, und was in den Pfützen schwamm, wollte er nicht wissen. Dennoch musste er hier durch.

Kurz hielt er inne, um sich zu orientieren und zu lauschen, dann ging er nach links in die nächste Gasse, die wieder Richtung Westen führte. Doch bevor er einen Blick bis zum Ende werfen konnte, bekam er plötzlich, obwohl er keinerlei Geräusch gehört oder eine Annäherung gespürt

hatte, einen Sack über den Kopf gestülpt und wurde trotz seiner erschro-
ckenen und heftigen Gegenwehr verschleppt.

*

Die Gefangenen wussten nicht, wie lange sie schon hier unten ausharren
mussten. Sie hatten die Mahlzeiten gezählt, aber den Eindruck gewonnen, dass es keine Regelmäßigkeit dabei gab, also konnten sie nicht feststellen, ob es eine pro Tag war, oder zwei, oder sogar mehr. Nach ihrem
Hunger konnten sie dabei nicht gehen, den verspürten Bogins sowieso
schneller als andere; obwohl sich die Lage seit des Haushofmeisters Befehl, die Gefangenen besser zu versorgen, entspannt hatte.

Die Dunkelheit lastete am meisten auf ihnen, und selbst das Gemüt der
Zuversichtlichsten verdüsterte sich zusehends. Deshalb hörten Alana und
Hagán auch nicht auf, sie mit Gesängen aufzurütteln, die jedes Mal von
neuem Trost spendeten.

Dann wurden die Ersten zum Verhör geholt. Sie waren nicht lange
fort – oder viel zu lange, wer konnte das schon sagen –, doch als sie
zurückkehrten, waren sie in Schreckstarre und unfähig zu berichten, was
mit ihnen geschehen war. Körperlich sahen sie unversehrt aus, doch ihr
Geist hatte offensichtlich Schreckliches durchlitten. Erst nach einer
Weile waren sie in der Lage zu stammeln: »Ich habe in das Auge geblickt.«

Mehr konnten sie nicht äußern, doch es genügte, um auch die Anderen in Angst und Schrecken zu versetzen. Das Auge? Welches Auge?
Wessen Auge?

»Des Sturms«, sagte Cady und starrte, wie zumeist, in den Gang
hinaus. Und dann fasste sie einen Plan.

KAPITEL 8

IN NAGENDER DUNKELHEIT

Dies ist mein Reich.
Mein Wille wird geschehen.
Es ist soweit.

*

Fionn konnte nicht schreien, weil er unter dem dicken, ihn fest umhüllenden Stoff kaum Luft bekam, aber er wehrte sich aus Leibeskräften, wand sich und trat und schlug um sich. Seine Entführer beeindruckte das allerdings herzlich wenig, sie packten ihn kurzerhand an Armen und Beinen und trugen ihn. Der junge Bogin konnte sich jetzt nur noch durch heftige Drehungen zur Wehr setzen, und er versuchte, wenigstens einen Arm oder ein Bein freizubekommen; vergeblich.

Er hatte keinerlei Vorstellung, zu welchem Volk die Entführer gehörten, sie gaben keinen Laut von sich. Falls sie sich untereinander verständigten, dann nur mit Blicken.

Wohin er verschleppt wurde, konnte er ebenfalls nicht feststellen, dafür kannte er die Stadt zu wenig, und noch war niemand unterwegs; er hörte nicht einmal einen Hund oder ein frühes Huhn. Nun rächte es sich, dass Fionn sich gezwungen hatte, so früh aufzustehen. Mehrmals bogen sie ab, links, rechts, und rechts, rechts, dann wieder links; und so ging es weiter, bis Fionn überhaupt keine Vorstellung mehr von irgendeiner Richtung hatte. Gab es tatsächlich so viele Gassen, und vor allem so viele Kreuzungen? Er vermutete eher, dass sie sich mit ihm im Kreis bewegten, um ihn zu verwirren. Das wäre gar nicht notwendig gewesen, er war auch so verwirrt genug.

Die Luft wurde immer stickiger unter dem Sack, der zudem stark nach angeschimmelten Kartoffeln stank, und ihm wurde schwindlig. Fionns Bewegungen erlahmten wie auch sein Geist, und er ließ sich fallen. Konzentrierte seine Sinne nur noch darauf, was mit ihm geschah, versuchte zu ergründen, wer dahintersteckte, und wohin man ihn brachte. Es fiel ihm immer schwerer, etwas wahrzunehmen, er wurde immer träger und müder. Doch dann gab es einen Ruck, und es ging abwärts; allem Anschein nach waren es Stufen, so, wie es ihn auf dem Weg nach unten auf und ab schaukelte. Zum ersten Mal waren nun auch Schritte zu hören, die einen Hall erzeugten.

Was wollen sie von mir?, dachte Fionn voller Angst.

Nicht töten, sonst hätten sie es sofort getan. Ausrauben? Lächerlich, auch das wäre sofort geschehen, und abgesehen von seinem Ritualmesser besaß er nichts.

Sie werden mich an die Àrdbéana verkaufen.

Das war die einzige Lösung. Dann wäre seine einzige Hoffnung, dass die Entführer sich aus Geldgier zerstritten und er irgendwie freikäme, bevor die Palastgarde eintraf.

Unsanft wurde er schließlich auf harten Stein geworfen. Es trieb ihm die ohnehin nur noch wenige Luft aus den Lungen; zum Glück dämpfte die viel zu große, dicke Zwergenkleidung den Sturz, sodass er zwar einen kurzen, heftigen Schmerz vom Aufprall verspürte, der aber rasch und folgenlos verging.

Er rollte sich herum – niemand hinderte ihn daran – und zog sich den Sack vom Kopf. Es war dunkel hier unten, und feucht. Ein Gewölbe, die Felswände waren nur grob behauen, der Steinboden uneben und rau. Fackeln spendeten flackerndes, rußverhangenes Licht, das mehr Schatten warf als dass es deutlich erkennbare Konturen zeichnete.

Er sah Schemen, die sich in den Schatten bewegten, und kroch in sich zusammen, machte sich so klein wie möglich. »Was wollt ihr von mir?«, flüsterte er, um die unheimliche Stille auszulöschen, seine Stimme hallte piepsend von den feuchten Wänden wider.

Zu viert rückten sie gegen ihn vor, nahmen ihn in die Mitte, umringten und umzingelten ihn, bis er die Wucht fast nicht mehr ertragen konnte. Kapuzengestalten, die kaum Aufschluss darüber boten, zu welchem Volk sie gehörten. Von der Größe her kamen Zwerge, Halblinge und Kleine Völker nicht in Frage. Also vermutlich Mensch oder Elb oder gar Nachtvolk.

»Du bist hier, dass wir die Wahrheit ergründen«, lautete die Antwort. Fionn konnte nicht feststellen, welcher der Vier gesprochen hatte. Die

Stimme klang fast metallisch, mit einem unangenehmen Nachhall. Es war die einzige Stimme, die er vernehmen sollte.

»Welche Wahrheit?«

»Über den Tod von Magister Brychan. Gestehe den Mord, und du bist frei.«

Fionns Mund wurde trocken. »Ich war es nicht. Ich bin Fionn Hellhaar und ...«

»Dein Name interessiert uns nicht. Nur die schändliche Tat, die du begangen hast. Die Beweise sprechen für sich.«

»Welche Beweise?«, rief Fionn. »Ich war doch selbst dort, ich habe den Leichnam gefunden, und es gab nicht den kleinsten Hinweis auf den Täter!«

»Lüge!«

Das Wort schoss wie ein Pfeil von der Bogensehne durch den Raum, brach sich an den Wänden, wurde abgestoßen, schmetterte schließlich zu Boden, und schlug gleich neben Fionn ein, der vor dem eiskalten Hauch zurückwich.

»Ich lüge nicht«, widersprach er zaghaft. Seine Kehle schnürte sich vor Angst zu. Er war diesen Unheimlichen hilflos ausgeliefert. Warum nur, warum war er fortgelaufen? Tuagh würde nie erfahren, was mit ihm geschehen war, und damit auch nicht Meister Ian.

»Warum bist du dann geflohen?«

»Es war, weil ich ... weil ...« Fionn biss sich auf die Lippe. »Ich musste fort«, sagte er dann.

»Noch einmal: Warum?«

»Sie haben alle verhaftet! Ich hatte Angst.«

»Widerspruch!«

Fionn wand sich, er wusste nicht mehr ein noch aus. Schließlich entschloss er sich zu einem mutigen Schritt. »Ich muss euch gar nichts sagen.«

Diese Entscheidung bereute er sogleich und machte sich noch kleiner, als er ohnehin schon war, denn die Gestalten rückten ihm daraufhin bedrohlich nahe.

Der Sprecher zischte.

»Du wirst, närrischer Bogin. Du wirst.«

Sie packten ihn, bevor er aufschreien konnte, und rissen ihm die Kleidung vom Leib, ließen ihm nichts mehr außer seiner bloßen Haut. Sie trugen lederne Handschuhe, sodass er ihre Hände nicht erkennen konnte, und ihre Griffe waren gezielt und sicher. Als hätten sie so etwas schon sehr oft getan.

»Nicht den Urram!«, flehte Fionn, als einer der Vier sein Messer zog und hochhielt.

»Glaubst du, wir überlassen dir eine Waffe?«, schnarrte der Sprecher.

»Der Urram ist von ritueller Bedeutung, er ist mein Name, mein *Ich* ...«

»Du kannst damit jemanden angreifen und erstechen, genau wie es geschehen ist, und vermutlich mit diesem Messer. Wir benötigen es damit für die Untersuchung. Außerdem wirst du dich der Gerichtsbarkeit stellen und dich nicht etwa deiner Verantwortung entziehen, indem du dich selbst entleibst.«

Daran würde Fionn niemals denken, ein absurder Gedanke. »Gerichtsbarkeit? Wird die Àrdbéana Gericht halten über mich?«

»Bist du etwa ein Adliger oder gar ein König?« Die Stimme troff vor Hohn.

»Das kann ich nicht sein, ich bin ein Bogin, wie euch bekannt ist.«

»Nun denn, was stellst du dumme Fragen?«

»Aber die Àrdbéana hat das Oberste Gesetz geschaffen, das auch die Bogins beschützt! Damit falle ich unter ihre Gerichtsbarkeit!«

»Dir steht keine Gerichtsbarkeit zu. Das Gesetz schützt nur gehorsame Bogins, die alle Vorschriften einhalten. Du bist ein Sklave, du besitzt keine Rechte, und durch den Mord hast du zudem den Anspruch auf den Schutz durch das Oberste Gesetz verloren. Also berufe dich nicht auf etwas, das du mit Füßen getreten hast!«

Fionn stemmte sich auf die Knie und nahm eine unterwürfige Haltung ein. »Aber ich bin unschuldig«, schluchzte er. »Bitte glaubt mir doch!«

»Das sagen sie alle.«

Und damit ließen sie ihn allein.

Fionn schlang die Arme um seinen nackten, schutzlosen Körper; sie hatten ihm nichts dagelassen, womit er sich bedecken und wenigstens ein bisschen warmhalten könnte. Fassungslos und verzweifelt kroch er in eine Ecke des feuchten, kalten Raumes, um ein wenig Schutz zu spüren.

Er konnte sich nicht erklären, was da mit ihm geschah. Wie waren sie nur auf ihn gekommen? Hatten sie seine Spur etwa doch längst aufgenommen und auf eine günstige Gelegenheit gewartet, wenn Tuagh nicht bei ihm war? Aber sie waren zu Viert, wenn nicht mehr, sie hätten auch so angreifen können! Oder hatte der Zwerg ihn gestern Abend noch verraten, und sie hatten das Haus beobachtet, und Fionn hatte sich ihnen selbst in die Hände gegeben? Aber wer waren sie? Wieso glaubten sie, dass er den Mord begangen hatte? Oder hatten sie noch mehr Bogins gefangen – vielleicht auch Tiw – und verfuhren mit allen auf die gleiche Weise?

Ob Tuagh wohl schon nach ihm suchte? Sicher waren inzwischen einige Stunden vergangen, und seine Abwesenheit aufgefallen. Fionn hatte keinerlei Nachricht hinterlassen, also konnte der Wanderkrieger sich keinen Reim darauf machen, was passiert war, und musste annehmen, dass Fionn nicht freiwillig verschwunden war.

Er befand sich immerhin noch in Uskafeld, also bestand eine winzige Chance, dass Tuagh ihn finden würde. Der ältere Mann war so erfahren, er wusste bestimmt, wie man nach Spuren suchte.

Vielleicht findet er mich, und solange muss ich durchhalten, dachte der junge Bogin. *Es wird egal sein, was ich sage, sie werden mir nicht glauben, denn sie haben mich bereits schuldig gesprochen.*

Damit stand auch sein Entschluss fest, ihnen keinesfalls zu geben, was sie wollten. Er war unschuldig, und es war ungerecht, ihn im Vorhinein zu verurteilen, nur weil er ein Bogin war.

Ich verstehe diese Welt nicht, und ich glaube, sie versteht mich auch nicht. Liegt es an unserer Sklaverei, dass wir so anders sind? Weil wir niemals aus den Häusern gekommen sind, sondern beschützt hinter Mauern gelebt haben? Wir sind ... wir sind naiv, unbeholfen, unbedarft. Es ist mir nunmehr unverständlich, wieso Tuagh mich mit solchem Respekt behandelt hat ... zumeist wenigstens. Und ich verstehe auch, dass man uns als Bucca beschimpft, weil unsere rosigen Wangen ein Ausdruck unseres sorglosen, leich-

ten Lebens sind. Da kann man natürlich immer frohgemut und gut gelaunt sein!

Tuagh hatte ihn mehrmals gewarnt, seine Nasenspitze allzu weit vorzustrecken, und nun war er hineingerissen worden in etwas, das so ganz und gar das Gegenteil seines bisherigen Lebens war, dass er es als grotesk empfand. Vom einen Extrem ins Andere, und dazwischen schien es nichts oder nicht viel zu geben.

Fionn zog die Beine fest an und schlang die Arme darum; wieder einmal fror er, und jedes Mal gab es eine neue Abstufung von »kalt«. Nun war er wahrhaftig elend dran; gedemütigt in seiner Nacktheit noch dazu.

Schluchzend flüchtete er sich in Schlaf.

Fionn wurde geweckt, als ihm etwas zu essen gebracht wurde; einer der Verhüllten (vielleicht war es auch jemand Neues) brachte ihm ein Stück Brot, eine Schale wässrigen Eintopf und ungesüßten Kräutertee.

»Wie viel Zeit ist vergangen?«, fragte er schüchtern und rieb sich die Augen, doch er erhielt keine Antwort.

Er musste essen und trinken und bei Kräften bleiben, nur so konnte er herausfinden, was das alles zu bedeuten hatte. Ob er etwa einen Unfall erlitten hatte und träumte, oder ob er dies alles wirklich erlebte. Der Tee war lauwarm und wärmte ihn leicht, belebte ihn sogar ein wenig, sodass er den Eintopf hinunterwürgen konnte. Das Brot hob er sich bis zum Schluss auf und kaute es intensiv, bis es süß zu schmecken begann.

Die Fackeln waren halb heruntergebrannt, und Fionn dachte bei sich, wie dumm er doch war zu frieren, wo es hier Wärme gab. Er brauchte nur eine Fackel steckenzulassen, die anderen konnte er zu sich herunterholen und sich daran wärmen, bis sie niedergebrannt waren. Die Luft im Raum selbst war gar nicht so kalt, weil sie von den Fackeln erwärmt wurde, aber der feuchtkalte Steinboden und die Wände waren es, die Fionn schlottern ließen.

Er stand auf und ging zu der ersten Fackel, streckte die Hand aus – und war zu klein. Er stellte sich auf die Zehenspitzen, sprang hoch, versuchte alles, doch er reichte nicht heran. Die Zelle war völlig leer, es gab nichts, worauf er sich stellen konnte.

»Aaaahhhh!« Fionn leerte seine Lungen mit einem Schrei und schöpfte dann neuen Atem. Es half nichts; wahrscheinlich gehörte das zur Strategie, ihn mürbe zu machen, ihn zu entmutigen. Er war ja nur ein dummer kleiner Bucca, der nicht lange durchhalten würde. Und dann gab es noch ein Problem. Was er gegessen und getrunken hatte, musste irgendwann auch wieder aus ihm heraus. Aber wo? Fionn schrie ein zweites Mal auf. Allmählich begriff er das Spiel.

Es gab eine zweite Mahlzeit, dann kamen sie und holten ihn ab. Fionn hatte zwischenzeitlich wieder geschlafen, es blieb ihm nichts anderes zu tun, und er wollte seine Gedanken nicht noch mehr zermartern.

Sie hüllten ihn in einen Umhang, verbanden ihm die Augen und zogen ihm die Kapuze über. Dann legten sie Fesseln um seine Handgelenke und schleppten ihn aus dem Raum, Treppen hinauf – er zählte sie mit, es mussten dreizehn sein –, und dann hörte er eine Tür. Er befand sich wohl ein Stockwerk höher. Sie setzten ihn auf einen Stuhl, banden ihn daran fest, schlugen die Kapuze zurück und nahmen die Augenbinde ab.

Fionn blinzelte. Es gab ein Fenster in diesem Raum, das mit Brettern zugenagelt worden war, doch ein wenig Tageslicht drang durch zwei, drei schmale Schlitze als einzige Lichtquelle herein. Der Raum selbst war sehr klein, vielleicht halb so groß wie seine Zelle, und er verfügte über einen Holzboden. Eine Wohltat für seine geschundenen Füße, fast wie ein warmes Bad. Auch das Sitzen auf dem Stuhl war trotz der Fesseln angenehm, und der Umhang wärmte ihn auf. Es gab nur den Stuhl und einen grob gezimmerten Tisch, vor dem der Stuhl stand, und dahinter gab es noch einen Stuhl, auf dem jemand saß. Fionn konnte ihn erst so nach und nach erkennen, je mehr seine Augen sich an die Lichtverhältnisse gewöhnten.

»Es ist Tag . . .«, sagte er leise. »Wie viel Zeit ist vergangen? Ist es noch derselbe Tag, oder schon der nächste?«

»Hm. Nehmen wir an, ein Tag ist vergangen, wenn das eine Rolle für dich spielt.« Die Männerstimme klang nicht einmal unangenehm; nüchtern und sachlich, emotionslos, aber keineswegs so metallisch und schrill wie die des Verhüllten.

Der Mann trug normale bürgerliche Kleidung, Hemd, Weste, Hose, keinen Umhang, keine Kapuze, keine Waffe. Er war ein Mensch. Seine Statur war hochgewachsen, aber eher hager, die Wangenknochen in dem schmalen Gesicht ausgeprägt, sein dünnes dunkles Haar fiel ihm glatt bis fast auf die Schultern. Hervorstechend war seine kräftige, scharfkantige Nase, und dazu die Bögen seiner dunklen Augenbrauen, die ihm Raubvogelartiges verliehen. Prompt stellte er sich auch so vor.

»Ich bin Vàkur, der Falke.«

»Ich bin Fionn Hellhaar.« Es gab keinen Grund, jetzt seinen wahren Namen zu verheimlichen, nachdem er ihn sowieso schon offenbart hatte. Außerdem, wie viele Bogins gab es, die so aussahen wie er? Sie wussten doch, wer er war.

»Du weißt, warum du hier bist?«

»Nein. Ich sehe mich als Opfer einer Entführung, deren Hintergrund ich nicht verstehe.«

Vàkur stützte die Ellbogen auf und legte sein Kinn auf die Fingerspitzen. Er verzog keine Miene, sah so aus, als würde ihn diese Situation eher langweilen als interessieren. »Ich bin davon ausgegangen, dass man dir klar gemacht hat, wessen du beschuldigt wirst.«

»Das hat man«, antwortete Fionn. »Aber ich bin unschuldig.«

»Weshalb bist du dann verhaftet worden?«

»Weil es ein Irrtum ist. Weil alle Bogins verhaftet und für schuldig befunden werden . . . Ich weiß nicht, warum. Ich habe Magister Brychan nicht ermordet.«

»Erzähle mir den genauen Hergang, damit ich mir selbst ein Bild machen kann.«

»Nein.« Darüber hatte Fionn lange nachgedacht, denn es war nicht schwer vorauszusehen, dass diese Frage gestellt würde. Er hielt daran fest: Er würde ihnen gar nichts erzählen, nicht einen Brocken hinwerfen, nach dem sie schnappen konnten. Sonst würde das immer breitere Kreise ziehen, und nicht nur Tiw, sondern auch seine Eltern, wenn nicht sogar seinen Herrn, in Gefahr bringen.

Nun hob sich doch sacht eine Braue, was gerade noch so im Halbschatten zu erkennen war. Das Fenster befand sich im Rücken von Vàkur, sodass es Fionn leider nicht möglich war, seine Augen zu sehen.

»Wie willst du mir dann deine Unschuld beweisen?«

»Das brauche ich nicht.« Fionns Stimme war ruhig, er hatte in seinen Wachphasen wieder und wieder leise geübt. Er hatte Angst und wurde von den Fesseln gezwungen, stillzuhalten, doch er hatte sich in der Gewalt. Seine Worte waren sorgfältig gewählt und auswendig gelernt. »Ich verlange ein ordentliches Gericht. In Sìthbaile, im Palast des Friedens.«

»Du hast keine Rechte, Bogin, auf die du dich berufen kannst.«

»Doch, ein einziges: das Oberste Gesetz. Solange die Àrdbéana lebt, ist es gültig. Darüber kann sich niemand hinwegsetzen, egal welcher Grund vorgeschoben wird.«

»Und dennoch kam es zum Haftbefehl gegen euch alle.«

»Ja, weil die Schwäche der Àrdbéana ausgenutzt wird. Ich weiß nicht, von wem und warum, aber so ist es. Jemand will uns Bogins erheblichen Schaden zufügen und hat die Gunst der Stunde genutzt, uns in Verruf zu bringen, als der Mord an Magister Brychan geschah.«

»Du bist raffiniert, junger Halbling«, stellte Vàkur fest. »Doch das wird dir nichts helfen. Ich werde die Wahrheit ans Licht bringen, und du wirst mir alles erzählen, was du bisher verschweigst. Denk darüber nach! Es liegt an dir, wie schnell du hier herauskommst. Wir sehen uns morgen.«

Und so vergingen die Tage. Fionn saß die meiste Zeit allein in seiner feuchtkalten Zelle, nach wie vor nackt, nach wie vor ohne Vergünstigungen. Nachdem die Fackeln heruntergebrannt waren, wurden sie nie mehr erneuert; es war stockfinster, und er konnte sich nur tastend zurechtfinden. Sie hielten ihn mit Nahrung am Leben, und regelmäßig verbanden sie ihm die Augen und schleppten ihn in den Verhörraum.

Meistens war er hin- und hergerissen; wollte lieber in seiner Zelle bleiben, wenn er abgeholt wurde, und wenn er dann wieder einsam war und fror, war er für jede Aufmerksamkeit dankbar, die ihm zuteil wurde. Es tat gut, wenigstens ab und zu das Tageslicht zu sehen, denn so wusste Fionn, dass dort draußen immer noch eine Welt existierte, auch wenn er sie vielleicht nie wieder sehen würde. Wenn er jedoch an diesem Punkt angekommen war, wurde seine Verzweiflung nur noch stärker, und er fühlte sich noch elender und sein Magen krampfte sich jedes Mal zusammen, sobald Vàkur das Verhör begann.

Vàkur war kein Falke, er war ein Geier, der die Eingeweide aus dem Aas zerrte, nachdem er die Beute zuvor lebend vom Felsen gestürzt hatte.

Fionn nützten, abgesehen vom ersten Mal, dem Kennenlernen, seine stillen Vorbereitungen gar nichts: So wie man es mit seinem Äußeren getan hatte, wurde nun auch sein Inneres entblößt. Vàkur entlockte ihm Antworten, wo er keine geben wollte, und je mehr Antworten er gab, umso tiefer verstrickte er sich in Widersprüche. Er verteidigte sich verzweifelt und taumelte doch immer weiter in den Abgrund hinab. Vàkur führte ihm seine Schuld wieder und wieder vor, verdrehte alles, was Fionn Gutes anführte, zeigte ihm seine Verfehlungen auf, seinen Ungehorsam, sein gesamtes, nur auf sich gerichtetes Verhalten.

Unvermittelt schwenkte Vàkur um und verlangte von Fionn Auskünfte über seinen Auftraggeber. Er setzte den jungen Mann immer mehr unter Druck, wiederholte die Anschuldigungen, wobei seine Stimme immer schärfer geriet. Er schrie ihn an, dass er endlich sein Wissen preisgeben solle. Er beschimpfte Fionn, beleidigte ihn, demütigte ihn. Dann machte er sich über ihn lustig, warf ihm Dummheit vor, bezeichnete ihn als Lügner, als Betrüger, als schlechten Sklaven seines Herrn, der ihm nie gut gedient hätte und sich schon lange durch den Mord zu befreien suchte. Fionn musste sich anhören, dass durch seine Schuld alle Bogins im Gefängnis verrotteten, dass er sie alle durch seine Sturheit verriet und dem Pranger, wenn nicht gar der Folter unterwarf.

Fionn bat und bettelte, es möge aufhören, man möge ihn endlich in Ruhe lassen, er habe nichts weiter zu sagen, und das sei die Wahrheit. Vàkur reagierte zusehends wütend darauf und setzte Bestrafungen an: Fionn musste stundenlang stehen, durfte nicht schlafen, bekam scharfes Essen, aber nichts dazu zu trinken. Wenn er dann um Wasser bat, bekam er zur Antwort: »Du willst Wasser? Hier hast du es!« Und dann wurde sein Kopf in einen tiefen, voll gefüllten Eimer getaucht, so lange, bis er Panik bekam, zu ertrinken. Kurz bevor es dazu kam, wurde er hoch gerissen, er konnte gerade zwei- oder dreimal nach Luft schnappen, dann wurde er wieder untergetaucht. Mehrmals hintereinander litt er Todesängste, bis die Strafe beendet war.

Irgendwann – er hatte längst aufgehört, die Tage zu zählen – war der junge Bogin nur noch ein wimmerndes Bündel, das zusammengekrümmt wie ein Kind schlief, oftmals auch nur dasaß und vor sich hinmurmelte, oder den Oberkörper vor- und zurückwiegte. Er wusste nicht mehr, was sie alles mit ihm anstellten, hauptsächlich blieben ihm die nie endenden Vorwürfe, das Verdrehen seiner Worte und das Anschreien im Gedächtnis. Egal, was er sagte, Vàkur wies stets auf seine Schuld hin, mit der er den Untergang seines Volkes auf sich lud.

Fionn war allmählich soweit, daran zu glauben, denn alles andere ergab keinen Sinn mehr. Das Schlimmste war, dass er nur Vàkur als Ansprechpartner hatte; all seine Versuche, mit den Verhüllten zu reden, schlugen fehl. Sie antworteten nicht, wahrscheinlich hörten sie ihm nicht einmal zu. Er war ihnen völlig egal; sie hätten ihn wohl auch noch als Toten herumgeschleppt, wenn es ihnen aufgetragen würde.

Kälte und Hunger zehrten ihn aus, seine Haut juckte und verschorfte, weil er sich nicht waschen konnte. Schlimmer als Vieh wurde er gehalten, und er empfand sich als Aussätzigen, der sich nie wieder ins freie Tageslicht wagen durfte. Vàkur zeigte ihm seinen Zustand, zerrte ihn vor einen Spiegel, und Fionn erschrak vor dem, was er da sah. Kein Waldschrat konnte schmutziger, abstoßender und elender sein als er. Die schlimmste Schmach für einen Bogin, der stets auf Reinlichkeit und ordentliche Kleidung achtete.

»Du schämst dich?«, fauchte Vàkur. »Du ekelst dich? Zurecht! Du bist ein stinkendes, verlottertes Stück Fleisch. Dein Innerstes ist nach außen gekehrt worden, wir haben es sichtbar gemacht. Sieh dich an, das ist dein wahres Selbst! Und deswegen bist du hier. Verlass dich drauf, wir werden dich reinigen!«

Und so geschah es. Sie banden ihm die Augen zu und schleppten ihn in einen anderen Raum, rissen ihm den Umhang herunter, und dann übergossen sie ihn mit Eimern eiskalten Wassers. Der Schock war so groß, dass sein Herzschlag für einen Moment aussetzte. Fionn schrie und jammerte, sprang hin und her und versuchte auszuweichen, doch sie waren überall, holten Nachschub und schleuderten das Wasser mit Schwung gegen ihn; Kälte und Schmerz.

Das geschah nun jedes Mal nach dem Verhör, und beim dritten Mal hielten sie ihn fest und schrubbten ihn mit Seife und harten Bürsten, bis er glaubte, keine Haut am Leib mehr zu haben.

»Du bist ansteckend, du räudiges, krätziges Stück Dreck«, sagte jemand voller Abscheu.

Ich bin zertrümmert, dachte er, nachdem sie ihn anschließend in seine Zelle geworfen hatten. Seine Haut brannte, und er war sicher, dass die Hälfte seiner Haare ausgerissen waren; aber wenigstens war er sauber, endlich einmal. *Es ist hoffnungslos, sie werden niemals aufhören, und Tuagh wird mich niemals finden. Sie werden solange weitermachen, bis ich tot bin. Es gibt keinen Grund für das, was sie tun, aber sie tun es trotzdem. Vàkur tut so, als wäre es nur seine Pflicht, aber er hat Freude daran, ganz gewiss hat er das.*

Er nahm sich vor, Vàkur damit zu konfrontieren, er musste weg von den Fragen gegen ihn, sondern ablenken, auf ein anderes Ziel schwenken. Obwohl er schon so viele Auseinandersetzungen mit seinem Peiniger hinter sich hatte, hatte er sich nie richtig auf ein Verhör vorbereiten und die Unterhaltung vorher einstudieren können. Vàkur hatte ihn jedes Mal überlistet, und es war immer noch schlimmer geworden.

Heute nicht, das nahm Fionn sich ganz fest vor, heute würde es ihm gelingen.

Er wartete, bis sie ihn an den Stuhl gefesselt hatten, die Kapuze hinunterschlugen und die Augenbinde abnahmen.

Und dann wäre er vor Schreck beinahe hintenüber gefallen.

Ihm gegenüber saß gar nicht Vàkur.

Da stand ein Troll.

Fionn blieb die Luft weg, seine Kehle schnürte sich zu, und er schnappte wie ein Fisch auf dem Trockenen nach Luft.

Obwohl er noch nie zuvor einen Troll gesehen hatte, hegte er keinerlei Zweifel. Das Wesen war so groß, dass es in die Knie gehen, sich nach vorn beugen und den Kopf einziehen musste, um überhaupt in diesem Raum stehen zu können. Alles an ihm war grob und plump und wirkte steinern. Er trug nicht mehr als einen Lendenschurz, der aus zwei zusammengesetzten Bärenfellen bestand, an denen noch die Pranken baumelten. Die kleinen Augen in dem Felsgesicht glühten rot und wild. Er könnte den jungen Bogin mit seinem Daumen einfach zerquetschen, und dies vermutlich ohne Kraftaufwand.

Aber eines an ihm war trotzdem merkwürdig. Seine normalerweise steingraue Haut war blau angelaufen, und er zitterte und schlotterte, als würde er unglaublich frieren.

»Ja, da siehste ma'«, fing der Troll mit röhrender Stimme an, die beinahe den Raum sprengte; unmöglich konnten die Wände diesem donnernden Schwall an Tönen lange standhalten. Fionn wand sich stöhnend und knirschte mit den Zähnen. Er spürte, wie ein Äderchen in seiner Nase platzte und sie zu bluten begann.

»Jetzt bin ich dran«, fuhr der Troll mit deutlich gedämpfter Stimme fort, als er merkte, dass ansonsten das gesamte Gebäude zusammenbrechen würde. »Ich bin Blaufrost. Ziemlich passend, was?«

Fionn konnte nicht antworten, seine Ohren klingelten immer noch, und in seinem Kopf dröhnte es. Er keuchte.

»Scheinst dich nich' recht wohl zu fühln in meiner Nähe«, mutmaßte der Troll und zog den Mund in die Breite. Jeder einzelne Zahn darin war so groß wie eine Kinderhand und so dick, dass er mühelos einen Stein zermahlen konnte. »Haste recht. Deswegen hamse mich geholt. Weil du nämlich 'n ganz schlimmer Finger bist und dich weigerst, deine Schuld einzugestehen. Und weißte was? Ich verabscheue Lügner.«

Fionn stieß ein kurzes Quieken aus, das klang wie eine Maus, wenn die Katzenpfote sie trifft. Blaufrost näherte seinen riesigen Schädel dem kleinen Bogin, der sich in seinen Fesseln nicht regen konnte. Ein übler Gestank nach faulen Eiern schlug Fionn entgegen, und er hätte sich beinahe übergeben, konnte aber gerade noch hinunterschlucken, was dann noch mehr Übelkeit verursachte. Der Troll hatte seinen Mund geöffnet und sprach nun so leise, wie er nur konnte, aber nicht weniger drohend.

»Weißte, was ich mit dir mache, wenn du weiter so 'n dreckiger kleiner Lügner bist? Ich werd dich nehmen und erst in die Länge ziehn, und dann werd ich dich zusammenquetschen, und anschließend werd ich dir jeden Arm und jedes Bein ausreißen, wie du's früher als Hosenscheißer bei den Fliegen gemacht hast, und dann werd ich dich ausweiden, und erst ganz zuletzt kommt dein Kopf anne Reihe. Deine Augen darfste bis zum Schluss behalten, damitste ja nix versäumst.«

Fionn glaubte jedes einzelne Wort. Seine Todesangst ließ es nicht zu, dass er sich äußerte, aber er hätte auch gar nicht gewusst, was er hätte sagen sollen. *Bitte, lieber Herr Troll, tu das nicht?*

Er schlotterte nun ganz genauso wie der Troll.

»Vielleicht«, fuhr der Troll namens Blaufrost fort, »fang ich auch erst mit den ganz kleinen Sachen an. Glaub nich', dass ich das nich' kann. Ich seh grob aus, nich? Kann aber Feinarbeit leisten, echt wahr. So 'n Ohr abreißen zum Beispiel. Nägel ziehen. Nase abbeißen. 'n Stückchen von der Zunge abschneiden – ich mag frische Zunge, lecker is' die, die ess ich immer gleich. Und dann wärn da noch deine Nippel, da krieg ich ja gleich Hunger ...«

Mehr bekam Fionn nicht mehr mit, weil er in Ohnmacht fiel.

Als er wieder zu sich kam, war er in seiner Zelle. Doch Fionn wünschte sich, er wäre nie wieder zu sich gekommen, denn er hatte begriffen, dass ihm nun das Schlimmste erst bevorstand. Alles andere war nur das Vorgeplänkel gewesen. Sie würden sich Zeit mit ihm lassen, sehr viel Zeit. Und dann würde Vàkur zur Abwechslung das Verhör fortsetzen und Fionns Seele sezieren, zerschneiden, zerstückeln. Sie würden ihm unaussprechliche Dinge antun, das wusste er jetzt.

Und da wurde es ihm klar, stand ihm deutlich vor Augen.

Ja, das war es.

Er dachte gar nicht mehr viel darüber nach, denn es war wie eine Erleuchtung gewesen, die seinen Geist wie ein Blitz in der Nacht erhellte. So weit hatte es kommen müssen, dass er es endlich begriff.

Er entspannte sich.

Zum ersten Mal seit seiner Entführung schlief Fionn tief und ohne Angst, nicht einmal mehr die Kälte konnte ihm etwas anhaben.

Fionn wehrte sich nicht, wie sonst so oft, als sie ihn abholen kamen, er blieb ruhig und gelassen, ließ sich einfach wie eine Puppe in der Kinderhand mitschleifen. Die Treppe musste inzwischen schon ganz ausgetreten sein bei dem vielen Hin und Her, fiel ihm unterwegs ein, und beinahe hätte er gelacht. Nun, da er an diesem Punkt angekommen war, fand er viele Dinge sehr komisch.

Die Fesseln wurden angelegt und die Augenbinde wurde abgenommen; alles alltägliche Routine. Fionn sah seine Erwartung bestätigt, dass er heute wieder Vàkur gegenübersitzen würde.

»Wie geht es dir?«, fragte der Mann.

»Gut, danke«, antwortete Fionn. »Ich habe mich noch nicht für die

Waschprozedur bedankt, ich fühle mich seither viel besser. Beschmutzt, aber gereinigt.«

»Das lag in unserer Absicht.« Vàkur beugte sich vor, und zum ersten Mal konnte Fionn seine dunklen Augen erkennen. Wachsamkeit und Intelligenz sah er darin, und jetzt eine besondere Aufmerksamkeit noch dazu. »Haben wir also endlich Erfolg gehabt?« Ein gewisses Misstrauen schwang in der sonst farblosen Stimme mit. So ganz schien er nicht überzeugt, vielleicht irritierte ihn Fionns ruhiges Verhalten.

»Alles ist zu Ende ...«, sagte Fionn und sah seinem Peiniger furchtlos in die Augen. »Ab hier geht es nicht mehr weiter.«

»Was hat das zu bedeuten?«

»Ich habe nichts mehr zu sagen. Gar nichts. Ich werde weder weiterhin meine Unschuld beteuern noch euch liefern, was ihr haben wollt. Ich bin am Ende angelangt.«

»Das ist deine volle Überzeugung?«

»Ja.«

»Du beharrst darauf, nicht nachzugeben?«

»Ja.«

»Und du wärst sogar bereit, dafür zu sterben?«

»Ja.«

Fionn antwortete ohne zu zögern. Darauf war es doch von Anfang an hinausgelaufen.

Vàkur wirkte für einen Moment nachdenklich, doch nicht endgültig überzeugt.

»Hm. Wenn ich dich foltere, wirst du irgendwann gestehen. Das tut jeder.«

Fionn nickte. »Ich werde selbstverständlich alles sagen, nur um den Schmerz zu beenden, und das wird nicht lange dauern, denn ich habe Angst und kann auch nicht viel aushalten. Aber das ist dann kein Geständnis. Es ist nicht meine Überzeugung.«

»Eine romantische und pathetische Einstellung.« Vàkur winkte ab. »Das hier ist aber keine Heldengeschichte, sondern nackte Realität. Du erlebst all dies wirklich. Du wirst keine Rettung erfahren. Es ist alles so, wie du annimmst.«

»Ich bin am Ende angekommen«, wiederholte Fionn. »Ich kann nicht mehr weiter. Ich will nicht mehr weiter. Ich bin müde. Mach mit mir, was du willst. Nichts kann das verhindern. Ich kann es nicht.«

»Doch, das kannst du. Indem du endlich alles zugibst.«

»Du nimmst doch nicht ernsthaft an, dass ich so dumm bin dir zu glauben, dass ich dann hier rauskomme? Und von einem ordentlichen Gericht verurteilt werde, vielleicht statt der Todesstrafe sogar die Gnade ewigen Kerkers erwarten darf?« Fionn stieß einen trockenen Laut aus. »Du wirst dir etwas Neues einfallen lassen, mich zu quälen. Vielleicht habe ich ja Glück, und du bringst mich einfach nur um und holst dir ein neues Spielzeug. Aber du wirst mich niemals gehen lassen.«

»Doch es ist immer noch deine Entscheidung.«

»Mich selbst aufzugeben? Möglich. Aber ändert das etwas? Nein.«

»Was macht dich so sicher?«

»Ich hatte Zeit nachzudenken. In der Dunkelheit meiner Zelle gibt es nicht viel Ablenkung. Also habe ich nachgedacht über die Heldengeschichten meiner Kindheit, und dann fielen mir auch die Erzählungen meiner Besucher am Tag meines Volljahres ein. Und ich dachte an die Lehren meines Meisters. Nach all dem habe ich verstanden, dass ich nichts dagegen tun kann, am Ende angekommen zu sein.

Es stimmt – es ist meine Entscheidung, *wie* ich es beende. Du hast mich so sehr gedemütigt, aber in meinem Inneren bin ich immer noch ich selbst. Ich weiß nicht, weshalb ihr euch diese tagelange Mühe gebt. Schon am ersten Tag hättet ihr alles mit Folter erledigen können. Also habt ihr es nicht getan, weil ihr nur den Mord aufklären wollt. Warum dann? Um festzustellen, wie weit man bei einem Bogin gehen muss, um ihn zu brechen? Pah!«

Fionn redete sich allmählich in Fahrt, auch weil er ausreden durfte. Weil Vàkur ihm tatsächlich zuzuhören schien.

»Egal, mit welcher Folter du in mich einzudringen versuchst, *das* wird dir nicht gelingen. Ich werde unter der Folter alles gestehen, was ihr verlangt, aber es sind Lügen, und das wisst ihr. Ich lüge euch an, damit ihr aufhört. Und die Wahrheit bleibt in mir, und nur ich kenne sie. Ich werde sie nie vergessen. An *meine* Wahrheit kommt ihr nicht heran, um sie zu verdrehen.«

Fionn reckte seine Haltung. »Und mehr habe ich dir nicht zu sagen.«

Für einen Moment herrschte Stille.

Sein Peiniger stand auf. Wahrscheinlich, um den Troll zu holen, damit der mit seiner Arbeit begänne.

Ich hoffe nur, ich werde schnell wieder ohnmächtig, dachte Fionn. Er war noch so im Rausch, dass er in diesem Moment keine Angst empfand. Es war eben so, nicht zu ändern, er fügte sich drein.

»Gut«, sagte Vàkur. »Du hast es begriffen. Und das ist der Anfang.«

Fionn blinzelte. Der Anfang? Wovon? Der Folter? Was sollte diese merkwürdige Bemerkung?

Vàkur las seine Gedanken von seinem Gesicht ab und gab Antwort.

»Von deinem Leben.« Er ging zu Fionn, öffnete seine Fesseln mit einem kurzen Ruck, dann schritt er zur Tür und öffnete sie. Licht fiel in einem breiten Fächer herein, das Fionn blendete.

»Komm«, sagte sein Peiniger. »Folge mir.«

Fionn hatte es nicht vor, doch er gehorchte. Etwas in der Stimme des Mannes verwunderte ihn, etwas hatte sich verändert. Mühsam stellte er sich auf die Beine und schwankte auf das Licht zu. Er spürte die Hand seines Peinigers auf der Schulter, der ihn nachdrücklich, aber keineswegs grob, hinausschob ins Licht.

Einen Moment lang konnte er nichts erkennen, weil ihn das Licht so sehr blendete. Doch dann gewöhnten seine Augen sich daran, und er erkannte, dass er in einem Raum stand, mit einem Fenster, durch das ungehindert Sonnenlicht hereinfiel. Der Raum war groß und freundlich eingerichtet, mit einem verlockenden Kaminfeuer, Tisch und Stühlen und Dekoration an der Wand. Irgendetwas an diesem Raum kam Fionn bekannt vor.

Gestalten bewegten sich in diesem Raum, die Fionn offenbar erwarteten; er konnte sie nicht genau erkennen, weil sie sich im Schatten aufhielten, und seine Augen waren nach den Tagen von Dunkelheit und Trübnis immer noch nicht vollständig angepasst.

Eine Gestalt trat jetzt nach vorn ins Licht, kleiner als er, aber kräftiger in der Statur.

Es war Tiw.

KAPITEL 9

EINEN BOGIN SIEHT MAN NICHT

Sie holten sie weiter zum Verhör ab, doch nicht willkürlich. Cady hatte vielmehr den Eindruck, dass die Wachen gezielt vorgingen. Jemand musste ihnen jeweils genaue Anweisungen geben, wer gerade zu holen war. Manchmal nahmen sie nur einen Bogin mit, manchmal bis zu drei. Woran sie sich orientierten, konnte die junge Frau nicht herausfinden, denn sie stellten keine Fragen. Sie schritten die Gitter ab, dann öffneten sie und deuteten auf den oder die Bogin, mitzukommen.

Und nicht alle kehrten verstört zurück; manche erzählten, es wäre gar nicht weiter schlimm gewesen. Sie seien in einen Raum geführt und auf einen Stuhl gesetzt worden, man habe ihnen ein paar Fragen gestellt – der Fragende sei jedes Mal ein Mensch gewesen –, und diese hätten sie nach bestem Wissen beantworten können. Name, Alter, Zugehörigkeit. Weitere belanglose Fragen, und dann wurden sie zurückgebracht.

Die Verstörten konnten keinerlei Auskünfte geben, selbst wenn sie ihren Schrecken überwunden hatten und wieder ansprechbar waren. Sie konnten sich an nichts erinnern, und wenn man sie auf den Satz, den sie alle nach der Rückkehr wie unter Trance aufsagten – »Ich habe in das Auge geblickt« – ansprach, so hatten sie keine Erklärung dafür.

Cady stellte Vergleiche an, wer geholt wurde, und wer verwirrt zurückkam. Zumeist waren es ältere Bogins. Kinder wurden zwar weiterhin ebenfalls festgehalten, aber wenigstens nicht vernommen. Und ein noch größeres Glück war, dass Onkelchen Fasin, der Älteste der Alten, bisher verschont blieb. Alana und Hagán kümmerten sich die ganze Zeit um ihn und sorgten dafür, dass sein Kummer nicht zu groß wurde. Fionns Eltern hielten ohnehin alles zusammen; sie waren die Stärksten von allen, und Cady liebte sie dafür. Auch sie waren bisher nicht geholt worden.

»Das ist ein wahres Glück«, sagte Cady zu ihnen. »Ich könnte es mir Fionn gegenüber nie verzeihen, wenn ...«

»Kein Glück«, sagte Hagán und legte den Finger an die Lippen.

»Sei nicht naiv, Kindchen.« Alana sah sie fast ein wenig mitleidig an.

»Einen Bogin sieht man nicht.«

Das begriff Cady nicht.

»Wir können nicht alle schützen«, fuhr Hagán leise fort. »Deshalb stärken wir sie mit unseren Liedern. Das gibt auch den Armen die Kraft zurück, die ihnen genommen wird.«

»Kraft ... genommen?«

»Mhm. Irgendetwas saugt sie aus, deswegen kommen sie halb verrückt zu uns zurück. Wir haben uns mit Onkelchen Fasin beraten, und er ist unserer Meinung. Deshalb schützen wir dich, uns, Onkelchen Fasin und noch ein paar andere, so gut es eben in unseren Möglichkeiten steht.« Mehr waren sie nicht bereit preiszugeben.

Es gab also einen ganz bestimmten Plan. Cady ging keinen Moment mehr davon aus, dass es um den Mord in Meister Ian Wispermunds Haus ging; das war nur ein Vorwand gewesen. Doch wofür? Waren sie tatsächlich zu ihrem Schutz hier unten? Aber weshalb waren einige Bogins dann so verstört und voller Angst, wenn sie zurückkamen? Oder waren hier etwa ... *zwei* Kräfte am Werk, die unterschiedliche Ziele verfolgten? Und was hatten Fionns Eltern mit dem Aussaugen gemeint?

Fest stand, dass Cady nur dann mehr herausfinden konnte, wenn sie es schaffte auszubrechen. Sie war stolz darauf, überhaupt auf die Idee zu kommen, denn das war so gar nicht Bogin-Art. Doch außergewöhnliche Umstände erforderten außergewöhnliche Entscheidungen, außerhalb dessen, was vertraut und gewohnt war.

Und dieser Augenblick erschien ihr nicht mehr so fern, denn sie beobachtete das Vorgehen der Wachen ganz genau. Es waren nicht immer dieselben, doch die Zusammensetzung war stets gleich: Zwei Elben, zwei Menschen. Die Menschen holten die Bogins, die munter zurückkehrten, die Elben die anderen. Also ... steckten Elben hinter dem Schrecken? Diese Vorstellung raubte Cady fast den Atem. Das wäre ... ungeheuerlich! Elben und Verschwörung? Unmöglich! Das wurden allmählich zu viele revolutionäre Gedanken auf einmal; musste sie am Ende an ihrem Verstand zweifeln?

Andererseits mussten die Menschen mit unter der Decke stecken, denn schließlich waren sie jedes Mal dabei. Sie mussten doch wissen, dass es zwei verschiedene Verhörmethoden gab!

Aber was konnten Elben schon von Bogins wollen?

Ich muss es herausfinden.

Sie orientierte sich zuerst an den Elben, dann an den Menschen. Elben gingen immer gleich sorgfältig vor, sie vergaßen niemals etwas und wurden nicht nachlässig. Damit erleichterten sie es Cady, herauszufinden, welche Zeitabstände zwischen den Mahlzeiten vergingen, den Verhören, und der allgemeinen Kontrolle. Elben waren so gesehen absolut berechenbar, sie rückten niemals von der Linie ab. Menschen waren in diesen Dingen nie so sehr exakt. Zu Beginn vielleicht, aber ihre Sorgfalt ließ bald nach. Cady kannte das aus dem Haushalt ihres Herrn. Die Elben führten selbst kleine Handgriffe immer in derselben Reihenfolge aus, jede Wiederholung unterschied sich in nichts von der vorherigen Handlung. Die sie begleitenden Menschen achteten darauf nicht sonderlich; sie verteilten das Essen mal so und mal so, vergaßen schon mal den Schlüssel für eine Gittertür oder hatten den falschen dabei. Die Elben reagierten darauf ungehalten, das war ihren Mienen anzusehen; kritisiert jedoch, noch dazu vor den Gefangenen, hätten sie nie. Das kam aber sicher später, auf dem Posten – was aber nichts änderte, wo die Elben gleichbleibend sorgfältig waren, waren die Menschen gleichbleibend von einer gewissen Nachlässigkeit.

Diese beiden Völker sahen sich so ähnlich wie kein sonstiges Volk einem anderen glich, nahezu zum Verwechseln, und trotzdem waren sie grundverschieden. Die Menschen ließen sich nicht von anderen dreinreden, und die Elben auch nicht. Sie gingen auf einander ein, soweit sie es als notwendig erachteten, und kamen einander aber auch keine Zehenlänge weiter entgegen.

Damit hatte Cady mehrere Ansatzpunkte. Da sie ohnehin nichts zu tun hatte, beobachtete sie jeden Schritt, jeden Handgriff ganz genau. Und dann, als ein Verhör stattgefunden hatte und die nächste Mahlzeit noch nicht zu erwarten war, handelte sie.

Einen Bogin sieht man nicht.

Das wurde schon den Kleinsten beigebracht, aber Cady hatte das nie wörtlich genommen, sondern als Anweisung gesehen, die Herrschaft nicht zu stören. Doch es *war* ihre Stärke, das begriff sie jetzt. Sie beobachtete, wie die Wachen in ihre Zelle schauten, und ihr Blick glitt jedes Mal an Onkelchen Fasin, Alana und Hagán vorüber; wahrscheinlich auch an einigen anderen, doch auf die achtete Cady nicht. Und nun verstand sie, wie das eigentlich gemeint war – ein Bogin wurde nicht bemerkt, wenn er es nicht wollte. Er tat einfach, als wäre er nicht da; und das funktionierte! Es war wie eine magische Macht; vielleicht lag es an der Aura der Bogins, denn sie strahlten an sich Stille und Bescheidenheit aus, die von jedem gern übersehen wurde.

Cady versuchte es einfach. Als ihre Tür geöffnet wurde, befand sie sich direkt neben dem Schloss. Der Mensch sah sie, doch er nahm sie nicht bewusst wahr, denn er achtete nicht weiter auf sie. Cady hatte ein Stück Stoff bereitgehalten, das verhindern sollte, dass sich der Riegel vollends schlösse. Außerdem hatte sie eine Nadel aus einer Mantelschließe dabei, die man ihr nicht abgenommen hatte.

Zwei Verstörte wurden ins Verlies zurückgebracht und zogen die Aufmerksamkeit aller auf sich. Sie wurden umringt und besorgt befragt. Die Wachen achteten nur noch auf die Gruppe um diese beiden, Cady war endgültig vergessen. Sie schob den Stoff vor das Schloss und war kurz erschrocken, als sie das vertraute »Klick« hörte, doch der Stoff saß fest. Vielleicht war er zu dünn gewesen . . .

»Gebt Ruhe!«, sagte eine Elbenwache und trat näher ans Gitter. »Benehmt euch gefälligst anständig und hört mit diesem Geschrei auf! Die kommen schon wieder zu sich, wie alle anderen auch.«

Cady hielt die Luft an, doch auch der Elb bemerkte sie nicht. *Verdammt, warum hab ich das nicht schon längst herausgefunden? Warum hat mir das keiner gesagt, nicht mal hier unten? – Nun gut, ›du weißt es jetzt, und das genügt doch‹, würde Onkelchen Fasin sagen. Und recht hätte er.* Aufgeregt presste sie die Faust gegen die Brust. *Phänomenal*, dachte sie.

»Aber warum tut ihr das?«, rief jemand. »Wir haben niemandem etwas getan, das muss euch doch inzwischen klar geworden sein!«

»Niemand ist unschuldig«, schnarrte der Elb. »Niemand ist grundlos im Verlies.«

»Ach, das hätte jetzt auch ein Mensch sagen können«, erklang eine andere Stimme. »Irgendwann wird man euch gar nicht mehr unterscheiden können, weil jeder wie der andere ist!«

»Genau: Arrogant, herablassend, unverbesserlich.«

Einige Bogins lachten, der Elb warnte sie wütend, vorsichtig mit ihrer Wortwahl zu sein.

»Ach, pluster dich doch nicht so auf«, kam es daraufhin aus einer anderen Ecke.

Das musste man ihnen lassen, den Mund konnte man den Bogins nicht verbieten, so viel Angst sie auch haben mochten. Aber sie waren nun schon so lange hier unten, und da konnte selbst das sanfteste Geschöpf die Geduld verlieren. Einen Bogin zeichnete grundsätzlich aus, niemals aufzugeben, und er besaß einen ganz eigenen Stolz. So leicht war er nicht zu brechen, wie man ja an den Verstörten sah: Sie kamen wieder zu sich – ohne Erinnerung, aber das war vielleicht nicht das Schlechteste.

Cady hörte dem weiteren Wortwechsel nicht mehr zu, sondern beschäftigte sich mit dem Schloss. Sie wollte keinen Moment verlieren, denn sie konnte hier unten die Zeitabstände nur schätzen und leise mitzählen, während sie etwas unternahm. Viel Zeit blieb ihr sicher nicht.

Sie fuhr zusammen, als plötzlich jemand neben ihr auftauchte – Melissa, ihre Freundin, die mit ihr im selben Haushalt lebte. Melissa war ein paar Jahre älter als Cady und würde bald heiraten. Das heißt, falls sie jemals hier wieder herauskamen.

»Was machst du denn da?«, zischelte sie.

»Psst, sie dürfen dich nicht bemerken …«

»Weiß ich. Tun sie auch nicht.«

»Oh.« Anscheinend hatte es jeder gewusst, außer Cady; und ihr hatte es niemand gesagt, weil man davon ausgegangen war, dass sie … *Ach, lassen wir das*, schob sie den Gedanken verärgert beiseite. Gedankliche Wiederholungen dazu brachten nichts. Sie wusste es jetzt.

»Also, was tust du?«

Sie tuschelten sich gegenseitig so leise ins Ohr, dass ein Mäusehusten lauter gewesen wäre.

»Ich breche aus.«

»Wa… Du haust ab?«

»Erst mal umsehen.«

»Ich komme mit.«

»Melissa, das solltest du nicht tun.«

»Cady, davon kannst du mich nicht abhalten.«

»Bogins tun so etwas nicht, das weißt du.«

»Und seit wann bist du kein Bogin mehr?«

»Melissa. Sei vernünftig. Ich bin wahrscheinlich verrückt geworden.«

»Na gut, dann ich auch.«

Cady verdrehte die Augen. Sie warteten, bis die Wachen endlich verschwunden waren, den Gang hinunter und die Treppe hinauf. Cady zählte in Gedanken mit, lauschte auf jeden Schritt; inzwischen konnte sie sogar – weil es so still hier unten war – die Bewegungen der Elben hören, ein ganz leichtes Schleifen ihrer Stiefel auf dem körnigen Stein.

Kaum waren die Schritte verklungen, da fummelte Cady auch schon am Schloss herum, Melissa unterstützte sie dabei, und tatsächlich bekamen sie es auf. Es war gar nicht so schwer; anscheinend glaubte niemand, dass Bogins das jemals fertig brächten. Andererseits – welche Gefangenen waren denn normalerweise hier unten? Vielleicht in Ketten gelegte Verurteilte? Ja, das musste es sein.

Die Mitgefangenen zeigten keine Regung. Natürlich beobachteten sie die beiden jungen Frauen, doch sie würden nichts dazu sagen, das wäre nicht Bogin-Art. Vermutlich verstanden sie sowieso nicht, was hier vorging, und Cady konnte nur hoffen, dass Onkelchen Fasin hiervon nichts mitbekam. Er wäre wahrscheinlich höchst empört über das Verhalten der beiden jungen Frauen.

Schließlich schlüpften sie hinaus, intensiv, aber wortlos von den anderen beobachtet. Wahrscheinlich versuchten sie immer noch zu begreifen, was hier vor sich ging.

»Wo willst du denn hin?«, flüsterte Melissa. »Nach oben geht es doch rechts entlang!«

»Weiß ich. Aber hier links führt es weiter, und ich will wissen, wohin«, gab Cady zurück. »An den Wachen kommen wir niemals vorbei, ob wir nun Bogins sind oder nicht. Hier unten sind sie abgelenkt und unaufmerksam, aber die Treppe hinauf würden sie uns bemerken, egal wie unsichtbar wir uns machen wollen. Und dann? Wie wollen wir an den Türwachen vorbei kommen? Nein, ich sage dir, es gibt hier noch andere Wege. Ich suche nach einem Pfad nach draußen, den die Wachen nicht kennen.«

»Ist ja schon gut, also lass uns links gehen.«

»Du musst nicht mitkommen.«

»Hörst du wohl endlich auf?« Melissa schubste Cady vorwärts, und sie huschten an den Gittern vorbei auf das dunkle Ende des Gangs zu.

Es ging tatsächlich weiter, so wie Cady vermutet hatte. Die Fackeln hörten am letzten Verlies auf, doch der Gang war damit keineswegs zu Ende.

»Heb mich hoch«, verlangte Cady von ihrer Freundin. »Wir müssen eine Fackel mitnehmen.«

»Zwei!«

Melissa nahm es auf sich, Cady zweimal hochzuheben, obwohl sie stöhnte und ächzte und sich beschwerte, aber unter keinen Umständen wäre sie ohne Fackel gegangen.

Der Gang wurde schmaler, und ein abgestandener, schaler und zugleich feuchter Geruch schlug ihnen entgegen. Hand in Hand, eine Fackel nach vorn, die andere nach hinten gehalten, wagten sie sich weiter. Der Gang bog und wand sich tiefer in den Fels hinein, und es ging leicht abwärts. Schließlich erreichten sie zu ihrer Überraschung ein weiteres Verlies, eines, das sehr viel älter wirkte. Es war gröber behauen, die Decke niedriger, das Gestein scharfkantig. Die Gitter waren rostig, aber verschlossen. Von hier aus führten noch weitere Gänge tiefer in den Hügel. Die Vermutung, dass der Palast auf einem älteren Labyrinth errichtet worden war, erschien ihnen immer wahrscheinlicher.

»Denkst du, es gibt noch viel mehr Verliese?«, fragte Melissa mit zitternder Stimme. Sie zog die Schultern hoch, ihr war kalt, aber sie hatte auch Angst. Nicht etwa vor einem Geist oder Ungeheuer, sondern vor dem, was sie hier entdecken mochten. Dass die Wachen plötzlich hier auftauchen würden, war mehr als unwahrscheinlich. Der schlierige Boden zeigte keine Spuren, außer ihren eigenen. Eine gute Orientierungshilfe, denn woher sollten sie wissen, wo sie sich befanden?

»Ich will es nicht hoffen«, murmelte Cady. »Dieses hier ist schon groß genug.« Sie schätzte, dass es gut doppelt so groß wie das andere war. Wer mochte einst hier geherrscht und diese Schreckenshöhlen gebaut haben? Es war ein sehr weiter Weg; wer so tief unten Gefangene ablud, dann wohl kaum, um sie am Leben zu erhalten, das wäre mühsam und zu aufwendig. Also verschwanden hier Leute, die unerwünscht waren, oder ...

Nun, das war lange her. Vermutungen anzustellen, war müßig.

Cady schwenkte die Fackel, die weiteren Gänge interessierten sie. Wo mochten sie hinführen?

Melissa allerdings hatte genug, sie war nicht mehr neugierig. »Lass uns zurückgehen, hier entdecken wir nichts, und es gibt auch keinen Fluchtweg.«

»Da bin ich nicht so sicher.«

»Wie willst du den finden? So weit reicht keine Fackel . . .«

Cady zögerte. »Dann will ich wenigstens einen Blick in die Verliese werfen.«

»Warum? Lass das, Cady! Wir brauchen nicht zu wissen, welche armen Tröpfe hier unten verrotten mussten.«

»Doch. Das müssen wir.«

Melissa versuchte, sie am Arm festzuhalten, aber Cady zog sie einfach mit sich. Sie hatte ebenso viel Angst wie ihre Freundin, aber es gab kein Zurück. Sie waren hier, um alles herauszufinden.

Dicht aneinander gedrängt gingen sie auf das erste Verlies zu und leuchteten hinein; es war leer. Ein paar modrige Überreste von verschimmeltem Stroh waren zu erkennen, sonst nichts. Cady war auf das Aufglühen von Augen gefasst gewesen, Augen kleiner heimlicher Wesen, die hier unten lebten; Ratten, Mäuse, Wühler . . . aber hier gab es nichts. Es war sehr still, abgesehen von gelegentlichem Tropfen auf Stein.

Das zweite Verlies – auch nichts, aber dann, im Dritten; Cady hätte vor Schrecken beinahe die Fackel fallen gelassen, und die beiden jungen Frauen machten gemeinsam einen Satz rückwärts.

Mit geweiteten Augen, die Gesichter flackernd von den Fackeln beleuchtet, starrten sie sich an. Jede las im Gesicht der anderen, dass sie sofort begriffen hatte.

»Cady . . . Cady, was ist das?«, stieß Melissa wimmernd hervor.

»Ich weiß nicht. Wir müssen noch einmal nachsehen. Es war zu kurz, ich war zu überrascht.«

»Ich gehe da nicht näher hin, sieh du nach . . .«

Cady rüttelte an dem verrosteten Gitter, das sich plötzlich aus der morschen Verankerung löste und scheppernd zu Boden fiel. Dann ging sie über den aufstiebenden Staub hinweg widerstrebend hinein. Melissa hörte ein Rasseln von Ketten und dann den erstickten Aufschrei der Freundin. Gleich darauf kehrte sie zurück, sämtliche Farbe war aus ihrem Gesicht gewichen, selbst ihre rosigen Wangen waren leichenblass geworden.

»Wir gehen jetzt«, sagte sie tonlos.

»Was hast du gesehen?«, flüsterte Melissa erstickt. »Ist ... ist es das, was ich ... vermute?«

»Reden wir nicht darüber.«

»Aber wenn es stimmt ...«

»Sei still!« Cady drängte Melissa gegen die Wand und drohte mit dem Zeigefinger. »Schweig«, fuhr sie heiser fort. »Schwöre mir, dass du schweigst. Wir haben nichts gesehen, nichts gefunden, wir wissen nichts.«

Tränen rannen Melissa über die Wangen. »Wie können wir ...«

»Wir müssen.« Cady klopfte Melissas Gewand ab und glättete es. »Wir werden beide jetzt sehr tapfer sein und nichts von dem verlautbaren lassen, was wir gesehen haben. Denn wir wissen tatsächlich nichts. Wir wissen nicht, was das zu bedeuten hat, wir können nur vermuten. Und das ist trügerisch, solange wir nichts Genaues wissen. Daher ist es wichtig, dass wir unsere Gedanken hüten. Spielen wir dem Feind nicht noch in die Hände.«

Melissa schluckte heftig, dann nickte sie. »Ja, du hast recht. Aber was tun wir jetzt?«

»Komm. Wir gehen sehr schnell zurück.«

Damit war Melissa nur allzu einverstanden. Unterwegs redete Cady weiter. »Sehr wichtig ist es, sofort den Schutz für Onkelchen Fasin zu verstärken. Sprich mit Alana, aber sag ihr nicht mehr. Sag ihr zur Not, dass du nicht darüber reden kannst. Du hast mir einen Eid geschworen, und sie wird verstehen. Und dann werdet ihr euch verhalten wie immer, aber ihr müsst euch besser stärken.«

»Cady, wie redest du denn? Du bist doch auch ...«, setzte Melissa an; inzwischen waren sie wieder bis zu ihrem eigenen Verlies zurückgekehrt, und Cady winkte sie zu den Fackeln, ohne sie ausreden zu lassen.

»Los, heb mich noch mal hoch. Das ist wichtig.«

»Weitere Fackeln? Aber die werden doch merken, dass sie fehlen ...«

»Sie können es sich aber nicht erklären, wenn die Gitter verschlossen und alle Bogins da sind.«

»Was willst du denn mit ...«

»Still jetzt und hilf mir! Uns bleibt nicht mehr viel Zeit.«

Melissa gehorchte erschrocken; Cady nahm sich vier weitere Fackeln. Dann löschte sie alle bis auf eine und steckte die fünf anderen in den Gürtel; mehr passten nicht hinein.

»Cady«, schluchzte Melissa. »Nein, du bist verrückt ...«

»Hör zu.« Cady stellte sich vor sie hin und ordnete ihr behutsam die Haare, strich sanft über ihre Wange. »Da hinten gibt es weitere Gänge, und ich bin sicher, einer führt hinaus. Ich denke, die Fackeln werden lange genug reichen. Ich glaube, dass es eine Verbindung zwischen dem Labyrinth hier und den Kanälen der Stadt dort draußen gibt. Deshalb werde ich einfach immer dem Wasser folgen. Ich habe mir eingebildet, in der Ferne ein leises Rauschen gehört zu haben.«

»Und wenn die Verbindung nur so groß wie ein Rattenloch ist? Und wie willst du zurückfinden?«

»Ich hinterlasse Markierungen.« Cady holte einen blauen Wachsstift aus einer Tasche am Gürtel. Man hatte ihnen nur die Urrams abgenommen, alles andere aber belassen. »Damit, oder mit Fackelruß. Und ich bin sicher, es wird irgendwo einen geheimen Gang geben, der groß genug für mich ist. Vielleicht ein alter Fluchtweg aus dem Gebäude, das vor dem Palast hier gestanden hat.«

»Aber wenn du wirklich nach draußen findest, wo gehst du dann hin?«

»Zu Meister Ian Wispermund. Er ist auf unserer Seite, das weiß ich.«

»Woher willst du ...«

»Er ist nicht so dumm und veranlasst einen Mord in seinem eigenen Haus und lässt dann zu, dass Fionn fliehen kann. Ich kenne ihn mein Leben lang, und ich vertraue ihm mehr als meinem eigenen Herrn. Ich werde zu ihm gehen, und dann wird er mir dabei helfen, euch alle rauszuholen.«

Melissa schüttelte den Kopf. »Das ist ein undurchführbarer Plan, Cady, und sie werden wissen, dass du fehlst, wenn sie uns zählen.«

»Dann müsst ihr eben dafür sorgen, dass ich nicht fehle. Lass dir was einfallen, Melissa! Für die Menschen und die Elben sehen wir alle gleich aus, und wenn ihr es geschickt anstellt, zählen sie einen mehr. Das ist doch zu schaffen!«

Melissa umarmte die jüngere Freundin. »Ach, Cady«, flüsterte sie weinend. »Alana wird mich umbringen, wenn du jetzt auch noch fort bist. Und Onkelchen Fasin wird außer sich sein, er war wegen Fionn schon aufgebracht genug ...«

Cady drückte Melissa fest an sich. »Du bist mir wie eine Schwester. Ich zähle auf dich.«

Dann huschte sie in den dunklen Gang.

*

An einem geheimen Ort, während der Stummen Stunden.

Ein halbes Dutzend, vielleicht waren es auch zwei oder drei mehr, trafen sich zur verabredeten Zeit am verabredeten Ort. Sie gingen verhüllt, weil es ihre Gewohnheit war, denn untereinander kannten sie sich sehr genau, und schon lange. Sie sprachen sich niemals mit Namen oder förmlichen Anreden an, als wären sie alle gleich. Ihre Stimmen waren ton- und farblos, nicht mehr als ein Wispern im Wind.

»Ich habe die Seiten gelesen. Möchtest du sie in Verwahrung nehmen?«

»Gewiss. Ich muss sie auch noch sorgfältig studieren. Ich glaube nicht, dass wir schon alles darin gefunden haben.«

Ein Rascheln von Stoff, und eine mit Schnur gebundene Ledermappe wechselte von Hand zu Hand.

»Was sich darin befindet, ist gefährlich genug. Wir müssen handeln. Jetzt!«

»So war es geplant, auch ohne die Seiten. Doch seien wir froh, dass sie uns in die Hände gespielt wurden. Was ist mit dem Gelehrten, aus dessen Haus sie stammen?«

»Er wurde verhört, doch es besteht kein Grund, ihn zu verhaften. Das wäre zu auffällig.«

»Wieso besteht kein Grund? Brychan brachte die Seiten in sein Haus.«

»Aber Wispermund hatte keine Kenntnis von ihnen. Das wissen wir sicher. Es wurde kein Wort, keine Geste versäumt.«

»Warum habt ihr den verrückten Bucca laufenlassen? Der die anderen mit seinem Geschwätz aufgehetzt hat? Er hätte mehr Schaden als die Seiten anrichten können!«

»Er ist uns entwischt. Ein Fehler, aber nicht zu ändern. Er kann uns nicht weiter schaden. Aber da ist noch der andere.«

»Welcher andere?«

»Dessen Volljahr gefeiert wurde. Es steht inzwischen fest, dass er sich nicht bei den übrigen unten im Verlies befindet, und sein Herr weiß auch nicht, wo er ist. Er schien völlig überrascht, als er damit konfrontiert wurde.«

»Der ist geflohen? Er ist noch fast ein Kind. Dass er gerade erst sein Volljahr gefeiert hat, zeigt doch, dass er völlig ahnungslos und unschuldig ist. Wie kam er auf die Idee zu fliehen? Das ist nicht deren Art!«

»Deswegen sind wir ja besorgt. Der eine ist verrückt, wahrscheinlich von dem Gefasel seines Magisters wirr geworden, aber dieser Junge ... Den Jungen können wir überhaupt nicht einschätzen. Wir durchkämmen die ganze Stadt, aber ohne Erfolg. Wenn er sich noch hier aufhält, ist er gut versteckt.«

»Wo sollte er denn hingehen, bei allen Feuerdämonen? Er hat noch nie das Haus verlassen und weiß nichts über die Welt! Geschweige denn, dass er Freunde hat!«

»Möglicherweise ...«

»Ja? Möglicherweise?«

»Es könnte sein, dass er von den Seiten weiß. Nur eine Vermutung. Vielleicht sucht er nach ihnen. Oder ... nach dem Buch. Der Verrückte hat während der Feier schließlich davon gesprochen.«

»Du nimmst ernsthaft an, dass er ... die Stadt verlässt und sich auf die Suche ins Ungewisse begibt? Dann wäre er noch verrückter als der andere.«

»Vielleicht ist er das ja. Er sieht anders aus als normale Buccas, wahrscheinlich ist er auch anders.«

»Also schön. Dann stellt sofort eine Truppe zusammen und sucht nach ihm! Folgt jeder Spur. Aber haltet euch zurück! Wenn ihr ihn habt, behaltet ihn im Auge, aber lasst ihn noch frei laufen. Wenn er euch zu dem Buch führt, umso besser. Wir suchen schon so lange danach ...«

*

Meister Ian Wispermund lief unruhig in seiner Bibliothek auf und ab. Im Haus war es sehr still, so ganz ohne Bogins, und Verwahrlosung schlich sich ein. Noch war es nicht besonders augenfällig, doch durchaus zu bemerken, wenn man genau hinschaute. Ein falsch herum aufgehängter Mantel, eine Staubfluse in einer Ecke, vor allem aber vergaß der Meister über all den Grübeleien, regelmäßig zu essen. Freundlicherweise übernahm es die Ehefrau des Bruders seiner verstorbenen Gemahlin, ihn zu versorgen. Sie brachte ihm zu essen und etwas Ordnung ins Haus, doch sie hatte im eigenen Heim genug zu tun und konnte bei Weitem nicht ersetzen, was die Bogins leisteten.

»Dir wird nichts anderes übrig bleiben, du brauchst wenigstens eine Dienstmagd und einen Knecht«, stellte sie fest. »Ich kann diese Arbeit nicht ewig machen, ich bin doch nicht deine Frau.«

Auch seine Tochter kam nun ab und zu vorbei, um nach dem Rechten zu sehen, aber das genügte ihrer Ansicht nach nicht. Bisher hatte Meister Ian sich erfolgreich dagegen gewehrt, Fremde ins Haus zu holen. Gerade jetzt nicht. Er konnte niemandem mehr trauen. Außerdem war es fraglich, ob überhaupt jemand in einem Mordhaus arbeiten wollte. Gute Dienstboten zu finden, war derzeit nämlich sehr schwierig, weil sich alle Herrschaften, die Bogins gehalten hatten, in derselben Situation befanden und ebenfalls Bedarf an Dienstboten hatten. Also konnten die Arbeitsuchenden inzwischen wählerisch sein.

»Ich verstehe es einfach nicht«, murmelte der alte Mann, während er im Kreis lief, wobei er allmählich eine Spur auf dem alten Teppich hinterließ. »Was geht da vor sich?«

Jemand schlug die Glocke an seiner Tür, und er verharrte. Öffnen? Sich taub stellen? Abwarten, wie hartnäckig der fremde Besucher war?

Es läutete ein zweites Mal, und bedeutend ungeduldiger. Wer konnte das nur sein?

Es war die Neugier, die es letztlich nicht zuließ, dass er darüber hinweghörte. Seufzend richtete er seinen Mantel, setzte den Gelehrtenhut auf und stapfte zum Eingang. »Wer ist da?«

»Ein alter Freund. Mach auf!«

Ian glaubte, seinen Ohren nicht trauen zu können. »Keith?«

»Ja, wer denn sonst? Nun lass mich doch endlich ein, bei allen Hexenwarzen, ich stehe mir hier die Füße in den Bauch!«

Ian riss die Tür auf und starrte einen wohlbeleibten, um einen halben Kopf kleineren Mann an, der schwitzend auf der Schwelle stand und sich das runde Gesicht mit einem Tuch abrieb. »Eiterbeule und Pestwurz, diese Stadt ist noch mal mein Tod. Ian, sei ein guter Junge und schaff mein Gepäck rein.« Meister Keith Sonnenwein schob sich an Meister Ian Wispermund vorbei, der widerwillig seufzend der Aufforderung nachkam – schließlich hatte er niemanden, der das übernehmen konnte, und Keith machte es sicher nicht selbst. Keith aber watschelte ohne Umweg in die Bibliothek und plünderte die Kristallkaraffen, die auf einer Anrichte standen und goldfarbene Flüssigkeiten enthielten. Zuerst ein Zug direkt aus der Karaffe, dann schenkte er sich ein Glas aus einer anderen Kristallflasche ein.

»Slént«, bemerkte Ian trocken, stellte die Reisetaschen beiseite und goss sich selbst ein, während Meister Keith sich sehr zu dessen Missfallen in Ians Lieblingsohrensessel plumpsen ließ und die Beine ausstreckte. »Was machst du hier?«

»Hast du nichts zu essen?«

»Sicherlich, ich ...« Meister Ian stockte und schüttelte dann den Kopf. »Verdammt«, murmelte er leise. Er schlurfte auf die Tür zu. »Warte, ich hole uns etwas. Irgendwelches Zeugs, das noch nicht verschimmelt ist, werde ich schon finden.«

»Sie fehlen dir, was?«, stellte Keith fest, als Ian mit einem Tablett zurückkehrte, auf dem ein wenig Brot, Schinken und Käse angerichtet war. Keith hatte natürlich keinerlei Anstalten gemacht, ihm dabei zu helfen.

»Ich bin mit ihnen aufgewachsen und war keinen Tag ohne sie«, sagte Ian und schob einen zweiten, keinesfalls so bequemen Sessel näher zu seinem Gast, und sie bedienten sich. »Selbstverständlich fehlen sie mir, und nicht nur wegen des Haushalts. Ich vermisse ihre Fröhlichkeit, ihre Emsigkeit. In ihrer Nähe gibt es keine schlechte Laune.« Mit einem Teller in der einen und einem Glas in der anderen Hand lehnte er sich zurück und rückte die Augengläser auf seiner Nase zurecht, wobei er beinah den kostbaren Brandy verschüttet hätte. Kritisch blinzelte er über die Gläser hinweg. »Kommen wir zu meiner Ausgangsfrage zurück.«

Meister Keith zuckte die Achseln. »Kann man nicht einfach mal einen alten Freund besuchen?«

»Nicht, wenn man steinalt ist und viel zu beleibt für so eine anstrengende Reise, noch dazu ohne Geleitschutz und Dienerschaft, und außerdem, eigenen Worten zufolge, das Reisen hasst.«

Meister Keith Sonnenwein stammte aus dem äußersten Westen des Südreichs, aus Landend an der Südspitze unten, wo er seit Jahrzehnten seine Studien, unter anderem als Astronom, betrieb. Er studierte auch Speisen und Getränke gern, wie man unschwer erkennen konnte. Dass er Meister Ian als »lieben Jungen« bezeichnete, war ein typisches Beispiel für sein Selbstbewusstsein, denn er war zwei Jahre jünger als der Gelehrte aus Sìthbaile.

»Alles ist in Aufruhr«, gab Keith als Erklärung. »Und im Übrigen haben sie mir meine Bogins auch weggenommen, und ich will wissen, warum.«

»Das ist schnell erzählt«, hub Ian an . . .

»Ist das dein Ernst? Das ist alles? Ein kleiner zufälliger Mord in deinem Haus, und alle drehen durch? Welcher gemeine Schuft – am Galgen soll er baumeln! – hat übrigens unserem freundlichen Brychan den Garaus gemacht? War das wirklich Tiw?«

»Selbstverständlich nicht!«, antwortete Ian empört.

Keith musterte ihn lauernd aus funkelnden Frettchenaugen. »Gar kein Zweifel? Nicht der geringste?«

»Jetzt nicht mehr«, gab Ian zögernd zu, dass dem nicht immer so gewesen war. »Ich weiß nicht, wer das getan hat, Keith, und ich habe auch nicht den leisesten Verdacht.«

»Glaubst du, das gilt uns allen?«

»Nein. Ich bin noch am Leben. Und die vom Palast sind zwar gekommen, um mich zu befragen, doch ich wurde nicht verhaftet.«

»Worüber haben sie dich denn befragt?«

»Fionn ist entkommen, genau wie Tiw.«

»Huff!«, machte Keith und wirkte beeindruckt. Darauf musste er sofort etwas trinken. Es schien ihn nicht weiter zu kümmern, dass die Kristallkaraffe sich bedenklich leerte. »Und das wissen die jetzt?«

»Irgendwann musste es ans Licht kommen; alle Bogins sind registriert.«

»Wo ist der Kleine?«

»Ich habe keine Nachricht seit seiner Flucht erhalten«, bekannte Ian und beeilte sich, von dem letzten Rest des Brandys etwas abzubekommen. »Ich kann nur hoffen.«

»Aber wie hängt das alles zusammen . . .«

»Da steckt etwas sehr Perfides dahinter, und es muss mit dem zu tun haben, was Brychan mit sich geführt hat.«

»Die Buchseiten«, sagte Keith und schenkte sich aus einer anderen Karaffe nach. Allmählich rötete sich seine Nasenspitze. »Die hat er vom *Zauberer vom Berge* erhalten.«

Ian war verblüfft. »Woher weißt du …«

Keith zuckte die Achseln. »Ich habe mit einem Schiffskapitän gesprochen, der wusste einiges, was er wiederum von den Kleinen Völkern erfahren hatte.«

»Wieso hat er mir nicht davon erzählt? Er hat in meinem Haus genächtigt!« Meister Ian war wie vor den Kopf geschlagen. »Und du … nimmst du ernsthaft an, dass Brychan mit dem *Zauberer vom Berge* gesprochen hat?«

»Nicht persönlich natürlich, aber der Zauberer hat ja seine Helfer. Von denen hat er die Seiten bekommen. Es hieß übrigens auch, Alskár wäre im Lande.«

»Äh, ja. Oder vielmehr, nein, er ist fort. Abgereist, schon längst.« Ian Wispermund machte sich daran abzuräumen.

Keith Sonnenwein runzelte die Stirn und stellte das Glas ab. »Er war also hier?«

»Nur für ein paar Augenblicke, am Tag nach der Verhaftung. Anscheinend wollte er ebenfalls an der Versammlung teilnehmen. Mich hat fast der Schlag getroffen, als ich ihn erkannte, aber ich durfte mir nichts anmerken lassen – in aller Öffentlichkeit.«

Keith stieß einen Pfiff aus. Er sah jetzt sehr erschrocken aus, und dann verdüsterte sich seine Miene. Ebenso wie die von Ian, denn sie zogen beide daraus dieselbe Schlussfolgerung.

»Wenn er teilnehmen wollte …«

»Dann kann das nur eines bedeuten.« Meister Ian Wispermund nickte. »Dubh Sùil ist zurück.«

KAPITEL 10

DIE FIANDUR

»W-was …«, stotterte Fionn, »was hat das alles zu bedeuten?«

»Oh, eine ganze Menge«, antwortete Tiw. »Sagen wir so: Es geht jetzt los. Du fängst von vorn an, beginnst ganz neu, wie ein frisch Geborenes.« Er machte eine ausholende Geste. »Kommt her, Freunde, und lasst mich euch vorstellen.«

Fionn konnte nichts anderes tun als einfach nur dastehen, den Umhang mühsam um sich gerafft. Er brachte kein weiteres Wort hervor, und das war auch nicht notwendig, denn wie schon bei der Geburtstagsfeier übernahm Tiw das Reden.

Als Ersten wies er auf Fionns Peiniger. »Ihn kennst du ja schon, Vàkur, unseren Meister der Sprache und Manipulation.«

Der hochgewachsene, hagere Mann verbeugte sich vollendet vor Fionn.

»Willkommen, Fionn Hellhaar«, sagte er mit völlig veränderter, freundlicher Stimme und lächelte.

Fionn lächelte nicht zurück. Obwohl er ein sanfter, freundlicher Bogin war, war ihm jetzt danach, Vàkur ins Gesicht zu schlagen. Und dann Tiw. Am besten allen, die hier waren.

Er sagte nichts und rührte sich nicht.

»Dagrim kennst du auch schon«, fuhr Tiw fort und winkte den Zwerg herbei, der nun nach vorn trat. »Freundlicherweise stellt er uns sein Haus zur Verfügung und ist unser geheimer Stützpunkt an diesem zentralen Ort. Dagrim Kupferfeuer ist ein bedeutender Handelsvermittler und daher Informationssammler. Er bringt alle Völker, die ein Geschäft machen möchten, aber kaum in der Lage sind, vernünftig miteinander zu reden, an einen Tisch, überwacht die Verhandlungen und die Verträge. So erfährt er meistens als Erster, was es Neues gibt in Albalon, im Norden wie im Süden.«

Dagrim neigte ebenfalls den Kopf und grinste unverschämt. »Willkommen, Fionn Hellhaar.«

»Unsere unzertrennlichen Zwillinge Màni und Màr. Niemand hat schärfere Sinne als sie, nicht einmal ein Bogin, und ihre Bogenkunst ist unerreicht. Aber sie verstehen es auch, mit dem Schwert umzugehen.«

Zwei junge Elbenfrauen traten hinzu, die bis auf die Haarfarbe kaum voneinander zu unterscheiden waren, mit Augen wie Efeu und samtfarbener Haut mit goldenem Schimmer. Màrs brustlange, feine Haare waren weiß wie Schnee, mit schwarzen Strähnen darin, und Mànis hüftlange Haare glänzten wie flüssiges Silber.

»Sie gehören zu den Verhüllten, die dich hier empfangen haben.«

Und mich ausgezogen haben, dachte Fionn und fühlte, wie er rot wurde. *Muss ihnen Spaß gemacht haben, verdammt noch mal.*

Sie verneigten sich vor ihm und sprachen unisono: »Willkommen, Fionn Hellhaar.« Dabei lächelten sie ihn so lieblich an, dass er ihnen beinahe verzieh. Aber nur *beinahe*. Sie waren Kriegerinnen, nicht zu vergessen, und töteten vermutlich ebenfalls mit einem Lächeln.

»Draca möchte sich nun vorstellen.« Ins Licht kam ein mittelgroßer, schwerer Menschenmann, dessen Haut durch irgendeine Krankheit schuppenartig wie bei einer Schlange war, was ihm vermutlich diesen Namen eingebracht hatte. »Er ist ein großartiger Kämpfer. Er ist durch sein Aussehen ein Außenseiter, denn er wurde so geboren. Niemand wollte ihm eine Chance geben – die Fiandur schon.«

»Willkommen, Fionn Hellhaar«, sagte er und verbeugte sich wie alle.

»Er war der Verhüllte Nummer Drei«, erläuterte Tiw.

Fionn sah zu Vàkur. »Und du bist der Vierte.« Es war keine Frage. »Du hast eine sehr wandlungsfähige Stimme.«

Tiw setzte die Vorstellung bereits fort. »Zwei weitere Zwerge, unentbehrliche Kämpfer und Fährtensucher: Randur Felsdonner und Valnir Eisenblut.«

Randur besaß leuchtend hellrotes Haar, das er aufwendig geflochten hatte, und einen mit vielen Silberringen verzierten, mehrsträhnigen Bart. Seine Ohren trugen mehrere schwere silberne Ringe. Er war ein äußerst stark wirkender, sehr stämmiger Zwerg mit friedlichen blauen Augen, die aber schnell in Feuer geraten konnten, wie ein kurzes Aufblitzen während seiner Verbeugung bewies.

Valnir war ein düsterer Zwerg mit dichten schwarzen Haaren, die nur am Rücken von einem dicken goldenen Reif zusammengehalten wurden. Ein schmaler Goldreif saß in der rechten Augenbraue, und er besaß einen ungeflochtenen, kaum vom Kinn herabfallenden Bart, der allerdings dicht die Wangen überwucherte. Seine Augen waren ebenfalls dunkel, wie auch seine Haut. Er trug einen schwarzroten Metallharnisch und einen Helm, sowie schwere Stiefel mit Metallkappen an der Spitze. Wahrscheinlich wirkte er dadurch wuchtiger, als er war.

Randurs »Willkommen, Fionn Hellhaar« war deutlich zu verstehen, wohingegen Valnir etwas nuschelte, das man nur sehr großzügig als Begrüßung auslegen konnte.

Nun stellte Tiw jeweils mit ein paar Worten dazu die Menschen Ingbar, Cyneweard, Rafnag und Hrothgar vor, die sich wie alle verbeugten und die Begrüßungsformel aussprachen.

Dann erschien Morcant der Meersänger, ein Elb mit Augen, so tief wie das Schwarzmeer. Er war groß und schlank, seine Haare waren von blauschwarzem Glanz, seine Haut hatte einen olivfarbenen Schimmer, und sein Lächeln wirkte sanft, fast verträumt. Er stammte aus dem Nordreich und war einer der Hochelben, die an der See lebten und auch auf ihr heimisch waren. Sie waren große Schiffsbauer, aber auch sonst im Umgang mit dem Holz sehr geschickt.

Trotz seines Zorns war Fionn von diesem Unsterblichen sofort eingenommen; er kam dem Idealbild, das er sich von den Elben geschaffen hatte, sehr nahe.

Und seine Stimme erst! »Willkommen, Fionn Hellhaar« – es klang wie Gesang, melodisch und weich.

Und jetzt kam der unablässig schlotternde, blau angelaufene Troll hinzu, der sich der Bequemlichkeit halber auf alle Viere niedergelassen hatte. »Blaufrost sagt Hallo, kleiner Haarfuß«, röhrte er mit gedämpfter Stimme. »Da staunste, was?«

»Ich wusste nicht mal, dass Trolle sprechen können«, stieß Fionn hervor.

»Na klar, wieso denn nich'?«

»Wir sind also die Fiandur«, fuhr Tiw fort. »Und du gehörst jetzt dazu, anstelle von Magister Brychan, der auch einer von uns gewesen war.«

»Und dafür habt ihr mich so sehr gequält? Um ... einer von euch zu werden?«

»Wir sin' doch richtich zärtlich mit dir umgegangen, Bübch'n«, kicherte der Troll. Es klang, als würden zwei Mühlsteine aufeinander mahlen, mit einem Sack dazwischen. »Was glaubst'n, wie der Feind mit dir umgegangen wär'? Der hätt' nich' geredet, sondern gehandelt. Desweg'n war's gut, dass du das mal kennengelernt hast, damitste weißt, was auf dich zukommt, und kapierst, was du dir überhaupt vorgenommen hast, nich'?«

Fionn rieb sich die Augen. Er fühlte sich unendlich müde. »Wie lange war ich hier?«

»Fünf oder sechs Tage. Wir haben immer in zwei Schichten gearbeitet, sodass du den Eindruck hattest, es würde viel länger dauern. Es wäre übrigens alles schneller gegangen, wenn ihr nicht so lange hierher unterwegs gewesen wärt! Und damit wären wir bei unserem letzten anwesenden Gefährten, der dir wohlvertraut sein dürfte.«

Und Tuagh trat ins Licht.

»Willkommen im Leben, Fionn Hellhaar«, sagte er.

»Warum nur bin ich nicht überrascht«, murmelte Fionn.

»Jeder von uns ist auf die eine oder andere Weise durchs Feuer gegangen und hat diese Prüfung durchgestanden«, erklärte der Wanderkrieger ruhig.

»Dann tut es dir nicht einmal leid, was ihr mir angetan habt?«

»Nein. Bei dem, was du vorhast, musst du vorbereitet sein, und wir haben nicht viel Zeit zur Verfügung. Außerdem mussten wir herausfinden, wie stark du bist. Und ob du … der bist, der du vorgibst zu sein.«

»Was?«

»Ja.« Tiw nickte. »Es … gehen merkwürdige Dinge vor, Fionn. Um dir die wichtigste Frage gleich zu beantworten: Nein, ich habe meinen Magister nicht ermordet. Ich habe kurz vor dir seinen Leichnam gefunden und bin sofort abgehauen, weil es eine abgekartete Sache war. Alles sollte darauf hindeuten, dass ein Bogin, am besten ich, die Tat begangen hatte. Ein blutiger Urram lag dort, den habe ich mitgenommen.«

»Und was ist mit den Seiten?«

Tiws Augen blitzten auf. »Du hast aufgepasst. Sie waren weg. Der

Mörder hat sie mitgenommen. Ich habe noch einiges in Ordnung gebracht, damit es nicht nach Raub aussah.«

»Aber warum nicht?«

»Weil dann noch mehr Fragen gestellt worden wären. Als ich aus dem
Zimmer raus bin, hörte ich dich antrampeln.«

»Ich bin doch nicht…«

»Wie auch immer. Ich musste so schnell wie möglich raus aus der
Stadt. Zum Glück wusste ich, wo Tuagh Quartier genommen hatte –
wir hatten ja ein Treffen vereinbart –; also bin ich hin, hab ihm alles
erzählt, hab ihn gebeten, dich da rauszuholen, und dann bin ich vo-
rausgelaufen, um euch hier in Uskafeld wieder zu treffen. Es wäre zu
gefährlich gewesen, wenn wir alle zusammen unterwegs gewesen wären;
wenigstens einer von uns sollte durchkommen.«

Fionn starrte Tuagh an. »Dann war unsere Begegnung also gar kein
Zufall?«

»Ja und nein. Ich wollte gerade zum Haus deines Meisters, als das
ganze Chaos ausbrach. Ich war auf einen Turm gestiegen, um mich
umzusehen, und entdeckte dich auf der Flucht. Ich konnte es kaum fassen und wollte dich gerade abfangen, da kamen mir diese beiden Trottel
in die Quere.«

»Aber du bist dann noch einmal weg!«

»Ja, ich wollte Ian Wispermund die Nachricht zukommen lassen, dass
ich dich gefunden habe und umgehend mit dir nach Uskafeld gehe, aber
es waren schon zu viele Wachen unterwegs, und ich wollte es nicht riskieren, dass der Bote abgefangen wird. Ich musste davon ausgehen, dass
euer Haus überwacht wurde. Also kehrte ich unverrichteter Dinge um
und suchte nach dir.«

»Wie konntest du davon ausgehen, mich so leicht zu finden…«

»Fionn, wie weit hättest du schon laufen können? Außerdem war mir
klar, dass du umgehend in die nächsten Schwierigkeiten gerätst.«

Fionn blinzelte. »Warum hast du es mir nicht gesagt?«

»Aus demselben Grund, weswegen du all dies durchmachen musstest.« Tuagh deutete zum Fenster. »Dort draußen lauert ein schrecklicher Feind, und alle Zeichen deuten darauf hin, dass er euch Bogins in
die Fänge bekommen will. Wenn unsere Vermutungen zutreffen, dass er
Verbündete im Palast hat, ist es möglicherweise schon soweit. Wir kön-

nen nur hoffen, dass die Àrdbéana euch in ihrer Weisheit aus diesem Grund in Schutzhaft genommen hat.«

Fionn griff sich an den Kopf. Er war verwirrt, seine Schläfen pochten. Er begriff nichts, und statt Antworten zu erhalten, stellten sich immer nur noch mehr Fragen. »Was genau ist ... die Fiandur?«

»Sie wurde einst von Alskár, dem Hochkönig der Elben, gegründet«, antwortete Morcant. »Die meisten Mitglieder zählten schon immer die Menschen, denn nur wenige von uns Elben machen sich Gedanken über das, was war – ich muss es leider eingestehen. Sie verdrängen es, oder sie heißen die Entwicklung gut, was häufiger zutrifft. Dein Meister Ian Wispermund gehört auch dazu, er übernahm den Platz seines Vaters.«

»Insgesamt, denn nicht alle sind anwesend, sind wir Zweiundzwanzig«, erläuterte Tiw weiter. »Jetzt mit dir wieder.«

»Und wenn ich gar kein Mitglied sein will?«

»Willst du es nicht?«

»Ich will wenigstens gefragt werden!«, sagte Fionn wütend. »Ihr habt mich belogen, betrogen und hintergangen, allesamt! Und gequält, auf grausamste Art und Weise! Nenn mir einen Grund, warum ich eurer ... eurer *Heldenvereinigung* beitreten sollte!«

»Um die Wahrheit herauszufinden«, antwortete Tuagh sanft. »Wie jeder von uns.«

»Ich habe an deinem Geburtstag nichts als die Wahrheit erzählt«, setzte Tiw wieder fort. »Es existiert ein Buch, in dem die Vergangenheit vor dem Großen Krieg beschrieben wird. Und darin ist festgehalten, dass die Bogins vor dem Krieg keine Sklaven waren. Dann aber kam der Krieg und das änderte alles. In dem Buch muss stehen, was geschehen ist, und deshalb müssen wir es finden.«

»Augenblick mal«, unterbrach Fionn. »Du ... behauptest noch einmal, dass dieser Krieg tatsächlich stattgefunden hat?«

Morcant der Meersänger mischte sich ein. »Ja, es hat ihn gegeben.«

Cyneweard, ein muskulöser, stolzer Mann mit blonden Haaren und kurzem blonden Bart, sprach feierlich: »Und es gab Peredur, den großen Kriegshelden.«

»Er ... er ist also tatsächlich kein Schreckgespenst?« Fionn kratzte der Hals, und er musste husten. Er erinnerte sich an die Unterhaltung im Gasthaus. Jahrzehnte schien das her zu sein.

»Ob etwas an der Geschichte mit dem Herzen dran ist, weiß ich nicht«, sagte Cyneweard, der um die fünfzig Jahre alt sein mochte, »aber Peredur hat existiert.«

»Und wenn das mit dem Herzen stimmt, existiert er vielleicht sogar noch!«, lachte Morcant.

»Da spricht der Romantiker«, sagte Màr spöttisch. »Er kann gar nicht genug Lieder darüber dichten.«

»Und das ist nicht das Schlechteste«, erklärte Hrothgar, der genau wie Valnir Eisenblut eine Rüstung trug. Er mochte Anfang Vierzig sein, trug kurz geschorene braune Haare und besaß braune Augen. Sein Gesicht hatte etwas Bäuerliches, doch seine Bewegungen waren trotz des hinderlichen Metalls fließend und elegant. »Ich glaube daran, dass es das Rittertum gab, das nach dem Ende des Krieges zerschlagen wurde. Und es ist mein Anliegen, das zu beweisen – dass damals die Tugenden der Menschen etwas zählten.«

Ingbar sagte düster: »Wenn Peredur noch existiert, dann als Schatten seiner selbst, als Untoter, dem wir besser nicht begegnen wollen.« Wirre, schwarze Haare hingen ihm in die Stirn und beschatteten seine hellgrünen Augen. Ein schlanker, hochgewachsener Mann, sehnig und ausdauernd, ein guter Läufer. Er lachte wohl nicht sehr oft, seine Stirn wies viele grüblerische Furchen auf. Tiw hatte beschrieben, dass er wegen seiner vielen Zweifel an dem herrschenden System zu der Fiandur gekommen war; deshalb nannte man ihn auch »den Zweifler«. Er war die warnende Stimme, hinterfragte alles, suchte nach verborgenen Tücken, dämpfte jeden Enthusiasmus und brachte Hitzköpfe auf den Boden zurück.

Rafnag meldete sich zu Wort; ein ruhiger, bodenständig wirkender Mann, doch es war nicht von der Hand zu weisen, dass er etwas Vogelhaftes an sich hatte, ähnlich wie Vàkur. Er war dabei, weil er, wie er sagte, eine »Lebensschuld« gegenüber Cyneweard abzutragen habe. »Ich denke durchaus, dass an den Schauergeschichten etwas dran ist. Sie kommen nicht von ungefähr, gerade bei den bodenständigen Bogins.«

»Also sollte erst recht seine Seele erlöst werden!«, schlug Morcant vor, und Fionn musste Màr recht geben: Der Barde war ein Romantiker. Wie es sich für einen Mann seines Standes gehörte.

Tiw räusperte sich und fuhr fort: »Es gab wenige kopierte Seiten aus dem Buch, in deren Besitz mein Magister Brychan kam. Wie, weiß ich nicht. Er verreiste plötzlich für zwei oder drei Tage und kam mit ihnen zurück. Er hat sie gelesen und war sehr verstört. Er schickte Boten los, um eine Versammlung am Hofe der Àrdbéana einzuberufen. Er hielt die Zeit für gekommen, ihr die Fiandur zu offenbaren. Keiner von uns, einschließlich Alskár, hat sie bisher je persönlich getroffen, und sie hat auch nie von der Existenz der Fiandur erfahren. ›Zuerst brauchen wir Beweise‹, hat der Gründer uns ermahnt. Ich habe meinen Magister immer wieder gefragt, was er aus den Seiten erfahren habe, aber er wollte es mir nicht sagen. Er hatte Angst, war wütend, und zugleich seltsam zuversichtlich, dass nun ›alles gut‹ würde, wie er sagte.«

Fionn erinnerte sich an das heimlich belauschte Gespräch zwischen den beiden. Hätte der Magister Tiw nur die Seiten gegeben! Nun hatte sie ... ja, wer eigentlich?

»Wer ist der ominöse Feind?«, fragte er in die Runde.

»Ominös trifft es«, sagte Tiw. »Die Fiandur kennt ihn als Dubh Sùil, Schwarzauge. Aber nicht einmal Alskár weiß, ob es sich um einen einzelnen Mann oder um eine Gruppe handelt, und von welchem Volk er oder diese Leute sind. Schwarzauge verschwand nach dem Krieg, doch der Hochkönig der Elben hegte Sorge, dass er eines Tages zurückkehren könnte. Dubh Sùil werden magische Kräfte nachgesagt.«

»Mit denen er unter anderem einem Menschen das Herz stehlen könnte«, sagte Fionn langsam.

»Richtig«, stimmte Cyneweard zu und nickte anerkennend.

»Und wenn es ein Einzelner ist, muss es sich um einen Elben handeln, denn ein Mensch kann nicht so lange überleben«, schloss Fionn weiter.

Morcant hob den Finger. »Das ist nicht gesagt, Fionn, wenn Magie im Spiel ist. Einige der Völker sind zudem langlebig. Aber ich gebe dir recht: Die Vermutung, dass es sich um einen Elb handelt, liegt leider sehr nahe. Falls es sich nur um eine Person handelt.«

»Aber wie kommt ihr darauf, dass es eine ... hm, Verschwörung dieses Dubh Sùil geben könnte?«

»Ich neige zu der Auffassung, dass es eine Gruppe ist, so wie die Fiandur«, antwortete Màni. »Meine Schwester und ich haben uns angeschlossen, weil seit vielen Jahren merkwürdige Dinge vor sich gehen, die einem nur auffallen, wenn man darauf achtet. Es gibt Verflechtungen zwischen den Völkern, die tiefer reichen als der Friedensschluss, doch die finden nur auf den höchsten Ebenen statt. Das gemeine Volk bekommt davon nichts mit – die Elben eingeschlossen, zumindest diejenigen Sippen, die für sich leben. Es finden Verschiebungen von Vermögen statt, die nicht nachvollzogen werden können, unerwartete Machtwechsel bei Landesherren, ja selbst gewählte Stadträte oder Bürgermeister scheinen nicht mit rechten Dingen auf ihre Positionen gelangt zu sein.«

»Kurz gesagt«, unterbrach Màr ihre Zwillingsschwester, »die Völker glauben, frei zu sein, sind es aber gar nicht. Sie werden geschickt manipuliert und dorthin geführt, wo Schwarzauge sie haben will. Nach und nach werden höchste Positionen besetzt und es gelangen immer mehr Personen zu Macht, die ... nun, die nichts Gutes im Sinn haben. Es werden immer mehr Gesetze erlassen und Beschränkungen eingeführt, Steuern erhöht, Zollbestimmungen geändert. Und diese neue Meldepflicht hat auch keinen guten Grund, außer dem, alle unter Kontrolle zu bekommen. So wie es mit den Bogins geschah, indem sie zu rechtlosen Sklaven wurden.«

»Aber warum?«, rief Fionn.

»Genau darum geht es«, sagte Tiw. »Wir waren einst frei. Warum sind wir es nicht mehr? Wir sind der Schlüssel zu all dem, es kann nicht anders sein. Deshalb hat mein Magister mich eingeweiht.«

»Aber die Àrdbéana ...«, setzte Fionn an und wusste nicht mehr weiter.

»Hier komme ich ins Spiel«, sagte Morcant. »Wir konnten die Versammlung nicht mehr abhalten, weil irgendjemand dahinter gekommen war, was wir vor der Àrdbéana zur Sprache bringen wollten. Dafür hat unser armer Freund Brychan sein Leben lassen müssen, und durch die gestohlenen Seiten weiß der Feind nun, was wir wissen – und hat sofort gehandelt.« Er wies auf sich. »Ich bin dabei, weil ich glaube, dass die Àrdbéana seit Jahren manipuliert wird, genau wie alle anderen auch. Ich bin davon überzeugt, dass sie in Wirklichkeit gar nicht mehr die Herrscherin am Hofe ist, sondern benutzt wird. Ihr Hofstaat wird unterwandert, und der Tag des Putsches ist nicht mehr fern. Das will ich verhindern.«

»Und ihr Zwerge?«, wandte Fionn sich an Dagrim, Randur und Valnir. »Weshalb seid ihr dabei?«

»Seit Jahren werden unsere Pfründe geplündert«, antwortete Dagrim. »Es finden Überfälle in den Minen statt. Manchmal erpresst uns ein Fürst oder Baron auch ganz offen. Außerdem haben wir Grund zu der Annahme, dass es irgendwo eine, wenn nicht mehrere, riesige Waffenschmieden gibt, da die Nachfrage nach Eisenerzen mehr und mehr steigt. Jemand bereitet vielleicht einen Krieg vor, und dann werden wohl wir zu Sklaven gemacht werden, um für andere Herren Erze abzubauen und Waffen zu schmieden.«

Fionn hob die Hand. »Genug!«, sagte er. »Das ist genug für heute. Jetzt ... kann ich nicht mehr. Ich habe rasende Kopfschmerzen, mir ist übel. Ich habe Hunger und Durst, und mein ganzer Körper schmerzt. Ich stehe unter diesem schäbigen Umhang nackt und schmutzig vor euch, und mein Zorn ... wächst und wächst. Lasst mich jetzt in Ruhe. Ich muss nachdenken, ich will mich waschen, ich ...«

»Du solltest Schauspieler werden«, unterbrach Dagrim. »Die Zwerge würden dir zu Füßen liegen bei dieser Theatralik. Geh nach oben, dein Zimmer kennst du ja, und durch die zweite Tür gelangst du in einen Waschraum mit Zuber, der mit warmem Wasser gefüllt sein sollte. Essen und Trinken steht auf dem Tisch, und neue Kleidung findest du auch. Bogin-Kleidung. Dort liegt auch dein unversehrter Urram. Reicht das fürs Erste, Eure Lordschaft?«

»Du bist ein ...«, setzte Fionn an, und Tuagh sagte schnell: »Ja, der Ansicht sind wir alle, aber das Angebot ist ernst gemeint.«

»Noch ein Wort, und ich setze euch alle vor die Tür!«, schnaubte Dagrim, sah sich dann jedoch vorsichtig um. »Es sei denn, Ziba ist dagegen«, murmelte er.

»Klar, geh nur, der Rest kann warten«, sagte Tiw schnoddrig. »Ist ja nicht mehr so viel, was du noch erfahren solltest.«

»Falls mich das interessiert.« Fionn wandte sich zum Gehen.

»Ach ja, aber da wäre doch etwas, das du vielleicht wissen möchtest, bevor du dich gleich erholst«, rief Tiw ihm nach.

Fionn wollte nicht zuhören, sondern weitergehen, aber er konnte nicht. Er hielt inne, kämpfte mit sich.

»Ist nur 'ne klitzekleine Kleinigkeit, die dich vielleicht interessieren könnte. Und beim Nachdenken helfen. Ich mein ja nur.«

Fionn wusste, dass er schon genug Enthüllungen an diesem Tag zu verdauen gehabt hatte und keine weitere mehr brauchte, die ihn vermutlich endgültig bis in die Grundfesten seines Seins erschüttern würde. Andererseits, weiter nach unten ging es ja nun auch nicht mehr.

»Also, was?«, fragte er auf halbem Wege, drehte aber nur leicht den Kopf auf der Stiege zur Seite.

»Also weißt du, es ist ja keine große Sache. Nur so eine kleine Geschichte, aber ich muss sie loswerden.«

»Im Geschichtenerzählen bist du ganz groß, das ist mir bekannt«, murmelte Fionn. »Und auch, dass du sie allen mitteilen willst.«

»Dann hör mal schön zu. So wie dein Vater bei Meister Ian, stand mein Vater bei Magister Brychan in Diensten. Na ja, wie es halt so ist, er verliebte sich und mein Meister kaufte die Boginfrau, weil mein Vater einfach nicht von ihr lassen wollte, und so kam ich auf die Welt. Und dann ... tja, leider erlitt mein Vater einen schweren Unfall und starb. Meine Mutter war untröstlich und wollte nicht mehr bleiben. Weil sich sowieso gerade eine große Veränderung ergab, verkaufte mein Magister sie weiter, und bei ihrem neuen Meister verliebte sie sich dann doch noch einmal und bekam wiederum einen Sohn, und dabei blieb es, und sie lebten alle drei glücklich zusammen. Ob bis ans Ende ihrer Tage, wird sich allerdings erst noch erweisen müssen, weil gerade alle ziemlich in der Scheiße sitzen.«

Fionn spürte, wie sämtliches Blut aus seinem Gesicht wich, und er wandte sich langsam zu Tiw um.

Der hob die Arme und grinste breit. Wenn er nicht gerade griesgrämig war, bereitete es ihm diebisches Vergnügen, andere zu foppen, auf den Arm zu nehmen, oder schlicht und ergreifend mit etwas zu erschlagen, das er »keine große Sache« nannte.

»Schätze, das ist unsere Geschichte, kleiner Bruder.«

KAPITEL 11

GERÜSTET UND BEREIT, DOCH WOHIN?

Tuagh klopfte nicht einmal an, er kam einfach herein.

»Ich sagte doch, ich will meine Ruhe haben! Welchen Teil davon hast du nicht verstanden?« Fionn schlug mit der flachen Hand aufs Wasser. Er wusste, wie er aussah; dass seine Augen gerötet waren vom Weinen, dass er trotz der Wärme des Wassers fror, dass seine Gefühle wie ein Wirbelsturm auf und ab schwangen und die Gedanken in seinem Kopf herumschleuderten.

»Immer noch wütend?«, fragte der Wanderkrieger überflüssigerweise und zog einen Stuhl zum Zuber, auf den er sich rittlings setzte und leicht mit der Lehne nach vor und zurück kippelte.

»Ja! Ich weiß nicht, ob ich dir oder Tiw jemals verzeihen kann! Gerade von dir bin ich enttäuscht. Du kannst mir tausend Gründe nennen, es ändert nichts.«

Tuagh nickte und kippelte weiter. Schweigend.

Fionn lehnte sich zurück und presste den Schwamm gegen seinen schmerzenden Kopf. »Aber genauso wenig hilft es mir«, sagte er schließlich. »Wir ziehen alle am selben Strang, allesamt stecken wir drin.«

»Ich sagte es bereits. Jeder von uns musste eine ähnliche Prüfung durchlaufen wie du«, erklärte Tuagh. »Wir wussten alle nicht, was uns erwartete.«

»Du auch?«

Der Wanderkrieger nickte. »Nachdem ich meine Familie verloren hatte, wanderte ich durch ein dunkles, tiefes Tal und hätte vielleicht nie mehr herausgefunden. Die Fiandur ... gab mir wieder ein Ziel. Ich wurde rekrutiert, aber zugleich wurde ich auch geprüft, ob ich des Vertrauens wert war. Ob ich genug Stärke besaß, es durchzustehen, und das möglicherweise über Jahrzehnte hindurch.«

»Musste das Meister Ian etwa auch?«

»Er war einst jung. Ja, auch er, obwohl er seit frühester Kindheit dazu ausgebildet wurde, dereinst den Platz seines Vaters zu übernehmen. Er wurde dennoch nicht minder hart geprüft.«

Fionn starrte auf seine Hände. »Dann will ich mich nicht mehr beklagen.« Er schweifte den Blick zu Tuagh. »Ich muss noch darüber nachdenken, ob ich das jemals verstehen werde, aber ich akzeptiere es.«

»Danke«, sagte Tuagh, und er klang aufrichtig erfreut.

»Ich werde also nach dem Buch suchen«, sagte Fionn. »Ich bin bis hierher gegangen, nun kehre ich nicht zurück. Schätze, das hattest du mit deinen Lektionen für mich beabsichtigt. Was wirst du tun?«

»Ich werde dich begleiten.«

Das beruhigte einigermaßen. Ganz tief drin hatte er darauf gehofft, auch wenn Fionn sich das noch nicht eingestehen wollte. Dennoch: »Warum?«

Tuagh rieb sich den dunklen Kinnbart. »Mein Bruder war sehr belesen, und auch er beschäftigte sich mit dem Großen Krieg und glaubte fest daran, dass er stattgefunden hat und aus irgendeinem Grund aus der Geschichte gestrichen wurde.«

»Was glaubst du, wie lange liegt der Krieg wohl zurück?«

»Mein Bruder nahm an, um die tausend Jahre.«

Fionn schluckte. »Hu.« Das war eine gewaltige Distanz.

»Jedenfalls fing er an zu forschen und verschwand eines Tages. Ich glaube, dass er nach dem Buch gesucht hat. Deshalb helfe ich dir bei der Suche danach und schaue mich damit zugleich nach meinem Bruder um.«

»Ich glaube, . . . das erleichtert mich«, gestand Fionn zögernd.

Tuagh streckte den Arm aus und drückte kurz seine nasse Schulter. »Jetzt erhol dich. Spätestens übermorgen brechen wir auf.«

Erholen? Das war so einfach gesagt. Fionn war nicht sicher, ob er sich jemals von all dem erholen könnte. Aber wenigstens durfte er sich wieder als ganzer Bogin fühlen, als er sich ankleidete – alles passte perfekt und war nach seinem Geschmack, und befreit steckte er zuletzt den Urram in den Gürtel.

Ich bin wieder ich selbst, dachte er, *auch wenn ich noch nicht ganz weiß, wer dieser ›Ich‹ jetzt ist. Aber ich fühle mich so . . . vertraut.*

Er verließ sein Zimmer und ging die Stiege hinunter, wo er Dagrim Kupferfeuer und ein paar andere vorfand; leider wieder nicht Ziba, die Zwergenfrau.

»Wo finde ich Tiw?«, fragte er anstelle einer Begrüßung.

Dagrim deutete auf eine Tür links neben dem Kamin, die Fionn bisher nicht aufgefallen war. Sie lag auch ziemlich verborgen in einer Nische und befand sich im Einklang mit den stark verästelten, grob behauenen Holzlatten ringsum, selbst der schmiedeeiserne Knauf passte dazu.

Fionn fand sich in einem langen Gang wieder und stellte fest, dass das Haus sehr viel größer war, als es von außen zunächst den Anschein gehabt hatte – allerdings hatte er sich damals bei dem schlechten Wetter auch nicht so genau umgesehen.

»Dritte Tür rechts!«, rief der Zwerg ihm nach, bevor der Zugang ins Schloss fiel.

Fionn zählte ab und klopfte an Tür Nummer drei. Er wartete nicht auf Tiws Einverständnis, sondern trat einfach ein; und wenn er ihn in einer noch so peinlichen Situation erwischt hätte, es wäre ihm egal gewesen. Wobei er sich das bei ihm beim besten Willen nicht vorstellen konnte, und hier war schließlich auch weit und breit keine Boginfrau.

Ach, Cady. Er schüttelte den Gedanken ab.

Tiws Zimmer war genauso klein und auf die gleiche Weise eingerichtet wie Fionns. Sein Bruder saß am Tisch und studierte irgendwelche Karten; als er ihm den Kopf zuwandte, sah Fionn, dass er Augengläser trug.

»In deinem Alter schon?«, fragte er und schloss die Tür hinter sich. Tiw mochte um die fünfzig Jahre zählen, aber im Vergleich zu Menschen war er viel jünger.

»Zu viele kleine Schriften in zu vielen Stunden«, antwortete Tiw und nahm das Drahtgestell mit den darin eingefassten Gläsern ab. »Aber nimm doch Platz.«

Es gab keinen zweiten Stuhl, und aufs Bett wollte Fionn sich nicht setzen, also blieb er stehen.

»Also ... *Bruder*«, begann er. »Wieso habt ihr es mir nicht gesagt?«

»Wollten wir ja, aber die Ereignisse haben uns überrollt. Du solltest es am Tag nach deiner großen Feier erfahren, die du wiederum unbeschwert erleben solltest. Es wäre eine große Umstellung und emotionale Belastung für dich gewesen, also solltest du erst feiern und dann im kalten Bad aufwachen. Wobei diese Enthüllung selbstverständlich nicht so dramatische Folgen haben sollte.«

»Ich hätte mich vielleicht an meinem Geburtstag über das besondere Geschenk gefreut und umso intensiver feiern können.«

»Es wusste niemand außer den unmittelbar Beteiligten, Fionn, und dabei sollte es bleiben – vorerst. Deswegen hast du es auch vorher nie erfahren. Damit haben wir dich geschützt.«

»Geschützt? Pah. Also steckt meine Mutter da auch mit drin?«

»*Unsere* Mutter, kleiner Bruder – und ja, sie steckt mit drin, aber sie gehört nicht zur Fiandur. Sie unterstützt uns, weiß von unserer Aufgabe, aber nicht alles; beispielsweise kennt sie als Mitglieder nur mich und Meister Ian, und natürlich den armen Magister Brychan. Ebenso unterstützt uns Meister Keith Sonnenwein aus Landend und versorgt uns mit Informationen und Forschungsergebnissen.«

Fionn musste sich doch setzen. Er beugte sich vornüber, vergrub den Kopf zwischen den Armen und zerzauste fahrig seine Haare. Was, wie er wusste, nicht zu dem gewünschten Ergebnis führen würde, denn er konnte spüren, wie sie seidig und ordentlich wieder herabfielen.

»Ich kann nicht sagen, dass ich beglückt bin, dich miesepetrigen Griesgram und Verschwörer als Bruder zu haben«, murmelte er.

»Na holla! Dabei bin ich zu dir ausgesucht nett. Du solltest mich mal normal erleben.«

»Aber du bringst mir nur Schwierigkeiten ein.«

»Darin bist du auch nicht schlecht, wie ich von Tuagh erfahren habe.«

Fionn hob den Kopf. »Warum bin ich so anders?«

»Ich glaube, es liegt daran, was Mutter mal gegessen hat«, antwortete Tiw. »Wir haben darüber nachgedacht, wie du dir vorstellen kannst.«

»Das sollte jahrelange Nachwirkungen haben?«

»Es war Elbenessen, und zwar ein besonderes.«

»Oh ...«

»Magister Brychan stocherte bereits zu den Zeiten, als mein Vater sich in unsere Mutter verliebte, in der Vergangenheit herum und musste nach Jahren erkennen, dass er einem Nest voller Intrigen und Verschwörungen auf die Spur kam. Das schreckte diejenigen, die damit zu tun hatten, natürlich auf. So wurde der Hohe Mann Alskár auf ihn aufmerksam; ich war etwa zehn Jahre alt, als er uns aufsuchte.«

»Also kennt Mutter noch mehr Mitglieder, und sogar den Gründer!«, unterbrach Fionn aufgeregt. »Du ... du hast ihn getroffen? Den Hochkönig der Elben? Wie war er?«

»Ich war doch gerade erst aus dem Krabbelalter raus!«, erwiderte Tiw ungehalten, doch dann löste sich für einen Moment das Misstrauen aus seinen Augen, und ein Glanz trat in das Dunkel. »Er war ... unbeschreiblich, Fionn. Ein erhabenes, erleuchtetes Wesen, das ist mir Knirps in Erinnerung geblieben. Jedenfalls gab es an diesem Abend Elbenessen, und meine Eltern nahmen teil. Das muss Mutter irgendwie nachhaltig verändert haben. Es ist die einzige Erklärung, die wir für dein merkwürdiges Aussehen haben.«

»Ja, schon gut. Wie ging es weiter?«

»Alskár nahm Magister Brychan in die Fiandur auf, so erfuhren wir das erste Mal davon. Und er warnte unseren Herrn, dass wahrscheinlich nicht nur er, sondern auch der Feind auf ihn aufmerksam geworden war, und dass er sich von nun an vorsehen solle. Tja, aber sag das mal einem Forscher! Unser Magister machte natürlich weiter, und er ließ nicht nur meine Eltern, sondern auch mich mitarbeiten, als er erkannte, dass wir Bogins irgendwie der Schlüssel zu der verborgenen Vergangenheit waren. Und angeblich erzeugten wir auch ... gewisse Wirkungen, über die er sich nie näher ausließ, aber die er für wichtig genug hielt, uns mit einzubeziehen. Er war schließlich davon überzeugt, dass die Historie absichtlich vernichtet worden war. Aber warum und weshalb, war ihm nicht klar. Er suchte also weiter nach Spuren der Vergangenheit.«

»Nicht nach den Drahtziehern der Verschwörung?«

»Die interessierten ihn soweit gar nicht. Diese Dinge wollte er Alskár und den anderen der Fiandur überlassen. Aber er weitete seine Forschungen auf die Völkerkunde aus, denn er sagte, dass alle Völker mit drinhingen, nicht nur wir Bogins. Nur, worin? Das war das große Rätsel.«

Tiw hob die Schultern. »Und dann wurde dem Magister ziemlich unverhüllt klar gemacht, dass er sich gefälligst aus diesen Forschungen herauszuhalten habe. Er erhielt Drohbriefe und es passierten merkwürdige Dinge. Das eine oder andere ging kaputt, und es gab auch schon mal einen Einbruch und Durchsuchungen seines Studierzimmers. Und dann kam es zu einem Brand, bei dem mein Vater, der unbedingt einige wichtige Sachen retten wollte, ums Leben kam. Ich war zu dem Zeitpunkt um die zwanzig Jahre alt. Mutter war verzweifelt, und Magister Brychan gab sich die Schuld an allem. Vorgeblich stellte er seine Forschungen ein, um uns zu schützen, doch er dachte gar nicht daran, das tatsächlich zu tun. Um Mutters Wunsch zu erfüllen, verkaufte er sie an Meister Ian Wispermund, seinen guten Freund. Gleichzeitig sollte sie dem Meister wertvolle Dienste leisten und eine Verbindung zwischen uns bilden. Also blieb ich bei meinem Magister und assistierte ihm, und Mutter war Meister Ian eine große Hilfe. Nach Jahren der Trauer verliebte sie sich dann doch wieder, und nun sitzt du hier.«

»Wo bin ich da bloß reingeraten«, stöhnte Fionn.

»Und?«

»Was, und?«

»Was wirst du jetzt tun?«

Fionn stand auf und straffte sich. »Das habe ich Tuagh schon gesagt. Ich werde nach dem Buch suchen. Nach Sìthbaile will ich nicht zurück; wahrscheinlich suchen sie dort inzwischen nach mir, und ich würde nur alle gefährden – auch euch. Also jage ich deinem Hirngespinst nach.«

»Dass du mein Bruder bist, berechtigt dich nicht zu Unverschämtheiten!«, brauste Tiw auf.

»Bleib auf dem Teppich, Tiw. Bisher fußt alles nur auf Vermutungen.«

»Die Seiten sind ...«

»Kopien, das hast du selbst gesagt. Und Tuagh ist voll drauf angesprungen, weil sein Bruder wiederum schon seit Jahren nach dem Buch sucht.«

»Wohl eher Jahrzehnte«, murmelte Tiw. »Tuagh gehörte schon vor dem Magister zur Fiandur.«

»Und hatte bis jetzt keinen Erfolg – ein schöner Heldenhaufen seid ihr. Jedenfalls gehen er und ich gemeinsam.«

»Das habe ich gehofft, offen gestanden. Denn ich werde mit den meisten der Fiandur nach Sìthbaile gehen und unsere Leute raushauen.

Die Tage des Versteckspiels sind vorüber, die Völker müssen aufgeklärt werden.«

»Siehst du, und das ist noch viel verrückter als mein Vorhaben. Ich hoffe, dass es euch gelingen wird, unser Volk zu befreien, indem ihr Magister Brychans Mörder findet. Aber mit dem Aufrütteln der anderen Völker wirst du scheitern. Niemand wird dir zuhören, weil sie es nicht wollen. Und wer hört schon auf einen Bucca.«

Tiw prustete los. »Was genau verstehst du Jungspund denn von diesen Dingen?«

»Kein Grund, sarkastisch zu werden.« Fionn fühlte, wie die Wut wieder in ihm hochkochte. Das würde wohl noch eine Weile dauern. »Ich habe in den letzten Tagen eine Menge gelernt, mein herzerwärmender Bruder.«

»Klingt so, als ob du wirklich nicht glücklich damit bist, mich als Bruder zu haben.« Tiw grinste. »Das gefällt mir. Gut so! Mutter hat dich sowieso viel zu sehr verwöhnt.«

»Du bist eine Ogerwarze, Tiw, die am Hintern desselbigen sitzt, und jetzt habe ich genug!« Fionn stürmte zur Tür.

»Ach komm schon, wir haben es gerade so nett und gemütlich!« Tiw gackerte.

Fionn wusste nicht, worüber er sich am meisten ärgerte: Über sich, weil er zugelassen hatte, dass Tiw ihn dazu brachte, zornig zu werden, oder über Tiw, der es nicht lassen konnte, andere zu piesacken und herumzuflunkern.

Dann hielt er inne. »Eine Frage habe ich noch.«

»Aha, Kehrt-schwenk-marsch! So ist es recht. Also frag!«

»Warum Zweiundzwanzig?«

»Nun, du bist seit zweiundzwanzig Jahren auf der Welt und ...«

»Hör auf! Du weißt, was ich meine.«

»Und du brauchst nicht maulfaul zu sein. Mutter hat dir das deutliche Reden sicher beigebracht. Also, warum wir zweiundzwanzig Mitglieder sind? Es war die Idee des Hochkönigs der Elben, weil die Große Arca zweiundzwanzig Kapitel umfasst, und weil es nun einmal um uns Bogins geht.«

Fionn runzelte die Stirn. Es leuchtete ihm nicht besonders ein, wieso ein Elb darauf Rücksicht nehmen sollte; aber andererseits war eine Zahl so gut wie die andere. Und die Zweiundzwanzig war bei den Bogins in der Tat von großer Bedeutung. Einundzwanzig Weisheiten und der Narr, das Unwägbare, das alles möglich machte. *Ich bin der Narr*, dachte er in Erinnerung an seine Flucht. *Aber möglich konnte ich bisher gar nichts machen.*

»Aye«, sagte Tiw spöttisch. Anscheinend konnte einfach jeder aus seinem Gesicht die Gedanken ablesen. »Du bist der zweiundzwanzigjährige Kindmann und das zweiundzwanzigste Mitglied unserer Vereinigung, das jüngste obendrein. Wenn das nicht etwas zu bedeuten hat... also zumindest in einer Legende oder Heldengeschichte. Dann bist du jetzt wohl mittendrin in dem, wovon du nachts träumst.«

»Und du bist gleich draußen, nachdem ich dich durch das geschlossene Fenster getreten habe!«, schnaubte Fionn aufgebracht und knallte die Tür hinter sich zu.

Tuagh und Blaufrost hielten sich im Wohnraum auf, zusammen mit den Elbenzwillingen Màni und Màr, Valnir Eisenblut und Morcant.

»Der is' ja immer noch sauer«, bemerkte der Troll und griff nach einer rohen Rinderkeule, die auf einer Platte auf dem Tisch stand, daneben ein gebänderter Gneisstein. Mit einem einzigen krachenden Biss knackte er den Knochen und zerkaute ihn geräuschvoll.

Der Wanderkrieger nickte ihm zu. »Wir werden dich begleiten«, erklärte er und wies auf die übrigen Anwesenden.

»Ihr... alle?« Fionn konnte nur staunen. Langsam trat er näher zu der Gruppe, sah aber zu, dass er außer Reichweite des Trolls blieb, der mit seiner Art zu essen jede Menge Knochensplitter und Fleischfetzen verteilte, die er dann mit langer, dicker Zunge aufleckte. Dazwischen biss er von dem Stein ab und zermahlte ihn wohlig grunzend mit den Zähnen.

»Nun, ihr braucht schlagkräftige Unterstützung«, sagte der Meersänger lächelnd. »Zwei gute Bogen, ein bisschen Musik und Magie, ein kräftiger Zwerg, und natürlich der beste Söldner von allen – da sollte nichts schiefgehen.«

Er wollte es nicht zugeben, aber Fionn war über alle Maßen erleichtert. Von allen Fiandur, die ihm vorgestellt worden waren, schienen ihm diese hier auf Anhieb am vertrauenswürdigsten zu sein – abgesehen vielleicht von dem Troll. Und jede kräftige Hand wurde gebraucht. Er selbst war schließlich zu gar nichts fähig.

»Die anderen«, fuhr Tuagh fort, »gehen nach Sìthbaile und sorgen für Ablenkung. Sie werden nach dem Mörder Magister Brychans suchen, und hoffentlich für die Befreiung der Bogins sorgen – sowie der Àrdbéana, falls es erforderlich sein sollte. Wenn wir das Buch gefunden haben, kehren wir so schnell wie möglich dorthin zurück und überführen Dubh Sùil.«

»Was ich nicht verstehe«, fragte Fionn, »wieso hat die Àrdbéana nie etwas gegen unsere Sklaverei unternommen, wenn wir vorher frei gewesen sind?«

»Wir gehen davon aus, dass auch sie sich nicht mehr an die Vergangenheit erinnern kann, genau wie Alskár – und der Hochkönig hat diese Zeit damals erlebt«, antwortete Morcant. »Das ist ja der Grund, weswegen er die Fiandur gegründet hat. Doch erst jetzt ist die Zeit gekommen, die Àrdbéana aufzuklären.«

»Aber der Feind erfuhr davon, brachte Magister Brychan um und stahl die Seiten«, vollendete Fionn und seufzte. So langsam verstand er die Zusammenhänge. »Nur eine Frage – an dich, Tuagh. Wenn ich es wollte – könnte ich Dagrim bitten, mich zu verstecken, bis alles vorüber ist?«

Der Wanderkrieger nickte ohne zu zögern. »Selbstverständlich, Fionn. Dein Wille ist frei. Wir haben dir nur die Tür geöffnet und den Weg gezeigt. Welche Richtung du nun einschlägst, ist ganz allein deine Entscheidung.«

»Aber dann wärt ihr Einundzwanzig.«

Die Elben lachten, Tuagh verzog die Lippen zu einem Lächeln, selbst Blaufrost amüsierte sich. Nur Valnir verzog keine Miene. Ein außergewöhnlich ernster Zwerg, passend zu seiner düsteren Erscheinung, und gerade das gefiel Fionn, auch wenn er nicht wusste, warum.

»Hat Tiw dir diesen Aberglaubenkram eingetrichtert?«, schmunzelte Màni, und Màr fügte hinzu: »Es spielt überhaupt keine Rolle, Fionn.«

»Für mich aber schon«, erwiderte er. »Ihr braucht einen Narren, sonst funktioniert es nicht. Also dann: Zweiundzwanzig. Ich bin dabei.«

Sie reagierten erfreut auf seine Entscheidung und wollten mit ihm darauf trinken, aber so ganz entspannt war Fionn noch nicht.

»Was hat sich geändert?«, fragte er in die Runde. »Wieso glaubt ihr jetzt daran, das Buch zu finden, wo es euch doch jahrzehntelang nicht gelang? Ich tue es, weil ich sonst keine andere Möglichkeit sehe, mein Volk zu befreien; eine sinnlose Revolution überlasse ich besser meinem Bruder. Und ich glaube, meinem Meister wäre es auch recht, wenn ich nach dem Buch suche – und ich will damit Magister Brychan ehren, denn irgendwie fühle ich mich mitschuldig an seinem Tod. Aber ihr?«

»Weil wir zum ersten Mal eine Richtung haben ... Nein, das ist falsch: die richtige Richtung haben, so sollte ich es sagen.« Tuagh, der zuvor schläfrig auf dem Sofa gelümmelt hatte, setzte sich auf. »Tiw durfte die Seiten zwar nicht lesen, aber der Magister hat ihm wenigstens vor seinem Tod noch mitgeteilt, wo das Buch zu finden ist, das ging aus dem Text hervor.«

»Damit hamwir ne heische Schpur«, nuschelte Blaufrost, während er den letzten Fleischbrocken schmatzend hinunterschluckte.

»Ja, wir sind, wie du dir vorstellen kannst, schon vielen Spuren und angeblichen Hinweisen gefolgt, nach Karten, Tagebüchern, allem Möglichen, sogar Artefakten. Doch mit den kopierten Seiten wurde es zum ersten Mal konkret«, ergänzte der Wanderkrieger.

»Und wo führt die Spur hin?«

»Nach Clahadus.«

»Clahadus? Oh Freude.« Fionn wurde blass.

Clahadus, Staubstein, das verwüstete Land, nördlich von Sìthbaile gelegen und für den, der ins Mittelland oder weiter ins Nordreich von Albalon reisen wollte, fast nicht zu umgehen. Selbst Fionn, der sich nie sonderlich für die Gegebenheiten Albalons interessiert hatte, wusste von den Karawanenpfaden, die an den Grenzen von Clahadus entlangliefen, und wie sehr jedem daran gelegen war, diesen Pfad so schnell wie möglich hinter sich zu lassen.

Viele Mythen und Legenden rankten sich um das öde Gebiet, das niemand freiwillig betreten wollte, und aus dem so gut wie niemand je zurückkehrte, und wenn doch, dann nicht mehr bei klarem Verstand.

Freie Magie sollte dort umherirren. Und Ungeheuer. Das Land selbst war trocken und tot, eine staubige Wüstenei ohne Wasser, fest im Klammergriff eines uralten Fluches.

»Genauer gesagt, in den Ruinen von Plowoni«, setzte Tuagh hinzu und spottete über sich selbst: »Natürlich, wie sollte es auch anders sein – wir müssen bis zum Herzen des verfluchten Landes vorstoßen. Es hätte ja das prächtige Brandfurt sein können, oder die lieblichen Au-Ebenen, aber nein, so wäre es zu einfach.«

»Du sagst es.« Fionn hatte weiche Knie und taumelte zu einem Sessel, der noch frei war. »Heißt das, du warst noch nicht dort?«

»Bin doch nicht verrückt.« Tuagh stieß einen trockenen Laut aus.

Auch die Elben schüttelten die Köpfe, und Valnir meinte: »Was soll ein Zwerg in der Wüste?«

»Sich ein Loch graben, und ... ach, das war gar nicht der Witz, entschuldige«, unterbrach Morcant sich selbst. Er winkte ab.

Valnir verzog keine Miene, lediglich ein schwarzes Barthaar zuckte.

»Ich bisher auch nich', weil, was macht'n Troll inner Wüste, wo's kein' Schatten nich' gibt?«, sagte Blaufrost und zu Morcant: »Un' das is' auch kein Witz, Spitzbub, nich', dassde meinst.«

»Und trotzdem willst du mitgehen?«, fragte Fionn erstaunt.

»Ja, weißte, Bübchen, mit mir hat das so 'ne Bewandtnis. Dir is' vielleicht schon aufgefalln, dass ich nich' so bin wie annere, un' so isses auch. Ich frier unablässig, und mein größter Wunsch is', dass ich mal inner Sonne wandeln kann und nich' mehr friern muss. Ich mein, 's is' ganz schön blöd fürn Nachtgeschöpf, die Nacht nich' zu vertragn, nich' wahr. Mich nimmt doch keiner ernst, un' wie soll ich'n da 'ne anständiche Trollin finden, frach ich dich? Und weil's da freie Magie gebn soll, will ich das mal probier'n, nä. Ich wollt aber nie nich' allein gehen, damit ... na ja, weißt schon.«

Fionn nickte. »Damit du nicht vergessen wirst, wenn es schiefgeht«, sagte er langsam. »Und jemand für dich singt, wenn du versteinerst.«

»Bist'n schlaues Bürschlein. Un' ich steh' auch für die Fiandur ein, weißte. Aber Sìthbaile, das wär nix für mich.«

»Dann wären wir ja alle beisammen«, sagte Fionn. »Also Clahadus, und die Ruinen von Plowoni.«

Blaufrost brach bereits in der Nacht auf; da er immer nur in der Dunkelheit wandern konnte, wollte er einen Vorsprung herausholen.

Fionn und die anderen waren früh am Morgen reisefertig; der junge Bogin hatte erstaunlich gut schlafen können, fühlte sich ausgeruht und bereit für den nächsten Schritt. Die Chancen, fand er, standen nicht gar so schlecht, bei solcher Gesellschaft – drei Elben, ein Zwerg, ein Mensch, und sogar ein Troll.

Alle waren gut ausgestattet mit Kleidung, denn es hatte sich noch einmal ordentlich abgekühlt, und Dagrim, oder vielmehr Ziba, hatte sie zudem mit Vorräten für mehrere Tage versorgt. Die Elben und der Zwerg waren schon voraus, bis Tuagh und Fionn aufbrachen. Tiw und die anderen verabschiedeten sie mit guten Wünschen, und wurden in der Hoffnung zurückgelassen, dass auch sie etwas bewegen konnten.

Die bei der Ankunft schlammigen Straßen waren nun trocken und fest, und Fionn erlebte Uskafeld bei Tage und Sonnenschein und freundete sich etwas mit dem Marktflecken an. Bei den vielen Reisenden, die meisten wegen der Kälte ebenso in Umhang und Mütze oder Kapuze wie sie, fielen sie nicht weiter auf, und Tuagh schien keinerlei Sorge zu tragen, dass sie von den Palasttruppen aufgebracht werden könnten.

Auf dem schnellsten Weg, durch winzige Gassen, steuerte der Wanderkrieger das Nordtor an.

Fionn ergriff die Gelegenheit, dass sie nur zu zweit unterwegs waren, um etwas loszuwerden, was ihm gestern aufgefallen war. Weil er Cady schmerzlich vermisste und nicht in der Lage war, ihr eine Nachricht zukommen zu lassen, war er empfänglich für Strömungen und Schwingungen, die mit Zuneigung zu tun hatten, und wahrscheinlich hatte Morcants Romantik ihn angesteckt. Ihm ging der Blick nicht aus dem Sinn, mit dem Màr Tuagh bedacht hatte, als sie ihre Teilnahme an der Reise erklärte. Das konnte von Vorteil sein, aber auch zu Komplikationen führen. Vor allem sollte es nicht auf Dauer verschwiegen werden.

Es könnte natürlich sein, dass Tuagh wütend wurde, so gut kannte er ihn nun auch wieder nicht. Doch wenn Fionn etwas auf dem Herzen lag, musste er es auch loswerden.

Also gab er sich einen Ruck.

»Sie mag dich.«

»Wer?«

»Tu nicht so, selbst ein Holzklotz wie du muss das bemerken.«

»Das ist bedeutungslos. Für mich gibt es keine Liebe.«

Er wusste es also. Und schmetterte es einfach ab.

»Das kann nicht dein Ernst sein!«, stieß Fionn ungläubig hervor. »Ich weiß, du hast einen tragischen Verlust erlitten, aber das kann doch nicht das Ende sein, Tuagh! Es ist vor Jahrzehnten geschehen. Das Leben geht weiter. Es muss weitergehen, aber nicht nur, indem du der Fiandur beitrittst und nach dem Heldentod auf dem Feld suchst. Da bist auch noch du selbst. Du musst doch Wünsche und Sehnsüchte haben. Es gibt immer jemanden, den man lieben kann, und der das auch verdient hat.« Fionn dachte dabei an seine Mutter, die ihre Trauer auch überwunden und stets einen glücklichen Eindruck auf ihn gemacht hatte.

»Für mich gilt das aber nicht.« Tuagh sprach völlig ungerührt, als ginge ihn das alles nichts an.

Das brachte Fionn erst recht auf. »Hast du denn überhaupt kein Herz?«

»Um das festzustellen, müsste ich es erst mal finden.«

»Ja, das glaube ich auch.«

Fionn war so wütend, dass er kein weiteres Wort mehr herausbrachte. Tuagh glaubte also, sein Herz zusammen mit seiner Familie verloren zu haben. Waren sie nun gestorben oder nur verschwunden, wie sein Bruder? Aber warum sollten sie unauffindbar sein?

Erst nach einer Weile war er wieder soweit, dass er fortfahren konnte. »Warum versperrst du dich nur dem Leben, Tuagh? Ich verstehe es einfach nicht.«

»Was kümmert dich das, Bogin?«, fragte der Wanderkrieger zurück.

»Hör auf, so mit mir umzugehen! Ich bin dein Freund, verdammt noch mal!« Schade, dass sie schon unterwegs waren. Fionn hätte jetzt gern in Dagrims Schrank gegriffen und alles Geschirr darin zerschlagen. Er war zwar noch nie auf einer Reise wie dieser gewesen, aber er wusste, dass man bei einem solchen Vorhaben Vertrauen zueinander haben musste. »Ich bin dein Freund, obwohl du mich belogen hast! Aber wir haben auf unserer kurzen Reise eine Menge gemeinsam erlebt. Ich war und bin auf dich angewiesen, und ... es ist eben so. Ich achte dich, und schätze dich sehr. Du und Tiw habt mir erklärt, warum du mich nicht gleich aufklären konntest, und das akzeptiere ich. Aber . . . ist das denn alles? Warum gehst du jetzt mit mir weiter, wenn ich nichts für dich bin als . . . ja, was eigentlich?«

Tuagh blieb stehen, ließ den Blick schweifen, als läge die Antwort irgendwo zwischen den Häusern. Dann stieß er seufzend den Atem aus und wandte sich dem jungen Bogin zu.

»Ich kann es einfach nicht mehr«, sagte er ruhig. »Seit dem Verlust meiner Familie ist alles in mir abgestorben und tot. Ich bin nicht mehr in der Lage zu lieben. Sieh es ein, so etwas kommt vor. Nicht jeder ist so stark wie deine Mutter – ich offenbar nicht.«

Fionn blieb hartnäckig und geriet erst recht in Fahrt. »Vielleicht, weil du die Richtige noch nicht gefunden hast? Und außerdem, wer spricht denn von Liebe. Harmonie genügt doch auch! Ich meine, wenn man sich versteht . . .«

Tuagh runzelte die Stirn. »Ich bin Krieger, mein ganzes Leben lang. Ich kann nicht auf einmal als Bauer auf dem Land leben, oder als Handwerker in der Stadt, mit einer treusorgenden Frau an meiner Seite, und still vor mich hinexistieren. Ich werde alt, ja, aber ich bleibe bei dem, was ich bin und kann.«

»Na und? Màr ist ebenfalls Kriegerin, sie kennt dein Handwerk genauso gut wie du! Sie hat Verständnis, sie weiß, wie du bist.«

»Sie ist unsterblich. Eines nicht so fernen Tages wird sie allein sein.«

»Aber ist das denn nicht immer so?«, gab Fionn zurück. »Wenn es nicht durch einen Unfall geschieht, dass beide sterben, bleibt doch immer einer zurück. Warum willst du Màr eine Entscheidung abnehmen, die sie selbst treffen will? Sie könnte dich vielleicht wieder zum Lachen bringen, ihr könntet zusammen durch die Lande zichen, und du wärst nicht mehr so einsam.«

»Ich bin gern allein«, widersprach Tuagh gelassen. »*Fionn.* Ja, du und ich, wir sind Freunde, und ich entschuldige mich für mein schlechtes Benehmen vorhin. Aber ich bitte dich, hör auf, mein Leben neu ordnen zu wollen. Ob du mir glaubst oder nicht, ich bin zufrieden damit. Es ist leider so, dass ich nicht mehr in der Lage bin, so temperamentvoll und gefühlvoll zu sein wie du. Dafür bin ich einfach schon zu alt, ich habe zu viel gesehen, zu viel ist in mir abgestorben. Doch ich bin ausgeglichen, was nicht auf alle Söldner meines Alters zutrifft. Kannst du dich nicht damit arrangieren? Du siehst in mir etwas, das ich nicht bin. Aber Freunde ... akzeptieren einander so, wie sie sind.«

»Hab verstanden«, murmelte Fionn. Damit hatte Tuagh recht, das musste er einräumen.

Inzwischen hatten sie den Randbereich nahe der Mauer erreicht und wurden vom Gestank und Lärm Hunderter verschiedener Tiere empfangen, die verkauft werden sollten – Pferde, Rinder, Schafe, Ziegen, Hühner; auch Hunde waren darunter und Hasen. Das Nordtor war schon in Sichtweite; hier gab es nur noch niedrige Bauten der Karawansereien und Zelte, ansonsten konnte man sich überall frei bewegen, Straßen im eigentlichen Sinne gab es nicht mehr.

Fionn blickte auf, als er Hufklappern hörte, und sah verdutzt die Gefährten herannahen.

Schnell fügte er hinzu: »Aber du musst es Màr sagen, sonst wird sie nie aufhören, sich Hoffnungen zu machen. Rede mit ihr.«

»Sie weiß es doch.«

»Trotzdem musst du es ihr sagen! Bei Hafrens Lilien, es kann doch nicht sein, dass ich Jüngling dich darin belehren muss!«

Tuagh stutzte irritiert. »Hafrens Lilien?«

»Ja, diese weißen großen Blumen, die so betörend duften, die hat sie am liebsten. Du weißt schon, unsere Herrin der Flüsse und Seen, ich habe dir von ihr erzählt.« Fionn blickte verwirrt zu dem Mann hoch.

»Woher willst du das wissen?«, fragte Tuagh verständnislos.

»Weil es im Lied so heißt!«, antwortete Fionn und verdrehte die Augen. »Das ist es, was wir singen, was wir uns erzählen. Ich geb's auf. Sag mal, ist denn wirklich nicht eine Spur Romantik mehr in dir vorhanden?«

Plötzlich hörte er stampfende Pferdehufe, blickte auf und sprang zur Seite, weil er glaubte, dass die Pferde ihn überrennen würden. Doch kurz vor ihnen parierten ihre Reiter die Pferde durch und sprangen von den schnaubenden Tieren ab; Morcant und die anderen. Waren sie etwa aus dem Grund früher aufgebrochen, um jetzt mit diesen ... diesen ... Biestern anzukommen?

»So, ab jetzt geht es schneller und komfortabler«, lachte Morcant.

Fionn fühlte, wie seine Füße eiskalt wurden. Es gab nur noch zwei reiterlose Pferde, eines davon war sehr viel kleiner, wirkte aber dafür besonders lebhaft. »Das-das ist jetzt nicht euer Ernst«, stammelte er. »Ich . . . ich soll reiten? Ihr seid ja verrückt!«

»Reiten ist sehr romantisch«, versetzte Tuagh und grinste. »Los, rauf mit dir!«

Fionn sträubte sich weiterhin. »Niemals!«

»Sieh hin, selbst Valnir reitet, und wer hätte das je von einem Zwerg gedacht?«

»Aber . . . aber wenn er erschrickt?«

»Diese Geschichten sind völlig übertrieben. Lass dir gesagt sein, dass ein Pferd grundsätzlich nur vor zwei Dingen scheut.« Tuagh packte ihn und hob ihn einfach in den Sattel, da nützte aller Protest nichts. Fionn wünschte sich, mehr zu wiegen, aber das hätte vermutlich auch nichts geändert. Tuagh verfügte über Bärenkräfte, so leicht, wie er ihn hochgehoben hatte. Wahrscheinlich würde er nur an Onkelchen Fasin scheitern. Und jetzt schwang er sich geschmeidig auf sein eigenes Pferd – so ein großes Rotes mit heller Mähne – als wäre gar nichts dabei, als hätte er nie etwas anderes gemacht, und ritt einfach los.

Da saß Fionn also, breitbeinig auf einem ständig zappelnden Tier in einem unbequemen Lederteil, mit Stricken in der Hand, die der Führung dienen sollten, und wurde durch die Gegend geschüttelt. Seine einzige Beruhigung war, dass sein Pony mit Hilfe einer langen Führleine an Morcants Pferd befestigt war, wie ein Lasttier. Wahrscheinlich wäre es sonst schon längst auf und davon mit ihm; in den nächsten Graben hinein, und sie hätten sich beide das Genick gebrochen. Ende der Reise.

»Also nur zwei Dinge?«, fragte Fionn den Elbensänger, der vergnügt pfeifend auf dem Pferd vor ihm im Sattel saß; völlig entspannt, eine Hand in die Hüfte gestemmt, die andere hielt locker die Zügel.

»Aye.«

»Und . . . äh . . . was sind das für zwei Dinge, vor denen ein Pferd scheut, und nur vor diesen?«

Morcant drehte sich zu ihm um, seine meerblauen Augen sprühten vor Heiterkeit. »Bewegte Dinge.«

»Ah.«

». . . und unbewegte Dinge.«

»Ah!«

Das Pony drehte den Kopf zu ihm nach hinten und musterte ihn aus einem dunklen Auge.

»Ich t-tu dir nichts«, stammelte Fionn. »Dann tust du mir auch nichts, nicht wahr?«

Das Pony schüttelte den Kopf, dass die dicke lange Mähne flog, schnaubte und prustete; es schien sich köstlich zu amüsieren. Als es dann lostrabte, klammerte Fionn sich mit Müh und Not an den Sattel. Was für ein Geschaukel – und er wurde so sehr durchgeschüttelt, dass er sich nicht gewundert hätte, wenn ihm der Magen auf einmal durch den Mund davongesprungen wäre. Wie konnten andere das nur aushalten oder gar bequem finden? Schon jetzt tat ihm alles weh!

»Haltung!«, mahnte Morcant, sobald das Pony zu ihm aufgeschlossen hatte und dann in einen schnellen Zackelschritt verfiel, um auf gleicher Höhe zu bleiben. »Du lässt dich ja wie ein Kartoffelsack herumbeuteln, wie sieht das denn aus!«

»Ich ... ich weiß doch gar nicht, wie, ich hab doch noch nie ... ich ... ich ...« Fionn hätte sich am liebsten fallen gelassen und wäre nebenher gelaufen; alles wäre besser gewesen als das.

»Es gibt keinen Grund zur Angst«, sagte Morcant beruhigend. Tuagh und die anderen sahen sich kein einziges Mal nach ihnen um, sondern steuerten schnurstracks auf das offene, unbewachte Nordtor zu.

»T-tut mir leid, meinetwegen bist du jetzt ...«

»Beruhige dich! Das macht ja jeden Dachs nervös. Versuch zunächst mal, dich zu entspannen. Du musst jetzt nicht lenken oder irgendetwas anderes tun. Das Pony ist bei mir angebunden und kann nicht weg. Außerdem kennt es das. Sein Name lautet übrigens Allsvartur. Das bedeutet kohlpechrabenschwarz.«

Der Name passte. Das Pony war wirklich so glänzendschwarz wie Obsidian. Eigentlich ein hübsches Tier, und es wirkte trotz seiner feurigen Augen freundlich.

»Beobachte, was ich mache, und hör mir zu«, fuhr der Meersänger fort, und der junge Bogin gehorchte.

So kamen sie, einem Wunder gleich, heil durch das Tor, und Fionn wagte es, aufzuatmen.

Bis Tuagh den Befehl zum Galopp gab.

KAPITEL 12

DER WEG NACH CLAHADUS

Und so ließen sie Uskafeld hinter sich und zogen dem Unbekannten entgegen. Nicht einmal die Elben wussten, was sie in Clahadus erwartete, denn sie mieden das verfluchte Gebiet wie alle anderen. Es gab keinen Grund, freiwillig dorthin zu reisen. Wie bedeutend also musste ein Buch sein, das jemand, der vielleicht nicht recht bei Verstand gewesen war, dort versteckt hatte. Tuagh zählte laut auf, wie viele leichter erreichbare Orte als gutes Versteck in Frage gekommen wären. Was mochte an Clahadus so Besonderes sein, dass ein Artefakt dort sicherer sein sollte als in der Hand eines vertrauenswürdigen Hüters?

»Du hörst dich schon an wie Ingbar der Zweifler«, spottete Morcant.

»Ich weiß nicht, warum es immer so geheimnisvoll sein muss«, schnaubte der Wanderkrieger.

»Hmmm … damit der Feind nicht dahinterkommt?« Der Meersänger zwinkerte. »Gerade an einem Ort wie Clahadus, den jeder meidet, ist ein Geheimnis gut verwahrt.«

Fionn beobachtete nachdenklich den hünenhaften Mann, der sich noch zu Pferde wie ein Berg neben dem filigran wirkenden Elb ausmachte. So kannte er Tuagh gar nicht. Gewiss, sonderlich viel Zeit hatten sie noch nicht miteinander verbracht, um alles voneinander zu wissen, aber er wunderte sich doch, dass ausgerechnet Tuagh diese Herausforderung scheute. Vielleicht war er der ewigen Suche müde geworden und befürchtete, wiederum Zeit auf einem Irrweg zu verschwenden.

»Woher wollen wir wissen, wie schrecklich Clahadus ist, wenn keiner von uns je dort gewesen ist?«, fragte der junge Bogin dazwischen. »Es sind doch immer nur Gerüchte, die darüber in Umlauf sind, oder nicht?«

Tuaghs bernsteinfarbene Augen musterten ihn düster unter dichten Augenbrauen. »Es *ist* so«, brummte er.

»Denken wir darüber nach, wenn wir dort sind!«, schlug Màni vor, und Màr pflichtete bei. Sie stimmten ein fröhliches Lied über einen vor Liebe trunkenen Amselkönig an und ritten voraus.

Valnir, wortkarg wie immer, folgte dichtauf, als wolle er die Reise so schnell wie möglich hinter sich bringen. Fionn konnte es dem Zwerg nicht verdenken. Vorsichtig drehte er sich um, wo weit entfernt, schon lange, sehr lange nicht mehr sichtbar, Uskafeld lag.

Drei Dinge hatte Fionn dort nicht besichtigen können, obwohl Tuagh sie gerühmt hatte: die Zwergenfrau Ziba, die Brandydestille und die Brauerei. Er hoffte, das alles einmal nachholen zu können, wenn das Abenteuer überstanden und alle Bogins frei waren. Vielleicht durfte er dann sogar mit Cady zusammen nach Uskafeld reisen.

Er schmunzelte in sich hinein. Da malte er sich eine Zukunft aus, die weit jenseits aller noch bevorstehenden Schwierigkeiten und Gefahren lag, ohne dass er auch nur eine geringe Vorstellung davon hatte, wie er das alles überstehen sollte. Und es fing schon damit an, dass er den ganzen Tag und manchmal die halbe Nacht im Sattel verbringen musste.

Fionn freundete sich auch in den folgenden Tagen kein bisschen mit dem Reiten an. Gewiss, es ging schneller vorwärts, und er kam inzwischen auch einigermaßen zurecht, sodass er mittlerweile auch frei reiten konnte. Aber die Schmerzen, die er dadurch erleiden musste, waren umso größer: Die Blutzufuhr zu seinen Füßen wurde abgeschnitten, die Schwielen auf seinem Hintern nahmen immer skurrilere Formen an, und er konnte abends vor Muskelzittern kaum laufen. Es war ihm kein Trost, dass auch Valnir nach und nach Anzeichen der Anstrengung zeigte und sich zusehends vorsichtiger bewegte. Bogins waren für Pferde nicht geschaffen, schlussaus. Sie hatten große Füße, die hervorragend zum Gehen geeignet waren, sie bewegten sich in gemächlicher Geschwindigkeit, weil es keinerlei Grund gab, sich zu beeilen, und außerdem ohnehin nur dann, wenn es nutzbringend war. Die großen Leute hatten schlichtweg keine Ahnung vom wahren Leben, davon war er mehr und mehr überzeugt, und vermutlich kam es deswegen überhaupt zum Krieg: weil sie es immer eilig hatten, sich rücksichtslos durchschubsten und dabei versehentlich anderen auf die Füße traten, die nicht schnell genug zur Seite sprangen. Das nahmen sie einander übel, ein Wort gab das andere, und so fing es an. Stimmte doch, oder?

Fionn wusste sehr wohl um die jahrhundertelangen Fehden zwischen den Völkern, und auch, dass der lange Frieden den Elben und allen voran der Árdbéana zu verdanken war. Doch das bedeutete noch lange nicht, dass alles eitel Wonne war, wie er während der Reise nach Uska-feld erfahren hatte. Die Elben selbst waren sich untereinander ebenfalls nicht uneingeschränkt wohlgesonnen. Lediglich wie es bei den Zwergen zuging, wusste Fionn nicht, denn dieses Volk lebte sehr abgeschieden und pflegte außer Handelsbeziehungen nicht viel Kontakt zu den anderen Völkern. Die Kleinen Völker waren sich untereinander zwar auch nicht allzu herzlich zugetan, doch sie würden nie auf die Idee kommen, über einen Streit hinaus einen Krieg vom Zaun zu brechen.

Es könnte alles so viel einfacher sein!

Und nun, dachte Fionn sich, *bin ich also mittendrin in einem Kampf gegen einen unheimlichen Feind. Ich muss mein Volk befreien. Doch mir geht es dabei auch um die Wahrheit und um unsere Vergangenheit. Und darin stimmen meine Begleiter mit mir überein ... wir alle haben große Lücken. Hoffentlich kann das Buch sie schließen. Wie und warum nur sind diese Lücken überhaupt entstanden? Hat Dubh Sùil damit zu tun? Oder nutzt Schwarzauge diese Lage für seine Zwecke aus?* Viele Fragen, auf die schon viele seit Jahrzehnten nach einer Antwort suchten, schwirrten ruhelos in seinem Kopf herum.

Am Abend lagerten sie in einer Senke. Es war kühl und feucht, und Fionn sehnte den Frühling herbei, der hoffentlich nicht mehr lange auf sich warten ließ. Seine Kleidung war zwar dick und wasserabweisend, dennoch lag er fest in seine Decke gewickelt dicht am Feuer. Das harte Lager störte ihn kaum, seine Muskeln taten ihm ohnehin so weh vom Reiten, dass es darauf auch nicht mehr ankam.

Auf Blaufrost würden sie heute vergeblich warten; er hatte gestern Nacht schon angekündigt, ein gutes Stück weitergehen zu wollen und erst kurz vor Clahadus auf die Gefährten zu warten. Fionn war darüber enttäuscht, so seltsam das auch anmuten mochte. Wenn Blaufrost da war, gab es meistens etwas zu lachen. Die direkte, derbe Art des Trolls hatte etwas für sich; am besten war er, wenn er Schwänke aus seiner Jugendzeit zum Besten gab. Meistens waren sie nicht sehr appetitlich, aber Blaufrost konnte einfach gut erzählen. Und er erkundigte sich immer nach Fionns Befinden. Spaßeshalber schnupperte er an Fionns Armen, ob er »denn schon reif sei« für eine »gelungene Vorspeise«, und er hielt auch nicht mit guten Ratschlägen an Tuagh hinter dem Berg: »Du machst das völlig falsch mit deiner Zauberei. Draufschlagen und Schluss. Wer dann noch das Maul aufmachen kann, is' 'ner Diskussion würdich. Na ja, vielleicht wirste's mal irgendwann lernen.«

Den Elben riet er nur, in Deckung zu gehen, wenn er mal richtig tief einatmete, und erst recht, wenn er dann wieder ausatmete.

»Nur zu gern bei deinem Mundgeruch«, bemerkte Morcant dann.

Wie anders die Stimmung war, wenn der Troll nicht neben ihnen saß. Die Gemeinschaft unterhielt sich nur wenig; selbst die Zwillinge hatten sich nicht immer etwas zu erzählen und jeder blieb die meiste Zeit für sich. Manchmal sang Morcant oder zupfte auf seiner Lyra. Fionn war ein wenig verwundert, weil er geglaubt hatte, dass seine Reisegefährten einander vertrauter, wenn nicht inniger verbunden wären, doch das schien gar nicht der Fall zu sein.

Er fasste sich ein Herz und drehte sich zu Valnir Eisenblut, der nicht weit entfernt von ihm lagerte. »Sind alle Zwerge so schweigsam, Valnir?«

»Was braucht's denn viele Worte?«, brummte der schwarzhaarige Zwerg.

»Es ist, als wärt ihr einander fremd.«

»Du meinst uns hier?«

»Ja ... ich habe mir unter einer Gemeinschaft wie der Fiandur etwas ganz anderes vorgestellt ...«

»Du bist jung und unwissend«, unterbrach Valnir. »Jeder hier kann sich auf den anderen verlassen. Ich gäbe mein Leben für die anderen ebenso wie sie für mich. Dich eingeschlossen. Warum muss ich darüber sprechen? Bogins reden gern. Sie sind Schwätzer. Aber sagen sie auch viel?«

Fionn schwieg gekränkt. Er fand durchaus, dass Bogins etwas zu sagen hatten und es auch in gute Worte zu kleiden vermochten. Und es war gewiss nichts Schlechtes daran, viele Fragen zu haben oder sich mit anderen austauschen zu wollen. Als er mit Tuagh allein unterwegs gewesen war, hatten sie sich jedenfalls mehr unterhalten, als nun die gesamte Gemeinschaft.

»Die Elben«, sagte Valnir schließlich, »tauschen sich sehr viel über Gesten aus und über Gedanken.«

»Sie können Gedankenlesen?«, fragte Fionn schockiert und vergaß ganz, den Beleidigten zu spielen.

»Nein, es ist mehr ein ... *Fühlen*. Sie sind mit ihrer Welt sehr innig verbunden und *spüren*, was geschieht. Deswegen sind sie auch so schnell und den Menschen im Kampf überlegen. Die Menschen wiederum machen das durch Masse und Durchhaltevermögen wett. Sie sind annähernd so mitteilsam wie Bogins; von einigen Ausnahmen abgesehen – zu denen Tuagh gehört. Aber wer die meiste Zeit allein reist, verlernt entweder die allgemeine Unterhaltung, oder er spricht mit sich selbst. Und wir Zwerge ...« Valnir zog die Decke um sich. »Wir lachen und tanzen und feiern gern. Aber außerhalb unserer Reiche, besonders in einem weiten Land wie diesem, schweigen wir besser, um zu lauschen. Unsere Augen sehen nicht so gut, dafür aber hören unsere Ohren umso besser. Ich höre also zu.« Nach dieser langen Erklärung drehte Valnir sich um und atmete kurz darauf tief und regelmäßig. Er schnarchte gar nicht, entgegen Fionns Erwartungen.

Der junge Bogin warf einen Blick zu Tuagh, der still und einsam Wache hielt. Die Elben bewegten sich kaum, obwohl sie sich noch nicht hingelegt hatten. Ihre Augen schimmerten leicht in der Dunkelheit, und ihre schlanken Gestalten schienen von einem leichten Glanz umgeben zu sein. Vor allem bei Màni war es auffällig, und es wunderte ihn nicht, dass sie den Namen »die Mondin« trug. Als wäre sie vom Himmel herabgestiegen.

Wenn seine Freunde das nur wüssten! Und die Kinder. Und alle anderen auch. Fionn reiste mit Elben, mit Hochelben noch dazu! Das war ein Märchen für sich. Wenn nur der Anlass der Reise ein anderer gewesen wäre ...

»Auf!«, rief Màr in der Früh. Fionn hätte sich nicht gewundert, wenn ihre Haare sich in Federn und ihre Arme in Flügel verwandelt hätten, so leichtfüßig kam sie heran, ja, schwebte sie. Elegant und hell wie eine Möwe über dem Meer.

Es fiel ihm nicht schwer, bei dem Glockenklang dieser Stimme aufzuwachen und sofort guter Laune zu sein. Bis zu dem Moment, da er den Fehler beging, sich aufzusetzen, und dadurch unvermittelt allen Schmerz weckte, den ihm das Reiten beschert hatte.

Die anderen waren schon dabei, sich fertig zu machen. Fionn kroch mehr als dass er ging zu dem kleinen Bachlauf und unterzog sich einer eisigen Wäsche. Morcant brachte ihm einen Kanten Brot und Käse, dazu einen Becher starken Pfefferminztee mit Honig.

»Beeil dich, Fionn, wir müssen los«, sagte er lächelnd.

Kurz darauf waren sie alle aufgesessen. Fionn musste zugeben, dass es ihm heute, nachdem er sich nun etwas bewegt hatte, besser ging als in den Tagen davor. Es bestand also noch Hoffnung!

Zügig passierten sie nun die westlichen Ausläufer eines kleineren Gebirges; das Gelände wurde uneben und zunehmend felsiger. Aber es war auch immer dichter bewaldet, und den Namen »Großer Tann« führte das Gebiet nicht zu Unrecht. Auf der anderen Seite, erfuhr Fionn, begann die Ebene, und Clahadus war nicht mehr weit davon entfernt.

Gegen Mittag erreichten sie eine Hügelkuppe. Inmitten eines Tales, umgeben von gewaltigen Waldhügeln, fanden sich zwei Dörfer. Eines am Ostrand, eines am Westrand. In der Mitte zwischen beiden mäanderte ein Fluss dahin.

»Sie stehen noch! Sehr gut«, zeigte Tuagh sich erfreut. »Hier können wir nächtigen und uns mit Vorräten eindecken, denn in Clahadus finden wir nichts.«

»Wahrscheinlich nicht mal ein Staubkorn«, murmelte Valnir vor sich hin.

»Lasst uns hinunterreiten.« Tuagh trieb sein Pferd an, und die anderen folgten ihm.

Die beiden Dörfer lagen einander in Sichtweite gegenüber. Es handelte sich um reetgedeckte Rundbauhütten aus Stein, mit einem Langhaus in der Mitte, das für Versammlungen, Abstimmungen und zum geselligen Beisammensein diente. In bescheidenem Maße wurde Ackerbau betrieben, auch gab es ein paar Viehgatter; vorzugsweise wurden aber wohl der Wald und der Fluss genutzt, um Nahrung zu beschaffen und andere Bedürfnisse zu bedienen.

Tuagh hielt auf das linke Dorf zu, und das war bis zum ältesten Weib auf den Beinen. Junge Männer in karierten Hemden, kräftig gewebten Röcken und mit der in den Stammesfarben gekennzeichneten Schärpe über der Schulter versammelten sich und schwangen kühne Reden.

Fionn verstand »Kampf«, »Blut«, »Arm abhacken«, »Schädel spalten« und ähnliches, und ihm war ganz und gar nicht wohl dabei zumute. Tuagh stieg ab und ging auf einen Mann mittleren Alters zu, der wie der Anführer wirkte. Bisher hatte niemand auf das Eintreffen der berittenen Fremden geachtet, was verwunderlich genug war.

Die beiden Männer wechselten ein paar Worte, dann kam der Wanderkrieger zurück. »Wir können bleiben«, erklärte er und fuhr mit Blick auf den Dorfschulze fort. »Wegen der Vorräte müssen wir mit seiner Frau verhandeln.«

»Ich übernehme das«, erklärte Valnir sich bereit.

Sie stiegen ab, Valnir übergab Fionn die Zügel seines Pferdes und machte sich sogleich auf den Weg zur Frau des Dorfvorstands.

»Bist du schon einmal hier gewesen?«, erkundigte sich der Dorfschulze bei Tuagh, während sie auf das Gasthaus zugingen. Zwei Stalljungen kamen herbeigelaufen und nahmen die Pferde mit, nachdem die Reisenden ihre Packtaschen heruntergenommen hatten. Tuagh gab jedem von ihnen fünf Bronzestücke, und dafür hätten sie ihm beinahe die Hand geküsst vor Freude.

»Jetzt erinnere ich mich besser!«, sagte der Mann daraufhin. »Deswegen haben wir gern Söldner bei uns zu Gast: Sie sind stets großzügig, sofern sie noch Münzen in der Tasche haben.«

»Diese Route ist bei meinen Zunftgenossen sehr beliebt«, bestätigte Tuagh. »Auch ich komme auf dem Weg nach Norden gern hier vorbei. Doch diesmal reisen wir nicht ganz so weit, brauchen aber reichlich Proviant.«

»Was ist denn euer Ziel?« Der Dorfschulze musterte Tuaghs Begleiter, ohne eine Miene zu verziehen. Fionn begriff, dass Söldner wie Dörfler voneinander profitierten. Die Söldner erhielten eine Unterkunft und bekamen Verschwiegenheit zugesichert, und die Dörfler bekamen ein gutes Zusatzeinkommen. Händler auf dem Weg nach Norden oder auf ihrem Rückweg von dort kamen kaum an dieser Stelle vorbei. Sie wählten lieber die großen Straßen und suchten die Gasthäuser und Märkte an den Kreuzungen auf. Dort konnten sie sich besser austauschen und aktuelle Informationen einholen.

Hier waren Dörfler und Söldner »unter sich« und hegten keine Vorurteile gegenüber dem anderen, wie es überall sonst der Fall war. Der Wanderkrieger gab deshalb bereitwillig Auskunft. Fionn wusste, dass Tuagh niemals unbedacht reden würde.

»Nach Clahadus.«

Die Augen des Mannes weiteten sich leicht. »Ihr alle?« Er pfiff leise durch die Zähne. »Da habt ihr euch was vorgenommen – und mehr will ich bitte nicht wissen.« Es schüttelte ihn sichtlich. »Clahadus – wie scheußlich. Aber einen Rat habe ich. Solltet ihr nach Plowoni wollen, und mehr fällt mir nicht ein, wohin man sonst in diesem wüsten Land wollen sollte, so nehmt ihr am besten die Nordostroute, und zwar auf den Hufwegen. Dann spart ihr mindestens zwei Tage verfluchte Ödnis ein und verbessert eure Aussichten, lebend dort anzukommen.«

»Mein lieber Freund«, wandte Tuagh ein, »diese Route ist mir bekannt. Sie führt durch Ogerland.«

Das ließ Fionn erstarren, und auch die Elben zeigten eine leichte Verwunderung.

»Ich habe nicht gesagt, dass sie mit Rosenblättern ihren Boden bedecken«, erwiderte der Dorfvorstand. »Doch du solltest abwägen, was schwerer wiegt: Der Fluch der Ödnis oder die Oger.«

»Oger sind des Tags unterwegs – *und* des Nachts.«

»Schon, schon, aber wenn ihr euch still und unauffällig verhaltet und auf dem schmalen Pfad bleibt, solltet ihr unbehelligt bleiben. Es würde den Ogern einen Haufen Ärger einbringen, jemanden zu verspeisen, der möglicherweise ein Bote der Àrdbéana ist, und das wissen sie. Der Pfad gilt gewissermaßen als neutrales Gebiet. Verlasst ihn nicht, und die Oger fühlen sich nicht belästigt.«

Valnir kam zurück. »Es ist alles klar.« Finster starrte er den Mann an. »Deine Frau sollte als Steuereintreiber arbeiten! Sie versteht es, anderen noch das Letzte aus dem Säckel zu ziehen.«

»Deshalb übernimmt ja auch sie die Geschäfte. Ich bin viel zu gutmütig.« Der Dorfschulze grinste. »Aber jetzt kommt, ich zeige euch eure Zimmer.«

Fionn kam es beinahe wie der letzte Tag vor der Hinrichtung vor, wenn dem Verurteilten noch etwas Gutes zugestanden wurde – so einladend war das Bett. Und so ähnlich war es wohl auch – morgen ging es ins

Ogerland, und danach in ein Gebiet, das jeder, der bei Verstand war, mied. Er wusch sich und ging nach unten, wo die übrigen Gefährten bereits versammelt waren. Fionn sagte schon der Duft, dass das Essen vorzüglich war, und das Bier schäumte golden im gläsernen Krug.

Draußen ging es inzwischen hoch her, die jungen Männer hetzten sich gegenseitig auf und schüttelten die Fäuste gegen das Dorf auf der anderen Seite des Flusses.

»Was ist denn da los?«, wollte Morcant wissen, der immer Stoff für ein gutes Lied suchte.

»Es geht wie jedes Jahr um die Flussrechte.« Der Dorfschulze, der zugleich der Wirt war, winkte ab. »Die gehen sich regelmäßig an die Kehlen, weil jeder dem anderen vorwirft, sich Vorteile zu verschaffen.«

»Der Fluss gehört niemandem!«, entfuhr es Fionn empört. »Nur Hafren, der Herrin der Flüsse und Seen!«

»Die ist schon lange fort, mein junger Halbling, und die Menschen wollen ihren Anteil.«

»Diese Rivalitäten zwischen zwei Dörfern erlebe ich oft, und ebenso deren Wettkämpfe«, sagte Tuagh gleichmütig. »Gibt es das bei euch Elben nicht auch?«

»Allerdings«, bestätigte Morcant. »Vor allem, wenn es um Flussrechte geht.«

»Aber ein Kampf ... mit Waffen ...«, stammelte Fionn. »Warum muss das immer und immer so sein?«

»Ein guter Kampf ist nie zu verachten«, erklärte Valnir Eisenblut und klopfte gegen seine Axt. »Davon verstehst du nichts.«

»Allerdings nicht, und das ist gut so!«

Einer der Stalljungen stürmte herein. »Sie sind da! Es geht los!«

Und schon waren alle auf und davon.

Fionn schwankte einige Augenblicke, was er tun sollte. Doch die Neugier siegte. Vielleicht war es ja schon ein Vorgeschmack auf das, was ihn ab morgen erwartete! Und dann gewöhnte er sich besser früher als später daran. Egal, wie sehr er Gewalt und Kampf auch verabscheuen mochte, er konnte dem nicht entgehen, nachdem er das Haus seines Herrn verlassen hatte.

Die Kämpfer der Ostseite waren inzwischen eingetroffen, ebenfalls in ihre Farben gekleidet, mit Röcken und mit Federn geschmückten Hüten. Auf einem brachliegenden Feld schritten die Kontrahenten aufeinander zu, die Mienen wild entschlossen und grimmig. Bärtige Männer und Jünglinge, denen gerade der erste Flaum spross. Die jeweiligen Anführer, die schon gut an die Fünfzig sein mochten, schritten vorneweg und verharrten in vier Schritten Abstand vor einander.

Der eine fragte den anderen, ob er dessen Flussrechte und die Aufteilung anerkenne, und der andere verneinte. Daraufhin fingen sie an zu verhandeln, baten zunächst um Vernunft, beschimpften sich schließlich und wurden zuletzt handgreiflich. Das war das Zeichen für die übrigen, laut schreiend loszustürmen. Sie prallten heftig aufeinander, verklammerten sich ineinander und rangen miteinander. Sie schoben sich hin und her, stöhnten und keuchten.

Fionn sah verblüfft, dass keiner seine Waffe zog. »Worum geht es hier genau?«, fragte er den Dorfschulze, der ruhig dabeistand und eine Pfeife rauchte. »Vorhin noch hörte ich sie prahlen, wie viele Köpfe sie abschlagen und aufspießen würden.«

»Das wäre schön dumm, wenn sie es wirklich täten«, antwortete der Mann. »Es gibt genug Feinde um uns herum. Das Leben ist hart, wir brauchen jeden Mann. Dennoch ist das hier ein ernster Kampf, Junge. Es geht darum, wer das Recht am oberen Flusslauf erwirbt, und gleichzeitig wird auch der Thingmann in seiner Position bestätigt. Das alles gilt für ein Jahr. Die beiden Thingmänner halten ihre Stellung nun schon fünf Jahre, und ich denke, nächstes Jahr werden zwei andere antreten, weil die beiden dort nicht mehr so stark und durchsetzungsfähig sind wie früher. Dennoch müssen sie alles geben. Wer den oberen Flusslauf gewinnt, hat die reicheren Pfründe. Es gab Zeiten, da haben wir uns tatsächlich bekriegt und immer Tote zu beklagen gehabt, doch mit diesem Ringkampf hier haben wir eine bessere Lösung gefunden. Mal wird auf unserer Seite gekämpft, mal drüben. Wir wechseln uns jedes Jahr ab.«

»Ist es schon vorgekommen, dass eine Seite die Niederlage nicht akzeptiert hat?«

»Das wäre ebenfalls dumm. Alle sind bewaffnet. Wenige würden dann noch vom Feld gehen. Beide Dörfer wären vom Klagen der Frauen erfüllt, verwaist und müssten verlassen werden. Das will keiner von uns.«

Der Kampf währte tatsächlich Stunden, und beide Seiten zeigten sich unnachgiebig. Auch wenn sie ohne Waffen kämpften, richteten Fäuste und Füße erheblichen Schaden an, und ab und zu auch die Zähne. Die meisten bluteten, der Schweiß floss in Strömen, vor allem die Gesichter zeigten viele dunkle Verfärbungen und Schwellungen. Einige hatten schon wegen gebrochener Gliedmaßen aufgeben müssen, doch weiterhin stand kein Sieger fest. Das Glück wogte hin und her und konnte sich nicht entscheiden.

Auch die beiden Thingmänner kämpften noch hart um ihren Stand. Würde einer von beiden Zurückhaltung zeigen, würde es als Schwäche ausgelegt, und er würde auf der Stelle abgesetzt; diese Schmach wollte sich keiner antun. Also konnten sie nicht nachgeben.

Bis es dem Thingmann des Westdorfes gelang, seinen Gegner in den Schwitzkasten zu nehmen und ihn nicht mehr herauszulassen. So sehr der andere sich auch wehrte, die Luft wurde ihm immer weiter abgeschnürt und sein Gesicht lief bereits blau an. Dann brach er in die Knie. Der Thingmann des Westdorfes hielt ihn weiterhin, und Fionn befürchtete schon, dass es den ersten Toten geben würde. Da gab der Unterlegene endlich das Zeichen zur Aufgabe; so weit ließ er es denn doch nicht kommen.

Der Thingmann gab ihn sofort frei und rief laut und dröhnend den Sieg aus. Daraufhin ließen auch die anderen Kämpfer auf der Stelle voneinander ab, und dann geschah das Erstaunlichste. Wer sich gerade noch bis aufs Blut bekämpft hatte, half sich gegenseitig auf die Beine, klopfte sich den Staub von den Schultern, stützte sich beim Verlassen des Feldes.

Heiler und Heilerinnen erwarteten sie bereits, versorgten ihre Wunden, und der Dorfvorstand karrte Bierfässer herbei, aus denen es bald reichlich floss. Schon nach kurzer Zeit lachten die vorherigen Rivalen und stießen miteinander an. Die Sieger waren überglücklich, die Unterlegenen trugen es mit Fassung und schworen, im nächsten Jahr an der Reihe zu sein.

Tuagh, Fionn und die anderen wurden eingeladen, am Festgelage der beiden Dörfer teilzunehmen, was sie gern annahmen. Es war nicht falsch, ordentlich Kräfte zu sammeln für den bevorstehenden Weg. Ihr Vorhaben hatte sich inzwischen herumgesprochen, und niemand neidete es ihnen. Viele glaubten, ihnen guten Rat geben zu können.

Fionn konnte diesem Teil der Reise bisher nichts Schlechtes abgewinnen; doch er konnte sich ebenfalls des Eindrucks nicht erwehren, dass Tuagh etwas ganz Bestimmtes damit bezweckt hatte, gerade hier Station zu nehmen. Sein Freund wurde ihm mit Fortgang der Reise immer rätselhafter.

Und ... ihm entging nichts. Als sie am nächsten Morgen die Pferde wieder bepackten, kam Tuagh an Fionns Seite und half ihm mit dem Beutel. Leise sagte er: »Es ist wichtig, einen Stützpunkt zu haben. Wir brauchen Orte, an denen wir willkommen sind. Selbst ein Eigenbrötler wie ich – oder gerade jemand wie ich. Und vielleicht können wir einmal gute, loyale Kämpfer brauchen.«

»Du ... du rechnest mit einem Krieg?«, flüsterte Fionn erschrocken.

»Darauf scheint es seit einigen Jahren hinauszulaufen.«

»Aber warum? Gegen wen? Dubh Sùil etwa? Und welchen Anführer haben wir auf unserer Seite? Wer ist dann überhaupt *wir*?«

»Siehst du«, sagte Tuagh. Er nickte dem jungen Bogin zu und ging zu seinem Pferd.

KAPITEL 13

DER PFAD DURCH DIE DUNKELHEIT

Cady fühlte sich keineswegs so tapfer, wie sie sich gab. Sie hatte ihren Entschluss bereits in dem Moment bereut, da Melissa sich schluchzend auf den Weg zurück gemacht hatte. Aber das, was sie in dem alten Verlies gefunden hatte, ging ihr nicht mehr aus dem Kopf. Meister Ian Wispermund musste es erfahren, denn als angesehener Gelehrter und als Mensch konnte er etwas dagegen unternehmen. Er musste unbedingt zur Àrdbéana gehen, egal wie schlecht es ihr ging! Sie musste von der gewaltigen Verschwörung erfahren, die hier im Gange war.

Verständlicherweise konnte sich Cady auf nichts einen Reim machen, doch eines war klar: Alle Vorgänge hingen zusammen, und diese Verschwörung war dabei, in eine entscheidende Phase zu treten. Anders war die Gefangennahme des gesamten Volkes der Bogins nicht zu erklären. Cady zweifelte nicht daran, dass die Häscher inzwischen im ganzen Land unterwegs waren und die verbliebenen Bogins einsammelten. Auch ihre Eltern.

Umso bedeutsamer war es, dass sie zu Meister Ian gelangte. Sie war sicher, Gehör bei ihm zu finden. Und vielleicht ... Ganz im Stillen hoffte sie, dass er etwas über Fionn wusste. Wo er war, wie es ihm ging.

Cady hielt die Fackel vor sich und schritt tapfer aus. Sie hatte den Gang gewählt, von dem sie geglaubt hatte, darin fernes Wasserrauschen zu hören. Er war gerade eine Mannslänge hoch, zu schmal, um zu zweit nebeneinander zu gehen, und feucht. Glitzernd brach sich der Fackelschein in den Tropfen, die am Gestein hingen. Cady hatte beim Betreten des Gangs eine Markierung angebracht und zählte leise die Schritte. Als sie bei achthundertsiebenundvierzig angekommen war, verhaspelte sie sich und gab es auf. Es sah nicht so aus, als würde es schon bald eine Abzweigung geben.

Das Wasserrauschen kam allerdings auch nicht näher. Cady hatte das Gefühl, leicht abwärts zu gehen. Der Weg schlängelte sich, blieb aber bei einer Richtung.

Die Fackel flackerte heller auf, und Cady erkannte, dass sie nicht mehr lange brennen würde. Sie steckte die nächste an und löschte die erste, warf sie aber nicht weg. Sie behielt sie in der Hand, bis sie sich abgekühlt hatte, und steckte sie dann in den Gürtel zu den anderen. Weiter ging es. Abgesehen vom leisen *Plitsch* der Tropfen auf Fels oder Steinboden gab es kein Geräusch. Cady begann zu frieren bei der klammen Kälte hier unten. Und es war dunkel, so schrecklich dunkel ... Keine Abenteuerwelt für Bogins. Um sich Mut zu machen und etwas Tröstliches zu hören, sang Cady leise. Es spielte keine Rolle, ob sie dadurch jemanden auf sich aufmerksam machte, sie konnte sowieso nicht weg von hier, und es gab kein Versteck. Wenn Wachen ihr folgten, würden sie sie mit oder ohne Gesang finden; allein das Licht ihrer Fackel wies den Weg. Wenn etwas hier unten lebte, würde es sie aufspüren. Oder auch nur ihren Schritt hören.

Cady sang von Hafren, wenn sie im Frühling den Winter vertrieb und das erste zarte Grün auf den Boden zauberte, und hoffte, sich damit ein wenig wärmen zu können. Sie hielt die Fackel mit beiden Händen und nicht zu weit von sich entfernt, um etwas trockene Wärme zu spüren.

Schließlich erreichte sie eine Abzweigung, und sie stand lange und lauschte, bis sie sich für den linken Gang, wo sie wieder das Wasser zu hören glaubte, entschied. Allerdings spielte das im Grunde keine Rolle, denn sie kam dem Rauschen ohnehin niemals näher. Es konnte sich ebenso gut um ein durch Ritzen und Öffnungen dringendes Echo handeln, das von einem tief unter ihr liegenden Fluss kam. Spekulationen darüber kamen einem Ratespiel gleich. Cady konnte nur versuchen, sich einigermaßen die Richtung zu merken. Da sich der Palasthügel mitten in der Stadt befand, würde sie sich nicht so schnell von ihr entfernen. Dennoch bestand die Gefahr, in einer Sackgasse zu landen. Sie markierte die Abzweigung und schritt tapfer weiter, obwohl ihr bereits die Füße wehtaten. *So groß und doch so nutzlos, weil ungeübt*, dachte sie ironisch bei sich. Aber die Fackel hielt, also konnte sie noch nicht so lange unterwegs sein.

Da Cady keinerlei Zeitgefühl hatte und nicht einmal abschätzen konnte, wie lange eine ihrer Fackeln brannte, ging sie so lange, bis sie fast im Gehen einschlief. Inzwischen hatte sie eine zweite Abzweigung erreicht, und um nicht im Kreis zu gehen, nahm sie diesmal den rechten Gang. So lange konnte es doch gar nicht dauern, bis sie die Kanalisation erreichte, oder? Der Palast war daran angeschlossen, und so groß war der Hügel nun auch wieder nicht. Normalerweise müsste sie bald darauf stoßen, oder zumindest eine Veränderung des Wasserrauschens wahrnehmen. Vielleicht hatte sie Pech und sie erreichte eine Wand, hinter der die unterirdischen künstlichen Wasserwege lagen. Es war alles möglich. Aber dann musste sie eben unverrichteter Dinge wieder umkehren. Zumindest hätte sie es versucht.

Also schön, rechts entlang und darauf gehofft, dass ich das richtige Gespür habe.

Als ihr immer häufiger die Augen zufielen, sah Cady ein, dass sie seit vielen Stunden unterwegs war und Ruhe benötigte. Sie stillte ihren Durst, indem sie die Tropfen vom Gestein leckte. Das Wasser hatte einen leicht metallischen Geschmack, war kalt und rein. Die Mahlzeit dazu musste sie sich denken. Der Hunger bohrte in ihren Eingeweiden. Wie lange konnte sie wohl ohne Nahrung durchhalten? Schon seit der Einkerkerung wurden sie kurz gehalten, und Cady hatte bereits zweimal den Rock ein Stückchen enger fassen und den Gürtel fest verknoten müssen. Viel blieb da nicht mehr.

»Hör endlich auf, dir selbst den Schneid abzukaufen«, ermahnte sie sich. »Damit ist niemandem gedient. Und inzwischen zählen alle auf dich, weil du die Einzige bist, die draußen ist. Findest du einen Ausweg, können alle fliehen ...«

Im Augenblick allerdings konnte sie nicht weiter. Weil ein Platz so gut war wie der andere, kauerte sie sich hin, fand eine Lücke in den Felsen, in die sie die Fackel stecken konnte, und rückte nah an die beruhigende Flamme heran. Sie zog die Beine an, wickelte den Rock fest darum, schlang die Arme um die Beine und legte den Kopf an die Knie. Noch bevor Cady darüber nachdenken konnte, wie sie in dieser Stellung überhaupt schlafen sollte, war sie auch schon weg.

Plötzlich schreckte Cady hoch und verharrte mit wild schlagendem Herzen. Sie brauchte eine Weile, um zu sich zu kommen und zu begreifen, dass sie nicht blind war, und wo sie sich aufhielt.

Ihr Schlaf hatte einer Ohnmacht geglichen, übergangslos war sie in bewusstlose Schwärze gefallen und ebenso abrupt daraus erwacht.

Es war kalt. Es war feucht.

Und es war finster.

Zitternd tastete Cady nach der Fackel. Sie war kalt wie die Felsen. Cady hatte so lange geschlafen, bis die Fackel vollends heruntergebrannt und erkaltet war. Obwohl sie noch unbenutzte Fackeln mit sich führte, konnten sie ihr nicht mehr helfen, denn sie hatte nichts, um sie zu entzünden.

Cady weinte.

*

»Was hast du mir zu berichten, meiner treuer Pirmin?« Die liebliche Stimme der Àrdbéana war nur noch ein Hauch. Sie lag wie jeden Tag in dem großen Bett ihres Gemachs, die Seidenvorhänge zugezogen. Der Besucher konnte ihre dahinschwindende Gestalt nur undeutlich erkennen.

»Hochedle.« Der Oberste Haushofmeister kniete an ihrem Bett nieder und griff behutsam nach ihrer schmalen, bleichen Hand, die sie durch den Vorhang nach ihm ausstreckte. »Ich verhöre die Bogins, doch ich gewinne keinerlei Erkenntnisse. Ich bin inzwischen sicher, dass keiner von ihnen in diesen schrecklichen Mordfall verstrickt ist.«

»Daran habe ich nie gezweifelt«, antwortete die Hohe Frau. »Umso wichtiger ist es, dass sie weiterhin abgeschottet bleiben. Nur dort unten im Verlies sind sie sicher, denn das Böse findet allerlei Mittel und Wege. Aber nicht dorthin . . .«

»Es kommt mir trotzdem so vor, als ob ich nicht der Einzige bin, der Verhöre durchführt«, fuhr Pirmin fort. »Und ich finde ab und zu völlig verstörte Bogins vor. Mylady, ich glaube nicht, dass der Schutz dort unten ausreichend ist. Abgesehen davon, dass diese Kerkerhaft an ihren Kräften zehrt.«

»Dann ist es also soweit. Ich habe es befürchtet. Aber das ändert nichts, Pirmin. Holen wir sie von dort unten herauf, geben wir sie ganz preis. Hauptmann Tiarnan soll die Wachen verstärken. Mehr kann ich nicht tun. Es zehrt auch mich auf . . .«

Pirmin streichelte ihren Handrücken. »Majestät, sagt mir, wie ich Euch helfen, Euch stärken kann! Ich habe darüber nachgedacht, den Hochkönig der Elben um Hilfe zu bitten. Vielleicht könntet Ihr in einem elbischen Baumhaus, umgeben von Licht und reiner Waldluft, wieder gesunden!«

»Mein lieber, guter Pirmin. Mein bester Freund. Ich kann hier nicht weg, dann würde ich das Schloss ausliefern. Keiner von euch könnte es halten. Es tut mir leid … ich muss einen Weg finden, meine Kräfte wiederzufinden und das Schloss zu halten …«

»Aber wer ist es, Gebieterin?«, rief der Oberste Haushofmeister aus. »Nennt uns seinen Namen, und ich bin sicher, Hauptmann Tiarnan wird sofort ein Heer aufstellen und gegen ihn ziehen …«

»Der ist mit Waffengewalt nicht zu bezwingen, Pirmin.«

»Dann suchen wir die besten Zauberer und Magierinnen Albalons und holen sie hierher, auf dass sie den stärksten Schutz aller Zeiten weben!«

Der Oberste Haushofmeister verstummte erschrocken, als die Àrdbéana plötzlich ihre Hand zurückzog und sich aufrichtete. »Es ist eine mir unbekannte dunkle Macht, Pirmin. Die Bogins sind ebenso wie ich in Gefahr. Ziehe ich nun alle Mächte hier in diesem Schloss zusammen, befürchte ich, wir beschwören eine Katastrophe herauf. Was, wenn die dunkle Macht jeden Einzelnen von ihnen übernimmt? Nein, mein Freund. Zuerst müssen wir mehr erfahren, bevor wir handeln können. Bis dahin bin ich verantwortlich für den Schutz, wie ich es immer gewesen bin. Es ist meine Aufgabe.«

Pirmin neigte demütig den Kopf. »Ich weiß, Ihr seid eine Elbenfrau allerhöchster Abstammung und verfügt über mächtige Kräfte.« *Und über zu großen Stolz*, dachte er bei sich. »Ich wünschte, Ihr würdet Hilfe annehmen.«

»Dies ist keine Frage der Verweigerung«, erwiderte die Àrdbéana. »Ich habe keine Wahl.«

»Also gut, Ehrwürdige. Ich folge, wie ich es immer tue.«

»Was ist eigentlich mit diesem Bogin, der entkommen ist? Aus Meister Wispermunds Haus?«

»Keine Nachrichten, keine Neuigkeiten, Herrin. Ich lasse sein Haus überwachen. Niemand weiß, wo der Junge steckt. Ich nehme an, er hat bei irgendjemandem in der Stadt Unterschlupf gefunden. Doch wir werden ihn nicht finden, selbst wenn wir jedes Haus durchsuchen – wir können nicht überall gleichzeitig sein.«

»Warum tut er das, Pirmin? Wie hält er das durch?«

»Ich weiß es nicht, Hochedle. Und Meister Wispermund weiß es auch nicht, da bin ich sicher.«

»Ein Rätsel mehr ...«

»Je mehr ich mit ihnen zu tun habe, desto mehr begreife ich, dass die Halblinge insgesamt ein rätselhaftes Volk sind.« Pirmin beugte sich vor und erhob sich ein wenig ächzend. »Ich kehre nun wieder an meine Arbeit zurück. Ich sehe heute Abend wieder nach Euch.«

»Ich befinde mich in bester Obhut.« Ein Lächeln war aus der schlichten Aussage herauszuhören.

»Deshalb werde ich auch darauf achten, dass es so bleibt.« Damit zog er sich zurück.

Pirmin machte sich große Sorgen. Er war sicher, dass eine Verschwörung gegen ihn und die Àrdbéana im Gange war. Der Mord an Magister Brychan ergab für ihn immer noch keinen Sinn. Sollte er Hochkönig Alskár um Hilfe bitten? Die Kräfte der Àrdbéana schwanden dahin. Und vor allem Hauptmann Tiarnan riss immer mehr Befehlsgewalt an sich. Diente er einem fremden Herrn? War es eine Verschwörung der Elben? Ein ungeheuerlicher Verdacht. Er wagte nicht, ihn der Àrdbéana zu offenbaren, solange er keine stichhaltigen Beweise hatte.

Der Schreiber erwartete ihn in seiner Amtsstube, und Pirmin fasste einen Entschluss.

»Wir müssen den Hofstaat genau in Augenschein nehmen«, sagte er zu dem einzigen Wesen, dem er neben der Àrdbéana rückhaltlos vertraute. »Du fällst nicht auf, jeder kennt dich und weiß, was du tust. Sieh sie dir alle an, jeden Einzelnen, sei er nun Elb oder Mensch, und mache dir Notizen. Wer ist mit wem bekannt, wer interessiert sich wofür und schwingt welche Reden. Wirst du das tun?«

»Natürlich, Herr. Das bekomme ich hin. Aber gebt mir ein wenig Zeit.«

»Arbeite gründlich, das ist wichtiger als Eile. Informiere mich, sagen wir, alle drei Tage; ansonsten wollen wir nicht darüber reden. Und bewahre Stillschweigen, was auch geschieht.«

»Selbstverständlich, Herr.«

Drei Tage später, als er gerade auf dem Weg zu der Besprechung mit dem Schreiber war, wurde Pirmin plötzlich von hinten eine Kapuze übergestülpt, und er wurde fortgezerrt. Zuerst überrascht, glaubte der Oberste Haushofmeister an einen Scherz. Keinesfalls konnte das ernst gemeint sein! Schließlich wusste jeder, wer er war, und bei Hofe war er sicher. Wer, wenn nicht er? Also setzte er sich voller Unglauben an Schlimmeres nur halbherzig zur Wehr.

Doch dann begannen echte Angst und Sorge, sich in ihm zu regen. Pirmin kannte den Palast bis ins Kleinste, seit Jahrzehnten wandelte er hier durch die Gänge. Er wusste, wohin sie ihn schleppten – in einen Seitenflügel des Gesindes, direkt über dem Küchengewölbe und den Weinkellern. Sicher, die Hofschranzen ließen sich ab und zu üble Scherze einfallen, um Rache wegen irgendeiner Verwarnung oder einer Benachteiligung zu nehmen. Bisher hatten sie sich nicht an ihn herangewagt, aber seit die Àrdbéana erkrankt war, verkamen Disziplin und Respekt zusehends, und Pirmins Stand war keineswegs mehr so deutlich erhöht wie vorher. Noch dazu, seit Hauptmann Tiarnan den Schutz des Palastes übernommen und Pirmins Autorität untergraben hatte. Doch ein offener Angriff wäre ein unerhörter Scherz. Im Palast, vor aller Augen, so sie denn nur jemanden auf den Fluren antrafen, würde es niemand wagen, sich so etwas herauszunehmen. Das hier konnte kein fehlgeleiteter Spaß sein!

Sie zerrten ihn in ein Zimmer, die Tür schlug zu, und der Schlüssel wurde umgedreht. Dann wurde Pirmin die Kapuze abgenommen, und er blinzelte. Der Raum war abgedunkelt, die Läden vor dem Fenster verschlossen. Der Oberste Haushofmeister konnte kaum etwas erkennen, seine Augen waren vor allem bei Dämmerlicht nicht mehr sonderlich gut. Er sah Schemen, die sich bewegten. Vier, nein fünf ... oder sechs. Ganz sicher war er sich nicht, weil sie irgendwie miteinander verschwammen.

»Hör gut zu«, zischte eine Stimme, die weder männlich noch weiblich war. Sie gehörte zu einem der Verhüllten, unkenntliche Gestalten, an denen nichts einen Rückschluss darauf erlaubte, ob sie Menschen oder Elben waren.

»Ich werde nicht zuhören, bevor ich nicht weiß, wer da spricht«, sagte Pirmin streng.

Der Schlag kam sofort, und er wusste nicht, woher. Doch im nächsten Moment fand der Oberste Haushofmeister sich auf dem Boden wieder und rieb sich den schmerzenden Nacken. Verwirrt und gedemütigt zwang er sich auf die Beine.

»Genügt dir das als Vorstellung?«, fuhr die heisere Stimme fort.

Pirmin erwog die Antwort. Schließlich sagte er nur: »Ja.«

»Also dann, beginnen wir von Neuem. Du wirst aufhören, den Hof zu hintertreiben, du wirst aufhören, andere für deine Zwecke einzuspannen, du wirst aufhören, Intrigen zu spinnen.«

»Ich spinne keine ...«, setzte Pirmin empört an, wurde jedoch von einem so scharfen Zischen unterbrochen, dass er Blut auf seiner Zunge fühlte, als habe er damit über ein zu scharfes Messer geleckt.

»Du wirst deiner Arbeit nachgehen wie bisher und die Einschränkungen akzeptieren. Du wirst aufhören, Hauptmann Tiarnan in Frage zu stellen und seinen Anweisungen folgen, insofern sie die Sicherheit des Palastes betreffen. Du wirst deiner Herrin dienen und sie schützen, aber sie nicht mit den Vorgängen im Palast belasten. Und du wirst aufhören, die Bogins zu verhören. Die sind nicht mehr deine Angelegenheit. Du wirst den Palast nicht ohne Begleitung und nicht ohne Hauptmann Tiarnans Erlaubnis verlassen. Wenn du das tust, wird alles gut ausgehen. Haben wir uns verstanden?«

Pirmin, der eigentlich abgebrüht und weitgehend gefühlskalt war, fühlte eisige Angst in sich hochkriechen. »Wer seid ihr?«, flüsterte er.

»Niemand, der dich interessieren sollte. Doch sei versichert, wir hüten Sìthbaile. Nichts anderes liegt uns am Herzen.«

Das war schwer zu glauben. Aber Pirmin wagte kein weiteres Wort mehr. Er spürte die Anwesenheit von etwas Dunklem, sehr Mächtigem, das die Verhüllten überlagerte wie eine Schattendecke. Auch sie waren nicht frei, davon war er schnell überzeugt. Sie hatten genausowenig eine Wahl wie er.

»Meiner Herrin darf nichts geschehen«, bat er.

»Sie wird unversehrt bleiben, denn wir brauchen sie«, lautete die Antwort. »Ihre Schwäche ist ein Ärgernis, doch wir werden eine Lösung finden, ihren Widerstand zu brechen.«

Pirmin stutzte. Sollte das etwa bedeuten … dass die Àrdbéana *absichtlich* dafür sorgte, dass sie schwach blieb, weil sie dadurch weniger angreifbar wurde? Allmählich bekamen ihre Worte einen Sinn, weswegen sie jede Hilfe verweigerte … Aber warum Schwäche, nicht Stärke?

Er erhielt einen heftigen Stoß und stolperte zum Fenster. Als er sich umdrehte, war er bereits allein, obwohl er nicht gehört hatte, wie das Schloss und die Tür geöffnet wurden, und wie die Vermummten verschwanden. Als ob sie sich in Luft aufgelöst hätten.

Hastig riss Pirmin das Fenster auf und schlug vor die Läden, dass sie gegen die Mauer krachten. Er fühlte sich dem Ersticken nah. Er zog ein Tuch aus dem Ärmel und fächelte sich Luft zu, bevor er sich wieder zum Raum wandte, um ihn zu verlassen.

Gerade noch rechtzeitig stopfte er seinen Mund mit dem Tuch, bevor er aufschreien konnte. Auf dem Boden neben dem Bett lag sein armer kleiner Schreiber im eigenen Blut, dahingemeuchelt, eine überdeutliche Warnung. Die Augen waren weit aufgerissen und zeigten festgebannt für alle Ewigkeit tiefen Schreck und Grauen.

Der Oberste Haushofmeister sank schwach und zitternd aufs Bett, unfähig, den Blick von dem Ermordeten abzuwenden.

Ab jetzt war Pirmin ganz allein. Mit der Àrdbéana durfte er nicht darüber reden, denn auch in ihrem Gemach gab es sicher Lauscher, die ihn bei seinen Besuchen genau beobachteten.

Sie ließen ihn am Leben, um den Schein zu wahren – und damit er dafür sorgte, dass alles seinen geregelten Gang bei Hofe ging. Damit auch den Ländern draußen nicht auffiel, was hier vor sich ging. *Noch* war er unverzichtbar. Aber das war ein schwacher Trost.

Der Oberste Haushofmeister war nur mehr ein Gefangener, genau wie seine Herrin.

*

Irgendwann hörte Cady auf zu weinen und tastete sich durch das finstere Gewölbe voran. Sie hatte keine Wahl. Sie war nicht sicher, ob sie den

Weg zurück fand, also konnte sie genauso gut weitergehen. Sie war versucht, die Fackeln wegzuwerfen, aber wer wusste schon, vielleicht konnte sie sie doch noch brauchen.

Sie war nicht mehr wütend auf sich, das half ihr nicht weiter. Und sie ließ auch keinen Gedanken darüber zu, wie töricht sie gewesen war, überhaupt erst anzunehmen, ihr könne die Flucht gelingen. Sie hatte nun einmal so entschieden, jetzt musste sie nach vorn blicken.

Alle fünfzig Schritte zeichnete sie einen Pfeil an die rechte Wand. Sie verharrte und lauschte, tastete Wand und Boden ab, um Veränderungen festzustellen, an denen sie sich orientieren konnte. Sie rang die immer wieder aufkeimende Panik nieder, die Verzweiflung und die Angst.

Ich muss das tun, und ich schaffe es auch. Für ... Fionn. Wer weiß, wo er jetzt ist, und welche Ängste er ausstehen muss! Da ist es nur gerecht, wenn ich seinen Kummer teile.

Ein leiser Luftzug wehte ihr entgegen, und Cady hatte auf einmal das Gefühl von zunehmender Weite. Sie räusperte sich verhalten und lauschte auf das Echo.

Auch das noch. Nicht nur eine simple Abzweigung – die ihr wahrscheinlich ohnehin entgangen wäre –, nein, sie war in einer größeren Höhle herausgekommen. Hier gab es nun alle Möglichkeiten, wohin andere Wege führen konnten, und das vielleicht auch noch auf verschiedenen Ebenen.

Nach fünf Schritten wich die Wand auch schon zurück, und Cady hatte nichts mehr zum Festhalten. Zumindest nicht auf geradem Wege.

Und damit fingen die Schwierigkeiten erst so richtig an. Sie konnte sich natürlich weiter rechts an der Felswand entlang bewegen. Aber woher wusste sie, wann die Mauer einen Knick machte, nach innen oder außen? Woher wusste sie, dass sie damit auf die andere Seite der Höhle gelangte und nach einem weiteren Gang suchen konnte, und nicht etwa bereits hier in eine Abzweigung hineinstolperte, die womöglich wieder zurück führte?

Die Höhle blindlings auf geradem Weg zu durchqueren, würde ihr auch kaum gelingen. Sie hatte keinerlei Anhaltspunkte und wusste nicht, ob sie nicht etwa im Kreis lief. Die vordringlichste Frage lautete: Wie groß war diese Höhle überhaupt?

Cady war versucht zu rufen, aber sie wagte es nicht. Gewiss machte sie auch so jeden, der hier unten lebte, auf sich aufmerksam; aber irgendwen – oder irgendetwas – durch lautes Rufen anzulocken, das ging zu weit. Außerdem: was wollte sie herausfinden? Dass die Höhle so riesig war, dass Cady jahrelang in der Finsternis darin herumirren konnte, ohne vom Fleck zu kommen? *Jahrelang*, spottete sie über sich selbst. *In den nächsten zwei Tagen ist sowieso alles vorbei, weil ich dann zu schwach sein werde, mich zu bewegen. Ach! Was denke ich da schon wieder? Tage? Hier unten gibt es keine Tage, und ich kann die Zeit nicht messen.*

Erneut schluckte sie die Tränen hinunter. Was half es, verzweifelt zu sein? Wem nutzte es? Sie musste weitergehen, solange es noch ging, so weit sie es schaffte. Ohne Zagen und Zaudern, ohne Heulen und Klagen. Das Leben ihrer Freunde war keineswegs heller; sie mussten Stunde um Stunde im Dämmerlicht ausharren ohne zu wissen, was mit ihnen geschehen würde. Sie mussten in beständiger Angst leben, ohne dass sie ausweichen konnten. Und wo Fionn war, vermochte sie nicht einmal zu erahnen. Cady hatte zum ersten Mal in ihrem Leben eine freie Entscheidung gefällt, und das würde sie niemals bereuen. Sie hatte nicht angenommen, dass es ein Spaziergang würde. Aber Fionn hatte es ihr vorgemacht, und sie würde ihm nicht nachstehen. Sein Schicksal, wo auch immer er jetzt sein mochte, würde ihn verändern. Also musste auch sie sich verändern, sonst war ihre gemeinsame Zukunft gescheitert.

Nun weinte Cady doch.

Aber sie ging weiter.

Nach einigem Tasten entlang der Wand, hatte Cady das Gefühl, dass sie sich immer weiter nach rückwärts entfernte, dass die Höhle sich in die Richtung ausdehnte, aus der sie gekommen war. Auch hatte sie den Eindruck, dass die Richtung der frischen Brise nicht mehr stimmte. Das war also nichts, falscher Weg.

Sie setzte inzwischen nach jeweils zehn Schritten Markierungen, bemüht, immer die gleiche Höhe zu treffen, sodass ihre streifende Hand sie wiederfinden würde, wenn sie begann, im Kreis zu laufen. Bisher war sie nicht auf ihre eigenen Zeichen gestoßen.

Und dann verharrte sie und hielt den Atem an. Was war das? Ein fernes, sehr fernes Geräusch. Ein hoher, scharfer Laut. Und dann ... noch einer, der nach ... einem Bellen klang? Und ... war das etwa ... ein Horn?

Cadys Hand verkrampfte sich vor der Brust. Einbildung? Hörte sie Geisterlaute vor lauter Verzweiflung darüber, nichts mehr sehen zu können? Sie lauschte angestrengt.

Ridirean, dachte sie. *Es* ist *die Ritteruhr!*

Sie schluchzte auf vor Glück und Erleichterung, sofort fühlte sie sich nicht mehr so einsam, auch wenn das lächerlich war. Denn was nützte ihr der Klang hier unten, tief im Hügel, wenn sie nie wieder hinausfand?

Dennoch: Sie war getröstet. Sie befand sich auf dem richtigen Weg ins Zentrum der Stadt. Dann konnte auch die Kanalisation nicht mehr weit sein. Woher genau war der Laut gekommen? Es war so schwer auszumachen, denn es konnte ja auch ein Echo sein. Doch sie war überzeugt, dass der Klang nicht aus der Richtung kam, die sie gerade einschlug. Also in jedem Fall wieder zurück!

Das Horn war verstummt, doch Cadys Inneres war noch immer davon erfüllt. Sie zählte die Schritte zurück und fand tatsächlich auf Anhieb den Gang wieder, durch den sie hereingekommen war. Das machte ihr Mut. Stockfinster, eine große Höhle, und sie hatte sich noch nicht verirrt. Nun verließ sie sich einfach auf ihre Sinne. Sie würde doch versuchen, die Höhle zu durchqueren. Irgendwann würde das Ritterhorn wieder erklingen, und dann war sie vielleicht schon näher und konnte die Richtung eher bestimmen. Und dem Klang folgen.

Cady ließ sich auf alle Viere nieder und bewegte sich langsam vorwärts. Sie versuchte, mit den Händen eine kleine Spur zu hinterlassen, falls sie doch zurück musste. Nach wie vor musste sie sich darauf verlassen können, dass sie sich *geradeaus* bewegte. Was auch immer das heißen mochte. Sie schob das lose Geröll, das hier überall herumlag, im Vorwärtskriechen zu kleinen Häufchen zusammen. So entstand eine Spur aus winzigen Hügelchen, der sie auch im Dunkel folgen konnte. Hoffentlich.

Cady hatte zehn Markierungen hinterlassen, als sie abrupt und schmerzhaft mit dem Kopf gegen Fels stieß. Sie fiel auf den Hintern und rieb sich die Stirn, spürte ein wenig Feuchtigkeit unter den Fingern. So sehr hatte sie sich noch nicht an die Dunkelheit gewöhnt, dass sie das Ende der Höhle rechtzeitig erkannt hätte.

Ridirean schlug erneut, und Cadys Herz jubelte, als sie die Ritteruhr tatsächlich schon viel näher hörte. Sie war auf dem richtigen Weg! Behutsam tastete sie sich nach links an der Wand entlang und spürte gleich darauf einen weiteren Luftzug aus einem Gang. Dem würde sie jetzt folgen.

Ich habe mich frei entschieden. Ich gehe diesen Weg. Sie fühlte sich fast euphorisch. Es war eine gewaltige Veränderung, und ihr wurde bewusst, dass, sollte sie das hier überleben, nichts mehr so sein würde wie zuvor. Die erste Frage, die sie ihrem Herrn stellen würde, wenn alles wieder gut war, wäre: *Warum bin ich ein Sklave?* Und die zweite würde lauten: *Lasst Ihr mich frei?*

Die Antworten würden wahrscheinlich lauten: *Weil es das Oberste Gesetz vorschreibt*, und: *Nein, das kann ich nicht.*

Aber damit würde sie sich nicht mehr zufriedengeben. Dem Volk der Bogins wurde großes Unrecht angetan, dadurch, dass sie gänzlich rechtlos waren. Was auch immer die Ursache für all dies war, sobald sie gefunden und beseitigt war, endete auch das unfreie Leben der Bogins. Entweder kamen sie im Verlies um, oder sie waren frei, alles andere wäre nicht mehr zu ertragen.

Meine Welt steht Kopf, und ich bin sprichwörtlich in die Finsternis gestürzt, dachte Cady. *Ja, ich verstehe jetzt, warum ich diesen Weg gehen musste.* Die Erinnerung an das, was sie in dem alten Verlies gesehen hatte, quoll hoch, doch sie drängte sie zurück. *Nicht jetzt!* Darüber nachdenken musste sie später; es genügte, dass sie im selben Moment begriffen hatte, worum es ging – um die Verteidigung ihres Volkes und eine weitere erschütternde Ungerechtigkeit.

Alle zwanzig Schritte eine Markierung, jetzt wieder in die Wand geritzt. Sie tastete sich voran, immer darauf wartend, dass endlich Ridireans Horn erneut erklang. Eine Stunde konnte sehr lang währen, wenn man darauf wartete. Immerhin wusste sie damit: Es war dort draußen Tag oder zumindest vor Mitternacht. Sie hatte eine gewisse Orientierungsmöglichkeit.

Cady gähnte. Erneut beschlich sie Müdigkeit, und die allgemeine

Erschöpfung breitete sich immer mehr aus. Sie war die ganze Zeit hochkonzentriert und konnte nur ein wenig Feuchtigkeit von den Felsen zu sich nehmen. Ihr Magen ballte sich immer wieder wütend zusammen, weil er nichts bekam. Lange konnte sie nicht mehr durchhalten. Sie hoffte, es käme bald Licht.

Cady fuhr zu Tode erschrocken zusammen, als ganz in ihrer Nähe plötzlich etwas *polterte*, oder was auch immer es für ein Geräusch war. Ihr Herz raste los, und sie erstarrte. Sie bekam keine Zeit, darüber nachzudenken, was das gewesen sein mochte. Nicht einmal Angst vermochte aufzukommen, denn im nächsten Moment erhielt sie einen so heftigen Stoß, dass sie rücklings zu Boden stürzte. Instinktiv streckte sie die Hände abwehrend vor, schlug um sich und bekam etwas zu fassen, das sich eindeutig warm und lebendig und ziemlich behaart anfühlte.

Sie stieß einen Schrei aus und packte zu. Sie hielt fest, was sie zum Sturz gebracht hatte, aber keinesfalls größer war als sie selbst, wie sie schnell feststellte.

Das Wesen schrie ebenfalls auf, und es klang keinesfalls wütend oder angriffslustig, sondern panisch. Genau wie Cady auch schlug es um sich, wehrte sich gegen ihren Klammergriff, trommelte auf sie ein, und schließlich rollten sie keuchend und schnaubend über den Boden. Cady schrie ein weiteres Mal, als sie kleine spitze Zähne spürte, die sich in ihren Handrücken bohrten, und ohne nachzudenken hieb sie zu, so fest sie konnte.

Ein gedämpftes »Au!« erklang, und in diesem Moment kam Cady obenauf, klemmte das Wesen mit den Knien unter sich fest und presste ihre Hände auf seine – überraschend magere – Brust.

»Ichkrichkeineluffmehr«, stieß das Wesen krächzend in einem Atemstoß hervor und gab jeglichen Widerstand auf.

Cady verringerte den Druck ein wenig und beugte sich vor. Das Wesen öffnete seine Lider, und auf einmal, o Freude in dieser Finsternis, erkannte sie zwei riesige runde, fahlbleiche Augen. Dieses hauchzarte Licht allein brachte sie zum Blinzeln und ihre Augen zum Tränen, doch sie war beglückt, wieder etwas zu sehen. Fast hatte sie schon daran geglaubt, tatsächlich erblindet zu sein …

»Wer bist du?«, fragte sie.

»Wer bist du?«, fragte der Bleichäugige zurück.

»Ich bin die, deren Gewicht auf dir liegt. Ich kann mich auch schwerer machen.«

»Zicke«, murmelte der Bleichäugige. »Immer das gleiche mit euch Weibern.« Er jammerte auf, als Cady ihn an den Schultern packte und schüttelte.

»Godas! Ich bin Godas. Ein Covkobe, wenn's beliebt.«

Cady ließ ihn los, blieb aber auf ihm sitzen. »Ich bin Cady, eine Bogin.«

»Wasdunichsagst.« Der Kobold riss die Augen noch weiter auf, insofern das überhaupt möglich war. »Ich dachte, die haben euch alle . . .«

»Ich bin aus dem Verlies ausgebüxt.«

»Du bist *was*?«

»Von woher sollte ich hier unten wohl kommen?«

»Stimmt auch wieder. Äh, könntest du . . .«

»Na schön.«

Sie glitt von ihm herunter. Von dem Kobold drohte wohl keine Gefahr, immerhin hatten sie einander vorgestellt, und er war auch viel kleiner und zierlicher als sie. Er könnte natürlich wegrennen, aber das Risiko ging sie ein. Sie wusste inzwischen, was es bedeutete, gefangen zu sein. Das hatte niemand verdient . . . abgesehen von bösen Wesen vielleicht.

»Was machst du hier, Godas?« Sie tastete nach ihrem linken Auge, dessen Unterlid bedenklich anschwoll und pochte. Seine kleine Faust hatte Spuren hinterlassen.

»Ich treibe mich öfter in der Kanalisation und in den Katakomben rum«, antwortete der Kobold, setzte sich auf und rieb sich die Brust. »Du glaubst ja nicht, was die Leute so alles wegwerfen. Ich sammle das Zeug und verkaufe es. Aber heute . . .« Er verstummte und blickte sich vorsichtig um; Cady sah, wie das Schimmern seiner Augen zur Seite schwenkte. »Heute war da so einer . . . der hat mir eine fürchterliche Angst eingejagt. Da bin ich einfach auf und davon, und genau in dich reingerannt.«

Cady bemühte sich um Fassung. Sie musste jetzt ruhig bleiben und sachlich, so schwer es ihr auch fiel. Zwei Dinge hatte sie gerade eben erfahren: Zum einen – sie war genau auf dem richtigen Weg und es war nicht mehr weit. Zum zweiten – irgendein gefährliches Wesen stand ihr dabei im Weg.

»Was ist das für einer?«

»Pssst! Ich kann es nur flüstern, am Ende hört er es ... Wir sollten überhaupt leise sein. Der Kerl sieht in der Finsternis wie du am Tag. Er kann das noch viel besser als ich, und er ist ... einfach nur schrecklich.« Cady hörte die Zähne des Kobolds klappern. Ihr stellten sich die Nackenhaare auf, und sie fühlte einen eisigen Hauch über ihren Rücken streifen. »W-wer ist er?« Sie wollte nicht stottern, aber Godas' Angst steckte sie an.

Der Kobold neigte sich dicht zu ihrem Ohr und wisperte kaum hörbar hinein: »*Myrkalfr.*«

Cady hatte das Gefühl, als würde sämtliches Blut von ihr weichen, sich einfach in Luft auflösen, und ihren Körper kalt und leer zurücklassen. Ein *Schwarzalb*, und noch dazu von der übelsten Sorte! Sie waren entfernte Verwandte der Elben, hatten aber nichts mit ihnen gemein. So wie jene licht und hell waren, waren diese finster und grausam, abscheuliche Geschöpfe, die in den Tiefen der Berge und der Unterwelt lebten. Viel war nicht über sie bekannt. Man wusste weder ob sie wenige oder zahlreich waren, noch ob sie einzeln oder in Gruppen lebten. Es gab verschiedene Arten von ihnen, und die mächtigsten waren die Myrkalfr; sie waren die größten der Schwarzalben und beherrschten Magie. Niemand mochte über sie sprechen, doch jeder wusste, dass es sie gab. Sie wurden gern unartigen Kindern als Schreckgespenster hingestellt, die sie eines Tages holen würden, wenn sie nicht brav wären. Wahrscheinlich war das nicht einmal gelogen, es gab immer wieder Geschichten von spurlosem Verschwinden.

Cady zitterte. »Aber ... aber wie kann er denn *hier* ... im lichten und reinen Sìthbaile, direkt unter den Augen der Àrdbéana ...« Vor allem, fuhr sie in Gedanken fort: was wollte er hier? War er allein oder die Vorhut für weitere seiner Art? Wonach suchte er? *Meine Markierungen,* dachte sie erschrocken. *Wenn er sie findet ...*

»Die Àrdbéana siecht dahin. Niemand weiß, wie lange sie noch lebt«, erwiderte Godas. »Das hat sich herumgesprochen. Immer mehr Gesindel kommt in die Stadt, wohingegen brave Bürger schon dabei sind, sie zu verlassen. Ich sehe das alles, denn ich bin immer und überall, und auf einen Kleinen wie mich achtet keiner. Das bereitet mir schon Sorgen, das darfst du mir ruhig glauben. Was wird aus mir, wenn sich alles ändert?«

»Was wird aus uns allen?«, murmelte Cady. »Godas, du musst mich durch die Kanalisation nach draußen bringen.«

»*Was?*« Godas quietschte heiser auf. »Was denkst du, weshalb ich hier reingerannt bin? Da hinten ist doch dieser Kerl unterwegs!«

»Wie lange willst du denn hier drin bleiben?«

»Bis er sich wieder verzogen hat.«

»Und wenn er bleibt? Wovon willst du hier leben?«, fragte Cady. »Es gibt nichts zu essen. Und wenn es Geheimwege gibt, führen sie in den Palast oder ins Verlies. Oder eben zur Kanalisation. Wer sagt dir, dass er nicht hier hereinkommt? Aber du hast recht, es wäre unvernünftig, jetzt hinauszugehen. Beschreib mir eben den Weg, und ich gehe allein.«

»Du bist hier drin blind wie ein Maulwurf, wie willst du das schaffen?«

»Ich habe es bis hierher geschafft. Vielleicht hast du einen Feuerstein? Dann könnte ich eine Fackel entzünden und ...«

»Ja, bist du denn vollends dem Wahnsinn anheim gefallen?«, schrie der Covkobe, um dann ruhiger in spöttischem Ton fortzufahren. »Hat die Finsternis hier unten dir das Gehirn vernebelt? Was glaubst du wohl, wie der Myr ... der Kerl auf dein Leuchtfeuer reagieren wird?«

Godas raufte sich die Haare. Cady, deren Augen sich inzwischen an den Hauch von Licht gewöhnt hatten, das seine Augen verströmten, konnte erkennen, dass er ein dunkles Hemd, eine Latzhose und klobige Stiefel trug. Er besaß lange dünne Gliedmaßen und war überall behaart, auch im Gesicht. Auf dem Hinterkopf saß eine Zipfelmütze, die er jetzt verzweifelt hin- und herschob. »Du bist verrückt«, stellte er fest. »Ich sollte dich einfach ziehen lassen.«

»Ja, es ist besser, wenn du dich hier versteckst. Wenn du nichts mehr hörst, kannst du ja irgendwann nachfolgen.«

»Hör endlich auf!« Godas rieb sich mit langen dünnen Fingern über das flachnasige Gesicht. »Genau *deswegen* hab ich keine Frau. Denkst du, ich merke nicht, welches Spiel du mit mir treibst?«

Cady zuckte die Achseln. »Ich meine es ernst. Du kannst schließlich machen, was du willst.« Sie hielt die Hände hoch. »Siehst du? Ich kann dich nicht festhalten.«

Godas beobachtete sie lauernd. »Und was hast du vor, wenn du erst mal draußen bist?«

»Ich werde mich zum Haus meines Meisters durchschlagen, irgendwie werde ich es schon finden.«

»Aber selbstverständlich. Geh einfach zur nächsten Elbenwache und frag nach dem Weg, die bringen dich bestimmt direkt . . . *ins Verlies!*«

»Godas. Du hast es selbst gesagt, die Lage ist sehr ernst. Ich muss versuchen, mein Volk zu befreien. Die Àrdbéana muss geheilt werden. Ich kann das nicht alles allein schaffen, also muss ich zu Meister Ian Wispermund und . . .«

»Der ist dein Herr?«, unterbrach Godas. »Na, den kenn ich doch! Der ist ja oft genug bei Hofe, und ich oft genug unten drunter. Ich weiß, wo dein Meister wohnt. Hab ihm mal was angedr. . . na, egal. Ich bringe dich zu einem Ausgang, von dem aus es nicht mehr weit zu seinem Haus ist. Ich beschreibe dir den Weg. *O nein!*« Er unterbrach sich, raufte sich erneut die Haare und schob die Zipfelmütze umher. »Was habe ich da gerade gesagt? Weib, was machst du mit mir? Das ist doch nicht normal! Verfügst du etwa über Hexenkräfte?«

»Kein bisschen«, antwortete Cady. »Aber wenn du mir hilfst, verspreche ich dir, dass mein Meister dich eines Tages entlohnen wird für deine Hilfe.« Sie sagte ihm lieber nicht, dass sie gar nicht Meister Ian gehörte, sondern dem Bruder seiner verstorbenen Frau; das würde alles nur verkomplizieren.

»Ach ja?« Godas' Augen leuchteten auf. Dann sank er in sich zusammen. »Schöne Worte, wie ein Trauergesang, weil wir sowieso gleich sterben werden.«

»Werden wir nicht«, sagte Cady, und es klang wie ein Versprechen. »Vertrau mir.«

Godas nahm Cady an der Hand und ging mit fast geschlossenen Lidern voraus. Er besaß hervorragende Instinkte, um sich in der Finsternis zurechtzufinden, seine Augen waren dazu nicht unbedingt notwendig. Erst, wenn er etwas Wertvolles aufgestöbert hätte, würde er sie zur

Überprüfung vollends öffnen – für den Weg jedoch benötigte er sie nicht. Und das war gut so, denn der Myrkalfr würde jeden noch so schwachen Funken sofort entdecken.

Hinzu kam, dass der Kobold dieses Leben schon seit einigen Jahren führte und sich einigermaßen in dem Labyrinth auskannte. Seine Neugier hatte ihn immer wieder hierher in die Finsternis getrieben, ob es nicht vielleicht doch irgendwo einen verborgenen Schatz gab. Zum Verlies war er allerdings nie gelangt, der aus *dem* Gang strömende Gestank war für seine feine Nase Anlass genug, möglichst viel Abstand zu suchen.

Cady versuchte erst, aufzupassen und Markierungen anzubringen (es war jetzt auch schon egal), aber das ließ Godas nicht zu (der das völlig anders sah und ganz und gar nicht egal fand). Er hatte es vor allem sehr eilig. Cady dachte bei sich, dass sie schon irgendwie zurückfinden würde, um ihre Gefährten aus dem Verlies hier hindurchzuführen. Insofern der Myrkalfr bis dahin verschwunden war . . . und nicht noch mehr gekommen waren . . . weil ihre Markierungen sie angelockt hatten.

Nein, Unsinn. Die Myrkalfr waren Geschöpfe der Dunkelheit. Falls sie die Markierungen überhaupt bemerkten, würden sie sich nur darüber amüsieren. Sie fanden ihre Wege auf ganz andere Weise . . .

Cadys Herzschlag beschleunigte sich, als sich das Dunkel endlich lichtete. Das geschah zwar nur ganz, ganz langsam, aber dafür war sie dankbar, damit ihre Augen sich wieder an Licht und ans Sehen gewöhnen konnten. Immer mehr Konturen der Gänge und Höhlen schälten sich heraus, das Wasserrauschen lag nun seitlich von ihr und war schon recht nahe. Auch Ridireans Horn ertönte viel lauter.

Schließlich gelangten sie an einen schmalen Durchgang, zu dem sie umständlich hochklettern mussten. Für Godas war das kein Problem, als Kobold konnte er so flink wie ein Eichhörnchen klettern, aber die ungeübte Cady stellte sich reichlich ungeschickt an. Mit Beharrlichkeit schaffte sie es schließlich – und konnte sich gerade noch so durch den Schlupf zwängen, obwohl sie momentan dünn wie ein Grashalm war. Niedergeschlagen musste Cady einsehen, dass sie Onkelchen Fasin niemals hier herauf und hindurch bugsieren konnte, und das galt auch für viele andere Bogins. Sie musste einen anderen Weg finden, ihr Volk herauszubringen.

»Gibt es keinen anderen Ausgang?«

»Nur die geheimen Verbindungsgänge kreuz und quer um und in den Palast hinein. Aber hinaus? Nein.«

Nun befanden sie sich in glatt behauenen, teilweise mit Ziegeln abgestützten Gewölben. Cady war froh, dass sie nicht direkt in die Kanalisation absteigen mussten, denn der Geruch, der hier wehte, war schon unangenehm genug.

»Ja, und dort gibt's auch jede Menge Ratten und anderes widerliches Viechzeugs, das es nicht leiden kann, wenn man sein Revier betritt«, erläuterte Godas. »Abgesehen von den ganzen Reinigern, die ständig nachsehen müssen, ob auch nichts verstopft. Ein Glück, dass es einen besseren Ausgang zu deinem Herrn gibt.«

Abrupt blieb er stehen und drückte Cadys Hand. Sie begriff sofort. Hastig rannten sie hinter einer abgesplitterten Felswand in Deckung und wagten kaum, darüber hinweg zu lugen.

Cady presste fest die Lippen aufeinander, als sie auf der anderen Seite einen dunklen Schatten herannahen sah. Er ging gebückt, als habe er einen krummen Rücken, und alles an ihm war schwarz: Stiefel, Umhang und was er darunter tragen mochte. Die Kapuze war übergeschlagen, doch Cady sah seine Hände; lange, gekrümmte Klauen mit Krallen statt Nägeln. Seine Haut war sehr dunkel, was erstaunlich war für ein Wesen, das in der Unterwelt lebte. Langes schwarzes Haar hing aus der Kapuze heraus. Er bewegte sich langsam, schleichend, und Cady konnte seine Ausstrahlung bis zu sich spüren. Eine Ausstrahlung, die sie ihr Leben lang nicht mehr vergessen sollte, und für die sie niemals Worte fand, so unbeschreiblich war sie. Ein Wort wie *grauenvoll* traf es allenfalls am Rande. Lieber würde sie sich einem Oger und einem Troll gleichzeitig stellen, als noch einmal einem solch schrecklichen Wesen zu begegnen, selbst auf diese Entfernung.

Cady spürte Godas' Zittern. Der Kobold schlotterte am ganzen Leib. Wahrscheinlich rechnete er gerade mit seinem Leben ab und bereute, dass er sich mit der jungen Bogin eingelassen hatte. Sie legte den Arm um ihn, wenn auch nicht allein, um ihn zu beruhigen. Überrascht ließ er es sich gefallen.

Die junge Boginfrau wusste nicht, woher sie auf einmal diese Ruhe und Konzentration nahm; vielleicht, weil ihr nichts anderes blieb und sie weiterleben wollte. Sie erinnerte sich an das, was Fionns Eltern zu ihr über die besondere Art der Bogins gesagt hatten, unauffällig zu sein, und an das, was sie selbst miterlebt und schon ausprobiert hatte. Es musste nicht bedeuten, dass bei Myrkalfren wirkte, was bei Elben funktionierte. Cady vertraute dennoch darauf. Sie wusste nicht, woher Fionns Eltern von der Fähigkeit Kenntnis hatten, nachdem niemals vorher darüber gesprochen worden war, doch es sollte ihr jetzt hoffentlich helfen. Andernfalls würde der Myrkalfr sie sehr schnell wittern ...

Sie setzte ihr Gabe so bewusst ein, wie sie nur konnte. Ob sie es richtig machte – woher sollte sie das wissen? Sie hatte keinerlei Übung und noch kein richtiges Verständnis für den Vorgang entwickelt. Das Ergebnis würde sich gleich zeigen.

Der Myrkalfr bewegte sich langsam vorwärts, doch er sah kein einziges Mal in ihre Richtung. Es schien zu funktionieren! Cady packte Godas noch fester und schob ihn aus der Deckung, in entgegengesetzter Richtung von dem schaurigen Wesen, das sich in die Richtung bewegte, aus der sie gekommen waren. Der Myrkalfr war mindestens zwanzig Schritte entfernt, und Cady wollte keinesfalls riskieren, dass er näher kam und am Ende doch noch alles schiefging.

Godas versuchte zu protestieren, sich gegen sie zu stemmen, aber sie blieb unerbittlich, starrte ihn streng mit zusammengepressten Lippen an und schob ihn weiter. Dicht an der Mauer entlang, in den Schatten verborgen, schlichen sie sich den Gang entlang. Keiner von beiden verursachte ein Geräusch, und Cady bemühte sich weiterhin um ihrer beider Schutz. Ihre einzige Sorge war, dass der Dunkle ihr wild schlagendes Herz hören konnte.

Der Myrkalfr drehte sich nicht zu ihnen um. Er ging weiter.

Und die beiden Flüchtlinge strebten in der entgegengesetzten Richtung auf das Licht zu.

Erst tief im Gang wagte Godas, wieder zu atmen; er musste schon kurz vor dem Ersticken sein. Cady erging es kaum besser, ihr war schwindlig, und sie zitterte. Die Aura des Schwarzalben war vergangen, vor ihnen wurde es heller. Wie es aussah, hatten sie es überstanden, gerade noch so. Der Kobold wisperte Cady zu: »Wie hast du das gemacht?«

Die junge Frau lächelte zum ersten Mal seit der Einkerkerung wieder, ein wenig schwach und zittrig, und ohne rechte Freude.

»Das ist ein Geheimnis«, antwortete sie. »Bring mich jetzt zu meinem Meister, Godas.«

»Das werde ich. Und dann sind wir quitt. Du hast mich da rausgebracht, und mehr . . . will ich gar nicht wissen.«

KAPITEL 14

EINER, DER GRÜN NIE VERSCHMÄHT

Sie verließen das Dorf früh am Morgen; das Fest hatte gerade erst geendet, und eine Menge volltrunkener Zecher lagen verstreut zwischen Tischen und Bänken. Wer es noch geschafft hatte, sich auf den eigenen Füßen fortzubewegen, lag in seinem Bett, oder zumindest in der Nähe davon.

»Wettbewerbe unter den Menschen sind häufig«, wiederholte Tuagh seine Worte von gestern dem immer noch erstaunten Fionn, der seit seiner Geburt unter Menschen gelebt hatte und feststellen musste, dass er keine sonderlich guten Kenntnisse über sie besaß. »Rivalisierende Dörfer, aber auch Wettstreitigkeiten darüber, wer der Stärkste ist.«

»So wie die Ritterturniere früher«, bemerkte Morcant.

»Morcant, nun mach Fionn nicht völlig verrückt mit diesen romantischen Legenden«, mahnte der Wanderkrieger.

»Es sind keine, das weißt du so gut wie ich«, erwiderte der Meersänger. »Es gab damals viele große Namen.«

»So wie Peredur?«, wollte Fionn aufgeregt wissen. Wenn ein Elb schwärmerisch von diesen Heldengeschichten sprach, musste doch etwas an ihnen dran sein! Die meisten der Fiandur hatten deutlich gemacht, dass sie an das vergangene Rittertum glaubten.

Der Elb nickte. »Er war der größte Ritter von allen.«

Tuagh lachte trocken. »Oder der größte Dummkopf, wie man's nimmt.«

»Peredur war ihr Anführer. Und keinesfalls«, Morcant warf dem Wanderkrieger einen finsteren Blick zu, »war er der größte Dummkopf.«

»Er hat den Krieg verloren, oder nicht?« Tuagh schlang die Zügel ums Horn, zog seine Axt aus dem Schaft neben dem Sattel, legte sie über die Knie und fing an, die Waffe zu polieren. Sein Pferd zockelte brav dahin.

Morcant öffnete den Mund und schloss ihn wieder. Seine feinen schwarzen Brauen zogen sich zusammen.

»Nun?« Tuagh blickte zu dem Elben hinüber. »Dem kannst du nicht widersprechen, nicht wahr? Und er verschwand. Wie alle anderen auch, die versagt haben. Es ist doch bedeutungslos, ob Peredur wegen dieser Herzsache noch leben könnte oder nicht. Keiner von ihnen ist mehr da, und die Historie wird totgeschwiegen. Sie ist überhaupt nur noch deswegen in Bruchstücken einigen wenigen bekannt, weil Alskár sie bewahrt und an uns weitergegeben hat. Und auch er hat anscheinend große Lücken in seinem Gedächtnis. Damals muss mehr passiert sein als nur der Diebstahl eines Herzens.«

Fionn zog eine verlegene Miene. Er spürte, wie sich ein Konflikt zwischen den beiden Männern aufbaute, verstand aber nicht, warum. Bisher hatte er geglaubt, sie wären Freunde, doch seit einiger Zeit schien da etwas zwischen ihnen zu schwelen.

»Warst du damals dabei?«, fragte er den Meersänger.

»Alt genug bin ich jedenfalls«, antwortete Morcant düster. »Mein Gedächtnis ist noch lückenhafter als das von Alskár. Und die Vermutung liegt nahe, dass Dubh Sùil damals mehr als nur ein Herz gestohlen hat, darin muss ich Tuagh recht geben.«

»Tiw hat gesagt, dass wir nicht wissen, ob es sich um einen Einzelnen oder eine Gruppe handelt ...«

»Jede Gruppe hat einen Anführer, und ich denke, das ist derjenige, der über die magischen Kräfte verfügt.«

Fionn blickte zu Tuagh. »Was weißt du über Dubh Sùil?«

»Noch weniger als alle anderen«, brummte der Wanderkrieger. »Ich bin ein Mensch, kurzlebig wie alle meiner Art, wie Cyneweard, Draca, Rafnag und Vàkur. Wir müssen uns noch mehr als andere auf Vermutungen und Hinweise stützen.«

»Und was ist mit Ingbar?«

Màr, die die letzten Worte gehört hatte, lenkte ihr Pferd an Fionns Seite. »Dessen Leben wird durch die Tatsache versauert, dass er halb Elb, halb Mensch ist«, antwortete sie und funkelte Morcant an, der sie mit einem strafenden Blick musterte. »Er gehört nirgends dazu, schwimmt allein irgendwo im Meer, ohne Landberührung. Nicht einmal seine Eltern standen zu ihm. Sie übergaben ihn gleich nach der Geburt menschlichen Zieheltern, die ihm die Wahrheit offenbarten, als er bereits zwölf Jahre alt war. Erst die Fiandur gab ihm Heimat und Rückhalt, denn wir sind alle Getriebene, so wie er.« Sie warf einen Blick zu Tuagh, der voller Trauer war, und schloss wieder zu ihrer Schwester auf.

Fionn lag die Frage auf der Zunge, ob der Wanderkrieger endlich mit der Elbenfrau gesprochen habe, doch er verschob sie auf einen stillen Moment, wenn sie unter sich waren. Die Stimmung war momentan gereizt genug.

»Das Buch«, sagte Morcant. »Wir alle hoffen auf die Antworten im Buch.«

Tuagh schwieg.

Sie ließen die Hügel hinter sich und ritten in ein bewaldetes Sumpfgebiet. Niemand brauchte Fionn zu erklären, dass sie nunmehr eines der Reiche der Oger betraten, denn hier war es ideal für sie. Sie konnten hier ungestört leben. Weder Mensch noch Elb und erst recht keine Zwerge wollten in solch modriger Landschaft hausen, in der alles schwammig-feucht war, im Sommer von Mücken verseucht, im Winter eiszapfen-kalt. Die wenigen Kleinen Völker, die sich in solchen von Krankheiten und Schimmel überzogenen Regionen gern aufhielten, fielen sicher kaum auf und kamen den Ogern nicht ins Gehege.

Tuagh besprach sich kurz mit Màni, und schon nach kurzer Zeit fanden sie den vom Dorfvorstand beschriebenen »Hufweg«, so benannt, weil er so schmal wie ein Pferdehuf war. Sie mussten hintereinander gehen und konnten nur hoffen, dass der Pfad beständig über festes Gelände führte. Wenn eines der Pferde in ein Sumpfloch fiele, müssten sie es mühsam herausziehen – falls sie es rechtzeitig schafften, bevor die Oger die Beute rochen.

Braun schlängelte sich der Pfad durch moosiges, flechtenüberwuchertes Grün. Von den knorrigen Bäumen hingen lange Fäden herab, die Büsche waren mit undefinierbaren Gespinsten verkleistert. Spinnennetze gab es ebenfalls viele, oft zwischen Büschen oder Bäumen gespannt; riesige Kunstwerke, dafür geschaffen, unvorsichtige Beute einzufangen. Graugrün verschwammen alle Details dahinter und aus braunschlammigen Kuhlen platzten Blasen auf, die einen fauligen Gestank verströmten. Blassrote Buschblüten sonderten gelblichen Pulverdunst ab, der eine weitere strenge Duftnote hinzufügte. Es war einfach nur scheußlich.

Fionn gruselte es, und er fragte Tuagh, wie groß diese Spinnen denn würden. Tuagh hielt die Hände so, dass ein Kürbis dazwischen gepasst hätte, und dem jungen Bogin wurde es fast übel.

»Die Jagdspinnen«, wusste Morcant, »können noch ein bisschen größer werden. So groß wie ein kleiner Hund, und ebenso schnell.«

Fionn schwitzte, obwohl es empfindlich kühl war und klamme Nebelschwaden durch den Sumpf zogen, die sich glitzernd in der Kleidung festsetzten. Der Blick zum Himmel war trostlos, Grau in Grau.

»Und das ändert sich kaum je«, warf der Elb ein, des jungen Bogins Blick richtig deutend. »Der Nebel hat hier alles im Griff. Er hängt wie eine schwere Decke über den Baumkronen.«

Fionn war froh, dass er hinter Morcant ritt. Tuagh führte die Gruppe und hinter Fionn kam Valnir, dann die Zwillinge. So in der Mitte fühlte er sich einigermaßen sicher – was nicht viel heißen musste, da ein Angriff wahrscheinlich von der Seite erfolgte. Aber so weit wollte er nicht denken.

»W-w-wie lange b-brauchen wir hier durch?«, fragte er zähneklappernd; zum Teil, weil er fror, und zum Teil aus Angst.

»Wenn wir durchreiten, dann hoffentlich nur bis in die Nacht hinein«, antwortete Tuagh. »Wir haben allerdings das Problem, dass wir keine Fackeln anzünden können, um bei Dunkelheit den Weg zu finden. Die Oger könnten das als Provokation auffassen. Oder als Einladung.«

»Wahrscheinlich beides«, brummte Valnir, der sich unzweifelhaft ebenso unwohl fühlte wie Fionn. Den Elben erging es bestimmt nicht anders, aber sie ließen sich wie gewohnt nichts anmerken, ihre Mienen blieben glatt und ausdruckslos.

Fionn entschied, dass, egal wie dringend es werden mochte, er den Sattel unter gar keinen Umständen in diesem Sumpf verlassen würde. Auch würde er lieber hungern und dürsten; nach nichts wollte er verlangen, außer, hier so schnell wie möglich herauszukommen.

Weil der Boden sehr nachgiebig war und Gefahr bestand, dass die Pferde sich vertraten, hatten sie nur die Möglichkeit, im Schritt hindurchzugehen. Vor allem verlief der Weg viel zu kurvig und unwegsam, und der Dorfschulze hatte eindeutig davor gewarnt, auch nur einen Schritt beiseite zu gehen. Das gefiel den Pferden ebenso wie den Reitern nicht sonderlich, immer wieder versuchten sie, schneller zu werden und mussten durchpariert werden.

Fionn bekam nun auch noch Angst, dass sein kleiner Schwarzer durchgehen würde, denn er konnte ihn immer schlechter in Zaum halten. Er redete dem Tier beruhigend zu, doch die wild rollenden Augen sprachen beredt genug davon, dass das nicht viel helfen würde. Allsvartur bockte, schlug mit dem Kopf und riss an den Zügeln. Immer wieder versuchte er, an Morcants Hengst vorbeizukommen, der darauf mit Ohrenanlegen und wütendem Schnauben reagierte. Schon hob er drohend den Hinterhuf zum Tritt.

»Ruhe«, mahnte Tuagh vorn, dem die Störung nicht entging. Er drehte sich nicht einmal um. »Bewahrt die Kontrolle!«

»Das sagt sich so leicht«, murmelte Fionn, blass im Gesicht, in verkrampfter Haltung. Er kam zwar langsam in jeder Gangart zurecht, aber ein Reiter war er noch lange nicht. Bisher waren sie immer nur in der Gruppe geritten, und der kleine Schwarze war einfach den anderen gefolgt. Fionn war sicher, dass er sein Pony nicht lenken konnte, wenn es darauf ankam.

Allsvartur explodierte beinahe, als Valnirs Pony plötzlich auf ihn auflief. Das Reittier des Zwergs keilte nach hinten aus, wieherte und wollte losdonnern, aber Fionn hatte die Zügel des Schwarzen so fest ergriffen und angezogen, dass er nicht vorbeikam. Fionn spürte, wie der Leib des Tiers unter ihm vibrierte und die Muskeln sich anspannten. Noch ein solcher Vorfall, und der Schwarze würde seitlich ausbrechen und quer über den Sumpf davonrasen; mit oder ohne Fionn.

Der junge Bogin wusste nicht mehr, wovor er inzwischen mehr Angst hatte. Konnte er Allsvartur nicht mehr halten, wäre es ihr beider Todesurteil. Es brauchte ihm niemand zu sagen, er wusste selbst, dass die Oger längst Kenntnis von ihrer Anwesenheit hatten und sie beobachteten. Dass sie auf den geringsten Fehler warteten, um zuzuschlagen. Irgendeiner von denen war immer auf der Jagd, und einer allein genügte schon ...

»Morcant«, stammelte er kläglich. »Ich ... ich kann ihn nicht mehr halten ...«

»Sei still und bleib in der Spur«, gab der Elb zurück. »Ich kann dir jetzt nicht helfen. Du musst allein zurechtkommen.«

Fionn erwog tatsächlich, abzusteigen und sein Pony zu führen. Wenn es dann immer noch Bocksprünge machen und durchgehen wollte, dann würde es wenigstens ohne ihn geschehen. Es täte ihm natürlich leid um den kleinen schwarzen Freund, der ihn bisher treu getragen hatte, aber sein eigenes Leben ging vor.

Er beugte sich vor. »Ich mache es«, flüsterte er dem Pony zu, dessen Ohren beständig hin- und herschwenkten. »Ich halte dich nicht mehr und überlasse dich deinem Schicksal. Die Oger werden dich schneller einfangen, als du galoppieren kannst, und sie werden dich fressen, mitsamt dem Sattel, roh und ungewürzt.«

Sein Pony schwitzte nicht weniger als er und schüttelte immer wieder den Kopf. Es schnaufte schwer, als wäre es stundenlang galoppiert, die Nüstern waren weit gebläht.

»Wir stehen das durch«, bemühte Fionn sich weiter, zu dem Tier durchzudringen. Er hatte weiter über seinen Plan nachgedacht und begriffen, dass er nicht absteigen konnte, weil er es gar nicht schaffte, das Pferd überhaupt anzuhalten. Ganz zu schweigen von dem, was dann hinter ihm los wäre. Höchstwahrscheinlich käme er schon aus dem Sattel, jedoch in hohem Bogen, und er würde sich dabei das Genick brechen.

Fionn begriff, dass er nicht die geringste Wahl hatte, als es weiter zu versuchen, wenn er diesen Ritt überstehen wollte. »Halte dich an die anderen!«, zischte er Allsvartur zu. »Die vor dir! Nimm dir ein Beispiel an denen. Sollen sie über dich lachen, weil ein kleiner Kerl wie du dafür nicht geschaffen ist? Ich bin auch klein und gebe nicht auf! Zeig es ihnen! Du und ich, wir stehen das durch.«

Energisch rückte er sich im Sattel zurecht, fest entschlossen, dem Tier zu beweisen, dass er der Stärkere und Vernünftigere war. Darüber vergaß er sogar die Übelkeit erregende Luft und die scheußliche Umgebung.

Ein Schrei zerriss die Luft, und darauf reagierten alle Pferde. Selbst Tuagh vorn konnte nicht verhindern, dass sein Hengst wiehernd stieg, und hielt ihn nur mit Mühe. Alle Pferde drehten sich auf dem Hufschlag, schlugen mit den Köpfen und buckelten, stachelten sich gegenseitig auf.

Fionn biss sich die Lippe blutig und konnte sich gerade noch halten, als sein Pony abrupt wendete. Es stand nun Auge in Auge mit Valnirs Pony, das ebenfalls klatschnass vor Panik war. Valnirs Miene war verzerrt vor Anstrengung, und selbst die Elben hatten kaum mehr Gewalt über ihre Tiere und waren deutlich ungehalten.

»Vorwärts!«, befahl Tuagh und hieb die Fersen in die Flanken des Hengstes. »Gerade voran, los!« Seine Stimme war nicht laut, aber sehr scharf, und er gab nicht nach, immer wieder trieb er den bockenden, rückwärts gehenden Hengst nach vorn. Dann, endlich, gehorchte das Tier, und Morcants Pferd wurde dadurch beruhigt und schloss sich an. Sie gingen sehr schnell und raumgreifend. Da wollte Allsvartur nicht nachstehen und zockelte hektisch hinterher, und so folgten auch die anderen drei Pferde.

Fionn fragte sich, was das für ein schauerlicher Schrei gewesen war; er hatte nicht nach einem Tier geklungen, nach überhaupt nichts, das er kannte. Er seufzte fast erleichtert auf, als der Weg steil bergauf einen Hügel hinan ging. Das würde den Pferden wegen der Anstrengung einigermaßen die Anspannung nehmen. Falls sie deswegen nicht erst recht durchgingen.

Doch es klappte; links und rechts standen dornige Büsche, die nicht gerade zum Ausscheren einluden, Tuagh hielt seinen Hengst in scharfer Parade, und die anderen mussten sich dem anpassen. Nach den ersten zwanzig Schritten fingen sie dann an zu schnauben und zu prusten, es wurde nun doch anstrengend, und allmählich gingen die Köpfe nach unten. Es war nicht leicht, auf dem unebenen, weichen Boden nach oben zu stapfen, immer wieder sanken sie tief ein und mussten die Beine hochheben. Kein Pferd hatte noch die Zeit, sich über irgendetwas aufzuregen, sie kämpften alle darum, nach oben zu kommen.

Oben angekommen, zitterten und schäumten sie und atmeten schwer, sodass Tuagh anhielt. Er sah sich um und deutete dann links nach unten.

»Das war es«, sagte er.

Fionn traute seinen Augen kaum, und noch weniger dem, was der Wind jetzt von dort unten zu seiner Nase heraauftrug.

Zum ersten Mal in seinem Leben erblickte er Oger. Riesenhafte grünhäutige, schwarz behaarte Gestalten, die zumeist ärmellose Lederhemden und Lederschurze trugen, dazu breite Gürtel, in denen ungewöhnlich gearbeitete Äxte und andere Schlagwaffen steckten. An den Füßen hatten sie kurze, mit Fellen umwickelte und von Schnüren gehaltene Lederstiefel.

Es mochte ungefähr ein Dutzend sein, das sich um einen riesigen Holzhaufen scharte, mit einem Baumstamm in der Mitte, an den einer der ihren gefesselt war.

Fionn erkannte die heraufschallende Stimme sofort wieder; er war es, der vorhin geschrien hatte. Wahrscheinlich, als ihm einer seiner Artgenossen eine Stichwaffe in die Seite gerammt hatte, denn er blutete aus einer frischen Wunde.

»Aber das is' doch alles nur'n Missverständnis!«, rief der Gefangene. »Versteht ihr nich', worum's mir geht?«

Der Wind trug die Worte gut verständlich herauf; sie klangen ein wenig fremd durch eine andere Betonung und Aussprache, doch es war die allgemeine Hochsprache Albalons.

»Wir verstehn ausgezeichnet, du Abtrünniger, Verräter! Oder biste einfach nur verrückt geword'n?«

»Ich bin niemals nich' verrückt!«, beteuerte der Gefangene. Er trug einen langen schwarzen Pferdeschwanz, seine schmalen Augen blitzten in glühendem Grün. Beim Sprechen entblößte er ein gewaltiges Raubtiergebiss, und bei geschlossenem Mund ragte aus dem Unterkiefer ein einzelner Hauer hervor. »Ich kann euch alles erklär'n!«

»Na dann erklär doch mal, wieso du das gesamte Gras um unser Dorf gefressen hast, mit dem wir unser Vieh ernähr'n, damit's schön fett wird, bevor wir's ess'n!«, brüllte der Oger von vorher. »Erklär uns, wieso die Bäume ringsumher kahl sind und die Büsche zum Teil ganz verschwund'n!«

»Ich hab eben großen Hunger. Ihr esst doch auch 'n Rinderviertel zu 'ner Mahlzeit!«

»Ja eben, *wir* ess'n, was Oger immer ess'n: *Fleisch!* Wieso du nich'?«

»Ich mag's nich'.«

»Was sagste da?«

»Es schmeckt mir nich'!«, gab der Gefangene zurück. »Ich find' Fleisch widerlich, allein schon die Konsistenz! Und diese Farbe! Seht doch lieber das Grün um uns an, so wie wir auch grün sin'! Ich liebe es!«

Nun schrien alle durcheinander; es klang wie das Donnern eines trockenen Sommergewitters. Die Pferde tänzelten nervös, waren aber noch viel zu ausgepumpt, um zu scheuen.

Die Oger beschimpften den Gefangenen als Verrückten, als Verräter, als Größenwahnsinnigen, als Grasfresser und desgleichen mehr. Der Gefangene beteuerte weiterhin seine Unschuld und bat um Nachsicht, nur weil er nicht so sei wie alle anderen. Und schließlich ginge es hier nur ums Essen, im Schädelspalten sei er schließlich erwiesenermaßen ein Meister. Daraufhin fanden sie weitere Anschuldigungen, dass er eine Schande für das stolze Volk der Oger sei, sie alle der Lächerlichkeit preisgeben würde, und welch ein alptraumhaftes Bild das wäre, ein friedlich grasender Oger neben weidenden Kühen ...

Und damit zündeten sie den Holzstoß an, um den Artgenossen zu grillen, bis er gar wäre, um ihn sodann wie eine mit Gras gemästete Kuh zu verspeisen, weil die Schande nicht anders abzuwenden wäre.

Tuagh zog die Axt.

»Was hast du vor?«, fragte Morcant entgeistert.

»Ich werde ihn befreien.«

»Bist du wahnsinnig? Was geht uns das an? Das sind Oger!«

Der Wanderkrieger warf ihm einen vernichtenden Blick zu. »Dort unten geschieht eine große Ungerechtigkeit«, sagte er. »Das ist Lynchjustiz! Was macht es für einen Unterschied, zu welchem Volk er gehört?«

»Ganz einfach den, dass der Oger dir vor lauter Dankbarkeit den Kopf abbeißen und dein Gehirn aus deinem gespaltenen Schädel schlürfen wird!«

»Hast du vergessen, dass du ein Söldner bist?«, sprang Màni Morcant bei. »Gehört das hier zu einem Auftrag?«

»Das entscheide ich«, erwiderte Tuagh.

»Aber wir haben Fionn bei uns!«, mahnte Morcant.

»Solange er auf dem Pfad bleibt, wird ihm nichts geschehen, nicht einmal jetzt. Außerdem, wer interessiert sich schon für einen Bogin? Einen Halbling der Kleinen Völker? Die Oger wohl kaum.« Tuagh beendete die Diskussion, indem er die Axt erhob und seinen Hengst den Hügel hinunterjagte.

Fluchend folgten die Elben ihm nach; die Zwillinge holten den Bogen vom Rücken, Morcant zog das Schwert. Valnir holperte auf seinem Pony hinterher, zwei Äxte in Händen.

Und natürlich war Allsvartur allein hier oben nicht zu halten, er donnerte wiehernd nach unten, und Fionn konnte sich nur auf ihm festhalten und sich wünschen, er wäre niemals weggelaufen.

Die Oger wurden völlig überrascht, als wie ein Irrwisch plötzlich ein Mensch auf einem mächtigen Ross herangeprescht kam, sich seitlich aus dem Sattel neigte und mit einem einzigen Hieb seiner Axt die Kette des Gefangenen durchschlug. Die Flammen schlugen bereits bedenklich hoch, und der Oger hielt sich nicht lange mit Staunen auf, er befreite sich und sprang vom Holzstoß. Die Kette behielt er als Waffe, schwang sie über seinen Kopf und schleuderte sie dann gegen seine Artgenossen.

Tuagh wurde nach einem kurzen Moment der Verblüffung wütend angegriffen, doch da trafen seine Gefährten ein, verschossen Pfeile und schlugen mit Axt und Schwert zu.

Allsvartur begriff endlich, was für einen Fehler er gemacht hatte, den Artgenossen zu folgen, als er sah, wie das Pony, das Valnir trug, von einem Oger kurzerhand umgeworfen wurde. Der Zwerg wurde halb unter ihm begraben und tief in den Morast gedrückt; das Pony schlug heftig mit den Hufen aus, um den Oger von sich fernzuhalten, und wieherte grell.

Allsvartur bremste so heftig ab, dass Fionn sich nicht mehr halten konnte und in hohem Bogen über ihn hinwegflog und zwischen zwei Büschen im sumpfigweichen Moosbett landete. Der Aufprall presste ihm die Luft aus den Lungen, ansonsten geschah ihm nichts.

Voller Schrecken erlebte Fionn seine erste blutige Schlacht, die noch dazu völlig aussichtslos für seine Freunde war. Nicht nur kräftemäßig, auch an Zahl waren sie hoffnungslos unterlegen. Dennoch setzten sie den mächtigen Geschöpfen kräftig zu. Fionn erschrak, als er sah, wie Tuagh mit Axt und Schwert wütete, das Gesicht kalt und mit einem völlig konzentrierten Ausdruck.

Dann sah er, wie der Oger, der Valnirs Pony umgeworfen hatte, zum tödlichen Schlag ansetzte. Das kleine Pferd schrie laut vor Angst und versuchte verzweifelt, auf die Beine zu kommen.

Fionn wusste, er konnte nichts tun, nur zusehen. Hinter ihm stand zitternd Allsvartur und wieherte kläglich.

Da geschah etwas Unerwartetes.

Die Arme des Ogers sausten herab, das Pony zappelte, aber auf einmal war da ein riesiger dunkler Schatten, der mit dem Oger zusammenstieß und ihn von seinem Opfer wegschleuderte, bevor er den Hieb vollenden konnte.

»Hörste wohl auf, dich an mein' Freunden zu vergreif'n, du grüner Rotz, du!«, erklang eine röhrende, wohlbekannte Stimme. Blaufrost! Offenbar ermöglichte der Nebel es ihm, sich bei Tageslicht zu bewegen, weil die Schwaden ihn vor dem direkten Sonnenlicht schützten.

Nun, nachdem Blaufrost als Verstärkung hinzugekommen war, waren die Chancen besser verteilt, und er wurde von seinen Gefährten mit Jubelschreien begrüßt.

»Was mischste dich da ein, Steinfresser?«, brüllte der Oger zurück und stemmte sich gegen den Troll.

Fionn überließ die beiden sich selbst und kroch eilig zu Valnir, der immer noch unter dem hilflosen Pony eingeklemmt lag.

»Mein Bein steckt zu fest drunter«, keuchte der Zwerg. »So ein Mist ...« Er hatte einige Verletzungen davongetragen, denn er blutete, doch wirkte er hauptsächlich äußerst wütend darüber, derart außer Gefecht gesetzt worden zu sein.

Fionn griff unter seine Achseln, und mit gemeinsamen Kräften gelang es, Valnir herauszuziehen. Der Bogin schleppte den Zwerg beiseite in die Deckung eines Busches. Das Pony schwang sich herum, fand endlich Halt für seine Hufe, sprang auf und schüttelte sich.

Valnir atmete gepresst, und Fionn öffnete kurzerhand die Verschlüsse seines Harnischs, damit er besser Luft holen konnte. Erschrocken prallte er zurück, als er darunter statt harter Muskeln etwas Weiches, Warmes ertastete, und starrte Valnir völlig entgeistert an. Er begriff nicht gleich. Sein Verstand musste zuerst daran arbeiten.

»Du, äh ...«, begann er dann und wurde abwechselnd rot und blass, je nachdem, ob das Blut heiß hochschoss oder wieder kalt hinabsackte. »Du ... du bist ein *Mädchen* ...«

Der Kampf war plötzlich vorbei. Die Oger, die sonst als Letzte das Schlachtfeld verließen, zogen sich aus unerfindlichen Gründen auf einmal zurück in den Sumpf. Fionn glaubte, ein Hornsignal gehört zu haben, war aber nicht sicher.

Im Gehen schüttelte der Anführer die Waffe in Richtung der Gruppe und rief:»Den Abfall da könnt ihr hab'n, er gehört euch. Aber verschwindet aus unserm Sumpf, ihr seid hier nich' erwünscht! Morgen werd'n wa euch jag'n und fress'n, Friedensvertrach hin oder her.«

Damit verschwanden sie, und die Gefährten blieben mehr oder minder angeschlagen zurück.

»Bist du wohl still!«, zischte Valnir, rappelte sich hoch und nestelte an den Verschlüssen seines Harnisches. Er . . . sie . . . stöhnte leise. Offenbar hatte sie sich eine oder mehrere Rippen gequetscht; hoffentlich nicht gebrochen.»*Mädchen*, das ist eine Beleidigung.«

Fionn sank kraftlos neben sie.»Ich kapier's nicht. Du bist wirklich eine Frau? Eine . . . *Zwergenfrau?*«Ihm schwindelte von dieser Erkenntnis.

»Tja, da kannst du mal sehen.« Valnir grinste durch den Bart hindurch.

Genau, der Bart. Fionn deutete darauf.»Ist der echt?«

»Natürlich nicht. Glaubst du ernsthaft, Zwergenfrauen haben Bärte? Das Gerücht ist nur entstanden, weil es noch andere wie mich gibt, und ab und zu fliegt eben eine von uns auf.«

»Aber . . . warum tut ihr das?«

»Weil es die einzige Möglichkeit ist, rauszukommen. Als Frau dürfte ich niemals ein Krieger sein, wir unterliegen strengen Beschränkungen.«

»Das ist ungerecht . . .«

»Du musst das verstehen.« Valnir rückte den Harnisch zurecht und tastete ihren Bart ab. Womit auch immer er befestigt war, er hielt.»Es gibt viel weniger Frauen als Männer in unserem Volk. Sie haben Angst um uns.«

Fionn kratzte sich den blonden Schopf.»Du verstehst es aber offenbar nicht.«

»Hm. Ich schwärme nun einmal für das Rittertum, und ich bin ein guter Kämpfer.«

»Das habe ich gesehen . . .«

»Randur Felsdonner war immer mein Held, mein großes Vorbild. Ich eiferte ihm nach. Lief von zu Hause weg, verkleidete mich, suchte seine Sippe auf, brachte ihn dazu, mich in seine Schule aufzunehmen. Er hat mich selbst ausgebildet, und eines Tages erzählte er mir von der Fiandur.«

»Aber wie hast du es geschafft … all die Jahre …«, stammelte Fionn fassungslos.

»Ich bin eigenbrötlerisch, und das respektieren die anderen«, antwortete Valnir. »Sie hinterfragen nicht. Sie schnüffeln nicht hinterher.«

»Und wenn du so verletzt wirst, dass du Hilfe benötigst?«

»Das war bisher nicht der Fall. Ich sagte doch, ich bin ein guter Kämpfer.«

»Es war diesmal sehr knapp. Eines Tages wirst du auffliegen.«

»Dann ist das eben so.« Valnir stand vorsichtig auf. »Und bis dahin wirst du mein Geheimnis für dich bewahren und mich niemals als Frau betrachten, verstanden?«

»Ja. Ich halte es nicht für richtig, aber: ja. Ich gehöre zur Fiandur, also werde auch ich respektieren und nicht hinterfragen.« Fionn erhob sich ebenfalls und klopfte sich Schlamm und Dreck ab.

Während die Zwillinge die Pferde einfingen, stampfte Morcant auf Tuagh zu, der sich mit bemerkenswerter Routine eine Armwunde mit Zuhilfenahme der Zähne verband.

»Das war völlig unnötig!«, schrie er den Wanderkrieger an. »Was sollte das Ganze? Verrat mir das! Du wirst dich nie ändern, nicht wahr? Du bist immer noch der größenwahnsinnige Draufgänger, der sich sinnlos in jede sich bietende Schlacht stürzt, als ob er verzweifelt den Tod sucht! *Kapierst* du nicht, dass du so *niemals* sterben wirst?«

Tuagh erwiderte den Blick des Elben, in dessen Augen das Meer in einem wütenden Sturm wogte. Es war das erste Mal, dass Fionn den sonst so ausgeglichenen, heiteren Morcant derart außer sich erlebte. Er hatte nicht gewusst, dass Elben dermaßen in Zorn geraten konnten. Vielleicht hatten die Zwillinge sich so schnell verzogen, um einer Konfrontation auszuweichen. Anscheinend waren Tuagh und Morcant auch schon früher aneinander geraten.

»Ich diskutiere das nicht«, sagte der Wanderkrieger schließlich ruhig.
»Es geht hier nicht um dich!«, rief Morcant. »Du hast Fionn unnötig
in Gefahr gebracht!«

»Ich wusste, dass ihr zu seiner Verteidigung bereit seid. Seid ihr Fiandur, oder nicht? Kämpfen wir gegen Unrecht, oder nicht? Du sagst es
völlig richtig, Morcant: Es geht hier nicht um mich, und nicht um dich,
sondern um *das*, wofür wir stehen!«

»Es sind *Oger!*«

»Noch einmal: *Na und?*«

»Ach, übrigens«, sagte der Oger dazwischen und hob schief grinsend
die Hand. »Danke. Und so. Ich kapier zwar nich', was hier los is', aber
das is' völlig in Ordnung.«

Blaufrost musterte ihn kühl von oben bis unten. »Wer bist'n du, Grüner?«

»Gru Einzahn.«

»Und wieso hat Tuagh was genau für dich getan? Bin 'n bissl spät eingetroffen und noch nich' recht im Bilde.«

»Er ist ein Grasfresser«, sagte Valnir und trat hinzu.

»'n was?«

»Jawohl, ich esse kein Fleisch«, bestätigte Gru Einzahn gespreizt und
reckte seine Haltung. »Was dagegen?«

Blaufrost starrte ihn an, dann prustete er los. »Was is'n das für'ne Erb-
senschote?«, kicherte er und blickte zu dem Wanderkrieger. »Sag mal,
haste sie noch alle, Tuagh?«

»Meine Frage!«, sagte Morcant und verschränkte die Arme vor der
Brust.

Die Zwillinge kamen mit den Pferden und den Ponys zurück.

»Wir reiten weiter«, sagte Tuagh, als hätte es keinen Streit gegeben.
»Los, aufsitzen.« Er sah Gru Einzahn an. »Du schuldest mir was.«

»Ja, schon kapiert«, antwortete der Oger. »Und ich hab nix dagegen.
Hier hab ich sowieso nix mehr verloren, gleich morgen zünden die mich
wieder an. Da kann ich genausogut mitgehen. Gibt hier sowieso nix
Ordentliches zu futtern. Vielleicht wird's sogar lustig mit ei'm wie dir.«

Tuagh war bereits dabei, den Hügel hinaufzureiten, und die anderen
beeilten sich, hinterherzukommen.

»Was soll'n das heißen?«, rief Blaufrost entgeistert hinterher. »Den willste doch nich' ernsthaft mitnehm'n, oder? Tuagh? He, ich rede mit dir!« Er setzte sich in Bewegung.

Fionn half Valnir in den Sattel und bemühte sich dabei, nicht an weiche Rundungen zu denken, die sich sehr angenehm angefühlt hatten, und die seine Gedanken unwillkürlich zu Cady lenkten. Sie trabten eilig den großen Pferden hinterher, und zuletzt stampfte der Oger nach.

»Ihr beide, Blaufrost und Gru Einzahn«, erscholl Tuaghs Stimme von oben, »werdet uns jetzt durch den Sumpf führen, und zwar ein bisschen plötzlich. Es wird bald dunkel, und dann sehen wir nichts mehr.«

»Ich brauch den nich' dazu, das kann ich allein!«, rief der Troll, und der Oger setzte entgegen:

»Gegen 'nen Baum rennen und inne Grube fallen, ja, das kannste ganz bestimmt! Ich kenn den Sumpf, weil ich hier gebor'n bin, und du?«

»Ach, halt doch die Klappe, du hässlicher grüner Hobelzahn!« Blaufrost schüttelte knirschend den Kopf. »'n Grasfresser, ich glaub's ja nich', und Tuagh bestärkt'n auch noch.«

»Sollteste auch mal probiern, du schlotterndes blaues Elend, dann ging's dir vielleicht besser«, sagte der Oger. »Schau mich an, ein Ausbund an Gesundheit! Ich seh kein' Tag älter aus als wie fünf'ndreißig, dabei bin ich schon zweihundertachz'n!«

»Ernsthaft?«

»Ja. Das einzige Unangenehme is' der dauernde Hunger. Bin fast nie satt.«

»Ich bin dreihundertsechzehn, und ich hab mich mit *Fleisch* so gut gehalten, da hast du's! Hunger hab ich allerdings auch immer.«

»Wennste so leben würd'st wie ich, könnteste dich noch viel besser halten. Und jetzt lass mich mal durch, ich geh voran.«

Dem Troll passte das nicht, und sie schubsten und drängelten sich, bis sie entschieden, nebeneinander zu gehen. Für die Nachfolgenden hatte das den Vorteil, dass die beiden eine breite Schneise traten, auf der Pferdehufe gut vorankamen.

Die beiden schritten tüchtig aus, und damit kamen sie flott vorwärts; noch dazu, da Gru Einzahn sie über einige Abkürzungen führte. Es hatte sich wohl schnell herumgesprochen, dass man ihn und die Durchreisenden so schnell wie möglich loswerden wollte, denn sie wurden nicht behelligt.

»Wie bist du nur auf die Idee gekommen, dich ausschließlich von Pflanzenkost zu ernähren?«, stellte Tuagh unterwegs dem Oger die Frage, die alle beschäftigte.

»Weiß auch nich'«, antwortete der Grünhäutige. Er war fast so groß wie der Troll, seine zu einem Pferdeschwanz gebundenen schwarzen Haare fielen lang über den Rücken hinab. Er trug eine einzigartig geschwungene Ogeraxt im Gürtel und eine mächtige stählerne Keule mit Stacheln auf den Schultern. Niemand würde ihn für einen friedfertigen Pflanzenesser halten. »Das Hau'n und Stechen macht mir nix aus. Im Gegenteil, es is' überhaupt das, was ich am besten kann. Aber das Gematsche dann anschließend zu essen . . . oder gar Blut zu trinken . . . nee. Da ekle ich mich vor, immer schon. War 'ne harte Kindheit, vor all'm, weil ich vom Blut immer Pusteln gekriegt hab. Un' dann hab ich mich lange verstellt, bin von Ogerland zu Ogerland gewandert, doch hier bin ich nich' rechtzeitig weggekomm'n. Jetzt kann ich nirgends mehr hin, hab alle Reiche durch.« Er warf einen Blick nach hinten. »Und wer seid ihr alle?«

Sie stellten sich namentlich vor, erzählten aber nichts weiter zu ihrer Geschichte. Als die Reihe an Fionn war, staunte der Oger.

»Biste doch so einer, hab's schon gemerkt, aber nich' glauben wolln. Die suchen ja selbst die Sümpfe noch nach euch ab. Angeblich, weil einer von euch 'n annern umgebracht hat, so 'nen Gelehrten.«

»Das stimmt«, antwortete Fionn.

»Echt wahr? Was stimmt'n mit dieser Welt nich' mehr, die ein'n wie mich hervorbringt, und ein'n wie Blaufrost, und nun die Bogins? Kapier ich nich'. Bin wohl zu alt geworden.« Achselzuckend ging er weiter.

Die Dämmerung brach an, und sie schafften es gerade noch rechtzeitig aus dem Sumpf heraus, bevor es zu dunkel wurde. Für Blaufrost war das günstig, er musste sich keine schützende Deckung mehr suchen, denn der Himmel war bewölkt.

Sie fanden eine einigermaßen geschützte Stelle, saßen ab und bauten das Lager auf. Die von den Sätteln befreiten Pferde wälzten sich behaglich und waren anschließend mit der Welt wieder im Reinen. Morcant ging mit seinem Heilerbeutel herum und besah sich die Wunden. Als erstes untersuchte er Tuagh, der es sich schweigend gefallen ließ; anscheinend wollte er keinen weiteren Streit heraufbeschwören. Er verbiss sich einen Schmerzenslaut, als der Meersänger seine Wunde reinigte, woraufhin der Elb ihn als törichten Narren schalt, und dann prusteten sie beide los und waren versöhnt. Sie waren eben doch Freunde und miteinander vertraut; ein Streit ab und zu gehörte wohl dazu und vergiftete ihr Verhältnis nicht, begriff Fionn.

Màni und Màr versorgten sich gegenseitig, und Morcant zeigte sich zufrieden vom Ergebnis. Valnir erhob abwehrend die Hand. »Einen Zwerg untersucht niemand! Das sagt dir Valnir *Eisenblut!*«

»Rede keinen Unsinn, du bewegst dich sehr vorsichtig, und . . .«

»Meine Rippen sind lediglich geprellt, mein Fuß nur leicht angeschwollen, und ich komme wunderbar zurecht, danke«, knurrte Valnir und Morcant wandte sich achselzuckend ab. Fionn hörte genau hin; diese Stimme verriet nicht, dass sich eine Frau unter dem dichten Haupt- und Barthaar versteckte. Er war fasziniert.

»Ich war überhaupt nicht beteiligt«, sagte Fionn schnell, bevor Morcant sich ihm zuwenden konnte. »Als ich vom Pferd geflogen bin, habe ich mir zur Landung ein weiches Moosbett ausgesucht. Was nicht schwer ist in diesem Sumpf, es schwimmt ja alles obenauf.«

»Ist dir schwindlig? Übel?«

»Nichts dergleichen. Glaub mir, es geht mir bestens.«

»Also gut.«

Fionn fror allerdings immer noch etwas, der Frühling ließ weiterhin auf sich warten. Traurig dachte er an die Zeiten, wenn die Früchte von den Bäumen fielen und zum Hineinbeißen einluden, wenn der Saft in die Mundhöhle rann und die Zunge herrliche Süße schmeckte. Über den Winter behalf man sich mit getrockneten und kandierten Früchten, aber davon fand sich nichts mehr in den Vorräten. So kurz vor dem Frühjahr war alles aufgebraucht. Und dann dachte Fionn an ein gebratenes Hühnchen. Oder ein mit Kräutern gefülltes Kaninchen vom Spieß. Und dazu im Feuer gebratene Kartoffeln und Tomaten.

Das Wasser lief ihm im Mund zusammen. So herrliche Genüsse! Aber leider nur in seiner Vorstellung. Und was gab es wirklich? Tuagh regelte die Einteilung der Vorräte sehr streng. Also Dauerbrot, Trockenfleisch, getrocknete Bohnen und dazu einen zusammengeschnurrten Apfel, von dem jeder einen Schnitz bekam. Zu trinken gab es fürchterlich bitteren Tee aus Heilkräutern, das verlangte Morcant, weil sie alle

Verletzungen davongetragen hatten. Und wer unverletzt geblieben war, dem schadete es ebenfalls nicht. Fionn durfte sich nicht herausreden. Sowohl Blaufrost als auch Gru Einzahn hielten nichts von diesem Speiseplan und verschwanden, um sich anderweitig zu versorgen. Sie kehrten zurück, als Fionn allmählich die Augen zufielen und er sich in seine Decke am Feuer mummelte. Mit Blaufrost als Wache konnten sie getrost ein Feuer riskieren. Und dank Gru Einzahns Verstärkung erst recht. Fionn würde deswegen heute Nacht tief und fest schlafen und von schöneren Zeiten träumen.

»Also, wir wandern noch 'ne Weile, oder?«, fragte der Oger.

»Allerdings«, bestätigte Tuagh.

»Mir recht. Ich grase sowieso schnell alles ab. Wo gehnwa denn hin?«

»Es wird dir nicht gefallen«, antwortete Tuagh und sagte es ihm.

»Was?«, schrie Gru Einzahn auf. »Du bis' ja noch irrer als ich! Da find' ich ja gar nix zu essen!«

»So wie wir«, bemerkte Blaufrost. »Und ich erst recht! Ich kann das leicht aushalten, aber dass du das nich' packst, is' ja klar.«

»Du bis'n Dummbatz!«, regte sich der Oger auf und sprang in die Höhe.

»Wer is' hier 'n Windbeutel?«, brüllte der Troll zurück und erhob sich gleichfalls.

Kampflustig umkreisten sie einander, und Fionn überlegte sich, ob es für ihn gefährlich werden könnte. Doch sie rückten eher der Dunkelheit als dem Feuer näher.

»Bin kein Windbeutel!«

»Und ich kein Dummbatz nich'!«

»Biste wohl!«

»Bin ich nich'!«

Blaufrost schlug als erster zu, aber er traf wegen seiner schlechten Augen nicht gut. Gru Einzahn hieb mit doppelter Kraft zurück und traf die Nase des Trolls, der brüllend in die Knie ging. Der Oger wiederum sprang heulend auf und ab und hielt sich die geprellte Hand.

Die körperliche Konstitution eines Trolls war annähernd so hart und fest wie die eines Felsens. Allerdings konnte so mancher Oger selbst Steine mit einem Schlag zertrümmern. Die beiden standen sich also im Grunde genommen in nichts nach. Und das machten sie auch deutlich.

»Dummbatz!«

»Windbeutel!«

Sie gingen sich gegenseitig an die Gurgel, hielten sich mit einer Hand fest und droschen mit der anderen aufeinander ein, dass der Boden bebte.

Keiner der anderen wagte dazwischenzugehen. Bald trug der Boden tiefe Löcher davon, und sie hatten sämtliche Sträucher plattgewalzt und noch dazu beim Hin- und Herschwanken zwei Jungbäume ausgerissen.

»So sollten sie gegen den Feind vorgehen«, seufzte Tuagh. Es hob ihn leicht in die Höhe, als die beiden gewaltigen Wesen ineinander verklammert dröhnend zu Boden gingen und darüber rollten, sich wieder hochstemmten und hin- und herschoben.

»Jetzt hab ich aber genug!« Der Wanderkrieger stand zornig auf, ging tollkühn auf die beiden Streithähne zu, reckte sich, packte den Oger am langen grünen Ohr und verdrehte es.

»Au, au, au!«, winselte das Riesenwesen auf und ging in die Knie.

»Blaufrost, auf deinen Platz, und zwar ein bisschen plötzlich!« Tuaghs Stimme war so tief, streng und scharf, dass der Troll wortlos und mit eingezogenem Kopf gehorchte.

»Und du«, Tuagh zerrte den jammernden Oger mit sich, »du setzt dich jetzt daneben, und ich will keinen Mucks mehr von euch beiden hören, verstanden? Benehmt euch gefälligst! Hebt eure Kräfte für die Kämpfe auf, die uns noch bevorstehen!«

Er ließ Gru Einzahns Ohr erst los, als der Oger saß. Mit verschränkten Armen stellte er sich vor ihnen auf. »Wir sind eine *Gemeinschaft*, das sei dir hiermit gesagt, Gru Einzahn. Wir kämpfen nicht gegeneinander, sondern gemeinsam gegen den Feind. Klar?«

»Mja.«

»Und du, Blaufrost, von dir hätte ich mehr ...«

»Na, was?«, unterbrach der Troll. »Zurückhaltung erwartet? So wie du und Morcant?«

»Das ist was anderes.«

»Ach so.«

»Wenn wir uns streiten, hört man es nicht bis Sìthbaile, und es kommt niemand, auch kein Baum, zu Schaden!«

»Hab's ja kapiert, Mann.«

Tuagh, immer noch aufgebracht, wandte sich ab und kehrte auf seinen Platz zurück. Die beiden Riesenwesen, das eine halb steinern, blauhäutig und schlotternd, das andere grünhäutig und vertrocknetes Gras zupfend, regten sich nicht mehr und beobachteten ihren Anführer eingeschüchtert.

»Du sag mal«, begann Gru Einzahn nach einer Weile. »Wie is'n das bei dir mit den Frau'n?«

»Pffft«, machte Blaufrost.

»Geht mir auch so«, sagte der Oger traurig.

»Wie willst'n eine finden, die mit so ei'm wie mir was anfangen will, der dauernd friert und schlottert und von der Sonne träumt ...«

»Is' bei mir auch nich' anders. Mir würde schlecht, wenn sie die Jagdbeute ausweid'n tät'. Und ihr wahrscheinlich, wenn sie mich beim Gras schaufeln sieht. Und Büsche abziehn und all so was. Da gib's einfach keine Gemeinsamkeiten, und nix, was sie anziehend fände.«

Sie seufzten beide tief.

»Wir ham's nich' leicht.«

»Nee, hamwa nich'.«

Fionn versteckte sein Lachen. Er sah, wie Tuagh die Augen verdrehte; wahrscheinlich überlegte er gerade, was er schlimmer finden sollte – den Streit oder nun diese weinerliche Verbrüderung. Jedenfalls lockerten die beiden die Runde erheblich auf. Insofern die zwei während ihrer Wache nicht einschliefen, konnte Fionn sich jetzt wohl entspannen.

Sie hatten noch einen Tag, dann war die Ödnis erreicht. Gru Einzahn hatte wie jeder andere Clahadus nie betreten – wozu auch. Gab es dort Sümpfe? Gras, Bäume, Büsche? Andere Oger? *Frauen?*

Nicht einmal zum Schädelspalten gab es jemanden – hieß es zumindest. Also: Aus welchem Grund sollte eine so merkwürdige Gemeinschaft dorthin unterwegs sein?

»Was ist denn merkwürdig an uns?«, wollte Màr wissen.

»Na hör mal«, prustete der Grünhäutige, und seine grünglühenden schmalen Augen funkelten. »Seit wann verstehn sich Elben und Menschen so gut? Und auch noch 'n Zwerg? Und was macht 'n entlauf'ner Sklave dabei?«

»Wir suchen ein Buch«, antwortete Tuagh gleichmütig.

»Hä?«

»Ja, is' so«, bestätigte Blaufrost, der sich noch bei ihnen aufhielt – hier gab es schützende Felsen und ein dichtes Blätterdach. Außerdem war der Himmel von einer lückenlosen grauen Wolkendecke überzogen.

»Hä?«

»Ich hab da mal 'ne Frage, Tuagh«, schwenkte der Troll um. »Kann es sein, dass wir verfolgt wer'n?«

Fionn war sofort alarmiert.

»Hä?«, machte Gru Einzahn zum dritten Mal. Er kapierte immer noch nichts.

»Schon möglich«, antwortete Tuagh. »Wollt ihr beide euch drum kümmern?«

Das verstand der Oger sofort. Umgehend machte er sich mit dem Troll auf den Weg und warnte ihn, irgendwelche Knochen zu knacken, solange er in der Nähe war. »Du kannst essen, wasde willst, aber nich' neben mir.«

»Elben ess ich nich'.«

»Aber die soll'n doch sehr zart sein.«

»Ja, aber giftich.«

»Echt wahr? Siehste mal, wie gesund ich lebe.«

Ihre Stimmen verklangen, und die Gefährten ritten weiter. Vor ihnen breitete sich weites Land aus, mit sanften Hügeln. Noch war alles braun und kahl und wartete auf den Frühling, ganz anders als im Sumpf, wo bereits das Gras kräftig wuchs.

Endlich kam auch die Sonne durch, und Fionn atmete dankbar auf. Es tat gut, die wärmenden Strahlen zu spüren, und heiterte ihn sichtlich auf. »Gibt es hier Siedlungen?«, fragte er den Wanderkrieger.

»Nein, höchstens einsame Höfe. Ich denke nicht, dass wir jemandem begegnen werden. Erst einen Tagesritt weiter östlich und natürlich Richtung Westen gibt es Märkte und Dörfer und Burgherren, die sich manchmal Graf oder Baron oder auch König nennen. Auf dieser Route, so unmittelbar an das Ogerland grenzend, hat sich keine Siedlung halten können.«

»Keine menschliche«, korrigierte Morcant. »Hier leben ein paar Elbensippen, schon seit langer Zeit. Aber wir werden ihnen nicht begegnen.«

Sie kamen gut voran, und der Tag verging schnell, bis Tuagh auf einer Kuppe anhielt und vor sich deutete. »Da könnt ihr es schon sehen.«

Fionn lief ein Schauer den Rücken hinunter. Gen Horizont verdüsterte sich deutlich der Himmel, und er sah ein dickes Band aus Dunst, Nebel und Wolken, in verschiedenen Grauschattierungen. Genau wie im Sumpf auch lag es wie eine schwere Decke über einem fahlgelben, bleichen Streifen Land.

»Verändert sich der Himmel dort je?«, fragte er bang.

»Wenn es ein Unwetter gibt«, antwortete Morcant. »Doch die Sonne kommt niemals hindurch, die Wolken lösen sich nicht auf; sie bilden nicht einmal Lücken. Das ist Teil des Fluches, wie eine Warnung, nicht weiter zu gehen. Das Land selbst gibt sich so unwirtlich wie nur möglich.«

»Dann kann Blaufrost sich ungehindert am Tag bewegen?«

»Bei dem ewigen Dämmerlicht dort, ja. Es wird nie richtig hell.«

Sie ritten durch das stille Land. Ab und zu wagte ein Vogel ein leises *Piep*, und Fionn sah ein paar dahinziehende Wildpferde und dösende Auerochsen. Wenn es grünte, war es bestimmt sehr idyllisch. Viele Tiere, die man sonst im Umkreis von Städten nicht mehr vorfand, fanden hier ein geschütztes Reich. Es war leicht zu glauben, dass auch Elben an so einem Ort lebten.

Màr gesellte sich zu ihm. »Hättest du gedacht, dass eine Reise langweilig sein kann?«

»Nach dem Abenteuer gestern bin ich offengestanden sehr dankbar dafür«, antwortete Fionn. »Von mir aus könnte es immer so weitergehen: Wir reiten dorthin, wo das Buch ist, holen es und reiten wieder zurück. Und dann bringen wir es der Àrdbéana, und alles wird gut.«

»Ja, das wäre schön.«

»Wart ihr schon viel unterwegs, Màni und du?«

»Zumeist in Elbenreichen. Als Söldner haben wir uns noch nicht oft verdingt. Die Menschen trauen uns nicht so recht.« Sie lächelte.

»Es muss doch sehr einsam sein, immer nur unterwegs zu sein und praktisch auf der Straße zu leben«, meinte er.

»Ja, die wenigsten haben jemanden, der auf sie wartet«, gab Màr zu. »Doch viele von uns schätzen gerade diese Freiheit und Unabhängigkeit.« Dann zögerte sie. »Gibt es ... jemanden in deinem Leben?«

Fionn nickte. Unwillkürlich machte sein Herz einen Satz. »Ja. Cady. An meinem Geburtstag, da ... äh ... haben wir uns ... äh ... ge... geküsst. Zum ersten Mal. Wir sind zusammen aufgewachsen, und eigentlich war sie wie meine Schwester. Aber dann ... irgendwann ... nicht mehr«, sprudelte es aus ihm hervor. Es war ihm peinlich, so offen zu sein, aber er hatte sonst niemanden, mit dem er darüber reden konnte. Es musste einmal aus ihm heraus. »Und ihr, glaube ich, geht es auch so. Ich meine, dass sie mich jetzt ... *anders* sieht. Ich möchte sie unbedingt befreien.«

»Das ist schön«, sagte Màr leise. »Darum beneide ich dich.«

»Oh, aber, für dich gibt es doch sicher auch jemanden«, stotterte er. »Du bist schön und klug, und du hast eine wundervolle Stimme.«

Sie seufzte. Der Wind strich durch ihre feinen schneeweißen, schwarz gesträhnten Haare. Ihre efeufarbenen Augen wurden von einer Wolke überschattet. »Bei Elben ist das nicht so einfach, Fionn. Wir sind unsterblich. Irgendwann verlieren wir unsere Leidenschaft, unsere Illusionen. Wir lieben selten, und Familien gründen wir noch seltener. Ich reite nun schon so lange mit der Fiandur, und ich ... sehe und erlebe eure unersättliche Neugier, eure stürmische Begeisterung. Vor allem bei den Menschen, aber auch bei euch Bogins, und selbst bei den Zwergen wie Valnir ... gerade bei ihr.«

Fionn keuchte auf. »Du weißt es?«

»Wir alle wissen es, Freund. Elben wittern es gewissermaßen, sie können nicht durch Äußerlichkeiten getäuscht werden. Und Tuagh ... ihm kann man sowieso nichts vormachen. Aber verrate es ihr nicht. Sie ist sehr stolz, und sie ist ein großartiger, verlässlicher Kamerad. Und eine der besten Kämpferinnen, die ich kenne.« Màr strich durch die Mähne ihres Pferdes. »Ich weiß nicht, ob Elben das tun würden, ich meine, so viel auf sich zu nehmen, um sich einen Traum zu erfüllen. Uns stellen sich so viele Fragen nicht, wir leben in Harmonie mit unserer Welt, und doch frage ich mich, ob wir nicht etwas versäumen.«

Er wusste nicht, was er darauf sagen sollte. Es berührte ihn, dass diese Unsterbliche ihm ihr Herz öffnete, doch sie war ihm weiterhin fremd.

Er war auch nach wie vor erschüttert über den Streit zwischen Morcant und Tuagh. Und dann wieder hatte er Elben wie diese Verfolgertruppe erlebt, die fordernd waren, herablassend, ihre Machtposition herauskehrend. Wie passte der harmonische Lebenseinklang mit der Welt zum Söldnertum, zum Waffentragen überhaupt? In ihrem kriegerischen Gehabe waren die Elben den Menschen sehr ähnlich. In allen anderen Dingen nicht.

»Falls du dir übrigens Gedanken machst wegen meiner Gefühle Tuagh gegenüber«, fuhr sie fort, »dagegen kann ich nichts machen. Ich weiß, dass er nichts für mich empfindet außer Freundschaft. Doch es ist so ... wenn wir einmal unser Herz vergeben haben, dann für immer.«

»Dann vergib es nicht an ihn, Màr«, sagte Fionn ruhig. »Es ist Unsinn anzunehmen, dass es nur Einen oder Eine geben kann. Ihr Elben glaubt das, weil ihr euch so selten verliebt, wie du sagst. Aber darin irrt ihr euch. Bewahre dein Herz und halte es geöffnet wie deine Augen, und du wirst sehen, da gibt es irgendwo noch jemanden, der dein Herz gern annimmt und im Gegenzug dir seines gibt.«

Sie lachte kurz, dann musterte sie ihn erstaunt von der Seite. »Was ist das mit euch Bogins, dass man alles von sich preisgibt? Ich habe noch nie mit jemandem darüber gesprochen, nie das Bedürfnis gehabt. Nicht einmal mit meiner Schwester.«

»Tuagh sagte einmal etwas Ähnliches.«

»Eigenartig. Ihr seid Halblinge! Wie kann das sein?« Sie schüttelte den Kopf und trieb ihr Pferd an.

Ja, und ihr seid und bleibt arrogant, dachte Fionn, doch er war ihr nicht böse. Sein Werturteil stammte aus seiner eigenen Sicht – und damit war er nicht anders als Màr oder Morcant.

Am Abend stießen Blaufrost und Gru Einzahn wieder zu ihnen, und sie mussten eingestehen, dass sie die Verfolger nicht hatten ausfindig machen können. Der Troll war davon überzeugt, dass sie ihm hätten auffallen müssen, da er sich auf ganz anderen Pfaden als die Gefährten bewegt hatte und vor allem in kurzer Zeit eine sehr viel größere Strecke zurücklegen konnte.

Aber keine Spur.

»Dann haben sie euch bemerkt und werden irgendwo auf uns warten«, sagte Tuagh. »Da sie uns bisher weder eingeholt noch angegriffen haben, wollen sie uns nicht töten, sondern ...«

»... uns das, was wir auf unserer Reise zu finden hoffen, abnehmen«, vollendete Fionn und wurde blass. »Du denkst, sie sind von demjenigen geschickt, der die kopierten Seiten hat? Von ... von Magister Brychans Mörder?«

»Das halte ich für sehr wahrscheinlich. Er will herausfinden, was wir vorhaben. Aber mach dir keine Gedanken, Fionn, in Clahadus verlieren sie uns.«

Fionn machte sich aber Gedanken. Und in dieser Nacht schlief er ganz und gar nicht gut.

KAPITEL 15

DER VERLUST

Die Tage vergingen in Sithbaile wie alle anderen. Langsam und gemächlich schlich sich der Frühling herein, die Nächte wurden sichtlich kürzer, die Sonne schien wärmer und häufiger. Die Einwohner der Stadt wie auch die Reisenden gingen ihren gewohnten Tätigkeiten nach. Der Palast lag in strahlendem Weiß wie nur je. Kaum jemand achtete darauf, dass sich nicht wie sonst Leute auf den großen Portaltreppen bewegten. Stattdessen lag der Eingang still und erhaben da, die Krone des Schlosses auf den Schultern. Alle Eingänge, die sonst offen waren, waren verschlossen, doch die Portaltore waren so schön gearbeitet aus Holz und Silber, dass das eher wie eine Bereicherung wirkte. Wachen standen neben den Portalen und reihten sich auch an den Wänden auf. Große Elben in schimmernder Rüstung, mit Flügelhelmen und blitzenden Hellebarden, gerüstet mit Schwert und Axt.

Ein imposanter Anblick, über den Reisende später gern berichten würden. Da die Ardbéana so gut wie nie Gäste empfing, machte sich kaum jemand Gedanken darüber, weshalb der Palast auf einmal unzugänglich war und derart schwer bewacht wurde.

An den Verlust der Bogins hatte man sich inzwischen gewöhnt, auch daran, dass in den Straßen der Stadt häufig Patrouillen unterwegs waren. Niemand sprach mehr über die Vorfälle der letzten Zeit; es schien fast, als habe man die Bogins sogar ganz vergessen. Die ehemaligen Besitzer hatten aufgehört, Beschwerden einzulegen oder nach einer Audienz zu verlangen. Irgendwie fanden sie sich ohne ihre Sklaven zurecht und schoben alle weiteren Gedanken von sich.

Überall wurde verlautbart, dass alles in bester Ordnung sei und die Ardbéana wie immer für Frieden und Sicherheit sorge. Es gab keinen Zweifel, daran zu glauben. Als hätte sich eine Decke der Zufriedenheit über alle gelegt, präsentierte die Stadt sich einladend. Trotz oder gerade wegen der Soldaten, denn sie vermittelten das Gefühl von Sicherheit und Geborgenheit. Kein Diebsgesindel oder ungehobelte Schlägertruppen wagten sich jetzt auf die Straßen. Niemand sah einen Grund, etwas zu hinterfragen. Auf den Märkten wurde unverändert gehandelt, Kinder spielten, Hühner liefen gackernd herum, Hunde jagten Katzen. Die Alten lehnten an den offenen Fenstern und beobachteten das Treiben auf den Straßen.

Bei all den vielen Reisenden in unterschiedlichen Größen und von verschiedener Art, zumeist in Mantel und Hut, Mütze oder Kapuze, fielen ein paar mehr oder weniger nicht auf, die in ganz besonderer Absicht hier waren. Die Fiandur waren derzeit in einer Herberge untergebracht, in der man nicht viele Fragen stellte. Sie lag sehr abgelegen in einer winzigen Seitenstraße, weitab allen Geschehens. Hauptmann Tiarnans Elbenwachen hatten sie bereits zweimal durchsucht, ein drittes Mal würden sie nicht mehr vorbeikommen. Ein paar Strauchdiebe, Söldner, arme Schlucker; es lohnte nicht, den weiten Weg noch einmal auf sich zu nehmen. Es gab so viele Gasthäuser zu durchsuchen, und dieses hier zählte gewiss zu den schäbigsten. Außerdem war die Herberge dafür bekannt, Tagediebe und zwielichtige Gestalten aufzunehmen – also würde sich doch wohl kaum ein unbeholfener Bogin hierher verirren.

Der Wirt ärgerte sich über die Kontrollen und Bevormundungen und war nicht sonderlich gut auf den Palast, insbesondere die Elben, zu sprechen. Deshalb nahm er gern die reichliche Bezahlung von zwei Goldaugen entgegen, um die acht Reisenden als Gäste aufzunehmen, von denen einer ein Zwerg war und ein anderer ein Bogin hätte sein können, wenn man denn genau hingeschaut hätte. Der Wirt sah jedoch weg und dachte gar nicht daran, Meldung zu machen. Zum einen, weil er eben nicht gut zu sprechen war auf die Palastwachen, und zum anderen hätte es seinem Ruf geschadet und wäre ganz sicher seiner Gesundheit nicht gut bekommen. Seine Herberge mochte einen schäbigen Eindruck machen, aber das täuschte. Der Herr Wirt verfügte aufgrund seiner Diskretion und die abgeschiedene Lage seines Etablissements über ein beträchtliches Schatzkästlein, das ein begehrliches Leuchten sogar in Drachenaugen ausgelöst hätte. Damit gedachte er in wenigen Jahren seinen Lebensabend geruhsam zu begehen, weit weg auf dem Land, in seiner »bescheidenen Hütte«, wie er sie bezeichnete.

Also waren sie zunächst sicher – Tiw, Vàkur der Falke, Draca der Drache, Cyneweard der Königswächter, Hrothgar der Ruhmreiche Speer, Rafnag der Rabe, Randur Felsdonner und Ingbar der Zweifler. Dagrim Kupferfeuer war in Uskafeld geblieben. Sie standen über schnelle Botenvögel in Kontakt und erfuhren so, was sich am jeweils anderen Ort tat.

Abends trafen sie sich in einem Hinterzimmer der Gaststube, hinter der Theke gelegen, von wo aus sie gut erkennen konnten, wer von draußen hereinkam, aber selbst nicht gesehen wurden. Es gab einen zweiten Ausgang, durch den man notfalls schnell verschwinden konnte – und außerdem eine Bodenklappe in die Gewölbe, wo Fässer von Bier und Wein lagerten, es aber auch einen geheimen Schmugglergang gab.

»Das gefällt mir alles ganz und gar nicht«, eröffnete Hrothgar die Runde. Er hatte ausnahmsweise seine Rüstung abgelegt, um sich so unauffällig wie möglich in der Stadt bewegen zu können. Noch bestand zwar keine unmittelbare Gefahr, weil niemand Kenntnis von der Fiandur und ihren Mitgliedern hatte, aber das lag vor allem daran, dass sie so wenige Risiken wie möglich eingingen. »Als ob eine Glocke über alle gestülpt wurde. Habt ihr euch die Leute mal angesehen?«

Randur nickte. »Vor allem die Einwohner. Sie laufen alle mit einem merkwürdigen schläfrigen Blick herum und lächeln zu viel. Alle scheinen völlig im Einklang mit sich und der Welt zu sein. Ich habe keinen einzigen Streit, kein lautes Wort gehört, geschweige denn, dass auf dem Markt gefeilscht worden wäre; die Händler versuchen kaum, die Kundschaft übers Ohr zu hauen.«

»Ein glücklicher Ort«, brummte Rafnag. »Keine Zwietracht, niemand, der sich beklagt, niemand, der über irgendetwas schimpft, und sei es das Wetter.«

»Das Wetter ist derzeit sehr schön«, meinte Draca.

»Es gibt *immer* jemanden, der sich beschwert, weil ihm zu kalt, zu warm, zu trocken, zu nass ist. Aber davon ist überhaupt nichts zu hören! Und nachts ist es am Schlimmsten.«

Dazu nickten die anderen, diese Erfahrung hatten sie auch gemacht. Nach ihrer Ankunft hatten sie geglaubt, die Àrdbéana habe ein Ausgehverbot verfügt, doch dem war gar nicht so. Die Straßen waren scheinbar

»einfach so« nach Ridireans letztem Hornstoß still und verlassen. Nur Katzen und verwilderte Hunde stromerten noch herum.

»Sprechen wir es doch offen aus«, sagte Tiw. »Ganz Sìthbaile unterliegt einer magischen Beeinflussung, die sich kurz nach meiner … Abreise ereignet haben muss.«

»Es gibt schon einige, die nicht davon betroffen sind«, berichtigte Randur. »Die Zwerge, die hier leben, sind genauso wie ich weitgehend immun gegen derartige Beeinflussungen. Die Kleinen Völker betrifft es auch nicht, und von denjenigen Händlern und Reisenden, die sich erst seit Kurzem hier aufhalten, hat ebenfalls keiner einen glasigen Blick. Denen begegnet man auch ab und zu nachts auf der Straße. Es ist ja nicht verboten. Aber es fühlt sich natürlich keiner wohl, so allein durch verwaiste Gassen einer großen Stadt zu gehen. Außerdem halten die Patrouillen einen an und fragen, woher man kommt, wohin man geht …«

Tiw legte die Stirn in Falten. »Es dauert also eine Weile, bis die Wirkung einsetzt. Gut für uns, denn wir sind jetzt gewappnet. Ich denke, wir brauchen uns keine Gedanken darüber zu machen, dass wir der Beeinflussung unterworfen werden, und konzentrieren uns voll und ganz auf unseren Plan.«

»Und sollte es doch passieren, habe ich in jedem Fall ein Auge auf euch«, versprach Randur.

Ingbar sah Tiw an. »Wie gehen wir also weiter vor? Was tun wir jetzt?«

»Wir halten an unserem Auftrag fest, die Bogins zu befreien«, antwortete Fionns Bruder. »Ich sehe schwarz in der Hinsicht, den Mörder zu entlarven. Der hat sich bereits gut verschanzt und versteckt und alles abgesichert.«

Ingbar zog eine skeptische Miene. »Hast du dir den Palast mal angesehen? Da kommen wir auf normalem Wege nicht mehr rein.«

»Wir müssen eben eine andere Möglichkeit finden, hineinzugelangen. Und ich weiß auch schon, wer uns dabei helfen kann.« Tiw sah sie der Reihe nach an. »Wir gehen jetzt zu Meister Ian Wispermund.«

»Dessen Haus wird überwacht«, wandte Ingbar ein.

»Ja, aber lediglich an der Straße. Ich weiß von einem Zugang, der ausschließlich den Bogins bekannt ist. Ich glaube, nicht einmal Meister Ian hat ihn je gefunden.«

»Und falls er auch glasige Augen hat?«

»Der? Wenn, dann nur vom Brandy. Vertrau mir, Ingbar. Meister Ian gehört zur Fiandur, er wird die Gefahr rechtzeitig erkannt haben und weiß sich zu schützen, so wie wir. Das haben wir alle gelernt und es war Bestandteil der Prüfungen zum Beitritt der Fiandur.«

Tiw beschrieb allen, wo sie sich treffen sollten, und anschließend machten sie sich getrennt auf den Weg. Bei Einbruch der Dämmerung, wenn das Licht diffus wurde und das dichteste Gedränge in der Stadt herrschte, weil alle nach Hause strömten, sollte es auch für einen Bogin gut möglich sein, sich unerkannt zu bewegen. Außerdem beherrschte Tiw die Gabe, sich »unsichtbar« zu machen, schon lange. Das hatte er als erstes von seiner Mutter gelernt, die ihn aber eindringlich ermahnt hatte, niemals mit jemandem darüber zu sprechen. Und er hatte es für sich behalten. Bis heute hatte keiner der Fiandur von dieser Fähigkeit erfahren. Selbst die Gemeinschaft brauchte nicht alles zu wissen. Nicht einmal Tuagh wusste Bescheid, aber inzwischen durfte er eine Ahnung haben, nach dem, was bei der Begegnung in dem Menschendorf passiert war. Der Wanderkrieger hatte erzählt, dass die Wolfshunde der Elben Fionn nicht wittern konnten. Fionn hatte seine Gabe also unbewusst erfolgreich angewandt ... gut. Kein Zweifel, wessen Sohn und Bruder er war.

In Mantel und Kapuze huschte Tiw aus der Herberge und mischte sich mitten unter die Menge. Die meisten hatten es eilig, denn sie wollten nach Hause. Die Marktleute räumten ihre Stände und wimmelten letzte Kunden ab, die noch schnell etwas aussuchen wollten. Die Geschäfte schlossen, die Straßenhandwerker packten ihr Zeug zusammen. In alle Richtungen strebten die Leute ihren Behausungen zu. Es war kaum ein Einzelner in der stetig dahinfließenden Menge auszumachen. An den großen Kreuzungen kam es zu den üblichen Staus mit Karren und Fuhrwerken und Reitern. Doch anders als sonst waren keine lauten Flüche zu hören, niemand fuchtelte mit dem Arm oder bedrohte einen anderen. Es ging alles überaus gesittet zu, jeder war ausgesucht höflich zum anderen und bat ihn in aller Freundlichkeit, den Weg freizumachen. Was nicht viel half, weil dennoch alles hoffnungslos verkeilt war; und trotzdem verlor keiner die Ruhe.

Tiw verharrte für eine Weile und betrachtete das Schauspiel einigermaßen irritiert. Die Lage war offenbar ernster, als er und seine Mitstreiter zuerst angenommen hatten.

»Ist das angenehm«, sagte jemand, der an ihm vorüberkam, zu seinem Begleiter. »So eine freundliche Stadt, hier fühle ich mich wohl. Ich werde gern noch eine Weile bleiben.«

Ja, das wäre schön: eine Welt, in der alle nur noch nett zueinander sind. Tiw schüttelte heftig den Kopf und trommelte sich gegen die Stirn. Fing es bei ihm etwa auch schon an? Er durfte sich nicht beeinflussen lassen! Allmählich verstand er, was passiert war. Genau das, wovon die meisten träumten: eine friedliche Welt ohne Angst. Darauf fiel jeder herein! Und ließ sich gern hineinfallen in die süße Verlockung, das wunderbare Versprechen ...

... das eine Lüge war!

Aber ... muss es denn eine Lüge sein? Wieso sollte es nicht möglich werden? Waren die Bogins nicht von genau solcher Art, sanft und friedlich, nur selten einmal ein scharfes Wort, ein kleiner Streit?

Aufhören! Das muss aufhören! Tiw keuchte. Erneut schlug er sich gegen die Schläfe und stolperte weiter. Taumelte, kämpfte und rang mit sich. Glücksgefühle überschwemmten sein Inneres, füllten Lücken aus, die er längst vergessen hatte.

»Aus dem Weg!«, herrschte ihn eine strenge Stimme an, und Tiw fuhr zusammen.

Das war sein Glück. Aus dem inneren Kampf herausgerissen, konzentrierte er sich auf die Wirklichkeit und fand aus der trügerischen Falle heraus. Er hob den Kopf und sah einen Elb in Rüstung auf einem Pferd, der sich seinen Weg durch die Menge bahnte. Er hatte die kleine Gestalt im Kapuzenmantel bereits erspäht und kam auf Tiw zu.

»Du! Wieso bist du allein unterwegs? Zeig mir dein Gesicht!«

Tiw gab sich verängstigt, steckte den Kopf noch mehr ein. Was ihm nicht schwerfiel, denn der Schrecken war ihm in alle Glieder gefahren. Er konnte nicht mehr ausweichen. Und das nur, weil er sich hatte ablenken, *beeinflussen* lassen. Ein törichter Anfängerfehler, der ihn nun womöglich das Leben kostete! Wofür waren denn all die Übungen und Lehren gut gewesen, wenn er ausgerechnet in diesem wichtigsten aller Momente versagte? Innerlich fluchte er. Immerhin, dass er das tat, bedeutete wohl, er hatte keine glasigen Augen mehr. Leider aber hatte der Elb auch keine. Er gehörte also zur *anderen* Seite.

Der Elb konnte ihn durchschauen, *spüren*, was unter der Kapuze steckte. Drohend kam er auf dem Pferd näher und zog langsam das Schwert. Unwillkürlich gingen alle Vorübereilenden auf Abstand, sodass eine breite Gasse zwischen Tiw und dem herannahenden Reiter entstand, der nun freie Bahn hatte.

Tiws Verstand arbeitete fieberhaft und durchlief alle Möglichkeiten, die ihm blieben.

Er konnte fliehen, flink in eine Gasse hinein, und wäre im Nu im labyrinthischen Geflecht verschwunden. So schnell konnte kein Pferd sein, bei all den Winkeln, Kurven und Ecken, und in der Enge.

Er konnte versuchen, sich bei einer Frau, die ein Kind bei sich führte, zu verstecken und sie um Hilfe anflehen. Das würde für Ablenkung sorgen, in deren Verlauf er fliehen konnte.

Nein, das gefiel ihm beides nicht. Es blieb ihm im Grunde nur eine Wahl. Die Leute um ihn herum würden sich nicht weiter um diese Szene kümmern, denn sie hatten alle glasige Augen oder sie waren zu sehr auf sich selbst konzentriert. Also musste Tiw alles auf eine Karte setzen und seine Gabe anwenden, mit höchster Konzentration und seinem ganzen Willen.

Ob das funktionierte? Immerhin war er schon erkannt worden. Auf diese Weise hatte er es noch nie versucht.

Ich bin klein. Noch kleiner. Nicht mehr als eine Maus. Unbedeutend. Man übersieht mich. Ich bin nicht da.

Langsam hob Tiw den Kopf. Er richtete den Blick nicht direkt auf den Elb, um ihn nicht erneut aufmerksam zu machen, doch er beobachtete ihn aus dem Augenwinkel. Es waren nur noch wenige Schritte für das Pferd, bevor es den Bogin umrannte. Der Elb hielt das Schwert in der linken Hand auf Tiw gerichtet, doch er wiederholte seine Aufforderung nicht, und seine grimmige Miene löste sich allmählich.

Tiw gestattete sich keinen euphorischen Gedanken, er blieb höchst konzentriert und stand völlig starr, ohne auch nur mit einem Muskel zu zucken.

Er spürte den warmen, dampfenden Atem aus den Nüstern des Pferdes, als es dicht vor ihm verhielt. Das Tier war ihm unheimlich, doch er ließ sich auch davon nicht ablenken. Es ging um den alles entscheidenden Moment über sein Leben.

Niemand ... nichts ... Leere ...

Tiw dachte sich weg.

Und *war* weg.

Der Elb ließ auf einmal das Schwert sinken und blinzelte. Sah sich suchend um. Er war so verwirrt, dass er völlig vergaß, die typische ausdruckslose Miene beizubehalten, um nur ja keine Gefühle preiszugeben. Seine Ratlosigkeit war ihm deutlich anzusehen. Was hatte er doch gleich gewollt? Warum hatte er das Schwert gezogen? Der Unsterbliche betrachtete es, als würde er es zum ersten Mal sehen, und steckte es wieder ein.

Tiw wagte einen Schritt nach rechts und stand damit an der linken Seite des Pferdes. Das Schwert war nun keine Bedrohung mehr für ihn, aber das große, mehr als zehnmal schwerere, muskulöse Tier mit den harten, eisenbeschlagenen Hufen. Da der Elb die Zügel in der rechten Hand hielt, lenkte er seinen Hengst, um die Schwerthand freizuhaben, höchstwahrscheinlich zur rechten Seite weiter. Tiw konnte natürlich falsch liegen mit seiner Vermutung, aber er musste sich entscheiden.

Und er hatte Glück. Das gehörte eben auch dazu. Der Kopf des Pferdes schwenkte nach rechts, es trat an, und gleich darauf scheuchte der Elb wieder die Leute aus dem Weg.

Tiw rang nach Luft wie ein Ertrinkender. Nun, nachdem er sich entspannen durfte, brach ihm der Schweiß aus, und ihm zitterten die Knie. Diese Vorstellung hatte ihn eine Menge Kraft gekostet, und er sollte sich eigentlich zuerst erholen. Aber er musste sich beeilen, sonst machten sich die anderen Sorgen. Immerhin war er jetzt wieder ganz bei sich.

Hastig setzte er seinen Weg fort. Ihm kam zugute, dass er sich in den vergangenen Tagen genau in der Stadt umgesehen und sich die Wege eingeprägt hatte. So nahm er einige Abkürzungen und mied fortan vor allem die großen Straßen.

Kurz vor Einbruch der Nacht erreichte er die Rückseite des Anwesens von Meister Ian Wispermund. An dieser Stelle grenzten die Mauern einiger Grundstücke aneinander, und es war alles wild überwuchert und bewachsen – Büsche, Bäume, Misteln, Efeu, Flechtranken, Hecken-rosen … niemand käme auf die Idee, dass es hier kleine, geheime Pfade gab. Tiw wusste davon, weil er sich mit den Kindern auf Fionns Geburts-tag unterhalten hatte. Die Kleinen schlichen sich ab und zu heimlich davon, um sich mit anderen Boginkindern zu treffen und in deren Gär-ten zu spielen, ganz hinten in den verwilderten Bereichen an der Mauer, wo sie niemand sah. Sicher kannte auch Fionn diesen Geheimweg, denn das setzte sich von Generation zu Generation fort.

Er musste eine Weile suchen, bis er den Eingang zu einem Pfad fand. Hier waren wirklich immer nur Kinder unterwegs, so schmal waren die Spuren und doch regelmäßig ausgetreten. Im Dickicht war es ziemlich dunkel. Die Öllampen an den Straßen waren bereits entzündet, jedoch ein gutes Stück entfernt. Aber Tiw genügte der Hauch von Licht, der noch vorhanden war, und er bewegte sich gebückt und lautlos Richtung Mauer. Hoffentlich musste er den Eingang nicht lange suchen …

Schlagartig verharrte Tiw und lauschte. Da war jemand. Schlich sich an, auf ungeübte Weise, mit viel zu viel Lärm. Kein Schritt, den er kannte. Für einen Zwerg viel zu kurz, aber keinesfalls ein Kind. Ein Bogin konnte es nicht sein, die waren schließlich alle im Verlies; also ein anderer Angehöriger der Kleinen Völker. Und da sah er auch schon einen Schemen, dunkler als das Dickicht, der sich der Mauer näherte, nur wenige Schritte von ihm entfernt.

Tiw verschlug es fast den Atem von dem Gestank, der von dem Schleicher ausging. Als käme er direkt aus der Jauchegrube. Was für ein Wesen mochte das sein? Und welche Absichten gegen den Gelehrten hegte es?

Das Wesen schickte sich an, die Mauer zu erklimmen – und da ent-deckte Tiw den schmalen Durchschlupf. Bequem zu erreichen auch für erwachsene Bogins. Woher kannte der Schleicher diese Stelle?

Er stürmte vor, hielt den Atem an, um nicht von dem Gestank über-wältigt zu werden, und griff zu.

Ein erstickter Laut, der Schleicher verlor den Halt, stürzte und riss Tiw mit sich zu Boden. Tiw, darin geübt, war sofort obenauf, presste den Schleicher nach unten und sah im matten Licht …

»Hol mich doch der Schnitter!«, rief er. »*Cady!*«

Sie blinzelte verstört zu ihm hoch. »Tiw?«

»Eben derselbe. Du stinkst wie zehn Oger im Schwefelbad.«

»Wenn du bitte von mir runtersteigen würdest …«

»Oh, Verzeihung, ich war so hingerissen …« Tiw gab sie frei, und kurz darauf stand sie vor ihm und klopfte sich ab.

»Er hat gesagt, wir müssten nicht durch den Kanal, und dabei … hat er mich mitten reingeführt. Aber das war nicht das Schlimmste. Da unten gibt's Ratten, so groß wie Säuglinge … und scheußliche Aale mit Flossenbeinen …«

»Wer … *er?* Wovon, bei Ramiras Hühneraugen, redest du da?«

Tiw war sofort alarmiert, als Cadys Augen sich weiteten.

»Tiw … rühr dich nicht … da … da kommen sie …«

Rings um sie traten lautlos wuchtige Schatten aus den Büschen und kamen näher. Während sie noch schauten, hastete eine weitere Gestalt hinzu und reihte sich unter die anderen. Cadys Finger krallten sich in Tiws Arm.

»Lass uns verschwinden, schnell! Wir sind kleiner, wir schlüpfen schneller durchs Gebüsch …«

»Ja, und sie brauchen nur bequem deiner Duftspur zu folgen«, erwiderte Tiw und grinste breit. Er drückte ihre Hand. »Schon gut, Cady, die gehören zu mir.«

»W-was?«

»Sagt es ihr, Jungs.«

»Guten Abend, Cady«, sagte Vàkur, den sie im Gegensatz zu Tiw lediglich als Schatten erkennen konnte. »Fionn hat uns viel von dir erzählt.«

»*Was?*«, schrie die junge Frau jetzt auf, und Tiw legte ihr hastig die Hand auf den Mund.

»Nicht so laut!«, zischte er. »Oder willst du sämtliche Soldaten zu unserem trauten Treffen einladen?«

Sie bewegte langsam verneinend den Kopf, und er ließ die Hand sinken.

»Aber-aber wie … was … wer … und Fionn … Wo ist er?«, stotterte sie, völlig überrumpelt.

»Alle deine Fragen werden beantwortet«, sagte Tiw. »Jetzt lass uns endlich zu Meister Ian gehen.«

Sie war immer noch fassungslos. »Woher kennst du diesen geheimen Eingang?«

»Kinder, Cady. Wie du eines warst. Sie haben es mir erzählt.«

»Halten wir uns nicht auf«, mahnte Vàkur. Cady nickte und schlüpfte als erste in den schmalen Durchgang, und die anderen folgten nach. Abgesehen von Tiw boten die kampferprobten Helden ein ziemlich jämmerliches Bild, als sie sich durch den Schlupf quetschen mussten, doch sie schafften es mit Ächzen und Stöhnen und einigen Flüchen.

Meister Ian Wispermund zeigte sich nicht im mindesten überrascht, als die Gruppe wie eine Schar hungriger Vögel an das Fenster seines Studierzimmers klopfte und um Einlass bat. »Ich habe mich schon gefragt, wann ihr endlich eintrefft«, sagte der alte Gelehrte und öffnete ihnen die Terrassentür. Er rümpfte augenblicklich die Nase. »Und was habt ihr da alles mitgebracht?«

»Verzeihung, das bin ich«, gestand Cady und drückte sich als Letzte herein.

Meister Ian starrte sie an wie den Geist des vergangenen Sommers. »Cady!«, rief er. »Das ist ja unglaublich!«

»Ja, Meister, und ich werde alles erzählen ... aber darf ich bitte zuerst ein Bad nehmen?«, flehte sie.

Der Gelehrte lachte und hielt sich die Nase zu. »Gewiss. Das hast du bitter nötig, Mädchen. Und hol dir etwas zum Anziehen aus dem Schrank von Fionns Mutter.«

»Danke.« Sie sah sich um. »Hier fehlen dringend einige Hände, um Ordnung zu schaffen«, stellte sie kritisch fest und verschwand.

Als Cady zurückkam, hatten die anderen gegessen, und auch auf sie warteten Tee, eine heiße Suppe und ein Teller voller herzhafter Leckereien.

»Einen Braten konnte ich in der Eile leider nicht machen«, entschuldigte sich der alte Gelehrte. »Mangels Vorhandensein eines Bratens, und zubereiten könnte ich ihn übrigens auch nicht.«

Die junge Boginfrau brach in Tränen aus, und er nahm sie in die Arme und drückte sie liebevoll an sich.

»Ich kann es nicht glauben«, schluchzte sie erstickt in seinen Mantel. »Ich bin hier ...«

»Das kann niemand glauben«, meinte der Meister. »Unvorstellbar, dass du das geschafft hast. Welch eine großartige Leistung! Jetzt setz dich und iss etwas, inzwischen werden sich dir die übrigen Anwesenden vorstellen, und du sollst alles erfahren.«

Sie stürzte sich auf das Essen und schlang gierig die ersten Bissen in sich hinein, ohne sich darum zu kümmern, ob das Boginsitte war oder nicht. »Fionn«, nuschelte sie mit vollem Mund. »Dasch musch isch alsch erschtesch erfahren ...«

»Das sollst du auch«, versprach der Gelehrte und sah Tiw streng an. »Und zwar *alles*, von Anfang an.«

Stunden später hatten Tiw, Meister Ian und Cady jeweils ihre Geschichte erzählt, wobei Cadys Geschichte die kürzeste war. Sie berichtete von den Geschehnissen im Verlies, streifte ihre Flucht aber nur kurz.

Es hatte dazwischen immer wieder Pausen gegeben, in denen die Zuhörer das Gehörte verarbeiten und den Schrecken überwinden mussten. Cady war nicht sicher, ob sie das alles auf einmal tatsächlich begriffen hatte. Tiw als Fionns Bruder, Fionn unterwegs auf der Suche nach einem Buch, die Fiandur, das Böse namens Dubh Sùil ... das stürzte alles wie aus einer fernen Welt auf sie ein. Eine Welt, in die sie kurzerhand hineingeworfen worden war und die sie für den Moment überforderte. Sie musste erst in Ruhe alles zusammensetzen.

Den anderen machten vor allem die neuesten Entwicklungen in Sìthbaile zu schaffen. Der Gelehrte stimmte Tiws Vermutungen zu, dass die Lage unglaublich ernst war.

»Ist es möglich, dass Dubh Sùil schon hier ist?«, äußerte Hrothgar eine Frage, die alle ängstigte. Die Antwort allerdings nicht weniger.

»Er war vielleicht die ganze Zeit hier.« Meister Ian zog an seiner Pfeife und blies den Rauch aus.

Es gab zum Abschluss Wein und Nüsse, ein wenig Käse und Brot.

Aber so richtig schmeckte es keinem, auch den Bogins nicht. Cadys zusammengeschnurrter Magen konnte zudem noch nicht allzu viel auf einmal aufnehmen.

»Es hilft nichts, wir müssen uns den Gegebenheiten anpassen. Leider ist Keith schon wieder nach Landend abgereist, er hält es ja nirgends lange aus. Nachdem er meinen Bestand an Brandy geplündert hatte, sah er keinen Grund mehr zu bleiben. Glücklicherweise hat er meinen Geheimvorrat nicht entdeckt.«

Tiw schnupperte den Duft aus Meister Ians Pfeife. »Angesichts der Erkenntnisse, die wir nun zusammengeführt haben, sehe ich nur eine Möglichkeit. Wir müssen es der Àrdbéana vortragen«, sagte er.

»Der Àrdbéana?« Cady, die nach ihrem Bericht die meiste Zeit still dabei gesessen und über alles nachgedacht hatte, lachte trocken. »Sie weiß doch nicht einmal, was innerhalb der Palastmauern vor sich geht. Wenn du wüsstest, was ich gesehen habe ...«

Unvermittelt begann sie zu weinen, und die anderen rückten ihr besorgt näher. Selbst dem Zwerg war anhand der Sorge, die er zeigte, anzusehen, dass er Zuneigung zu der jungen Frau gefasst hatte.

»Was hast du gesehen, Cady?«, fragte Tiw sachlich. Tränen brachten ihn nicht so schnell aus der Ruhe.

»Es ... es gibt ein Verlies neben und unter unserem«, trug Cady stockend vor. »Melissa und ich ... wir ... haben darin ...« Für einen Moment konnte sie nicht weitersprechen, geschüttelt von einem Weinkrampf. Was sie so lange in sich eingesperrt hatte, all das Entsetzen und Grauen, brach nun hervor.

Meister Ian reichte ihr ein Taschentuch und tätschelte beruhigend ihre Schulter. »Nun, nun«, sagte er sanft. »Sprich weiter, das tut dir gut.«

»Ihr wollt das nicht hören«, schniefte sie und putzte sich die Nase. Allmählich fasste sie sich. »Und vorhin konnte ich noch nicht darüber sprechen. Aber nachdem ich nun mehr weiß, müsst ihr es erfahren.«

»Hab keine Angst.« Vàkur legte ihr eine Hand aufs Knie. »Die Worte können dir nichts antun.«

»Aber euch vielleicht. Was wir gesehen haben ... was *ich* gesehen habe ...« Noch einmal zögerte sie, nahm ihre Kraft zusammen.

»Es ... es waren die Überreste von Bogins«, flüsterte Cady mit gebrochener Stimme.

Geschockt hielten ihre Zuhörer den Atem an.

»Ich erkannte sie an den Fetzen ihrer Kleidungen, sogar die Urrams hatte man ihnen gelassen. Und da ... da ...« Sie schüttelte den Kopf und wischte sich mit zitternder Hand die Tränen von der Wange. Draca setzte sich neben sie und nahm sie in den Arm, um sie zu stützen. Sie lehnte sich dankbar gegen ihn, ohne sich an seiner Schuppenhaut zu stören.

Die anderen drängten sie nicht, streichelten behutsam ihre Arme oder die Wange, um sie zu trösten. Nur Ingbar stand düster abseits, die Stirn in tiefe Falten gelegt.

Tiw war nun doch aus der Fassung geraten. Zu ungeheuerlich war, was Cady da vortrug. »Hast du ... jemanden erkannt? An ...«, er räusperte sich, »an seinem Urram?«

Cady nickte langsam. »Ja. Mahir, der uns verließ, als ich noch ein Kind war. Ich erkannte ihn an den Überresten seiner Lieblingsweste, die fast nur noch aus Flicken bestanden hatte, sie ist unverwechselbar.« Sie schluckte. »Und Onkelchen Fasin droht nun dasselbe Schicksal. Ich bin sicher, dass *alle* alten Bogins da unten sind, die uns jemals verlassen haben, um von der Àrdbéana in den Ruhestand geschickt zu werden.«

»Das hat sie auch getan, immer«, sprach Ingbar energisch dazwischen. »Wie ihr wisst, lebte ich einst bei Hofe, bevor ich mich der Fiandur anschloss. Ich habe diese Zeremonie und die private Audienz oft genug miterlebt. Nicht im Raum natürlich, aber alles, was davor und danach geschah. Die Àrdbéana entließ die Alten, und sie wurden aus dem Palast gebracht.« Fast, als wolle er *sich* verteidigen, betonte er: »Ich habe es doch gesehen! Die Herrin *kann* das nicht wissen!«

Cady nickte. »Das meine ich eben. Ich habe euch auch aus dem Verlies noch nicht alles berichtet. Da gibt es etwas, das ihr auch noch erfahren müsst.« Sie erzählte nun davon, wie die Bogins mal von Menschen mal von Elben zum Verhör geholt worden waren, und dass diejenigen, die von den Elben befragt wurden, verstört und stark geschwächt zurückkehrten.

Sie räusperte sich in das entstandene Schweigen hinein. Keiner wollte die ungeheuerliche Schlussfolgerung ziehen. Also lag es an ihr.

»Ich glaube«, drückte sie mit leiser, aber gefestigter Stimme aus, was wahrscheinlich alle dachten, »dass alles nur eine einzige große Lüge ist, der auch die Àrdbéana unterliegt. Unsere Alten werden von ihr vielleicht in Ehren entlassen, aber sie kommen nie dort an, wohin sie gebracht werden sollen. Stattdessen verrotten sie in dem grausigen Verlies dort unten und werden ihrer Kräfte beraubt. Jemand ... saugt sie aus.«

»Du ... du deutest damit an, die Verschwörung sitzt direkt im Palast! Und das schon seit Jahren?«, fragte Cyneweard betroffen.

Cady nickte wiederum. »Und es ist einiges im Gange. Dort unten in den Labyrinthgängen gibt es seit kurzer Zeit *Myrkalfren*.«

Betroffen starrten die anderen sie an, stürzten von einem Entsetzen ins nächste.

»D-das ist nicht dein Ernst«, stotterte Randur, und seine buschigen Augenbrauen sträubten sich. Ein Zwerg kannte normalerweise keine Angst, und erst recht nicht der stämmige rothaarige Randur, ein gestandener Kämpe, der schon Generationen von Zwergen in der Kriegskunst ausgebildet hatte. »Wir Zwerge bekommen ab und zu mit denen zu tun ... Sie sind schauerlich, schlimmer als es jeder Elb je sein könnte. Keines der Nachtvölker, nicht einmal die Ghule, sind so ... grauenerregend. Bei ihnen bekommt das Wort *Finster* eine ganz neue Bedeutung ...«

»Wie viele sind es?«, fragte Vàkur knapp.

»Bisher wohl nur einer, aber ich denke, er ist die Vorhut und keinesfalls zufällig da. Ich ...«, ein Schauer überlief sie, »ich habe ihn gesehen ... nur von Weitem, aber ich muss Randur zustimmen, mein Herz blieb fast stehen.«

Tiw holte Luft. »Wahrscheinlich ist dort auch der Sitz der finsteren Macht. Durch die Geheimgänge gelangt sie in den Palast und sät dort Unheil. Jetzt zieht sie langsam alle Kräfte zusammen, um sich auf den geeigneten Schlag vorzubereiten.«

»Dubh Sùil«, wiederholten Randur und Draca flüsternd. »Er *muss* es sein. Wer sonst, wenn nicht Schwarzauge?«

»Ich habe ja bevorzugt recht«, murmelte Meister Ian, »aber diesmal hätte ich mich sehr gern getäuscht. Auch ich sage: *Er* ist es, er ist *hier*, und wer weiß, wie lange schon. Sie sind alle hier ...«

»Und die Bogins hat er schon«, sagte Cyneweard düster. »Um aus ihnen Kraft zu schöpfen. Die Myrkalfren werden seine künftige Streitmacht bilden ... und wahrscheinlich gehört auch Hauptmann Tiarnan mit seinen Leuten bereits dazu, aus eigenem Entschluss oder gezwungenermaßen. Bestimmt nimmt der Rest der Gruppe längst wichtige Positionen im Palast ein.«

Meister Ian Wispermund nickte. »Ich stimme dem zu. Die Finsteren … Dubh Sùil … bereiten einen Putsch vor, der schon bald stattfinden soll.«

»Dann ändern sich erneut unsere Pläne. Wir müssen *sofort* in den Palast und die Àrdbéana *befreien*«, erklärte Tiw entschlossen. »Ihr Krankenlager wird eine Folge der Übernahme sein, und sie kann sich nicht mehr zur Wehr setzen. Wer weiß, was ihr bereits angetan wird! Ohne sie wird es uns niemals gelingen, unser Volk rauszuhauen. Geschweige denn, einen Krieg zu verhindern.«

»Sie wird nicht minder gut bewacht sein als das Verlies unten«, wandte Rafnag ein. »Der Feind wird sie für seine Zwecke benutzen – und vor allem *gegen* die Völker.«

»Ich fürchte mich nicht vor dem Labyrinth«, erklärte Randur Felsdonner mit dröhnender Stimme.

»Ich auch nicht«, sagte Hrothgar.

Rafnag der Rabe schüttelte den Kopf. »Wir müssen einen besseren Weg finden, um in den Palast zu kommen«, sagte er. »Und eine Möglichkeit, wie wir ohne Umwege zur Àrdbéana gelangen. Es muss alles schnell gehen, vor allem die anschließende Flucht.«

»Und sobald sie draußen ist und in Sicherheit, werden wir Alskár informieren«, schloss Tiw und nickte heftig. »Das ist jetzt unsere Aufgabe. Wir bereiten damit auch den Weg für unsere Freunde, bis sie mit dem Buch zurückkehren.«

»Woher willst du wissen, dass sie zurückkehren werden?«, erklang Ingbars mahnende Stimme, und niemand war darüber erstaunt. »Was macht dich so sicher, dass Schwarzauge nicht längst Kenntnis von Fionns Suche hat? Ich sage euch, wir sollten den Palast meiden und vielmehr einen geheimen Widerstand in der Stadt aufbauen.«

Alle lehnten einstimmig ab. »Das kommt gar nicht in Frage!« Draca klang entrüstet und drückte Cady fest an sich. »Cady hat sich als die Mutigste und Beste von uns erwiesen. Ohne sie wüssten wir nichts und würden die Zeit bis zu unserem Untergang vertrödeln. Keinesfalls soll Cady all das umsonst auf sich genommen haben! Wir müssen diese Bestrebungen zerschlagen, noch bevor sie zur Reife gelangen! Mit jedem Tag wird Dubh Sùil mächtiger. Also gehen wir hinein und holen die Ardbéana raus!«

»Und was wird aus unserem Volk?«, fragte Cady leise. »Dubh Sùil wird sich an den Bogins rächen.«

Tiw schüttelte den Kopf. »Das glaube ich nicht. Er braucht sie für seine Zwecke. Leider … kann uns nicht beides gelingen, Cady. Um die Herrscherin *und* unsere Leute zu befreien, dafür bräuchten wir ein schlagkräftiges Heer, das den Palast stürmt und im Handstreich einnimmt. Aber das haben wir nicht zur Verfügung, und jeder Versuch, eines aufzustellen, würde Schwarzauge sofort alarmieren. Mal ganz abgesehen davon, dass wir ohne Heerführer überhaupt nicht in der Lage dazu sind, auch nur fünfzig Soldaten zusammenzubringen.«

»Das heißt, wir müssen Opfer bringen.«

»Wie seit tausend Jahren schon. Ja.«

Ihre Lippen zitterten, aber sie nickte stumm.

Rafnag wandte sich an Meister Ian, der mit leicht zitternder Hand seinen Wein trank. »Ian, kannst du mir vielleicht den Weg in den Palast ebnen? Oder glaubst du, es ist zu gefährlich für dich?«

»Das nicht«, erwiderte der alte Gelehrte. »Allerdings wird mein Haus nach wie vor gut bewacht, und leider sind die Türen in den Palast verschlossen worden. Ohne Kontrolle kommt man nicht hinein, und ich weiß nicht, mit welcher Begründung ich vorsprechen sollte.«

»Da gäbe es schon etwas«, meinte Tiw. »Sag, du hast Neuigkeiten von deinem Sklaven Fionn Hellhaar. Oder bringe eine Beschwerde vor. Während du die Wachen ablenkst, schlüpfen wir hinein.«

Cady war ein wenig irritiert, wie formlos Tiw mit dem Meister umging. Daran musste sie sich erst gewöhnen.

»Und ich gehe mit«, äußerte sie, bevor sie über ihre Worte so richtig nachgedacht hatte. Sie merkte im selben Moment, wie verrückt das klang. Sie, eine Kämpferin? Nachdem sie glücklich war, die Gefahr überstanden zu haben, wollte sie sich gleich in die nächste stürzen? Sie nickte bekräftigend. »Ich habe mir das Recht dazu erworben.«

»Du willst eine Fiandur sein?«, fragte Tiw argwöhnisch.

»Nein. Aber ich bin jetzt so jemand wie Meister Keith Sonnenwein: eine eingeweihte Gehilfin. Und nichts und niemand wird mich davon abbringen, meinen Teil beizutragen.«

»Sie *hat* sich das Recht verdient«, äußerte Draca, und die meisten anderen stimmten zu. Tiw und Ingbar enthielten sich der Stimme. Cady lächelte schüchtern und erfreut zugleich.

Meister Ian zog eine unglückliche Miene. »Cady, wenn dir etwas passiert, wird Fionn außer sich sein.«

»Er wird es verstehen, denn schließlich hat er sich auch auf den Weg gemacht, wohl wissend, wie es mir ergehen würde, sollte ihm etwas zustoßen. Ich werde keinesfalls tatenlos hier herumsitzen!«

»Aber wie sollen wir zwei Bogins in den Palast schmuggeln?«

»Wir könnten uns aufteilen«, überlegte Rafnag. »Ein Teil von euch, am besten Cyneweard und Hrothgar, begleitet Meister Ian, die anderen gehen mit mir. Die Nebeneingänge können nicht alle verschlossen sein, und sie werden auch nicht permanent bewacht, wenn das Gesinde ständig ein- und ausgeht. Ich denke da etwa an die Tür, die zur Unratgrube führt. Die liegt unterhalb der Portaltreppen, auf der Südseite des Hangs. Von dort aus gelangt man über die Küche überall hin. Ich habe mich bereits dahingehend schlau gemacht. Außerdem kann Ingbar uns nützliche Hinweise geben, schließlich kennt er den Palast noch besser als Ian.«

Ingbar räusperte sich. »Ich warne euch noch einmal. Es ist ein großer Fehler. Geht nicht in den Palast! Es wird euer Untergang sein. Hört doch wenigstens dieses eine Mal auf mich!«

»Du musst nicht mitgehen«, sagte Draca.

»Darum geht es nicht!« Zwischen Ingbars Brauen entstand eine steile Zornesfalte. »Ich bin dabei, stelle das nie wieder in Frage! Aber es wird schiefgehen. Der Feind wird wissen, dass wir kommen. Bisher war er uns immer einen Schritt voraus. Er wird sowohl mit Widerstand als auch einer Befreiungsaktion rechnen. Vergesst nicht, er kennt Magister Brychans Seiten aus dem Buch!«

»Was sagst du dazu, Meister?«, fragte Tiw den alten Gelehrten.

Der hob die Schultern. »Ich denke, Ingbar ist der Vernünftigste von euch, und wahrscheinlich hat er recht. Aber was sollen wir sonst tun? Jeden Tag gewinnt Dubh Sùil, der sich mit seiner Anhängerschar allem Anschein nach wie eine Spinne im Netz im Palast oder darunter eingenistet hat, mehr an Macht. Ich weiß nicht, wodurch die Bogins ihm Stärke verleihen können, aber es muss so sein. Ich will nicht hoffen, dass einige inzwischen schon ihr Leben gelassen haben. Insofern ist mir, und da kann ich Cady verstehen, nicht ganz wohl bei dem Gedanken, dass wir zwischen ihnen und der Àrdbéana wählen müssen. Aber wir sind die Fiandur. Dafür haben wir die Prüfungen bestanden. Wenn wir fallen, werden andere kommen und unser Werk vollenden, aber wir werden wenigstens den Weg bereitet haben.«

Daraufhin schwiegen alle, und Ingbar zog eine bedrückte Miene. Halb Elb, halb Mensch, lag er stets im Widerstreit mit sich selbst. Der menschliche Teil von ihm wollte vermutlich vorstürmen, während der elbische zu Sachlichkeit und Vorsicht gemahnte.

»Also, wann gehen wir?«, fragte Cady schließlich, ganz pragmatische Bogin.

»Ich werde in jedem Fall umgehend eine Botschaft an Alskár schicken«, erklärte Meister Ian. »Er wird kommen, doch leider ist es eine weite Reise. Wenn wir die Zeit hätten, würde ich vorschlagen, auf ihn zu warten, denn er kann die Tore zum Palast für uns öffnen. Aber ich stimme Tiw zu, dass die Àrdbéana so rasch wie möglich in Sicherheit gebracht werden muss, damit der Feind sie nicht als Geisel gegen den Hochkönig verwendet. Wenn Alskár als Oberhaupt der Fiandur an die Öffentlichkeit tritt, darf der Feind keinen Trumpf gegen ihn in der Hand haben. Und wir brauchen Beweise, bevor wir Beschuldigungen wegen einer Verschwörung aussprechen.«

»Dann lasst uns mal im Detail planen, wie wir aus dem Palast rauskommen wollen«, schlug Tiw vor. »Cady, wer hat dir eigentlich aus dem Labyrinth rausgeholfen? Du hast ihn zwar erwähnt, aber nichts weiter über ihn erzählt.«

»Das war ein Covkobe«, antwortete sie. »Er nennt sich Godas.«

»Godas? Den kenne ich«, sagte der alte Gelehrte. »So gut wie jeder, der mit dem Palast vertraut ist, kennt ihn. Er kommt aus irgendwelchen Löchern hervorgekrochen und versucht, einem billigen Tand anzudrehen. Meistens kaufen wir etwas aus Mitleid, denn er ist eine arme Kreatur.«

»Dann haben wir es doch«, stellte Rafnag fest. »Der Covkobe kennt alle Kanäle und Gänge unterhalb des Palastes. Wir gehen oben rein, und er wird uns unten rausführen.«

»Oh nein«, stöhnte Cady.

»Es geht nicht immer nur durch Schlamm und Schmutz«, beruhigte Meister Ian sie schmunzelnd. »Da gibt es Katakomben, in denen Vorräte lagern, Wasserspeicher, Durchgänge für Dienstboten … Es existiert ein weiteres Labyrinth über dem Verlies. Das verfügt über viele Ausgänge, auch in der Nähe der Gesindetüren am Fuß der Treppe. Das wäre der sicherste Weg, und nicht so langwierig und gefährlich wie die unteren Gänge.«

»Aber wie sollen wir Godas finden?«, fragte Cady. »Außerdem hat er gesagt, dass wir quitt sind und er nichts weiter mit der Sache zu tun haben will.«

Meister Ian zupfte sich den langen Kinnbart. »Er wird dort irgendwo sein, das ist er meistens. Er holt sich Essensreste und stibitzt das eine oder andere, um es zu verkaufen.« Der Gelehrte schlug plötzlich die Hände zusammen. »Jetzt habe ich es! Ich werde euch führen, denn ich kenne eine Palastköchin, mit der ich schon das eine oder andere Schwätzchen gehalten habe. Seht es mir nach, dass mir das nicht eher eingefallen ist. Ich bin alt, mein Verstand nicht mehr der schnellste. Ingbar, du wirst dann mit Rafnag reingehen und die Àrdbéana holen, während die anderen euch Deckung geben.«

»Also gut«, gab der Zweifler sich einen Ruck. »Aber müssen denn wirklich alle mit? Die Bogins brauchen wir nicht, auch keinen Zwerg. Es sollte eine heimliche Aktion mit wenigen Leuten sein.«

»Das leuchtet ein«, gab Vàkur zu. »Rafnag, Ingbar, Cyneweard und Hrothgar sollten mit Ian gehen, und zwar gleich morgen in aller Frühe, wenn jeder im Palast mit dem Morgenmahl oder der Reinigung beschäftigt ist. Wir anderen tüfteln derweil an einem Fluchtweg aus der Stadt. Wir sollten die Àrdbéana unverzüglich nach Uskafeld zu Dagrim bringen. Alskárs Leute können sie dort abholen und ins Nordreich begleiten.«

Meister Ian fuhr fort: »Während ihr die Àrdbéana holt, mache ich Godas ausfindig. Cady, erinnerst du dich an den Ausstieg, der dich zu mir führte?«

»Ja.«

»Geht dorthinunter, Godas wird zusammen mit den anderen zu euch stoßen und euch alle zu einem sicheren Ausgang bringen, von wo aus ihr aus der Stadt entkommt.«

»Aber das führt doch ...«

»Du bist aus dem Verlies gekommen, Cady, aber es gibt noch einen anderen Verbindungsweg oberhalb davon. Ich weiß es, denn Godas ist auch schon hier bei mir gewesen, und da hatte er keineswegs ein so eindrucksvolles Rüchlein an sich wie du.«

Die Mienen hellten sich der Reihe nach auf, zustimmendes Nicken setzte ein. »Das klingt endlich mal nach einem Plan«, murmelte Tiw. »Sollte Godas nicht da sein, werden wir eben improvisieren.«

»Stimmt, und das geht einfach«, dröhnte Randur. »Reingehen, Herrscherin schnappen, abhauen. Sich nicht erwischen lassen.«

»Also schön, ich gehe jetzt schlafen.« Meister Ian stand auf, streckte seinen hageren Körper und gähnte. »Mein großes Haus ist leer, jeder von euch sollte ein Bett finden.«

Cady weinte heiße Tränen ins Kissen, bevor die Müdigkeit sie übermannte. Sie weinte um Fionn, der mit offenen Augen in den Tod ging, um die Gefangenen, die weiter im Verlies schmachten mussten, ohne auf ihre Hilfe hoffen zu können, und um sich, weil sie in Sicherheit und geborgen war und sich deswegen schämte.

Am nächsten Morgen stand Cady früh auf. Ursprünglich wollte sie im Schrank von seinem Vater stöbern, doch dann gab sie sich einen Ruck und ging in Fionns Zimmer. Wehmütig sah sie sich um, nahm alles in sich auf, was von Fionn hier zu erspüren war. Der Raum war niedrig und bogingerecht, mit hellem warmem Holz und einer freundlich hereinschauenden Sonne. Draußen rankten sich Schlingpflanzen um den Fensterrahmen, und der Blick ging in den Garten.

Sein Bett war noch so, wie er es verlassen hatte. Überall lagen Sachen herum, weil er überstürzt hatte fliehen müssen. Auf dem niedrigen kleinen Tisch lag die Große Arca. Ob er sie wohl schon gelesen hatte? Was stand darin? Cady war versucht, sie zu öffnen, doch sie verbot es sich. *Meine Zeit wird kommen*, dachte sie. *Es ist nicht mehr lange.*

Sie legte sich in Fionns Bett, kuschelte sich in seine Liegekuhle, an seine Decke, in die Grube in seinem Kissen, in der sein Kopf geruht hatte. Es fühlte sich warm an, es roch nach ihm, sie konnte ihn fast spüren. *Fionn, wo auch immer du bist, ich denke an dich. Ich hoffe, du musst nicht zu viel durchmachen. Wenn du zutiefst verzweifelt bist, dann denk an dein helles Zimmer, an das Grün draußen vor dem Fenster, und an mich. Komm zurück!*

Sie setzte sich auf, richtete ihre Haare und ging dann zu seinem halboffenen Schrank. Wenigstens etwas von Fionn wollte sie bei sich haben. Sie vergrub mit geschlossenen Augen ihre Nase in seinen gestärkten Hemden, seinen Westen, tastete über die Beinkleider. Sie wählte aus, zog sich an. Das Hemd war ein bisschen weit, passte aber ganz gut. Die Hose musste sie umkrempeln, mit einem Gürtel fest schnüren, und Hosenträger brauchte sie auch dazu. Dann die Weste und darüber eine Jacke. Nur der Urram fehlte.

Sie betrachtete sich im Spiegel und war erstaunt. Die Kleidung sah seltsam, aber gar nicht mal so schlecht an ihr aus, und sie fühlte sich wohl darin. Onkelchen Fasin würde wahrscheinlich einen Schwächeanfall erleiden, bekäme er sie so zu Gesicht. Aber sie brauchte bequeme Kleidung, und dass sie Fionn gehörte, war ihr Trost und Ansporn zugleich.

Meister Ian und die anderen waren schon außer Haus; die Zurückgebliebenen nahmen ein hastiges Frühstück ein und verließen dann durch den Geheimweg das Anwesen. Cady hatte viel auf ihrer Flucht gelernt und sich den Weg genau eingeprägt. Sie führte die Gruppe ungehindert zu dem richtigen Ausstieg. Unterwegs begegneten sie niemandem, dafür war es noch zu früh. Außerdem führten diese Gassen nur an Mauern und Hinterhöfen vorbei, in denen sich kaum jemand aufhielt. Nur wer eine schnelle Passage irgendwohin brauchte, eilte hier hindurch.

Den Ausstieg bildete ein Gitter an einer Hauswand, über eine steile Metallleiter ging es nach unten ins Gewölbe.

»Der ganze Hügel scheint mir unterhöhlt von unzähligen Gängen«, sagte Vàkur, während sie eine Weile oben warteten und sich umsahen.

»Das ist auch so. Der Palast ist sehr alt, und er wurde auf dem geschichtsträchtigen Hügel erbaut, der schon vorher genutzt worden war«, erklärte Tiw. »Jeder, der jemals hier seinen Herrschersitz aufgebaut hat, hat seinen Teil dazu beigetragen, geheime Gänge anzulegen.«

»Und die natürlichen Höhlen verzweigen sich weit«, sagte Cady. »Godas sagte mir, dass er schon seit Jahrzehnten hier unten lebt, aber immer noch nicht alles kennt.«

»Du ziehst eine Miene wie Ingbar«, bemerkte Randur spöttisch und wies auf Tiw.

Fionns Bruder nickte, ständig sah er sich um. »Ich denke immer noch über die Geschehnisse von gestern nach und über Ingbars Warnung. Und dann war da heute früh etwas bei Meister Ians Haus, das hat mich gestört. Ich komme nur nicht drauf, was.«

»Wir können den Plan aber nicht mehr ändern, die anderen ...«

»Das weiß ich. Trotzdem ... Das gefällt mir nicht.«

Cady deutete auf den Ausstieg. »Gehen wir hinunter, die anderen werden bald eintreffen, falls alles gut gegangen ist. Dann sieht uns niemand hier oben.«

»Vàkur«, sagte Tiw plötzlich, »du und Draca, ihr macht euch auf den Weg aus der Stadt. Jetzt gleich.«

»Aber ihr braucht Schutz ...«, wandte Vàkur ein.

»Wir kommen zurecht, außerdem kämpft Randur für drei, wie ihr wisst.«

»Besser, ihr geht, wenn du in Sorge bist«, schlug Draca vor.

Tiw schüttelte den Kopf. Er sah grau im Gesicht aus. »Sie *wissen* es, Freunde. Randur kommt vielleicht raus, aber Cady und ich nicht mehr. Geht jetzt, schnell! Taucht irgendwo unter und wartet auf Fionn und Tuagh und die anderen. Erzählt ihnen, was passiert ist.«

Cady starrte ihn an, als wäre er verrückt geworden. »Aber was ist denn passiert?«

»Vielleicht nichts«, sagte Tiw nervös. »Lasst uns darüber jetzt nicht debattieren. Geht!«

Die beiden Menschen zögerten, es gefiel ihnen nicht, die Gefährten im Stich zu lassen. Aber Tiw sah derart besorgt aus, dass sie seinen Ahnungen vertrauten und sich auf den Weg machten.

»Tiw ...«, fing Randur an.

»Rede nicht, hilf mir, das Gitter anzuheben.«

»Aber was ist denn nur los?«

»Mir ist jetzt eingefallen, was heute früh nicht gestimmt hat, als ich mich umgesehen habe«, antwortete Tiw. »Die Wachen waren weg.«

Cady spürte, wie ihr das Blut aus dem Gesicht wich. »Sollten wir dann nicht ...«

»Es ist zu spät, Cady. Wir können denen nicht mehr entkommen, und wenn, dann nur unter hohen Verlusten Unschuldiger. Das nehme ich nicht auf mich. Vielleicht bringen sie uns nicht gleich um. Dann finden wir auch einen Weg, um zu fliehen. Du bist einmal aus den unentrinnbaren Verliesen gekommen, also schaffen wir es ein zweites Mal.«

»Das war ein kurzes Vergnügen als Heldin«, murmelte Cady.

»Kampflos ergeben wir uns nicht«, brummte Randur und zog seine doppelschneidigen Äxte.

Sie warteten. Zwischen zwei Hornstößen der Ritteruhr tauchte schließlich Godas auf. Und hinter ihm ein riesiger Schatten, dessen grauenvolle Aura ihm weit voraus zuschlug.

»Tut mir echt leid, Cady«, sagte der Covkobe. »Aber da ist von Anfang an ordentlich was schiefgegangen …«

Das Gesinde stob erschrocken auseinander, als Hrothgar und Cyneweard die Schwerter zogen. »Lauft!«, riefen sie Rafnag und Ingbar zu, und griffen gemeinsam die von allen Seiten herannahenden Elbenwachen an.

Ian Wispermund, der sich draußen noch mit der Köchin unterhielt, ließ sich ohne Widerstand festnehmen.

»Meister Ian, was ist denn passiert?«, fragte die Köchin verwirrt.

»Nur ein Missverständnis, meine Liebe«, antwortete er und wirkte nicht minder erstaunt. »Wahrscheinlich habe ich eine Rechnung nicht rechtzeitig bezahlt. Ihr wisst ja, wie das ist, wenn keine Bogins mehr da sind, und ich bin allmählich alt und vergesslich.«

Als ein Soldat ihn grob stieß, ging die Köchin sofort dazwischen. »Meister Ian Wispermund ist ein hoch angesehener und ehrwürdiger Gelehrter!«, keifte sie den Elben an. »Ihr habt ihn gefälligst mit Respekt zu behandeln, selbst wenn er eine Rechnung vergessen hätte!«

Der Elb stieß sie beiseite, aber er behandelte den alten Gelehrten beim Abführen tatsächlich rücksichtsvoller.

Rafnag und Ingbar erreichten gerade den Korridor zu den Gemächern der Ardbéana, als sie sich einer Übermacht entgegensahen.

»Im Namen der Ardbéana«, sagte ein Palastwächter, »Ihr seid verhaftet. Leistet keinen Widerstand, und ihr könnt unnötiges Blutvergießen vermeiden.«

»Es gibt kein *unnötiges* Blutvergießen, nicht hier!«, rief Rafnag und stürmte vor. Ingbar tat es ihm gleich.

»Lass deine Äxte fallen«, erklang eine tiefe, heisere, zugleich zischende Stimme. Der Myrkalfr näherte sich langsam, sein Aussehen blieb unter der Kapuze verborgen. Allerdings verspürte auch niemand ein Verlangen, mehr von ihm zu sehen. »Eure Kameraden sind bereits gefangen.«

»Was ist mit ihnen?«, fragte Cady zitternd.

»Ihnen ist nichts geschehen, man ist wohlbedacht vorgegangen. Vielleicht ein paar Blessuren, weil sich einige nicht gleich ergeben wollten.« Cady sah kurz spitze Zähne aufblitzen, als das Nachtgeschöpf grinste.

»Freut mich, dich wiederzusehen, kleine Bogin.«

Ihre Beine wurden weich. »Du … hast es gewusst?«

»Dort unten entgeht mir nichts. Dein Trick ist gut, aber du hast zuvor zu laut geatmet. Und natürlich habe ich Godas vorgeschickt. Ich bin euch dann gefolgt.«

»Godas?«

»Zürne ihm nicht deswegen. Ich ließ ihm keine Wahl für sein jämmerliches Leben.«

»'tschuldige«, wiederholte der Covkobe zutiefst niedergeschlagen.

»Du ahnst nicht, was er mit dir anstellen kann …«

Tiw drängte Cady und Randur zurück, bis das Gitter über ihnen war. Sonnenstrahlen fielen herein. »Haltet euch im Licht«, sagte er. »Er mag die Sonne nicht. Seht ihr? Er bleibt dort im Schatten.«

»Kann ich jetzt gehen?«, fragte Godas zitternd.

»Aber sicher. Für immer.« Eine schwarzgraue Klaue mit langen Krallennägeln schoss vor, packte den Covkobe am Hals, hob ihn hoch und brach ihm mit einer einzigen kurzen Bewegung in einem scharfen *Knacks* das Genick. Achtlos ließ er den leblosen kleinen Körper fallen.

»Nein!« Cady bedeckte ihr Gesicht mit den Händen und schluckte mühsam die Tränen hinunter.

»Seht das als kleine Warnung«, knurrte der Myrkalfr. Seine hagere Gestalt schien den Gang vollständig auszufüllen. Seine Finsternis klebte an den Wänden und kroch über den Boden entlang auf sie zu. »Und jetzt ergebt euch.«

»Vergiss es«, sagte Randur. »Komm her, und wir tragen es aus.«
Über ihnen entstand Bewegung, das Rasseln von Rüstungen und Waffen näherte sich, und Schatten löschten die Sonnenstrahlen aus.
»Ihr da unten, ich erkläre euch zu Gefangenen des Palastes. Ihr werdet der Verschwörung gegen die Ardbéana sowie der Vorbereitung eines Attentats auf sie beschuldigt.«
Das Gitter wurde herausgerissen, und sie erblickten auf sie gerichtete Speerspitzen.
»Lass die Äxte fallen, Randur«, sagte Tiw müde. »Es hat keinen Sinn. Wir waren zum Scheitern verurteilt, von Anfang an.«

»Meister Wispermund«, schnarrte der Oberste Haushofmeister. »Gerade von Euch hätte ich das am wenigsten erwartet.« Er schüttelte den Kopf. »Was habt Ihr Euch davon versprochen, die Ardbéana zu töten?«
»Nichts liegt mir ferner«, erwiderte der alte Gelehrte. »Aber Ihr seid bereits zu verblendet, um das zu erkennen. Oder Ihr gehört zu denen.«
»Mit Euren Intrigen könnt Ihr mich nicht einspinnen, ich werde keinem einzigen Eurer Worte mehr trauen, alter Mann.«
»Immerhin haben wir nun auch die letzten beiden Bogins gefangen.« Ein dunkelhäutiger Elb mit hüftlangen, im Nacken zusammengebundenen schwarzen Haaren trat hinzu. Die Gefangenen befanden sich alle in einem vergitterten Raum, schwer bewacht von Soldaten. »Was für eine lächerliche Verschwörung«, fuhr Hauptmann Tiarnan fort und wies der Reihe nach auf die Gefangenen: Meister Ian, Tiw, Cady, Randur, Rafnag und Ingbar. »Wo ist der Rest von eurer Bande?«
»Es gibt keinen Rest«, antwortete der alte Gelehrte.
»Selbstverständlich nicht. Vor allem nicht die zwei, die entkommen sind.«
Das war wenigstens eine gute Nachricht. Cyneweard und Hrothgar waren nicht im Raum, weswegen die anderen schon das Schlimmste befürchtet hatten. Doch nun erfuhren sie, dass sie lebten. Offensichtlich hatten sie sich durchschlagen können und befanden sich auf freiem Fuß.
»Nun gut. Wir werden sie bald haben.« Der Elb wandte sich Pirmin zu. »Kümmert Euch um sie. Sie sollen in Ketten gelegt werden, aber bei

guter Gesundheit erhalten bleiben. Das wird dem Rest einen Anreiz bieten, sie herauszuholen. Und schickt sie nicht ins Verlies hinunter, sondern bringt sie in die Arrestzellen. Ich werde mich ihrer nach und nach persönlich annehmen.«

»Was soll mit der Boginfrau geschehen?«, fragte der Oberste Haushofmeister. »Sie ist aus dem Verlies geflohen.«

»Sie bleibt hier. Niemand darf erfahren, dass sie noch lebt.«

»Lasst Cady da raus!«, schrie Tiw. »Sie hat nichts damit zu tun!«

»Das wissen wir.« Hauptmann Tiarnan lächelte.

»Keine Folter wird uns dazu bringen, Euch Antworten zu geben«, sagte Rafnag stolz. Er blutete aus einigen Wunden, stand jedoch stolz und aufrecht. Ingbars Gesicht war ziemlich verschwollen, weshalb er schwieg. »Denkt sie Euch doch gleich selber aus, es sind sowieso alles nur Lügen.«

Der Elb erwiderte den Blick des Mannes hochmütig. »Wir haben nicht vor, euch alle zu foltern«, antwortete er. »Was wir wissen wollen, wissen wir bereits. Euch zu foltern oder zu töten würde nur eine kurze persönliche Befriedigung bringen, aber nicht der Sache dienen. Nein. Wir haben vor, euch von eurer Verblendung zu heilen und euch den Frieden zu bringen.«

Er verließ den Raum, und Pirmin folgte dem Elben.

Meister Ian wandte sich zu seinen Gefährten um. »Uns bleibt nicht mehr viel Zeit«, sagte er. »Bleibt aufrecht und tapfer! Pirmin hat Angst. Bei Tiarnan bin ich mir nicht sicher, auf welcher Seite er steht. Sie haben uns gefangen genommen, anstatt uns zu töten, weil sie etwas von uns wollen. Und sie haben uns erwartet. Das kann nur eines bedeuten: Wir wurden verraten.«

KAPITEL 16

DIE GEBEINE DER ALTVORDEREN

Wohin sie bisher auch gereist waren, nirgends hatte Fionn jene freien Bogins gefunden, von denen Tiw gesprochen hatte. Auch Blaufrost und der in ganz Albalon herumgekommene Gru Einzahn hatten nie welche gesehen. Hier in Clahadus waren sie ganz gewiss nicht zu finden. Und auch sonst niemand, der bei Verstand war.

Eine Ödnis, wohin man auch blickte. Doch die Wüstenei sah nicht natürlich aus, sondern ... als ob eine gewaltige Katastrophe alles zerstört hätte. Der Übergang geschah völlig abrupt. Kurz vorher bog der schmale Pfad, auf dem die Gefährten gekommen waren, nach links ab, um später in eine Straße zu münden, die um das Gebiet herum zu führen schien. Dann ging es ein Stück weit über eine freie Grasfläche, und wie mit Hilfe eines perfekten Leisten abgeschnitten begann das verfluchte Land. Auf der einen Seite Gras, auf der anderen trockener, toter Boden von fahlgelber Farbe. Und auch der Himmel veränderte sich schlagartig. Dicke Wolken hingen tief über dem Land, das Licht wurde düster und diffus. In einer ewigen Dämmerung marschierten sie dahin, nur unterbrochen von der tiefschwarzen Nacht. Sie hatten nichts, um Feuer zu machen, und keine andere Wahl, als sich einfach nur hinzulegen und zu schlafen. An Weitergehen war unmöglich zu denken. Sie hätten sich genausogut in einem Höhlensystem tief unter der Erde befinden können.

Es war kühl, aber gut auszuhalten ohne Feuer, denn Tag und Nacht glichen einander. Wahrscheinlich regnete es nie. Nicht einmal das zäheste Pflänzchen wuchs hier, es gab nur den Staub, das Geröll, und eine weite, leere Ebene.

Fionn fragte sich, woran Tuagh sich orientierte, da es keinen Sonnenstand, keine Sterne und keinerlei Erhebung gab. Bis er gewahr wurde, dass der Wanderkrieger es gar nicht wusste.

»Morcant«, sagte er und hielt an. »Ich geb's auf. Hilf mir.«

»Da verlangst du was«, murmelte der Meersänger. »Hier gibt es einfach nichts. Die See wandelt sich ständig und wechselt die Farbe, da finde ich mich leicht zurecht. Aber wer soll sich hier auskennen?«

Auch die Zwillinge waren ratlos. Mit Valnir war ohnehin nichts anzufangen, für sie als Zwergin stellte diese ununterbrochene, flache Weite unaussprechlichen Schrecken dar. Deshalb saß sie die meiste Zeit im Sattel in sich zusammengesunken und starrte auf die Mähne des Pferdes.

Fionn hoffte, dass ihm niemand seine Angst anmerkte. Er hätte sich schon nach wenigen Schritten rettungslos verirrt, denn sie hinterließen nicht einmal Spuren, die der unablässig leicht wehende Wind nicht sofort verwischte.

Die Elben, eng mit ihrer Welt verbunden, strengten sich an. Aber sie waren es gewohnt, von Lebendigem umgeben zu sein, an dem sie sich orientieren konnten. Fionn fiel auf, dass der sie umgebende Schimmer zusehends verblasste. Getrennt von Baum und Blüte, büßten sie viel von ihrer Aura ein, und sie wirkten blass und müde. *Sie hätten nicht mitgehen sollen*, dachte er erschrocken. *Am Ende wird es noch lebensbedrohlich für sie . . .*

Gru Einzahn wusste sich ebenfalls nicht zu helfen und drehte sich ratlos im Kreis. »Da kommt Blaufrost«, sagte er schließlich.

Und tatsächlich, der Troll näherte sich mit Riesenschritten. Er konnte sich wie erwartet ungehindert in der Dämmerung des Tages bewegen.

»Wie hast du uns gefunden?«, rief Tuagh ihm entgegen.

»Hab euch gerochen, nä«, antwortete Blaufrost. »Die Pferde stinken meilenweit gegen 'n Wind. Konnt' euch nur nachts nich' folgen, da isses selbst für ein' wie mich zu zappenduster.«

»Eines steht fest«, bemerkte Morcant. »Unsere Verfolger können sich keinesfalls anschleichen. Wir können sie in mindestens zwei Stunden Entfernung bereits sehen.«

»Die wärn ja schön blöd, wennse hier reingehn täten«, bemerkte der Oger. »Die warten einfach draußen auf uns, ob wir das überleb'n. Ich wahrscheinlich nich'«, fügte er hinzu. »Ohne 'n bisschen Gras mach' ich's nich' mehr lang.«

»Ach was, 'n dicker Kerl wie du . . .«

»Findste? Dann is' ja gut.«

»Blaufrost«, sprach Tuagh ungeduldig dazwischen. »Findest du nach Plowoni?«

»Klar, wieso nich'? Weiß einer, wo das liecht?«

»Von unserem Pfad aus sollte es immer Richtung Norden gehen.« Blaufrost winkte ab. »Das is' ja einfach.«

»Un' wieso das?«, erkundigte sich Gru Einzahn.

»Weil«, Blaufrost hob belehrend den blaugrauen Zeigefinger, »kein Stein wie der andere is', und da drin bin ich Spezialist. Immer geradeaus? Na dann mir nach.«

Unter der Führung des Trolls setzten sie den Weg fort. Blaufrost beklagte sich unterwegs, dass es zwar interessant sei, mal ausgiebig und gleich mehrmals hintereinander am Tage wandeln zu können, er aber deswegen nicht weniger fröre. Und die verlorene Magie, die hier herumschwirren solle, habe er auch nicht gefunden. Wahrscheinlich würde sein Traum für immer unerfüllbar bleiben. »Aber wo ich schon mal hier bin, kann ich euch genausogut auch noch weiterhelf'n, nä.«

Der Tag zog sich dahin, und es wurde immer trostloser. Fionn war nicht der einzige, den die Kräfte verließen. Pferde und Reiter gleichermaßen ließen die Köpfe hängen und wurden immer langsamer. Dabei sollten sie Plowoni angeblich nach einem Tagesmarsch erreichen können, wenn man alten Karten trauen durfte.

Fionn sah sich trüb um. Zuerst war er froh gewesen, dass die Einöde nicht einheitlich grau gewesen war, doch jetzt erregte das Fahlgelb geradezu Übelkeit in ihm. Ab und zu nahm er einen Schluck aus seinem Wasserbeutel. Tuagh hatte gemahnt, sparsam zu sein, aber es war so unglaublich trocken hier. Auch sein Pony lechzte nach Wasser. Immer öfter musste er stehenbleiben, absteigen und ihm etwas zu saufen geben.

»Was ist das da hinten?«, fragte er und deutete nach links. Mächtige Berge mit weißen Gipfeln erhoben sich in verschwommener Ferne, schienen geradezu über dem Boden zu schweben.

»Eine Täuschung«, antwortete Màni. »Eine Luftspiegelung, Fionn. Wenn es diese Berge wirklich gibt, so sind sie sehr weit weg und unerreichbar für uns.«

Irgendwann hatte Fionn keine Lust mehr, in den Sattel zu steigen. Sie waren ohnehin so langsam unterwegs, da konnte er sein Pony auch führen. Er sah nach Valnir, deren Kinn fast auf der Brust lag, ihr Kopf schaukelte im Rhythmus der Bewegungen. Sie schlief. Das war wahrscheinlich der beste Weg, um das hier zu ertragen.

Völlig unvorhersehbar brach Morcants Pferd plötzlich zusammen und blieb liegen. Der Meersänger, der aus dem Sattel gestürzt und ein Stück weiter aufgekommen war, blieb ebenfalls liegen.

Fionn ließ den Zügel fallen, woraufhin sein Pony stehenblieb. Er wollte zu Morcant laufen, schaffte aber kaum einen schnelleren Schritt. Kraftlos sank er neben dem Elb auf die Knie. »Bist du verletzt?«

Morcant lag auf dem Rücken, die Meeraugen himmelwärts gerichtet. »Lass mich einfach hier liegen«, flüsterte er.

»Nein ... nein ...« Fionn ergriff Morcants Arm und versuchte ihn aufzurichten. »Los, komm, du kannst hier nicht bleiben ...«

»Ich bin müde. Lass mich schlafen.«

»Du hast letzte Nacht geschlafen. Steh auf!«

Der Elb reagierte nicht mehr. Fionn hob den Kopf und sah, dass alle anderen weitergeritten waren. Keiner schien den Unfall bemerkt zu haben.

»Hilfe«, stieß er kläglich aus. Seine Stimme klang dünn und wurde vom Wind sofort aufgelöst. »Hiiiilfe!«, versuchte er es noch einmal. »Tuagh!«

Der Oger, der mit dem Troll schon ein gutes Stück voraus war, blieb stehen und drehte sich um. Dann lief er zurück. »He, kleiner Mann, was'n los?«

Tuagh wendete seinen Roten und trieb ihn an. Die Zwillinge hielten an, machten aber keine Anstalten, die Pferde umzudrehen. Valnirs Pony blieb einfach stehen.

Blaufrost lief auf das Pferd zu, Gru Einzahn und Tuagh kamen fast gleichzeitig bei Fionn und Morcant an. Der Wanderkrieger stieg ab und beugte sich über den Elb.

»Ich weiß nicht, was er hat«, sagte Fionn fast schluchzend.

»Das Pferd is' verreckt, einfach so«, rief Blaufrost. »Kein bisschen Leben mehr drin. Kann ich's haben?«

»Ja«, antwortete Tuagh. »Aber halte dich bitte abseits, geh mit ihm nach hinten.«

Blaufrost hob das verendete Tier mühelos hoch und lief ein gutes Stück zurück. Mit dem Rücken zu den Gefährten gewandt, machte er sich über das Festmahl her.

»Verdammte Hacke«, brummte der Oger. »Und wo is' meine grüne Wiese?«

Morcant reagierte weder auf Ansprache noch auf Berührung. Ein Schreckensruf von Valnir ließ sie hochfahren, und da sahen sie es schon. Màni und Màr waren ebenso aus den Sätteln gestürzt und regten sich nicht mehr.

»Sie sind zu lange weg von allem Lebendigen«, stellte der Wanderkrieger besorgt fest.

»Ich wusste nicht, dass sie derart innig verbunden sind …«

»Das fällt normalerweise auch nicht auf. Und so stark dürften sie nicht reagieren. Es ist dieses Land. Hier irrt eben *doch* verfluchte Magie herum und zerstört den Lebenswillen. Die Elben reagieren darauf sensibler als wir.«

Fionn wagte nicht einzugestehen, dass er sich auch kaum noch aufrecht halten konnte. Er musste sich zusammennehmen.

»Was mach'n wir?«, fragte Gru Einzahn.

»Wir binden sie auf die Pferde, die Zwillinge zusammen auf eines, Morcant auf das zweite. Wo ist Valnir?«

»Sitzt noch oben.«

»Gut. Weiter«, befahl Tuagh. »Beeil dich, Blaufrost! Wir haben es eilig.«

Zuerst stürzte das Pferd mit den Zwillingen, dann Morcants. Sie verendeten innerhalb weniger Augenblicke. Blaufrost musste sie zu seinem tiefsten Bedauern liegenlassen; er war noch satt, und als Vorrat konnte er sie nicht mitnehmen. Er nahm die beiden Zwillinge unter jeweils einen Arm, und Gru Einzahn trug Morcant. Die Lebenszeichen der Elben wurden zusehends schwächer, wie Tuagh besorgt feststellte. Valnir nickte immer wieder ein, hielt sich aber ansonsten aufrecht und blieb ansprechbar. Fionn hingegen sank zusehends tiefer in seinen Sattel hinein; er schaffte es einfach nicht mehr, sich weiterhin zusammenzureißen. Tuagh befahl ihm, die Gästeliste von seinem Geburtstag aufzuzählen und stieß ihn an, sobald er fahrig wurde. Einmal gab er ihm eine Ohrfeige, die ihn beinahe aus dem Sattel befördert hätte. Das half für eine kleine Weile.

Die Nacht kam. Zuerst wurde es unwesentlich dunkler, dann schlagartig stockschwarz. Die Gefährten drängten sich mit den Tieren dicht zusammen, außen der Troll und der Oger, dann die Pferde, Tuagh, Finn und Valnir und innen die Elben. Gru Einzahn klagte über großen Hunger, ansonsten schien er genau wie Blaufrost immun gegen die Irrmagie zu sein.

Trotz seiner unendlichen Müdigkeit konnte Fionn nicht schlafen. Er hatte das Gefühl, Stimmen zu hören, die langsam näher kamen. Mehr wurden. Und vielfältiger.

Da war ein Stampfen von Pferdehufen, Wiehern und Schnauben. Vielzählige Stimmen von Soldaten, die sich über die Aufstellung berieten. Das Klirren von Waffen. Und dann . . . Der Boden bebte unter einem gewaltigen Ansturm, Kriegsgeschrei, zusammenschlagende Schwerter, Schmerzensschreie . . .

Fionn hatte das Gefühl, im Zentrum einer Schlacht zu liegen, um ihn her wogte das Getümmel, verstümmelten und erschlugen sich Krieger in Rüstungen. Er sah wehende Fahnen, hörte Hörner blasen, roch Staub und Blut. Er erkannte Elben und Menschen, die gegeneinander kämpften, den Befehlen ihrer Anführer gehorchend, gnadenlos gegeneinander vorgingen.

Es ist ein Schlachtfeld, dachte er. *Clahadus ist ein gigantisches Schlachtfeld aus der Zeit, als Elben und Menschen noch erbitterte Feinde waren! Es muss so schrecklich gewesen sein, dass das Land seither verflucht ist und nie wieder Leben beherbergen kann. Wahrscheinlich reagieren unsere elbischen Begleiter deswegen so sensibel darauf . . .*

Wann mochte sich diese schreckliche Schlacht ereignet haben?

Oder . . . war dies hier etwa der Schauplatz jenes Großen Krieges, der sich vor tausend Jahren ereignet haben sollte? Màni und Màr waren jünger, wie er wusste, sie konnten nicht dabei gewesen sein. Aber Morcant? Hatte er damals infolge eines Schocks sein Gedächtnis verloren? Oder als sich der magische Angriff Schwarzauges ereignete?

»Tuagh?«, flüsterte er in die Dunkelheit.

»Ja?«, kam es ebenso leise zurück.

Fionn drehte sich in Richtung der Stimme. »Denkst du, er hat hier stattgefunden? Der Große Krieg?«

»Ich kann mich nicht erinnern. Aber ... ja, ich denke, wir haben den Ort gefunden und wissen jetzt auch, warum es den Elben so schlecht geht. Nicht nur wegen des fehlenden Grün. Die Magie hat sie verflucht, hat alle verflucht; jene, die damals dabei gewesen sind, und sogar ihre Nachkommen. Auf dich und Valnir zeitigt es Auswirkungen, wird euch aber nicht weiter schaden.«

»Ich dachte, Zwerge seien immun ...«

»Diese Macht zehrt dennoch, Fionn. Aber Valnir weiß sich durch viel Schlaf zu schützen.«

»Und was ist mit dir?«

»An mir prallt alles ab, das weißt du doch. Mich kann nichts mehr derart tief berühren.«

Fionn schluckte. Tuagh mochte kämpferisch den Zenit überschritten haben, aber er war ein zäher alter Knochen, der sich durch nichts aus der Ruhe bringen ließ.

»Was können wir für die Elben tun? Werden sie sterben?«

»Nichts. Und ja, ich befürchte es.«

Bitter dachte Fionn, wenn Tuagh wenigstens Màr geliebt hätte, dann hätte er ihr damit bestimmt helfen können, hätte ihr Kraft spenden, sie vor der Magie abschirmen und zurückholen können. Aber so war sie verloren, wie ihre Schwester, wie Morcant.

»Wir haben einen großen Fehler gemacht«, wisperte er.

»Das wussten wir doch von Anfang an«, erwiderte Tuagh trocken.

»Aber Menschen ignorieren die Vernunft einfach. Und manchmal zu recht. Bogins ... tun das eigentlich nie.«

»Du bist kein Sklave mehr, Fionn, und damit hat sich alles geändert. Auch das, was du für die Aufnahme in die Fiandur durchmachen musstest. Das hat dich stark genug gemacht, das hier durchstehen zu können, und ... reif. Du wirst es schaffen, weil du gar keine andere Wahl hast.«

Irgendwann döste Fionn trotz der Geisterschlacht ein, die Erschöpfung war zu groß. Als Tuagh ihn weckte, schienen ihm gerade ein paar Atemzüge vergangen zu sein. Er war so schwach, dass er nur unter größter

Anstrengung auf die Beine kam. Tuagh zwang ihn, etwas zu trinken und zu essen, obwohl er nach beidem keinerlei Bedürfnis hatte. Das war äußerst bedenklich, und er zweifelte an Tuaghs Zuversicht, dass er Clahadus durchstehen konnte.

Valnir wirkte verschlafen, aber keineswegs so schwach wie er. »Wird schon«, sagte sie.

Sie nahmen die Pferde am Zügel, Gru und Blaufrost trugen die Elben, und schleppten sich weiter.

Fionn dämmerte dahin, strauchelte immer wieder und ging in die Knie. Allsvartur stupste ihn dann an, schnoberte in seinem Gesicht herum, bis er sich wieder aufraffte. Er richtete den Blick auf Tuaghs breites Kreuz, um sich anzuspornen. Wenn der Wanderkrieger sich ab und zu umdrehte, war ihm die Müdigkeit anzusehen, sein Gesicht sah grau und eingefallen aus. Aber er ging stur weiter.

»Das is' wirklich 'n blödes Land«, stellte Gru Einzahn fest. Er wirkte tatsächlich ein wenig dünner und hellgrüner, und sein Magen gab ab und zu rumpelnde Geräusche von sich.

»Und ich ... wie nennste mich?«

»Dummbatz.«

»Und ich Dummbatz hab geglaubt, hier Erlösung find'n zu könn', also nee.«

Fionn hoffte, dass sie auf dem richtigen Weg waren. Man konnte sich nicht einmal auf den Wind verlassen, der mal von links, mal von rechts wehte, und mal um einen herumwirbelte. Erneut stolperte er, konnte sich nicht mehr halten und schlug der Länge nach hin.

Tuagh war sofort bei ihm und half ihm, sich aufzurichten, klopfte ihn behutsam ab. »Geht's wieder?«

»Ich schaff das nicht mehr, Tuagh«, klagte Fionn und rieb sich die geschundenen Knie.

»Aber das hast du doch schon«, erwiderte der Wanderkrieger. »Schau.«

Fionn hob mühsam den Kopf und verharrte staunend.

Das Ödland hatte sich verändert. Worüber er gestolpert war, war eine alte Speerspitze, die aus dem Boden ragte. Und da war noch mehr. Tausende Waffen und Gerippe von Pferden und Menschen und Elben, Überreste eines Schlachtfeldes – jenes Schlachtfeldes, dessen Nachhall Fionn letzte Nacht erlebt hatte.

»Es ist alles noch erhalten, weil es seither nie mehr geregnet und sich nichts mehr verändert hat«, sagte Tuagh. »Das hier muss das Zentrum gewesen sein.« Stoffffetzen fanden sich unter dem Geröll, Überreste von Zelten und Kleidungsstücken, dazu Rüstungen, Stiefel, Helme, Schmuck. Ein schauriges Zeugnis vergangener Zeiten. Fionn riss sich zusammen; hier musste er hindurch, ohne zu zögern.

»Das also ist Krieg?«

»Mhm.«

Fionn hätte sich besser abgewandt, und doch starrte er fasziniert nach unten, dieses in der Vergangenheit festgebrannte Bild fesselte ihn. Rostige und matte Schwerter, Äxte und Keulen und Morgensterne, Speere, Lanzen, Hellebarden und viele weitere tödliche Waffen. An einer Stelle ragte eine Standarte halb aus dem Boden, an der noch der verblichene Fetzen einer Fahne hing. In unmittelbarer Nähe fand Fionn eine Brosche. Als er sie aufheben wollte, schoss etwas steil daneben hervor, und er prallte zurück.

Wie ein Tentakelarm schlängelte sich etwas von der Dicke eines Oberschenkels in die Höhe, an seinem Ende eine schmale Spitze, an der so etwas wie knöcherne Kettenglieder befestigt waren. Diese Spitze begann heftig zu zittern und hin und her zu schwingen, und ein schauerliches, rasselnd-klapperndes Geräusch erklang, wie gegeneinander schlagende Knochen.

Fionn erstarrte, als daraufhin mehr und mehr solcher »Arme« in die Höhe schossen, mühelos durch den Erdboden brachen, und laut rasselten, dass es weithin schallte. Es sah aus wie ein Feld gigantischer Grashalme.

»Blutklapper!«, rief Blaufrost.

»Lasstse mir!«, brüllte der Oger, legte Morcant ab, packte zu und riss heftig an dem »Arm«, zerrte und ruckte, und plötzlich kam der Rest des Wesens aus dem Boden.

Fionn sah, dass der »Arm« in Wirklichkeit eine Schwanzspitze war, die zu einer mindestens sechs Manneslängen messenden Schlange von der Dicke eines Baumstamms gehörte. Das Tier besaß einen breiten, flachen, schuppigen Kopf mit kleinen Hörnern auf der Oberseite, eiskalte, starre Augen und ein riesiges Maul mit mächtigen Giftzähnen.

»Fionn!« Tuagh packte den wie erstarrt dastehenden Bogin und schleppte ihn zu Valnir, die bereits mit gezückten Waffen dastand. »Da, pass auf ihn auf!«

Die Zwergenkriegerin nickte. »Verlass dich auf mich.«

Fionn wusste, dass es kaum etwas bringen würde, aber dennoch zog er seinen Urram. Kampflos würde er sich nicht von der Schlange fressen lassen.

Die Blutklapper wand sich nach oben und schnappte nach Gru Einzahn, doch der lief mit ihr los, hob dabei die Arme und ließ sie über sich kreisen. Die Schlange rasselte und zischte, als sie herumgeschleudert wurde; vergeblich versuchte sie, sich zusammenzuringeln und zuzustoßen.

»Un' platt!«, rief der Oger und schleuderte das Reptil mit voller Wucht zu Boden, sprang zum Kopf, packte ihn vorn mit den Händen, trat kräftig mit dem Fuß in den Nacken und brach ihr mit einem heftigen Ruck nach oben das Genick.

Das Rasseln schwoll zu ohrenbetäubendem Dröhnen an, die Schwanzspitzen wogten hin und her wie Getreidehalme im Wind. Gru und Blaufrost zogen eine nach der anderen heraus und zerschmetterten sie, doch es waren zu viele. Immer mehr brachen zischend durch den Boden und griffen die kleine Gruppe an. Einige wandten sich auch den getöteten Artgenossen zu und schlugen ihre Zähne hinein.

Tuagh benutzte zunächst die Axt und schlug mit mörderischer Kraft zu. Die Schuppenhaut erwies sich als empfindlich; die Schneide drang hinein wie in Butter und riss tiefe Löcher, aus denen Blutfontänen schossen.

Der Oger und der Troll brüllten, sprangen im Kreis, trampelten und stampften die Klappern nieder und schlugen auf jede Schlangennase ein, die sich zeigte. Tuagh wehrte die Reptilien im Kreis um sich herum ab, griff nach den herumliegenden Waffen, wie er sie gerade erwischen konnte, und schleuderte diese gegen die Angreifer.

Plötzlich stieß eine Schlange hinterrücks an Valnir und Fionn heran und packte das arme Pony, das schrill aufwieherte. Valnir musste hilflos zusehen, es ging zu schnell. Mit einem wütenden Schrei hob sie die Axt und rannte dem Reptil nach, doch das Reptil war zu schnell. Wild zappelnd wurde das Pony von der Schlange mitgerissen, die in Windeseile unangefochten mit der Beute davonschlängelte. Das war das Zeichen für ein Großteil seiner Artgenossen, die Verfolgung der einfacheren Beute aufzunehmen.

Die übrigen ließen von den Gefährten ab. Eine Menge toter Artgenossen lagen herum, die sie verschlingen konnten, und sie gaben den Angriff auf.

»Wie viele haste?«, fragte der Oger den Troll.

»Sieben.«

»Ha! Acht.«

»Lüge.«

»Gar nich'!«

»Hört auf«, befahl Tuagh. »Kümmert euch um die Elben. Wir gehen sofort weiter, bevor die Blutklappern zurückkommen.« Hoch über ihnen kreisten bereits die ersten Vögel. Unglaublich, wie schnell sie diesen Platz gefunden hatten.

Tuagh holte sein Pferd und ging zu Valnir und Fionn. »Seid ihr in Ordnung?«

»D-das Pony«, stotterte Fionn.

»Armes Tier. Besser das Pony als wir.«

»Was sind das für Bestien?«, fragte Valnir und holte Allsvartur. Die Pferde waren so sehr von den niederdrückenden Strömungen beeinflusst, dass sie nicht einmal ihrem Fluchtinstinkt gehorcht hatten und weggelaufen waren.

»Entstanden aus dem Blut der Gefallenen, ernähren sie sich von dem, was in den Boden eingesickert ist. Die Irrmagie lässt sie zu Riesen heranwachsen und versorgt sie mit ausreichend Energie, dass sie nicht so schnell verhungern. So lauern sie Jahre, Jahrzehnte. Eines Tages werden sie dennoch sterben.« Tuagh rieb sich den Schweiß von der Stirn. Er sah angestrengt aus, doch er trieb zur Eile.

Fionn war so aufgerüttelt, dass er den größeren Gefährten gut zu folgen vermochte. Auch gefiel es ihm gar nicht, dass immer wieder ein Vogel über ihnen seine einsame Bahn zog.

So wanderten sie weiter über das Schlachtfeld, bis es schließlich endete. Doch danach sahen sie nicht wieder Weite, sondern ... Ruinen.

»Plowoni«, sagte Tuagh und atmete auf. »Wir haben es beinahe geschafft, dank dir, Blaufrost.«

Fionn blieb staunend stehen. Das mussten einstmals riesige Gebäude gewesen sein. Die Spitze eines burgähnlichen Turms ragte zwischen Schotter und mächtigen Mauerstücken hervor, eine ehemals runde, inzwischen zerbrochene weiße Scheibe schien darauf befestigt, mit schwarzen Strichen darauf. Merkwürdige Verzierungen waren allerorten zu erkennen. Fionn sah eine Menge Skelette aus Metall, und Glastrümmer, so groß wie eine Mauer. Schwarzes, spiegelndes Glas. Ihm war, als ob er die Überreste einer Märchenwelt betrat. Das war fantastischer als alle Geschichten von Zauberländern, die er je gehört hatte.

Die Ruinen zogen sich, soweit er blicken konnte, der Großteil lag verschüttet tief unter der Erde. Was er hier sah, waren nur die Spitzen!

Und dazwischen zog sich ein breites Flussbett von Ost nach West, das genauso ausgetrocknet war wie das Land. Fionn kniete am ehemaligen Ufer nieder, wagte sich ein Stück des Abhangs hinab. Der Boden wurde weich und sandig. Mit den Händen grub der junge Bogin darin. Und wie er es erwartet hatte, fanden sich auch hier Überreste. Er zog eine zerbrochene Schale aus Porzellan mit einem hübschen weißblauen Muster heraus.

»Was war das hier ...«, wisperte er andächtig. »Eine Stadt? Aber noch viel prächtiger als Sìthbaile ... mit Häusern aus Glas und Metall ...«

»Wahrscheinlich eine viele Jahrtausende, wenn nicht Jahrzehntausende alte, längst untergegangene Elbenkultur«, vermutete Tuagh. »Vielleicht der Ausgangspunkt des Streites, der zum Krieg und letztendlich der Schlacht hier führte.«

»Aber wie sollen wir hier ein Buch finden?«, fragte Fionn ratlos und sah sich um. Das Gebiet war riesig. »Wer hat von Plowoni berichtet?«

»Das sind alte Aufzeichnungen, die Magister Brychan fand. Der Verfasser ist unbekannt. Er hat allerdings nichts über das Schlachtfeld berichtet, also vielleicht ist seine Information noch älter.«

»Also kein Zusammenhang mit dem Buch.«

»Leider nein.«

»Sehtma«, sagte Blaufrost und deutete zu einem Bruchstück, einem Turm ähnlich. Auf der Spitze stand ein kleines Wesen und winkte.

»Gru, Blaufrost, ihr bleibt hier und beschützt die Elben und die Pferde. Valnir, Fionn und ich gehen.«

»Mach'nwa. Aber lasst euch ma' nich' zu lang Zeit, 's wird bald dunkel, nä.«

»Sollten wir es nicht vorher schaffen, treffen wir uns morgen früh hier. Gebt gut acht.«

Beim Näherkommen erkannte Fionn einen Angehörigen der Kleinen Völker, ein Hutzelmännlein in Lederstreifen, die in mehreren Schichten übereinander gelegt waren. Krumme, dürre Beine in roten Schuhen mit lang auslaufender Spitze lugten darunter hervor. Eine knochige Hand stützte sich auf einen Stock, die andere winkte. Das faltige Gesicht zeigte einen gutmütigen Ausdruck, hellwache blaue Augen blitzten unter einem wahren Gestrüpp an Augenbrauen hervor. Die Nase stand hervor, schmal und mit gekrümmter Spitze. Der lachende Mund besaß nur noch einen einzigen Zahn.

»Ich glaube nicht, dass uns Gefahr droht«,teilte der junge Bogin seine Einschätzung mit.

»Trau nie einem, der dich anlocken will«, wandte Valnir ein.

»Ihr könnt mir trauen!«, rief das Männlein, als sie nahe genug waren. »Ich bin Pellinore!«

»Pellinore?« Tuagh stutzte. »Wo habe ich diesen Namen schon mal gehört ...«

»Ich habe euch erwartet ... allerdings schon ein wenig früher.« Ächzend stieg der Gnom zu ihnen herab. »Aber bitte, kommt doch mit zu mir. Hier draußen sollten wir nicht zu lange bleiben, wegen der Irrlichter und der verirrten Unseelie. Die brauchen nicht alles mitzubekommen.«

Er verschwand in einer Lücke zwischen einem Trümmerhaufen. Tuagh folgte als Erster, dann Fionn, und Valnir gab Rückendeckung.

Staunend kamen sie in einer Art Höhle heraus, die in Form dick übereinander geschichteter Stoffreste einigermaßen bequeme Sitzgelegenheiten bot. An der Decke baumelten Leinen mit glitzernden Flatterbändern, und jeder freie Platz war vollgestopft mit Dingen, für die Fionn keinen Namen hatte, die er aber höchst interessant fand.

Tuagh duckte sich und ließ sich dann vorsichtig auf einem Stoffhaufen nieder, Fionn und Valnir fanden bequem links und rechts von ihm Platz. Pellinore setzte sich ihnen gegenüber, zückte eine lange Meerschaumpfeife und steckte sie in den Mund. Er hatte nichts zum Anzünden und nichts zum Rauchen, aber er genoss es offensichtlich, so zu tun, als würde er paffen.

»Du hast uns schon früher erwartet? Dann hättest du uns vielleicht entgegenkommen sollen«, eröffnete Tuagh das Gespräch.

»Das war mir nicht möglich«, bedauerte der Gnom. »Ich kann Clahadus nicht verlassen.« Er zuckte die Achseln.

»Das ist ja schrecklich«, entfuhr es Fionn. »Wovon lebst du denn hier, Pellinore, wo es doch nichts gibt?«

»Mhm. Ein bisschen was gibt es immer. Ich brauche nicht viel.«

Tuagh musterte ihn eine Weile. Dann fragte er: »Wie konntest du uns erwarten?«

»Nun ... nicht genau euch, aber jemanden wie euch. Ich wusste gleich, dass ihr es seid. Und wer solltet ihr wohl auch sonst sein? Hier kommt doch niemand her. Vielleicht alle paar Hundert Jahre mal.« Er kicherte.

Fionn wunderte sich nicht. Jemand, der seit langer Zeit hier allein lebte, konnte nicht mehr ganz richtig im Kopf sein. Doch er mochte den fröhlichen kleinen Gnom.

Pellinore kam endlich auf den Punkt. »Ich habe die Botschaft des Zauberers vom Berge.«

Fionn sagte das gar nichts, aber er hörte, wie Tuagh und Valnir scharf die Luft einsogen.

»Was sagst du da?«, fragte der Wanderkrieger langsam. »Du weißt, dass der Zauberer vom Berge nur eine Legende ist?«

»Aber nein, mein Freund, ganz und gar nicht. Er ist höchst lebendig, es ist nur sehr schwierig, zu ihm zu gelangen. Eine Menge Hürden, Menge Hürden, ja, ja.« Er schüttelte den Kopf. »Da ist es noch leichter, zu Pellinore zu kommen.«

Tuagh rieb sich den Bart. »Wenn das wahr wäre ...«

»Aber es ist wahr! Willst du die Botschaft hören?«

»Ja.«

Pellinore setzte eine wichtige Miene auf. ›Das, was ihr sucht, werdet ihr hier nicht finden.‹ Tja, leider ist das so.«

»Kein ... Buch?« Fionn spürte, wie sich sein Magen zusammenkrampfte.

»Ich hatte eine andere Botschaft, die alles leichter gemacht hätte. Sie hätte euch gesagt, dass es nicht notwendig ist, dass ihr hierher kommt. Ich übergab sie einem Zuträger.«

»Also kommt doch jemand hierher?«, unterbrach Valnir sofort misstrauisch.

»Ein Geier. Manchmal kreisen sie hier und sehen nach, ob es mich noch gibt. Der Zauberer vom Berge schickt sie. Der Geier sagte, die Zeit wäre gekommen. Da nahm ich die Botschaft und gab sie ihm, und er brachte sie Magister Brychan.«

»Du kennst Magister Brychan?«, rief Fionn.

»Sicher. Ich kenne auch den da.« Pellinore deutete mit dem Stock auf Tuagh. »Und ich weiß von der Fiandur. Glaub nicht, dass ich hier in meiner Abgeschiedenheit nichts erfahre.« Er sprach nun völlig klar.

»Die Botschaft . . . das waren die Kopien des Buches«, kam der Wanderkrieger auf das Thema zurück.

»So ist es! Habt ihr sie gelesen?«

»Magister Brychan hat sie gelesen. Aber er wurde ermordet, bevor er mit uns darüber sprechen konnte.«

»Oh! Das bedaure ich sehr, doch es ist nicht alles verloren. Es macht nichts, dass ihr keine Kenntnis des Inhalts erlangt habt, denn bald werdet ihr sowieso alles wissen.«

»Wo finden wir das Buch?«, kam Tuagh zum Kernpunkt.

»Nun . . . zum einen ist es hier.« Pellinore wies weit ausholend um sich. »Das alles ist einst das Buch gewesen. Die große Historie unseres Landes. Was hier verlorenging, wurde aufgezeichnet.«

Tuagh verlor allmählich die Geduld. »Also dann . . . wo finden wir die *Aufzeichnungen*?«

»In Du Bhinn.«

»Du Bhinn!«, rief Tuagh ungläubig aus. »Ich bin dort gewesen, viele Male, und ich habe nichts dort gefunden!«

Der Gnom wiegte den Kopf. »Der Bogin wird dich führen.« Er deutete auf Fionn. »Das ist der Grund, weshalb du bisher versagt hast. Der Bogin findet den Weg, denn es ist der Weg seines Volkes.«

Fionn sah Pellinore betroffen an.

»Alles fügt sich, ja, ja«, gackerte der Gnom und stand auf. »Aber jetzt müsst ihr gehen, ich habe noch sehr viel zu tun. Ah, bevor ich es vergesse, ich habe da noch etwas für euch.« Er verschwand im hinteren Teil der Höhle, und die Gefährten hörten ihn kramen, rumoren, murmeln und brabbeln. Dann kam er mit einem kleinen Fläschchen zurück, in dem eine farblose Flüssigkeit schwappte. Er reichte es Tuagh.

»Hier. Teile es gut auf, ich habe nicht mehr. Gib allen etwas davon, auch diesen beiden Klötzen da draußen. Es wird euch sicher durch Clahadus bringen, denn jetzt habt ihr noch den weiten Weg vor euch, Richtung Westen. Nach Du Bhinn. Zögere nicht, eile dich, die Zeit drängt. Schlimme Dinge geschehen. Ihr werdet dringend gebraucht und erwartet.«

Damit warf er sie hinaus, beklopfte sie mit seinem Stock, bis sie unweigerlich aufstanden und gingen. Fionn wollte sich noch bedanken und verabschieden, aber da krachte mit einem lauten *Rumms* eine Platte ganz aus Metall herunter und zeigte an, dass die Unterhaltung beendet war.

Nachdenklich kehrten sie zu den übrigen Gefährten zurück; sie würden es gerade noch vor Einbruch der Nacht schaffen.

»Was ist Du Bhinn?«, wollte Fionn unterwegs wissen.

»Die Schwarzberge«, antwortete Valnir anstelle von Tuagh. »Ein großes Gebirge im Westen mit Bergen so hoch, dass ihre Gipfel Schnee tragen.«

Aber die habe ich doch gesehen, dachte Fionn. *Mâni sagte, es wäre ein Trugbild ... oder sehr weit weg und unerreichbar.* Er blickte zum Himmel und sah einen Vogel kreisen. Ein Schauer rieselte ihm den Rücken hinunter.

»Und dort stellt sich dieselbe Frage wie hier: Wo sollen wir das Buch finden?«, brummte Tuagh.

»Pellinore hat gesagt, Fionn würde den Weg finden, und darauf vertraue ich.«

Fionn hatte nur keinerlei Ahnung, wie ihm das gelingen sollte.

KAPITEL 17

AM SEE DER SCHÖNEN FRAU

»Sag mal, Tuagh …« Fionn wusste nicht so recht, wie er seinen Verdacht in Worte fassen sollte. »Pellinore …«

»Du meinst, ob er ein in diesem Gnomenkörper manifestierter Geist ist, weil er an Clahadus gebunden ist? Möglich.«

»Du sagtest, du hast diesen Namen schon einmal gehört.«

»Ja.«

»Hast du dich inzwischen erinnert, woher?«

»Nein.«

Fionn kannte seinen Freund mittlerweile gut genug, um zu merken, wann er log. Der Bogin rieb sich die Nase. »Wir … haben das Buch nicht gefunden, und wer weiß, ob es in Du Bhinn ist. Hattest du … gehofft, eine Spur von deinem Bruder zu finden?«

Tuagh nickte schweigend.

»Es tut mir leid.«

»Das muss es nicht. Ich bin an Rückschläge gewöhnt, sie sind ein Teil meines Lebens.«

Damit waren sie bei den Wartenden angekommen, und Tuagh kniete sofort bei den Elben nieder, um ihnen etwas Flüssigkeit aus dem Fläschchen einzuträufeln. Sie lagen nebeneinander, die starren, blinden Augen unverändert gen Himmel gerichtet.

»Vertraust du darauf?«, fragte Valnir misstrauisch. »Das war ja schon ein ziemlich komischer Kauz. Ich will ihm nicht unterstellen, dass er uns absichtlich umbringen will, aber was ist, wenn er ein paar Zutaten verwechselt hat?«

»Finden wir es heraus«, erwiderte der Wanderkrieger. »Unsere elbischen Freunde sterben sowieso bis morgen früh, also kann es ihnen nicht mehr schaden.«

Fionn entging nicht, dass er sich Màr als Erste zuwandte, sie aufrichtete, stützte und mit der anderen Hand ein paar Tropfen in ihren geöffneten Mund fallen ließ. Dann war Màni an der Reihe, und zuletzt Morcant.

»Was is'n das?«, wollte Gru Einzahn wissen.

»Abwarten«, sagte Tuagh. »Vielleicht benötigen sie mehr davon.« Doch schon kurz darauf atmeten die Elben tief ein und aus, dann blinzelten sie. Staunend richteten sie sich auf und konnten sich die jubelnde Begrüßung ihrer Gefährten nicht erklären.

Fionn übernahm es, ihnen zu erzählen, was sie versäumt hatten, während Tuagh die Flasche an Valnir reichte.

»Ein Zwerg braucht kein ...«

»Aber eine Zwergin vielleicht schon«, unterbrach der Söldner ungehalten. »Genug mit dem Versteckspiel. Du hast es geschafft, das verfluchte Clahadus zu überleben. Du bist eine hervorragende Kämpferin und eine verlässliche Kameradin in unserer Gemeinschaft, der wir vertrauen. Also stehe endlich dazu, was du bist! Und jetzt trink!«

Blaufrost und Gru Einzahn starrten die Zwergenkriegerin an, die zuerst überrascht wirkte, dann aber ohne eine Miene zu verziehen und ohne ein weiteres Wort zu sprechen das Fläschchen ansetzte und einen kleinen Schluck nahm.

»Wie jetz'?«, fragte der Troll. »Das is' 'ne Frau?«, staunte der Oger.

Valnir zuckte die Achseln. »Anscheinend seid ihr beide die einzigen Trottel, die es nicht gemerkt haben.«

Gru neigte sich zu Blaufrost, legte die Hand an dessen Ohr und flüsterte deutlich hörbar hinein: »Die is' mir aber zu behaart.«

Die Zwergenkriegerin verdrehte die Augen. »Deshalb solltet ihr darüber auch besser schweigen, vor allem anderen Zwergen gegenüber. Sie *dürfen* es nicht wissen, selbst wenn sie es wissen, weil es verboten ist.«

»Hä?«, machte Gru Einzahn, einer seiner Lieblingslaute.

»Ach, vergisse.« Blaufrost stupste Tuagh mit dem Zeigefinger leicht an, der daraufhin einige Schritte weit stolperte, bis er sich wieder fing. »Un'? Gut's Tröpfch'n? Auch für tapfre Trolle un' Oger?«

»Einer nach dem anderen.« Tuagh hielt Fionn die kleine Flasche hin. »Du bist dran.«

»Erst, nachdem du getrunken hast.«

»Mein Freund Halbling ...«

»Mein Freund Mensch!«

Zu Fionns Verblüffung gab der Freund tatsächlich nach. Tuagh seufzte und trank, dann folgte Fionn. Den Rest durften sich die beiden Riesen teilen.

»Boah«, stieß Gru Einzahn aus und wurde schlagartig dunkelgrün. »Das macht ja satt ...«

»Un' warm!«, brüllte Blaufrost. Alle hielten sich die Ohren zu, und in der Ferne fielen einige Trümmerhaufen in sich zusammen. Ein Glück, dass Pellinores Hütte standhielt, auch wenn sie ordentlich wackelte. Fionn sah die Gestalt des Gnomen winzigklein hervorkommen und mit dem Stock herumfuchteln; sein dünnes Stimmchen allerdings blies der Wind fort.

»He, das kann ich auch!«, behauptete der Oger und brüllte gegen einen Trümmerhaufen in der Nähe an, der in einer Staubexplosion in sich zusammenfiel.

»Prächtich!«, lobte Blaufrost und schlug dem Oger auf die Schulter. »Ich sach ja, Windbeutel!«

Die Abenddämmerung senkte sich herab, und sie beeilten sich, einen einigermaßen bequemen Platz zu finden, bevor es finster wurde. Dank Pellinores Wundermittel schlief Fionn in dieser Nacht tief und fest; ohne Gespenster und Irrlichter und Unseelie.

Für die nächsten Tage waren sie alle froh über das Wundermittel. Es spendete ihnen nicht nur Kraft, sondern schützte sie auch vor der Irrmagie.

Blaufrost übernahm wieder die Führung; die Schwarzberge kannte er nur zu gut, denn dort war er geboren. Egal wo er sich befand, selbst wenn er nicht mehr sehen, hören und riechen könnte – dorthin würde er immer finden. Dass die Wirkung des Mittels wahrscheinlich bald verfliegen würde, trübte seine glückliche Stimmung nicht. Es reichte ihm völlig, einmal nicht zu frieren. Zwar konnte er nach wie vor nicht in der Sonne wandeln, aber mit der kostbaren Zeit, die ihm hier geschenkt worden war, konnte er Hoffnung schöpfen, dass auch das eines Tages möglich sein würde.

»Un' Fionn wird den Wech finden un' Tuach sein' Bruder«, plapperte er munter vor sich hin, während seine stampfenden Füße tiefe Gruben hinterließen.

Auch ohne Blaufrost hätten sie sich keine Sorgen machen müssen. Der Weg führte hauptsächlich an dem breiten trockenen Flusslauf entlang, der genau Richtung Westen verlief. Das machte ihnen Mut und brachte sie besser voran. Dennoch waren sie alle froh, als sie endlich einen grünen Streifen vor sich sahen, der das Ende von Clahadus ankündigte. Die Wirkung des Mittels war inzwischen verflogen, und alles war wieder beim Alten. Die Elben hielten allerdings durch, denn es war nicht mehr weit, und der Anblick des fernen Grün spendete ihnen gerade genug Kraft.

Der vergiftete Boden endete so abrupt, wie er auf der anderen Seite begonnen hatte, und schon im nächsten Moment hatten alle den Schrecken des verfluchten Landes vergessen. Es wurde auch Zeit; sie besaßen kein Wasser, kein Essen mehr.

»Graaaaas!«, brüllte Gru Einzahn auf und donnerte davon. In den Tagen, die sie in Clahadus verbracht hatten, war hier draußen endlich der Frühling gekommen, und überall zeigte sich das erste zarte Grün. Noch lange nicht ausreichend für einen pflanzenverschlingenden Oger, aber zumindest genug, um seinen ärgsten Hunger zu stillen. Die Gefährten sahen ihm dabei zu, wie er in Höchstgeschwindigkeit den Boden geradezu mähte, alles in sich hineinschaufelte, was in seinen Augen essbar aussah. Bäume und Büsche waren noch nicht soweit, und das war vielleicht ihr Glück. Eine breite Bahn der Verwüstung hinterlassend, zog der Oger über die Hügel, bis er fast verschwand, dann kam er zurück auf der nächsten Bahn.

»Entschuldicht mich«, sagte Blaufrost und raste dann in weiten Sätzen davon, bevor ihn die Sonne, die sich gerade noch hinter Wolken versteckte, erwischen konnte. Er hätte natürlich auch bis Einbruch der Nacht warten können, weil es dann sicherer war, aber auch ein Troll riskierte ab und zu gern ein gefährliches Spiel. Es hörte sich an wie eine Steinlawine, die in den in der Nähe stehenden Wald rollte, und als sie aufschlug, erbebten einige Bäume, ihre Wipfel schwangen hin und her. Als Erstes würde der Troll Deckung suchen, und dann etwas zu essen. Die Pferde prusteten erleichtert, als er fort war, denn er hatte sie heute Morgen mit ziemlich begehrlichen Blicken betrachtet.

Tuagh, Fionn und die Elben gingen auf der Suche nach einem geeigneten Rastplatz, wo sie Wasser fanden und in der Nähe jagen konnten, weiter. Die Elben wurden übergangslos wieder lebhaft, ihr Schritt fest und federnd, in ihre Augen trat der gewohnte Glanz, und die Abbilder von Lichtungen und Auen zeigten sich erneut darin.

»Ich werde eine Warnung an alle Elben aussprechen, Clahadus jemals zu betreten«, sagte Màni und atmete tief durch. Sie lächelte und lief beschwingt voran.

Es tat gut, die Sonne wieder zu spüren, den freundlich blauen Himmel frei von Wolken zu sehen, und das Frühlingsgezwitscher der Vögel zu hören. Die Luft war nicht mehr trocken und staubig, der Boden gab weich nach unter den Füßen, und alles schien so viel leichter zu sein.

Morcant trat an Fionns Seite. »Ich glaube, das war ein Illusionszauber«, sagte er leise. »Er hatte zwar eine besondere Wirkung, die unsere Sinne taub machte für die Irrmagie, weswegen die Zwillinge und ich zu uns gekommen sind. Alles andere aber war nur eine Illusion, die wir uns herbeigewünscht hatten. Gru wollte nicht mehr hungern, Blaufrost nicht mehr frieren ... also wurde die Erfüllung vorgegaukelt. Damit wir durchhalten.«

»Das hab ich mir schon gedacht«, sagte Fionn gleichmütig. »Ein allheilendes Wundermittel, das ist schwer zu glauben. Vor allem, wenn es bei einem keinerlei Wirkung zeigt.« Er nickte leicht in Tuaghs Richtung, der sich in den letzten Tagen nicht schwächer als sonst gezeigt hatte. Und er war ernst und schweigsam wie stets ... vielleicht sogar noch ein wenig zurückgezogener als sonst. Ihn musste einiges beschäftigen, so Fionns Eindruck, und das seit der Begegnung mit Pellinore. Auch die Tatsache, dass sie jetzt nach Du Bhinn gingen, schien ihm zu schaffen zu machen. Eine Begegnung mit seiner Vergangenheit? Und wahrscheinlich dachte er auch viel an seinen Bruder, den er seit Jahrzehnten suchte. Der junge Bogin hätte gern mit ihm darüber gesprochen, doch er wusste, dass der Wanderkrieger in dieser Stimmung nicht reden wollte.

Gru Einzahn hatte inzwischen ein kleines Tannenwäldchen entdeckt und fiel wie ein verheerender Sturm darüber her. Der erste Baum war bereits kahlgefressen, und die Gefährten konnten die glücklich glucksenden Laute des Ogers herüberschallen hören.

»Oh, dieses Aroma ... unvergleichlich ... und das Öl in den zarten Nadeln ... wie es duftet ... Ah! Und da ist ja auch Honig ...«

Kurz darauf erklang ein Brausen, und ein Bienenschwarm, nein, zwei – nein, *drei* Schwärme erhoben sich über die Wipfel und kreisten brummend über dem Wäldchen. Gleichzeitig stürmten Tiere heraus, als würden sie vor dem Feuer fliehen; Hirsche, Wildschweine, Marder, Dachse und Füchse und viele mehr. Sogar einige Wölfe sowie eine wahre Flut an Kaninchen ergossen sich aus dem Tann. Sie alle rannten über die Hügel in den nächsten Wald hinein, was vielleicht ein Fehler war, da Blaufrost vorhin darin verschwunden war.

Màni kam zurück. »Da hinten ist ein kleiner Bachlauf mit einem ausgezeichneten Lagerplatz!«, rief sie. »Gar nicht weit!«

Die anderen beschleunigten ihre Schritte, tauchten in einen lichten, gerade zart ergrünenden Birkenhain ein und erreichten bald darauf die Stelle, an der Màni sie erwartete. Fionn seufzte, als er das plätschernde Wasser sah, die mit Moos überzogenen Steinbrocken am Ufer, die dichte Grasdecke, die hier schon üppig wuchs. Auch die beiden ihnen verbliebenen Pferde seufzten, wälzten sich gleich darauf erleichtert grunzend und fingen dann an zu grasen.

Tuagh und die Elben gingen auf die Jagd, Valnir blieb bei Fionn. Sie entfachten ein Feuer und nahmen ein belebendes Bad im kalten Wasser. Dann suchte Fionn nach Kräutern und Wurzeln und wurde fündig, dazu entdeckte er auch noch ein paar Pilze. Auch die Jäger kamen erfolgreich mit guter Beute zurück. »Ein Kaninchen ist für mich!«, rief Fionn, und die Elben lachten.

»Gut zu wissen, dass es dem Bogin wieder gut geht«, stellte Morcant fest.

Die Wartezeit, bis das Fleisch gar war, war beinahe die schlimmste: es duftete köstlich, und sie hatten so einen entsetzlichen Hunger. Dafür war der Genuss dann umso intensiver, selbst die sonst so genügsamen Elben langten kräftig zu.

Gru Einzahn traf kurz darauf ein. Mit gewaltig geschwollenem Bauch ließ er sich krachend auf den Boden fallen und rülpste herzhaft. Fionn hätte sich nicht gewundert, wenn auf dieses kapitale Hirschröhren demnächst eine verliebte Hindin aus dem Gebüsch treten würde.

Blaufrost wirkte nicht weniger zufrieden, als er eintraf. »Die Viecher sin' mir ja von selber ins Maul gehopst«, erzählte er.

Tuagh stand etwas abseits, an einen Baum gelehnt, und beobachtete den Wald.

»Du solltest ruhen«, sagte Morcant zu ihm. »Du hast uns durch Clahadus gebracht, und du hast nachts so gut wie kein Auge zugetan, um über uns zu wachen. Wir werden zu zweit abwechselnd Wache halten. Abgesehen von Trollen, denen Blaufrost schon genügend Bescheid stoßen wird, sollte uns hier keine Gefahr drohen.«

»Oger gibt's hier nich'«, erklärte Gru Einzahn. »Der nächste Sumpf is' gut zwei Tagesreis'n weit wech. In den Hochmoor'n leben auch welche, die ernährn sich hauptsächlich vonne wilden Ponys da, un' den Ziegen. Die warn nett zu mir, aber da gab's so gut wie nix zu futtern für mich.«

»Ich bin nicht müde«, sagte Tuagh.

»Ja, weil du dir zu viele Gedanken machst.«

»Ich überlege, wie wir von hier aus weitergehen. Wo wir ansetzen sollen.«

Fionn hob in einer ratlosen Geste die Hände, als Morcant ihm einen Blick zuwarf. »Ich weiß nicht, was Pellinore gemeint hat, aber ich habe nicht die geringste Ahnung, wo und wie ich den Weg finden soll.«

Valnir dachte nach. »In den Schwarzbergen gibt es viele Zwergensippen. Genau wie Blaufrost bin auch ich hier geboren, und ich kenne wie alle Zwerge die Legende des Zauberers vom Berge. Aber wir sind ihm nie begegnet, und wir haben ziemlich viele Stollen ins Gebirge getrieben. Wenn ihr mich fragt ...«

»Und ob wir das tun!«, rief Fionn. Tuagh und Morcant nickten der Zwergenkriegerin zu.

»Ich würde vorschlagen, dass wir von hier aus direkt ins Herz des Gebirges gehen, zum Carradu. Das ist der zweithöchste Berg, und ihm vorgelagert liegt eine große Senke innerhalb der Berge. Zwerge meiden in der Regel das Gebiet, weil es hohe magische Strömungen hat. Also ... wäre das ein guter Ansatz, nicht wahr?«

»Ich bin dort schon gewesen«, brummte Tuagh. »Da ... lebt das Schöne Volk, deswegen ist es so magisch.«

Fionn hob die Brauen.

»Die Tylwytheg«, antwortete Morcant auf seine unausgesprochene Frage. »Entfernte Verwandte von uns.« Er wiegte den Kopf. »Ich halte

Valnirs Idee für gut, Tuagh. Wenn jemand etwas über den Zauberer vom Berge weiß, dann die Tylwytheg.«

Der Wanderkrieger nickte langsam, doch seine Miene blieb in Düsternis gehüllt.

*

Der Greifvogel landete auf seinem Arm und pfiff etwas in das Ohr seines Gebieters.

Der Zweite trat hinzu. »Neuigkeiten?«

Der Erste nickte. »Sie haben Clahadus verlassen – lebend.«

»Erstaunlich. Dann holen wir sie uns jetzt?«

»Nein. Sie bewegen sich Richtung Du Bhinn. Das bedeutet, sie haben das Buch nicht und hoffen wohl, es dort zu finden.«

»Oder *ihn*.«

»Gut möglich. Vielleicht vermuten sie das Buch bei ihm.«

»Dann hätten wir beide auf einen Schlag. Dubh Sùil wird begeistert sein!«

»Oder zutiefst erzürnt, sollten wir uns irren oder versagen. Deshalb werden wir keinen Fehler begehen. Informiere unseren Verbündeten dort. Er soll zuschlagen, sobald der Moment gekommen ist.«

»Und was werden wir tun?«

»Wir beziehen Stellung auf dem Weg nach Sìthbaile.« Er gab dem Vogel auf seinem Arm ein Stück rohes Fleisch, das er bereitgehalten hatte. Der Greif verschlang es in einem kurzen Zuschnappen. »Flieg wohl, mein Schöner, und sei meine Augen . . .«, flüsterte sein Herr ihm zu, dann ließ er ihn wieder fliegen.

*

»Ihr müsst uns nun nicht mehr weiter begleiten«, sagte Tuagh zu Blaufrost und Gru Einzahn früh am nächsten Morgen, kurz vor Sonnenaufgang.

»Hä?«

»Wie jetz'?«

Tuagh presste kurz zwei Finger an die Nasenwurzel und sprach dann ruhig weiter. »Gru Einzahn, du hast deine Schuld erfüllt. Du bist mir nicht mehr verpflichtet. Und du, Blaufrost, für dich ging es doch hauptsächlich um Clahadus, weil du dort erlöst werden wolltest.«

Aus den tiefliegenden, rotglühenden Augen des Trolls schlugen Flämmchen. »Ich bin'n Fiandur, ob's dir passt oder nich'«, sagte er und verschränkte beleidigt die Arme vor der Brust. »Klar, ich bin nur inner Nacht nützlich, aber besser als nix.«

»Hä?«, wiederholte der Oger und kratzte sich den Kopf.

»Du bist frei, Gru Einzahn.«

»Seit wann war ich'n Gefangener?«

»Ich meinte nur, dass ...«

Die beiden Riesen sahen sich an. »Der Burschi wird's nie nich' lern'n«, sagte Blaufrost und schüttelte erschüttert den Kopf.

»Tja, kannste mach'n, wasde wills'. Manche sin' einfach schwer von Kapee.«

»Also, ich geh dann ma', Sonne is' gleich da. Du übernimmst, Kohlkopf. Bis heut ahmd.«

Fionn grinste Tuagh an, der ein wenig verdattert dastand, sagte aber nichts.

*

Pirmin eilte durch die Gänge. Heute konnte ihn niemand mehr aufhalten, so wie in der letzten Zeit. Die Àrdbéana hatte nach ihm verlangt!

Kein Hauptmann Tiarnan, der ihm den Weg verstellte. Auch die Wachen gaben sofort den Zugang frei.

Seit dem schrecklichen Tod seines Schreibers und der Bedrohung durch die Vermummten hatte der Oberste Haushofmeister auf jeden seiner Schritte geachtet. Er verrichtete seine Aufgaben streng, wie bisher, doch er mischte sich nicht mehr ein, wenn es um die Angelegenheiten der Bogins ging. Er nahm es auch hin, als die Tore verschlossen wurden und ihm gesagt wurde, dass er den Palast nicht mehr zu verlassen habe. Es wurde ernst, bitterernst, und sein Leben währte vielleicht nicht mehr lange.

Alles hätte er ertragen können, doch dass er nicht mehr zu seiner Herrscherin durfte, traf ihn hart. Er sorgte sich mehr denn je um sie und befürchtete, dass sie nun völlig in der Hand des Bösen hinter diesen Mauern war.

Daher konnte er es kaum fassen, dass sie tatsächlich nach ihm verlangte, dass sein Besuch ihr und ihm gestattet werden sollte. Und der nächste Schock traf ihn, als er sie nicht in ihrem Bett, sondern aufrecht in einem Sessel am Fenster vorfand. Sie war sehr schmal und bleich geworden, eine filigrane Schönheit, doch es ging ihr ohne jeden Zweifel besser! Glanz lag wieder in dem klaren Blau ihrer Augen.

Pirmin stürzte zu seiner Herrin und warf sich zu ihren Füßen nieder. »Ich – ich kann es nicht fassen, Áladís«, stammelte er. Er war der Einzige, der sie mit Namen ansprechen durfte – allerdings niemals in der Öffentlichkeit. »Wie ist es gelungen, Euch zu heilen?«

»Ich bin nicht geheilt, mein guter Pirmin«, sagte sie und berührte sanft seinen Kopf. »Aber ich kann den Kampf nicht aufgeben. Ich zwinge mich dazu, und es fällt mir schwer. Ich habe auf geheimen Wegen ein Mittel erhalten, das mich stärkt und aufrichtet. Auch hält der Frühling Einzug, und das ist gut für mich.« Sie neigte sich zu ihm herab. »Wir müssen diesen Kampf gewinnen, Pirmin!«, flüsterte sie in sein Ohr. »Es kann nicht angehen, dass ich Gefangene in meinem eigenen Palast bin. Was wird mit dem Volk draußen geschehen? Dem Obersten Gesetz? Nein, ich werde es nicht zulassen.«

»Auf wessen Seite steht Hauptmann Tiarnan?«, stellte Pirmin die Frage, die ihm am schwersten auf der Seele lastete.

»Er tut das Richtige, vertrau ihm. Es ist sehr schwierig, die Balance zu halten. Er hat veranlasst, dass wir uns dieses eine Mal sehen können, und wir sind sogar ausnahmsweise ganz unter uns. Wir können also frei sprechen, aber besser leise.«

»Wer ist es, Herrin? Wer bedroht Euch? Habt Ihr ihn gesehen, mit ihm gesprochen?«

»Seine Handlanger sind überall. Ich weiß nicht, wo und wer er ist. Er ist nicht greifbar. Doch seine Untergebenen und er können nicht alles tun – noch nicht. Mein Gesetz gilt, und ich habe die Macht, solange ich lebe. Und ich bin fest entschlossen, nicht zu sterben, und ich werde auch nicht mehr schwach sein. Wie närrisch bin ich gewesen, wie leichtgläubig! Zu sehr habe ich mich lenken und beeinflussen lassen, aber das ist jetzt vorbei.«

»Werden sie das zulassen?«

»Sie müssen. Es ist nicht so einfach, eine Elbenkönigin vom Thron zu stoßen. Nicht so einfach wie bei euch Menschen, Pirmin. Schon gar nicht, mich hinterrücks zu ermorden.«

»Sagt mir, was ich tun soll.«

»Berichte mir ausführlich, was alles geschehen ist, seit unserem letzten Treffen.«

Der Oberste Haushofmeister kam der Aufforderung gern nach. Als sie von der Verschwörung gegen sie erfuhr, die Meister Ian Wispermund angeblich angeführt hatte, war die Herrscherin fassungslos.

»Das ist unmöglich, Pirmin, du musst dich geirrt haben! Ich kenne den Magister seit vielen Jahren, und ich vertraue ihm rückhaltlos!«

»Es hat sich viel verändert, Áladís, seit die Bogins einkerkert wurden. Ich glaube, das verzeiht Meister Ian Euch nicht.«

»Wo sind sie?«

»In gesonderten Arrestzellen, jeder einzeln untergebracht. Tiarnan kümmert sich persönlich darum. Ich weiß nicht, was er mit ihnen macht, doch es kann nichts Gutes sein.«

Die Árdbéana blickte nachdenklich zum Fenster hinaus. »Mir kommt da eine Idee, Pirmin«, sagte sie langsam. »Kannst du eine Nachricht hinausschicken?«

»Ich darf den Palast nicht mehr verlassen.«

»Aber andere werden es dürfen.«

»Ja. Ich werde jemanden finden.«

»Dann schicke eine Botschaft an Hochkönig Alskár und alle Edlen des Reiches, dass sie zu einer Gerichtsverhandlung eingeladen sind. Es geht um die Zukunft des Friedens und die Einhaltung des Obersten Gesetzes. Wir werden die Verschwörer vor Gericht stellen. Und das bedeutet, dass Hauptmann Tiarnan sie ab sofort in Ruhe lassen muss. Sie haben in guter Verfassung vor meinem Thron zu erscheinen, denn ich bin eine gütige, keine grausame Herrscherin. Alle bedeutenden Persönlichkeiten sollen als Zeugen dabei sein, wenn ich über die Verschwörer Gericht halte. Ich werde ein Exempel statuieren, und bei der Gelegenheit werden wir auch den Mörder von Magister Brychan entlarven, der sich unter ihnen befinden muss. Und die armen Bogins dort unten können endlich zu ihren Herrschaften zurückkehren. Gleichzeitig werde ich veranlassen, dass ich zusammen mit Alskár den Palast verlasse. Bei all den hochgestellten Persönlichkeiten werden sie das nicht verhindern können. Wir werden den Feind hier einsperren! Isolieren! Zur Aufgabe zwingen.«

Pirmin sah sie staunend an. »Ja ... das können sie nicht unterbinden ...«, flüsterte er. »Oder es würde einen offenen Krieg geben.«

»Und den wollen unsere Feinde nicht, Pirmin, sonst hätten sie ihn schon längst angezettelt. Nein, sie wollen das Reich still und heimlich übernehmen. Und das können wir nur auf diese Weise abwehren. So dumm es auch klingt, mein lieber, guter Freund, aber diese Verschwörung und dass ausgerechnet Meister Ian Wispermund das Oberhaupt davon sein soll, kommt uns sehr gelegen. Das könnte unsere Rettung sein.«

Er ergriff ihre Hände und küsste sie. »Ihr seid anbetungswürdig, Hochedle«, wisperte er beglückt. Der Plan könnte funktionieren! »Alles wird wieder gut. Haltet Euch nur bei Kräften, aber macht sie nicht zu sehr misstrauisch. Sie sind verärgert über Eure Schwäche, das ist zugleich auch Eure Stärke.«

»Ich weiß, Pirmin. Deshalb werden wir uns wahrscheinlich nicht mehr sehen dürfen, doch wir werden einen Weg finden, Kontakt zu halten. Ich verlasse mich voll und ganz auf dich. Die Wahrung des Friedens, ja das Wohl des ganzen Reiches hängt jetzt von dir ab.«

*

So lange es möglich war, ritten Tuagh, hinter dem Valnir aufsaß, und Fionn auf Tierpfaden, während die Elben querfeldein liefen. Ab und zu wechselten Valnir und Fionn sich ab, um den roten Hengst zu entlasten, denn die Zwergenkriegerin wog doch um einiges mehr als der schmale Bogin.

Sie ritten und liefen bis in die Nacht hinein; dabei trafen sie regelmäßig auf Blaufrost und Gru Einzahn, die »den Weg säuberten«, wie sie sich auszudrücken beliebten. Ein paar Strauchdiebe und Wegelagerer gab es anscheinend immer.

Die Landschaft wurde zusehends rauer, Felsen türmten sich auf; auf uralten Gerölllawinen waren in jungen Blättern stehende, raschelnde

Wälder gewachsen. Vielerlei Bäche mäanderten durch die urwüchsige Landschaft, von moosbewachsenen Felshängen stürzten sich kleine Wasserfälle. Es wurde mit jedem Tag milder, und auf dem Boden breitete sich ein Teppich aus weißen, blauen und gelben Blüten aus. Tagsüber schien die meiste Zeit die Sonne, nachts regnete es ab und zu, und sie mussten unter Felsüberhängen Deckung suchen.

Einmal befürchteten sie, die Pferde nicht weiter mitnehmen zu können, doch die Huftiere kämpften sich tapfer über die felsigen Hindernisse hinweg und weigerten sich zurückzubleiben.

Schließlich wurde das Gelände etwas weiter und besser begehbar; allerdings näherten sie sich damit auch einem Sumpfgebiet. Die Elben fanden jedoch einen Weg, der auf guter Distanz daran vorbeiführte. Dann ging es über eine Hügelgruppe, und ab hier kannten sich auch Tuagh und Valnir aus. Vor ihnen lagen bereits die höchsten Berge, der Carradu erhob sich rechts am Rand, und davor war von hier oben aus schon die weite Senke zu erkennen, mit einem malerisch eingebetteten blauen See.

Fionn erfreute sich an dem Anblick dieser prächtigen Landschaft voller Wälder, Schiefer, Hochmoore, kahler und bemooster Felsen, den Wasserfällen und den lieblichen Senken. Das Gebiet war unüberschaubar groß. Wie seine Begleiter erzählt hatten, lebten hier viele Zwerge und Elben und Trolle und Oger und ja, auch Menschen, doch er entdeckte keine einzige Siedlung, kein Anzeichen von Zivilisation. Alles war gut versteckt und zeigte sich nicht auf den ersten Blick.

Du Bhinn teilte sich in vier Gebirgszüge auf: die Schwarzen Berge des Westens und des Ostens, der Große Wald sowie das »Leuchtfeuer«. Neben großen Ziegen mit mächtigen Schrauben- und Widderhörnern lebten hier auch elegante kleine Hirsche und Wildpferde, Allsvartur nicht unähnlich. Wölfe und Bergpanther waren die Großjäger, und dann gab es noch Bären, denen alles schmeckte. Die Luft gehörte den Adlern und vielen kleineren Greifen; Fionn beobachtete sie oft und bewunderte sie für ihre Flugkünste.

Abgesehen von Sìthbailes Oberhoheit gab es hier keinen König; das Gebirge gehörte allen Völkern gleichermaßen. Man arrangierte sich und ging sich bevorzugt aus dem Weg.

Nun kamen sie schnell voran. Fionn fragte sich, wie die Elben das machten, so flink und ausdauernd zu sein, aber stets am Abend trafen sie sich wieder. Auch der Troll und der Oger hielten die Treue.

Schließlich gelangten sie an den See in der Senke, über die der Carradu aufragte – ein völlig unspektakulärer, regelrecht hässlicher Berg. Er besaß nahezu kahle, zumeist sanft steigende Hänge voller Geröll, aus denen immer wieder steile Felszacken mit Höhlenlöchern herausragten. Hier wuchsen nur noch Niederpflanzen, die sich an die Felsen krallten, aus Ritzen hervorkrochen und verschämt zarte Blüten austrieben. Der Frühling schaffte es, dem Berg ein wenigstens einigermaßen passables Kleid anzulegen, aber sobald die Blüte vergangen wäre, würde er trostlos und verlassen daliegen, ein Kümmerling inmitten der üppigen Pracht und der mächtigen schwarzen Schieferberge um sich herum. Das Einzige, was er für sich beanspruchen konnte, war seine Höhe, denn sein Gipfel ragte fast so weit auf, wie der des höchsten Berges. Bei gutem Schritt dauerte ein Anstieg vom Fuß bis zum Gipfel zwischen zwei und drei Stunden, wusste Tuagh zu berichten.

Der aus dem Nordreich stammende Morcant zeigte einen mitleidigen Ausdruck. »Und das nennt ihr *Berge*. Kommt zu uns, da habt ihr richtige Berge!«

»Erstens fällt dort oben in einem strengen Winter Schnee«, verteidigte Valnir ihre Heimat, »und zweitens braucht man bei euch dann vielleicht zwei Stunden länger, um auf den Gipfel zu kommen, aber das war es auch schon!«

»Es kommt nicht allein auf die Höhe an«, sagte Tuagh ernst. »Diese hier reicht völlig aus, um einen zu töten.«

Die Senke wurde gerade mit einem zarten Grün und einem wahren vielfarbigen Blütenmeer überzogen, durchsetzt von Birken und Schwarzerlen und Beerenbüschen.

Rings um den See standen große Gruppen von Obstbäumen, deren Blüten gerade aufbrachen – Apfel, Kirsche, Birne und Pflaumen. Der Wind trug einen süßen Duft herauf, der Fionn das Wasser im Munde zusammenlaufen ließ. Nur waren das leider erst die Vorboten der wachsenden Frucht.

»Gru«, sagte Tuagh sehr streng, »du wirst hier nicht mal einen einzigen Grashalm ausreißen, verstanden?«

»Och . . .«

»Ich meine es bitterernst.«

Gru Einzahn blinzelte, seine grünglühenden Augen wirkten traurig.

»Hör auf Tuagh«, warnte Morcant. »Dein Leben und unseres steht auf dem Spiel. Wir werden hier mit gebotener Zurückhaltung hindurchgehen.«

»Aber die sin' doch deine Verwandt'n, oder? Kannste nich' 'n gutes Wort ...«

»Nein. Sie sind fremd und gefährlich. Ende der Debatte.«

Inmitten einer Baumlaube am See lag der Stamm eines uralten Riesen, der einst an dieser Stelle umgestürzt war. Ein Teil seiner Wurzeln und ungefähr die Hälfte seines Stammes waren noch übrig, den Rest hatte die Zeit sich geholt. In den Baum hinein und zwischen die mächtigen hochragenden Wurzeln war ein Haus gebaut worden. Bunte Fensterscheiben blickten hinaus auf das Wasser und ein kuppelartiges, moosbewachsenes Dach ragte über den Stamm hinaus. Aus dem Kamin stieg eine dünne Rauchsäule auf. Eine Holztreppe führte hinauf zum Eingang in Form einer halbrunden grünen Tür.

»Das gilt für alle: Ab jetzt ist Vorsicht geboten«, sagte Morcant. »Das Schöne Volk ist freundlich, aber unberechenbar. Wir werden uns respektvoll und höflich verhalten. Wir reden nicht mit ihnen, wenn sie uns nicht dazu auffordern. Und vor allem solltet ihr Nichtelben nur auf dem Weg bleiben. Jeder Fehltritt kann uns teuer zu stehen kommen.«

»Aber wo sind sie denn?«, fragte Fionn staunend, während er, Valnir und Tuagh abstiegen.

»Hier überall«, antwortete der Meersänger leise. »Sieh genau hin – aber sieh sie nicht an, das provoziert sie.«

Fionn fragte sich, wie man wohl etwas genau ansah, ohne es anzusehen. Nervös folgte er Tuagh auf dem Fuße, hinter ihm ging Valnir mit Allsvartur, und zuletzt der leise vor sich hinklagende Gru Einzahn mit dem roten Hengst. Die drei Elben schritten neben ihnen her, denn ihre Füße berührten kaum den Boden und zerstörten niemals etwas, drückten es höchstens ein wenig nieder, sodass es sich unversehrt wieder aufrichten konnte.

Nach einer Weile begriff Fionn, wie Morcants Worte gemeint waren. Er hielt die Augen starr nach vorn gerichtet, doch aus dem Augenwinkel sah er das Schöne Volk nun. Ätherische, hellhaarige Wesen, groß und zerbrechlich schlank. Sie trugen vielfarbige, sich im Wind bewegende Gewänder, Blumenkränze im Haar und an den bloßen Armen und Füßen. Ihre Gesichter waren schön wie Blumen, Rosen und Veilchen, Maiglöckchen und Krokusse. Ihre bloßen Füße schienen den Boden nicht zu berühren, und Fionn kam es so vor, als würden sie von einem stärkeren Windstoß fortgeweht werden. Sie verschwammen mit ihrer Umgebung, lösten sich auf und manifestierten sich an anderer Stelle wieder. Manche kamen näher, und Fionn umfloss ein zarter Duft nach Äpfeln und Kirschen und Pfirsichen.

Morcant holte die Lyra von seinem Rücken, zupfte sie und begann mit seiner wunderbaren Stimme ein Lied zu singen, das von der fernen See erzählte, und seiner Heimat im Norden. Er sang von einem Sonnenaufgang, einer einsamen Möwe, und dem Fischer draußen, der dem Meer sein Auskommen abrang.

Die Tylwytheg lauschten mit schief gelegten Köpfen, dann huschte ein Lächeln über ihre ätherischen Gesichter, und nach einer Weile fielen sie in den Refrain mit ein. Ihre Stimmen waren lieblich und zart wie Glockenblumen und schallten von den Berghängen wider.

Die Zwillinge sangen ebenfalls mit, und schließlich auch Fionn, er konnte nicht anders, und in seinen Füßen zuckte es, dazu zu tanzen. Valnir und Tuagh schwiegen, und das war wahrscheinlich auch besser so. Sehr rücksichtsvoll war es auch von Gru Einzahn, sich nicht zu beteiligen.

Wie in einer Prozession näherten sie sich singend dem See. Als sie nur noch zwanzig Schritte vom Haus entfernt waren und das Lied geendet hatte, öffnete sich oben die grüne Tür, und eine Frau trat heraus.

Fionn war verblüfft, wie *materiell* sie aussah, und wie mütterlich, und wie ... alt. Zahlreiche Falten zierten ihr schmales Gesicht, ihr langes weißes Haar umhüllte sie wie ein Tuch. Die weiße Haube auf ihrem Kopf bildete nur eine Zierde. Sie trug ein langes Kleid aus dunkler Wolle, eine bunte Schürze und Holzschuhe. Im Gürtel steckten zwei Beutel, aus denen Kräuter herausstanden, eine kleine Sichel und Handschuhe.

»Das ist *die* Schöne Frau«, flüsterte Morcant Fionn zu, und seine Stimme klang ehrfürchtig. »Kymra, die Segensmutter.«

Die Schöne Frau lächelte und breitete die Arme aus. »Ich freue mich, dich wiederzusehen, mein lieber Junge.« Das sagte sie zu Tuagh, der sich daraufhin tief vor ihr verbeugte und sie voller Respekt begrüßte. Dann richtete sie ihren Blick auf Fionn. Blaue Augen. Ihre Augen hatten dieselbe Farbe wie der See, und wie dort auf den kleinen Wellen glitzerte die Sonne darin.

»Sei willkommen, Fionn Hellhaar.«

Er schluckte. Sie kannte seinen Namen. Was noch alles? Mit weichen Knien verbeugte er sich.

»Ich grüße Euch, ehrenwerte Segensmutter«, stammelte er. Er hörte rings um sich ein Kichern.

»Kommt herein, ihr beiden.« Lady Kymra winkte ihnen zu und ging nach innen.

Fionn zog eine verdutzte Miene, da packte Tuagh ihn am Arm und zog ihn mit sich. »Komm schon, die Dame lässt man nicht warten.«

»Und . . . und die anderen?«

»Müssen draußen bleiben. Halt den Mund! Wir müssen froh sein, dass sie uns überhaupt empfängt.«

Hier oben gab es nur einen einzigen Raum, dessen Wände aus dem Baum selbst bestanden, bunt ausgeleuchtet durch die vielfarbigen Scheiben. Gemütliche Holzmöbel, ein paar Schränke, getrocknete Kräuterbündel hingen von der Decke, große getrocknete Gräser steckten in einer Vase.

Lady Kymra bot ihnen einen Platz am Tisch an und goss ihnen leicht vergorenen Apfelsaft in zwei Gläser. Fionn konnte sich gar nicht mehr erinnern, wie Bier und Wein schmeckte, und der Vergorene stieg ihm sogleich zu Kopf.

»Du bist noch auf der Suche?«, richtete die Schöne Frau ihre Frage an Tuagh.

»Ja, Mylady.«

»Wenn sich darin nichts geändert hat, warum bist du dann jetzt hier? Ich kann dir nur dasselbe sagen wie damals.«

»Valnir Eisenblut hielt es für eine gute Idee.«

»Sie hat viele gute Ideen, und ich glaube, sie wollte dich trösten.«

Lady Kymra wandte sich Fionn zu. »Um deine vielen Fragen zu beantworten, die einen wahren Reigen um deinen Kopf tanzen: Ich weiß es, weil ich ein gutes Gehör habe.« Sie tippte sich gegen ein Ohr und lächelte. »Ich höre mich um, und es wird viel geredet.«

»Wisst Ihr auch etwas über Sìthbaile zu berichten?«, fragte Fionn und sah bang, wie ihr Gesicht sich verdüsterte.

»Ja, und nichts Gutes. Es wird Zeit, dass ihr zurückkehrt. Schreckliches ist dort im Gange. Gerade du«, sagte sie zu Tuagh. »Du solltest nicht mehr herumreisen, sondern dort sein, wo du hingehörst.«

»Nur, wenn ich das Buch habe«, antwortete er.

»Uns ... uns wurde gesagt, dass es hier in Du Bhinn sei«, fügte Fionn hinzu. »Beim, äh, Zauberer vom Berge.«

»Und nun wollt ihr wissen, wo der Zauberer vom Berge ist?«

»Ja, Segensreiche. Wenn Ihr uns da helfen könntet ... es gibt hier sehr viele Berge.«

Fionn ärgerte sich, wie still und düster Tuagh dasaß, er empfand es als unhöflich der Lady gegenüber. Sein Glas hatte er in einem Zug geleert, das auch noch. Kräftiger Schnappes wäre ihm wahrscheinlich lieber gewesen.

Lady Kymra nickte. »Der Carradu wird es euch sagen. Geht hinauf, dann werdet ihr ihn sehen.«

Fionn kannte das aus den Märchen. Da gab es immer nur kryptische Antworten. Aber warum musste das auch in Wirklichkeit passieren?

»Das ist alles, was ich zu sagen habe. Und es *ist* alles. Ich helfe euch aus Mitleid ihm gegenüber«, sie deutete auf Tuagh, »und wegen deines armen Volkes, Fionn. Es wird Zeit, dass die Wahrheit ans Licht kommt. Deshalb werde ich auch nichts dafür verlangen.«

»Das entspricht doch genau dem, was wir erhalten haben.« Tuagh sprang auf und warf dabei den Stuhl um. »Ich hätte nicht hierher kommen sollen!« Damit stürmte er grußlos hinaus.

Fionn wäre vor Scham am liebsten tief im Baum versunken, und er wusste nicht, wie er das wieder gutmachen sollte.

Aber Kymra war gar nicht zornig. Sie wiegte den Kopf. »Immer noch so stürmisch, der Junge«, seufzte sie. »Er wird sich nie ändern, egal was es ihn noch kosten mag.« Sie richtete ihren Blick auf Fionn. »Er ist ein guter Mann. Du musst ganz besonders auf ihn achten, hörst du?«

»Das werde ich«, versprach Fionn verblüfft. Das war ja mal eine seltsame Wendung. War denn nicht *er* derjenige, der klein und hilflos war?

»Hilf ihm.«

»Wenn ich kann . . .«

»Wenn du es nicht kannst, kann es niemand, und ich hege dann keine Hoffnung mehr für ihn.« Lady Kymra stand auf, und Fionn sah das als Zeichen, sich zu verabschieden. »Es ist wichtig, für uns alle, Fionn.« Sie ging zu einem Regal, nahm eine kleine Phiole heraus und gab sie Fionn. »Das musst du ihm geben. Es ist sehr wichtig. Er wird es benötigen.«

»Was ist das?«, fragte er verwundert.

»Die Essenz des Friedens. Unser Volk bewahrt sie seit langer Zeit, und ich glaube, jetzt sollte ich sie weitergeben. Ihre Wirkung hält leider nicht lange vor, doch Tuagh wird wissen, wann er sie einsetzen muss. Vergiss es nicht!«

»Das werde ich nicht.«

Sie neigte sich und hauchte ihm einen Kuss auf die Stirn. »Geh ihm nach, sonst macht er nur wieder irgendeinen Unsinn. Das war schon immer so.«

»Wie . . . wie lange kennt Ihr ihn schon?«

»Seit seiner Geburt. Ich bin seine Patin.« Sie wies mit dem Kopf zur Tür. »Du musst jetzt gehen.«

Fionn verbeugte sich, stotterte einen Abschied und stolperte hinaus.

Er sah Tuagh, der bereits auf dem Weg zum Berg war, und die Gefährten, die ihm eilig nachhasteten. Auf den Weg achtete niemand mehr, und der Oger schmetterte weithin hörbar:

»Tuagh! He, bleib doch stehn! Was'n los? Verdammich, wo is' dieser Dummbatz, wenn man ihn ma' brauch'?«

»Das Schöne Volk lässt euch ziehen«, hörte Fionn hinter sich, dann war die Tür zu.

Er holperte die Stufen hinunter und rannte dann nach links, Tuagh hinterher. Weil die Stiefel ihn behinderten, zog er sie hastig aus, warf sie sich an den Schnürsenkeln über die Schulter und rannte barfuß weiter. Der Boden war weich und nachgiebig, genau das Richtige für einen Großfüßer, und er wurde immer schneller. Ausdauer hatte er inzwischen reichlich.

»Tuagh!«, rief er verzweifelt. Wie sollte man auf jemanden aufpassen, der vor einem davonlief?

»Tuaaaagh!«

KAPITEL 18

HAFRENS LILIEN

Und dann kam auch noch ein Gewitter auf. Als ob der Himmel ein Ausdruck von Tuaghs Stimmung wäre, ballten sich Wolken zusammen, in der Ferne blitzte es bereits, und leiser Donner folgte. Fionn begriff gar nichts mehr. Es war nie einfach gewesen mit Tuagh, aber das hier ergab keinen Sinn.

Der Oger wäre normalerweise am schnellsten gewesen, aber er hatte ja noch das Pferd am Zügel, und die beiden waren sich nicht unbedingt einig über Gangart und Richtung. So war es Màr, die Tuagh schließlich einholte. Màni kam als nächste nach, dann Morcant, der Oger samt des wütenden Hengstes und zuletzt, weit abgeschlagen, Valnir, die es nicht mehr in den Sattel geschafft hatte und hinter Allsvartur herstolperte.

Fionn merkte selbst schon, wie er Seitenstechen bekam, weil er vor lauter Aufregung falsch geatmet hatte. So schnell und weit war er noch nie gerannt. Wenigstens war es Màr gelungen, den Wanderkrieger am Fuß des Berges aufzuhalten. Der junge Bogin konnte nur staunen, wie dieser Mann, der aussah wie ein Mittsechziger, derart ausdauernd und schnell laufen konnte. Gewiss, er hatte ziemlich lange Beine, aber er war doch bedeutend muskulöser und schwerer als die leichtfüßigen Elben.

Während der Wind um ihn herum brauste, es über ihm krachte, und er Angst hatte, von einem herabsausenden Blitz erschlagen zu werden, kam Fionn als Vorletzter an.

Er sah, wie Tuagh gerade Màrs Schultern packte und sie schüttelte. »Es hat keinen Sinn, verstehst du?«, rief er. »Nichts von alledem mehr, es wird sich nichts ändern!« Er ließ die Elbenfrau los und wandte sich ab. »Das ist es doch, was ihr Elben wollt, nicht wahr? Keine Veränderung! Alles soll bleiben, wie es ist!«

»Ich will das nicht«, antwortete Màr leise. »Ich wünsche mir eine Veränderung.«

Jetzt war Fionn angekommen, keuchend trabte er auf Tuagh zu. »So ...«, stieß er hervor, »so ... benimmt man sich nicht.« Dann ließ er sich zu Boden fallen und rieb seine heiß gelaufenen Füße. Verletzt sahen sie nicht aus, daher steckte er sie wieder in die Stiefel und spürte dankbar, wie das kühle Leder sie umfing.

Erneut blitzte und donnerte es, dass der Bogin für einen kurzen Moment halb geblendet und halb taub war. Dann ließ der Wind plötzlich nach, und der nächste Blitz zuckte weiter entfernt. Die Geschwindigkeit des Gewitters musste sehr hoch sein. Nicht ungewöhnlich in den Bergen, hatte Valnir unterwegs einmal erzählt. Das Wetter schlug innerhalb weniger Augenblicke von strahlendem Sonnenschein zu Unwetter um, und genauso schnell verging es auch wieder. Wenigstens hatte es nicht geregnet – noch nicht. Die Wolkenballungen verzogen sich nämlich noch keineswegs, und Fionn ging davon aus, dass das Gewitter sich lediglich einmal im Kreis um den Berg herum bewegen und dann hierher zurückkehren würde. Es war so düster wie in der Abenddämmerung. Passend zur Stimmung. Zerbrach nun alles?

Er hätte erwartet, dass Morcant auf den Wanderkrieger losgehen würde wie bei den Ogern damals, aber das Gegenteil war der Fall. Er trat langsam an Tuagh heran, legte eine Hand an seinen Oberarm.

»Komm zu dir, Freund«, sagte er behutsam. »Beruhige dich.«

Tuagh stand reglos, den Blick zu Boden gerichtet.

Valnir ließ sich neben Fionn hinsinken und schnappte nach Luft. »Dafür sind Zwerge nicht geschaffen«, ächzte sie. »Der Kerl macht mich noch völlig fertig.«

»Was is'n los, dammichnocheins?« Gru Einzahn hatte seinen Disput mit dem Pferd beendet und starrte auf Tuagh herab. »Hatse dir was in'n Tee gekippt, oder was? Sag's, un' ich machse alle!«

»Lass gut sein, Gru«, sagte Morcant. Er hielt Tuagh immer noch fest. Sein Gesichtsausdruck war so ernst, wie Fionn ihn noch nie gesehen hatte. Màr hatte sich abgewandt, und Màni stand bei ihr.

»Es ist aber nicht gut«, entfuhr es Fionn, und er stand auf. »Die alte Frau da hinten ist deine Patin, Tuagh! Sie hat es mir gesagt. Was ist nur in dich gefahren, so mit ihr umzugehen?«

Morcant warf ihm einen kurzen Blick zu und schüttelte dann den Kopf. »Du hast schon wieder mit ihr gestritten? Warum machst du das immer, bei allen Sternen?«

Tuagh schien zu sich zu kommen, ein Ruck ging durch ihn, und er löste sich aus Morcants Griff. »Sie macht mich rasend«, antwortete er.

Der Meersänger wandte sich Fionn zu. »Was hat sie denn gesagt?« »Nicht viel. Sie sagte, wir sollen auf den Berg steigen, er würde uns die Antwort geben, und dann sehen wir den Zauberer vom Berge.« »Verstehe.« Morcant strich sich das Haar zurück. »Die alte Leier.« Vorhin hatte er so respektvoll geklungen, und nun solche Worte. »Was ist denn nur los?«, fragte Fionn.

»Es ist los«, fing Tuagh langsam an, »dass ich zigmal in den vergangenen Jahren hier gewesen bin, sie zigmal um Hilfe gebeten habe, und sie hat mich zigmal auf diesen gottverlassenen Berg geschickt mit immer denselben Worten!« Er deutete auf den Carradu und schrie: »Ich bin jedes Mal, *jedes verdammte Mal* auf diesen verwünschten Berg gestiegen, Fionn! Und ich kann dir bis ins Detail die Aussicht beschreiben, die du dort oben vorfindest! Ich bin jeden Hang hinauf- und hinuntergewandert, bin in die Höhlen gegangen, habe gerufen und gegraben! Ich bin mit Morcant hierher gegangen, einem Zauberwesen, und er kennt den Berg inzwischen genauso auswendig wie ich und hat nichts gefunden, keine Spur von dem Buch!«

»Warum hast du das nicht gleich gesagt, Tuagh?«, fragte Valnir. »Dann hätten wir es woanders versucht.«

»Kymra hat nicht gelogen! Sie *weiß* es, aber sie ist nicht in der Lage, es mir klar und deutlich zu sagen!«

»Wahrscheinlich, weil sie es nicht konnte«, sagte Màni. »Hast du nicht darüber nachgedacht, Morcant, als du hier gewesen bist?«

»Ich habe es Tuagh gesagt, aber er hat mir nicht geglaubt«, murmelte der Meersänger.

»Das ist unvernünftig«, stellte Màni sachlich fest. »Tuagh! Es ist gut möglich, dass Lady Kymra durch einen Bann daran gehindert wird, es dir genau zu erklären.«

Das leuchtete Fionn schlagartig ein. Wenn jemand dafür sorgen konnte, in einer Legende zu verschwinden, traf er auch entsprechende Vorkehrungen, dass es dabei blieb und er nicht zufällig gefunden wurde. Aber er konnte auch Tuagh verstehen, der sich an der Nase herumgeführt vorkam und daran zweifelte, ob seine Suche je … *Augenblick mal.*

»Tuagh«, sagte er langsam. »Wer ist der Zauberer vom Berge?«

Sein Freund erwiderte seinen Blick aus klaren bernsteinfarbenen Augen. »Ich weiß es nicht, Fionn«, antwortete er. »Ich kann es nur vermuten. Oder erhoffen. Aber vielleicht ist er tatsächlich nur eine Legende, und ich suche immer wieder am falschen Ort, weil meine Patin es nicht besser weiß.«

»Du hast eine Tylwytheg als Patin. Wie kann es dazu kommen?«

»Denkst du, Menschen haben nichts mit Magie zu tun? Es ist eine Tradition, wo ich herkomme. Sie ist die Segensreiche Mutter.« Tuagh fuhr sich durch den Bart, dann über die Haare. »Es hilft nichts. Ich werde eben ein zwanzigstes oder dreißigstes Mal auf diesen verfluchten Carradu steigen und wieder scheitern.«

»Mit dem Unterschied, dass wir diesmal alle dabei sind und mit dir scheitern«, sagte Valnir. »Lass uns gehen. Es wird bald wirklich so dunkel, wie es jetzt schon aussieht, und ich will nicht die Nacht dort oben verbringen, solange dieses Gewitter noch herumkreist.«

»Du solltest mehr Grünzeuch futtern«, sagte Gru zu Tuagh. »Das macht dein' Kopf wieder klar.«

Die Miene des alternden Söldners hellte sich keineswegs auf. Wortlos drehte er sich um und stieg den Hang hinan.

Pass auf ihn auf.

Eingedenk Lady Kymras Worten sah Fionn zu, dass er an Tuaghs Seite kam und dort blieb. Die anderen hatten sich verteilt, hielten Ausschau nach jedem noch so unscheinbaren Hinweis und konnten doch nur feststellen, dass es hier schlicht trostlos war. Dafür wurde der Ausblick auf die Senke unter ihnen mit jedem Schritt schöner.

Und über ihnen kamen sie den grau geballten Wolken näher, in denen es ab und zu immer noch blitzte und wetterleuchtete, begleitet von entferntem Grummeln.

Seltsam, aber Fionn fühlte sich an Clahadus erinnert. Genau wie dort fühlte er sich in seiner Stimmung zusehends niedergedrückt und empfand den Berg als völlig freudlos in einer sonst atemberaubenden Umgebung. Öde, verlassen, *tot*. Dabei stimmte es gar nicht, denn wenigstens ein paar kleine Pflänzchen und Blumen existierten. Aber der Himmel passte genau zu seiner Stimmung.

Fionn sah nach den anderen und merkte, dass auch die Elben in ihrem leichtfüßigen Schritt langsamer und schwerfälliger wurden. Genau wie in Clahadus! Lediglich Valnir stapfte unbeeindruckt dahin, ebenso Gru. Und die Pferde, die nur ab und zu maulten, weil sie nicht dauernd bergauf gehen wollten.

»Es ist die Magie…«, flüsterte er. Valnir hatte recht gehabt, hier gab es reichlich Magie, aber nicht nur unten in der Senke durch die Tylwytheg. Dort war es ganz anders gewesen als hier oben. Es war…

Abweisend.

Und diesmal war Tuagh nicht dagegen gefeit, es prallte nicht einfach an ihm ab. Und sein ungewöhnliches Verhalten hing genau damit zusammen.

Es war so beabsichtigt.

Wir sind auf dem richtigen Weg!

Fionns schweifender Blick blieb zufällig an etwas hängen, das ihm jetzt erst auffiel. Er hatte es zuvor auch schon bemerkt, aber nicht darauf geachtet. Aber nun waren sie ein Stück weiter hinauf gekommen; die Hälfte dürften sie bald erreicht haben. Unterwegs hatten sie ein paar von den Felszacken mit den Höhleneingängen passiert, und über ihnen gab es davon noch viel mehr.

Und näher gerückt war auch etwas, das nicht so recht hierher passte. Eine weiße Linie knapp unterhalb eines großen Felsvorsprungs, der aussah, als wäre er vor Äonen von dem Berg abgeplatzt, stand nun wie ein schiefer, gebrochener Knochen vom Hang ab.

Fionn strengte seine Augen an, doch selbst für seine Scharfsichtigkeit war es noch zu weit weg. »Was *ist* das?«, flüsterte er.

»Wovon sprichst du?«, fragte Tuagh und ließ seinen Blick Fionns Fingerzeig folgen. »Ach, das. Es gibt viele solcher weißen Einschlüsse hier, je weiter wir hinaufkommen.«

»Das sind keine Einschlüsse.« Fionn wechselte die Richtung und steuerte auf das weiße Band, oder was es war, zu.

»Da ist doch nichts!«, rief Morcant hinter ihm. »Es ist nur weißes Gestein!«

»Das glaube ich nicht«, antwortete Fionn. »Ich will es genau wissen.«

Eilig stapfte er hinauf und spürte sogleich ein Ziehen in seinen Beinmuskeln; es war hier wesentlich steiler und rutschiger. Immer mehr Felsen wuchsen aus dem Boden, und wesentlich mehr Blumen zeigten ihre zierliche Schönheit.

Es ist der Weg seines Volkes.

»Verdammt«, flüsterte Fionn und blieb stehen. »Tuagh!«, schrie er dann. »Komm sofort her!«

»Was ist los?«, kam es zurück.

»Pellinore hat recht gehabt!«, rief Fionn mit sich überschlagender Stimme, überwältigt von der Erkenntnis. »Ich habe ihn gefunden! Der Weg ist hier!«

Er drehte sich um und hob die Arme. »*Es sind Lilien!*«

Fionn konnte es nicht fassen, wie klar und deutlich der Weg vor ihm lag. Lachend rannte er den Berg weiter hinauf, auf das Zeichen zu. Zehn Schritte davon entfernt blieb er stehen, verschwitzt und außer Atem, und wartete auf Tuagh, der die anderen weit hinter sich gelassen hatte.

»Fionn, ich verstehe immer noch nicht ...« Dann verschlug es ihm die Sprache, und seine Augen weiteten sich.

»Ich habe dir von Hafrens Lilien erzählt«, sprudelte Fionn atemlos hervor. »Hafren, unsere Schutzpatronin, die Herrin der Flüsse und Seen ... und ihre Lieblingsblume. Sieh sie dir an! Diese weißen Blumen dort sind Lilien, und sie sind auf einer Linie in ganz bestimmten Abständen gepflanzt. Das ist ein Zeichen! Hafrens Weg! Und damit auch der meines Volkes. Genau wie Pellinore gesagt hat!«

Tuaghs Wangenmuskel zuckte. »Ich hätte es wissen müssen«, sagte er betroffen. »Was bin ich für ein Narr gewesen, es nicht zu erkennen.«

»Weil dir der Sinn für Romantik fehlt«, sagte Fionn und meinte es keineswegs spaßhaft. »Wir müssen jetzt den Eingang suchen, und ...«

Er kam nicht mehr weiter. In diesem Moment kam plötzlich Blaufrost aus einer Höhle von einem Felszacken weiter links hervorgeschossen und rannte quer über den Hang auf sie zu.

»Waffen raus, schnell!«, brüllte er, dass der gesamte Hang erzitterte. In der rechten Hand schwang er seine Keule. »Ich konnte sie nich' aufhalt'n! Die kommen von überall her!«

Tuagh stellte keine Fragen, sondern reagierte sofort, zückte Axt und

Schwert und ging in Bereitschaft. Fionn zog seinen Dolch und stellte sich an Tuaghs Rücken; langsam drehten sie sich im Kreis.

»Was is'?«, fragte Gru Einzahn und nahm seine mächtige geschwungene Axt in die Hände.

Auch die Elben und Valnir hatten beim ersten Warnruf zu den Waffen gegriffen.

Und da kamen sie auch schon aus dem Berg heraus, genau wie Blaufrost gesagt hatte: schwarze, diffuse Schemen, die über das Gestein flossen, bevor sie sich aufrichteten und feste Gestalt annahmen. Eine eiskalte Welle wie ein winterlicher Frosthauch schlug Fionn entgegen, gefolgt von der furchtbaren Ausstrahlung einer magischen Aura. Hohe Gestalten, um mindestens eine Handspanne größer als Tuagh, aber dünn wie ein Finger. Sie trugen schwarze Rüstungen, hohe Stiefel, schwarze Umhänge, schwarze, stachelgekrönte Helme mit einem unheilvollen Glühen in den Augenschlitzen … selbst ihre Haut war grauschwarz. Der einzige Lichtpunkt an ihnen waren ihre blank polierten scharf blitzenden Schwerter.

Nur einer trug keinen Helm und offenbarte ein langes, hageres Gesicht mit bartlosem spitzem Kinn, umrahmt von pechschwarzen, feinen langen Haaren. Er hatte lange spitze Ohren bis zum Scheitel hinauf. Seine Augen waren fast nur Schlitze, schräg nach oben gestellt, orangeglühend mit katzenartiger Pupille. Seine dünnen Augenbrauen waren ebenfalls sehr lang, folgten der Form der Augen und ragten noch darüber hinaus.

»*Myrkalfr!*«, schrie Valnir. »Er führt Schattenkrieger an! Verflucht sollen sie alle sein!«

Der Anführer hob den Arm mit dem Schwert.

Fionns Herz rutschte hinab und versuchte, sich tief in ihm zu verstecken. Seine Mutter hatte ihm Schauergeschichten von diesen Unholden erzählt, den mächtigen Prinzen der Nacht, die selbst von den finstersten Nachtvölkern gefürchtet wurden. Und sie waren noch schlimmer als alles, was er sich jemals unter ihnen vorgestellt hätte. Allein die grauenvolle Aura dieses einen Schwarzalben erschlug ihn beinahe.

Dass er und seine Schattenkrieger sich bei Tage ins Freie wagten, konnte nur denselben Grund haben wie bei dem Troll: Das Dämmerlicht genügte ihnen. Wahrscheinlich hatten sie das Wetter sogar für diesen Angriff heraufbeschworen.

Der Anführer senkte den Arm, und die Schattenkrieger stürmten los.

Die vorderste Reihe fiel sofort, als Blaufrost sie in diesem Moment erreichte und mit der Keule ausholte. Gru Einzahn war nicht faul, er rollte das Feld von hinten her auf.

Morcant und Valnir stürmten gemeinsam vorwärts, die Zwillinge standen Seite an Seite und verschossen Pfeil um Pfeil.

Doch es waren viele, so viele ...

»Du bleibst bei mir, Fionn«, sagte Tuagh.

»Aber sollten wir nicht den anderen ...«

»Der Kampf kommt zu uns, mach dir darum besser keine Gedanken.«

Fionn zitterte. *Ich kann doch gar nicht kämpfen*, dachte er. *Wie soll ich da jetzt auf ihn aufpassen?*

Voller Entsetzen sah er der Schlacht zu. Der Troll und der Oger richteten verheerende Verluste unter den Angreifern an, doch damit war es nicht getan. Schon halb in Stücke zerschlagen, standen sie immer wieder auf. Und sie hatten fürchterliche Waffen, denn die Schwerter schlugen in Blaufrosts normalerweise unempfindliche Haut tiefe Scharten, die sich brennend ins Fleisch fraßen. Das Schmerzgebrüll des Trolls löste einige kleinere Lawinen aus, und seine Stachelkeule mähte wie eine Sense durch die Reihen der Angreifer und riss sie in Stücke.

Gru Einzahn ging unter dem Ansturm von einem Dutzend Schattenkrieger unter, doch er kämpfte sich knurrend wieder hoch und ließ seine mächtige Axt ein fürchterliches Blutgericht halten.

Morcant, dessen schlanke Finger sonst die Lyra zupften, führte sein Schwert nicht minder kunstvoll wie das Instrument, und es schnitt sich durch Sehnen und Muskeln und zerfetzte Organe.

Valnir wusste ihre Axt gezielt bei den Beinen einzusetzen, und reihenweise fielen die Schattenkrieger vor ihr nieder, um dann den tödlichen Streich zu erhalten.

Blut floss in Bächen den Hang hinab, und es war immer noch nicht genug. Màni und Màr waren ebenfalls in den Nahkampf verwickelt und handelten, als wären sie eine Person.

Alle waren inzwischen verwundet, doch an Aufgabe dachte niemand.

Fionn spürte Tuaghs Anspannung der Muskeln, und dann sprang der Krieger plötzlich vor und hieb mit der Axt zu. Einer fiel, vier weitere Schattenkrieger kamen auf ihn zu. Wie schon einmal sah Fionn, wie Tuaghs Gesicht völlig versteinerte und ausdruckslos wurde, sein Blick völlig konzentriert aufs Töten.

Und dann bewegte er sich. In einer Geschwindigkeit und mit traumwandlerischer Sicherheit, dass Fionn davon schwindlig wurde. Geschmeidig wie eine Raubkatze wich er den Hieben aus, schlug gleichzeitig zu und wehrte einen weiteren Hieb ab. Er war so schnell, dass die Schattenkrieger ihn nicht erreichen konnten. Tuaghs Axt in der Linken streckte den Ersten nieder, sein Schwert in der Rechten den Zweiten, dann sprang er zurück, nahm mit blutigen Waffen Aufstellung und erwartete den Angriff. Die beiden verbliebenen Schattenkrieger stürmten gleichzeitig vor, und da sprang auch er mit einem lauten Schrei los, tauchte mit gestreckten Armen unterhalb ihrer schwingenden Schwerter und genau zwischen ihnen hindurch, führte die Arme noch im Sprung wieder zusammen, kam hinter ihnen auf, und stand fest, während sie, nahezu in zwei Hälften zerteilt, fielen.

Er drehte sich zu Fionn um, wollte etwas sagen, und erstarrte, seine Augen weiteten sich.

Fionn dachte nicht nach, etwas ergriff von ihm Besitz, das unerkannt tief in seinem Inneren geruht hatte, und er wirbelte im selben Augenblick herum und stieß den Arm mit dem Urram vor. Er fühlte, wie der Dolch auf etwas Weiches, Nachgiebiges traf und darin eindrang, riss ihn zurück und sah, dass er genau unterhalb der Rüstung getroffen hatte. Ein Blutschwall schoss ihm entgegen, der Schattenkrieger stieß einen Schrei aus und stürzte genau auf Fionn, der nicht mehr ausweichen konnte und von ihm umgerissen wurde.

Doch schon im nächsten Moment war Tuagh bei ihm, riss den Dunklen von ihm herunter, schleuderte ihn beiseite und schlug ihm den Kopf ab.

Für den Moment hatten sie Ruhe, und Tuagh hielt ihm die Hand hin. Fionn ergriff sie und ließ sich hochziehen. Dann musste er sich übergeben.

»Das war verdammt gut«, hörte er Tuaghs Stimme über sich, während er vornübergebeugt würgte.

»Das habt ihr aus mir gemacht«, keuchte er.

»Das ist wahr. Und es wird nicht das letzte Mal sein, dass du es brauchen wirst.«

Fionn schob das Bild von sich, das sich in ihn eingebrannt hatte, und sah sich um.

Gru Einzahn und Blaufrost beendeten soeben den Kampf unten. Der Hang war übersät mit Leichen, und die Überlebenden samt ihres Anführers waren fort, zurück in den Berg geflossen, wie ein schwarzer Windhauch. Sie hatten nichts mehr zu gewinnen.

Der Troll wollte sich soeben abwenden, da entdeckte er eine Bewegung mitten unter den Leichen, ein gutes Stück unterhalb.

Alle sahen diese Bewegung, die so langsam und doch so rasend schnell war.

Ein sterbender Schattenkrieger nahm seine letzten Kräfte zusammen, richtete sich auf...

Blaufrost stieß einen Schrei aus und sprang.

... hob den Speer in der blutigen Rechten...

Màni und Màr verschossen die letzten beiden Pfeile.

... und warf.

Die Elbenpfeile schlugen in der Brust des Attentäters ein. Der Troll brach fast gleichzeitig wie ein Unwetter über den Schattenkrieger herein und begrub ihn zermalmend unter sich.

Der Speer flog...

Morcant schrie eine Warnung.

Valnir schleuderte seine Axt, sie verfehlte den Speer knapp.

Tuagh versetzte Fionn einen heftigen Stoß, der ihn einige Schritt weit katapultierte, wo er zu Boden stürzte.

... und traf.

Schlagartig trat geisterhafte Stille ein, die ganze Welt schien für diesen eisigen Moment angehalten.

Tuagh stand, aus seiner Brust ragte höhnisch der Speer. Er stieß einen keuchenden Laut aus. Dann gaben seine Beine nach und er fiel auf den Rücken.

Die Welt bewegte sich wieder, und alles geschah gleichzeitig. Fionn hörte sich schreien, und ebenso schrien alle anderen. Sie stürmten los, den Hang hinauf. Der Bogin kam taumelnd auf die Beine und stolperte zu dem Gefallenen, aber noch bevor er ihn erreichte, blieb er stehen, und ein ungläubiger Ausdruck trat auf sein Gesicht.

»Bleibt stehen!«, schrie Morcant da hinter ihm. »Alle. Das ist ein *Befehl!*«

Fionn stand ebenfalls. Gelähmt vor Entsetzen.

Tuagh richtete sich auf, zog mit einem Ruck den Speer aus seiner Brust und stand auf. »Das hat verdammt weh getan!«, sagte er. Die tödliche Herzwunde in seiner Brust begann deutlich sichtbar, sich zu schließen.

Fionn wurde erneut übel. Ihm schwindelte. »Bei allen Sternen des Himmels und allen Saatkörnern der Erde. Du ... *du* bist es ...«, flüsterte er.

»Lass uns gehen«, sagte Tuagh zu ihm. »Hafrens Lilien warten.« Er stieg den Hang hinauf.

»Du ... *du bist Peredur!*«, schrie Fionn.

Tuagh blieb stehen und drehte sich halb zu ihm. »Hör zu, Fionn«, sagte er streng, »diesen Namen trage ich nicht mehr. Er ist schon lange vergessen!«

»Das ist er nicht!«, erwiderte Fionn aufgebracht. »Und du hast mich belogen, von Anfang an und die ganze Zeit über! Ich dachte, wir sind Freunde!«

Tuagh wandte sich erneut zum Gehen.

»*Peredur!*«, schrie Fionn außer sich. »Ich habe deinen Namen nicht vergessen, und ich benenne dich als den, der du bist! Deine Axt ist nur Fassade, eine grobe Hülle für das, was sich darunter verbirgt. *Bleib stehen, verdammt nochmal!* Wir sind noch nicht fertig miteinander!« Heiser rang er nach Luft, die Kehle schnürte sich ihm zu.

»Hört mal«, erklang da eine fremde, männliche, weiche Stimme in den Nachhall seines Schreis. »Wollen wir das nicht in Ruhe bei einer Tasse Tee besprechen?«

Tuagh stand wie vom Donner gerührt.

Fionn erblickte einen Mann vor ihm, lang und schlank, mit halblangen dunkelbraunen Haaren und weisen grünbraunen Augen. Gutaussehend, mit markantem, bartlosem Gesicht und vollen Lippen. Dem Aussehen nach konnte man ihn auf Mitte Vierzig schätzen, und gewann doch den Eindruck, dass sein wahres Alter unbestimmbar war. Er trug eine lange silbergraue Robe mit einem schwarzen Überwurf, einen breiten Gürtel, in dem ein schmales Schwert steckte und in zwei Schlaufen hingen Dolch und Sichel. Außerdem war an seinem Gürtel ein Beutel ähnlich dem eines Heilers befestigt.

Das konnte nur der Zauberer vom Berge sein, denn wie aus dem Nichts war er plötzlich bei den Lilien aufgetaucht, und Erscheinung wie Ausstrahlung passten dazu.

Vor allem aber bestand eine auffällige Familienähnlichkeit mit dem Mann, der gerade von den Toten auferstanden war.

»Asgell«, stieß Tuagh heiser hervor.

Der Zauberer breitete die Arme aus. »Peredur«, sagte er lächelnd.

Und die beiden Männer umarmten sich.

Tränen rannen über die Wangen des Zauberers, wohingegen der Mann ohne Herz dazu unfähig war, doch sein Gesicht drückte aus, wie sehr es ihn bewegte.

Tausend Jahre Suche hatten ein glückliches Ende gefunden. Zwei Brüder waren wieder vereint.

»Verflixt«, sagte Fionn und brach für seinen Freund in Tränen aus.

KAPITEL 19

DAS GEHEIME REICH UND
EINE LANGE GESCHICHTE

»Gehen wir hinein«, schlug der Zauberer vor, nachdem sie sich wieder gefasst hatten.

»Meinetwegen.« Fionns Rührung war vergangen, und nun war er erst recht zornig auf Tuagh, oder Peredur, oder Hanswurst, wie er auch heißen mochte, völlig egal. »Wer hat es noch gewusst?«

»Die Elben«, antwortete Morcant, der sie gerade einholte. »Ich, weil wir uns schon seit dem Krieg kannten, Màni und Màr, weil sie seit über hundert Jahren der Fiandur angeschlossen sind, Magister Brychan, Tiw, Meister Ian, und natürlich Alskár. Cyneweard hat sich uns angeschlossen, nachdem er es herausgefunden hatte. Die anderen wussten es bis jetzt nicht.«

Fionn sah sich um; Valnir und die anderen stützten sich gegenseitig und humpelten herauf, Gru Einzahn und Blaufrost kamen als letzte mit den Pferden nach. Für sie dürfte es für den heutigen Tag Überraschungen genug gegeben haben, an denen sie zu kauen hatten.

Für Fionn war es noch lange nicht vorbei.

Doch zuvor musste er sich mit etwas anderem beschäftigen.

Nämlich mit dem großen Staunen eines Kindes, und mit einer unerwarteten Freude. Davor allerdings wartete ein weiterer Schock auf ihn, dabei wollte er nur klären, was ihm am meisten am Herzen lag.

Sie hatten den Felsvorsprung erreicht, immer dem Pfad der Lilien nach, und Fionn konnte beim besten Willen keinen Eingang erkennen. Doch der Zauberer ging direkt darauf zu, um einen scharfen Grat herum – und dann *hinein*. Obwohl Fionn immer noch nichts zu erkennen vermochte, folgte er tapfer nach ... und schlüpfte durch eine schmale Öffnung in das Innere hinein, in einen Gang, der auf eine Höhle zuführte.

Jetzt kam es also darauf an, und am besten brachte er es gleich hinter sich, er konnte es nicht mehr erwarten.

»Asgell … Pellinore sagte, du habest das Buch, aus dem Magister Brychan die kopierten Seiten hatte.«

»Es gibt kein Buch«, antwortete der Zauberer, und Fionns Herzschlag setzte für einen Moment aus. Er blieb stehen.

»Was?«, flüsterte er.

Asgell schmunzelte. »Es gibt nicht *das* Buch, Fionn.«

»Ich verstehe nicht …«

»Das wirst du gleich.«

Und dann trat Fionn durch eine Tür, die sich weit vor ihm öffnete.

Es war eine riesige Höhle, eine Halle gewaltigen Ausmaßes, und in sie hinein war eine Bibliothek gebaut, die hundertmal so groß sein musste wie die von Meister Ian Wispermund. Wenn das überhaupt reichte. In die Felswände waren Regale eingepasst, die vom Boden bis in schwindelerregende Höhen wuchsen, zu erreichen über bewegliche Leitern, enge Wendeltreppen und Galerien. Auf dem Boden reihten sich viele Studiertische aneinander, an den Seiten standen bequeme Sofas, in der Mitte eine riesige Tafel. Erhellt wurde die Halle von einer unüberschaubaren Zahl an Öllampen in allen Größen und Kronleuchtern, deren Kerzen in Gläsern standen, die vor herabtropfendem Wachs schützten, aber auch die Leuchtkraft der Flämmchen verstärkten.

Und da waren sie. Die freien Bogins, von denen Tiw geredet hatte – es *gab* sie! Es mussten hundert oder sogar zweihundert sein, die beschäftigt hin- und hereilten, die Leitern hochkletterten, die Wendeltreppen erstiegen und auf den Galerien entlang gingen, die Bücher einsortierten oder herausholten, um sie anderswo hinzutransportieren, die über aufgeschlagenen Büchern brüteten, ein Nickerchen auf den Sofas hielten oder erregt diskutieren. Und überall schwirrten armlange, wie Juwelen schimmernde Drachen herum, mit dampfenden Nüstern und flatternden Hautflügeln. Sie flogen dorthin, wo die Bogins nur schwer hinreichten, unterstützten sie bei der Arbeit, stellten aber auch jede Menge Unfug an. Die Drachen kicherten und schwatzten unablässig und entzogen sich eilig jeder Bestrafung.

Asgell erklärte, dass es sich um Bücherlindwürmer handele. Und er erklärte, dass diese Bücher, die Fionn da sah, uralte Artefakte aus einer

Zeit seien, die äonenlang vergangen war. Sie seien von einer Machart, die teilweise der bekannten Bindung ähnlich sei, aber aus unbekannten Materialien hergestellt und teilweise mit Schriftsätzen, die wie gestochen waren, mit klaren, harten Linien. Es gebe Abbildungen zeichnerischer Qualität, die sich sehr deutlich von der bekannten Kunst unterschieden, und teilweise zudem genau wie die Schriftzeichen gestochen scharf seien und Dinge zeigten, die sie seit langer, langer Zeit zu analysieren versuchten. Auch mit den Übersetzungen kämen sie nur sehr langsam voran, inzwischen wären ihnen zwar einzelne Passagen gelungen, doch das sei lange noch nicht genug.

Es gebe, fuhr der Zauberer vom Berge fort, Gedichte, historische Aufzeichnungen, Erzählungen, Blätter mit merkwürdigen Linien und Symbolen darauf; aber am hilfreichsten seien jene bebilderten Bände, die eine historische Geschichte erzählten.

Fionn merkte erst jetzt, dass Tränen aus seinen Augen liefen. Er ahnte, dass es bei Weitem nicht die letzten sein würden, solange er sich hier aufhielt.

»Grundgütiger, Asgell, du warst jedenfalls nicht faul«, stellte Peredur fest und klang überwältigt. »Das ist wirklich beeindruckend, kleiner Bruder.«

»Ja. Und ihr sollt auch alles erfahren, aber zunächst müsst ihr versorgt, gesäubert und neu eingekleidet werden. Lasst eure Waffen bitte hier liegen, auch sie werden gereinigt, geschärft und poliert. Ihr werdet sie in bestem Zustand zurückerhalten. Wir treffen uns dann, sobald ihr soweit seid.«

»Das wird nicht lange dauern«, sagte Fionn. »Ich will nicht mehr warten.« Ohne seinen Freund eines Blickes zu würdigen, folgte er einer Boginfrau, ungefähr im Alter seiner Mutter, die ihn mit sich nahm.

Er war abgesehen von ein paar Schrammen und blau verfärbten Prellungen nicht verletzt, aber dennoch voller Blut. Hinter der Halle gab es zahlreiche weitere Höhlen und Nischen mit privaten Kammern und Waschgelegenheiten. Das System war perfekt aufgebaut, und nirgends war es düster oder gar kühl. Die Boginfrau half Fionn und richtete eine Kammer und Kleidung für ihn her, während er sich hinter einem Paravent in einem Zuber wusch. Sie wies darauf hin, dass eine kleine Mahlzeit für ihn bereitstünde, um den ärgsten Hunger zu stillen; die Vorbereitungen für das große Bankett würden bereits getroffen. Er hatte viele Fragen an sie, und sie beantwortete alle geduldig. Ja, sie wären die freien Bogins; ja, sie wussten von der Sklaverei; ja, sie arbeiteten hier ihr Leben lang. Und ja, Fionn brauche sich keine Gedanken zu machen, seine Gefährten, auch Troll und Oger, würden bestens versorgt, und er würde sie später sehen, doch zuvor gebe es sicher viel zu bereden.

Allerdings, dachte Fionn. *Oh ja. Mein Freund ist mir da eine Menge Erklärungen schuldig, und diesmal werde ich ihm ganz bestimmt nicht verzeihen. Nein!*

Der Zauberer vom Berge erwartete Fionn, Peredur war bereits eingetroffen. Asgell hatte seinen Studier- und Arbeitsbereich auf einer großflächig ausgebauten Galerie in mittlerer Höhe eingerichtet, von der aus er einen guten Überblick auf die Halle hatte. Sie fanden alle Platz am Tisch, es gab Tee, wie der Zauberer versprochen hatte, und Knabbereien.

»Wir haben uns draußen umgesehen und die Spuren beseitigt«, erklärte er. »Die Myrkalfren waren hier noch nie ein Problem. Sie müssen euch erwartet haben. Die Lage ist also bedeutend ernster als bisher angenommen. Wir werden uns beeilen müssen.«

»Wie hast du das alles hier geschaffen, Bruder?«, fragte Peredur und wies um sich.

»Das begann schon vor langer Zeit, vor deiner und meiner Geburt. Ich habe es lediglich ausgebaut und erweitert und ein wenig gemütlicher gemacht.« Asgell lächelte. »Du hättest schon viel früher daran teilhaben können.«

»Ich weiß.« Peredur starrte düster vor sich hin. »Dass ich es nicht sehen konnte ...«

»Tja, mehr und deutlichere Wegweiser konnte ich dir nicht geben. Ein Leuchtfeuer in der Dunkelheit wäre nicht auffälliger gewesen für denjenigen, der den Hintergrund kennt. Ich verstehe nicht, dass dir die Lilien nie aufgefallen sind ...«

Peredur biss sich auf die Lippen. »Ich habe kein Herz mehr, um sie sehen zu können.«

»Nun, wenigstens die Bogins haben sie gefunden in all den Jahren. Genau wie Fionn.«

»Also kamen immer wieder welche her?«, fragte Fionn.

Asgell nickte. »Ja. Von Sìthbaile natürlich nicht, ihr wart dort alle zu sehr eingelullt. Aber die weiter entfernt lebenden Bogins erhielten Kunde von diesem Ort hier, und so manch einer machte sich auf den Weg. Ich hätte euch gern alle geholt, aber das war im Rahmen meiner bescheidenen Möglichkeiten nicht durchführbar. Ich konnte nicht vermeiden, dass es zur Legende des Zauberers vom Berge kam, doch es durfte nicht bestätigt werden, dass ich *tatsächlich* existierte. Ich musste immer sehr vorsichtig sein. Lady Kymra ist meine Mittlerin für die Verbindung nach draußen, doch habe ich ihr mit ihrem Einverständnis einen Bann auferlegt, dass sie nichts verraten kann. Deshalb durfte sie nicht einmal mit dir klare Worte sprechen, Bruder, andernfalls hätte der Bann seine Wirkung nicht voll entfaltet und vielleicht doch den Feind aufmerksam gemacht. Es war eine verzwickte Sache.«

»Aber wie erklärt sich das hier?«, wiederholte Peredur.

»Es begann mit dem Ende des Großen Krieges. Erinnerst du dich noch daran, warum die Schlacht ausgerechnet bei Plowoni stattgefunden hat, und warum Pellinore euch dort erwartete? Nun?«, fragte Asgell.

Ein Stöhnen erklang hinter ihm. Morcant trat gerade hinzu. »Ich erinnere mich wieder«, flüsterte er. »Es ist die Magie dieses Berges, die das verursacht, nicht wahr?«

»Zum Teil. Aber ich gebe euch auch die entsprechenden Stichworte, welche die Blockaden in eurem Gedächtnis lockern sollen. Nur leider kann ich nicht alle Lücken schließen, denn auch ich bin dem Verlust unterworfen.«

Morcant setzte sich langsam, bleich geworden. »Du hattest es herausgefunden, Asgell. Eine Lüge, die Dubh Sùil viele Jahre vorher gestrickt hatte, um unser Volk an sich zu binden.«

»So ist es. Denn Plowoni«, fuhr Asgell fort, »ist *nicht* von den Elben erbaut worden, es ist viel älter! Ihr Elben seid erst ins Land gekommen, als Plowoni schon lange in Trümmern lag. Es ist *Menschenwerk!*«

Fionn riss die Augen auf. Menschen hatten diese ... *Dinge* erbaut? Dazu waren sie fähig? Und ... »Die Elben haben *Geschichtsfälschung* betrieben?«

»Ja, Dubh Sùil, von Anfang an.«

»Augenblick«, unterbrach Fionn erneut. »Schwarzauge ist … ein *Elb*? Und ich meine damit: *einer von euch*? Kein Verwandter wie die Tylwytheg, kein Myrkalfr? Ich bin immer davon ausgegangen, dass es sich um einen Zauberer handelt, oder eben einen Verwandten. Aber … ihr *wisst*, wer er ist? Die ganze Zeit schon?« Nun starrte er Morcant an. »Du hast mir ebenfalls eine Menge verschwiegen, nicht wahr?«

»Meine Schande ist groß genug«, murmelte der Meersänger. Peredur zog es vor zu schweigen, und das war auch besser so.

Asgell ließ sich davon nicht ablenken, er kam gerade so richtig in Fahrt. »Weil die Menschen kurzlebig sind, geriet die Wahrheit in Vergessenheit. Bis ich daherkam. Du musst wissen, Fionn, dass ich mit magischen Kräfte geboren wurde und mich zeitlebens mit den Wissenschaften beschäftigt habe. Im Gegensatz zu meinem Bruder bin ich kein Krieger. Ich kann kämpfen, tue es aber nicht gern. Während er sich also bevorzugt duellierte, stöberte ich überall herum. Und eines Tages stieß ich auf eine sehr alte Schriftrolle. Es war eine historische Aufzeichnung des Stammvaters der Vidalin, der von Norden nach Süden wanderte und die Ruinen erstmals entdeckte. Zu dem Zeitpunkt gab es noch *keine* Elben auf Albalon! Unser Urahn, dessen Erbe offenbar in mir erwacht ist, stöberte in den Ruinen herum und fand Zeugnisse *menschlicher* Hinterlassenschaften … und diese Bücher hier, tief unten in einem Gebäude, das im Erdboden versunken war. Er fand eine Luke, durch die er es betreten konnte. Das Gebäude war nur noch in wenigen Bereichen begehbar, doch allein was er da vorfand, überwältigte ihn. Der Urahn begriff, welchen kostbaren Schatz er da geborgen hatte, und brachte ihn an einen sicheren Ort – hierher. Mit den Jahren geriet das in Vergessenheit, wie auch das Wissen, dass nämlich die Menschen vor langer Zeit die Ersten hier auf dieser Insel gewesen sind.«

Asgell holte tief Luft. »Sie besaßen eine Kultur, die unsere heutige Vorstellungskraft bei Weitem übersteigt, und deren Hinterlassenschaften wir zu ergründen versuchen. Dann geschah eine Katastrophe, und alles ging unter. Das Antlitz der Welt veränderte sich. Was genau passiert ist, haben wir noch nicht herausgefunden. Die anderen Völker, die bisher im Verborgenen gelebt hatten, entdeckten das verwaiste Land und ließen sich nieder. Sie nahmen rasch an Zahl zu. Die letzten überlebenden Menschen lebten weit verstreut unter ihnen, bis auch ihre Zahl wieder so weit angestiegen war, dass sie begannen, eigene Reiche zu errichten. So kam die Zeit der Völkerkriege um Land und Reich. Darauf folgte eine lange Friedensperiode.

Vor tausend Jahren dann, im Großen Krieg, fand ich durch die Schriftrolle die Wahrheit über Plowoni, das Dubh Sùil für sich beanspruchen wollte, heraus. Der Hochkönig der Menschen stellte Dubh Sùil öffentlich zur Rede wegen der Geschichtsfälschung. Die jüngeren Elben, die die Wahrheit *nicht* gekannt hatten, hielten daraufhin inne und wollten die Waffen niederlegen.«

»So wie ich«, sagte Morcant.

»Dubh Sùil wurde daraufhin rasend vor Wut. Es sollte keinen Frieden geben, zumindest nicht so. Darauf folgte das unvorstellbare Gemetzel, dessen Hinterlassenschaften ihr in Clahadus gesehen habt.«

»Und waren damals auch die Ritter dabei?«, fragte Fionn.

Asgell nickte. »Der arme Pellinore, den ihr in Plowoni getroffen habt, war einer von ihnen. Ein großartiger Freund und Vertrauter, und ein hervorragender Ritter, ein leuchtendes Vorbild für alle. Auch er fiel einem Fluch zum Opfer, genau wie Peredur und ich.«

Fionn sah zu seinem Freund. Oder ehemaligen Freund. Er war immer noch viel zu wütend auf ihn. »Und was hattest du damit zu tun? Wieso wurde dir das Herz gestohlen?«

»Peredur war nicht der größte Held des Krieges«, sagte Morcant langsam. »Er war *der* Held.«

»*Und?*«

Morcant nickte Tuagh zu, der Peredur war. »Sag es ihm.«

Der über tausend Jahre alte Mann seufzte.

»Ich war der letzte Hochkönig Albalons«, rückte er dann mit der Sprache heraus.

»Uff«, kam es aus Fionn heraus, und jetzt musste er sich zurücklehnen, um Halt zu finden. Nicht nur ein König. Der *Hochkönig*. Und nicht nur der Menschen, so wie Alskár der Hochkönig der Elben war. Nein, von *ganz* Albalon. »Uff«, wiederholte er, und mehr brachte er nicht heraus.

Er hatte sich gerade mit dem Hochkönig von Albalon angelegt. Na prächtig. Seinem Zorn blieb kein Raum mehr, er wurde erdrückt von dem, was er gerade erfahren hatte. Aber entschuldigen würde er sich nicht.

Peredur fuhr fort mit der Geschichte. »Diese da«, er deutete mit dem Zeigefinger wedelnd auf den Meersänger, »landeten einst mit vielen Schiffen an der Ostküste Albalons. Sie wurden gastfreundlich empfangen, und beim Allthing entschieden alle Könige unter dem Vorsitz des Hochkönigs über den Verbleib des unsterblichen Volkes. Sie durften bleiben und eigene Reiche gründen, mussten sich aber dem Gesetz des Hochkönigs unterwerfen.«

»So ging es lange Zeit gut«, ergänzte Asgell, »bis unser Vater Hochkönig war.«

Peredur und Asgell, der mit vollem Namen Ceindrech Pen Asgell und wegen seiner magischen Fähigkeiten »der Flügelköpfige« hieß, entstammten dem uralten Geschlecht der Vidalin und konnten auf einen sehr langen Stammbaum zurückblicken. Der Stammvater der Sippe soll ein sehr beredter und schlauer Mann gewesen sein und außerdem sehr zeugungsfreudig, was er an die Nachkommen vererbte. Die Vidalin bildeten das älteste und reinste Adelsgeschlecht Albalons, und so war es nur natürlich, dass es den Hochkönig stellte und dieser Titel auch vererbt wurde. Es gab in der langen Ahnenreihe ein paar schlechte Hochkönige, aber die meisten regierten lange und starben hoch angesehen.

Peredurs und Asgells Vater nun regierte in einer Zeit des Umschwungs, als sich die Beziehungen zwischen Menschen und Elben drastisch verschlechterten.

Die Elben schickten Boten, hochgeborene Prinzen, um mit dem Hochkönig zu verhandeln. Sie verlangten nach mehr Land und eigener Gesetzgebung. Der Hochkönig sagte, er könne das nicht allein entscheiden, und berief ein Allthing ein. Dabei wurde beschlossen, dass alles beim Alten bliebe. Denn es gab gar nicht so viele Elben, wie sie Land forderten, jedoch viel mehr Menschen, denen der Platz dann zu knapp würde.

Die Elben gingen im Zorn. Und mit den Jahren verfestigten sich die beginnenden Fronten und wurden härter. Elben begannen, Menschen zu verfolgen, Menschen verfolgten Elben. Kaum eine Begegnung, die ohne Streit verlief. Und vor allem breiteten sich die Elben trotz der Absage in andere Gebiete aus und beanspruchten die Herrschaft darüber, obwohl diese bereits von menschlichen Gemeinwesen mit ihren Königen oder Baronen bewohnt wurden.

Der Hochkönig hätte hier eingreifen und am Verhandlungstisch eine Lösung finden müssen, zusammen mit den Vertretern der Menschen und Elben. Stattdessen aber kam es nach langen schwelenden Konflikten schließlich zum Ausbruch des Krieges. Der Hochkönig verlor dabei sein Leben, und der Erbprinz, Peredur, folgte ihm auf dem Thron nach.

»Ach, wir waren so jung damals«, murmelte Asgell.

»Hör schon auf damit«, sagte Peredur ruppig. »Das ist so lange vergangen und kommt nie wieder.«

Fionn musterte ihn. »Was ist dann geschehen?«, fragte er langsam.

Peredur winkte ab, aber Asgell gab eine Antwort. »Schwarzauge, wie du dir denken kannst. Und es endete in Plowoni.«

Asgells Gesicht zeigte Trauer. »Schreckliche Dinge sind durch dieses Wesen geschehen, das sich zum Kriegsführer der Elben aufschwang. Und die Geschichte, die erzählt wird – wegen des Herzens und allem anderen – ist wahr. Du hast es selbst erlebt, Fionn, bei dem Angriff vorhin.«

Peredur sprang auf und ging heftig atmend auf und ab. »Bruder, warum tust du mir das an?«

»Weil darüber geredet werden muss, das weißt du genau. Alle sollen wissen, was dir angetan wurde, um zu verstehen ...«

»Um was zu verstehen? Dass starb, was unsterblich war, und dass lebt, was sterblich ist?«

Peredur stellte sich an die Brüstung und starrte auf die Bibliothek hinunter.

Fionns Augen wurden groß und größer. »Bei allen Wassern des Himmels«, stieß er hervor. »Du ... du hast eine Unsterbliche geliebt.«

Peredurs breite Schultern zuckten. »Ich bin so viele Male hier gewesen. Habe Lady Kymra um Hilfe gebeten. Ich habe dich gespürt, Bruder, und immer vermutet, dass du der Zauberer vom Berge bist, aber ...«

»Ich kann es nicht glauben«, sagte Fionn verdattert. »So viele Hinweise, und ich habe sie ebenfalls nicht verstanden, war blind wie du.« Er griff mit zitternden Fingern nach seinem Becher, denn er musste einen Schluck trinken.

»Hafren! *Sie* ist es. Nicht wahr? Wir Bogins haben immer an sie geglaubt, und sie war keine ... Erfindung. Sie *hat* gelebt. Und sie ... sie ist gar nicht verschwunden.«

Peredur setzte sich wieder. Er lehnte sich zurück, fuhr durch seine grauen Haare und stieß seufzend den Atem aus. Dann sah er Fionn an.

»Nein«, sagte er rau. »Sie starb. Und mit ihr meine Tochter. Dubh Sùil stahl mein Herz nur, um mir den Fluch ewigen Leids aufzuerlegen.«

Er wies auf sich, in seiner Stimme lag eine Bitterkeit, als habe er Giftefeu berührt. »Und da bin ich nun. Weder tot noch lebendig, ein verstümmelter und verfluchter Mensch. Ohne Familie, aber mit lückenhaften Erinnerungen!« Für einen Moment musste er innehalten, überwältigt von der Wiederauferstehung der Vergangenheit. Ein Mann ohne Herz, der dennoch litt, weil seine Erinnerungen im Gedächtnis verblieben waren und er wusste, was es für ihn bedeutete. Gnadenlose Einsamkeit und Schuld.

»Das bin ich«, fuhr er gebrochen fort. »Allem beraubt, was mir kostbar war, kam ich zu mir, als der Krieg beendet und Dubh Sùil verschwunden war.«

»So wie man annahm, dass Peredur verschwand ...«

»Ich wollte sterben, in vielen späteren Schlachten, im Kampf, doch ich konnte es nicht. Du hast es selbst gerade erlebt, Fionn.«

Nun ergaben Morcants Wutausbruch und die Vorwürfe, die er Tuagh nach Gru Einzahns Befreiung gemacht hatte, einen Sinn.

Asgell stand auf, ging zu seinem Bruder und drückte seine Schulter. »Wir werden einen Weg finden«, sagte er ruhig. »Dein Leid dauert mich, deshalb will ich nicht aufgeben, und das solltest du auch nicht.«

Peredur, der Tuagh gewesen war, stieß einen trockenen Laut aus. »Sieh uns doch an, kleiner Bruder. Über tausend Jahre alt, und immer noch nicht tot. Wir sind keine Menschen mehr, und in diese Welt gehören wir auch nicht, doch uns bleibt keine Wahl. Mehr noch als nach dem Tod sehne ich mich nach endgültigem Vergessen. Doch beides ist mir nicht vergönnt.«

»Mehr noch als nach dem Tod sehne ich mich nach Freiheit«, sagte Asgell. »Doch die ist mir nicht vergönnt.«

»Wir liegen beide in Ketten. Du bist an diesen Berg gefesselt, und ich an meinen Fluch. Dubh Sùil hat ganze Arbeit geleistet.« Peredur griff nach der Hand seines Bruders und drückte sie.

»Es ist alles noch viel schlimmer geworden«, murmelte Fionn und raufte sich die Haare, die sich immer noch weigerten, bogintypisch wollig, wirr und ungeordnet um seinen Kopf zu wachsen, sondern glatt und seidig herabfielen.

Blaufrost stampfte unten an die Wendeltreppe heran. »Also, was is'n jetzt?«, polterte er. »Gibt's endlich mal was zu essen, oder was, oder nich'? Der Windbeutel sieht schon ganz eingefall'n aus, un' das ganze Grün blättert von ihm ab.«

»Sagt dem Dummbatz, dass der Windbeutel noch sehr wohl in der Lage is', sein' Hohlschädel mit Strohfeuer zu befüll'n!«, dröhnte Gru Einzahns Stimme durch die Halle.

Asgell hob die Arme und sah Peredur fragend an. »Was sind das für Leute, die du mitgebracht hast? So etwas hätten wir früher nie an unsere Tafel gelassen!«

»Vater hat früher nicht mal *uns* an die Tafel gelassen«, brummte der Mann ohne Herz und stand auf.

»Früher haben wir auch mit unseren Spielen den Tisch in Brand gesteckt, gesoffen, bis wir gekotzt haben, die Mägde gezwickt, die edlen Jungfräuleins mit zotigen Aufdringlichkeiten schockiert und Vaters Freunde beleidigt«, erinnerte ihn der Zauberer. »Das hatte also durchaus seinen guten Grund.«

»Das habt ihr gemacht?«, fragte Fionn verdattert. Er hätte angenommen, dass Prinzen als Geschöpfe edler Abkunft und Erziehung nur von bestem Benimm waren.

»Wir haben noch viel mehr gemacht«, antwortete Peredur. »Wir haben uns mit Elben duelliert, Krisen ausgelöst, weil wir in fremden Betten gelegen haben, gewildert, was das Zeug hielt, Gasthäuser in Schutt und Asche gelegt, Jungfräulichkeit und Gold geraubt, fremde Fischteiche geleert … ach, das könnte ganze Bände füllen.«

Asgell schlug dem völlig entgeisterten Fionn auf die Schulter. »Schlimme Burschen waren wir, der Schrecken des Reiches«, schloss er grinsend. »Man nannte uns die *Unverwüstlichen*, und die *Wilden Prinzen*.«

»Komm schon, Schwatzdrossel, der Troll frisst dir sonst den ganzen Berg auf, und der Oger alles Moos darauf.«

Fionn beeilte sich, ihnen zu folgen. »Ihr nehmt mich auf den Arm, oder?«, fragte er flehentlich.

Aber der Mann ohne Herz schüttelte den Kopf. »Wir haben eher untertrieben. Ja, Vater hatte es nicht leicht mit uns, aber wir auch nicht mit ihm. Er war ein sturer Bock, der mindestens zur Hälfte an all den Ereignissen eine Mitschuld trug und unser Leben nachhaltig vermasselte.«

»Was faselt ihr da?«, wollte Gru Einzahn wissen. »Wenn jemandes Leben vermasselt is', dann ja wohl meins.«

»Und was is' mit mir?«, beschwerte sich Blaufrost.

»Und ich?« Fionn wollte nicht zurückstehen.

»Einigen wir uns darauf, dass wir alle schwer an Lasten zu tragen haben«, schlug Asgell vor. Er stellte sich in die Mitte und schlug klatschend die Hände zusammen.

»Nun! Wir haben hungrige Gäste!«, rief er. »Tafelt auf!«

Fionn fragte sich, was es wohl geben mochte, hier in dieser verborgenen Einsamkeit, und konnte nur staunen. In kürzester Zeit wurde das Bankett mit allen Genüssen beladen, die Bogins liebten, und die Elben liebten, und die Menschen schätzten ohnehin alles davon. Auch für einen Troll und einen fleischverweigernden Oger wurde ausreichend gesorgt, und ihnen passende Sitzgelegenheiten an einem Anbau der Tafel zugewiesen.

Peredur bekam den Sitz am Kopfende, ob er wollte oder nicht. Asgell und Fionn nahmen links und rechts von ihm Platz. Morcant saß still neben dem Bogin, ihnen gegenüber die Zwillinge, ebenfalls sehr still geworden. Neben Morcant saß Valnir, mit einigen Verbänden und einem zugeschwollenen Auge, aber munter und mit dem ersten begeisterten Trinkspruch auf den Lippen, als ihr Bier eingeschenkt wurde. Die Tatsache, dass Tuagh Peredur war, hatte sie ohne viel Aufhebens hingenommen – »ein Name ist ein Name«. Darin stimmen Blaufrost und Gru Einzahn mit ihr überein.

Über der Tafel schwirrten zwitschernd die Bücherlindwürmer, stießen immer wieder herab und stibitzten von den Platten. Andere waren kühner, ließen sich auf dem Tisch nieder und spazierten frech zwischen den Tellern herum. Die meisten Bogins störte es nicht, denn die Drachlinge waren hervorragende Witzeerzähler und ließen sich gern streicheln.

Fionn wandte sich an den Herrn der Bibliothek. »Asgell, wie versorgt ihr euch? Mit Licht und Essen und allem? Ihr habt sogar Bier und Wein!«

»Die Bogins sorgen dafür«, antwortete der Zauberer lächelnd. »Es gibt einen regen Handel mit den Zwergen, die alles besorgen, was wir benötigen. Bezahlt werden sie durch das, was unsere kleinen Drachenfreunde aus den Höhlen holen – Gold, Silber, Kupfer, auch Diamanten und andere Edelsteine. Das alles geschieht natürlich sehr diskret unter dem Berg, worin die Zwerge Spezialisten sind. Und dann halten wir uns bei einigen Höhlenausgängen in kleinen Senken ein wenig Vieh.«

Irgendwann wurden auch die Elben ein wenig fröhlicher. Anfangs beobachtete Fionn die freien Bogins nur, dann mischte er sich unter sie, um sich mit ihnen auszutauschen. Er wünschte sich, Tiw wäre hier; sein Bruder wäre wenigstens einmal in seinem Leben glücklich und vielleicht nicht mehr so griesgrämig gewesen.

Die Tageszeiten wurden durch die Helligkeit der Lampen angezeigt. Die Bücherlindwürmer sorgten dafür, dass es nicht vergessen wurde und sie hatten viel zu tun damit.

Spät in der Nacht wankte Fionn in seine kleine Kammer und schlief sofort ein. Doch er hatte schreckliche Alpträume. Er durchlebte wieder und wieder den Kampf mit den Myrkalfren und sah sich, wie er seinen Urram einem Schattenkrieger in den Bauch rammte. Auch das Gehörte wirbelte in wirren Fetzen durch seinen Kopf, flüsterte lauter und leiser und bedrängte ihn.

Wie gerädert stand er am Morgen auf, als ein Bücherlindwurm hereinflatterte und seine Lampe heller stellte.

Nachdem er sich gewaschen, angezogen und gefrühstückt hatte, ging er zu Asgell auf die Galerie hinauf, wo Peredur bereits eingetroffen war. Morcant kam kurz nach ihm.

»Also, wie geht es jetzt weiter?«, eröffnete er die Runde ohne Begrüßung. »Wenn es kein Buch gibt, habe ich nichts . . .«

»Doch, da gibt es etwas«, erwiderte Asgell, griff hinter sich und legte . . . ein *Buch* auf den Tisch. Es war ganz in grünen Samt eingeschlagen, mit silbernen Beschlägen, und wurde von einem Siegel zusammengehalten.

»Darin befindet sich die Antwort«, erklärte er.

»Sind daraus die kopierten Seiten?«

»Nein. In all den Jahren ist es mir nie gelungen, es zu öffnen. Es ist auf sonderbaren und nicht mehr nachvollziehbaren Irrwegen hierher zu mir gelangt, und ich kann nur Vermutungen anstellen, welche Bedeutung es hat. Deine Artgenossen haben mir bestätigt, dass es um die Bogins gehen muss, sie können es auf unbestimmbare Weise *fühlen* – es aber nicht öffnen. Außerdem spricht das Siegel dafür.« Er tippte drauf, und es war eine weiße Lilie. »Es ist das Zeichen eures Volkes, Fionn. Also, wenn es das Buch der Bogins ist, wieso kann es nicht geöffnet werden?«

»Es muss nach Sìthbaile«, drang es von Fionns Lippen. »Dort wurde es geschaffen. Und wahrscheinlich wurde das Siegel mit einem Fluch verschlossen.«

»Im Palast wurde das Oberste Gesetz geschaffen, und das Buch hängt damit zusammen. Wir sind uns also einig.«

»Ja. Und du hast mir gestern einen ordentlichen Schrecken eingejagt!«, murrte Fionn.

»Sieh einem seit tausend Jahren Gefangenen einen kleinen Scherz nach«, bat Asgell versöhnlich.

Fionn winkte ab und grinste. Dann nahm er das Buch an sich, presste es mit geschlossenen Augen an seine Brust. Und er konnte es spüren. Die Dinge, die darin aufgezeichnet waren, wisperten und baten um Freiheit. »Ja, es ist unser Buch . . . und unser Fluch zugleich . . .«, flüsterte er. »Alles begann in Sìthbaile, und dort muss es auch enden. Ich glaube, du hast recht, nur an dem Ort, wo es geschaffen und verflucht wurde, kann es sich öffnen. Und ich werde es dorthin bringen.«

»Das musst du nicht«, sagte der Zauberer sanft. »Es ist eine große Bürde.«

»Ich weiß. Aber es kann nur ein Bogin tun, und ich gedenke ja, die

Bürde loszuwerden. Und ich bin doch nicht den weiten Weg gegangen, um Tiw den ganzen Spaß zu überlassen. Der steckt gerade vermutlich sowieso in den größten Schwierigkeiten, weil das gar nicht anders möglich ist.«

»Dann werden wir die nötigen Vorbereitungen für die Abreise treffen«, sagte Peredur.

»Wenn ihr von hier aus in vier Tagen zum Meer hinunterreitet, wird euch dort ein kleines Schiff erwarten, das euch in einem Tag nach Luvhafen bringt. Von dort aus, mit schnellen Elbenpferden, solltet ihr es in zwei bis drei Tagen über die Hauptstraße nach Sìthbaile schaffen. Das wäre der schnellste Weg.«

»Ein Schiff? Oh nein«, stöhnte Fionn und spürte jetzt schon, wie er seekrank wurde.

»Es heißt *Seeschwalbe*.«

»Ein Elbenschiff«, sagte Morcant und lächelte zum ersten Mal wieder. »Ich habe es selbst gebaut. Meister Keith Sonnenwein hat es gekauft, wenn ich mich recht erinnere.«

»Nachdem Pellinore mir mitteilte, dass ihr unterwegs seid, habe ich Lady Kymra ersucht, ihn um Unterstützung zu bitten und es dorthin bringen zu lassen. Ohne die alte Dame wäre ich ganz schön aufgeschmissen. Jedenfalls liegt es dort vor Anker und wartet auf seine Stunde.«

»Dann brechen wir noch heute Mittag auf«, entschied Peredur.

»Nach dem Essen«, präzisierte Fionn.

Fionn nutzte die wenigen verbleibenden Stunden, um durch die Bibliothek zu schlendern, sich mit den Bogins zu unterhalten, mit den kleinen Drachen zu spielen und die Bücher staunend zu betrachten. Das versiegelte Buch hatte er in einem Rucksack verstaut, den man ihm auf seine Bitte hin gegeben hatte. Seitdem nahm er ihn nicht mehr von seinem Rücken.

Schließlich entdeckte der junge Bogin Peredur einsam auf einer Galerie stehend und gesellte sich zu ihm.

»Erzähl mir von Hafren und dir«, forderte Fionn seinen Freund auf.

Peredurs Miene verdüsterte sich. »Ich soll mich in meinem Schmerz suhlen?«

»Nein, du sollst in schönen Erinnerungen schwelgen, und ich will daran teilhaben.«

»Das eine liegt dem anderen sehr nah, Fionn, und es gibt bedauerlicherweise mehr Leid als Glück. Also gut.«

Der Konflikt schwelte damals bereits. Immer wieder kam es zu bewaffneten Auseinandersetzungen zwischen Menschen und Elben, doch den offenen Krieg wagte noch keiner. Sie versuchten auf andere Weise, ihre Reiche zu erweitern.

Peredur hatte gerade die Zwanzig erreicht, und sein Vater nahm den Erbprinzen immer mehr in die Pflicht. Asgell konnte sich mit seinen magischen Künsten zumeist entziehen, aber Peredur hatte keine Wahl. Allein hatte Asgell aber keinen Spaß, und so stürzte er sich auf die Studien der Wissenschaften. Die Leute atmeten auf, als die Wilden Prinzen immer seltener durch das Land zogen.

Die Auseinandersetzungen mit den Elben allerdings nahmen zu, bis die Lage schließlich eskalierte. Der erste Krieg seit langer Zeit begann.

Der Hochkönig fiel mit dem Schwert in der Hand in der Schlacht, und Peredur blieb nichts anderes übrig, als die Krone zu übernehmen. Ohne weitere Zeremonie, mit Asgell als seinem engsten Berater an der Seite, wollte er blutige Rache für den Tod des Vaters nehmen, gleich nach den Trauerfeierlichkeiten.

Doch da geschah etwas Außergewöhnliches, das alles für immer verändern sollte. Einige Hochelben kamen kurz vor Beginn der Zeremonie mit einer weißen Fahne angeritten. Peredur gab trotz seines Schmerzes und seiner Wut Anweisung, sie passieren zu lassen. »So tief«, sagte er, »sind wir nicht gesunken, dass wir zu heimtückischen Mördern an Parlamentären werden.«

Es waren zehn an der Zahl, und angeführt wurden sie von einer ätherischen Elbenfrau mit silbernen Haaren, einer Schönheit, wie Peredur sie noch nie erblickt hatte, geschweige denn ein anderer in seinem Heer.

»Ich kann sie wahrhaftig vor mir sehen«, flüsterte Fionn ergriffen. »Die edle Herrin ...«

»Sie war so schön«, murmelte Peredur versunken. »Die Sonne ging auf und nie wieder unter. Es gab nichts, was sich mit ihr vergleichen ließe. Zart und zerbrechlich, und doch so stark. Sie wusste genau, was sie wollte und wie sie es vorbringen musste. Sie vereinte Anmut und Güte als höchste Tugenden in sich, und sie besaß einen unnachahmlichen Humor, was für eine Elbenfrau wirklich ungewöhnlich ist. Das war sie selbst, ihr ganzes Sein.«

Gehört hatten sie von ihr – wer auch nicht, sie war in aller Munde und hoch verehrt, wurde in vielen Liedern besungen. Der Traum vieler war, ihr nur einmal im Leben zu begegnen, ihre Schönheit zu schauen und ihrer lieblichen Stimme zu lauschen. Und nun kam sie, an diesem gramvollen Tag der Trauerzeremonie. Ja, es war Hafren, die Herrin der Seen und Flüsse, und sie war mit einem Friedensangebot gekommen.

Gemeinsam trugen Menschen und Elben den Hochkönig zu Grabe, und Peredur und Asgell hörten sich an, was die Elben zu sagen hatten.

Es war ein guter Vorschlag, der beiden Seiten gerecht wurde. Peredur ließ Rache Rache sein; er war nun Hochkönig und musste für das ganze Volk denken und handeln. Er war kein Mann, der Krieg führte um des Krieges willen, und es hatte genug Leid gegeben.

Sein Bruder mochte auch noch einiges an Einfluss auf ihn ausgeübt haben, sodass er bereit war, zuzuhören und den Frieden anzunehmen.

Und er entschloss sich, sogar noch einen Schritt weiter zu gehen. Vor der ganzen Versammlung des Allthings sagte er: »Ein solcher Friedensvertrag soll mit einem Bund geschlossen werden, damit er dauerhaft ist und auf immer gilt. Unsere Völker sollen nicht nur auf dem Papier eins werden.«

Und er kniete nieder und bat Hafren in aller Demut, ihm ihre Hand zu reichen und als Hochkönigin an seiner Seite mit ihm gemeinsam den Frieden zu überwachen.

Und Hafren reichte sie ihm.

»Das ist ... das Romantischste, was ich je gehört habe«, stieß Fionn ergriffen hervor. »Und das von dir. Die ganze Zeit über habe ich nie etwas geahnt. Dabei hast du jede Menge Bemerkungen gemacht, die mich hätten misstrauisch werden lassen sollen …«

»Wie du dir vorstellen kannst, war es eine Überraschung für alle, Menschen und Elben gleichermaßen, und gewiss war nicht jedermann davon begeistert«, sagte Peredur. »Aber es war nun einmal geschehen. Ich liebte Hafren, und sie liebte mich. Es ist nicht schwer zu erraten, warum ich mich in sie verliebt habe. Aber ich weiß bis heute nicht, warum sie ihr Herz an mich verlor, da ich doch sterblich war, und im Vergleich zu ihr roh und ungeschlacht. Ich war um Jahrhunderte, wenn nicht Jahrtausende jünger als sie. Doch gegen die Liebe sind auch Elben nicht gefeit, und das braucht deshalb wohl keine Erklärung. Es geschah. Und es geschah während eines einzigen Augenblicks, als wir uns das erste Mal Auge in Auge gegenüberstanden. Ich konnte es spüren, und sie auch, in diesem Moment erwuchs etwas zwischen uns, das uns untrennbar miteinander verband. Im Laufe der Verhandlungen kamen wir uns näher, wir unternahmen gemeinsame Spaziergänge, um den anderen verstehen zu lernen, verbrachten so viel Zeit wie möglich miteinander. Es war nicht immer einfach. Doch mir wurde bewusst, dass ich sie wollte und keine andere Frau.«

Sie feierten den Friedensschluss am gleichen Tag wie die Hochzeit, und alle Völker sollten daran teilhaben. Sìthbaile war gerade gegründet worden, der Palast befand sich auf dem geschichtsträchtigen Hügel im Aufbau, und dort kamen alle zusammen, als der Hochkönig der Menschen und die Hochgeborene der Elben an einem sonnigen Tag unter freiem Himmel den Lebensbund schlossen und gleichzeitig gekrönt wurden.

»Hafren wurde von ihrem Volk über alles geliebt und verehrt, und die Stimme des Widerstands verstummte«, berichtete Peredur weiter. »Zumindest für eine Weile. Ja, einige Jahre. Die Menschen waren froh darum, denn sie hatten die größten Verluste erlitten und Armut erfahren. Das Land musste wieder aufgebaut werden, und Hafren half ihnen dabei.«

»Was war mit den Bogins?«, fragte Fionn dazwischen. »Wo war mein Volk?«

»Dein Volk war *da*, Fionn«, antwortete Peredur. »Euch haben wir alles zu verdanken. Mit eurer Hilfe gab es wieder gute Ernten. Die Bogins hatten eine besondere Verbindung zu Hafren, und sie arbeiteten alle mit ihr zusammen und unterstützten uns.«

Er rieb sich den Bart und starrte versonnen in die Ferne. »Hafren war mein Sonnenaufgang, an jedem Tag. Ich wollte nie von ihr getrennt sein. Unsere wunderbare Tochter wurde geboren, und damit schien unser Bund vollkommen. Ich war der glücklichste Mann unter der Sonne, und dank Hafren und mit Asgells Ratschlag war ich auch ein guter König. Asgell hatte sich ebenfalls zu einem verantwortungsbewussten Mann gewandelt, der seine Kräfte wohlbedacht einsetzte. Er stand mir treu zur Seite. Jahrelang.«

Und dann, die Brüder hatten die Dreißig längst überschritten, brach der Konflikt, der bei manchen ungebrochen unter der Oberfläche weitergeschwelt hatte, erneut aus. Durch Intrigen und Verschwörung, durch gezielte Hintertreibungen. Dies geschah unter der Führung von Dubh Sùil. Schwarzauge beschwor den zweiten Krieg hervor, heute genannt der Große Krieg.

Der Krieg begann an dem Tag, da Hafren und Peredurs Tochter ermordet wurden. Es sah so aus, als wären es Menschen gewesen, und Dubh Sùil forderte Rache. Aber Asgell fand heraus, dass es eine Tat der Elben gewesen war; speziell ausgebildete Assassinen in Dubh Sùils Diensten. Die wenigen aufrechten Elben, die noch nicht von Dubh Sùils Gift verdorben worden waren, waren entsetzt und unternahmen alles, um den Krieg zu verhindern und die Tat als Angelegenheit der Elben zu behandeln. Doch es war zu spät. Peredurs Volk der Menschen sah sich aufs Schlimmste verraten, und es dürstete ihn danach, den Tod seiner geliebten Hochkönigin, der es so viel zu verdanken hatte, und vor allem den grausamen Tod der unschuldigen kleinen Prinzessin zu rächen.

Peredur konnte den Krieg nicht verhindern, und er war selbst so gezeichnet von Schmerz und Leid, dass er den Kampf als willkommene Gelegenheit ergriff, Rache zu nehmen. Ganz Albalon wurde mit Krieg überzogen, und die letzte und größte Schlacht fand in Clahadus statt, das damals noch anders hieß, bei den Ruinen von Plowoni.

»Und dann kam es so, wie Tiw dir erzählt hat, damals an deinem Geburtstag«, schloss Peredur. »Schwarzauge schlich sich unter Einsatz aller magischen Künste in mein Zelt und stahl mein Herz, und die Schlacht war für die Menschen verloren.«

»Aber für Dubh Sùil auch, nachdem er verschwand«, erwiderte Fionn. »Es musste neu begonnen werden, weil nach der Schlacht niemand mehr übrig war. Und glücklicherweise gelang es der Àrdbéana, das Oberste Gesetz zu schaffen und den Völkern den Frieden zu bringen. Und sie setzte dein Werk in Sìthbaile fort.«

»Ja, so war es.«

Peredur kam zu sich als Mann ohne Gedächtnis. Er wusste nicht, was geschehen war, und niemand sonst konnte es ihm sagen. Er irrte durch die Lande, auf der Suche nach seinen verlorenen Erinnerungen. Wenn er sich darüber wunderte, dass er ungewöhnlich lange lebte und nur sehr langsam alterte, so achtete er nicht weiter darauf, denn es bedeutete ihm nichts.

Er war stumpf und leer.

Ein Jahrhundert mochte so vergangen sein, vielleicht auch mehr. Es gab Jahre, an die konnte der Mann ohne Gedächtnis sich auch später nicht mehr erinnern, es gab immer irgendwelche Lücken. Wahrscheinlich fand er zwischendurch in einem Kampf den Tod, wachte wieder auf und erinnerte sich wiederum nicht mehr. Es kümmerte ihn nicht, er irrte weiter durch die Zeit.

Eines Tages rettete er dem Hochkönig der Elben, Alskár, das Leben.

»Ein Mensch rettet einem Hohen Elben das Leben?«, warf Fionn ungläubig ein.

»Großer König, lausiger Kämpfer, und manchmal ein wenig ungeschickt«, brummte Peredur. »Er erkannte mich und half mir, mein Gedächtnis wiederzufinden, wenigstens zum Teil. Das gefiel uns beiden nicht, aber wir hatten keine Wahl – die Vergangenheit musste zurückgeholt werden, weil wir verstehen wollten, wie die neue Welt aufgebaut worden war. Die Àrdbéana war die Erste gewesen, die sich nach dem

Schock gefangen hatte und Sìthbailes verwaisten Thron übernahm, um das Ideal des Friedens zu bewahren. Doch wir glaubten nicht daran, dass Dubh Sùil für immer verschwunden war.«

Mit der Zeit fanden sie noch weitere Überlebende, wie Morcant, und auch ein paar menschliche Nachkommen jener Soldaten, die der Vernichtung entkommen waren, und die von Generation zu Generation »merkwürdige Dinge« erzählt bekommen hatten.

Was jedoch alle miteinander verband, auch die Elben, war eine gewaltige Gedächtnislücke. Keiner, *sprichwörtlich keiner* – auch der magische Elbenkönig nicht – konnte sich an den Ausgang der Schlacht erinnern. Alle kamen sozusagen erst zu sich, als es vorbei war, und selbst diesen Moment musste Alskár den meisten erst wieder ins Gedächtnis rufen. Tatsache war und blieb, dass nach der Schlacht Frieden geschlossen wurde.

»Warum bist du nicht nach Sìthbaile zurückgekehrt und hast deinen Thron zurückgefordert?«

»Dort gehörte ich nicht mehr hin, und es war ja so viel Zeit vergangen«, antwortete Peredur. »Ich war als Hochkönig trotz des Bundes zwischen Menschen und Elben nicht in der Lage gewesen, den Frieden zu halten, aber der Àrdbéana gelang es. Meine Zeit war vorüber. Ich war nun Tuagh und hielt mich fern von allem, was mit Peredur zu tun gehabt hatte. Ich war froh, dass er zur Gespenstermär geworden war. Ich glaubte irgendwann selbst daran.«

»Aber warum dann die Vergangenheit überhaupt noch bewahren? Warum hat Alskár dir deine Erinnerungen zurückgegeben?«

»Weil noch viele Fragen offen waren, und weil wir die Lücken schließen wollten, wenigstens für uns. Mein Bruder Asgell war fort, wie so viele verschwunden, und die Welt hatte sich völlig gewandelt. Ein neuer Frieden herrschte, doch wen ich auch fragte, niemand außer uns wenigen erinnerte sich mehr an den Großen Krieg. Es gab keine Aufzeichnungen darüber. Und wir erinnerten uns nur, weil Alskár uns half. Wie konnte das sein?«

»Und ... was war mit uns?«

»Ihr habt zu dem Zeitpunkt bereits als Sklaven bei den Menschen und

Elben gelebt, und es gab nicht mehr viele von euch. Ihr wart zwar nie ein zahlreiches Volk, doch so wenige wart ihr zuvor nicht gewesen. Das war ein weiteres Rätsel, das uns beschäftigte. Wir befürchteten, dass Dubh Sùil insgeheim finstere Pläne schmiedete. So kam Alskár auf die Idee, die Fiandur zu gründen.«

»Glaubtest du damals denn, dass Asgell noch lebte?«

»Da war ich sicher. Ich konnte es spüren, tief in mir drin, auch ohne Herz.«

»Also bist du Tuagh geblieben und auf eine ewige Suche nach Wissen gegangen.«

»Bereits kurz nach der Schlacht als Mann ohne Gedächtnis hatte ich mir diesen neuen Namen zugelegt. Weil ich eine Axt trug, benannte ich mich der Einfachheit halber danach. Auch nachdem ich meine Erinnerungen zurück hatte, blieb ich dabei, denn mit Peredur verband mich zu viel Schmerz, und alles, was mir vertraut gewesen war, war sowieso dahin.«

»Aber was ich nicht verstehe . . . wieso kann die Lady Kymra euch nicht sagen, was geschehen ist? Sie ist doch so weise . . .«

»Sie weiß es nicht, mein Freund. Damals interessierte sie sich nicht für die Vorgänge in Albalon. Sie ist uralt, ihre Gedanken sind auf andere Dinge gerichtet und uns kaum verständlich. Sie ist zwar meine und Asgells Patin, aber gekümmert hat sie sich nie um uns. Sie kam ja nicht mal zu meiner Hochzeit und wollte auch nicht Patin meiner Tochter werden, weil sie mit den Elben nichts zu tun haben will. Also brach ich kurzerhand den Kontakt ab. Von der Schlacht hat sie erst viel später erfahren, und dass ich wegen des Fluches noch lebte, wurde ihr erst bekannt, als ich zum ersten Mal bei ihr erschien. Ich hatte mir Antworten erhofft, doch sie konnte keine geben. Immerhin bewirkte mein Erscheinen bei ihr, dass sie Schuldgefühle bekam, weil sie die Katastrophe womöglich hätte verhindern können. Und vor allem den Tod meiner Tochter, was ich ihr am wenigsten verziehen habe. Ich vermute, dass sie deswegen seither Asgell unterstützt.«

»Weshalb wurde sie eure Patin?«

»Es war ein Pakt, den der alte Vidalin mit den Tylwytheg schloss, der aus Tradition erhalten blieb. Ich weiß nicht, wie der Urvater das zuwege gebracht hat, oder worum es genau ging. Wahrscheinlich Erpressung.« Peredur zuckte die Achseln.

»Sie sorgt sich um dich, Peredur, das tut sie wirklich. Sie hat mir etwas für dich gegeben.« Dass sie Fionn aufgetragen hatte, auf ihren Patensohn aufzupassen, verschwieg er lieber. Es klang zu lächerlich. Er reichte Peredur die kleine Phiole, in der sich nicht mehr als fünf Tropfen befinden konnten. »Sie sagte, das sei die Essenz des Friedens, und es gebe nicht mehr davon. Außerdem soll die Wirkung nicht von langer Dauer sein, aber du würdest den Augenblick erkennen, wann du sie benötigst.«

Verblüfft starrte der Mann ohne Herz darauf. »Die Elben würden dafür töten«, sagte er. »Nach diesem Geheimnis suchen sie schon ewig.«

»Töten für die Essenz des Friedens? Das ist gut.«

»Der Preis des Friedens ist Krieg. War das schon jemals anders?« Peredur steckte die Phiole ein. »Ich werde mit Asgell darüber sprechen. Damit ist ihre Schuld beglichen.« Er warf Fionn einen Blick zu. »Du siehst also, Fionn, das Geheimnis deines Volkes hängt unmittelbar mit dem Ende des Krieges zusammen. Und dort liegt auch meine Vergangenheit verborgen.«

Fionn sah zu ihm hoch. Wie sollte er diesem Mann nicht verzeihen können? Was spielte es schon für eine Rolle, dass er ihm so vieles verschwiegen hatte; es änderte nichts an der schrecklichen Tragödie, die er durchgemacht hatte. Und jetzt konnte Fionn verstehen, weshalb Peredur nicht mehr darüber reden wollte. »Es tut mir leid. Du hast Entsetzliches durchgemacht und sprichwörtlich *alles* verloren. Ich wünschte, ich könnte . . . ich könnte etwas für dich tun.«

»Das tust du bereits«, antwortete der ehemalige Hochkönig ruhig. »Tatsächlich fühle ich mich viel besser, wenn du in meiner Nähe bist. Beinahe wieder wie ein Mensch.«

Fionn war gerührt. Und wurde dadurch noch trauriger. »Denkst du, es besteht jemals die Chance, dass du dein Herz wiederbekommst?«

»Ich muss nur Schwarzauge gegenüberstehen, dann wird sich das mit meinem Fluch regeln.«

»Aber was wird geschehen, wenn es soweit ist und du dein Herz zurückerhältst?«

»Ich nehme an, ich werde innerhalb weniger Augenblicke zu Staub zerfallen«, sagte Peredur trocken. »Vergiss nicht, ich habe weit über meine Zeit hinaus gelebt. Wenn der Fluch nicht mehr wirkt, wird die Sterblichkeit mich einholen. Asgell wird es dann nicht anders ergehen.«

Fionn war betroffen. »Dann weiß ich nicht, was ich dir wünschen soll, mein Freund. Erlösung zu finden, oder ... so weiterzuleben.«

Peredur klopfte leicht auf seine Schulter. »Lass uns essen und dann aufbrechen.«

Gleich nach dem Mittagsmahl wollten die Gefährten sich auf den Weg machen, sie hatten bereits alle Sachen beisammen.

Peredur hatte seine gereinigte und geflickte Kleidung wieder angezogen; er war an sie gewöhnt. Allerdings passten sie nicht mehr recht zu seinem frisch gekürzten Bart und den ordentlich gepflegten Haaren. So sah er seinem Bruder noch ähnlicher, und Fionn dachte bei sich, dass Hafren schon gewusst hatte, warum sie sich in diesen außergewöhnlichen Mann verliebt hatte. Er war eine eindrucksvolle Erscheinung, und in jungen Jahren musste er eine anziehende männliche Schönheit besessen haben.

»Nanana, du wirst doch nicht in Lumpen in deinem eigenen Palast einreiten?«, mahnte Asgell augenzwinkernd und gab einem Bogin ein Zeichen. Kurz darauf kamen mehrere Halblinge, die kostbare Gewänder und einen Lederharnisch über den Armen trugen.

»Ich habe das all die Jahre über bewahrt und dafür gesorgt, dass es nicht zerfällt. Einschließlich Vaters Umhang«, erklärte der Zauberer lächelnd. »Zieh es an! Es sollte dir noch passen.«

Peredur zögerte, dann verschwand er mit den Sachen. Als er zurückkehrte, verneigten sich spontan alle, einschließlich des Zauberers.

Fionn war überwältigt, wie königlich sein Freund aussah. Kein Wanderkrieger stand mehr vor ihm – Tuagh war fort. Mit dem Anlegen des königlichen Gewandes hatte sich seine Erscheinung endgültig gewandelt. Vor ihm stand ein edler Mann, der wahre Hochkönig Albalons. Aus seinen bernsteinfarbenen Augen strahlte eine ungeheure Willenskraft, die Furchen der Gram waren aus seinem Antlitz verschwunden. Er sah schlagartig um viele Jahre jünger aus; kaum älter als Asgell. Der lange, an den Schultern mit Pelz besetzte Umhang ließ seine Größe noch stattlicher und wuchtiger erscheinen.

Seine behandschuhte Linke ruhte auf dem Griff seines mächtigen Schwertes – und auch auf die Axt hatte er nicht verzichtet.

»Ihr habt es so gewollt«, sagte er nicht ohne Ironie in der Stimme. »Aber jetzt werde ich mich wieder umziehen, damit ich die Sachen nicht gleich ruiniere. Und dann lasst uns endlich aufbrechen.«

KAPITEL 20

DAS BUCH

Die Brüder umarmten sich herzlich zum Abschied, und Fionn wurde von den Bogins umringt, berührt, gesegnet und umarmt. »Befreie unser Volk!«, riefen sie. »Vernichte den Fluch.« Asgell begleitete sie nach draußen bis zu den Lilien, so weit durfte er gehen. Sie verströmten einen zarten, frischen Duft. Der Berghang sah aus, als wäre nichts gewesen. Nur ein paar dunkle Flecken zeugten noch von dem gestrigen Kampf, der Rest war im Boden versickert. Auch das Gewitter hatte sich verzogen, und es erwartete sie ein strahlender Tag. Von den Myrkalfren drohte wohl keine Gefahr mehr.

Der Zauberer winkte ihnen noch ein Stück nach, dann verschwand er.

Als sie den Berg weiter hinabstiegen, hielt Fionn plötzlich inne und starrte zum Himmel.

»Was ist?«, fragte Morcant.

»Der Vogel da oben«, antwortete der junge Bogin und deutete hinauf. »Ich bin mir sicher, dass ich den schon einige Male gesehen habe.«

»Es ist ein Greifvogel, ein Bussard, denke ich. Die gibt es überall, und hier ganz besonders. Wie willst du ihn wiedererkennen?«

»Ihm fehlt eine Schwungfeder im linken Flügel. Und zwar an genau der Stelle wie bei diesem Vogel da oben auch.«

»Ein Späher«, sagte Peredur, und der Meersänger nickte.

»So sind sie uns immer auf der Spur geblieben. Hätten wir mal lieber besser aufgepasst.«

»Fionn hat es für uns getan.« Peredur nickte ihm anerkennend zu. »Danke.«

»Keine Ursache.« Er spürte, wie er rot wurde. Peredur war anders als Tuagh. Als wäre er aus der Hülle des Mannes mit der Axt hervorgetreten, gewandelt und neu geboren. Nur immer noch ohne Herz.

Màni und Màr stellten sich nebeneinander auf. »Dem werden wir jetzt ein Ende setzen.« Tuagh und Peredur stellten sich als Deckung vor sie. Es ging so schnell, dass Fionn gar nicht folgen konnte. In einer fließenden Bewegung nahmen sie ihre Bögen, legten jede einen Pfeil an, und schossen ohne langes Zielen.

Der Vogel, der neugierig etwas tiefer gesunken war, um nachzusehen, was da unten vor sich ging, flog in sein Verderben. Die Pfeile schlugen in seiner Brust ein, er stieß einen schrillen Pfiff aus, und dann taumelte er in einem wilden Wirbel aus Federn zu Boden.

»Genau im richtigen Moment«, stellte Peredur zufrieden fest. »Jetzt können sie nur Vermutungen anstellen, auf welchem Wege wir nach Sìthbaile reisen.« Sie beeilten sich, den Berg hinabzukommen und beobachteten dabei unablässig Luft und Boden. Es kam kein anderer Vogel.

Am Fuße des Berges trennten sie sich. Fionn und Peredur stiegen auf ihre Pferde; die Elben würden zu Fuß auf anderen Wegen zu der Bootslandestelle laufen. Blaufrost und Gru Einzahn würden nach Sonnenuntergang gemeinsam direkt nach Sìthbaile laufen und die Gefährten dort erwarten. Valnir saß hinter Peredur auf, und dann ging es los.

Die Bogins mochten zwar Hafren verehren, aber mit der Schifffahrt und größeren Gewässern allgemein hatten sie nichts am Hut. Fionn hing Stunde um Stunde jämmerlich über der Reling, und es war ihm völlig egal, dass die Sturmsee ihrem Namen alle Ehre machte und ihm die salzige kalte Gischt ins Gesicht schlug. Dabei zog die *Seeschwalbe* ohnehin einen Bogen, weil die Gewässer in Küstennähe noch viel unruhiger waren und dort beständig die Gefahr bestand, gegen die Steilküste gedrückt zu werden oder vorher schon an hochragenden Felsen aufzuschlagen und zu kentern.

Als es endlich wieder an Land ging, hatte Fionn weiche Knie und schwor sich, nie wieder im Leben ein Schiff zu betreten und vor allem nie wieder etwas zu essen. Es waren die schlimmsten Stunden seines Lebens gewesen, schlimmer noch als die Folter, und es war ihm auch kein Trost, dass dem Elbenkapitän zufolge die See sogar »ausgesprochen heiter« gewesen sei und sie deswegen viel schneller als erwartet gesegelt wären.

Schon eine Stunde später, nach einem heißen Bad und in trockener

Kleidung, dachte er völlig anders über das Essen, als ihm der Duft frischen Bratens aus der Gaststube entgegenschlug. Peredur wäre am liebsten sofort weitergeritten, aber der Abend war schon angebrochen, und nachts kamen sie auch auf einer gut ausgebauten Straße kaum voran.

Die Elben wurden damit beauftragt, gute Pferde zu besorgen, wofür Luvhafen genau der richtige Ort war, und es hieß Abschied nehmen von dem treuen Allsvartur und dem roten Hengst. In dem Gasthaus, in dem sie untergekommen waren, stellte man nicht viele Fragen, solche Neugier war in Hafenstädten nicht üblich. Peredur hatte seine Königskleidung gut verstaut und war wieder in seine schäbigen alten Sachen geschlüpft. Dazu trug er einen Lederhut, der vor Sonne und Regen und neugierigen Blicken schützte. Fionn an seiner Seite wurde nicht weiter beachtet; es konnte ja sein, dass ein Herr seinen Sklaven nicht freiwillig ausgeliefert hatte, und in einer Hafenstadt war es den Leuten herzlich egal, ob in der Emperata ein Mord begangen wurde und deshalb alle Bogins zu verhaften waren.

Ein wenig wunderte Morcant sich dennoch, dass es nicht einmal Patrouillen gab.

»Ach, die sind alle in der Hauptstadt«, wurde ihm beschieden. »Dort findet ein großes Aufgebot statt, die Àrdbéana hat alle Edlen Albalons zu sich geladen. Wegen irgendwas Besonderem.«

Das war außergewöhnlich, denn nur ihre unmittelbar Vertrauten bekamen die Herrscherin zu Gesicht.

»Sie wird doch nicht etwa heiraten?«, feixte Valnir.

Beim ersten Silberstreif weckte Peredur die Zwergenkriegerin und den Bogin, und sie verließen das Gasthaus still und heimlich, trafen auf die bereits mit den gesattelten Pferden wartenden Elben, saßen auf und ritten los. Fionn und Valnir teilten sich ein Pferd, und beide waren froh darum, denn mit den großen Elbenpferden hätten sie sich allein schwer getan. So hielten sie sich irgendwie aneinander fest und ließen das Pferd einfach mit den anderen mitlaufen.

Fionn fiel auf, dass Peredur seine Königskleidung trug. Er stellte sich jetzt also seinem Schicksal.

Und es ging schnell, sehr schnell dahin, auf einer großen, gut ausgebauten Straße. Seltsam nur, dass so gut wie keine anderen Reisenden unterwegs waren. Auch in den Gasthäusern an den Wegkreuzungen, in denen sie unterwegs übernachteten, fanden sich kaum Gäste. Sollten wirklich alle in Sìthbaile sein? Aber warum auch Händler, Bauern, Handwerker?

Fionn sah Peredurs düsterer Miene an, dass er sich eine Menge Gedanken machte, aber wie immer teilte er sie nicht mit den anderen. Es hatte keinen Sinn, ihn darauf anzusprechen.

Kurz vor Uskafeld ritten sie genau auf einen Kampf zu; es mochten über zwanzig Elbenkrieger sein gegen ... vier Menschen?

»Verdammt, das sind Hrothgar, Vàkur, Draca und Cyneweard!«, rief Morcant, der ein Stück weiter voraus war.

»Na, dann sollten wir ihnen ein bisschen Unterstützung geben, obwohl sie sich recht gut schlagen«, schlug Valnir vor und sprang vom Pferd. Mit gezückten Äxten rannte sie Morcant hinterher, der bereits auf die Kämpfenden zuhielt.

»Fionn, du haust ab, wenn es brenzlig wird!«, befahl Peredur, während er sein tänzelndes Pferd zügelte. »Uskafeld liegt da hinten«, er wies mit dem Schwert den Weg, »vielleicht noch zwei Stunden entfernt. Wir treffen uns bei Dagrim, sollte es dazu kommen.«

Fionn hielt die Zügel und bat das Elbenpferd, brav zu sein und auf ihn zu hören, weil sein Leben davon abhinge. Er holte das Buch aus seinem Rucksack und drückte es fest umklammert an seine Brust. Das Herz rutschte ihm hinab, als er dann aus nördlicher Richtung über das freie Land eine weitere Schar herannahen sah, auf mindestens fünfzig Pferden, und er trieb sein Pferd an, um die Gefährten irgendwie zu warnen.

Die vier Fiandur begrüßten die Neuankömmlinge überschwänglich, und mit ihrer gemeinsamen Schlagkraft überwanden sie die Palastwachen in kurzer Zeit und zwangen sie, sich zu ergeben. Einen Großteil des Erfolgs nahmen die Zwillinge mit ihren Bögen in Anspruch, die auf die Entfernung unüberwindlich waren. Sechs Elben waren bereits unter den Pfeilen, Axthieben oder Schwertstreichen gefallen, und die anderen, mehr oder minder verwundet, streckten die Waffen. Fionn sah, dass einer von ihnen einen dicken ledernen Handschuh trug und deutete auf ihn.

»Das ist der Mann, der den Bussard zum Spähen geschickt hat!«

Peredurs Aufmerksamkeit richtete sich sofort auf ihn.

»Was ist mit meinem Vogel?«, keuchte der Elb.

»Tot«, antwortete Peredur knapp und richtete die Schwertspitze gegen ihn. »Was geht hier vor sich?«

Der Elb schwieg.

»Lass nur«, sagte Cyneweard. »Wir können alle Fragen beantworten.«

»Da hinten ...«, setzte Fionn an.

»Später, Freund.«

»Aber da ...«

»Später! Sag uns alles, Cyneweard.«

Der Fiandur berichtete in knappen Worten, wie sie versucht hatten, die Àrdbéana zu befreien, verraten wurden und als Einzige entkamen. Nun würde über ihre gefangenen Freunde Gericht gehalten, einschließlich Meister Ian Wispermund und Cady ...

»Cady!«, schrie Fionn und bezähmte sich erschrocken.

»Die Àrdbéana hat ein Hohes Gericht anberaumt und alle Würdenträger von ganz Albalon eingeladen, daran teilzunehmen. Alle sollen Zeugen der Verhandlung gegen die Thronverschwörer sein.«

»Jetzt verstehe ich«, sagte Morcant. »Ihre gesammelte Macht wird Dubh Sùils Einfluss brechen. Und so kommt die Àrdbéana aus dem Palast. Schwarzauge kann nichts, aber auch gar nichts dagegen tun.«

»Die Stadt ist voll von Soldaten, alle Herbergen sind belegt, das reinste Chaos«, fuhr Cyneweard fort. »Die Palastwachen haben keine Chance mehr, nach uns zu suchen. Dafür haben wir aber herausgefunden, dass sie euch auf den Fersen waren, und uns auf die Suche nach der Truppe gemacht. Sie haben hier bei Uskafeld Position bezogen, denn die Wahrscheinlichkeit, dass ihr hier vorbei kommt, war hoch, egal, aus welcher Richtung ihr auch heranreiten würdet. Andere Reisende wurden kurzerhand kassiert oder es wurde ihnen verboten, die Straße zu benutzen. Als die Nachricht eintraf, dass Reiter auf Elbenpferden hierher unterwegs waren, sind sie los, und wir hinterher.«

»Sie haben uns also erwartet«, stellte Valnir fest. »Aber nur zwanzig ... die müssen wirklich einen enormen Engpass haben.«

»Ja«, sagte Fionn, »aber da kommen die nächsten, und das sind viel mehr.«

»Ich weiß«, erwiderte Peredur. »Und das ist gut so.« Er machte eine Geste nach unten. »Runter vom Pferd.«

Fionn gehorchte verwirrt, und dann sah er Morcant, der der nahenden Truppe rufend und winkend entgegentrat. Sie waren nah genug, dass er jetzt mehr erkennen konnte. Diese Elben waren zwar gerüstet, zeigten aber nicht das Wappen von Sìthbaile. Sie trugen weiße, silberne und graue Umhänge, silbrige Rüstungen und Helme, und ritten schneeweiße Elbenrösser, wogend wie die Gischt des Meeres. Ihnen voran ritt eine Gestalt ohne Rüstung, mit übergeschlagener Kapuze.

Die Palastwachen warfen sich zu Boden, und alle anderen verneigten sich, als der Mann sein Pferd anhielt und abstieg. Fionn beugte erschrocken den Kopf, schielte aber von unten herauf.

Peredur war der Einzige, der sich nicht verneigte, und als er auf die hohe Gestalt zuging, sah Fionn seinen Freund zum ersten Mal herzlich lächeln.

Der Elb schlug die Kapuze zurück, und eine Welle von Wärme schlug Fionn entgegen. Für einen Augenblick wurde alles in ein gleißendes Licht gehüllt, bis in dem Strahlen ein alter Mann sichtbar wurde, mit silberweißen langen Haaren und einem gütigen Antlitz von vollkommener Reinheit.

Fionns Herz raste wild, und er sank auf die Knie. Niemand brauchte ihm zu sagen, wer das war. Und genau wie Tiw gesagt hatte, war es der erhabenste Moment seines Lebens.

»Alskár! Immer im rechten Moment.« Peredur und der Hochkönig der Elben umarmten sich.

»Peredur«, sagte der große alte Elb und lächelte. »Du bist zurück. Und du hast Asgell gefunden, nachdem du diese Kleidung trägst, denn nur er kann sie aufbewahrt haben.«

Er gab einen Wink, und zwei seiner Soldaten nahmen sich augenblicklich der Gefangenen an; dann wandte er sich der Versammlung zu. »Ich bitte euch, erhebt euch. Wir sind Freunde, Gefährten – und die Fiandur.« Seine strahlenden Augen richteten sich auf Fionn, der sich aufgeregt an dem Buch festhielt. »Fionn Hellhaar. Es ist mir eine Freude, dich kennenzulernen. Und ich sehe, du hast das Buch bei dir. Dir gebühren Ruhm und Ehre.«

»V-verzeiht, Hochedler«, stotterte Fionn. »Zuerst muss mein Volk befreit werden, dann vielleicht.«

Der Hochkönig der Elben lachte. Seine Stimme hatte den schönsten

Klang, den Fionn je vernommen hatte. Er war versucht, erneut auf die Knie zu fallen.

»Ja, du hast recht. Und unsere Freunde müssen ebenfalls befreit werden, allen voran mein alter Freund Ian. Nur gut, dass die Àrdbéana diese Strategie wählte, das hat unseren armen Gefangenen bisher das Leben gerettet und der Herrscherin ebenfalls. Wohlan denn! Lasst uns nach Sìthbaile reiten! Wir werden Dubh Sùil aus der Finsternis zerren und der gerechten Strafe zuführen, und dann werden wir den verseuchten Palast säubern.«

*

Die Kunde, dass Hochkönig Alskár auf dem Weg in die Stadt war, sprach sich wie ein Lauffeuer herum. Massen säumten die Prachtstraße und jubelten der vorbeiziehenden Schar zu. Die Patrouillen der Palastwachen sahen, dass die gesuchten Verschwörer mit dem Gefolge ritten, und konnten nichts gegen sie unternehmen. Hilflos mussten sie zusehen, wie auf etwas Distanz ihre Kameraden gefesselt mitgeführt wurden.

Fionn war viel zu aufgeregt, um auf den Jubel ringsum zu achten. So hatte er sich seine Rückkehr keinesfalls vorgestellt. Seine Hände umklammerten nach wie vor das kostbare Buch. Die Befreiung seines Volkes war nicht mehr fern.

Er sah zu Peredur, und das nach wie vor düstere Gesicht seines Freundes beunruhigte ihn. Was stimmte denn nicht?

Unterhalb der Portaltreppe lagen einige erschlagene Palastwächter, und ganz oben, im Schatten des Daches verborgen, sah Fionn eine Bewegung, und dann trat Gru Einzahn ins Licht.

»Da sindse!«, rief er und winkte. »He, huhu, hierher! Der Wech is' frei! Wir ham 'n bissl aufgeräumt, weilse uns nich' reinlassen wollt'n! Un' jetzt traut sich keiner mehr her. Die Versammlung hat grad begonn'n!«

Alskárs Elbensoldaten eilten die Treppe hinauf und postierten sich am Eingang. Zehn von ihnen flankierten den Elbenkönig und seine Begleiter.

Vor ihnen trat Blaufrost krachend die massive Tür ein und stampfte in den Palast, gefolgt von Gru Einzahn.

»Platz da!«, dröhnten sie gemeinsam und mit vornehmster Aussprache, die sie wahrscheinlich während der Zeit des Wartens eingeübt hatten. »Macht Platz dem Hochkönig der Elben und seinem Gefolge, und macht Platz der Fiandur, den Befreiern!«

»Ich finde, das klingt gut«, sagte Valnir vergnügt neben Fionn.

Alskár und Peredur hatten die Spitze übernommen. Peredur hatte sich einen langen weißen Umhang übergeworfen und die Kapuze tief in die Stirn gezogen. Man konnte ihn für einen der Weisen halten.

»Es sind alle da«, erklang Morcants Stimme hinter ihnen, während sie in die große Halle marschierten, die voll besetzt war, mit Ausnahme der breiten Gasse zum Thron. Der Elb zählte einige der Adligen und Würdenträger auf, die zusammen mit Wachen und Hofstaat an den Seiten aufgestellt waren.

Fionns Herz schlug schneller, wollte ihm schier aus der Brust springen, als er die Angeklagten seitlich des Throns stehen sah. Meister Ian Wispermund, Rafnag, Ingbar, Randur, Tiw ... und Cady. Da stand Cady! Dünn und blass, aber aufrecht, und er winkte ihr zu, so heftig er konnte, und da sah sie ihn und ... schüttelte den Kopf. Wies mit dem Kopf zur Tür, ihre Lippen formten lautlose Worte, die er nicht verstand. Bei Hafrens Lilien, was hatten sie ihr angetan? Sie musste Schreckliches durchgemacht haben, wenn sie so verstört und voller Angst war. Aber bald ... bald war alles gut. Bald würde der Àrdbéana die Wahrheit bekannt werden und sie würde das Machtwort sprechen, das Dubh Sùil aus dem Palast trieb.

Und dann richtete er den Blick auf den Thron, und dort sah er sie, die Erhabene, mit Haaren wie Gold, himmelsklaren blauen Augen und trotz ihrer Schwäche von strahlender Schönheit. Man sah ihr an, wie ausgezehrt sie nach der langen Krankheit war, doch sie hielt sich stolz mit eisernem Willen aufrecht.

Fionn zuckte zusammen, als der Elbenkönig abrupt langsamer wurde. »Oh, was für ein Narr bin ich gewesen«, stöhnte Alskár auf. »Und jetzt ist es zu spät.«

»Was?«, entfuhr es Fionn.

»Es ist eine Falle«, sagte der Elbenherrscher leise. »Und wir sind ahnungslos hineingetappt.«

»Was sagt Ihr da?«, flüsterte Morcant.

Fionn blickte rasch zu Tiw, der ihn wütend anstarrte und sich mit dem Finger an der Kehle entlang fuhr. Eine eiskalte Hand krallte sich um sein Herz.

»Das ist nicht die Strategie der Àrdbéana, sondern die Dubh Sùils«, fuhr der Elbenkönig fort. »Wir sind alle hier versammelt, um magisch gebannt zu werden, zu willenlosen Handlangern geformt. Albalon wäre damit auf einen Streich in Schwarzauges Hand. Welch ein Tor bin ich gewesen, all die Jahre über.«

»Aber das ist doch völlig unmöglich!«, zischte Morcant. »Die Àrdbéana sitzt auf dem Thron, sie hat die Macht! Und die wird noch verstärkt durch die Anwesenden. Gerade in diesem Moment kann *kein* Feind der Versammlung schaden, darum geht es doch!«

»Nur die Ruhe. Asgell und ich haben uns schon so etwas gedacht«, sagte Peredur gleichmütig. »Wir haben uns deshalb vorbereitet. Tut mir leid, Alskár, ich habe dich benutzt . . . aber wir hätten uns auch irren können. Und jetzt brauche ich dich.« Er wandte sich zu Morcant um. Sie hatten es nun nicht mehr weit zum Thron, bis zu der Linie, zu der man vortreten durfte. »Deine Lyra, schnell«, raunte er ihm zu. Der Meersänger hielt sie ihm hin, und Peredur träufelte den Inhalt einer Phiole, die Fionn nur allzu bekannt vorkam, hinein, und ein betörender Duft breitete sich aus. »Spiel!«

»Und was?«

»Die Hymne des Friedens, fülle jeden Winkel dieser Halle aus! Keine finstere Magie kann sich dann noch halten.«

»Der Friedensbann? Woher habt ihr . . . schon gut, ich will es nicht wissen. Spiel, Morcant! Sonst sind wir verloren.«

Der Meersänger trat nach vorn, verbeugte sich tief und drehte sich anschließend leicht im Saal.

»Ich bin Morcant, der Barde der See, und zum Dank und zur Lobpreisung der himmlischen Àrdbéana spiele ich nun die Hymne des Friedens, die einst beim großen Friedensschluss aller Völker zum ersten Mal erklang. Und heute wollen wir diesen Bund erneuern und vertiefen!«

Beifall brandete auf. Die Àrdbéana saß mit huldvoll lächelnder Miene reglos da, doch ihre feinen Brauen hatten sich kritisch zusammengezogen.

Morcant begann zu spielen und zu singen, und bald sangen alle in der Halle mit. Die Töne schwangen hinauf bis in den letzten Winkel der

Halle, und Fionn hatte das Gefühl, als würden die Geister der Vergangenheit auferstehen und durch die Halle wandeln; alle großen Könige und Königinnen, alle Helden und Ritter, die edlen Frauen und Kämpferinnen, und sie stammten aus allen Völkern.

Jeder Anwesende wurde davon erfüllt, Gesichter glätteten sich, auch die Spannung der Wachen wich.

Nachdem die letzten Töne verklungen waren, verbeugte Morcant sich noch einmal tief vor der Àrdbéana.

Daraufhin stand sie auf und blickte in die Runde.

»Wir haben uns heute hier versammelt, um Gericht zu halten über eine Gruppe von Verschwörern, die sich aus verschiedenen Völkern zusammensetzt. Der Grund dafür liegt auf der Hand. Das Oberste Gesetz sollte durch meine Ermordung gestürzt werden. An meiner Herrschaft wird gezweifelt, weil ich ein ganzes Volk wegen des Verdachts des Mordes an einem hoch angesehenen Gelehrten in den Kerker werfen ließ. Wir wollen nun die Gründe der Verschwörer hören, die sie diesen Plan fassen ließen. Zuvorderst aber obliegt mein Dank an jemanden, durch den diese Verschwörung aufgedeckt und rechtzeitig verhindert werden konnte.«

Sie streckte die Arme aus. »Komm zu mir, Ingbar. An meine Seite, wo du hingehörst.«

Tiw und die anderen der Fiandur starrten den schwarzhaarigen Mann aus ihrer Mitte an.

»Ingbar?«, stieß Tiw hervor. »Was hat das zu bedeuten?«

»Es tut mir leid«, sagte er. »Das müsst ihr mir glauben. Aber ich hatte keine Wahl. Sie hat mich dazu gezwungen.«

Er deutete auf die Àrdbéana. »Sie ... ist meine Mutter. Und ich ... *ich* war es, der euch alle verraten hat.«

Der Mann, der halb Mensch und halb Elb war, ging langsam auf die Herrscherin zu. Aber keineswegs stolz erhobenen Hauptes, sondern völlig vernichtet.

»*Du* bist der Verräter?«, rief Tiw ihm nach. »Aber wie ... warum ...«

»Ich habe die Fähigkeit meiner Mutter geerbt, meine Gestalt zu wechseln«, antwortete Ingbar, nachdem er vor dem Thron Aufstellung bezogen hatte. Er trat nicht die Stufen hinauf, neben die Herrscherin.

»Ich hielt mich als Bogin an jenem Abend in Meister Ian Wispermunds

Haus auf. Ich wusste ja, dass Magister Brychan zu der Versammlung kommen wollte, und dass er brisante Seiten aus einem Buch bei sich hatte. Ich hatte den Auftrag, ihn zu töten und die Seiten an mich zu nehmen. Ich habe allerdings die Fiandur an sich nie verraten, sondern nur ... euren Plan.« Kummervoll blickte er seine Gefährten an, die er hintergangen hatte. »Ich hatte euch gewarnt, euch angefleht, davon abzulassen ... hättet ihr doch nur auf mich gehört ...«

»Du hast mich belogen?«, erklang die Stimme der Àrdbéana über ihm.

»Ja, aber nicht so, wie ich meine *Freunde* seit Anbeginn belogen habe. Ich war dir verpflichtet und musste deswegen zum Verräter und überdies zum Mörder werden. Ich bin dafür verdammt.«

»Du bist ein schlechter Sohn!«

»Und du eine noch viel schlechtere Mutter.«

»Das ist ja alles gut und schön und eine rührende Familienzusammenkunft«, sagte Peredur dazwischen. Er trat nach vorn, öffnete den Umhang und warf ihn ab. Hoch aufgerichtet und wie der König, der er war und wieder sein würde, stand er da.

»Erkennst du mich?«, fragte er. »Ich erkenne jedenfalls dich. Jetzt erst und beinahe zu spät ... aber eben nur beinahe.«

Fionn sah, wie die Àrdbéana ihn zuerst erstaunt, dann ungläubig ansah. Sie *hatte* ihn erkannt.

»Ich bin Peredur, der Hochkönig von Albalon«, donnerte seine tiefe Stimme durch die Halle. »Ich bin zurückgekehrt. In diesem Moment breche ich sämtliche Mächte, als der Gründer und Erbauer dieser Hallen, als der wahre Herrscher, denn dies ist *mein* Reich und *mein* Thron, und im Namen aller Anwesenden – Adlige, Soldaten oder Gefangene – verlange ich rückhaltlose Aufklärung und Antwort auf alle Fragen. Im Namen der Segensreichen Mutter, Lady Kymra, meiner Patin, spreche ich den Bann der Wahrheit aus, und die Wahrheit muss gesprochen werden.«

Er richtete den strengen Blick auf die Àrdbéana.

»Aber zuerst hätte ich gern mein Herz zurück.«

Fionn, in dem der furchtbare Verdacht bereits aufgekeimt war, blieb die Luft vor Schock weg, und allen anderen Anwesenden in der Halle auch. Die Legende des Mannes ohne Herzen, die Gespenstermär, kannten sie alle. Zu erfahren, dass er tatsächlich existierte *und* der König war *und* diesen Palast erbaut hatte, war schon schwer zu erfassen. Aber seine ungeheuerliche Anschuldigung an die hoheitsvolle, gütige Àrdbéana ...

»Áladís, was habt Ihr dazu zu sagen ...«, setzte ein in Brokat gewandeter alter Mann, der in der Nähe des Thrones stand, schließlich zaghaft an.

»Nennt sie sich so? Nichts hat *Áladís* dazu zu sagen«, unterbrach Peredur. »Denn das ist nicht ihr Name, sondern der Name *meiner Tochter.* Sie hat ihn ihr gestohlen, entrissen – so wie mir mein Herz – und damit ihr Blendwerk vollendet!«

Fionn erinnerte sich. Peredur hatte nie den Namen seiner Tochter erwähnt, und darin lag der Grund – weil er ihr entrissen worden war. Ein weiterer grausamer Fluch, der Peredurs Tochter das Leben gekostet hatte. Áladís, Schönelbe, hatte sie also geheißen ... Bitterkeit strömte heiß durch Fionns Adern. Noch immer konnte er nicht das ganze Ausmaß dessen erfassen, was seinem Freund angetan und in ein Geheimnis der Stille gezwungen worden war.

»Die ihr dort seht«, fuhr Peredur fort, »ist Ragna, die Herrin des Krieges, die Blenderin. Ihr Beiname lautet *Dubh Sùil.*«

Einige Soldaten wichen zurück, andere blickten verunsichert zu dem unbewegt verharrenden Hauptmann Tiarnan, den Fionn an seiner Rüstung erkannte.

Fionn blickte die Herrscherin nun zum ersten Mal direkt an, ohne die gebotene Zurückhaltung und Ehrerbietung, und durch ihr Blendwerk hindurch.

Und er *sah.*

Sah das schwarze Glitzern hinter dem strahlenden Blau. *Sah* den Abgrund darin, in dem etwas ... Grausames, Grauenvolles lauerte. Alles nur Fassade, schöner Schein, aufgebaut auf dem gestohlenen Namen. Was unter dem lieblichen Trugbild lag, war immer noch schön, doch hart und streng, weiß wie Schnee und kalt wie Eis.

Fionn begriff jetzt, warum Tiw und Tuagh ihm die grausamen Prüfungen zum Beitritt der Fiandur auferlegt hatten. Er konnte *sehen* und *ertragen*. Und er hielt das Buch, das nun seines war.

Alskár war außer sich. »Und all die Jahrhunderte hindurch haben wir uns täuschen lassen, sind dem Trugbann voll und ganz erlegen, haben nie gemerkt, wie geschickt Schwarzauge uns von ihrem Hof ferngehalten hat, damit wir die Wahrheit nicht herausfinden. Wie konnte *ich* das nie erkennen!«

»Weil du nur Güte kennst, mein alter Freund, und Arglist nicht erkennen kannst. Weil *sie* über eine große Macht verfügt, welche die deine vielleicht sogar übertrifft. Und sie weiß sie zu nutzen! Die Macht liegt in ihrer Familie. Denn Ragna«, fügte Peredur an, als wäre es immer noch nicht genug, »ist die Schwester meiner Frau Hafren.«

*

Zwei Schwestern waren einst mit vielen anderen Elben an der Ostküste Albalons mit einem großen grauen Schiff angelandet: die düstere Ragna und die helle Hafren. Ragna, welche die Menschen hasste und der Ansicht war, dass Albalon den Elben gehören sollte, und Hafren, welche alle Völker liebte und der Ansicht war, dass genug Platz da war, gemeinsam in Frieden zu leben.

Ragna musste es dulden, dass Hafren mit einem Friedensangebot aufbrach, das sie dem jungen Hochkönig der Menschen unterbreiten wollte, denn der gesamte Rat war dafür gewesen, allen voran Alskár.

Ragna begleitete die Schwester jedoch, um alles im Auge zu behalten und misstrauisch darauf zu achten, ob die Menschen etwa einen Hinterhalt planten. Hafren war zu gut, zu harmlos, zu vertrauensselig; sie vermutete niemals Böses, in keinem.

Aber da geschah es, dass sich bei der ersten Begegnung nicht nur Hafren in den stolzen Menschenkönig verliebte, sondern auch Ragna.

Und Ragna warb um den Mann, versuchte, ihm deutlich zu machen, dass ihn mit Hafren keine Zukunft erwartete, denn Gewässer sind unstet und immer nur in Bewegung, niemals verweilend, heute hier und morgen da. Ragna umschmeichelte Peredur, welche Vorteile er von einer Verbindung mit ihr habe, und welche Nachteile von einer Verbindung mit Hafren.

Doch Peredur lehnte sie ab, wies sie in ihre Schranken und sprach von seiner ausschließlichen Liebe zu Hafren.

Und Ragna sann auf Rache. Jahre später, als sie genügend Gleichgesinnte um sich geschart hatte, sah sie ihre Stunde gekommen. Sie ermordete die eigene Schwester, um den Krieg anzuzetteln, und auch die kleine Áladís musste sterben, denn Ragna brauchte ihren Namen und ihre Hülle, um sich für die Zeit nach dem Krieg zu tarnen, wenn sie nicht mehr als Dubh Sùil auftreten würde.

Nun, da die Entscheidung gefallen war, plante sie die gesamte Zukunft sehr sorgfältig, nichts durfte fehlgehen. Bald schon wollte sie den Thronsitz von Sìthbaile einnehmen.

Der Schrecken und der Große Krieg nahmen ihren Lauf . . .

*

»Aber welche Rolle haben wir Bogins dabei gespielt?«, rief Fionn in die atemlose Stille hinein, die auf Peredurs Erzählung folgte.

Peredur nickte der Àrdbéana zu. »Sag es ihm, Ragna.«

»Ich werde schweigen.« Sie bäumte sich auf. »Aber dafür handeln!«, schrie sie, und plötzlich leuchtete ihre Gestalt in grellem Licht auf, zwischen ihren Händen zuckten Blitze. Sie formte einen mächtigen Energieball, den sie auf Peredur schleuderte. Es ging so schnell, er konnte nichts dagegen unternehmen, außer dem Tod ins Auge zu blicken. Viele der Anwesenden schrien auf, als der Hochkönig getroffen wurde und von Blitzen umzuckt zu Boden stürzte.

Die Àrdbéana wandte sich gegen Alskár, doch der Elbenherrscher war vorbereitet und brach mit einer einzigen Handbewegung ihren Zauber. Sie keuchte auf und taumelte, ihr war die gewaltige Anstrengung anzusehen, die es sie gekostet hatte, den Friedensbann zu überwinden.

»Noch einmal wird dir das nicht gelingen«, sagte der Elbenkönig streng. Er drehte sich zu seinem Gefolge um. »Sorgt dafür, dass sie keinen weiteren Schaden mehr anrichten kann.«

Fünf Elben traten daraufhin nach vorn, fassten sich an den Händen und senkten die Köpfe in Konzentration. Ein leises Summen erklang. »Hört auf damit«, keuchte die Àrdbéana. Ihre Hände fuhren an ihren Kopf. »*Hört auf!*«, schrie sie gepeinigt.

Fionn wollte zu Peredur laufen, doch Morcant hielt ihn fest. Und da regte sein Freund sich auch schon und richtete sich langsam auf. Raunen und Flüstern ging durch die Halle, als der König wieder aufrecht stand. Von seiner Kleidung stiegen dünne Rauchfäden auf, ansonsten war er unversehrt.

»Du hast vergessen, dass ich nicht sterben kann«, sagte er ruhig. »Nicht einmal du kannst mich töten, solange ich mein Herz nicht zurück habe.«

»Und nun sprich!«, donnerte die Stimme Alskárs durch die Halle, und er hob die geballte Faust. Alle wichen zurück, als die Àrdbéana wie von einem Hieb getroffen zurücktaumelte, und eine schimmernde, wallende Hülle umgab sie. »Sprich freiwillig, oder ich werde dich zwingen, und du weißt, dass ich das kann!«

»Ihr seid Narren, und ihr seid Tiere!«, schrie sie. »Nichts anderes habt ihr verdient zu sein. Findet es doch selbst heraus! Da steht er ja, der kleine Mann mit dem großen Buch! Öffnet es, und ihr werdet wissen!« Sie lachte schrill und voller Hass.

Fionn ging zaghaft nach vorn, er wusste, dass es jetzt auf ihn ankam. Er nahm das Buch und hielt es auf dem Arm, strich über das Siegel. Dann legte er die Hand darauf und schloss die Augen.

»Ich weiß es bereits«, flüsterte er. »Und Tiw weiß es auch. Es ist das Besondere, das unsere Familie bekommen hat, weswegen Magister Brychan Sorge trug um das Leben meiner Mutter und meines Bruders. Und weswegen ich in Meister Ians Haus versteckt wurde, ohne es je verlassen zu dürfen. *Es ist in uns.* Die gesamte Erinnerung unseres Volkes. Wer wir waren, wer wir sind. Das Buch wurde als Verbindung geschaffen, um meinen Geist zu öffnen ... Hört mich an.«

*

Und Fionn sang. Ein Lied, das er noch nie gehört hatte, und das doch aus ihm herausdrang.

Von den Bogins, dem kleinen Volk der Halblinge, die Hüter und Bewahrer waren, die Gärtner des Lebens, die alles zum Blühen brachten. Sie pflanzten und säten, sie ernteten und verarbeiteten. Unter ihren Händen wuchs und gedieh das Korn selbst noch auf dem dürrsten Boden.

Sie waren von heiterer Art und genossen jeden Tag in vollen Zügen. Von Neid und Streit hielten sie nichts; was man haben wollte, baute man sich selbst an und erntete es. Sie schätzten das Essen und Trinken mehrmals am Tag, und sie feierten oft Feste mit Gesang und Tanz. Sie waren von geruhsamer Art, arbeiteten fleißig und stetig, aber nie schnell oder gar hektisch.

Sie halfen den Nachkommen der ersten Menschen, ihre Welt nach dem Untergang aufzubauen. Und als die Elben kamen, entdeckte Hafren ihr Wesen und gewährte ihnen ihren Schutz. Dadurch wurden sie Wesen von Macht, doch diese würden sie niemals bewusst nutzen oder gar missbrauchen. Die Bogins waren wie Hafren auch: von großer Güte und Bescheidenheit, sanftmütig und tief mit ihrer Welt verbunden.

Wo auch immer Bogins waren, gab es Wasser, wuchs das Grün. Nach Ende jedes zerstörerischen Krieges zogen Hafren und die Bogins durch die Lande und bauten sie wieder auf, kämpften gegen Hunger und Not.

Doch das war nicht alles. Denn die Halblinge waren magische Wesen von ganz besonderer Art.

Sie besaßen, ohne es zu wissen, die einzigartige Gabe der Befriedung. Sie waren die wahren Hüter des Friedens, doch sie dachten nie darüber nach.

Aber den Elben, die die Macht über Albalon erringen wollten, fiel es auf, und sie erkannten auch noch eine zweite Gabe, nämlich dass sie die Bogins, wenn diese es nicht wollten, *nicht spüren und nicht sehen* konnten. Den anderen Völkern fiel das nicht auf, weil sie die Halblinge sowieso kaum bemerkten. Aber die Elben, die an Zwietracht dachten, bemerkten das sehr wohl und erkannten, dass ausgerechnet die Bogins zur Gefahr für sie werden konnten. Und diese Gefahr wuchs, seit Hafren ihren Schutz übernommen hatte. Was wäre, wenn Hafren auf die Idee käme, die Macht der Bogins einzusetzen, sollte ein neuerlicher Krieg drohen? Die Elben, die nach Macht strebten, könnten nichts dagegen unternehmen und würden gegen ihren Willen befriedet werden.

Sie planten, die Bogins auszurotten.

Dubh Sùil aber erkannte eine andere Möglichkeit. Sie schmiedete einen dämonischen Plan, mit Hilfe der Bogins an die uneingeschränkte Macht zu kommen. Und zwar nicht allein über die Menschen, die sie mit der Zeit vollständig vernichten wollte, sondern vor allem über die

Elben und alle anderen Völker Albalons. Und der erste Schritt war der Mord an Hafren, damit die Bogins ihren Schutz verloren. Gleichzeitig wurde den Menschen die Schuld an ihrem Tod in die Schuhe geschoben und damit stand dem Krieg nichts mehr im Wege.

Ragna Dubh Sùil – so stand es im Buch, so floss es aus Fionns Mund – verhängte einen Fluch über die Bogins und zwang sie in die Sklaverei. Denn so nützte ihnen ihre Gabe nichts, sich dem Blick der Elben zu entziehen. Sie waren immer unter Kontrolle, durften sich nie mehr frei bewegen. Und gleichzeitig, durch die Gabe der Befriedung, waren auch die Menschen, denen Dubh Sùil die Sklaven gab, und die Elben, die weder Macht noch Krieg wollten, dieser Kontrolle unterworfen. Sie waren Dubh Sùil unterworfen, ohne es zu merken.

Noch vor dem Krieg begann Dubh Sùil ihren tückischen Feldzug, saugte den Halblingen ihre Magie ab, ohne dass die es gewahr wurden, und nutzte sie für ihre eigenen Zwecke. Es gelang ihr damit, eine unglaubliche Täuschung aufzubauen, zusätzlich stärkte die Bogin-Magie ihre eigenen Kräfte um ein Vielfaches. So wurde es ihr möglich, die Erinnerung an den Großen Krieg und sein Ende aus den Gedächtnissen der Überlebenden zu tilgen und auszulöschen, was vorher gewesen war. Nur wenige Fetzen blieben zurück. Die Bogins verloren ihr Selbst vollständig und wussten fortan nur noch, dass sie schon immer Sklaven gewesen waren und damit zufrieden, ohne sich ein anderes Dasein zu wünschen.

Nach dem Krieg verschwand Dubh Sùil und kehrte als Àrdbéana, die Hüterin des Friedens zurück, und ihre Macht bezog sie weiterhin aus den Bogins, die sie alle unter Kontrolle in den Häusern ihrer Herrschaften hielt. Um das Oberste Gesetz initiieren zu können, musste sie die Identität des Volkes bannen, und das gelang ihr nur mithilfe des Buches, in das sie alles hineinlegte und es dann verschloss.

Solange es den Bogins gut ging, solange sie alles hatten, was sie brauchten, konnte die Àrdbéana unablässig ihre Kräfte absaugen und Einfluss nehmen auf andere, wie sie es wünschte. Der magische Frieden, aus Lug und Trug geboren, lag über allem.

Aber das war ihr nicht genug, sie strebte nach viel mehr.

Dubh Sùil benötigte Jahrhunderte, um ihre Macht weiter aufzubauen und zu stärken. Wenn die Bogins alt geworden waren, saugte sie sie aus bis zum Tode und ließ sie dann in den Verliesen unter dem Palast verrotten.

Sie alle in die Hand zu bekommen, danach strebte sie, denn dann bekäme sie genug Macht, alle Einwohner Albalons unter ihren Bann zu stellen. Und sie würde das Antlitz der Insel nach ihrem Willen gestalten …

*

Fionns Gesang verhallte. Er nahm die Hand von dem Buch und öffnete die Augen.

»Aber wie es so zugeht, hat sie dummerweise das Buch verloren, auf welche Weise auch immer, und ein Vorfahre oder eine Vorfahrin von Tiw und mir gelangte daran und konnte mit der *besonderen* Gabe seinen Inhalt entschlüsseln, ohne den Fluch und das Siegel zu brechen. Einen Teil dieses Wissens schrieb derjenige nieder in einem anderen Buch, und die kopierten Seiten daraus gelangten in Magister Brychans Hände.«

»So klärt sich alles!«, erklang Tiws Stimme hinter ihm. »Sie hat die Lebenskraft der gefangenen Bogins genommen, um Sìthbaile in ihre Gewalt zu bekommen. Beinahe wäre ich meiner eigenen Magie zum Opfer gefallen, weil sie die Decke des Friedens über uns legte und uns einlullte! Ich sah selbst, wie eine fremde Macht die Einwohner der Stadt steuerte, die nicht mehr Herren ihres eigenen Willens waren.

Und gleichzeitig fing sie an, ihre Streitkräfte zusammenzuziehen. Sie ist ein Bündnis mit den Myrkalfren eingegangen, um den Krieg gegen Albalon vorzubereiten!«

Diese Offenbarung löste großes Entsetzen aus, einige versuchten gar zu fliehen, als würden die Schwarzalben jeden Moment hier hereinströmen und alles überrennen.

Die Ardbéana schwieg, doch aus ihren abwechselnd schwarz und blau flackernden Augen loderte der blanke Hass. Peredurs Friedensbann war inzwischen erloschen, wie Lady Kymra es bei der Übergabe der Phiole angekündigt hatte, doch die Elben aus Alskárs Gefolge hielten sie weiterhin unter Kontrolle, und sie konnte nicht fliehen, auch nicht mehr angreifen. Sie hatte sich in ihrer eigenen Falle gefangen.

Alskár trat vor und hob den Arm. »Und dies verkünde ich als Hochkönig des Volkes der Elben«, ertönte seine Stimme, in der nun das düstere Grollen eines unterirdischen Flusses lag. Selbst seine lichte Gestalt schien dunkler geworden zu sein. »Ragna, ich nehme dir deine Würde und deinen Stand, eine Gebannte wirst du fortan sein, die keinen Anspruch mehr darauf hat, Asyl und Hilfe zu erfahren. Alle Tore zu den Reichen der Elben werden dir verschlossen sein, kein Heim wirst du mehr in den Landen Albalons finden, wohin du auch gehst.«

Eine solche Wucht hatten seine Worte, dass sie die Àrdbéana zum Schwanken brachten, und noch viel schlimmer war, dass ihre für alle Völker erkennbare Elbenaura *erlosch*. Ihre hohe Gestalt schien zu schrumpfen, und sie wirkte plötzlich grau und ... älter. Ihre Kräfte schienen zu schwinden, und sie keuchte auf.

Doch niemand eilte ihr zu Hilfe, sie zu stützen. Die anwesenden Elben wagten es nicht wegen Alskárs Bann, der sofortige Wirkung zeitigte. Die Menschen waren immer noch viel zu verstört und wussten nicht, was die veränderte Lage zu bedeuten hatte, und welche Entwicklungen sich daraus ergeben würden.

In diesem Augenblick fuhr Ingbar herum, zog das Schwert und rammte es dem völlig überraschten Hauptmann Tiarnan in die Brust. Er trieb die Waffe so tief hinein, dass die Spitze hinten wieder hervortrat. »Stirb, du abscheulicher Verräter und Mörder!«, rief er hasserfüllt und riss die Klinge wieder heraus.

Der Elb sackte ohne einen Laut mit gebrochenem Blick zu Boden. »Da hast du deinen Liebhaber!«, schrie Ingbar seine Mutter an. »Der Mord an meinem Vater ist endlich gesühnt! Dachtest du, ich wüsste nicht, wer es war?« Er wandte sich dem alten Menschenmann im Brokatgewand zu, der voller Schrecken zurückwich. »Und du! Pirmin, Oberster Haushofmeister, da oben steht deine Angebetete, entlarvt und entblößt! Sieh, welche Schuld du auf dich geladen hast!«

»Ingbar ...«, erklang die schwache Stimme der Àrdbéana von oben.

»Nein, es ist vorbei! Ich bin frei von dir!« Aus Ingbars Augen rannen Tränen. »Und bevor ich sterbe, soll wenigstens diese Gerechtigkeit herrschen!«

»Ich ... ich wusste nicht ...«, stammelte Pirmin.

»Weil du nicht wissen *wolltest!*« Ingbar richtete das blutige Schwert auf ihn. »Ich sollte dich ... dich ...« Er blickte in die ängstlichen Augen des alten Mannes. Da ließ er das Schwert fallen und sank schluchzend zu Boden.

Der Hochkönig ergriff wieder das Wort. »Ihr seid Pirmin? Nun. Lasst jetzt die Bogins frei. Alle!«, befahl er dem Obersten Haushofmeister.

Der sah sich beunruhigt um. »Ich weiß nicht, ob ich ...«

»*Sofort!*«, brüllte Peredur mit einer Stimme, die selbst noch im entferntesten Flügel des Schlosses die Gläser zum Klirren brachte.

Eine bebende Fensterscheibe in der Halle erlitt einen Riss, der sich blitzschnell verästelte. Mit einem scharfen *Ping* zersprang das Glas in tausend Stücke und rieselte glitzernd herab wie Schnee.

Der Oberste Haushofmeister rannte mit wehendem Gewand hinaus und rief draußen nach den Wachen.

Gru Einzahn und Blaufrost grinsten sich an, hoben jeder einen Arm und schlugen die Handflächen aneinander. »Jetz' hatter kapiert, wie's geht«, schnaufte der Oger gerührt, und aus den Augen des Trolls rieselte feiner Sand.

»Und noch einmal für *alle*«, wandte Peredur sich an den Hofstaat. Die Menschen drängten sich zitternd aneinander, die Elben standen scheinbar kühl, wie stets ihre Haltung bewahrend, doch sie waren um mindestens einen Schritt zurückgewichen.

»Das ist *mein* Schloss! Ich habe es erbaut, und da ich nie abgesetzt worden bin und es auch nie einen Nachfolger gab, bin ich immer noch der Hochkönig Albalons! Ich allein habe hier die Befehlsgewalt, und kraft meines Amtes erteile ich den Befehl, die Àrdbéana, die sich diesen Titel erschwindelt hat, zu verhaften und abzuführen!«

Er deutete auf Ragna Dubh Sùil, die reglos vor ihrem Thron stand.

»Gehorcht seinem Befehl!«, verlangte Alskár mit strenger Stimme. Seine leuchtende magische Aura machte deutlich, dass er alles überwachte und sofort handeln würde, sollte sie einen Trick versuchen.

Nach kurzem Zögern kamen zwei Elbenwachen dem Befehl nach. Ragna ließ sich widerstandslos ergreifen.

»Morcant wird euch zeigen, wo sie gefangengehalten werden soll«, fuhr Peredur fort und nickte dem Meersänger zu. »An einem sicheren Ort, wo sie sich nicht einfach davonstehlen kann.«

»Du begehst einen großen Fehler«, sagte Schwarzauge kalt lächelnd. Ihre Gestalt flackerte leicht. Eine neue Aura baute sich um die zerstörte herum auf. Zu groß war ihre Macht, als dass sie durch einen Bann vernichtet werden könnte.

»Du wirst vor Gericht stehen«, erwiderte der König streng. »Du schleichst dich nicht einfach aus dem Leben, sondern du wirst allen Völkern Albalons Rede und Antwort stehen für deine tausendjährigen Taten! Diesmal wird der Frieden nicht auf tönernen Füßen aufgebaut, sondern ohne Lügen und Verschleierungen, ohne Vergessen und Unterdrückung. Diesmal machen wir es richtig!«

»Törichter Narr, nach tausend Jahren hast du nichts dazu gelernt. Begreife doch, dass mein Weg der einzig wahre des dauerhaften Friedens ist! Was du ersehnst, ist unmöglich!«

»Es kommt auf den Versuch an, Herrin der Zwietracht! Du wirst jedenfalls keinen Anteil mehr daran haben. Ich nehme dir deinen Titel, hier und jetzt, als König von Sìthbaile und als Hochkönig von Albalon, und löse ihn auf, ein für alle Mal.«

Sie zuckte zusammen; das schien sie beinahe mehr zu treffen als Alskárs Fluch, und ihre flackernde neue Aura wurde immer dunkler. Schwarzer Dunst quoll aus ihren Augen und umhüllte sie mehr und mehr. Zu Schwarzauge wurde sie nun endgültig, jedes Licht in ihrem Blick war erloschen, ihre Züge wurden glatt und kalt wie polierter weißer Marmor.

»Dann wirst du dein Herz nie zurückerhalten, Verdammter!«, zischte sie. »Du wirst nie erfahren, wo es sich befindet, so lange ich lebe. Und falls ich sterbe, ist es erst recht verloren. Also bedenke deine nächsten Schritte wohl und sieh dich vor!«

Peredur bedeutete den Wachen mit einer Geste, sie abzuführen. Sie spuckte aus, während sie ging, und ein schwarzer Fleck bildete sich auf dem weißgrünen Marmor, der sich in den Stein fraß. Sie sprach kein Wort mehr – und welche Worte sollten denn auch noch nötig sein?

»Wir werden sehen«, sagte Peredur Vidalin ruhig.

Fionn Hellhaar nickte. »Ja, wir werden sehen.«

*

Pirmin kam mit flatternden Ärmeln zurück; so schnell war der alte Mann wahrscheinlich seit Jahren nicht mehr gelaufen. »Ich habe Euren Befehl ausgeführt, Eure Majestät«, stieß er keuchend hervor. »Und nun verfügt über mich.«

»Ihr seid Eures Amtes enthoben und habt Zimmerarrest«, verfügte Peredur mit ruhiger Stimme. »Bis zu Eurer Verhandlung, die ich sobald als möglich ansetzen werde. Bis dahin soll es Euch an nichts mangeln.«

Der ehemalige Oberste Haushofmeister sah ihn überrascht an, offenbar hatte er mit seiner sofortigen Hinrichtung gerechnet. »Wenn … wenn Ihr gestattet«, bat er heiser, »würde ich mich gern selbst dorthin begeben. Zwei Wachen können mir folgen, um sich davon zu überzeugen, dass ich nicht fliehe … und wäre es möglich, dass sie *vor* meiner Tür stehen bleiben?«

»Gewährt.«

Auch Ingbar wurde in Ketten gelegt und abgeführt, er sprach kein Wort mehr und ging hängenden Hauptes hinaus.

Viele trippelnde Schritte und murmelnde Stimmen näherten sich, und bald darauf drängelten und strömten eine Menge Bogins in die große Halle. Allen voran schritten Fionns Eltern, die Onkelchen Fasin stützten, der sehr alt und schmal geworden war in den Tagen der Gefangenschaft, doch auf eigenen Beinen in die Freiheit gehen wollte.

Nach den langen Tagen in der Dunkelheit blickten sie sich alle blinzelnd um. Sie sahen zum ersten Mal das Innere des Palastes, den Hofstaat, die strahlende Gestalt des Hochkönigs der Elben, und … und einen breitschultrigen, schwer bewaffneten Hünen mit grauen Haaren in königlicher Robe, den sie bisher nur als Schreckgespenst aus Geschichten gekannt hatten. Auf dem Weg hierher hatten sie erfahren, was geschehen war und wer dieser Mann war, aber so ganz begriffen sie noch nicht.

Mit fragenden Gesichtern blieben sie stehen.

Alle sahen abgerissen, blass und mager aus, doch ihr Stolz und ihr Lebensmut waren ungebrochen. Allmählich klärten sich ihre Blicke, und sie fingen zaghaft an, daran zu glauben, dass sie nicht träumten, sondern dass es wirklich ein gutes Ende nahm.

»Fionn!«, rief Alana plötzlich und lief los.

Fionn rannte seiner Mutter entgegen und umarmte sie stürmisch, und dann seinen strahlenden Vater. Alana vergoss Tränen über die Wiedersehensfreude. »Groß bist du geworden! Ein strammer Bursche!«

Fionn verzichtete darauf ihr zu sagen, dass er vorher schon genauso groß gewesen war, aber stramm, das stimmte. Er war weit entfernt von dem verwöhnten mageren Bürschlein, das übermütig sein Volljahr gefeiert hatte.

»Und was ist mit mir?«, beschwerte sich Tiw und trat zu seiner Mutter. »Wird Zeit, dass du mich auch endlich mal umarmst.«

»Ja, schon recht, großer Junge«, winkte sie zuerst ab, schloss ihn dann jedoch in ihre Arme und drückte ihn an sich. »Dafür bist du eigentlich schon zu alt, und offengestanden habe ich dich viel früher erwartet! Ich dachte, du holst uns von da unten raus ...«

»Ach, nun hör schon auf zu nörgeln«, murmelte er.

Da schob sie ihn auch schon weg. »Cady!«, rief sie fassungslos. »Seht doch, Cady hat es geschafft, sie lebt! Sie hat uns alle befreit!«

Im Nu war die junge Frau von einer Menge Bogins umringt, die sie alle gleichzeitig umarmen und an sich drücken wollten, allen voran Melissa. Fionn hätte Cady auch gern umarmt. Aber das musste noch warten. Umso schöner würde es dann werden. Nun hatten sie ein Leben lang Zeit dafür.

Onkelchen Fasin baute sich vor Peredur auf, der ihn um mehr als Haupteslänge überragte. »Und damit sind wir also frei?«

»Das seid ihr«, bestätigte der König. »Frei aus dem Verlies, und frei aus der Sklaverei. Ihr könnt von nun an gehen, wohin ihr wollt, und allein über euer Leben bestimmen.«

Schlagartig legte sich Stille über die Halle, als die Bogins begriffen, was der König ihnen gerade gegeben hatte.

Echte, schrankenlose Freiheit.

Noch konnten sie die Tragweite dieser Entscheidung nicht völlig ermessen, da sie die Freiheit nie gekannt hatten.

Onkelchen Fasin fasste sich als Erster. »Dann muss ich mich also auf meine alten Tage nach einem Dienstherrn umsehen, der mich gegen Bezahlung annimmt, um mein Auskommen zu haben?«, polterte er.

Meister Ian Wispermund räusperte sich. »Onkelchen Fasin, du

kommst natürlich zu mir, und wir werden meine sämtlichen Brandyvorräte plündern und über die Bücher in meiner Bibliothek diskutieren, die du all die Jahre über heimlich gelesen hast.«

»Werde ich dafür bezahlt?«

»Du darfst kostenlos bei mir wohnen und essen, und das schließt auch den Brandy ein.«

»Also schön, dann nehme ich an.« Hoch erhobenen Hauptes watschelte der alte Bogin zu seinem ehemaligen Herrn, der ihn lächelnd wie einen Freund empfing.

Fionn trat zu ihnen und hielt Onkelchen Fasin das Buch der Bogins hin. »Ich lege es in deine Obhut«, sagte er. »Eines Tages werden wir es öffnen und vollständig lesen. Unsere Geschichte seit Anbeginn steht darin.«

»Es wird sicher verwahrt sein«, sagte Meister Ian Wispermund lächelnd.

Peredur hob die Arme. »Hört mir zu, ihr Bogins – alle! Wer mich nicht hören kann, dem möge zugetragen werden, was ich hier sage.«

Sie wandten sich ihm zu, immer noch völlig verwirrt.

Der König sprach laut und deutlich. »Eure Sklaverei war unrechtmäßig. Ihr seid ein freies Volk, das seid ihr immer gewesen. In Du Bhinn, wo der Zauberer vom Berge lebt, findet ihr Angehörige der Bogins, die frei geblieben sind. Einige von ihnen werden hierher kommen, um euch eure Geschichte wieder nahezubringen und euch zu helfen, euch in der Freiheit zurechtzufinden. Wer nicht weiß, wohin er gehen soll, ist hier im Palast willkommen, so lange er bleiben will. Alle anderen, die gehen wollen, erhalten eine gute Ausstattung und Geld für den Neubeginn. Bis das Volk der Bogins wieder zu sich selbst gefunden hat, steht es unter meinem besonderen Schutz, das lasse ich überall verkünden.«

In das darauf folgende Schweigen hinein erklang Onkelchen Fasins Räuspern.

»Mit Verlaub, Herr König«, sagte er ruhig. »Aber wir haben lange genug unter Schutz gestanden. Wir brauchen ihn nicht mehr. Wir nehmen Eure finanzielle Unterstützung gern als Entschädigung für die erlittene Ungerechtigkeit der Gefangenschaft in Anspruch, aber damit ist es genug.« Er sah sich um. »Richtig?«

»Richtig!«, donnerten die Bogins im Einklang und hoben jubelnd die Arme. Dann stürmten sie hinaus, lachend und weinend zugleich, erfreuten sich an der Sonne und dem blauen Himmel, der sich scheinbar endlos über Albalon spannte, und so fühlten sie sich dem Himmel nah, unendlich erleichtert und unendlich frei.

KAPITEL 21

EPILOG 1: DAS GERICHT

Es dauerte Stunden, bis Peredur endlich die Zeit fand, sich seinen Gefährten und Freunden zu widmen, die geduldig in einem kleinen Audienzsaal gewartet hatten – bei guter Bewirtung. Blaufrost und Gru Einzahn wirkten satt und zufrieden, und sie machten nicht viel Aufhebens mit dem Abschied. Kurzerhand, sobald sie Peredur bemerkten, erhoben sie sich, klopften ihm links und rechts auf die Schulter, dass er hustend in die Knie ging, und stampften einträchtig davon. Wesen wie sie hatten in einem Palast wie diesem nichts verloren; hier gab es nichts zu metzeln und plattzuhauen, und sie sehnten sich schon nach diesen wenigen Stunden nach der Weite des Landes.

Die Mitglieder der Fiandur empfahlen sich bis auf wenige Ausnahmen ebenfalls. Sie würden Peredur in der ersten Zeit gern als Vertraute und Berater und auch Leibwächter zur Verfügung stehen, doch nun wollten sie ein wenig Erholung in Anspruch nehmen. Peredur nahm ihr Angebot gern an; für die Fiandur gab es nämlich noch viel zu tun: Die Gefolgsleute von Dubh Sùil mussten aufgedeckt, der gesamte Hofstaat durchleuchtet und gesäubert werden. Die zwischenzeitlich Geflohenen mussten aufgestöbert und zurückgebracht werden, das Labyrinth aufgeräumt . . . und so weiter.

»Was wird aus Ingbar?«, stellte Vàkur die Frage, die alle beschäftigte. »Er hat Schlimmes getan, aber . . . er war ein guter Freund und als Kampfgefährte treu.«

»Ich werde einen Weg finden, dass er eine gerechte Strafe erhält«, antwortete Peredur, »das muss ich als König tun. Aber er hat die schlimmste Strafe schon erhalten, mit so einer Mutter geschlagen zu sein.«

»Also wird er nicht hingerichtet.«

»Nein, keinesfalls.«

Darüber waren alle froh. So schrecklich Ingbars Verrat auch gewesen war, sein Zusammenbruch hatte sie angerührt.

Schließlich blieben nur noch Fionn, Cady und Tiw zurück. Peredur setzte sich zu ihnen an die Tafel und nahm sich von den Speisen; er war unglaublich hungrig, und das Speisebier floss seine Kehle genauso zügig hinunter wie die der Bogins.

»Ihr seid ein erstaunliches Volk«, stellte der König nach einer Weile fest, nachdem er den ärgsten Hunger gestillt hatte. »Von allen Kleinen und großen Völkern mit Abstand etwas ganz Besonderes.«

»Vielleicht ist das einer der Gründe, weshalb wir uns auch als *Halb*-*linge* bezeichnen«, meinte Fionn grinsend.

»Ach was, nach euch Menschen sind wir schlichtweg das älteste Volk hier«, bemerkte Tiw. »Und wahrscheinlich waren wir schon von Anfang an da, noch vor euch. Wir haben das Land grün gemacht für euch. Wie wäre das? Einwände?«

Fionn verdrehte die Augen, und Cady lachte.

Sie verstummten, als die Tür sich öffnete, und sprangen auf, als Alskár hereintrat. Die Bogins verneigten sich, doch der Hochkönig der Elben bewegte beschwichtigend die Hände.

»Bitte setzt euch, meine Freunde, dieses Verhalten ist mir gegenüber nicht angebracht. Und wir sind ganz unter uns.«

»Verzeiht, edler Herr, aber Ihr ruft dies allein durch Euer Erscheinen hervor«, versuchte Fionn, sich zu entschuldigen. Er konnte wirklich nicht anders, es fiel ihm schwer. Und er schluckte, als Alskár sich ohne weitere Umstände zu ihnen an den Tisch setzte.

Cady sprang auf, um ihn zu bedienen, doch er hielt sie fest. »Erweise mir diesen Freundschaftsdienst«, sagte er leise. »Nimm Platz und lass mich selbst wählen und bei dir sitzen wie in einer Familie.«

Langsam setzte sie sich wieder hin, blass und aufgeregt.

»Ist auch nicht so einfach, ein Elb zu sein, was?«, bemerkte Tiw trocken und stocherte mit einem spitzen Holzstückchen zwischen seinen Zähnen herum. »Vor allem bei euch Hochelben ist doch alles in starren Konventionen gefangen. Wann tut ihr eigentlich die Dinge, die Spaß machen? Bei Neumond in tiefster Dunkelheit, und im schlammigsten Sumpf, wo sich keiner sonst hinverirrt?«

Fionn sah seinen Bruder entsetzt an, Cady hielt sich die Hand vor den Mund, Peredur aß in aller Ruhe – und der Hochkönig lächelte.

»Du bringst es auf den Punkt«, sagte er anerkennend. »Ist noch Bier da?«

Peredur wollte ihm den Krug reichen, doch er winkte ab. »Nicht euer dünnes Zeug. Ich halte etwas Kräftiges für passender. Und wie es der Zufall so will, habe ich etwas besorgt, bevor ich hergekommen bin.«

Er richtete seinen Blick auf die Tür, die daraufhin wie von selbst aufging, und zwei Elben kamen mit einem Fass herein, das sie vorsichtig auf einem Hocker abstellten und sich daran machten, es anzuzapfen.

»Elbenmet«, erklärte Alskár heiter. »Nicht zu süß, aber kräftig und stärkend. Das Richtige für diesen Anlass.«

Die beiden Elben brachten Krüge, in denen eine prickelnde Flüssigkeit schwappte, die einen köstlichen Duft verströmte.

»Das ist das, was ich an dir so sehr schätze, mein alter Freund«, sagte Peredur und nahm mit Freude einen Krug in Empfang. »Du tust immer das Richtige zur rechten Zeit.«

Nachdem die Elben gegangen waren, stießen sie an. Fionn wurde schon nach zwei Schlucken schwindlig im Kopf und warm im Bauch, aber das Zeug war sehr süffig, und die Einladung eines so hochedlen Unsterblichen durfte man nicht ablehnen.

»Das macht aber gute Laune«, bemerkte Cady fröhlich, stutzte und stieß mit ihrem gegen Tiws Krug. »Los, austrinken! Ich hole dir mehr.«

Peredur und Alskár legten ihre Umhänge ab und ließen es sich schmecken.

»Auch Unsterbliche altern«, sagte der Elbenkönig leutselig. »Und ich bin ein alter Mann. Ich habe all diese Stürme und Leidenschaften, Intrigen und Lobpreisungen hinter mir. Wir sind einen weiten Weg gegangen, Peredur, du und ich. Mal sehen, wohin er von hier aus führt.«

»Warum schmeißt Ihr nicht einfach hin?«, fragte Tiw dazwischen, und Fionn trat ihm unter dem Tisch gegen das Schienbein. Wenigstens hatte er den edlen Mann nicht geduzt, aber er hatte dennoch einen Rüffel verdient. Tiw trat zurück, traf jedoch ins Leere und wäre beinahe vom Stuhl gefallen. Noch während er sich um Halt bemühte, fuhr er ungerührt fort: »Ich meine, Ihr könntet doch einen Nachfolger bestimmen, nicht wahr? Oder eine Nachfolgerin . . . nein, besser nicht, das haben wir gerade hinter uns gebracht. Jedenfalls, Ihr könntet hierbleiben und Spaß haben. Oder irgendwo anders leben und Spaß haben. Mit einer oder zwei Frauen, und . . . na, Ihr wisst selbst am besten, was Elben gern tun. Wenn sie denn was gern tun.«

Alskár und Peredur lachten, während Fionn und Cady nicht wussten, wohin sie schauen sollten. Sie tranken noch ein paar Schlucke, dann konnten sie auch ein bisschen mitlachen.

»Vielleicht, eines Tages«, stimmte der silberhaarige Unsterbliche Tiws Vorschlag zu. »Doch jetzt bin ich aus anderem Grund hier.«

»Ich dachte, du wolltest ungezwungen mit Freunden speisen«, sagte Peredur verwundert.

»Das ist ein Grund«, erwiderte Alskár. »Der andere ist folgender.« Er nahm seinen Umhang, suchte eine Weile darin herum, und zog schließlich eine blauglänzende, gläsern wirkende Kugel hervor, die er behutsam auf eine ebenfalls mitgeführte Halterung auf den Tisch setzte, genau vor Peredur.

»Ein Allsehendes Auge«, flüsterte Peredur und betrachtete das magische Artefakt ehrfürchtig.

»Woraus ist es gemacht?«, entfuhr es Cady, die ebenso fasziniert wie Fionn und Tiw auf die Kugel starrte.

»Elbenwerk«, gab Alskár sich geheimnisvoll und legte lächelnd den Finger an die Lippen. »Oder Zwergenwerk? Wer weiß . . .« Er hielt die Hand über die Kugel, die kurz darauf in strahlendem Blau zu leuchten begann. »Mal sehen, ob . . . ah, ja. Er antwortet schon.«

Das Blau zog sich zurück wie ein Vorhang, das Glas wurde klar, und alle Beobachter sahen . . .

»Asgell!«, rief Peredur außer sich vor Freude. »Bruder, bist du das wirklich? Kannst du mich hören?«

»Klar und deutlich, und sehen auch«, antwortete der Zauberer vom Berge. »Alskár, ich danke dir . . .«

»Keine Ursache«, winkte der Elbenkönig ab.

»Wie geht das zu?«, fuhr Peredur fort.

»Nimm es hin, wie es ist«, erwiderte Asgell. »Du ahnst nicht, wie uns allen hier die ganze Zeit über zumute war, wie sehnsüchtig wir auf Nachricht gewartet haben! Keinen Herzschlag lang haben wir das Ding aus dem Auge gelassen, abwechselnd Wache gehalten und für euch gebetet . . .«

»Es ist alles in Ordnung«, unterbrach Peredur. »Oder eigentlich, es liegt alles in Trümmern . . .«

»Also alles wie gehabt. Wunderbar! Sind die Bogins frei?«

»Ja.«

Aus dem Hintergrund auf Asgells Seite erklang lautes Jubelgeschrei, und er drehte sich lächelnd um. »Nur die Ruhe«, bat er. »Ich verstehe sonst kein Wort mehr.« Er blickte wieder in die Kugel. »Und was ist mit Fionn?«

»Er ist wohlauf und hier bei mir, ebenso die Frau, die er liebt, und natürlich Tiw.«

»Und Dubh Sùil?«

»Verhaftet und unter strengster Bewachung eingesperrt.«

»Du hast sie nicht getötet?«

»Nein.«

»Gut. Du hast das Richtige getan.« Peredur nickte. »Wieder einmal hast du in allem recht behalten.«

»Bin ein guter Stratege. Alskár hat es mir bestätigt, als er vorhin den ersten Kontaktversuch unternahm.«

Peredur warf einen Blick zu dem Hochelben, der schmunzelnd nickte.

»Wir hätten schon viel früher darauf kommen müssen«, fuhr Asgell fort. »Das muss ich mir zum Vorwurf machen.«

»Sie hat dafür gesorgt, dass wir es nicht konnten, kleiner Bruder. Sie ist viel mächtiger als du.« Er legte die Hand an die Kugel, als wolle er Asgells Wange berühren. »Ich weiß nach wie vor nicht, wo mein Herz ist.«

»Wir werden es finden, mein Großer. Mach dir keine Gedanken. Wir sind so weit gekommen, und das ist noch nicht das Ende des Weges. Und wir können uns von nun an immer durch das Allsehende Auge sprechen. Und uns sogar persönlich treffen, wenn du zu mir kommst. Das kann sie nicht mehr verhindern.« Er blickte zur Seite, wo Alskár saß. »Achtest du darauf, dass er keine Dummheiten macht? Ich kann nur bedingt auf ihn aufpassen.«

»He, kleiner Bruder!«, mahnte Peredur, doch seine bernsteinfarbenen Augen lachten.

»Wir müssen nun Schluss machen, zu lange sollten wir diese Verbindung nicht aufrecht halten. Da draußen sind immer noch die Myrkalfren, und die werden es nicht gut finden, dass Dubh Sùil gescheitert ist.«

»Du hast recht.«

Sie verabschiedeten sich voneinander, und dann erhob auch der Hochkönig der Elben sich. Diesmal konnte er es nicht verhindern, dass alle aufstanden und die Köpfe neigten, einschließlich Peredur.

»Ich werde euch nun verlassen, meine Freunde, für mich wird es Zeit.« Alskárs Stimme klang sanft und weich, doch es war ihm anzusehen, dass er müde war und Ruhe benötigte.

»Wir stehen auf ewig in deiner Schuld, edler Freund«, sagte Peredur. »Ohne dich wären wir jetzt niemals hier.«

»Es war in unser aller Interesse, o Hochkönig der Menschen. Sei weiterhin meiner Freundschaft versichert. Zwischen den Hochelben des Nordreiches und den Menschen herrscht Frieden, dafür garantiere ich. Zähle auf uns, wenn du uns brauchst.«

»Das werde ich.« Peredur verbeugte sich ein zweites Mal.

Alskár legte ihm in einer liebevollen, väterlichen Geste die Hand auf die Schulter, dann verließ er den Raum.

Draußen erklang ein Horn.

»Ridirean läutet zu den Abendstunden«, sagte Peredur. »Wir haben alle einen sehr langen Tag hinter uns.«

»Den längsten«, stimmte Tiw zu. »Wir sollten nun zu den Unseren gehen und ihnen unsere Geschichte erzählen. Ich bin sicher, alle haben sich schon in Meister Ians Haus versammelt und erwarten uns.«

Fionn sah zu Cady. Ihre Himmelsaugen strahlten ihn an.

»Ja, lasst uns gehen«, sagte er.

KAPITEL 22

EPILOG 2: EINUNDZWANZIG

Peredur nahm noch vor dem Morgengrauen ein Pferd und ritt drei Stunden bis zum Meer hinunter. Still stand er dort und starrte hinaus auf die Wellen, die unermüdlich dahintrieben. Er wandte nicht den Kopf, als er leisen Hufschlag hörte, denn er erkannte ein Elbenpferd sofort an diesem ganz besonderen leichten Tritt.

Alskár trat ruhig neben ihn. »Gib mir deine Hand«, forderte er den Hochkönig der Menschen ohne Einleitung auf.

Peredur streckte ihm ohne zu zögern die Hand hin, und der alte Hochkönig der Elben ergriff sie.

»Schließe deine Augen.«

Peredur gehorchte wiederum. Er atmete ruhig, schaltete alle Gedanken aus. Er fühlte, wie eine ungeahnte Kraft ihn durchströmte, sanft und golden, wie ein Sonnenstrahl im finsteren Wald.

Die Dunkelheit hinter seinen Lidern zog sich zurück und lichtete sich, gab den Blick frei auf das Meer, obwohl er die Augen weiterhin geschlossen hielt.

Es schien, als existierte er nun zweimal. Er blickte durch seine eigenen Augen und sah sich zugleich selbst, wie er auf der Klippe stand und sich zur Seite drehte, als er jemanden nahen spürte.

Zwei schmale Gestalten Hand in Hand, mit lang wehendem Haar, farbenfrohen, leichten Gewändern, glänzenden Augen und lächelnden roten Lippen.

Peredur sah, wie seine Gestalt schwankte, und spürte sie zittern. Seine Hand krampfte sich um die des Elben, doch das war nur eine kurze Verbindung mit dem *Jetzt*, bevor er wieder ins *Dort* zurückkehrte.

Die liebliche Elbenfrau ließ das kleine Mädchen los, und es lief leichtfüßig auf ihn zu, hielt ihm einen Strauß selbst gepflückter Blumen entgegen.

Peredur ging in die Knie, wollte seine Tochter auffangen, doch sie konnte ihn nicht erreichen, der Abstand war zu groß zwischen Leben und Tod. Doch sie waren sich noch einmal so nahe, wie es nur möglich war. Er konnte ihre Stimme hören, er sah das Strahlen ihrer Augen, und wie verzückt sie die Nase in den Blumen vergrub, als wäre es seine Halsbeuge.

Hafren blieb vor ihm stehen, seine über alles geliebte Frau, genau so, wie er sie in Erinnerung behalten hatte. Ganz ohne Blut und Entstellung.

Peredur spürte, wie sich Tränen unter seinen geschlossenen Lidern hindurchdrückten. Es war der einzige Moment, in dem es ihm trotz seines fehlenden Herzens möglich war, und er ließ sie ungehindert fließen.

All die Tränen, die er niemals um seine Familie hatte weinen können, die niemals den Schmerz gelöst und fortgeschwemmt hatten, mit sich genommen hatten dorthin, wo er hingehörte – in die tiefe Kluft zwischen Leben und Tod, wohlverwahrt für immer. Statt Erlösung waren Peredur nur Bitterkeit und Hass geblieben.

Doch nun wurde ihm etwas Kostbares geschenkt – dieser Moment, da er endlich Abschied nehmen durfte. Er hatte sein Herz nicht zurückbekommen, aber die beiden Wesen, die er am meisten auf der Welt liebte, durften endlich Frieden finden.

Seine Tochter erhielt den Namen zurück, der ihr entrissen worden war, damit Schwarzauge sich damit verhüllen und ihr Intrigenspiel hinter schönem Schein treiben konnte. Áladís, kein anderer Name könnte besser zu ihr passen, sie war so zauberhaft wie ihre Mutter und schön wie die Welt.

Und Hafren durfte endlich zu den Fluten des Meeres zurückkehren, denen sie einst entstiegen war, um einen Sterblichen zu lieben.

Es war das größte Geschenk, das nur möglich war, und entschädigte für alles.

»Ich lasse euch ziehen«, flüsterte er. »Lebt wohl, auf immer, und nehmt meine Liebe mit euch, die nur euch gehört.«

Heiß rannen die Tränen, und er spürte, wie sie ihn reinigten, wie sie alles fortwuschen, was Schwarzauge verdorben und in Finsternis gebannt hatte.

Seine Frau und seine Tochter lächelten ihm liebevoll zu, küssten ihn von Ferne, drehten sich um und verschwanden.

Peredur öffnete die Augen und löste seine Hand von Alskár. Behutsam, um sie noch einmal so innig wie möglich zu spüren, wischte er die Tränen von seinen glühenden Wangen. Davon musste er nun zehren, vielleicht noch einmal für tausend Jahre. Eine kostbare Erinnerung, die aber nun keine Bitterkeit mehr barg, und die ihn dem Menschsein wieder näher brachte.

»Ich danke dir«, flüsterte er heiser.

Der Elb legte ihm behutsam die Hand auf die Schulter. »Komm, alter Freund, lass uns zurückreiten.«

Am Abend kamen Fionn, Cady und Tiw vorbei und machten dem König ihre Aufwartung. Peredur freute sich, nicht allein essen zu müssen. Er war inzwischen so an Gesellschaft gewöhnt, dass es ihm anders nicht mehr schmeckte.

Sie vermieden es, über den vergangenen Tag zu sprechen, denn alle wussten, dass der Abschied immer näher rückte. Und sie hatten ein bisschen Angst davor, bedeutete es doch wieder einen neuen Schritt ins Ungewisse. So saßen sie einfach wie die guten Freunde beisammen, die sie geworden waren, und genossen den stillen Ausklang.

Schließlich konnte Fionn es nicht mehr aushalten und fing von Dubh Sùil an, weil es ihn nicht los ließ.

»Wenn ich mir vorstelle, dass all dieses Leid nur durch die Eifersucht einer verschmähten Frau ausgelöst worden ist ...«

»Es sind meistens die niederen Instinkte, die große Kriege auslösen«, versetzte Peredur. »Eifersucht, Neid, Habgier ... An einem winzigen Anlass entzünden sich weittragende Ereignisse, ein Wort gibt das andere, und schließlich gibt es kein Zurück mehr.«

»Aber hätte es denn wirklich keine andere Möglichkeit gegeben, sie schon zu Beginn aufzuhalten?«

»Gewiss. Sie hätte Asgell haben können, er war völlig fasziniert von ihr. Und sie hätten auch gut zusammengepasst.«

»Du verteidigst sie?«

»Fionn, sie ist eine Elbenfrau, da müssen andere Maßstäbe angesetzt werden als bei Menschen oder Bogins. Sie war eben ganz anders als ihre Schwester, doch mit Asgell zusammen hätte sie glücklich werden können, und sie hätten wahrscheinlich Kinder hervorgebracht, die Göttern gleich gewesen wären. Doch sie verrannte sich in ihrer Besessenheit, mich erobern zu wollen. Es ging ihr letztendlich gar nicht um Liebe, sondern um Macht und Besitz. Sie sah Asgell, der in sie vernarrt war, aus diesem Grund als belanglos und schwach an, anstatt sich einzugestehen, dass sie eine völlig falsche Vorstellung von Liebe hatte. Bevor sie das erkennen konnte, schlug ihre Liebe in Hass um, und alles, wonach sie dann trachtete, war Vernichtung. Und sie ließ ihrem Machttrieb ungehemmt Lauf. Ich mag kein Herz mehr haben, doch ihres ist kalt und tot wie Stein, umhüllt von einem Panzer aus Hass, was viel schlimmer und umso bedauerlicher ist.«

»Sie *ist* böse.«

»Sie war es nicht immer.«

»Das sagtest du bereits.«

»Gewiss lauerte es in ihr, von nichts kommt nichts. Aber ... dieses Scheusal hätte nicht aus ihr werden müssen.«

»Denkst du, sie kann deswegen immer noch ... ja, von ihrem Hass und ihrer Machtgier *geheilt* werden?«

Peredur zuckte die Achseln. »Vielleicht, wenn sie mir mein Herz zurückgibt.«

»Es tut mir leid, dass du es nicht zurückerhalten hast«, sagte Fionn verlegen. Verlegen deshalb, weil er ganz eigennützig froh darum war, denn möglicherweise wäre Peredur dadurch schon zu Staub zerfallen, und er wurde schließlich jetzt mehr denn je gebraucht. Und Fionn wollte ihn erst recht nicht als Freund missen, mochte er jetzt auch Hochkönig sein.

»Mir tut es noch viel mehr leid um meinen armen Bruder, der weiterhin gefangen in Du Bhinn bleibt und nicht hier sein kann«, erwiderte Peredur. »Deswegen wird mein nächstes Ziel sein, einen Weg zu finden, ihn aus dem Bann zu befreien. Und Pellinore. Ich brauche schließlich wieder Ritter. Das ist wichtiger als mein Herz. Ich habe inzwischen gelernt, mit dieser Leere zu leben, und du hast mir sehr viel dabei geholfen, Fionn.« Er lächelte sanft und legte dem jungen Halbling eine Hand auf die Schulter. »Viele Schritte haben uns beide hierher gebracht, und letztendlich bist *du* es gewesen, der stets vorangegangen ist, und der *mich* aus der Unterwelt zurück ins Leben geführt hat. Das ist eben eure Gabe – Hüter des Lebens.«

Fionn dachte an das kostbare Buch, das seit Beginn seiner Reise auf seinem Zimmer in Meister Ian Wispermunds Haus lag, und das er nur einmal geöffnet und gelesen hatte, nämlich an seinem Geburtstag. Heute verstand er, was damals ein großes Rätsel für ihn gewesen war, und das zweiundzwanzigste und letzte Geheimnis der Großen Arca öffnete sich nun. Tiefes Glück durchströmte ihn, und er ergriff Cadys Hand und drückte sie fest. Sie musterte ihn überrascht und amüsiert zugleich und lehnte sich an ihn.

»Bla-bla-bla«, bemerkte Tiw auf seine übliche Art, lehnte sich zurück, legte die nackten Füße auf den Tisch und schlug sie übereinander. »Euer sentimentales Gequatsche und verliebte Kuhaugen sind ja gut und schön, aber was machen wir denn jetzt? Ich meine, wir sitzen nun doch erst recht tief im Modder, wenn man es recht bedenkt. Du, Peredur Vidalin, hast zwar deinen Thron wieder, doch kein Reich mehr. Das Oberste Gesetz ist außer Kraft gesetzt. Alles zerfällt, und ich befürchte einen neuen Krieg. Ach, was rede ich da – einen? Hunderte! Die wahrscheinlich in einen Zweiten Großen Krieg münden, und alles geht von vorne los. Vor allem, solange dieses schwarzäugige zwieträchtige Miststück noch existiert, dem du gleich den Kopf hättest abschlagen sollen, und zwar höchstselbst.«

»Die Bogins sind frei«, wies Fionn seinen Bruder auf diese nicht unbedeutende Tatsache hin. Er hatte es schon lange aufgegeben, Tiw wegen seiner immerwährenden und stets zur falschen Zeit vorgebrachten, taktlosen und vor allem schwarzseherischen Anmerkungen zu rügen.

»Und das ist ein guter Anfang, nicht mehr und nicht weniger«, bemerkte Peredur Vidalin, Hochkönig von Albalon.

Fionn Hellhaar hob seinen Krug. »Der Rest wird sich erweisen«, schloss er.

GLOSSAR

Aladís Schönelbe; Name der Árdbéana, der jedoch nicht öffentlich genannt werden darf.

Albalon Das Weiße Reich, die Insel der Glückseligen, aufgeteilt in Nord- und Südreich.

Alskár Der Strahlende.

Árdbéana Titel, in etwa Kaiserin. Allerdings hat die höchstadlige Elbenfrau keine Landesherrschaft, sondern stellt die oberste Gerichtsbarkeit für alle Völker mit dem Recht, das Kriegsrecht zu verhängen. Alle Völker sind mit dem Zehnten tributpflichtig und müssen bei Aufforderung Waffen und Soldaten stellen.

Asgell eigtl. Ceindrech Pen Asgell, »der Flügelköpfige«, ein Mann besonderer Geistesgaben und magischer Talente. Genannt »der Zauberer vom Berge«.

Bogins Halblinge, von manchen Menschen auch als Kobolde bezeichnet.

Brandfurt Waldstadt der Braunelben, im Mittelwesten des Südreiches gelegen.

Bucca »aufgeblasene Backe«, Schimpfwort für die Bogins.

Cady Bogin-Form für »die Reine«.

Cenhelm Der mutige Beschützer.

Clahadus etwa: Staubstein, das gemiedene, verfluchte Ödland.

Cyneweard Der Königswächter.

Draca Der Drache.

Du Bhinn Die Schwarzen Berge.

Dubh Súil Schwarzauge, ein Feind aus alter Zeit, dessen Identität nicht bekannt ist. Es könnte sich auch um eine politische Gruppe handeln.

Fiandur	Die Rebellen, Kämpfer und Streiter; insgesamt sind sie 22.
Fionn	Der Blonde.
Geld	Bei Zwergen, Menschen und Elben allgemein übliches Zahlungsmittel sind geprägte Münzen, die entweder die Elbenrune der Àrdbéana (Bronze), ihr stilisiertes Profil (Silber), oder ihr gütiges Auge (Gold) zeigen. Einhundert Bronzestücke ergeben einen Silberkopf, einhundert Silberköpfe ergeben ein Goldauge. Hundert Goldaugen und darüber werden von den Reichen oft in Juwelen eingewechselt, wobei deren Wert nach Gewicht bemessen wird. Die übrigen Völker verwenden als kleinste Einheit zumeist ungeprägte Kupfermünzen, die sie als »Ähre«, bezeichnen. Sie sind etwas mehr wert als die Bronzestücke, daher ergeben achtzig Ähren einen Silberkopf, doch wird der Kurs oft zu Ungunsten des Käufers ausgelegt und vor allem werden dabei die Kleinen Völker übers Ohr gehauen. Diese allerdings können sich gewissermaßen »rächen«, indem sie Unwissenden ihr »Elbengold« andrehen. Es sieht aus und wiegt auch so viel wie echtes Gold, bis es den Besitzer wechselt, dann zeigt es seine wahre Natur. Elbengold ist mit dem in manchen Gegenden bekannten »Katzengold« gleichzusetzen und besitzt den Wert von ein paar Ähren.
Hafren	Die Herrin der Flüsse und Seen.
Hrothgar	Der Ruhmreiche Speer.
Màni	Die Mondin.
Màr	Die Möwe.
Mathlatha	Der gütige Tag, Stadt im südlichen Westen.
Morcant	Der Meersänger.
Myrkalfr	Schwarzalb.
Peredur	Viele Geschichten ranken sich um die Herkunft dieses Mannes; manche behaupten gar, er wäre aus grauer Vorzeit wiedergeboren, um das Reich ein zweites Mal zu retten.
Plowoni	Name der größten Ruinen in Clahadus, »Siedlung am breiten Fluss«, der aber längst ausgetrocknet ist.

Rafnag	Der Rabe.
Randur	Der Rote.
Ridirean	Die berühmte »Ritteruhr« steht auf dem großen Platz vor der Allee zum kaiserlichen Palast. Sie zeigt einen lebensgroßen Ritter auf einem Pferd und vermeldet jede Stunde mit einem wahren Konzert, das bis in nahezu jeden Winkel der großen Stadt zu hören ist. Der Mechanismus wird durch eine Wasseruhr im Innern des Pferdes gesteuert, dort befindet sich eine Schüssel in einem großen, mit Wasser gefüllten Hohlraum. Durch eine kleine Öffnung im Boden füllt sich die Schüssel nach und nach mit Wasser und sinkt ab. Sie ist durch einen Draht mit einem Korb im Brustharnisch des Ritters verbunden, in dem sich Bälle aus Metall gleichen Gewichts befinden. Nach einer Stunde ist die Schüssel soweit abgesunken, dass sie einen Hebelmechanismus auslöst. Eine Metallkugel fällt aus dem Korb in den nach oben gereckten Rachen einer Schlange, die sich vom Pferd über den Ritter nach oben windet.

Durch das Gewicht kippt die Schlange, und verschiedene Figuren, die sich ebenfalls auf dem Pferd befinden – hinter dem Ritter ein Hund, auf dem Kopf des Pferdes ein Fasan; dazu ein Horn, in das der Ritter bläst, sowie das Pferd selbst – stoßen nun durch das Ziehen an den verschiedenen mit der Schlange verbundenen Drähten verschiedene Geräusche aus. Gleichzeitig wird die versunkene Schüssel wieder aus dem Wasser gezogen und geleert. Daraufhin schwingt die Schlange zurück und der Vorgang wiederholt sich jede Stunde. Ein »Uhrenhüter« – der jedes Jahr von den Stadtbewohnern gewählt wird, was eine große Ehre darstellt – achtet darauf, dass sich der Wasserstand nie verändert und immer genug Bälle im Korb sind. Er sorgt auch dafür, dass sich niemand an den kostbaren Metallen und Juwelenverzierungen vergreift. Während seiner einjährigen Wache wird der Uhrenhüter vom Palast versorgt, er lebt in einem kleinen Unterstand neben Ridirean und darf ihn nur zu bestimmten Zeiten kurz verlassen. Nachts, von

Schlag Zwölf bis Schlag Vier, zu den so genannten »Stummen Stunden«, werden die Bälle aus dem Korb genommen und die Stunden stumm gezählt. Wie alt diese Uhr ist, ist nicht bekannt, denn die Zeit der Ritter ist schon seit Jahrhunderten vergangen (falls es sie je gegeben hat und diese Uhr nicht lediglich ein Symbol darstellt). Die für die Uhr verwendeten Metalle sind sehr kostbar – Silber, Gold und verschiedene Legierungen, die Panzerung von Ritter und Pferd ist zudem mit Juwelen geschmückt und die Augen der Schlange bestehen aus kinderfaustgroßen Rubinen.

Schnappes Bezeichnung für Klaren, Kurzform der ursprünglichen Bezeichnung »Schnapp ihn dir!«.

Scythesee Noch gefürchteter als die Sturmsee, man sagt gern: »Das Unheil kommt von Osten und mäht dich mit der Sense nieder«.

Sithbaile Die Stadt des Friedens, im Südosten des Landes gelegen, von der Àrdbéana nach Kriegsende gegründet. Sie ist schnell gewachsen und zu größter Blüte gekommen, die Einwohnerzahl dürfte sich mit dem Umland auf über eine Million beziffern. Es ist eine von Elben dominierte Stadt.

Speisebier Dünnbier nach mittelalterlicher Art gebraut; leicht alkoholischer Getreidesud ohne Hopfen.

Stumme Stunden siehe Ridirean.

Tuagh Die Axt.

Tylwytheg Das Schöne Volk, sehr ätherisch, entfernt mit den Elben verwandt.

Urram Traditioneller Dolch der Bogins, den jedes Neugeborene an die Wiege gebunden bekommt und sein Leben lang bei sich trägt.

Vákur Der Falke.

Valnir Das Schwert.

Vidalin Das sehr alte Geschlecht Peredurs. Der Sippengründer soll einst ein sehr beredter und heiliger Mann gewesen sein.

DANK UND WIDMUNG

Danken
   möchte ich Rosie-Posie Frumblefoot of Bywater, mit der schließlich alles begann, und die Bogin durch und durch war: Temperamentvoll, lebenslustig, lebensmutig, immer bereit zu einem Tänzchen und einem Schwätzchen und einer Feier mit ordentlich Speis und Trank obendrein.

Außerdem geht ein expliziter Dank an Daisy Boffin of Needlehole, eine überaus energiegeladene Bogin mit setterbraunen Augen und dem Herzen auf dem rechten Fleck, und, wie es sich gehört, weder Speis noch Trank abgeneigt.

Und natürlich danke ich allen weiteren Bogins, die seit vielen Jahren unermüdlich treu zu mir stehen mit Rat und Tat, Vertrauen und Freundschaft. Und die niemals eine gute Mahlzeit auslassen. Als da wären: Pansy Grubb of Little Delving, Primula Sackville-Bracegirdle, Petunia und Wilibald Overhill of Nobottle, insbesondere Lily Bolger, sowie Gorbulas Hamwich of Buckleberry Fern und Minto Sackville-Bracegirdle. Lasst uns darauf anstoßen beim nächsten Dinner: Slént!

Widmen
   möchte ich diese Geschichte einem ganz besonderen Zwerg mit prächt'gem Bart: Northal Werdal Burrows of Tuckborough. Denn, obwohl er nicht gern darüber spricht, er ist auch ein Bogin. Und vereint alles in sich, was Bogins und Zwerge schätzen und lieben. Nur singen kann er nicht.